七英俊 著

# 成何体统

上

天意从来高难问

湖南文艺出版社
HUNAN LITERATURE AND ART PUBLISHING HOUSE

博集天卷
CS-BOOKY

成

何

体

统

# 第一章

# 社畜[1]穿书

> 在这个全员恶人的故事里，她想杀出一条血路，
> 就得当最大的那个恶人，先帮助暴君干死端王，
> 然后再干死暴君，直接当女帝。

王翠花是个职场社畜，人如其名，土味中透着一丝幽默。入职两年，饱受上司和甲方刁难，纵然有满腔抱负也被磨平了棱角。

更何况，她原本也没什么抱负。她的人生信条是得过且过，唯一的爱好是看网文——与其说是爱好，不如说是条件所迫，毕竟上下班坐地铁的时间太长，没别的法子打发时间。

两年下来，王翠花阅文无数，基本看上三行就能预判接下来的套路。

今天下班路上，她就点进了一篇无脑穿书文。

文名叫《穿书之恶魔宠妃》，听名字就是垃圾。王翠花之所以看得下去，是因为这篇文的开头跟她本人此刻的处境几乎一模一样：

马春春是个平平无奇的社畜，这天在下班路上，她点进了一篇无脑宫斗文……

这是在写我自己吗？王翠花略微提起了一点兴趣，接着往下读。

---

[1]社畜，日语中形容上班族的贬义词，指被公司当作牲畜一样压榨的员工。现多用于自嘲。

马春春意外穿进了宫斗文《东风夜放花千树》里，成了故事中的炮灰女。

这炮灰女的人生是个悲剧，身不由己被选秀进宫，又身不由己被卷入宫斗，掌管她生杀大权的皇帝还是个蛮不讲理的暴君。炮灰女为了自保，与人抱团迫害女主，最后惨死于宫斗之中。

而集万千宠爱于一身的女主却心机深沉，一面对暴君虚与委蛇，一面与某王爷暗通款曲，最后还帮着王爷暗杀了暴君，你登基来我封后，走向了人生巅峰。

马春春穿成了炮灰女，立即展开了逆袭事业，几番算计，抢在女主前面吸引了王爷的注意力，成功抢夺了属于女主的路线，在逼死暴君的同时还将女主赐死陪葬，终于当了千古一后。

王翠花读到此处，兴味索然。她看文太多，同样的逆袭套路已经看过至少十八遍。

她正想退出来换一本无脑爽文接着打发时间，只听耳边轰然一响，视野被白光淹没。

天旋地转间王翠花穿进了手机，一头扎进了自己嗤之以鼻的穿书文里。

· · ● · ·

王翠花醒来后十分冷静，第一反应是找镜子，确认自己穿成了谁。

《穿书之恶魔宠妃》原文没有插图，但外貌描写还算详尽。炮灰女走的是寡淡小白花路线，被马春春接管之后才靠一手化妆术惊艳世人。

王翠花望见镜中那明显未施粉黛、得天独厚的艳丽脸蛋，瞬间陷入了绝望。

想来也该知道，炮灰女已经被别人占了，不会再留给她。而她呢，穿成了那个注定要被炮灰女迫害而死的原女主——庾晚音。

庾晚音一阵焦虑。

这篇文她看得一目十行，只记得人物大致的命运轨迹。

看自己现在的打扮，应该是刚刚入宫为嫔。

炮灰女与她同时进宫，此时已经被穿，很快就会遇到真命天子——

出身低微却文韬武略的端王。他俩即将花前月下十万字，然后情天恨海两百章，最后运筹帷幄取暴君而代之。

暴君死后，庾晚音被赐了三尺白绫，从哭求到下葬一共只用了三百字。

庾晚音心知肚明，炮灰女只是名义上的炮灰女，在《穿书之恶魔宠妃》的世界观里，她才是真正的天选之女，而自己只是她天选之路上的绊脚石，根本没有一搏之力。

自己想要活下去，最佳选择还是抢在炮灰女之前去找真命天子端王。

但她凭直觉知道这不可行。

首先，炮灰女是个恶人。

文名叫"恶魔宠妃"，炮灰女的人设就是睚眦必报、心狠手辣，她一反传统的真善美路线，凭着层出不穷的手段笑到了最后。

现在炮灰女和女主都被穿了，两个穿书的拿了同样的剧本，在抢夺同一条生存主线，说不定要为了端王互使阴招，杀得天昏地暗、九死一生。

其次，端王也是个恶人。

虽然原文里对他的描写是多谋善断、胆识过人，但是视角决定立场，在如今的庾晚音看来，他就是个城府颇深的大反派。两个穿越者在他面前杀得道高一尺，魔高一丈，他看在眼中，不可能不起疑。

自己就算最后灭了炮灰女，助他上了位，也会被他兔死狗烹、卸磨杀驴。

经过简单的计算，庾晚音得出结论：自己只能另辟蹊径。

在这个全员恶人的故事里，她想杀出一条血路，就得当最大的那个恶人，先帮助暴君干死端王，然后再干死暴君，直接当女帝。

· · ● · ·

庾晚音思量的当口，一个俏生生的丫鬟走了进来，苍白着一张小脸对她说出标准台词："小姐，奴婢为你梳妆，今夜你可要好好服侍陛下，万不可大意……"

"今夜？"庾晚音吃了一惊，明白过来。

她穿来的时机正巧，今夜轮到她侍寝。

瞧着这小丫鬟欲言又止、想劝又不敢的表情，便知道原主对此是心不甘情不愿的。

按照原文剧情，她会因为心系端王而对暴君百般推拒，最后实在推托不过，还在床上落下了一滴绝美梨花泪。

暴君见状笑了笑，一脚把她踹进了冷宫。

端王进宫时原本会在冷宫偶遇她，却在门前被炮灰女勾搭走了。失去与真命天子两情相悦的机会，她将从此沦为与炮灰女争风吃醋、暗中使绊子的跳梁小丑，命运就此滑向深渊。

庾晚音想要翻盘，今晚就是最后的机会。她一定要打动暴君，跟他达成战略合作，将端王和炮灰女摁死再说。

· · · ● · ·

庾晚音对此志在必得。

炮灰女能凭化妆技术改头换面，她堂堂女主为什么非要素面朝天？大家都是社畜，谁还不会拍两句马屁哄哄甲方了？庾晚音早看明白了，这种文里的皇帝扮演的就是甲方的角色，要你阳光还要你风情不摇晃，看你痴狂还看你风趣又端庄。

她在公司被甲方摧残了两年，早已经验丰富，不信哄不好这个传说中的暴君。

庾晚音笑道："那个谁……"她回忆了一下，"小眉啊，你帮我梳个发型就好，剩下的我自己来。"

她研究了一阵子面前的古代化妆品，傅粉描眉，抹了唇脂，贴了花钿，将原本就美艳无双的一张脸修饰得宛如刚化形的狐狸精，在丫鬟震惊的注视下换好了装束。

"如何？"

小眉越发欲言又止。"小姐啊，这打扮会不会太过张扬？"

"问题不大。"庾晚音胸有成竹，因为在原文里，暴君就吃这一套，炮灰女走上妖艳路线后还颇得了几分圣宠。而以女主的颜值基数，这一亮相的杀伤力只会呈几何级数增长。

既然横竖躲不过，不如化被动为主动，以出征的心态笑对人生。

庾晚音一路沐浴在太监、宫女的注目礼中，被送去了帝王寝殿。

· · ● · ·

这一脚迈入殿中，只觉得气温都骤降了两摄氏度。

室内寂然无声，透着一股死气。暴君长期患有偏头痛，正躺在床上让人按着太阳穴，大半身形被床幔遮挡，从庾晚音的角度，只能看见从床沿垂落的一只苍白的手。

负责按摩的医女战战兢兢，就怕哪下按得不合他的意，直接被拖出去埋了。

引路太监道："陛下，庾嫔来了。"

庾晚音风情万种地往床前一跪。

她能感觉到有两道视线落在自己头顶，然而等了半天，只听见床幔中传出一句："滚吧。"

语气冷淡中透着疲惫。

庾晚音震惊抬头，原文里绝对没有这一出！

暴君的侍卫也很暴躁，一听这话，虽然不知她何处招惹了暴君，仍旧立即上前一左一右擒住了她，便要将人往外拖。

庾晚音："？？？"

庾晚音还没想好怎么为命运搏斗一下，侍卫的动作又停住了。

床幔中的声音带了一丝烦躁："她不留下侍寝就得死吗？"

侍卫："？"

侍卫不解其意，总之跪地谢罪肯定没错。"陛下饶命。"

暴君好像更不耐烦了，庾晚音只看见那苍白的手随便挥了挥，所有宫人鱼贯退出，偌大的殿中顿时只剩下她一个。

庾晚音跪了半天，见暴君没有开口的意思，大着胆子伸手挑开了床幔。

当朝皇帝夏侯澹，姿容绝世。

庾晚音看文的时候就在内心吐槽，原文作者肯定是个颜控，不仅将男主角端王的脸庞形容得天上有地上无，就连身为反派的皇帝都貌美得毫无必要。

此时近距离一看真人，冲击力更大。

眉眼如墨，唇红似血，长得没有一丝正派气息，阴沉沉的戾气缠绕在眉目之间，像千年高僧都超度不了的妖孽。

庾晚音顶着个狐狸精妆容，跟他一打照面，就深刻地理解了"小巫见大巫"的字面意思。

对方大约没想到她会凑过来，皱眉看着她，仍旧没说话。

庾晚音被他的气势所慑，准备好的台词也抛到了九霄云外。

两人就这么莫名其妙地四目相对，僵持半晌，夏侯澹薄唇一张，终于开口："那个谁……"

庾晚音："？？？"

庾晚音提醒道："庾嫔。"

当朝暴君从善如流道："庾嫔啊，你自己打个地铺凑合一晚吧。"

说完原地翻了个身，就想入睡。

庾晚音整个人都蒙了。

她僵在原地，回忆着见面以来这皇帝的一言一行，仔细琢磨着那一丝诡异的似曾相识的感觉，终于忍不住试探道："……陛下？"

当朝暴君再度不耐烦地扭过头来。"还有什么事？"

庾晚音梦游般地问："How are you？"

夏侯澹沉默良久，眼眶一红。"I'm fine, and you？"

· · · · ·

十分钟后，原文里的两大反派相对而坐，开始互通有无。

夏侯澹道："我两个小时之前刚刚穿进来。那会儿我正躺在游轮上，晒着太阳喝着香槟玩手机，手机里跳出一个弱智弹窗，给我推了这篇文……我眼睛一闭一睁就成这样了。"

庾晚音道："两个小时之前？晒太阳？那会儿我正在下班路上，天都黑了，难道你在大洋彼岸吗？"

夏侯澹点头："度假来着。"

庾晚音无语了。"你该不会是传说中的霸道总裁吧？"

夏侯澹道："霸不霸道我不知道，但我确实是个总裁，日子过得挺滋润的。"他说到此处又是一捶膝盖，"可恶啊！怎么就到了这么个洗澡都没浴霸的地方，还顶着颗脑瘤等死！"

他顶着那张蛇蝎美人脸，两片殷红的薄唇上下翻飞，场面异常迷幻。

庾晚音强迫自己接受这个设定。"……你先冷静，你偏头痛或许不是因为脑瘤，毕竟如果是肿瘤压迫神经的话，应该还有别的临床症状。"

"真的吗？你确定？"

"不确定啊，我瞎猜的。往好的方面想，万一你是被人下了慢性毒药呢。"

夏侯澹："？"

夏侯澹道："你看过这篇文没有？我现在到底是个什么境况？"

庾晚音道："看是看了，但是看得一目十行，不是很仔细。简单来说，你妈恨你，你哥端王也恨你。你的妃子恨你，你的臣子也恨你。按照原著安排，我也恨你。"

"我做了什么十恶不赦的事？！"

庾晚音叹了口气，道："你妈并不是你亲妈，没有好好教育你。你又患有偏头痛，从小性格偏执，残暴嗜杀。现在朝中的忠臣已经被你杀的杀，流放的流放。你还出台了一堆垃圾政策，搞得民怨沸腾。按照原文发展，你将在接近结尾处被端王替天行道。"

夏侯澹道："……我怎么死的？"

庾晚音仔细想了想，说："忘了，那会儿我已经看得十分疲惫，连跳了好几页。好像是被刺杀的，但具体是哪年哪月、谁来刺杀，我就真说不出来了。"

庾晚音开始相信面前之人真的是个见过风浪的总裁了。因为他沉思良久，居然心平气和地问："那你呢？你这个角色，看脸似乎也不是好人。"

庾晚音承认："是反派。按理说这种言情文女主，身边都有一堆极品家人和背后捅刀的闺密。但由于我是个反派，所以没有这么详细的设定。我好像是被家族送进宫当棋子的，但我爱上了端王，于是处处给炮灰女使绊子，最后自然是输得很惨。你死之后，我也给你陪葬了。"

夏侯澹道："哦。"

他们对视一眼，在这一瞬间达成了共识：要想活下去，必须战略合作、"狼狈为奸"了。

夏侯澹提出第一个方案："我现在就把他们俩杀了。"

他终于说了一句与自己的脸不违和的台词。

庾晚音摇摇头："八成不可行。你的权力已经被架空得差不多了，想杀端王没那么容易。而且他们两个才是原作里的天选之子，所有主线剧情都是为他们服务的。如果直接把他们杀了，等同于让这本书腰斩。到时候我们还能不能活下去，就是未知数了。"

"所以你有什么提案？"

"只能先控制变量，一点一点地改变剧情，看看会引发什么后果，再做打算……"

夏侯澹竖起一根手指。"慢着。在原作里，我们这两个角色并不是穿书的吧？既然我们来了，炮灰女还会被穿吗？如果我们三个都是穿的，那端王呢，还是原主吗？"

庾晚音道："我有个主意，可以确认他们的身份。"

· · · · ·

第二天，炮灰女谢永儿正在镜前梳妆，小丫鬟突然小跑进来，兴奋道："小姐，听说陛下要举办一场宫宴，所有妃嫔都可参加呢。你可要好好打扮一番，我近日学了两个时兴的发型……"

谢永儿笑道："你的点子真多。"她看似柔顺和善地任由丫鬟捣鼓自己的头发，眼中却闪过一丝暗光。

谁也不知道，所谓的"谢永儿"已经换了芯子，此时此刻，掌管她身体的是穿进书中的马春春。

马春春并不知道世界上存在一本名叫《穿书之恶魔宠妃》的穿书文，也不知道已经有人从更高处阅览过自己的一生。对她来说，自己是在浏览一本名叫《东风夜放花千树》的宫斗文时穿进了这个世界，是全场唯一的真人，全知全能，掌握着所有纸片人的命运。

比如，女主庾晚音已经对端王夏侯泊芳心暗许，在昨夜因服侍皇帝不周而被打入冷宫。今天，端王会在冷宫门前与她再次邂逅，结下情缘。

而自己要做的，就是抢在她之前，在半路上堵住端王，将原属于她的剧情线据为己有。

想到此处，谢永儿状似无意地转头问丫鬟："晚音姐姐昨夜去侍寝，也不知道现在如何了。可有消息传出？"

丫鬟道："听说陛下昨夜龙心大悦，今早下了旨，将庾嫔封为了庾妃。"

谢永儿手一抖，一支钗子掉到了桌案上。

怎会如此？难道是自己的到来，让原本的剧情线产生了偏差吗？

但是没关系，她可以稳住。只要牢牢抓住主线剧情，她的前路就是一片光明。

· · ● · ·

谢永儿换了身不显身份的便服，化上了引以为傲的精致妆容，凭着对《东风夜放花千树》原文的记忆，在后宫兜兜转转，早早摸到了冷宫附近，在端王的必经之处守株待兔。

她知道再过不久，端王就会来此地，与宫中的线人暗通情报。

片刻之后，果然有脚步声传来。谢永儿回头，只见年轻的王爷缓步而来，一身白色蟒袍，头戴金冠，腰系玉带，清贵无匹。

他骤然在这冷宫附近遇到人，也丝毫不显慌乱，只是自称迷路，带着令人目眩的翩翩风度向她问路。

谢永儿含羞带怯地回望过去，成功捕捉到了对方眼中的惊艳。

她没有表明身份，只说："我带你去吧。"

他们并肩同行，相谈甚欢。直到接近目的地时，她才退了一步，道："再往前我就不方便去了，殿下慢行。"

端王一愣，问："你是何人？"

她这才自陈身份："臣妾乃是宫中嫔妾。"

端王眼中流露出一丝失望之色。"我还当你是女官……"

谢永儿看着他依依不舍的背影，嘴边扬起了一丝笑意。

大局已定。

· · ● · ·

翌日，谢永儿还是不得不赴宫宴。

她随着其余妃嫔按照品级鱼贯落座，悄悄抬头，望见了传说中的暴君。

夏侯澹一手撑在案上，懒洋洋地斜坐着，长发未绾，流泻而下，艳色近妖。如果不知道此人皮囊之下残暴的本性，恐怕只看一眼便要被其蛊惑，摔得粉身碎骨。

令她惊讶的是，暴君身边竟然有一道倩影紧紧与其挨着，斟酒添菜，小意服侍。

庾晚音封了妃，连装备也升级了，石榴宫裙金步摇，春风得意的笑脸灿若烟霞。她本就生得妖媚，再与夏侯澹凑到一处交颈贴耳，场面堪称失控，就跟盘丝洞开张了似的。

谢永儿有些诧异。看来自己的到来确实更改了剧情，这庾晚音竟然没有惹怒暴君进冷宫，而是得了他的欢心，还封了妃。

当然，自己并不稀罕那短命的妃位，谁能笑到最后还未可知。

想到这里，她越发低调，只管低头混在人群里，并不想引起不必要的注意。

然而事与愿违，酒过三巡之后，她听到庾晚音千娇百媚地进言："陛下，现在气氛正好，不如让众位姐妹献上歌舞，一展才艺啊。"

谢永儿知道这女主肯定提前准备了歌舞，想借机出风头，心中不屑地冷笑。

偏偏那暴君不知被她灌了什么迷魂汤，拍手称赞道："好主意，要是谁演得不好，便就地埋了吧。"

妃嫔们顿时筛糠似的抖成一片。

谢永儿冷眼看着堂上那对草菅人命的恶人，殊不知那对恶人正在用眼神交流。

夏侯澹：我演过头了？

庾晚音：没有，挺还原的。

妃嫔们为了保命纷纷献艺，一时丝竹声声。

谢永儿是穿书来的，并没有学过什么古代歌舞。但她也不慌，胸有成竹地搬出个东西，寂寞如雪地往堂上一坐。

"陛下，这是臣妾闲来造出的一样乐器，献丑了。"

夏侯澹道："嗯，这东西……"

是吉他。

夏侯澹在桌子底下猛掐自己的大腿，以免笑场。

夏侯澹继续道："……看着挺新鲜。"

谢永儿寂寞如雪地弹出了第一句。

庾晚音把头埋得很低，努力控制表情。

是《卡农》。

夏侯澹道："……好，好。"

庾晚音一低头，恰好看见了他猛掐自己大腿的动作，头顿时埋得更低了。

谢永儿弹着弹着，错了一个音，但是仗着全场无人知晓原曲，面无愧色，一脸坦然。

庾晚音也开始掐自己大腿。

谢永儿一曲结束，见庾晚音气得面容扭曲，不由得生出一丝快意。你是女主又如何？我照样可凭着才学绝地翻盘。

夏侯澹道："好，好。"

一曲弹罢，谢永儿回席了。

夏侯澹举杯喝酒，借着酒杯遮掩低声说："是穿的。"

庾晚音点点头回："显然。"

夏侯澹："而且看起来好像不太聪明的样子。"

庾晚音道："不不不，劝你不要小瞧她。"

恰有内侍禀报道："端王来了。"

夏侯澹放下酒杯，阴恻恻地笑了一声，笑得身周众人又抖了抖，才道："可算来了。"

端王夏侯泊上前行礼。夏侯澹懒洋洋地赐了座，问道："皇兄此去戍边，可还顺利？伤势已大好了？"

端王之前自请随军去戍边，打了几场漂亮的胜仗，还与几个武将打成一片。他智勇双全，早已声名在外，边境的百姓只知有端王，竟不知朝中皇帝姓甚名谁。

但他面对皇帝却一派温良和善，笑道："臣无能，骑马时滚了一跤。已无大碍。"

庾晚音鸡皮疙瘩都起来了。

她刚才还频频笑场，此刻对着这么个笑面虎，终于切实感受到了铡刀悬在头顶的凉意。

这位大兄弟如果也是穿来的，那奥斯卡欠他一座小金人。

夏侯泊陪着皇帝聊了几句，目光不经意地扫过席间，与谢永儿对上了。

谢永儿心头狂跳了一下，忽然听见皇帝指着自己说："这位谢嫔刚刚还在拿自创的乐器弹小曲儿，挺有趣的。"

夏侯泊的目光落在了她的吉他上，眉头微微一挑，并未露出其他表情。"哦？"

夏侯澹便吩咐她："再弹一首给皇兄听听。"

谢永儿这回弹的是《爱的罗曼史》。

这首她应该很久没练了，又没个谱子，索性放飞自我，弹得相当天马行空，时不时自创节拍。

夏侯泊垂眸聆听，举杯浅啜，似乎乐在其中。他既没露出新奇的神色，也没有任何笑场的迹象。

谢永儿纤纤玉指拨着弦，悄然抬眼朝他望去，眸中似是春水脉脉，近看才会发现闪烁的全是求生欲。她要牢牢抓住天选之子的心。

夏侯泊没在看她。

他不着痕迹地瞥了一眼皇帝身旁的庾晚音，神情若有所思。

谢永儿心里"咯噔"一声，又弹错了一个音。

她这一弹错，庾晚音的视线"唰"地射向了端王，目光炯炯，被夏侯澹拿手肘一推，才眨眨眼收敛了一下锐光。

夏侯泊骤然与这双眼睛相对，还是一副波澜不惊的样子，他温文尔雅地一笑。

一曲听罢，他抚掌笑道："果然仙音悦耳。"

庾晚音失望地收回视线。

身旁的夏侯澹动了动嘴角，低声问："再来一首？"

庾晚音道："估计没用，他要么是没穿，要么就是不听音乐。"

夏侯澹道："你去做套广播体操？"

庾晚音难以置信地看了他一眼。敌友未明，怎么能一上来就暴露身份？

夏侯澹也反应过来，不说话了。

· · ● · ·

夏侯泊将皇帝与这新晋宠妃的亲密互动尽收眼底，小坐片刻后便温声请辞了。

宫宴结束，夏侯澹长叹一声："没法判断他穿没穿啊。"

"我本来真心希望他已经被穿了。"庾晚音道，"因为原主跟你之间，可谓仇深似海。"

夏侯泊作为原文男主，走的是复仇路线。

他虽然先于夏侯澹出生，却是身份低贱的宫女所出。那宫女只是皇后侍女，被先帝看上承了雨露，母凭子贵封了个嫔。皇后表面上与她姐妹相称，却在某次宫斗被人抓住把柄后，毫不犹豫地将她推出去背了锅。

宫女被杖毙时，夏侯泊已经记事，亲眼看着母亲惨死于面前。

两年后，皇后诞下太子夏侯澹。又过两年，皇后病逝。

后来，皇帝册封了新的皇后。那位年轻的继后，也就是如今的太后，膝下无子，成了太子名义上的母亲。她乐于在人前彰显对太子的溺爱，方式通常是欺凌其他皇子。宫人看她脸色行事，更是变着法子折辱那些没有靠山的小崽子。

夏侯澹开始念书时说了句"无聊"，夏侯泊便被叫去当了陪读，那之后的每一天都在地狱里苦苦挣扎——小太子总是在头痛，而他头痛的时候，身边必须有人比他更痛。

夏侯泊成年后出宫分府的那一日，心中只剩四个字：血债血偿。

如果这位端王还是原主的话，他跟夏侯澹之间绝无讲和的余地，不是你死就是我亡。他会一步步地蚕食皇帝的势力，直到将之踩在脚底，永世不能翻身。

庾晚音原本希望他被穿，但今日一见，这家伙如果是穿来的，那就更可怕了。

毕竟，《爱的罗曼史》奏于耳边而不动声色，那绝佳的演技，那从容的气度，尤其是那双深沉的眸子，非野心之辈不能拥有。看来是打算来此一展身手，将成王之路进行到底了。

无论是哪种情况，情势都相当危急。

不过，或许是错觉，她总觉得这位天选之子今天多看了自己几眼。

难不成自己已经露出马脚了？

· · ● · ·

入夜后，安贤伺候着夏侯澹更衣，照例问了一声："陛下今日可要召人侍寝？"

便听皇帝随口说道："庾妃。"

安贤心下颇为震惊，连续三晚了。

他作为服侍帝王多年的老太监，太清楚夏侯澹的心性了。这些年来，从这座宫里拖出去的死尸都能堆成一座小山了。安贤能在此安然无恙地活到今日，已是烧了高香。

皇帝性情暴戾无常，又患有头痛之疾，枕畔根本容不下旁人。偶有不幸被翻牌的妃嫔，通常都没什么好下场，一个伺候不周就要受罚。至于受罚的形式，那得看他当时的心情。

万万没想到，突然有个庾晚音横空出世，莫名其妙就得了圣宠。

这庾妃究竟有何过人之处？

安贤脑中千头万绪，一时沉默，陡然间感到有冰凉的手指捏住了他的下巴，迫使他抬起头。

夏侯澹望向他的目光就像在打量牲口，语气却低柔到令人汗毛倒竖。

"有问题吗？"

安贤打了个寒战。"奴婢这就去请。"

· · ● · ·

安贤没有派人通传，而是纡尊降贵亲自前去接人，甚至笑吟吟地奉上了一盒雕工极精的首饰。

"庾妃娘娘如此容貌，戴上这些，陛下肯定喜欢。"

庾晚音依稀记得原作里的这个老太监，人设就是根墙头草，曲意逢迎，欺软怕硬。文中谢永儿上位之后，这家伙也搞了这么一出示好。但谢永儿还记着他当初羞辱自己的仇，反手就摔碎了首饰，找个由头将他送进了大牢。

庾晚音接过那盒首饰，商业假笑道："多谢公公。"

安贤笑眯眯地搓了搓手，道："娘娘若还缺点什么，尽管吩咐。"

庾晚音想了想问："有火锅吗？"

安贤："？"

第二章

# 新晋宠妃

这千年的狐狸精突然扮圣女，指望忽悠谁呢？

寝宫里架起了小火锅。

宫人退下后，暴君搬了把小板凳，与新晋宠妃围着火锅相对而坐。

庾晚音涮了块毛肚送入口中。"我总觉得少了几种佐料。"

"有就不错了，吃吧。"夏侯澹没精打采地戳着盘中羊肉，"也不知道还能吃几顿。"

庾晚音呛了一下。"别说这种丧气话。"

"你是不知道我上朝的时候，那气氛有多恐怖。满堂大臣没有一个说正事，这个劝我去哪里玩，那个劝我吃点什么。怎么讲呢，就像大型临终关怀现场。"

庾晚音道："没办法，你这身体的原主把良臣全赶跑了，只剩哄你玩的。尤其是武将，现在全归了端王阵营。其实吧，你穿来的时机有点晚了，该作的大死都作完了，现在想釜底抽薪，都没个人手替你去抽……"

庾晚音置身事外般评价了几句，一抬头，见夏侯澹以手扶额闭着眼睛，面色惨白。

她顿了顿，问："真有那么痛？"

夏侯澹睁开眼睛，笑道："原主脑子不好使，怕不是被疼傻的。"

庾晚音低头又下了块毛肚，没让他看清自己的表情。

她穿来已经三天了，受求生本能驱使，脑子一刻没停转，一直在思量最佳生存路线。为此，她也评估过身边这几个角色。

天选之女谢永儿，暂时没看出水平。

天选之子夏侯泊，无论穿或没穿，都不是易与之辈。

而这个同是天涯沦落人的夏侯澹——说实话，除了适应能力还可以，暂时没看出有什么过人之处，甚至还有点不靠谱。

更何况，原主被那偏头痛活活逼成了神经病，换成他又能抵抗到几时？

身在死局，自己与这人联手，真能干掉端王吗？

想到这里，她故作轻松地开口："我想试试拉拢谢永儿。毕竟她是天选之女，又是端王的重要助力，能跟我们站到一边的话，胜算就大得多。而且仔细一想，大家都是穿来的，无非都想活命罢了，把话说开了还斗什么呢？"

其实她考虑的并不止这些。

她不知道夏侯澹看出了多少，但他没有提出异议。"行，明天你去与她接触。那我呢？"

"你……"庾晚音缓缓回忆着原文剧情，"你去接触一个叫胥尧的人吧。他是端王的谋士，智商很高，端王有很多行动都是他在背后出谋划策……我去，锅烧干了！"

两人忙着开动脑筋，不知不觉竟忽略了沸煮的火锅。

庾晚音听着声响不对，才惊跳起来。"水，水！"

"慌什么，这儿呢。"夏侯澹走去提起一边备好的汤壶，将高汤倒了进去。

脚步声响起。

庾晚音缓缓回头，看见了门边满脸震惊的小宫女。

小宫女适才虽然被屏退，但还是守在门口随时待命。她听见里面传出呼喊声，慌忙推门进来，正看见那位酷爱埋人的暴君手提汤壶，在往火锅里加水。

庾晚音僵硬地扭头看着夏侯澹。

夏侯澹轻轻放下汤壶，背过手去，朝那宫女瞥了一眼。

他身上明明还沾着一股火锅味儿，这一眼却瞥得目下无尘，薄唇一勾，勾出一丝冷笑。仿佛他加汤加得天经地义，只是对方该把眼睛抠出来。

小宫女双腿一软就跪了下去，恨不得将脸埋进地里。"奴婢该死。"

夏侯澹又盯着她的头顶望了三秒，才轻飘飘地开口："滚。"语气轻柔，带出三分疯劲儿。

小宫女滚了。

庾晚音福至心灵，回忆起初见时夏侯澹的表现，忽然用陌生的目光打量他。"你是不是演技很好？"

夏侯澹扶正了小板凳重新坐下。"还可以，谈生意免不了虚虚实实，练出来的。"

"……倒也不必练到这种程度吧！"

"刚说到哪儿了？那谋士叫什么？"

"胥尧……"庾晚音心念飞转，一阵振奋，"我突然很看好你。说不定你还真能把他策反了。"

夏侯澹："？"

庾晚音道："这个胥尧之所以会站端王的队，是因为你把他爹流放了。他爹是一代忠良，被你听信谗言扣了个罪名，随手发配到不毛之地。本来胥尧也得一起去，但端王暗中救下了他，从此让他改名换姓藏身于王府，成了谋士。据说此人一直没有放弃，还在暗中四处奔走，想接回老父。"

夏侯澹道："那我去找他，就说能把他爹弄回来，条件是让他归顺于我？"

庾晚音道："没有那么简单。他依旧会怀恨在心，质问你：'当初为何要错勘贤愚，使家父蒙受不白之冤？'"

夏侯澹阴恻恻地冷笑一声，道："我不过是个被蒙住双眼、捂住双耳的疯王罢了，是忠是奸，还不是一本奏折说了算？"

庾晚音被他带着入戏，摆出一脸不忿。"陛下既然已知那魏太傅信口雌黄，为何仍旧重用他？"

夏侯澹愣了一下，随即放声大笑。"魏太傅？胥尧啊胥尧，可怜你到今天还以为是那糟老头子害了你爹？"

庾晚音提醒道："不是很老。"

夏侯澹道:"胥尧啊胥尧,可怜你到今天还以为是那孙子害了你爹?"

庾晚音:"……"

庾晚音道:"那是谁?"

夏侯澹凑近她,恶声恶气地低语:"是谁未卜先知,保下你一条小命?是谁满脸悲悯,将你收作了看门狗?"

庾晚音倒退一步道:"你……你胡说!"

夏侯澹笑了笑,大袖一甩,转身就走。"你大可自己去查。"

他走出两步,又停下来,回头问:"怎么样?"

庾晚音道:"牛 ×。"

. . . ● . .

因为无法确知寝宫内外有谁的眼线,为免引起猜疑,庾晚音这几晚并没有另找床睡,还是宿在龙床上。

枕头硬,被窝凉,空荡荡的宫殿里阴风阵阵。龙床中央拿衣服摆了条三八线,两边各躺各的,偶尔出声,聊的也是:"文里写过哪个宫人摸进来下毒吗?"

"好像没有,但我不敢打包票。"

庾晚音以前看文的时候,还会时不时随着感情线发出姨母笑。可如今自己穿了进来,才觉得那些穿越文太不写实,主角跟傻子似的,都不清楚还能活几页,居然有心思谈恋爱。设身处地,她要是夏侯澹,她绝对提不起兴致来。

. . . ● . .

翌日清晨,她顶着黑眼圈爬起来,对镜一看,直呼不好,当即摸出妆奁——这妆奁也是安贤赔着笑脸塞来的。

等到夏侯澹更了衣,庾晚音已经化上了全妆。

夏侯澹经过她身旁时不经意地瞥了一眼,顿了一下,又回头仔细看了一眼,道:"你好像有哪儿不太一样。"

庾晚音道:"今天这个叫社畜妆。温柔和善,任劳任怨。"

夏侯澹:"?"

庚晚音道："等下要去找谢永儿抛橄榄枝，看着慈祥点总没错。"她也看了看夏侯澹，皱起眉头，"你不是要去勾搭胥尧吗？你这脸不行的，过来。"

夏侯澹："？"

暴君和妖妃慈眉善目地出了盘丝洞，兵分两路去做任务。

· · · · ·

夏侯澹上朝去了，庚晚音便回了自己的偏殿。

她还在打听谢永儿住在哪里，谢永儿却自己送上了门。

谢永儿感受到了危机。

昨日她明明在冷宫门口截和了夏侯泊，抹杀了他和庚晚音情窦初开的戏码，转头却在宫宴上看见那俩人你来我往的眉眼官司。

那宠妃一边柔若无骨地依偎在暴君身侧，一边却又拿眼神吊着端王。偏偏她艳若桃李，顾盼生姿，生动地诠释了何谓天生的女主。

难道说，夏侯泊命中注定要被庚晚音吸引，而自己无论如何都改变不了炮灰的宿命，必须像蝼蚁一样死去？

谢永儿不信命。

她总有种感觉，自己上下班路上不会白白看那么多权谋文和宫斗文，天生我材必有用。

谢永儿回去之后，与信得过的姐妹团合计了一番，针对庚妃的崛起，商量出了一个简单却高效的对策。

这天她与几个小姐妹相约，提着精致点心，笑眯眯地来串门了。

谢永儿道："姐姐如今承蒙圣恩隆眷，还请别忘了宫里亲厚的妹妹呀。"

庚晚音："……"都是穿来的，为什么你说话就有那味儿？

谢永儿打开食盒，称是亲手做了点心，劝她品尝。

庚晚音："……"

她拈了一块甜酥，既怕有毒，又觉得天选之女出招不至于如此低级，一时举棋不定。要真是这个智商，大概也没有策反的价值了。

谢永儿看着她将一口未动的甜酥放到一边，面上毫无反应，仍旧与她亲亲热热地聊着天。

在她们身后，谢永儿带来的小丫鬟悄无声息地挪动步子，靠近了墙角。

庾晚音松了口气。还好还好，看来还是有高级招数的。

她没去管小丫鬟的小动作，赶紧趁机刷好感度。"可别提了，什么妃啊嫔的，到头来都一样。永儿妹妹，我与你说句体己话，那圣人今天能将你捧上天，明天就能让你下地狱。"

谢永儿愣了愣，原文女主是这个人设吗？

她身后的小姐妹都倒吸一口凉气，纷纷劝庾晚音谨言慎行。

庾晚音道："我信你们不会说出去。我们女人在这种地方，原就是任人摆布的棋子罢了，若是还不互相照应，岂不是遂了臭男人的愿？"

谢永儿："？？？"

庾晚音说的很大程度上是真心话。

她拉拢谢永儿不是为了夏侯澹，而是为了她自己。

如果谢永儿能放下弄死她的心，她一点也不想宫斗。两个社畜斗什么斗啊，坐下吃火锅不好吗？

她现在与夏侯澹战略合作是不得已而为之，内心深处并不完全信任他。就算在最好的情况下，他俩赢了，夏侯澹坐稳了龙椅，反手将她卸磨杀驴，也只需说一句"你知道的太多了"。体制注定了她处于劣势。

要在这个生存游戏里苟活到最后，谈何容易？多一个朋友就少一个敌人，天选之女的大腿不抱白不抱啊。

然而，她又不能直接摊牌：其实我也是穿的。

因为根据原文，谢永儿跟夏侯泊是一对，此时已经开始谈恋爱了。她告诉谢永儿，就等于告诉了夏侯泊，而那位端王会如何利用这个情报，她心里没底。

庾晚音只能用这种方式暗戳戳地相劝：姐妹，别恋爱脑了，忘了男人吧，我偷电瓶车养你。

庾晚音的努力完全白费了。

谢永儿望向她暗含急切的眸子，心中反而渐渐冷静。眼前的只是个纸片人，她是不会跳出原文设定的，此时莫名其妙向自己示好，无非是为了麻痹潜在的敌人罢了。

幸好自己读过剧本。

想到端王昨夜托人送进来的香囊，谢永儿又觉得一切都在驶入正轨，形势大好。自己只需更果决些，早早将这短命女主扼杀在摇篮就行了。

谢永儿面上还在笑着，眼中却难免流露出一丝不耐烦。她看着还在组织台词的庾晚音，就像在看跳梁小丑。没必要跟一个死人浪费时间。

小丫鬟对她悄悄打手势后，她又坐了片刻，便起身告辞了。

· · · · ·

走出偏殿，几个小姐妹顿时围住了她。

"怎么样？"

谢永儿道："成功了，庾晚音挂在墙角的那件衣裙，裙摆处已被染上了魏紫花汁。染得很隐蔽，她自己绝对发现不了。接下来只需等她穿上那衣裙，我们便可行动。"

那"魏紫"是花名，只在牡丹园的一角种了几株。

小姐妹中犹有人担心。"只凭几滴花汁，能成吗？"

谢永儿笑道："陛下多疑。"

"……"

跟在她身后的楚嫔迟疑片刻，小声开口："那庾妃生得妖艳，说起话来，倒像是性情中人。"

谢永儿没有接茬。

· · · · ·

胥尧走出御书房，胸膛里一颗心脏还在狂跳。

他是被秘密请进宫来的。

来的时候，他已经做好了九死一生的准备——那暴君会找他，就说明已经发现了他隐藏的身世，说不定还知晓了他仍在暗中奔走，试图从流放地接回老父。

但他万万没想到，御书房里等待自己的会是这样一席谈话。

夏侯澹不仅没有杀他，还说可以饶恕他父亲。

想到夏侯澹字里行间暗示的意思，胥尧仍觉得不可置信，当初魏太傅进言嫁祸于他父亲，背后授意的，竟是端王？而端王转头又救下自己，兜兜转转一大圈，仅仅是为了将自己收作谋士？

胥尧不相信。

谁不知道那皇帝昏聩暴戾，就是个疯子？

疯子……会说实话吗？

胥尧满腹心事地出了宫，片刻之后，夏侯澹也从御书房走了出来，随手抹了抹泛红的眼角。

他刚才演得太投入了，说到自己被人蒙在鼓里难辨忠奸那一段，甚至还掉了两滴泪。

胥尧当时的表情就像见了鬼。

天气晴好，夏侯澹挥手遣退了龙辇，信步朝御花园走去。

·　·　●　·　·

庾晚音午睡过后换了身凉快点的衣裙，跑出偏殿晒太阳，不觉走到了御花园。

她正观察着池塘里的游鱼，就听到一阵急促的脚步声。一个小太监朝她快步跑来，尖声道："娘娘，大事不好！"

庾晚音问："怎么了？"

小太监惊慌失措，口中含含混混说不出个所以然来。庾晚音依稀听见"陛下"二字，朝他凑近了些，问："什么？"

她刚一凑近，小太监惊呼一声，顺势朝后倒去，一头栽进了池塘。他慌乱地扑腾几下，口中喊道："庾妃娘娘饶命啊，奴婢知错了！"

庾晚音："……"

她有所预感，缓缓回头。

夏侯澹就站在十步开外。

夏侯澹："……"

庾晚音："……"

夏侯澹看了一眼这宫斗文经典碰瓷现场，转身就走。

还在池塘里扑腾的小太监："？"

夏侯澹没走几步，小太监又自己爬了上来，嘶声道："陛下，奴婢有事要奏。"

跟在旁边的安贤道："放肆！"

小太监不管不顾，口条突然变得惊人地利索："奴婢只是偶然间看见庾妃娘娘与一个男人同行，瞧背影似乎是个侍卫，被奴婢撞破就逃走了。奴婢多嘴问了娘娘一句，她竟将奴婢推入水中……"

夏侯澹道："拖下去。"

侍卫蒙了。"……陛下，拖谁？"

夏侯澹一指小太监。

小太监："？？"

小太监垂死挣扎："敢问娘娘今日有没有到过牡丹园！"

庾晚音看他演得实在辛苦，捧场道："没有。"

小太监道："那你的裙角怎会有魏紫花汁？"

夏侯澹道："拖下去。"

小太监："？？？"

小太监被拖出三十米远，仍旧不敢相信，用尽全力叫道："陛下，奴婢还有证人！"

夏侯澹问："在哪儿？"

侍卫停了手。

一个老宫人颤颤巍巍上前，跪地道："启禀陛下，老奴一直在牡丹园打扫……"

夏侯澹打断道："一起拖下去。"

老宫人："？"

一旁看戏的庾晚音眼睛都直了。

不是，看戏就看戏，您怎么还带狂按快进的？

眼见着两个告状的都被拖远了，夏侯澹又跟没事人似的准备甩袖走人，庾晚音不得不咳嗽了一声。

夏侯澹停下脚步望着她："？"

周围全是宫人，庾晚音努力用眼神传递信息：大哥你OOC[1]了，虽然我不知道疯子应该是什么样，但肯定不是你这样。

夏侯澹顿了顿，好像还真的领悟到了什么，他缓步走到她面前，冰凉的手指犹如毒蛇般缠绕而上，抚上了她的侧颈。

他的语气堪称含情脉脉："爱妃，你不会背叛朕的吧？"

庾晚音怯生生道："臣妾对陛下的心意天地可鉴，陛下若是信不过臣妾……"

"怎么会信不过呢。"夏侯澹摸了摸她的脸，"朕信不过的人，都已经死了。"

周围的宫人纷纷低下头，尽力降低存在感。

夏侯澹又笑道："是谁嫁祸于你，爱妃心中可有猜测？"

还能是谁，谢永儿呗。

这可是拉拢天选之女的好时机，庾晚音果断说出挑好了的台词："臣妾不知。"

"真的不知？"夏侯澹阴森森地问。

庾晚音露出隐忍大度的苦笑。"陛下日理万机，无须为这等琐事烦心，况且臣妾也不愿伤了后宫姐妹们的和气。无论是谁，相信事情败露，她心中也已悔过，陛下就给她一次机会吧。"

四周宫人听得眼皮直跳。

这千年的狐狸精突然扮圣女，指望忽悠谁呢？

夏侯澹愣了愣，面色一缓。"爱妃竟有此心。"

忽悠到了！！

四周宫人呼吸急促。

· · ● · ·

这一天，庾晚音的大名传遍了后宫所有角落。

---

[1] OOC，Out of Character的缩写，意为"不符合个性，预料不及"，常出现在角色扮演和同人文学中，指角色做出了不符合原著作品设定的举止，有了原角色不可能做出的行为。

谢永儿听小丫鬟复述完案发现场的对话，眉头一动，露出了困惑的神色。

暴君竟对庾晚音信任到如此地步？更奇怪的是，庾晚音为何不指认自己？

因为她太笨，没怀疑到自己头上？应该不太可能。

因为她没有证据，单凭一句话无法加害于自己？但依那暴君的性子，明明不需要任何证据……

排除异己的大好机会，庾晚音就这么轻轻放过了。

谢永儿想起她那句"互相照应"，心念微转，紧接着又觉出几分可笑来——《东风夜放花千树》全文里，庾晚音游走于皇帝和王爷之间，长袖善舞，滴水不漏，别的妃嫔全成了她成功路上的垫脚石。

如此演技，她说的话没有一个字可信。

· · ● · ·

是夜，盘丝洞第一届工作交流会议在小火锅前胜利召开。

庾晚音道："拉拢工作不太顺利，谢永儿好像对我筑起了很高的心防，一心当我是纸片人。"她叹了口气，"我又不敢冒着被端王发现的风险，跟她说大家都是真人……"

夏侯澹道："不是啊。"

庾晚音道："啊？"

夏侯澹道："你仔细想想，你是真人，她不是。她是《穿书之恶魔宠妃》里的角色，她的穿越者身份都是原作给的，包括性格和思维回路，都是早已设定好的。你想劝她反水，估计很困难。"

庾晚音没有往这个方向想过，此时经他提醒，才惊觉自己潜意识里一直把谢永儿当成同类。

其实并不是同类吗？

她一时有些丧气，勉强挣扎道："也别那么快下结论，再看看吧。你跟胥尧谈得怎样？"

夏侯澹道："我说我召回他父亲就是一句话的事，他是聪明人，知道该拿什么来换。但他走的时候失魂落魄，估计受到了冲击，还在纠结要信谁呢。"

"挺好挺好，就照这个思路继续。你现在没有自己的势力，要在夹缝中求生，必须搅乱一池浑水。"庾晚音帮他分析，"我这几天一直在绞尽脑汁回忆原文。朝廷中的官员，七成是太后党，三成是端王党。"

夏侯澹问："太后有可能帮我吗？"

"你想得美。她是你后妈，年纪轻，心高气傲，嫌你不听话，一直将小太子养在身边，想越过你当吕武[1]呢。不过你放心，书里她一直在瞎折腾，到最后也没翻出什么水花，你还是被王爷干掉的……"

夏侯澹错愕道："小太子？"

"你儿子。"

"我有儿子？"

"……"

庾晚音道："有，就这一个，你十五岁时生的，今年七岁。"

夏侯澹花了半分钟消化这则消息。

夏侯澹道："那，我儿子的妈……"

"死了。好像是生完孩子病死的。"

夏侯澹苦笑道："我现实里都还没结婚。"

庾晚音道："不要在意这种细节。"

太后势大，外戚把持朝纲，党同伐异，搞得朝堂上人人自危。但这一派大多是些浑俗弄臣，成日里贪赃枉法，只会耍嘴皮子功夫，把暴君哄得晕头转向。

而一群武将口舌笨拙，被太后党的文臣欺压多时，不知不觉，已被端王悄然纳入了麾下。

庾晚音道："我想了又想，只有一条路：让他们内斗。反正光脚的不怕穿鞋的，你可以随便挑拨离间，最好引得他们杀个昏天黑地，再趁机浑水摸鱼。至于具体怎么演……"

夏侯澹比了个"OK"的手势，说："我即兴发挥。"

---

[1] 吕武，此处指汉高祖皇后吕雉和武则天。

．．．．．

盘丝洞第一届工作交流会议圆满结束。

吃完火锅，庚晚音又想起一事。"其实你被篡位有一个最大的导火索，是因为一场旱灾。"

"什么时候？明年？后年？"

"我不知道，在全书差不多三分之二的地方。"

夏侯澹："……"

一目十行、不求甚解的庚晚音有些理亏，努力将功补过回忆细节。"旱灾一来，国库空虚，民不聊生。你非但没有想办法赈灾，还听信奸臣进言，大兴土木造了个什么神宫，用来祭天。饿死的人多了，到处都在举旗造反，场面陷入一片混乱……然后你就被刺了。"

夏侯澹道："但你不记得刺客是谁，也不记得是哪一天。"

庚晚音回："……在倒数十几页的地方。"

夏侯澹扶额："你能记点有用的吗？"

庚晚音怒道："现在说这些也晚了，有总比没有好吧！总之你被刺后端王打着勤王的旗号入宫，但你伤重不治。百官进言，说此时举国情势危急，太子年幼不堪大任，求他当皇帝稳固江山。于是他临危上任，励精图治，终成一代明君。"

夏侯澹道："我看出来了，你看书时喜欢端王。"

庚晚音道："……视角，视角决定立场。"

庚晚音继续将功补过。"我觉得可以从根源上杜绝这场灾祸！我们现在就去搜寻抗旱的作物，想办法鼓励大面积种植。"

夏侯澹竖起拇指。

庚晚音："事关重大，必须隐蔽行事，交给别人我不放心。我想去藏书阁翻翻资料。"

夏侯澹："那我就找个由头，说你要编书，把你送进去。"

庚晚音道："行。"

庚晚音心中窃喜。

这藏书阁建于皇宫边缘处，有两扇大门，一扇对内，一扇对外，以供大臣入阁阅览。

　　她总得为自己留条后路，万一夏侯澹玩不过夏侯泊，到时勤王的兵马长驱直入，她说不定还能玩个狡兔三窟。

　　庾晚音刚想到此处，就听夏侯澹补充道："这样也好，哪天我死了，你在藏书阁乔装打扮一下，没准还能逃出生天。"

　　庾晚音愣了愣，心中一时说不出是什么滋味儿。

　　· · · ● · ·

　　这日早朝，中军洛将军班师回朝。

　　洛将军骁勇善战，先前燕国来犯，被他一举打退了三百里——这本书的地理是架空的，大致在周边设了些小国。

　　夏侯澹坐没坐相地斜倚在龙椅上，一手按着太阳穴，敷衍了事地夸了几句场面话，又道："还得多谢洛卿照顾朕的皇兄。"

　　洛将军道："臣惶恐。"

　　夏侯泊就站在他斜后方，恭恭敬敬垂着脑袋没有抬头。

　　夏侯泊先前参军戍边，与将士们一同出生入死，早已混得情同手足。但洛将军回来之前就听了端王的嘱咐，在皇帝面前要表现出彼此并不熟识的样子。

　　夏侯澹敷衍道："嗯，赏点什么呢……"

　　"陛下，臣有本奏！"户部尚书出列，"洛将军前日申领军饷，不知为何比往年多了两成。"

　　这户部尚书正是太后党的蛀虫之一，扒着油水最多的户部，食得脑满肠肥。

　　"今年各地收成不好，国库存粮大半用去赈灾了，洛将军这一下狮子大开口……"

　　一时间，太后党纷纷出来拱火，围着洛将军横挑鼻子竖挑眼。而端王党惯于蛰伏，并没有人出来表明阵营。

　　洛将军一介武夫，说不过这许多文臣，脸都憋成了紫红色，满腔杀气几乎掩盖不住，直勾勾地抬眼瞪向皇帝。

　　夏侯澹问："皇兄以为如何？"

夏侯泊："？"

夏侯泊没想到一贯独断专行的皇帝会突然把球踢给自己，酝酿了一下才应对道："既然存粮不够，陛下心系万民，中军理当为陛下分忧。"

夏侯澹微不可见地勾了一下唇角，眼底全是嘲讽。看来这"伟光正"的王爷，也并没有真的把他那些将士放在心上。

夏侯泊琢磨着让将军先记恨上皇帝，而自己囤了些私粮，回头可以秘密接济过去。虽然分到那么多兵卒头上不过杯水车薪，但至少姿态是摆出来了。

他还想说点什么安抚洛将军，却听堂上的暴君突然问道："朕就不明白了，军饷年年都是这个数，今年怎么就突然不够吃了？难道是边疆日子过得太滋润，一个个都长胖了？"

户部尚书带头大笑，朝堂里充满了快活的气息。

洛将军终于忍不住爆发："陛下，请容臣呈上一物，好叫陛下看看你的将士每天吃的是何物！"

两只麻袋被呈了上来，安贤上前仲手入袋抓了一把，转而送到夏侯澹面前。只见枯黄的米粒里掺了三成细沙碎石。

洛将军道："这便是户部发来的军饷！"

户部尚书尖声笑道："何处弄来的糙米，就敢颠倒黑白，欺瞒圣上？陛下明察秋毫，怎会信你！"

忽悠皇帝多年的文臣纷纷加入了冷嘲热讽的队伍，朝堂再次充满了快活的气息。

夏侯澹站了起来。

他走到御前侍卫身边，顺手抽走了侍卫的长剑，大步跨下玉阶，直直朝着臣子们走去。

皇帝又发疯了。

户部尚书起初还在看热闹，渐渐发觉了他脚步的朝向，笑容开始消失。"陛下！"

夏侯澹提剑冲向他。

户部尚书倒退几步，摔了个四脚朝天，又爬起来边逃边喊："陛下！"

夏侯澹穷追不舍。

户部尚书绕柱走。

看呆了的侍卫们终于反应过来，抢上前摁住了户部尚书，一人捆手，一人按脚，将他固定在原地，回头望着夏侯澹。

夏侯澹气喘吁吁地停住脚步，对着侍卫笑了一下。"怎么，等着朕动手呢？"

侍卫："……"

侍卫一剑结果了户部尚书。

朝堂里落针可闻。

夏侯澹有些踉跄，按着头坐回了龙椅。"他笑得太大声了。"

众臣："……"

夏侯澹指了指洛将军，道："你，自己去户部领军饷。"

洛将军整个人还没回过魂来，好半天才磕头道："谢陛下！"

太后党们有意无意地瞥向夏侯泊。

夏侯泊仍旧敛眉立于原地，一脸忧国忧民，没有露出丝毫得色。

· · · · ·

夏侯泊回了王府，召来谋士商议此事。

夏侯泊道："皇帝突然发疯，真是偶然吗？这下户部尚书一死，太后党定会把这笔账算到我头上，回头便会反扑。"

胥尧道："……至少中军将士可以吃上好饭了，是好事。"

夏侯泊奇怪地看了他一眼，仿佛惊讶于他突如其来的天真。"中军将士吃得好了，便不恨皇帝了。"

胥尧一向信奉成大事者不拘小节，也感激端王的知遇之恩，从来不觉得与他谋划的事情有什么不对。然而此刻，他却感到一股凉意蹿上了背脊，那疯王的话语又在耳边响起："是谁满脸悲悯，将你收作了看门狗……"

胥尧能感觉到夏侯泊在看自己。他迅速转移了话题："皇帝今日的举措确实有些突兀。他最近宠幸的那个庾妃，是怎样的人？"

· · · · ·

与此同时，下了朝的夏侯澹正在和庾晚音谈夏侯泊。"恶人，绝对的恶人，穿没穿都是恶人。"

庾晚音道："这样很危险，我们必须想办法比他更恶。"

夏侯澹道："他手下那个胥尧，这几日应该会去调查当年的事。可惜，没有什么不利于端王的证据……"

庾晚音道："证据这种东西，可以伪造呀。"

夏侯澹道："妙啊。"

庾晚音狞笑着与他击掌。

夏侯澹道："不，我转念一想，'进谗言栽赃良臣'这种事本来就不太会留下痕迹，他要是能找到证据，反而可疑。"

庾晚音道："那我们这样，先告诉他，为免端王起疑，只能将他的老父秘密接回，莫要让端王知道……然后，在接回他老父的过程中故意出点纰漏，让他以为已经泄密。"

夏侯澹懂了。"最后再找个人去暗杀他老父，扣到端王头上？"

庾晚音补充道："但你的人要千难万险、九死一生地救下他的老父。"

夏侯澹道："妙啊。"

庾晚音狞笑着再次与他击掌。

· · · · ·

藏书阁临水而建，窗外波光粼粼，风景相当不错。

庾晚音办了个入职手续，便堂而皇之地坐了进来。

她全神贯注地查了两小时的作物资料，一无所获，注意力渐渐涣散。社畜摸鱼的本能战胜了理智，开始在宣纸上乱涂乱画。

便在此时，藏书阁门外有小太监唱名道："端王到——"

为了避嫌，庾晚音的书案设在二楼深处的窗边，旁人若无手谕上不了这一层。

但宫人惯会见风使舵，知道必须给谁行方便。庾晚音隐约听见楼下传来几句人声，也不知夏侯泊说了什么，接着便有脚步踏上楼梯的动静。

脚步声不急不躁，每一步都踏得很稳。庾晚音透过书架的缝隙朝楼梯口望去，便见夏侯泊走了进来。

他今天的穿着颇有魏晋遗风，宽袍广袖，长发半束半披。这般闲步走来，端的是皎皎如月，掷果风标。天选之子颜值制霸，饶是庾晚音清楚后事，知道他手腕有多可怕，这一眼望去也不得不夸一句"美人"。

几秒后又有一人跟上楼来，做布衣文士打扮，一脸苦大仇深，仔细一看好像还易了点容，想来应该是胥尧。

他俩到这里来干吗？

庾晚音不动声色坐在原地，仔细设想了一下如果自己是原主的话，此刻应该是何表现。

——哦，原主暗恋端王来着。

那两人一副认真找书的样子，左瞧瞧右看看，慢吞吞地靠近了庾晚音所在的角落。

庾晚音："……"

演，就硬演。

夏侯泊终于不经意地偏过头来，似是刚刚发现庾晚音的存在，惊讶道："庾妃娘娘。"

庾晚音慌忙站起身，含羞带怯地与他见礼。"端王殿下。"

按照原作设定，夏侯泊跟庾晚音有过一面之缘，是在她入宫之前，元夜的花市上。她偷跑到长街玩耍，偶遇了微服的夏侯泊。

于是少女对神秘俊美的青年一见倾心，回家后害了相思，不肯入宫为嫔。而夏侯泊虽然与她相处愉快，但回头就淡忘了此事。

后来庾晚音被家人逼迫含恨入宫，冷宫再遇端王的戏份又被谢永儿给抹了，以至在《穿书之恶魔宠妃》里，庾晚音全程单恋，夏侯泊则郎心似铁，只恋谢娘。

庾晚音不确定眼前这个夏侯泊是不是原主，更猜不出他为何要来找自己。

为保险起见，还是照着剧本来吧。

庾晚音悄悄抬眼看他，眸中似有如烟轻愁。"殿下为何来此？"

"想寻一本书，方才却没找到，许是记错了。"夏侯泊张口就来。

庾晚音道："那……殿下说说书名，我也帮着找找。"

夏侯泊没有接这个茬，微笑着看她。"听闻娘娘在此编书？"

庾晚音低头道："整理些诗文罢了，是陛下见我成日待在偏殿无聊，替我寻了点事做。"

"娘娘柳絮之才，令人钦佩。"

离得近了，可以看出夏侯泊与夏侯澹确实是兄弟。

他们都生得很白，五官也有七八分相似。只不过夏侯澹的苍白带着点病态，眉眼阴沉，就差将"反派"二字刻在脑门儿上了。夏侯泊却如玉雕而成，疏朗和煦，光风霁月。

让人很难相信，他才是背负仇恨、图谋不轨的那一个。

庾晚音想透过神态判断他是不是原主，不觉凝视得久了一点，便见夏侯泊一笑，对她道："前几日宫宴一见，娘娘也是这样望着我，似有疑惑。"

庾晚音心里"咯噔"一声，脑子飞快转动，面上婉转一叹："只是有些错愕，没想到当初在元夜花市上偶遇的公子，竟是大名鼎鼎的端王。"

有理有据，令人信服，谁也挑不出问题。

夏侯泊也陪着一叹："我当时微服闲逛，不便显露身份，还望娘娘见谅。"

当前比分 0：0。

庾晚音继续试探："这宫内消息不通，不知我家中可还安好？"

——原文设定，她爹是一个混了多年没出头的小官，夏侯泊也是认识的。如果是原主，应该答得上来。

夏侯泊回忆了一下道："上回见到，庾少卿十分康健，似乎新近喜欢上了茶道。"

当前比分仍是 0：0。

庾晚音依旧看着他，飞速思索着下一招。

夏侯泊抢了先，感慨道："元夜一别，再次见到娘娘，险些未能认出。"

庾晚音："……"

她这个角色的设定好像是一朵白莲花，要被化妆后的谢永儿艳压的。而且因为心系端王，对暴君一直又怕又恨，后来为了报复谢永儿才走上宫斗的道路。

现在她却抢先走了妖妃路线，当着夏侯泊的面，跟暴君言笑晏晏，耳鬓厮磨……

庾晚音的心脏猛跳了一下。

原文中的端王明明没将庾晚音放在心上，怎会察觉变化？

你只见过我两次，却看得这么清楚，果然是有问题吧？

虽然证据还不够确凿，姑且算是0.5∶0吧。

庾晚音亡羊补牢，重新靠拢白莲花人设，苦笑道："谁进了这深深宫门，还能不变呢？保持不变的姐妹们，都已成了这朱墙下的花泥。我……"她似是有些迷茫，"我还是想活下去的。"

夏侯泊顿了顿，道："娘娘，此话我只当没听见，请娘娘切莫再与他人提起。"

庾晚音慌忙捂了一下嘴，暗含恐惧地瞥了一眼他身后的胥尧。"是我失言了。"

夏侯泊笑道："这位是我的好友，不会乱说的。"

庾晚音点点头。

漂亮！　0.5∶0领先。

夏侯泊与她又行了一礼，正要告辞，目光一转，望向了窗边的书案。"娘娘在作画？"

庾晚音："……"

庾晚音脑中的记分牌轰然坍塌。

她刚才打着瞌睡摸鱼，在纸上用幼儿园笔法画了只王八。

已经被看见了，再掩饰也晚了，庾晚音只好扮出在心上人面前露怯的样子，羞愤地红了脸。"方才我望见窗外的池水里有东西游过去，便信笔一记。"

夏侯泊凝视着那只王八，眼角抽动了一个像素格的幅度。

夏侯泊说："这画，嗯……"

庾晚音耳朵红得快要滴血，捏着那画纸，咬咬牙便要撕碎。"殿下别看了。"

夏侯泊拦住了她："倒也别有一番稚拙童趣，就这样撕毁，未免太可惜。"

正在费力做表情的庾晚音："？"

你听听你说的这是人话吗？

庾晚音试探道："殿下喜欢？"

夏侯泊道："我瞧着十分欢喜。娘娘既然不愿留下，可否将墨宝相赠？"

庾晚音直觉有坑也只能顺着跳。"殿下不嫌弃便拿去吧。"

夏侯泊笑道："多谢娘娘。他日定有回礼奉上。"

庾晚音："？"

庾晚音瞥了一眼他腰上那只明显是新绣的香囊。原文里，这是他与谢永儿互赠的信物。

一碗水端平，不愧是端王。那边要吊着，这边也要撩着，这是在谋划什么？

· · · ·

夏侯泊拿着画走了。

出了藏书阁，他淡淡地问胥尧："看出什么了吗？"

胥尧思索良久，回道："单凭这次会面，看不出有何城府。不过眼神狡黠灵活，恐怕心思甚多，难怪能博取皇帝欢心。"

夏侯泊问："你觉得她的言行有什么奇怪之处吗？"

胥尧一愣。"奇怪？殿下指的是……？"

夏侯泊笑了笑，没再多言。

他拈起那张王八图对着光看了看，似乎觉得十分有趣，转而吩咐道："去查查她入宫之前有没有留下什么字画吧。"

· · · ·

庾晚音转头就直奔偏殿，找来丫鬟小眉，问："你还记得我从前的画吗？"

小眉惊呆了："小姐从前画过画？"

庾晚音心中狂喜乱舞。"没画过就好，没画过就好。"

# 第三章

# 离间计

> 她是社畜，不是初中女生，早就过了幻想世界
> 围着自己转的年纪。大家落到这个局里，都是
> 溺水之人，谁能浮上去全凭本事。

这天是本月初一，后宫妃嫔要去给太后请安。

按理本应是晨昏定省，但太后喜静，改了规矩，说是只需初一、十五前去问安。可想而知，每月这两日也成了必不可少的固定宫斗环节。

庾晚音到的时候，发现除了太后，所有人都来早了。

魏贵妃正端坐在殿中，一边撇着杯中茶叶，一边乜了她一眼。"庾嫔现在可是炙手可热呢，无怪乎来得如此之迟，倒让姐妹们好等。"

庾晚音："……"

开始了。

魏贵妃身后的丫鬟道："主子贵人多忘事，庾嫔现在封了庾妃呢。"

魏贵妃轻笑一声："呵，怪不得。"

庾晚音："……"

她想了半天这人是谁，终于记起来了。

皇后病逝之后，中宫之位空悬至今，这位魏贵妃就在目前的金字塔顶端。她是魏太傅的妹妹，深得太后欢心，又仗着娘家势力，在后宫作威作福。

她大概五章后会败在谢永儿手上，从此查无此人。

庾晚音看她就像看一个死人，心中毫无波动地走流程。"妹妹路上有事耽搁了，万望姐姐们勿怪。"

魏贵妃"啪"一声摔了茶杯。"你那是什么眼神？"

庾晚音低眉敛目，酝酿了一下哭腔："妹妹知错了。"

魏贵妃身后的庄妃冷笑道："她说有事，那是何等要事啊？该不会又是在牡丹园里与哪位侍从会面吧？"

一旁的贺嫔与她一唱一和："姐姐，这话可不敢乱说，仔细被她哭到陛下面前，又该……"

夏侯澹道："又该什么？"

众妃："……"

现场呼啦啦跪了一地。

夏侯澹一屁股坐到魏贵妃刚才坐的位子上，招招手让庾晚音上前。"你们刚才在说何事？"

庾晚音迟疑道："回陛下……"

她正在用眼神问他：你来凑什么热闹？

夏侯澹抬抬下巴：别管我，演你的。

庾晚音想了想，当场开出一朵白莲。"回陛下，无非是姐姐们聊些闲话，不值一提的。"

夏侯澹道："是吗？"他伸出细长的手指，指了指贺嫔，"你来说。"

贺嫔还跪在原地，吓得脸色煞白，哪儿敢再说什么，只道："臣妾知罪。"

夏侯澹道："也行，省事。"

他打了个手势，侍卫相当熟练地上前，贺嫔的哭叫声渐去渐远。

夏侯澹又点庄妃，道："那你说？"

庄妃眼前一黑，险些瘫软在地。"臣妾……臣妾只是提醒妹妹，要一心侍奉陛下……"

夏侯澹的手又抬了起来。

庾晚音连忙咳嗽一声。

她不明白夏侯澹突然加这一场戏是为了什么。难道真是入戏太深，要为自己出头？

庾晚音以前看宫斗文只当打发时间，如今穿到这儿朝不保夕，也对其他角色多了几分同理心。说到底都是制度的受害者，庄妃、贺嫔这两个小跟班紧抱魏贵妃大腿，也无非是为了活命。

这两人要真是出了什么杀招也就罢了，眼下只是口嗨了两句，却要直接送命，庾晚音心下就有些不是滋味儿了。但她又怕夏侯澹演这一出是别有深意，自己开口阻拦反而坏事，一时举棋不定。

庾晚音没有说话，夏侯澹却看了她一眼，抬起的手又放下了。

夏侯澹道："打入冷宫吧。"又问侍卫："刚拖出去的那个还没埋吧？"

侍卫："……"

侍卫道："属下去拦。"

跪成一片的妃嫔中间，谢永儿悄然抬眼，望了庾晚音一眼，脸上的惊异一闪而过。

两个炮灰离场了，众人只当这一劫过去了，正自暗中庆幸，就见夏侯澹的手指向了第三个人。

夏侯澹彬彬有礼地问："魏贵妃，你来说说？"

魏贵妃如遭雷击。

不，他不能，她是太后的人！

魏贵妃颤声道："回陛下……"

夏侯澹道："嗯？"

珠帘后传出一道女声："哼，皇儿好大的威风。"

太后终于登场护崽了。

太后瞧上去只有三十五六岁，打扮得雍容华贵，手上还牵着一个七岁的男孩。

小太子长得极似夏侯澹，一张小脸紧紧绷着，目不斜视，被太后养成了一个精致乖巧的小傀儡。

庾晚音瞥了夏侯澹一眼。

夏侯澹正用"这是个什么东西"的眼神看着那个便宜儿子，表情一言难尽。

幸好按照原文设定，小太子一直被太后拴在身边，原本也没与他见过几面，倒也不算 OOC。

太后坐到上首，受了夏侯澹与众妃的礼，冷冰冰道："皇儿今日将威风摆到哀家门前来，是为何故？"

　　夏侯澹似乎僵了一下，语带屈辱地缓缓道："是儿臣一时急火攻心，冲撞了母后。"

　　庾晚音："？"

　　太后对夏侯澹不满到了极点，因为他前日当堂发疯，诛杀了户部尚书，那是她手下的人。

　　这个皇帝从小不服管教，野性难驯，她与他拉锯多年都无法将他完全控制在手心，这才退而求其次，准备扶植小太子。

　　她知道想让夏侯澹死的不止自己一个，那端王也在徐徐图之。

　　端王的实力深不可测，现在就暗杀夏侯澹的话，她并不能保证上位的一定是自己。

　　就在她与端王龙争虎斗时，这疯子皇帝突然杀害自己手下一名要员，她怎能咽下这口气？

　　太后原就打算借题发挥，给他敲敲警钟，却没想到他会主动送上门来。

　　太后怒视全场一周，目光落到了庾晚音身上。"哀家听闻，皇儿最近被这女子迷得忘乎所以，时有惊人之举啊。"

　　庾晚音琢磨着自己应该跪下。

　　她跪到一半，又被夏侯澹拉了起来。

　　夏侯澹道："确实。"

　　太后："？"

　　太后勃然拍案。"好啊，看来你眼中是越发没有哀家这个母后了。哀家今天便要代先帝教教你，何谓长幼尊卑！来人！"

　　呼啦啦冒出来一群侍卫，围向庾晚音。

　　夏侯澹喝道："我看谁敢！"

　　侍卫脚步一顿，询问地看向太后。

　　太后冷笑一声，气焰极盛。这皇帝早已有名无实，她今日更是一早打定了主意要让他认清这一点，当下异常强横地一挥手。

　　侍卫越过皇帝去拖庾晚音。

　　夏侯澹呼吸一滞，仿佛遭了当头棒喝，终于清醒了几分。"母后！"

　　他气息急促，缓了几秒，才委曲求全地露出一个谄媚的笑来，走去朝她奉茶。"儿臣说'确实'的意思是，儿臣这脾气确实可恶。母后何必为了区区一个宫妃动气伤神，来来来，喝杯茶，有话好说。"

这暴君居然能憋出这么一段话来，真是太阳打西边出来了，难道真被那妖妃下了降头，为了保她已经不惜代价了？

太后用全新的目光打量庾晚音。

庾晚音："……"

夏侯澹继续拍马屁："多亏母后德被八方，儿臣才可将太子交托于母后教养。"他僵硬地抬手摸了摸小太子的头，捏出哄小孩的声音："太子最近功课如何呀？"

小太子比他更僵硬，恐慌地瞥了太后一眼。没有得到太后指示，只得试探着回道："回父皇，儿臣功课尚可。"

太后心念一动，突然露出个别有深意的笑来。"太子才智超群，只是骑射功夫有些落下。也难怪，让他一个人学习骑射，终归寂寞了些。哀家听闻，那洛将军有个幼子，年纪与太子相仿。"

夏侯澹道："母后的意思是……？"

太后道："不若将他召进宫来，给太子当个伴儿吧。"

太子伴读早已另有其人，那幼子进宫无名无分，纯粹是被扣作质子。

洛将军是端王手下要将，太后此言已经把矛盾摆到了明面上，非要让端王为那户部尚书之死付出代价。

夏侯澹踌躇了。"洛将军？他前阵子还在阵前杀敌卫国，此举是否有些……"

太后第三次看向庾晚音。

夏侯澹瞬间改口："儿臣回去就拟旨。"

庾晚音："……"

· · ■ · ·

庾晚音被夏侯澹全须全尾地带出了太后的宫殿，终于回过味来，想明白了他今天演这一出大戏是为了什么。

就是为了让太后以为，削弱端王是她自己主导的，而皇帝浑浑噩噩，一心只想着妖妃。

夏侯澹不仅能麻痹太后，还能麻痹端王。因为今天谢永儿也在场，回头肯定会与端王通气儿。

庾晚音道："看不出来，你脑子居然这么好使。"

夏侯澹今天来时，显然算准了太后正在气头上，所以干脆进一步激怒她，主动送她一个机会，促成了此事。

夏侯澹低声问："你觉得如何？"

庾晚音道："很好很好，等他们互咬得两败俱伤，才好悄悄培养你自己的势力。不过这事讲究一个平衡，这边削一削，那边砍一砍，你也得当端水之王——端王。"

夏侯澹看了庾晚音一眼，神情似有些沉闷，语焉不详道："今天委屈你了。"

庾晚音道："问题不大。"

她也不是傻子，已经看出了夏侯澹的另一个目的。他当众表现得如此偏宠自己，无非是想将自己推到台前当个幌子，顺带还能伪造一个虚假的软肋。

庾晚音笑道："万一哪天有刺客拿刀抵着我的脖子逼你就范，你就可以对他说'傻了吧，爷不在乎'，然后一剑把我俩捅成个糖葫芦……"

夏侯澹愣住了。

"你……如果是这么想的，为什么不生气？"

庾晚音是真的没什么想法。

她是社畜，不是初中女生，早就过了幻想世界围着自己转的年纪。大家落到这个局里，都是溺水之人，谁能浮上去全凭本事。别的不说，她自己被夏侯泊找上门见了一面，还送了张"王八"当信物，不也没告诉夏侯澹吗？

庾晚音摆摆手道："不要在意，我都理解。"

夏侯澹沉默良久，才说："我不会捅你的。"

庾晚音敷衍道："嗯嗯，不会不会，你是好人。"

夏侯澹："……"

· · · · ·

太后党扣下洛将军一个儿子犹不满足，转头又网罗了一个军纪不严、压榨百姓的罪名，弹劾了他军中一个副将，顺势塞了个文官进兵部当督查。

端王的谋士们聚在一处争论不休。有人说太后终于控制住了皇帝，才会如此张狂；有人反驳说皇帝当堂诛杀户部尚书，怎么看也不像是太后的人，应该纯粹只是疯了。

夏侯泊坐在上首，安静地听了一会儿争论，微笑道："情势不明，有些计划还是可以施行的。是时候拉魏太傅下马了。"

胥尧心头一跳。

夏侯泊恰好问他："准备妥当了吗？"

胥尧家道中落，被端王救下，一直在暗中盯着魏太傅，意图复仇。但魏太傅行事谨小慎微，是太后党中难得的有些脑子的人，始终不露破绽。

直到最近，胥尧终于抓住了他的把柄，还历尽艰险找到了一个证人。

胥尧道："证人已经保护了起来。"

夏侯泊和缓道："魏太傅巧言令色，将皇帝哄得晕头转向，深得圣心。单凭一个证人或许不足以将他定罪，我近期会另想办法找个证物。如此一来，也算报了令尊的仇。"

胥尧听他主动提起老父，脸色更白了。"多谢殿下。"

夏侯泊亲切地拍了拍他，说："等魏太傅倒了，我会从中周转一下，或许可以把胥阁老接回来。"

胥尧垂着脑袋，不让夏侯泊看清自己的神情，耳边回响起那暴君的声音："只有朕敢救回胥阁老。端王不敢，因为他做贼心虚，害怕真相大白。待你的价值耗尽，你的老父便会'恰好'殒命在流放地，你信不信？"

他信不信？

他的老父早年受先帝之恩，成了个冥顽不灵的拥皇党，满脑子忠君报国，一心支持那暴君，最后却落得如此下场。他恨皇帝昏庸，更恨魏太傅奸佞。

可他却一叶障目，从未想过魏太傅如此谨小慎微之人，当初是哪儿来的底气当堂叫板，构陷他的老父。

. . ● . .

几日后，小太子生辰，太后为他筹备了隆重的宫宴。

端王也到场了。

他这一亮相，满座的太后党没有一个人与他搭话。夏侯泊却仍是一脸谦恭有礼，温文尔雅地对小太子念了祝词，小坐片刻，才借故早退。

他在夜色里兜兜转转，最后寻到了冷宫附近一处荒凉的小院。

这是他与谢永儿互通密信商定的相会之处。他的暗卫已经在周边巡察了一圈，确定四下无人，对他点了点头。

夏侯泊走进了荒废已久的小屋。

屋里没有点灯，一片昏暗。谢永儿站在窗边，对他回眸一笑，道："殿下。"

夏侯泊怜惜道："永儿，许久未见，怎么清减了？"

窗下茂盛的杂草丛里，庾晚音嫌弃地心想：不愧是端王。

庾晚音已经在这草丛底部躺了整整一个时辰。早在暗卫到达之前，她就在这里了。今夜略有晚风，她又躺得非常安详，气息平稳，掩在风声中，愣是没被发现。

这幽会地点固然隐蔽，但架不住庾晚音看过剧本。

这场幽会写在了《穿书之恶魔宠妃》里，她凑巧记住了。如果一切按照原文进行，那夏侯泊接下来就会对谢永儿提起魏太傅。

果不其然，窗口断断续续地飘出人声："……前段时间，魏太傅之子当街纵马，撞死了一个平民。那平民却是来都城告御状的，告的是家乡的巡盐御史贪污受贿，鱼肉百姓。"

谢永儿问："拦下御状，可是重罪？"

夏侯泊道："确是如此。那巡盐御史知晓此事，私下联系了魏太傅，魏太傅又护子心切，便与他合谋压下了此事。我们想翻出此案，将魏太傅定罪，需要一样证物。"

"何物？"

"无价之宝，一枚佛陀舍利子。此物记在巡盐御史的礼单上，应是被他拿去贿赂了魏太傅。然而我的人混入魏府，遍寻不到。许是魏太傅送入宫中，交给了胞妹魏贵妃……"

谢永儿听着听着想了起来，《东风夜放花千树》里确实提到过，魏贵妃殿中摆着一只牙雕的鬼工球，分内外五层同心球，雕工精妙绝伦。这摆件被她藏于内室佛堂，当作宝贝供奉着，其实球心里藏了一枚舍利。

谢永儿道："既然如此，我去为你将它偷来。"

听墙角的庾晚音："……"

太拼了。

别人身为天选之女都这么拼，比你强的还比你努力，而且听谢永儿那春心荡漾的语气，好像还真的有点被夏侯泊迷住了。

庾晚音暗暗叫苦。

夏侯泊失笑道："偷来？永儿如何能确知那舍利就在魏贵妃处？"

谢永儿一时词穷，半天才支支吾吾道："既……既然殿下如此推论，肯定没错。"

夏侯泊道："永儿太过抬举了。"

草丛中的庾晚音突然又掐住了自己的大腿。这回不是为了忍笑，而是为了保持镇定，因为她突然想通了一件事：夏侯泊不可能是穿的。

如果他与自己在同一层，看完《穿书之恶魔宠妃》穿了进来，那他肯定知道谢永儿是穿的，一上来就会与她相认——他俩是天然同盟，没有不相认的道理。

即使他在谢永儿那一层，只看过《东风夜放花千树》，谢永儿连吉他都弹上了，他看一眼也就明白了。《东风夜放花千树》里，谢永儿与他无冤无仇，既然一起穿了，也没有不相认的道理。

可他们直到现在聊起天来，还是一副拿腔拿调文绉绉的样子，而且谢永儿还在把他当原主忽悠。

所以他确实是原主。

刚才这段对话与《穿书之恶魔宠妃》里记载的完全一致，也证明了他俩的思想都没有脱离既定轨迹。

换言之，庾晚音对"四个穿越者放下仇恨搓麻将"这一光明未来怀抱的最后一丝希望，破灭了。

现在只剩一个疑点：既然夏侯泊是原主，为何会特意上门勾搭庾晚音？

仅仅是因为自己成了暴君宠妃吗？还是谢永儿为了斩断自己与他的潜在感情线，在他面前说了自己的坏话，反而弄巧成拙，使他注意到了自己？

庾晚音思前想后，一时间忘了控制气息，陡然间听到草丛中传来了脚步声，她一下子屏住呼吸，冷汗沁出了皮肤。

踏草声越来越近，有人举着忽明忽灭的火折子，走入了庾晚音的视野。她通过草叶缝隙朝上看去，依稀看见了一张似曾相识的脸。

是胥尧。

胥尧仍旧易着容，打扮成端王护卫的样子。庾晚音正在祈祷他绕过自己，就见他停下脚步，垂下目光，视线准确无误地与自己对上了。

庾晚音死死憋着气，心脏快要在胸膛炸开。

小屋里传出夏侯泊淡淡的询问声："何事？"

胥尧顿了顿，熄灭了火折子。"殿下，远处似乎有宫人在朝这边走来。"

夏侯泊叹了口气，与谢永儿依依作别。

等到所有人都撤走，连谢永儿的脚步声都消失之后，庾晚音终于猛然喘气，死死攥住了衣襟。

胥尧明明发现了自己，却还是欺瞒了端王！离间计大成功！

· · · ·

庾晚音还在努力回忆原文，想知道谢永儿会如何混入魏贵妃的殿里偷舍利子，结果隔天就听丫鬟小眉义愤填膺道："听说谢嫔她们几个去了魏贵妃处做客，一直在讲小姐的坏话！"

庾晚音："……"

敢情是靠黑我。

一边黑我一边偷舍利，真有你的，谢永儿。

到了下午，情势急转直下。魏贵妃大张旗鼓带了一队侍卫在后宫搞巡查，将上午招待过的几个妃嫔处挨个儿搜查了一遍，闹得鸡飞狗跳，连太后都被惊动了。

太后让魏贵妃解释缘由，魏贵妃只说丢了首饰，疑心有人偷窃。但她转头又拉着太后说了一阵子悄悄话——显然是舍利子丢了。

太后也猜到事关重大，睁一只眼闭一只眼，任她继续闹腾。

于是无数太监挨了鞭子，无数宫女挨了耳光。

庾晚音没去看热闹，躲在偏殿里嗑瓜子。没想到丫鬟突然进来汇报，说在她的后院里逮了个小贼。

庾晚音走进后院一看，一个陌生的小太监被堵在墙角，低着头瑟瑟发抖，怎么问都不肯说自己为何偷摸进来。

庾晚音已经习惯了有点什么事先往谢永儿身上猜，脑子一转，大致猜到了套路。

她瞥了一眼那小太监脚边，有一块泥土略有松动。

庾晚音笑了笑，和颜悦色地放了小太监，又遣退了旁人。等人都走了，她自己去刨那块土地，刨出了一颗不规整的珠子。

把赃物藏到我这儿，万一被发现了还能祸水东引，真有你的，谢永儿。

· · · · ·

晚些时候，魏贵妃越闹越大，终于闹到了庾晚音家门口。

魏贵妃对庾晚音搬出了最大的阵仗，一队人去院中掘地三尺，一队人去内室翻箱倒柜，剩下还有一队人按着庾晚音准备搜身。

魏贵妃冷笑道："陛下现在太后处回话，今日可没人保你了，小贱人！"

夏侯澹道："想不到吧，爷早退了。"

魏贵妃："？"

魏贵妃被拖走了。

· · · · ·

深夜，庾晚音将一个食盒交给丫鬟。"去送给谢嫔，说是本宫做的夜宵，请她品尝。"

谢永儿打开食盒，是一个光秃秃的白馒头。

她捏碎馒头，摸到了一颗舍利子。

· · · · ·

翌日早朝，某端王党代表当庭弹劾魏太傅，控告他贪污受贿、阻拦御状，人证物证俱在。

魏太傅进了大理寺，魏贵妃进了冷宫。

· · · · ·

庾晚音去藏书阁上班，半路遇到了一群妃嫔，谢永儿走在其间。

夏侯澹这些年来对所有妃嫔不是不理不睬，就是就地掩埋，大家都默默忍受惯了。陡然间冒出个庾晚音，硬生生反衬出了她们的悲惨，任谁也无法心理平衡。

此时打了照面，资格最老的淑妃便开了腔："哈，魏贵妃倒了，有人该春风得意咯。只是不知这好日子能得几时……"

庾晚音下意识地回头看了一眼，以防夏侯澹从哪个角落里冒出来拖人。

夏侯澹不在。

那淑妃越发冷嘲热讽："庾妃妹妹这是在盼着谁呢？还真以为……"

"姐姐，慎言。"

开口的居然是谢永儿。

那妃子被她不咸不淡地劝了一句，自觉没趣，恨恨地瞪了庾晚音一眼，带着小团体扬长而去。

谢永儿落在最后面，回头与庾晚音对视了一眼。

庾晚音笑得分外慈祥。

谢永儿目光躲闪，好半天才下定决心，做了个口型："多谢。"

· · · · ·

这一日的盘丝洞工作小结，庾晚音与夏侯澹就听墙脚事件进行了深入分析，首先达成共识：端王还是原主。

"那就好办了，"夏侯澹道，"这家伙没看过剧本，我们可以充分利用这个优势。"

庾晚音道："还有，胥尧会对我放水，显然已经对端王起了异心。他在原文里是端王重用的谋士，能挖到这边来干活的话，一个顶十个。"

夏侯澹道："那还是得彻底离间他俩。"

庾晚音道："现在刚好魏太傅入狱，胥尧肯定会借机调查老父之案，说不定还会直接混进去盘问魏太傅。我们想栽赃给端王，就得早做准备，避免穿帮啊。不然你去大理寺威逼利诱一下魏太傅，提前串个供？"

夏侯澹道："可行。其实我派出去的人已经找到了胥阁老，不过他年老体弱，这些年在流放地备受欺凌，已经被折磨得疯疯傻傻，都不认得人了。"

"惨。"

"太惨了。"

庾晚音摇头叹息："人不能白疯，一并栽赃给端王吧。就说胥阁老是在接回来的路上被他下了毒，才搞成这样的？"

夏侯澹道："妙啊。"

恶人击掌。

· · ● · ·

大理寺狱专门用来关押犯事的高官，越往里走越是守卫森严。最深处的监牢暗不透光，只有几支火把照明。

魏太傅缩在墙角坐着，听见脚步声，朝外一看，先看见两只金线绣龙纹的朝靴。

魏太傅愣了愣，一边连滚带爬跪好，一边熟练地进入忽悠暴君环节。"陛下，臣冤枉啊！臣效死输忠，一心只想为陛下解忧，怎料那些小人……"

夏侯澹没等他说到第三句，直接快进。"你替朕最后办一件事，朕可保你家人无虞。"

魏太傅一听，这是非要自己死了，慌忙把眼泪挤出来。"求陛下听听此中内情！当时那巡盐御史……"

夏侯澹又快进了。"你可知是谁害你？"

魏太傅："……"

魏太傅战战兢兢抬起头。皇帝的面容隐在黑暗中，只有一个模糊的轮廓。不知为何，他却笃定对方脸上，绝不是他所熟知的暴君的神情。

夏侯澹道："害你之事，下令的是端王，收集证据的是胥尧。你可能不记得这个人了，他是胥阁老之子，改头换面当了端王的谋士，背后阴人很有一套。"

魏太傅大惊："他还活着？"

夏侯澹凉凉一笑道："当初胥阁老出事，端王暗中救下胥尧，教他视你为毕生仇敌，筹谋数年，才将你扳倒。"

魏太傅垂下头去，将牙槽咬出了血来。

夏侯泊！

他听见皇帝不带感情、近乎百无聊赖的声音："好笑吧？朕那位好皇兄，当初借你之手除了胥家，如今又借胥家之手除了你。当真是一碗水端平，端得世间无两。"

魏太傅眼前一黑。

皇帝知道。

皇帝竟然知道？！

当年他加入太后党，奈何过于胆小，不堪大用，混了多年都没有出头。端王私下与他合计，劝他出面弹劾胥阁老，甚至帮他伪造了一堆天衣无缝的罪证。

魏太傅的职业生涯里，只干过那一回富贵险中求的事。

他成功了，在太后面前立了功，从此青云直上。

这一切，皇帝就这样静静地看在眼里，犹如看戏吗？

魏太傅结结实实地打了个哆嗦，一时间万念俱灰，连辩白的勇气都失去了。"臣万死……臣自知再无活路，只有一问，陛下如何能得知此事？"

这么多年，这暴君被他们当傻子哄着，难道一直是在装疯卖傻？

可他若什么都看清了，又怎会一直隐忍不发，任由他们将为数不多的忠君之臣一个个除去？

夏侯澹道："哦，本来只是瞎猜的，诳了你一下，这不就诳出来了。"

魏太傅："……"

夏侯澹转身渐行渐远。"胥尧若是托人来问，你便如实作答，就当为家人积福吧。"

· · · ● · ·

庾晚音这天照常在藏书阁坐班，忽然有宫人上楼来通传："娘娘，楼下有个人未带手谕，说有事要禀告娘娘，又不肯告知姓名，只说娘娘见了他自然认得。"

庾晚音下了几级楼梯，垂目一看，一个陌生的清秀青年正抬头望着她。

庾晚音："……"

兄弟，你哪位？

青年朝她一施礼："庾妃娘娘。"

庾晚音："！"

这个苦大仇深的声音——是胥尧！

胥尧今天竟然没有易容，就这么顶着张罪臣之子的脸过来了？

庾晚音心里"咯噔"一声，有种不好的预感。

"上来吧。"庾晚音将人带到二楼，遣退了宫人，开门见山道，"出什么事了？"

她没想到这人会来得如此之快。今天早些时候，她还在跟夏侯澹商量接回胥阁老的细节，自导自演的拦路群演还没安排上。

最关键的是，他们还没替胥尧准备好一条逃脱之路，让他能平平安安倒戈，健健康康跳槽。

这哥们儿此时行色匆匆，连易容都来不及，该不会是后有追兵吧？

胥尧一开口，仿佛印证了她不祥的猜测："我有急事想求见陛下，不知娘娘可否行个方便？"

庾晚音道："本宫无权带人进宫，会被拦下的。要不你在这里坐一会儿，我去把陛下找来？藏书阁有守卫，没有手谕不得进入，你在这里很安全。"

胥尧听她暗示追兵，诧异道："娘娘也知道？"

庾晚音道："如果是关于胥阁老的事，我也大略知晓。"

胥尧感慨道："娘娘真是深得圣心。我正在调查家父当年的冤案，却不料端王似乎早有防备，准备好了将我铲除。方才我回到自己卧房，喝下一口茶水，发觉味道有异，腹中灼痛，才知自己已中了毒……"

庾晚音道："等一下！你中了毒？"

她仔细打量胥尧，才发现他额上全是冷汗。

庾晚音霍然站起。"先别说了，我去找太医。"

胥尧一把拉住了她。"端王已经起了杀心，我便绝无活路。我偷了马车从后门逃出，暂时甩脱追兵，却又无法直接进宫，只得直奔此地。娘娘，胥尧死前只有一事相求。"

庾晚音道："先冷静，你会没事的。"

胥尧微微一晃，唇角渗出血来。

庾晚音又要去喊人，胥尧死死拽着她，语速极快："我为端王办事多年，他的种种计划我都知晓。陛下若能救回家父，胥尧定会报答此恩。"

庾晚音连忙宽慰道："放心吧，陛下一言九鼎，胥阁老已经在回家的路上了。"

胥尧眼眶一红。"家父……家父一生都盼着陛下能当个好皇帝。他若是回来了，定会披肝沥胆，竭尽毕生所学辅佐陛下。"

他仿佛生怕他们食言，急于证明老父有被救回的价值。

庾晚音心头悲凉，没有告诉他胥阁老已然疯傻，温声道："陛下非常看重胥阁老的才学。"

胥尧点点头，突然咳出一口血来，提气道："追兵很快便要到了，娘娘，我将端王的许多计划记在了一本书里……"

楼下忽然传来宫人的尖叫声："起火啦！"

# 第四章

# 藏书阁起火

---

不行啊！恋爱脑是大忌！这种故事里恋爱脑全都要早死的！

夏侯泊没有派人来追杀胥尧，他直接让人点了一把火，要将胥尧、胥尧可能携带的秘密、胥尧投奔的藏书阁，烧得荡然无存。

庚晚音跑到窗边朝下一看，好家伙，这火烧得还真均匀，绕藏书阁一周，四面愣是没留出一个缺口。

不远处躺着几个守卫的尸体，纵火的人显然是端王手下的精锐部队，在极短时间内放倒守卫，还朝着这木制建筑浇了油。此时火势一起，经风一吹，熊熊烈焰飞速蹿升，直逼二楼。

远处倒是有宫人正提桶赶来，但这年代消防设施落后，指望他们灭火，还不如自救。

庚晚音被热烟熏得泪流满面，逃回了胥尧旁边。"底下全是火，没法跳窗，只能先从楼梯下去再往外跑！"

她回忆着当年学校普及的火灾逃生小知识，脱下一层衣服扔到地上，提起茶壶浇得湿透，又去扒胥尧的衣服。"脱了！"

胥尧原本就站得摇摇欲坠，被她一推，直接栽倒在地上。

庚晚音："……"

藏书阁里除了易燃物还是易燃物，楼下已是一片火海，宫人的惨叫声不绝于耳。

胥尧一口接着一口地吐血，神情却十分镇定。"娘娘一边准备一边听我说。"

庾晚音双目含泪，又哆嗦着摸出随身手帕，依样打湿。

胥尧道："端王没想到，那本书我并未带在身边。书在魏府，我去查案时顺手藏的。"

滚烫的茶水凉了，庾晚音抄起湿衣裹在身上，又用湿手帕掩住口鼻。

胥尧道："厨房后窗外三尺处，往下就能挖到。端王会盯着你们，不要立即去找，至少等待七日再去……"

庾晚音弯腰跑向楼梯。

胥尧断断续续的语声渐不可闻："逃出去，遇到谁都不要停留，去找陛下……活下去……"

· · · ·

藏书阁临水而建，正是为了防火。

此时宫人们从池中打水，朝着大门处轮番泼浇，总算压住了这一块的火势，正朝里面喊着话，就见一道人影狂奔而出，身上的衣物已然起火。

庾晚音越过所有宫人，直接跳进了池中。

"庾妃娘娘！"宫人连忙扑过去，伸手将她拉回岸上。

庾晚音头发焦煳，身上几处皮肤传来剧痛，站在原地双眼发直，理智之弦已经被烧断了。她浑身发抖，耳边只剩胥尧的声音不断回荡："遇到谁都不要停留……"

有宫女惊惶地说着什么，跑来要搀扶她。

庾晚音只觉得所有人都面目狰狞，一把挥开宫女的手，踉跄着朝宫中跑去。

她不知道自己要跑去哪儿，只知道不能停下，身后是洪水猛兽。

庾晚音跑到体力耗尽，绊了一跤，整个人总算摔出了两分清明。

她抬起头，看到了一个此时绝不想遇见的人。

谢永儿似乎被她的样子惊呆了。

· · · ·

谢永儿先前躲不过魏贵妃的搜查，只得派人将舍利子藏到庾晚音那里。没被发现最好，万一被发现了，也能拉庾晚音当替罪羊。

她盘算得很好，却没料到那小太监业务不熟练，竟然被抓了个现行。

谢永儿听着小太监哭哭啼啼地复命，就知道自己输了。庾晚音肯定能猜到是她干的，毕竟她有前科。而庾妃圣宠隆眷，想摁死谁，原只是一句话的事。

然而庾晚音没有告发她，甚至还将舍利子还给了她。

为什么？

庾晚音真的不想斗吗？是因为自己改变了剧情线，没给她机会爱上端王，所以她干脆没黑化吗？她没黑化，那最大的恶人不就变成自己了？

谢永儿心情十分复杂。

她心里一直纠结着庾晚音的事，忽然听小丫鬟说藏书阁起火了，登时一惊——庾晚音最近在那儿编书。

不会吧，女主的剧情线直接走向死亡结局了？

谢永儿难以置信地朝藏书阁跑去，半路遇到了狼狈不堪的庾晚音。

· · · ·

四目相对，庾晚音似乎权衡了一下，颤抖着伸出手。"妹妹，救救我。"

谢永儿一震，缓缓走过去扶起了她。

庾晚音道："带我去见陛下……"

谢永儿道："你受伤了？这样不行，我去叫人来抬你。"

庾晚音像抓着救命稻草一般紧紧拉着她不放手。"别去，别离开我。"

谢永儿："？"

我俩有感情基础吗？

身后忽然传来一道温润的声音："两位娘娘。"

庾晚音仿佛被一桶凉水从天灵盖浇下，双腿一软，全凭谢永儿撑着才没当场倒地。

夏侯泊忧虑地走上前来，帮着谢永儿搀住了庾晚音。"听闻藏书阁走水，我已让亲卫前去帮忙救火，幸而娘娘福厚。何处受伤了？"

庾晚音双唇颤抖，说不出话来。

夏侯泊索性将她打横抱起，动作幅度很大，似乎想掂一掂她身上藏了什么。"我送娘娘回殿躺下。"

庾晚音看着他波澜不惊的眼睛，好半天才找到自己的声音："……有劳殿下。"

夏侯泊抱着人走了几步，庾晚音挣扎着回头去看谢永儿。

你男人抱我了，你不吃醋吗？赶紧开腔拦下他啊，算我求你了！

谢永儿垂眸掩住眼中的妒意，温婉道："殿下有心了，我也一起去吧。"

庾晚音心道：谢谢，谢谢，谢谢！你可千万别走开。

夏侯泊温和道："此处无须人手，劳烦谢嫔去寻太医吧。"

谢永儿受伤地看了他一眼，大约不想争风吃醋得太明显，妥协道："好。"转身走开了。

庾晚音心脏都停跳了。

·　·　●　·　·

夏侯泊走得不疾不徐。"娘娘似乎在颤抖。"

庾晚音用她仅存的理智组织了一下语言："……灼伤的皮肤有些作痛。"

"娘娘受苦了，是我来迟了。"

您为什么就不能再来迟一点？

庾晚音觉得自己快要精神分裂了，一边防着他随时掐死自己，一边还要装出原主春心荡漾的样子，柔柔地依偎向他。"你来了，我便好了。"

夏侯泊笑了笑道："原以为娘娘入宫后变了许多，没想到还是老样子。"

庾晚音嗔怪道："殿下希望我变吗？"

夏侯泊低头看了她一眼，悠然道："我希望娘娘仍如初见，对我不生畏惧。"

庾晚音："……"

刚才是谁要烧死我来着？

"伴君如伴虎。"夏侯泊平静地说着可怕的台词，"娘娘与其害怕我，不如害怕陛下。物伤其类，人同此心，天下苦秦久矣。娘娘若能以真心待我，我必竭力相护。"

庾晚音歪头道："殿下在说什么，我怎么听不懂了？"

听懂了，听得明明白白的。这孙子就差直说"劝你谨慎站边，顺我者昌，逆我者亡"了。

庾晚音一径装着傻，夏侯泊笑了。"娘娘确实冰雪聪明。对了，上回求得娘娘墨宝，还忘了送上回礼……"

语声被一阵急促嘈杂的脚步声打断了。

庾晚音扭头一看，黑压压一群侍卫包围了夏侯泊。

走在最前面的是满面寒霜的暴君。"放开她。"

一片死寂。

实在是这句台词太过土味，庾晚音混乱的脑中，刹那间居然浮现出两个土味回答，一个是"不想让她死，就给我准备一辆车，放上一百万现金，谁也不许跟过来"，还有一个是"呵，有本事就来抢，论美貌你是敌不过在下的"。

夏侯泊没有走土味路线。

夏侯泊动作轻柔地放下了庾晚音，躬身道："臣见到娘娘受伤，情急之下失了礼数，请陛下见谅……"

夏侯澹听也不听，大步上前脱下外袍，裹住了浑身湿透的庾晚音。

庾晚音一介社畜，何曾见过今日的阵仗，强撑到现在，终于等来了盟友，这一口气松开，视野犹如"啪"的一下灭了的灯，霎时间被黑暗笼罩。

她最后的记忆，是自己朝着夏侯澹直直倒了下去。

· · **·** · ·

庾晚音在低烧中昏昏沉沉地度过了不知几日。再度清醒时，她躺在自己的偏殿里，嗓子干渴得快要开裂。

窗外在下大雨，天光昏暗，床边悬着一盏摇晃的铜灯。夏侯澹背对着她坐在床头，正低头用勺子搅动一碗清苦的药汁。

这道背影从未如此让人心安。

庾晚音盯着他看了一会儿，目光移向宫灯，跟着那烛光打战。

夏侯澹回过头来，对着她一愣。"你醒了？太好了，你轻度烧伤又泡了不干净的池水，我真怕他们的药消不了炎。还好创面小，已经在愈合了。"

庾晚音没说话。

夏侯澹伸手扶她坐起。"快把药喝了，就当喝水退烧吧……哎，怎么哭了？"

庾晚音哽咽道："还好你也是穿来的。"

首次近距离直面死亡，冲击力过大，她 PTSD（创伤后应激障碍）了。

穿到这鬼地方以来，她对自身处境一直有种飘浮的不真实感，仿佛在云端梦游。直到此刻，梦醒云散，她看清了脚底的万丈深渊。

如果身边没有这么个同类，她不知道恐惧与孤独哪一个会先压垮自己，哪怕是他刚才说的那几句话都带来了巨大的慰藉。他的用词指向一个熟悉而遥远的故乡，像望远镜中模糊的海岸线，虽然不可到达，但是至少是个坐标，让她相信自己还没疯。

夏侯澹劝了两句，没劝住，只得静静看着她哭。

风雨如晦，一灯如豆，他看上去与她一样意志消沉。

等她稍微平复，夏侯澹又舀了勺药递过去，语气放得很和缓："藏书阁里的宫人逃出来了几个，都送去医治了。胥尧……仵作说他姿态平静，在被火烧到之前就已毒发身亡，没有受两遍苦。"

庾晚音听见胥尧的名字，心脏又是一阵揪痛。

夏侯澹道："纵火的人抓住了，反正都是替死鬼，查不到端王头上。胥阁老接回来了，安置在郊区别院里。他现在对谁都构不成威胁，应该能安度残年——顺便一提，陷害他的还真是端王。"

他说了大理寺狱里与魏太傅的对话。

庾晚音道："所以，我们本来想扣锅给端王，结果那锅原本就是他的？"

夏侯澹道："是这个意思。"

有那么一瞬，庾晚音生出了一个模糊的念头：夏侯澹怎么一蒙就准？他根本没看过原文，单凭自己提供的那一点情报，就闭眼猜出了连原文都没写过的隐情，未免太聪明了吧？

难道这就是总裁的实力吗？

但这念头一闪即过，庾晚音转念一想，确实不妨以最大的恶意揣测端王。

她原本还志存高远，要当这个故事里最恶的恶人，后来跟夏侯泊过了两回合，发觉自己还有很长的路要走。

庾晚音道："胥尧说他给我们留了一本书，可以对付端王。"

她低声转述了胥尧的遗言，夏侯澹默默听着，面色苍白。

他望向烛火。"原文里的胥尧是什么结局？"

"好像一直跟着端王混，当了个文臣吧。"

夏侯澹讽刺地笑了笑。"所以，我们害死了他。"

庾晚音刚擤完鼻涕，鼻头又一酸。"别这么想，你要想，如果按照原文，胥尧到死都被蒙在鼓里，为他的仇敌当牛做马。"

夏侯澹仍是一脸颓废，手指抵住了太阳穴。"一个没看住，还白白害你受伤……"

庾晚音不明白这位哥为什么比自己还消沉，硬着头皮开解他："不是完全白给，至少拿到了胥尧的线索，过几天我们就把书找回来？但愿他记得足够详细，因为我真不记得原文细节了。"

"我在想，"夏侯澹揉着太阳穴含糊道，"我们做的事，真的有意义吗？放在这本书里，反派的结局可以说是天命注定吧？越是挣扎越是可悲，倒不如吃喝玩乐，坐等它到来……"

庾晚音："？"

不不不，你不能这么早放弃啊哥，我还不想死呢！

庾晚音慌了，满地找词劝他："有意义，当然有意义，不能把世界拱手让给恶人啊，你命由你不由天！还有很多机会能翻盘！譬如说原文里的旱灾，我们肯定可以找到抗旱作物——"

她卡壳了。藏书阁已经烧毁，自己上哪儿查资料去？

庾晚音颓废了。"仔细一想，混吃等死也不是不行。"

夏侯澹："……"

夏侯澹道：“你倒是再坚持一下啊？”

· · · ·

太后纡尊降贵前来慰问。

具体慰问过程如下：

太后说：“听闻你这次吃了不少苦头，可知是谁放的火？你风头太盛，招致妒心，经此一遭，也该知道皇帝是不会保护你的……”以下省略经典台词五百字。

庾晚音：“？”

庾晚音回：“是的是的。”

太后长叹一声：“在这深宫之中，每个分得一丝宠爱的女人都以为自己熬出了头，却不明白君心易变……”以下省略经典台词五百字。

庾晚音没法快进她，只好放空自己，机械地点头。

太后说：“你该不会以为魏贵妃倒了，你就能坐到那个位子上吧？魏贵妃张扬，是仗着家中势大，又有哀家保她，出了事也只是进一回冷宫。你的父亲是个什么官职？你可知……”以下省略经典台词五百字。

庾晚音道：“对的对的。”

太后伸出涂了蔻丹的指甲，戳了戳庾晚音的脸蛋。“这女人啊，还是要活得聪明些。良禽择木而栖，你听哀家的话，哀家自会疼你。”

庾晚音道：“好的好的。”

太后上午出了庾晚音的偏殿，下午就听宫人禀告：“陛下将庾妃封作了贵妃。”

太后：“？”

· · · ·

庾贵妃被皇帝亲自送进了贵妃殿。

这儿原本属于魏贵妃，向来是后宫里最骄奢的地方。如今为了迎接新主人，又被从里到外重新规整了一遍，端的是贝阙珠宫，富丽堂皇，盘丝洞本洞。

庾晚音一步步走到今日，所有冷眼看她何时陨落的宫人都变了神色，开始认真研究她的一言一行，想琢磨出她究竟有何过人的本事，竟能将那暴君的心牢牢抓在手里。

结果一路行来，说话的都是暴君。

夏侯澹道："爱妃，此处防卫森严，朕还给你配了暗卫，不会再给歹人可乘之机。"

庾晚音知道他这话是说给四周宫人听的。"陛下真好。"

那暗卫名单还是他们昨晚开会讨论出来的。

夏侯澹道："姑且升级一下安保系统吧，原作里就没有那么几个一直忠于我的侍卫吗？"

庾晚音努力一回想。"帮你埋人的那一批御前侍卫，一直到最后也没反水，都为保护你而死。"

于是暗卫连夜上岗。

夏侯澹道："爱妃看看这院落可还宽敞，需不需要再往外扩？爱妃若是吃腻了火锅，就在这池子里养些鱼苗，旁边再起一个烤架，随时吃烧烤……"

庾晚音："？"

你说的这个爱妃是不是你自己？

庾晚音配合地拍手道："陛下怎么知道臣妾最喜欢吃吃吃啦？"

四周宫人心中鄙夷——这装可爱、扮天真的手段也太低端了吧？别说是祸国妖妃，这年头刚进宫的才人都不这么玩了好吗？

夏侯澹笑道："爱妃真是赤子之心。"

宫人呼吸急促。

暴君不配高端局！

· · · ● · ·

庾晚音吃喝玩乐了没几天，总觉得浑身不自在。社畜从来没当过这么久的咸鱼，古代又没什么娱乐活动，天天躺着晒太阳，竟把自己躺得腰酸背痛。

她气自己天生不是享福的命，再看夏侯澹一副乐在其中的样子，更酸了。

这天吃完烧烤喝完酒，庾晚音道："澹总，我们出一趟宫吧。"

夏侯澹问："出去玩？"

庾晚音道："不是，我想到绕开端王去拿胥尧那本书的办法了。"

夏侯澹皱眉看她。"说好的混吃等死呢？"

"等死也怪无聊的，要不然还是再扑腾几下吧。"

"……"

庾晚音道："你看，我们这个时候微服出宫，肯定会被端王盯梢。但我们虚晃一枪，不去魏府，而是先去找一个人。"

"谁？"

"上回说到忠于你的人，我就想起了他。这种小说里通常有一号武力值逆天的江湖人士，幸运的是在这本书里，他跟你很有渊源。"

. . . . .

一个时辰后，两个穷酸书生走到了市井街头，身后跟着几个身手不凡的暗卫，同样做文士打扮。

夏侯澹易容过后脸色蜡黄，拿一把折扇遮着嘴，低声道："虽说理论上太后与端王没分出胜负，还不敢妄下杀手，但我们就这样出来给人当活靶子，真的好吗？"

庾晚音道："真的不好，但没办法，想找那个人，你必须亲自出面。"

庾晚音瞧着不仅穷酸，而且营养不良没长个儿。

"这人叫北舟，跟你亲妈……令堂……已故的慈贞皇后青梅竹马，是她小时候的护卫，应该是一直暗恋她吧。那章太狗血了我就扫了两眼。总之呢，令堂入宫后年纪轻轻忽然病逝，北舟觉得是宫里的人害了她，就心怀仇恨，远走他乡，另有奇遇，成了一代绝世高手。"

庾晚音喘了口气继续说："《穿书之恶魔宠妃》里，他回到都城想看看故人之子——也就是你，却发现局势混乱，于是蛰伏在都城，找机会保护你。但他出场太晚了，虽然也给端王添了点麻烦，但没能改变结局。"

夏侯澹道："所以你想提前把他找出来？"

庾晚音道："对，因为谢永儿只拿了《东风夜放花千树》的剧本，并不知道《穿书之恶魔宠妃》的剧情，也不知道北舟的存在。你可以把他当作秘密武器，让他去魏府偷书，以他的身手肯定能成。"

其实这人还有别的用处，但庾晚音也不想事事对他交代。

庾晚音停步。"到了。"

夏侯澹抬头一看，怡红院。

夏侯澹："？"

庾晚音道："进去吧。"转头对暗卫招招手，"别客气，都进来。"

暗卫："？"

夏侯澹道："所以当你说他蛰伏在都城的时候……"

庾晚音道："书里说他在青楼。"

"这……不好吧。"

"哎呀，没事，刚好还可以迷惑一下端王，就让他以为你荒淫无度呗。走走走，我都不怕，你怕什么？"

夏侯澹被她拉着跨入大门，霎时间一股脂粉浓香扑面而来。一个长着相当经典的媒婆痣的老鸨捏着手绢站在门边，上下打量他们一眼，面露不屑。"二位公子，走错地儿了吧？"

庾晚音左右看看，腼腆地塞给她一把银子。"我们是来赶考的，想开开眼界。"

老鸨眉开眼笑。"好嘞，二位爷楼上请！"

庾晚音大手一挥，带着暗卫朝包房走去。

夏侯澹问："……你为何如此熟练？"

庾晚音道："可能是垃圾文学看多了吧。"

片刻后，几人被软玉温香包围。

庾晚音揽着个小美女被她喂葡萄，熟练地发出猥琐的笑声。

夏侯澹嘴角微微抽搐，与她咬耳朵："我们要待到什么时候？你打算怎么找出那个北舟？"

庾晚音道："我不记得他的外貌描写了，不过青楼里一共就那么几个男人，应该不难。而且原文里你长得很像你妈，他能跟你相认。"

夏侯澹指指自己蜡黄的假脸："你有没有发现问题所在？"

庾晚音："……"

庾晚音转头问怀中的小美女:"你们这儿有几个龟公啊?"

小美女惊讶道:"爷怎么问起这个?奴家记不清了,也就四五个吧。"

庾晚音继续问:"那其中有没有近两年才进来、长得比较壮的?"

小美女眼中闪过一道暗光,垂眸嫣然一笑。"奴家来得晚,不太清楚呢。爷,喝酒啊。"

她转身给庾晚音倒酒。

在这数秒之间发生了很多事。

背过身去的小美女与另一个小美女交换了目光,旁边坐着的暗卫瞧见她的手部动作,面色一凛就要出手,庾晚音急忙戳戳夏侯澹,夏侯澹一记眼刀飞了过去,示意他们少安毋躁,暗卫们于是安坐不动,也交换了一圈目光。

小美女倒了酒,端着杯子递到庾晚音嘴边。

庾晚音道:"好,好。"接过来作势喝了一口。

室内几个客人都被喂了酒。暗卫不动声色轻轻一嗅,似乎闻出了里面下的东西,假喝之后装模作样地听了一会儿曲儿,双眼一翻,软倒了下去。

庾晚音和夏侯澹看他们这反应,猜测大概是蒙汗药吧,于是有样学样,各自栽倒。

小美女这才站起身来,冷声道:"去请妈妈。"

· · · · ·

老鸨很快带人来了,吩咐道:"绑起来,用冷水泼醒。"

庾晚音心中惊讶:他们只是打听一个龟公罢了,这青楼的反应怎么如此之大?难道这楼中还有其他人知晓北舟的身份?不应该啊,按照原文,北舟的保密工作做得很好。

她觉得蹊跷,想多观察一会儿,便闭着眼睛没出声。暗卫等不到指令,只得继续装死。

一盆冷水下来,庾晚音呛咳着睁开眼。

老鸨道:"谁派你们来打听的?"

夏侯澹看看庾晚音,怒道:"就随便问问而已,你们怎么能绑客人？"

老鸨冷笑道："不说是吧？那就一直关在这儿，关到开口为止吧。"

她将几人留在房内，吩咐锁上房门。

· · ● · ·

人一走，暗卫便从袖中翻出短匕，互相帮忙割断了绳索，又跪下来替夏侯澹和庾晚音解了绑。

夏侯澹揉着手腕重新坐到椅上。"接下来呢？"

庾晚音提议："翻窗出去找人？"

"……也行。"

暗卫忙道："陛下与娘娘在此稍歇，属下去找。"当下翻出去了两个，剩下的分散蹲守在门窗旁边。

庾晚音又看夏侯澹。"你离宫太久怕是不妥，要不你先回去，我留下来再看看情况？"

"倒也不急这一会儿，万一真找到了，不还得用我的脸与他相认吗。"

庾晚音坐到他边上，端起还没撤走的果盘，挑挑拣拣吃起了葡萄。"吃吗？"

夏侯澹："……"

夏侯澹道："我怎么觉得你玩得还挺开心？"

明明前几天还是一副半死不活的样子，这才过去多久，怎么就满血复活了？

庾晚音道："开心也是一天，不开心也是一天，这是我们社畜的生存法则。"

她拍拍夏侯澹，说："澹总啊，你就是太习惯地球围着你转了，心理落差太大。不像我们，习惯了白干三个月，换来一句'还是初版最好'。放平心态才能一起苟到最后，嗯？"

夏侯澹："……"

庾晚音没等到回答，不以为意地换了瓜子嗑。正想问他嗑不嗑，突听他道："好。"

庾晚音问："好什么？"

夏侯澹笑了笑，没再说话。

望风的暗卫突然将耳朵贴于门上，悄声道："有人来了。"

青楼的人这么快就去而复返？室内几人来不及细想，飞速坐回原处，将双手背于身后，只露出一小段绳子，做出了还被绑着的样子。

庾晚音咬牙问："翻窗出去的那两个怎么办？"

夏侯澹还没来得及回答，门就开了。

出乎意料，进来的不是刚才那些人，只是个手握扫帚、肩搭抹布的扫地大爷。

大爷没精打采地瞅了他们一眼，就低下头收拾起了瓜皮果壳，似乎并不好奇屋里为什么绑了人。

庾晚音这一口气刚刚松开，又陡然提起。

她悄悄拉了一下夏侯澹的衣角，用眼神示意：是他！

夏侯澹：？

庾晚音拼命挤眼睛：他就是北舟！

只有社畜才知道谁是真正的社畜。这扫地大爷长了一双绝不属于社畜的眼睛。刚才他收回目光的瞬间，那不经意间露出的眼神，像一匹孤狼。

所以北舟隐身于青楼，原来是扮作大爷了？

夏侯澹似乎也有所猜测，迟疑两秒，开口道："喂。"

大爷头也不抬，只顾擦桌子。

夏侯澹提高声音："这位兄台，我瞧你甚是面善。"

大爷停下动作望向他。

夏侯澹道："相逢即是有缘，既然遇见了，咱们何不坦诚相见，以真容一叙？"

话音刚落，那大爷的神情就变了。他僵在原地，直愣愣地盯着夏侯澹。两人的目光在空中几度交锋，最终他放下抹布，缓步朝几人走来。

庾晚音见他满脸戒备，隐隐似有敌意，连忙努力露出个和善的微笑。"别误会，都是朋友。"

她用肩一顶夏侯澹。夏侯澹抬手去揭自己的人皮面具。"我是……"

在这电光石火间，又发生了很多事。

随着夏侯澹的动作，大爷猛然发现他没有被缚，眼中立时爆出凶光。

庾晚音正在诧异这凶光之盛，就见对方手中多了一把利刃，直直捅向了夏侯澹！

"小心！"庾晚音惊呼。

一声巨响，房门破裂。她伸手去推夏侯澹，两旁的暗卫也瞬间跳起，朝着夏侯澹身前挡去——

然而就在他们眼前，那大爷身形诡异地一歪，犹如被一股看不见的巨力掀起，整个人朝旁侧倒下，扑地不动了。

庾晚音惊魂未定，喘息着低头看去，这才发现那大爷侧颈上多出了一把匕首，没入之深，几乎又从另一边穿了出来。

暗卫牢牢护着夏侯澹，转头朝房门望去。

门上破了一个大洞。

众人心下无不悚然——这把匕首竟然是被人从门外投掷进来的，撞破木门之后还来势不减，长了眼睛般飞向大爷脖颈，一招毙命！

这得是何等蛮横的内力？！

房门这时才被人推开。

门里门外一打照面，现场陷入了一片死寂。

外面站着那位身材丰腴、长相经典、自带一颗媒婆痣的老鸨。

众人："……"

那老鸨却盯着夏侯澹，颤声道："你……"

这一开口，居然变成了男人的声音。

庾晚音扭头一看，夏侯澹刚才已经把人皮面具揭了下来，她心中冒出了一个荒诞的念头，不可思议地望着老鸨。

"你……"

老鸨道："澹儿？"

庾晚音道："北舟？"

北舟伸手一揪，"啵"的一声把那颗媒婆痣揪了下来，周身骨骼"喀啦啦"一阵闷响，身形以肉眼可见的速度拔高，眨眼间就露出了男人的模样。

庾晚音倒是在小说中看过缩骨功这种东西，但现场看视觉冲击仍旧过大。

她被惊到脑子停转。"你……你……你才是北舟？"

北舟问："澹儿，你怎会知道我在此地？"

庾晚音又去看地上那人。"他是谁？为什么要杀我们？"

北舟道："不对，你怎会知道世上有我这么个人？"

夏侯澹道："停。一个一个来。"

· · ● · ·

片刻后，几人围桌而坐。

夏侯澹道："先回答北叔的问题。"他倒是挺会见机行事，刚才看过北舟的身手，这一声"叔"顺势就叫上了。

"朕知道北叔，是因为母后留下的遗书中提到过你。"夏侯澹张口就来。

北舟面露缅怀之色："南儿如何写我的？"

夏侯澹："……"

庾晚音脑中一瞬间构思了八百字感人肺腑的小作文，什么十年无梦得还家，什么相思相望不相亲，什么山盟虽在，锦书难托。

她对着夏侯澹使眼色，试图用意念拷贝给他，再不济也至少要让他领会精神。

夏侯澹默契地点点头。

夏侯澹道："她说若遇危险，可以找你。"

庾晚音："……"

这是什么死亡直男发言！你咋不索性说"北舟，好用"呢！

北舟眼眶一红。"她还记得我。"

庾晚音："？"

夏侯澹道："所以朕即位以后就派人四处寻找，花了这么多年，前段时间才隐约得知北叔的踪迹，今日便想上门碰碰运气。"他见这关过了，迅速岔开话题："北叔，地上那人是谁？"

北舟道："他在这楼中打扫两年了，我也是前几天才对他起疑，因为从他房中翻出了这个。"

他将一沓信纸递向夏侯澹。

庾晚音凑去一看，只见纸上写满了蝇头小字，却又不是汉字，弯弯绕绕不知是什么语言。

北舟道："这人是燕国派来的间谍，拿到的命令是刺杀王公贵族，挑起我国内乱。我发现他的密信之后，这几天一直在暗中观察着他。你们今日上门打听龟公，我还以为是找他，就想着审一审你们……直到方才他痛下杀手，我才发觉不对。"

夏侯澹懂了："所以他想下杀手，也是因为我们语焉不详，使他以为我们是来揭穿他的？"

庾晚音想起来了，原文里是有这么个小国间谍，但最终没能成事，只在端王的暗中引导下刺杀了一个太后党的重臣，为他人作嫁衣裳。被捕后还遭五马分尸，下场很悲惨。

北舟道："这几年燕国很不安分，看来真是穷到走投无路了。你要小心，杀了这一个，没准还有别人。"

夏侯澹道："幸好今天北叔救朕一命。实不相瞒，朕如今在宫中确实处境危险，四面楚歌……"他恰到好处地黯然叹息。

北舟立即道："其实我回到都城，便是想护你周全，又怕你不需要我的保护。你放心，南儿的孩子便是我的孩子。"

庾晚音："？"

大兄弟，你的发言有点危险啊！

· · · ·

北舟行事颇有江湖气，说干就干，当即又缩回老鸨身形，粘上媒婆痣，走出房去请辞。

他在青楼蛰伏期间，对这里的苦命女子多有照拂，所以人缘颇好。此时一说要走，小美女们纷纷喊着"妈妈"流泪。

刚才那个给夏侯澹下药的小美女，应该是他的得力心腹，或许还有点红颜知己的意思，凄然垂泪道："你去哪儿？能不能带我走？"

北舟眉头紧锁。他要进宫保护夏侯澹，肯定带不了人。

　　夏侯澹便做了个顺水人情，对他悄声道："朕回头会派人来为她们赎身，送她们平安离去。"

　　北舟感动道："你真像南儿，和她一样善良。"

· · ● · ·

　　众人出了青楼，夏侯澹戴回了人皮面具，北舟则洗去脂粉，穿上男装，混入了暗卫之中。这么瞧去，他的本来面目倒也颇为潇洒出尘，有侠士之风。

　　庾晚音吹捧道："北叔真俊朗。"

　　北舟遗憾道："可惜了，叔倒是更喜欢做女人呢。"

　　夏侯澹："……"

　　庾晚音："……"

　　他刚才好像说了句不得了的话？

　　庾晚音禁不住再度偷眼打量北舟。

　　这人的设定不是暗恋夏侯澹的母亲吗？难道是在心上人入宫后，深受情伤，闯荡江湖期间，欲练神功，挥刀……

　　庾晚音幻肢一凉。

　　她只是脑中胡思乱想，夏侯澹却直接问了出来："北叔，你与母后的渊源，可否说与朕听听？"

　　北舟道："南儿是世上唯一懂我之人。只有她从不嫌弃我，认我当好姐妹。"

　　夏侯澹："……"

　　庾晚音："……"

　　北舟道："可怜她年纪轻轻撒手离去，留你孤身一人。"他怜爱地看着夏侯澹，"南儿走了，以后叔就是你母亲。"

　　夏侯澹："……"

　　夏侯澹道："谢谢叔。"

· · ● · ·

　　一行人回了宫，北舟有些惊讶，问道："让我待在贵妃殿？"

夏侯澹道："是的，朕身边恐有眼线，反倒是贵妃处宫人不多，方便说话。"

北舟跟在他们身后，一路观察着这贵妃殿周围布置的重重暗卫，笑道："没想到坊间流言也有说对的时候。"

庾晚音出声："嗯？"

北舟细细打量她。"澹儿是真的将这位贵妃放在了心上。"

庾晚音："……"您误会了，他只是需要我脑子里记的东西。

等等，自己这妖妃之名到底传了多远？是因为晋升太快了吗？

庾晚音干笑着朝夏侯澹身后躲了躲，垂下眸去做娇羞状。却没想到夏侯澹比她更入戏，反手牵住了她的手，对北舟诚恳道："北叔看出来了，我们便不多遮掩了。请北叔待她便如待朕，务必护她平安。"

庾晚音："？"

不必演到这份儿上吧？

北舟左看看右看看，露出了疑似姨母笑的表情。"放心吧。"

· · · ● · ·

庾晚音这份诡异的尴尬直到入夜还没完全消退。

北舟已经摸去魏府取书了。夏侯澹问过他需不需要人手帮忙，他摆摆手，道："多带人反而拖后腿。不必等我，安心睡吧。"

这一句终于流露出了一丝身为武力值巅峰之人的倨傲。

于是盘丝洞二人组只能守在贵妃殿里等消息。吃完了烛光晚膳，又吃完了烛光夜宵，北舟还没回来。

庾晚音坐立难安，夏侯澹倒是淡定地啜了一口小酒。"魏府有各方势力盯着，要等所有人最松懈的时候再摸进去，肯定是后半夜。"

庾晚音道："道理我都懂。只是自从我们穿来，很多情节都改变了，我心里没底。"

胥尧本不会死，北舟在原文里也活了很久，但谁又说得准？

夏侯澹道："放心吧。最差也不过是个死。"

庾晚音道："……谢谢你啊，真的有被安慰到呢。"

夏侯澹闷头低低地笑。他微醺时脸上终于有了点血色，不复平日的苍白。庾晚音对着他看了几秒，诡异的感觉又泛了起来。

灯下看美人，三分美也能看成十分，更何况原本就是画皮妖精，这会儿都快飞升了。

或许是因为就着夜宵喝了点小酒，或许因为饱暖思那啥，又或许是因为早些时候北舟那夸张的反应，她突然觉得夏侯澹也太好看了。

庾晚音不是不懂审美，而是不敢懂。生存前面，一切美丑都可以忽略不计。

譬如端王，谁又能说他不好看？但庾晚音一看到他那张好看的脸，就像看到了鲜艳的蘑菇，只想跑路。

奇怪的是，对着真正的反派脸夏侯澹，她那食草动物般的警惕心却越来越弱，几乎不能靠本能维持。

不行啊！恋爱脑是大忌！这种故事里恋爱脑全都要早死的！

庾晚音晃了晃脑袋。

微醺的夏侯澹仿佛能察觉她的心声，漆黑的眼瞳朝她扫了过来。

庾晚音仓促地别开目光。

夏侯澹眨了眨眼，戏瘾又上来了，托腮问："爱妃，是在偷看朕吗？"

庾晚音"噌"地起身就走。"我去洗洗睡了。"

夏侯澹还托着腮。"一起吗？还能看到更多哟。"

庾晚音僵住了，瑟瑟发抖地转过头。

夏侯澹失声大笑，挥了挥手。"去吧去吧。"

· · · · ·

等庾晚音走没影了，夏侯澹还孤身坐在原地。

他仍在举杯小酌，只是嘴角残留的笑意正缓慢消失。没了共饮之人，偌大的殿堂忽然显得空旷，从铺墁地缝里渗出一股冷清的寒意。

一道身影悄无声息地朝他走来，跪在了他身后。

夏侯澹没有回头，轻轻放下酒杯。"白先生有信？"

对方双手呈上一封书信："请陛下过目。"

如果庾晚音在场的话，就会发现这个风尘仆仆的暗卫并不在他们共同敲定的名单之中，是个从未见过的陌生面孔。

夏侯澹拆开信封，从中先掉出几颗蜡封的药丸。他顿了顿，抽出信纸读了一遍，神情似有些不耐。"他还没放弃呢？"

暗卫没有说话。

夏侯澹将信纸放在烛上点了，顺手倒了杯茶，服下去了一颗药丸，这才吩咐道："告诉他宫里一切如常，继续行事便是。"

· · ● · ·

庾晚音出了浴，烤干头发，自行上了床。床上用品已经按照现代标准改良了一遍，现在枕头不硬了，被窝也不凉了，生活质量显著提高。

夏侯澹去洗澡的时间里，她躺在床上还颇有点紧张。没想到夏侯澹只是占点嘴上便宜，到头来还是规规矩矩躺在三八线另一边。

庾晚音在安保升级之后找到了安全感，最近睡眠质量很高。唯有今夜因为牵挂北舟，辗转了一阵没能入睡。

眼睛适应黑暗后，她忽然发现夏侯澹也没闭眼，正对着床幔似看非看。

庾晚音犹豫了一下，悄声问："你也睡不着？"

夏侯澹闭上眼，呼吸有些粗重，模糊地嘀咕了一句什么，好像是"就知道没效果"。

什么效果？庾晚音怀疑自己没听清，问："你怎么了？"

夏侯澹呼出一口浊气。"头疼。"

这么严重吗？庾晚音又犹豫了一下，朝他凑近了一点。"我给你揉揉？"

关心同伴很正常，她对自己说。

夏侯澹没拒绝。但当她的指尖碰到他的太阳穴，他却瞬间绷紧了全身的肌肉。庾晚音即使在黑暗中也能感觉到他咬紧了牙关。

"怎么了？我轻一点？"

"……嗯。"

她也没学过按摩，只能没什么章法地轻轻画圈。"不知道能不能算个安慰，你这偏头痛只是个设定，到最后也没痛死——至少在你被刺杀之前，都没痛死。"

夏侯澹绷紧的身体缓缓放松下来，语带嘲讽："那真是安心了呢。"

"哎，别这样。"庾晚音不跟病人计较，她自己痛经的时候也是个人间炮仗，"回头让北舟给你检查一下，看看是脑瘤还是中毒呗。他在江湖上见多识广，说不定认识一些太医不认识的毒。"

"嗯。"

庾晚音悄声问："你其实还是怕死的吧？"

她的指尖很软，还带着被窝的热度。

夏侯澹勾了勾唇角说："不好说。"

庾晚音就当他不好意思承认。"没事，我也怕的。不过你这个总裁得调整一下心态，拿出点干劲儿来，这次就算北舟没能拿回那书，我们也还能再战……"

"放心吧。"夏侯澹打断了她的预防针，"只要你还不想放弃，我就也不会。"

庾晚音对着虚空咂摸了一下，是她太敏感，还是这句话真有点暧昧？

还没等她咂摸出点滋味儿，夏侯澹又补充道："毕竟还得靠庾姐带我奔小康。"

庾晚音收了心。"那确实。"

夏侯澹被按揉着太阳穴，呼吸声渐趋轻缓。庾晚音见他睡着了，困意也不期然地涌上，指尖越揉越慢，最后停了下来。

等她彻底睡熟，夏侯澹又慢慢睁眼凝望着她。

· · ● · ·

庾晚音这一觉不知睡了多久，突然惊醒时，四周亮了些许，尚未破晓。

床幔外面有人低声唤道："别睡了，书来了。"

北舟回来了！

庾晚音一个鲤鱼打挺坐了起来，忽然觉得哪里不对，扭头一看，夏侯澹上半身越过了三八线，分去了她半边枕头。

庾晚音："……"

这不能是故意的吧，纯粹只是睡相不好吧，等他自己发现了也会吃惊的吧？

床幔外的北舟又唤了一声："澹儿？"

夏侯澹睁开眼，撑着额头坐起身，平静地披衣下床。"来了。"

故意的！庾晚音有点头晕。

一直以来，夏侯澹与她独处时，都是相依为命的战略盟友态度，虽然也挺亲密，但其实从未越过界。

所以现在这是什么情况？普通的战略盟友会共享枕头吗？

· · ● · ·

庾晚音压下这一脑门儿官司，跟着穿好衣服跳下床。"北叔没受伤吧？"

北舟失笑道："想让我受伤没那么容易。只是除了禁军看守，附近还有别人派来的暗哨，绕开他们费了点时间。"

夏侯澹已经若无其事地坐到了桌案旁。"看来朕那位好皇兄还没放松警惕呢。幸好有你出马。"

北舟从怀中摸出一本还沾着尘土的书，问："这究竟是什么东西？藏宝图？"

夏侯澹道："虽不中，亦不远矣。"

三个人点起灯来，翻开了胥尧留下的书。

封面上印着"大夏风土纪"，内里却全是手写的墨迹。写得密密匝匝，笔迹还十分潦草。

显然，胥尧当初写这些字，或许只是当作备忘，又或许是想留个端王的把柄以防万一，总之不是给别人看的。所以句式非常随意，还用了不少简称。

庾晚音看了好半天才辨别出一行字。"策反……赵副？这个赵副是指谁？"

夏侯澹想了想，说："禁军好像有一个副统领姓赵，回头确认一下。"

庾晚音恍然大悟。原文里的端王确实策反了禁军副统领，再扶持他推翻统领，从而将禁军势力握在了手中。所以他最后从勤王到登基，才会一路顺畅无阻。

庚晚音眯着眼睛又读了两页，都是些行动计划，与她看过的原文剧情大体一致。只是比起她模糊的记忆，这里记载得清晰得多，有些甚至详细到了日期与时间。

有一页的开头写着"引燕国间谍除贾"——这个"贾"指的，正是原文中即将被端王借刀铲除的异己，可惜那燕国间谍昨天已经死在了青楼里。

又有一页写着"二月，举闱试不第之才"——明年二月会有一场科举，但如今的科举考场，徇私舞弊大行其道，早已成了一潭浑水，寒门学子永无出头之日。

端王深谙笼络之道，会私下接触几个被刷下来的人才，大开方便之门，用别的方式为他们谋得一官半职，使他们为己所用。

底下甚至附上了可以塞人的官职列表。

庚晚音振奋了。

碍于北舟在场，她没法对夏侯澹说这些细节，只能望着他轻轻点了一下头：这玩意儿好使！

夏侯澹也点一下头：牛 ×。

北舟好奇道："这些是端王谋划的事？他想谋反？"

夏侯澹笑道："是的。不过现在有书在手，我们便可各个击破，让他谋划不成。"

北舟面露担忧："澹儿，这样你会不会太累了？叔直接去砍了他的头，岂不省事？"

夏侯澹："……"

夏侯澹道："谢谢叔。只是端王党树大根深，北叔再厉害，也难敌千万人啊。"

北舟陷入沉思，仿佛在认真评估一挑一万的可能性。

夏侯澹道："就算能将之连根拔除，以后太后一家独大，下一步就是除掉朕。这样杀来杀去，治标不治本的。"

北舟问："那要如何治本？"

夏侯澹没有回答。

庚晚音翻着书，突然问："燕国为何要派刺客？他们应该知道，杀我们一两个王公贵族，也是治标不治本吧？"

北舟道："都说燕土干旱贫瘠，连年饥荒，日子过不下去了。他们过得越不好，就越恨我们，都快疯魔了。而且燕国内部也有权力之争，派几个刺客，大约是他们博取声望的筹码吧。"

庾晚音刹那间福至心灵。"北叔，燕国地处干旱地带，种的是什么作物啊？"

夏侯澹："？"

夏侯澹："！"

两人目光炯炯地盯住北舟。

北舟挠了挠头，道："好像是叫……燕黍？不是什么好东西，又糙又难吃，咱们夏国基本不种，种了也是用来喂猪。"

庾晚音强压着内心的激动道："原来如此。北叔今晚辛苦了，快去休息吧。"

· · ● · ·

北舟一走，她当场跳起。"抗旱的作物找到了！虽然难吃，但每家百姓种一点，何愁旱年过不去？到时候自然就没人造反，端王也就没法乘虚而入了，皆大欢喜啊！"

夏侯澹沉思道："道理是这个道理，但寻常百姓一共就那么点田地，你怎么说服他们种猪食？"

庾晚音提议："啊这，由朝廷出面高价收购呢？这样一来相当于鼓励他们种植，国库里有了存粮，百姓也拿到了钱，等旱年来了，再开仓赈灾就行。"

夏侯澹摇头。"我查过了，国库真的空了。这国家苛捐杂税一大堆，但从朝廷到地方又有太多蛀虫，周边小国虎视眈眈，军需费用也砍不了……总而言之，国库没钱。"

"大量印钞？"

"那不就通货膨胀了吗？"

庾晚音问："不好吗？"

夏侯澹道："不好吧？"

庾晚音莫名其妙道："你那什么语气，你不是个总裁吗？"

夏侯澹："……"

夏侯澹似乎比她更莫名其妙。"我是总裁我也没学过经济史啊。这会儿又不是市场经济，印钞减税什么的牵一发而动全身……"

庾晚音听得头疼。"行行行，我俩都不懂，那只能让懂的人来帮忙了。"

她点了点胥尧的那本书，指尖落在了那行"举闱试不第之才"上。

"我记得端王挖到的那一批考生里，有不少人才后来成了能臣，咱们不用等科举，直接抢在他之前下手挖墙脚吧。"

夏侯澹狐疑道："就你那一目十行的阅读，能记起具体考生的姓名吗？"

庾晚音："……"

庾晚音沮丧道："我努力一下。"

· · ● · ·

翌日早晨，太后拨弄着她殷红的指甲，听着宫女的例行汇报。

宫女道："殿下昨夜仍旧宿于庾贵妃处。"

太后微微挑眉。这么多年，皇帝从未如此专宠过一个妃嫔。而且据她所知，皇帝对房事非但不热衷，简直可以说是排斥。

太后觉得蹊跷，追问道："可有同房？"

宫女道："贵妃殿外防守森严，不便查探。而且殿下惯于遣散宫人，与庾贵妃独处。"

太后心中的危机感强烈了起来。"看来这避子汤是非送不可了。"

宫女忙道："奴婢去办。"

太后又道："这庾晚音浑不把哀家放在眼里，也是时候给她点颜色了。她那个爹……是任少卿之职吗？"

# 第五章

# 夜会端王

"我还有一条路，可以现在就举白旗，然后投靠
端王呀！你说他会收留我吗？"

张三猛然睁开眼，心脏狂跳。

阳光晃眼，不远处有一道声音正在唤着："殿下……"

张三疑心自己在做梦。五分钟前他还在数学课上昏昏欲睡，为了驱
散睡意而偷偷刷着手机。他一通乱点，似乎是点进了什么网文链接，叫
《穿书之恶魔宠妃》。

——一看就是垃圾。

张三百无聊赖地扫了一眼文案，正要退出去，突然间天旋地转，眼
前一黑。

"殿下，"那道唤醒他的声音又近了些，"太子殿下？"

张三怀着不祥的预感抬起头来，发现自己趴在一张书案上。

一个小太监满脸忧虑地望着他。"殿下不要睡了，娘娘要来检查功
课了。"

张三："……"

太子？娘娘？

他正暗暗掐着大腿，就见一个通身华贵、面相威严的女人走了进
来，冷冰冰地道："太子今日学得如何？"

小太监躬身唤道："太后娘娘。"

张三："……"

完蛋。

他只是个上课摸鱼的初中生，哪儿知道古人该怎么讲话？

面前的太后见他迟迟不语，面露不满之色。"为何不答？"

张三心脏都快跳出嗓子眼儿了，抖着手将面前写了一半的宣纸朝她推了推，试探着说："就……就这些。"

女人接过去看了几眼，也不知是满意还是不满意，淡淡地说了一通话。张三除了之乎者也，只能听懂"帝王""勤勉""中正"等零星几个词。

他似听非听，脑子里一团混乱，只够思考三个问题：发生了什么、还能回去吗、自己要说些什么才不会死。

对方是太后，自己是太子，是祖孙关系吗？应该是吧，不会有错吧？

眼见着女人已经讲完了，又在等他回答，他硬着头皮嗫嚅道："是，谢谢皇祖母。"

漫长的三秒过去，女人点了点头，起身走了。

张三缓缓呼出一口长气，这才发现自己背上已经全是冷汗。

所以他到底要从哪里开始学说话？

· · ● · ·

庾晚音把脑浆都榨干了也没想起那几个考生叫什么，不过她想到了另一个法子。

北舟如今就住在贵妃殿，除了近身保护庾晚音，闲来也替他们训练一下暗卫。

这天庾晚音敲开了他的房门。"北叔，在忙什么？"

北舟慈爱道："给澹儿和你做两件披风。"

庾晚音道："……叔真是秀外慧中啊。叔啊，你闯荡江湖这么久，又在青楼混过，身上有没有带什么迷魂汤啊，能让人口吐真言的那种？"

北舟想了想道："迷药倒是有，但效果也就比烈酒强一点，能让人神志不清胡言乱语，但说出口的是不是真言，那可没法保证。"

庾晚音道："如果让人喝下，此人醒来后还会记得自己说了什么吗？"

北舟道："这有点难办，想让人梦醒失忆的话，剂量要很大，但这么大的剂量下在茶中、酒中都会有异味，很难不被察觉。"

庾晚音道："没问题，我有办法。"

她觉得自己真是个天才，一切尽在掌握之中。

· · ● · ·

从北舟那里拿了药，她又去御书房找夏侯澹——现在宫里谁不知道庾贵妃正如日中天，她想去什么地方，基本没人阻拦。

夏侯澹正在翻奏折。"有个太后党参了你爹一本，说他以赌牌之名行贿。看来是太后想拿你爹开刀了。要理吗？"

庾晚音无所谓："理一下也行，贬谪吧。"

夏侯澹道："这么无情的吗？"

庾晚音耸耸肩道："又不真的是我爹，根本不认识，剧情里也没起啥作用。今天贬了他，让太后放松警惕，没准还能让他免受更大的苦头。"

夏侯澹道："也行。"

于是愉快地决定了此事。

夏侯澹提起朱笔往奏折上写批语。他写得很慢，字却挺端正。

庾晚音好奇地看了几眼。"你还练过字？"

夏侯澹道："练得不好，凑合能装吧，我现在只敢写短句。要教你吗？"

庾晚音忙道："要要要，我也得赶紧学。"

眼见话题扯远了，她才猛然想起自己过来的目的。"对了，你今晚能不能召谢永儿侍寝？"

死寂。

夏侯澹瞪着她半天没说话，手中的笔悬空半晌，滴下一滴浓墨。

庾晚音："？"

夏侯澹一字一句问："你让我，找别的女人侍寝？"

庾晚音："……"

这气氛怎么这么奇怪？仿佛自己是个贫困负心汉，赖在家里无所事事，把老婆踢出去当小姐——夏侯澹，饰老婆。

庾晚音头皮发麻。"不是真的侍寝，她来了你就给她下药，然后才好套话。是这样，我不记得考生姓名，但是她记得啊，她看过《东风夜放花千树》，知道有几个德才兼备的考生会含冤而死。明年科举的时候，端王挖墙脚的名单还是她提供的。"

她如此这般说了自己的计划。

夏侯澹勉强道："行吧，那到时候你躲在旁边，看个全程，不许走开。"

说完还幽怨地瞥了她一眼。

庾晚音头皮更麻了。

夏侯澹是从何时开始变得怪怪的？她思前想后，觉得是青楼探险回来之后。

是吊桥效应吧，肯定是吧。

如果这里必须有一个人是恋爱脑，那个人也不该是夏侯澹。

庾晚音平时看点小言打发时间，但其实早就过了会相信"霸道总裁爱上我"这种戏码的年纪。作为一个社畜，她已经领悟了这个世界的真谛。阶级与阶级之间是有壁的，霸总头脑都清醒得很，不会闲着没事去扶贫。

除非是因为，这是在一个生存游戏里，而读过剧本的自己，价值略高于区区社畜，他需要跟我建立更紧密的连接。她近乎冷酷地分析着情况，以便抹杀自己心里那不合时宜的悸动。

庾晚音犹豫了一下，委婉道："澹总，你不需要这样，我们本来就是一根绳上的蚂蚱，我会帮你到底的。"

夏侯澹没再说什么，挥挥手道："我还有点奏折没看完，你先回吧。"

庾晚音走出几步又回头看了一眼，总觉得他的坐姿透出几分萧索。

· · · ● · ·

谢永儿正缝着新的香囊，皇帝身边的大太监安贤过来带话了："今晚陛下要召你侍寝，你好生准备一下。"

谢永儿惊呆了。

自从庾晚音上位以来，夏侯澹再也没有召过别人，她的第一反应是庾晚音出什么事了。

打发了小丫鬟出去打听，得到最新情报：庾晚音的父亲遭了贬谪，连带着本人也遭了厌弃。

谢永儿心里腹诽，果然帝王无情。

可是这么个狗皇帝，却要自己去委身。

谢永儿烦透了。这段时间的私下接触，早已让她对夏侯泊心生情愫。可这位聪明绝顶的天选之子，却没像她想象中那般轻易地坠入爱河，反而对她若即若离，暧昧不已。

她原本就心情苦闷，此时这道圣旨无异于雪上加霜。

恰在此时，丫鬟道："庾贵妃来了。"

庾晚音愁容满面地坐在堂上，一副饱受摧残的样子。

谢永儿轻飘飘地关心了一句她爹，就见她垂泪道："我早说过，大家在这宫里无非是身不由己的浮萍罢了。永儿妹妹，听说你今晚要去侍寝？"

来了，谢永儿心想，这是要上演哪一出宫斗？

没想到庾晚音下一句是："你现在心里一定很苦吧。"

谢永儿："……"

谢永儿差一点点就被感动了。

她必须反复在心里告诫自己：纸片人不懂我的精神追求，装作懂我的样子只是为了演戏。

庾晚音将她的神情变化全看在眼里，继续念台词："听姐姐一句劝，那寝殿里的东西若是味道奇怪，千万不要喝。"

谢永儿问："姐姐何出此言？"

庾晚音悄声道："你可知这么多年来，陛下膝下为何只有太子一个皇子？太后施压，每个侍寝的妃嫔都必须喝下避子汤。到时候啊，你就假装喝了，找机会把它倒掉，否则你永不可能怀上龙胎……"

我喝定了，谢永儿想。

· · ● · ·

太后手下的大宫女得了指令，要让庾晚音吃下避子药。

这禁药的药方有点复杂，其中几味药材不能过明面。幸好大宫女也不是第一次办这事，着人暗中采买，很快备好了一包药粉。接下来只需倒入汤水或茶水，妃嫔服之，至少一年不能受孕。

结果她愣是没找到机会。

庾晚音现在用膳饮茶都在贵妃殿里，那贵妃殿的守卫竟比皇帝寝殿还森严，让人无从下手。

大宫女正在犯愁，忽然听到消息：庾晚音出了贵妃殿，往皇帝的寝殿去了。

今日不是谢嫔侍寝吗？这时候过去争宠献媚也太傻了吧，皇帝既然已经厌烦了她，哪里还会见她？

大宫女摸到寝殿后门，找了相熟的小宫女打听，对方悄声道："陛下放庾贵妃进去了。"

大宫女："……"

这是哪一出？同时叫两个妃嫔，难道……皇帝要玩花的？

想到先前那些侍寝妃嫔的待遇，大宫女打了个寒噤，不敢再妄测了。

小宫女接过药粉，问："姐姐，那这避子药到底要给谁喝？"

事发突然，大宫女手上的药粉只有一服。她纠结了一下，心想：听太后的吩咐总不用担责任。"给庾贵妃。"

．．●．．

谢永儿还没到，庾晚音当着宫人的面上演了一出争风吃醋、凄凄切切挽留君心的戏码。

夏侯澹一脸不耐烦地摆摆手，语出惊人。"那你也留下，你俩一起吧。"

庾晚音道："嘤，谢陛下垂怜。"

四周宫人瞳孔地震[1]。

庾晚音把宫人糊弄过去了，这才柔若无骨地贴到夏侯澹耳边，低声道："我把迷魂药带来了。"

---

[1]瞳孔地震，网络流行词，因为突然很震惊，眼睛里的瞳孔骤然放大，瞳孔动静大得就像发生了地震一样。用来夸张形容自己突然震惊的状态。

夏侯澹道："OK."

庾晚音坐到他身边，一个小宫女乖觉地奉上了一杯热茶。

小宫女指尖有些颤抖，然而庾晚音自己心中有鬼，没注意到。

夏侯澹挥退宫女，看着庾晚音从袖中取出迷魂药，倒入面前的热茶中。

庾晚音道："记得给她喝。"

夏侯澹道："我尽量。她要是不肯怎么办？"

庾晚音胸有成竹："你就直接让她喝，她会喝的。"

她认真晃了晃，待药粉完全溶化，才端着茶走去寝殿后方，放到了龙床前的小桌上。

等她转身走去殿前，刚才的小宫女又从角落里冒了出来，望着那杯茶满面惊恐。

庾贵妃不仅没喝那杯茶，还要给谢嫔喝？难道她已经识破了其中有避子药？不可能啊，这避子药难配，正是因为加入茶水后浑然一体，没有异味，就算全喝下去也辨别不出。

又或许，庾贵妃心机深沉，猜到太后会有这一手，所以让谢嫔当替死鬼？

这小宫女有把柄抓在大宫女手上，根本不敢忤逆对方。眼见着任务即将失败，她咬一咬牙，蹑手蹑脚地上前端起了那杯茶。

· · ● · ·

庾晚音备好迷魂药，回到殿前陪夏侯澹坐了一会儿，眼见着天色已晚，谢永儿也该来了，便说："我去殿侧躲一下，免得她看见起疑，等她药性发作了你再喊我出来。"

夏侯澹道："那你安心坐会儿，让他们给你上盘茶点。"

庾晚音坐到殿侧屏风后，小宫女迅速端来了茶点。

庾晚音挥退左右，悠闲地嗑起了瓜子。

· · ● · ·

谢永儿来了，仪态万方地见了礼。

　　夏侯澹歪坐在殿前，还是那副神经质又危险的样子，阴恻恻地看了她一眼，也不寒暄，惜字如金道："来吧。"

　　谢永儿屈辱地跟着他走向寝殿深处的龙床。夏侯澹坐到床上，苍白的手指点了点桌上的茶杯，又蹦出一个字："喝。"

　　来了，庾晚音所说的避子汤。

　　谢永儿求之不得，端起来"咕咚咕咚"一饮而尽。

　　夏侯澹："……"

　　这么积极吗？

　　谢永儿咽下茶水，没品出什么怪味儿，只当庾晚音描述有误，腹诽了一句。

　　夏侯澹见她喝得如此爽快，喝完了一副"现在要办事了吗"的表情，认命地就要脱衣服，忙道："谢嫔。"

　　谢永儿动作一停。"陛下？"

　　夏侯澹："……"

　　你就不能喝慢点，给迷魂药一点起效时间吗？

　　夏侯澹不得不开了金口："那日宫宴上，听你演奏一曲，颇为难忘。谢嫔既好雅乐，不如唱首曲儿助助兴。"

　　谢永儿心下鄙夷：我唱的曲子你能欣赏吗？

　　她酝酿了一下，寂寞如雪地开了口："明月几时有，把酒问青天……"

　　夏侯澹又开始掐大腿。

　　谢永儿的歌声在空荡荡的寝殿中回响，辗转飘入了殿侧，正在嗑瓜子的庾晚音呛到了，捂着嘴闷咳几下，端起茶杯抿了一口。

　　"噗——"

　　夏侯澹等了半首歌的时间，见谢永儿眼神清明，举止如常，不禁又看了一眼她手中的茶杯。

　　殿侧忽然隐隐传来呛咳声。

　　夏侯澹顿了顿，站了起来。

　　谢永儿的歌声随之一停，疑惑地望向他。

　　夏侯澹随口道："你在此等着。"就走了出去。

　　他大步走到殿侧屏风后，用气声问："怎么了？"

庾晚音边咳边道："出大问题了，谢永儿那杯不是迷魂汤，这杯才是，我刚才一喝才发现的！"

夏侯澹问："为什么？"

"我也不知道，我明明……算了，现在不是纠结这个的时候。"庾晚音将茶杯塞给他，"幸好我只抿了一小口，问题不大，你快去给她趁热喝。"

"她刚喝了一杯，再给她一杯？你当她傻吗？"

. . ● . .

半分钟后。

夏侯澹道："喝。"

谢永儿接过新的茶杯，一仰头又一饮而尽。

夏侯澹："？"

谢永儿这回品出味道不对了，心想：这杯是真的。

话又说回来，刚才那杯该不会是搞错了吧？这暴君智商有问题吗？原文里有这个设定吗……

这个念头刚转完，她的目光就开始涣散。

夏侯澹等了几秒，张开五指在她面前挥了挥。"谢嫔？"

谢永儿晕晕乎乎如在云端。"嗯。"

夏侯澹问："这是几？"

谢永儿大惊："你智商真有问题？"

夏侯澹："……"

夏侯澹转身招呼庾晚音："出来吧，她傻了。"

. . ● . .

庾晚音刚才抿了一小口迷魂药，目前没什么感觉。这药效也就是加强版的烈酒罢了，抛开剂量谈毒性都是伪科学，自己这么一口应该不碍事。

听见夏侯澹唤自己，她戴上了事先准备好的狐狸面具，款款走到谢永儿面前，瓮声瓮气地演了起来："马春春，你过得还好吗？"

谢永儿已经跌坐在地，打了个酒嗝。"你谁？"

庾晚音蹲下去望着她，仿佛在打诈骗电话。"连我你都不记得了？"

谢永儿对着那面具看了半晌，若有所悟。"你知道我的名字，那一定是《东风夜放花千树》的作者太太了？"

庾晚音心里一惊：这家伙脑洞还挺大。

她顺势道："没错，想不到你穿进我的书里，居然搅动风云……"

谢永儿突然打断道："我爸妈还好吗？"

庾晚音："……"

庾晚音道："挺好的，你还是关心一下你自己吧。想不到你居然搅动风云……"

谢永儿再度打断："我爱豆后来拿了第几名？"

庾晚音转头去看躲在一边的夏侯澹。

夏侯澹用口型道："说她爱听的。"

庾晚音道："第一。"

一声脆响，谢永儿悲愤地摔了杯子。"不可能！平台不会当人的，你骗我！"

庾晚音："……"

这家伙作为一个纸片人，人设会不会过于丰满了？

庾晚音重整旗鼓，压沉了声线彰显威严："说正事。想不到你居然搅动风云，将端王唬得团团转，还把书里的剧情线都搞乱了，你要如何负责？"

谢永儿"呸"了一声，说："我要是按照你的剧情走，只能作为炮灰早早死掉。"

庾晚音循循善诱："你不该把那几个落榜考生的名字剧透给端王。端王保他们入朝为官，固然能让他们免于不公正待遇，但也夺去了他们经受磨砺的机会啊。正所谓天将降大任于是人也……"

谢永儿勃然大怒："狗作者，你以为我不记得原文了？"

"原文怎么了？"

谢永儿道："原文里李云锡和杨铎捷揭发那混世魔王作弊之后，一出考场就被套麻袋打死了；尔岚女扮男装被发现，遭人轻薄羞辱之后被逐出都城，含恨自杀；还有……”

庾晚音回头朝夏侯澹疯狂比画：记下来，记下来！

夏侯澹：在记了，在记了。

谢永儿一口气报了五六个人名："什么天降大任，他们跟我一样，都只是你随手造出又随手捏死的炮灰罢了，还不许我们反抗吗？"

然而庾晚音已经没在听她的慷慨陈词了。

庾晚音凑到夏侯澹身旁，看了看他刚记下的人名，心满意足道："没错，就是他们。找到这些人才，燕黍亩产一千八，旱灾通胀都不怕。"

谢永儿坐在原地，醉醺醺地嚷嚷："狗作者？没话说了吗？"

夏侯澹道："但这些有抱负的读书人肯定恨死了昏君，否则也不会那么容易被端王挖墙脚。怎么在科举之前就骗他们为我所用，还得研究研究。"

谢永儿转头四顾。"人呢？"

"来了！"庾晚音敷衍地喊了一声，又低声对夏侯澹说，"我想过了，得靠你的演技。而且在取得他们信任后，你还得说服他们改名，否则这几人一入朝为官，知道他们底细的谢永儿就会察觉异常。"

"狗——作——者——你把我害得好——惨——啊——"谢永儿喊着喊着带上了哭腔。

庾晚音一阵头大。"来了来了。"

她没有哄醉鬼的经验，只好蹲下去拍拍肩摸摸头。"别哭了，比上不足，比下有余，那庾晚音才是真的惨。"

谢永儿越有人哄，越是悲从中来，大哭道："端王根本不信任我，我只是个工具人……"

她哭得太大声了，庾晚音怕被宫人听见，刚要去捂她的嘴，忽然听她含含混混说了两句什么。

一瞬间，就在那一瞬间，庾晚音浑身的血液都冷了。

她不经意地侧过头去，瞥了瞥夏侯澹。

夏侯澹正对着刚记下的人名苦思冥想，没有注意这边的闹剧。

庾晚音心跳如擂鼓，将耳朵凑近谢永儿，问："你刚才说什么？乖，再说一遍。"

谢永儿道："我说他不信任我……呜，我明明教他给副统领下春药，却偷听到他跟谋士说……说要毒那人的马……"

谢永儿给端王出主意，让他去策反禁军赵副统领，是写在《穿书之恶魔宠妃》里的情节。

按照原文，端王应该采纳她的建议，用春药放倒赵副统领，然后引他去轻薄禁军统领最喜欢的小妾，最后再让统领撞破这一幕，从此与赵副统领结仇。

赵副统领是个没脑子的草包，为了自保，不得不与端王结盟，弄死统领，取而代之。端王通过控制他，就控制了禁军的势力。

庾晚音记得策反这件事，却记不清具体过程，如今听谢永儿一说，她才想起，原文里的端王确实是这么做的。

——那么，为什么胥尧的记录里，会是另一个计划？

谢永儿发完酒疯后，倒头就睡。

庾晚音跟夏侯澹一人扛头，一人扛脚，将她搬上了龙床，还扯乱了床单和她的衣服，伪造出一个事后场景。

"她喝了那么多迷魂汤，醒来后什么都不会记得。"庾晚音说，"到时你再骂她几句，就说她害怕得精神错乱，发了一晚上疯什么的，让她信了就行。"

夏侯澹道："她不会信的。她都发疯了我还不埋她，必有蹊跷。"

庾晚音有点头晕，不耐烦地挥挥手。"那你就演一下那个吧，就那个，'女人，从来没有人敢这么对我，你引起了我的注意'。"

夏侯澹问："……你认真的吗？"

庾晚音道："你自由发挥吧……我累了，先撤了。"

· · · ·

庾晚音匆匆赶回了贵妃殿。

她抖着手翻开胥尧的书，抱着微末的期待确认了一下，最后一丝希望破灭了。胥尧的确是这么记的："邀赵副饮酒，毒其马，使疯马踏破先帝仪仗。"

那仪仗是先帝在时赐给端王，嘉奖其战功的，一直被供在端王府的中庭里。

破坏御赐之物的罪名，远胜过"玩弄统领的小妾"，足以吓破赵副统领的胆。

庾晚音合上书，茫然地望着跳动的灯烛。

为什么？

为什么端王脱离了原文的剧本，不再信任谢永儿，甚至修改了理应照办的计划？

她难以置信地甩甩脑袋，试图晃走愈演愈烈的晕眩，再度翻开书，一行一行地从头确认。

被修改的不止这一个计划。

改动的都是一些很小的细节，比如原文里中秋之夜做的事，被延迟了一天；又比如暗杀某大臣的地点，从某别院改为了另一个别院。

如果没有今夜之事，她或许永远不会注意到这些细节变化，即使发现了，也只当自己记错了。

如果没有拿到胥尧这本书，她就只能依照《穿书之恶魔宠妃》的剧情，指挥着夏侯澹左冲右突，试图挫败端王的阴谋，却永远在细节上失之交臂，最终万劫不复……

庾晚音发现自己在发抖。她将手靠近灯烛去烤热，却抖得更厉害了。

为什么？

她以为自己料敌机先，为什么端王能预判她的预判？

难道，当她以为自己在最高层时，端王却站在更上一层，俯视着她露出微笑？

他知道所有这一切吗？

自己在他眼中，也只是个纸片人吗？

他先前故作懵懂不觉，都是在故布疑阵，迷惑自己吗？

今晚发生的事情，也会被他看见吗？——就像读书那样，看得清清楚楚？

然后，他只消再度更改一个日期、一个地点，他们就又成了猫爪下被玩弄的耗子。

· · · ·

庾晚音瘫坐在椅上，感到自己的身躯在不断下沉，没入暗黑的泥潭……

肩上突然多了一只手，那只手轻柔地拍了拍她。"你怎么了？"

庾晚音眼睛发直。"我完了，玩儿完了，GG[1]了。"

"为什么这么说？"

庾晚音充耳不闻，只顾自言自语："等死吧，别挣扎了。端王才是真人，我们？我们就是几行汉字，删除键一按就没了的那种……"

夏侯澹从她身后绕到身前，蹙眉观察她的神情。

那点迷魂药终究还是发作了。

或许是因为跟避子汤的药材发生了什么反应，这迷魂药的药效来势汹汹，庾晚音只喝了一口，此刻也如堕五里雾中，浑然不知身在何处。

她听见有一道声音平静地问："所以，你想放弃了吗？"

"我……"庾晚音困难地思考了一下，灵机一动，"我还有一条路，可以现在就举白旗，然后投靠端王呀！你说他会收留我吗？"

没有听到回复。

庾晚音忽然想起另一节，沮丧道："不对，他都知晓一切了，根本不需要我。"

安静持续了一段时间，接着那道声音说："或许你可以让他爱上你。"

庾晚音笑道："夺回属于我的女主剧本？哈哈哈，不行的啦，他有谢永儿了。"

"谢永儿不如你。"

"那确实。"庾晚音相当客观地点头，"你这提议也不是完全不可行。"

夏侯澹静静地望着她。"所以，你要试试吗？"

---

[1] GG，Good Game 的缩写，竞技游戏用语，原指"打得好，我认输"。现多用于现实生活中表示"失败"的场景。

"嗯……"庾晚音陷入沉思。

仿佛过了一个世纪，她面露困惑。"我好像不太乐意。"

"为什么？"

"他太可怕了。"庾晚音低下头，"肯定耍耍心机就能让我死心塌地爱上他，然后为他付出所有，耗尽剩余价值，最后飞扑到他身前为他挡下一刀，或者一箭，无怨无悔地死在他怀里。"

她挥动着想象力的翅膀，把自己说得凄然泪下。"然后他掉几滴眼泪把我厚葬了，回头去找谢永儿……男人都是这么成大事的！"

夏侯澹："……"

夏侯澹伸手替她抹去泪水，极其缓慢、极其温柔地问："那夏侯澹呢？"

"他？他不会吧，他说了的。"

· · · · ·

先前庾晚音一人得道，庾家鸡犬升天。

庾少卿在朝堂里只是个毫无作为的老透明，勉强算是端王党，但又备受排挤。

眼见着庾晚音以前所未有的速度蹿升至贵妃之位，门庭冷落的庾府忽然热闹了起来，从前不给正眼的人们都要来探探情况、说句好话。

庾少卿透明了这么多年，如今受到一点巴结，不禁飘了，开始畅想起加官晋爵的美好未来。于是攀上几个大员的关系，借赌牌之名行了点贿。

万万没想到，第二天就被太后抓住小尾巴，直接办了。

他一遭贬谪，庾府再度门可罗雀。

一屋子人正唉声叹气，忽然听见通传："端王到——"

庾少卿受宠若惊。

这种时候，堂堂端王怎会屈尊过来？难道自己对他还有什么意想不到的价值？

夏侯泊还是那副谦谦君子貌，上坐之后温言道："庾大人近来如何？"

庾少卿抹了把老泪。"下官倒是还好，只是担心贵……贵妃娘娘会不会因此失了圣心，过上苦日子啊……"

夏侯泊便配合地安慰道："听闻庾贵妃聪慧贤淑，圣宠隆眷。本王下回进宫，也会为你探问一二。"

庾少卿千恩万谢，只等他的后文。

然而没有后文了。夏侯泊与他寒暄了一盏茶的工夫，又客客气气地告辞走了。从头到尾，庾少卿都没猜出这尊大神的来意。

· · · ● · ·

夏侯泊出了庾府，身后便有两道影子贴了上来，跟着他上了马车。

夏侯泊道："找到了？"

手下呈上了一张小纸。"这是属下在庾晚音的闺房中搜到的。"

纸上是庾晚音入宫之前，在家誊抄的诗文。

夏侯泊看了几眼，手下又呈上了另一张纸。"这是在藏书阁里找到的。"

藏书阁火势稍缓后，端王让手下打着救火的名号冲入其中，一是为了确认胥尧已死，二是为了看看尸身附近有没有不利于自己的证物。

手下没在胥尧那里搜出什么，却带出了庾晚音书案上的一张纸。

破碎的纸张边缘已经烧焦，上头留了几笔斑驳的墨痕。

夏侯泊将两张纸比对了一下，淡淡地笑了。"看出什么了吗？"

手下道："……这两幅字，真是同一个人写的？"

夏侯泊点了点纸张。"看来是时候与她会一面了。"

· · · ● · ·

庾晚音睁开眼睛又闭上了，猛然翻身，将头埋进了枕下。

她昨晚只喝了一小口迷魂药，没有断片。相反，所有对话她都记得清清楚楚——端王有可能在最高层。

她原本想瞒着夏侯澹调查此事，结果却亲口告诉了对方可以举白旗投靠端王……

幸好自己最后还是对夏侯澹表了忠心的，否则这会儿应该已经在土里了。然而那表忠心的方式……

庾晚音用枕头捂住耳朵当鸵鸟。

说完那句"他不会吧，他说了的"，她就彻底晕了，一头栽向夏侯澹。

夏侯澹也没再说什么，将她抱上床，好像还替她盖了被子，就转身走了。

庾晚音不知该如何面对他。她自己心里也觉得不可思议。

穿来之后庾晚音告诫过自己三千遍，谁也别信，她玩不起。不能恋爱脑，不能冲动行事，不能游戏人生。人家天选之子死了，这本书会腰斩；她死了，这本书最多砍掉三页。

——所以到底从什么时候起，她就在潜意识里把自己给卖了？

卖了也就算了，还让人知道了！简直是在对夏侯澹挥手绢：我是颗傻棋，来呀，利用我呀。

这样下去不行啊……

"小姐？"丫鬟小眉在床边催促，"该起了，今日要觐见太后的。"

庾晚音梳妆打扮时，小眉便在一旁闲话："听说今早陛下寝宫中有个小宫女被严刑拷问，之后就被拖出去了。好像是往茶水中下了避子药，小姐你没事吧？"

庾晚音在脑中过了一遍关于那杯茶的细节，想明白了前因后果。

"不要紧，我只喝了一点点，大部分是谢嫔喝的。"

小眉愣了一下，委婉道："她现在已是谢妃了。"

庾晚音："……"

小眉眼圈一红。"陛下怎可如此荒唐，竟让你们两人在同一夜……还封她为妃！老爷、夫人该多心疼啊，呜呜呜……"

庾晚音想起来了，自己好像是让他对谢永儿演一出"霸道总裁爱上我"的戏码来着。

小眉犹在愤愤不平："听说她还故作惶恐，百般推辞，然后陛下说……说他从未见过像她这样特别的女人。"

庾晚音："……"

．．．．

夏侯澹确实演上了。

众妃请安时，他又出现了，这回没给庾晚音一个眼神，直接坐到了谢永儿旁边。

谢永儿不自在地往旁边让了让，他又挤了挤。

谢永儿奉茶给他，他接过时特意摸着她的手。

坐在一旁的庾晚音瞬间感觉到无数道视线偷瞄向自己，包括太后的。她非常入戏地凄然低下了头。

太后心里盘算着该准备新的避子汤了。

太后道："这花朝宴也临近了，皇帝可有什么打算？"

夏侯澹道："到时，就让谢妃献舞吧。"他眯眼看着谢永儿，"听过谢妃奏乐唱曲儿，却还没领略过你的舞姿呢。"

庾晚音心想：那要是跳起《极乐净土》，夏侯澹能憋住吗？

夏侯澹恰在此时不经意地瞥了她一眼，仿佛想象出了类似的画面，嘴角几不可见地一抽。

庾晚音赶紧别开视线，免得笑场。

无论如何，夏侯澹作为队友，比起端王还是可靠得多。

．．．．

夏侯澹陪坐了一会儿就走了。

等到谢永儿随着众妃嫔鱼贯而出，就发现安贤没有随着皇帝离开，而是等在外头。

见她出来，安贤笑道："谢妃娘娘，奴婢送你回去。"

皇帝身边的大太监把宝押给了谢永儿！

庾晚音又感觉到无数道视线。她黯然一笑，独自走开了。

说来在原文里，这老太监为了巴结庾晚音，在谢永儿失势时狠踩过她一脚。后来谢永儿斗赢了，安贤又去捧她，却被她送进了大牢。

如今少了失势这一节，谢永儿没跟他结仇，反而乖觉地走到了他身边。

她毕竟是恶魔宠妃本妃，对得宠一事虽然不耐烦，但也要充分利用。

不如先利用安贤除去几颗眼中钉？

两人走出一段，谢永儿楚楚可怜道："安公公可否赐教，陛下究竟看上了我哪一点？"

安贤笑道："陛下说，他昨夜看你疯疯癫癫，有一股鲜活之气，跟别的宫妃不一样。今早又视妃位如粪土，好生单纯可爱。"

谢永儿："……"

太土了！

·　●　●　·

庾晚音没管这边的土味小剧场，独自踱去了藏书阁。

藏书阁正在旧址上重建，进程相当缓慢。

她望着那些精细作业的工匠发了一会儿呆，脑中盘算着端王的事，忽听有人唤道："庾贵妃。"

庾晚音转头，身边多了个工匠打扮的人，二话不说塞给她一物。"请收下。"

庾晚音莫名其妙低头一看，是一封信笺，信封上没有落款。

"这是……"她抬起头来，对方已然不见踪影。

庾晚音走到无人处拆开信，只有寥寥数字：子夜御花园，石山后一叙。

落款处画了只王八。

·　●　●　·

御花园周围巡守的侍卫似乎被支开了。庾晚音没提灯烛，借着月光摸索前行，便听石山后传来一道温煦的声音："晚音。"

夏侯泊果然等在那里了，月光下一袭白衣犹如谪仙。

庾晚音独自赴约，多少有点心慌。本想带个人保命，然而无论是北舟还是暗卫，肯定都会找夏侯澹告密，所以她只得偷溜出来。

她必须知道他在第几层，才能决定接下来怎么走。

她做了个深呼吸，沉下心来进入角色，面露娇羞，道："殿下，怎么这样叫我？"

夏侯泊笑而不答，只说："今日早些时候遇到了庾少卿，他颇为牵挂，不知你在宫中过得如何。"

庾晚音长叹一声："陛下今早封了谢妃。"

说到这个名字，她瞄了一眼夏侯泊，昏暗中看不出他有什么神情变化。

庾晚音索性直接问道："殿下以为谢妃如何？"

"她是陛下的妃子，我不敢妄议。"

"……那我呢？"

"你？"夏侯泊慢慢朝她走近了一步，"晚音，咱们已经认识这么久了，有些话是不是也该说开了？"

庾晚音做含情脉脉状："比如？"

端王也含情脉脉地说："比如，你究竟是谁。"

站稳了，庾晚音想。

夏侯泊道："又比如，陛下是谁，谢永儿是谁。"

庾晚音没能控制自己倒退了一步。

最坏的猜测成真了。

他能看穿谢永儿，也许是因为谢永儿这恋爱脑说漏嘴了什么。进一步看穿自己，也许是因为自己在哪里露出了马脚。但看穿夏侯澹那个影帝，却绝无机会。

他只能是站在更高层。

夏侯泊微笑道："不必如此紧张，我对你一向没有恶意。你也能预知一些事情，便更该明白，选我才是明智之举。"

庾晚音道："你……你既然全都知道，还需要我做什么？"

夏侯泊愣了愣。"你误会了，我来找你，并不是为了知道什么，只是因为心悦于你。"

庾晚音感到荒诞极了。"我们连物种都不一样，你怎会心悦于我？"

夏侯泊仿佛顿了一下。"这并不妨碍。"

庾晚音道："啊？所以你是喜欢我这个角色吗？"

夏侯泊温柔地笑了笑，说："所以从一开始就来找你啊。"

．．．．

寝宫里一灯如豆。

"庾贵妃去了御花园。我跟去看了一眼，她在与端王私会。"北舟直截了当道，"离太远了没听清说了些什么，不过气氛似乎挺旖旎。"

夏侯澹："……"

北舟忧心道："澹儿，此人如果已经投敌，是不是处置了她比较好？叔知道你喜欢她，但她可是你的枕边人，一旦生了异心，就太过危险了。"

夏侯澹用一个指尖拨弄着烛火，没有说话。

一旁跪着的暗卫熟练道："属下去办？"

夏侯澹慢慢道："你们有没有想过，站在她的角度，跟随端王确实更稳妥。"

北舟很困惑："为何？你不是已经掌握了端王的计划吗？"

夏侯澹苦笑了一下。

昨晚庾晚音匆匆告辞，脚步虚浮地逃回贵妃殿，然后发现了端王的秘密。她当时并没打算告诉自己，只是那一口迷魂汤让她说了真话。

她信任自己，但她太怕端王了。

"想活下去，也是人之常情。"

北舟叹息了一声，说："你不该让儿女私情冲昏头脑……那女子真有如此重要？"

夏侯澹道："她是我的浮木。"

北舟与暗卫面面相觑，怎么就成浮木了？

暗卫没遇到过这种场面，试探道："陛下，埋吗？"

夏侯澹道："你再问一个字，朕就埋了你。"

．．．．

庾晚音摸索着朝贵妃殿走去，每一步都重逾千钧。

她脑中一团糨糊，所有计划，所有抱负，乃至所有自我认知，完全裂成了无数碎片。

不玩了，这还怎么玩。

或许对方把她当一本书读的时候，真的喜欢她这个纸片人？虽然听上去很奇怪，但对她来说绝对是利好消息。他都抛橄榄枝了，干脆早点投奔过去，还能显示一下诚意……

然而在意识深处，始终萦绕着一丝违和感。

她的脚步越来越慢，最后停在了原地。

不对吧。

被恐惧攫住的大脑重新开始艰难地运转。

如果夏侯泊真在更高层的话，怎么会让他们看见胥尧的书呢？费心伪造一本书，故意让他们看见，从而对他的身份产生怀疑，这对他有什么好处？

想要打败夏侯澹，最简便的方式当然是什么都不让他们知道。

为什么不索性销毁那本书？

犹如冰面碎裂只需一道缝隙，一旦有了这个疑问，更多的疑问便争相涌上。

他如果知道她是穿的，可以直言相告，为什么要几次三番地试探她？

今夜她说物种不一样的时候，他是不是顿了一下？

…………

庾晚音重新迈出步子，越走越快。

这一切其实还有另一种解释，那就是端王仍然是纸片人，但是，他通过某种方式察觉了异常，猜测他们换了芯子。

在他眼中，他们或许类似于开了天眼的半神，所以可以预知未来，还能察觉他的一些秘密。

所以端王不信任她和夏侯澹，也不信任谢永儿——对他而言，他们三个才是同类。

通过胥尧那书可以看出，谢永儿给他的建议，都被他修改了细节。这算不算是一种试探，试探他们究竟能预知到哪一步？

可是，他并没有把握，自己修改细节之后就能逃过他们的天眼，所以他才要接近她，故弄玄虚套她的话，进而策反她……

　　但还有一个疑点：一个纸片人究竟是怎么生出"换了芯子"这么前卫的概念的？就连谢永儿都没能找出同类，他却明确怀疑了三个人。

　　这真的是"智计超群"就能解释的吗？

　　如果没有更多的证据，就无法判断他究竟是哪一种。

　　庚晚音思前想后，暗暗下了一个决心。

第六章

# 密 会

到了那日，唯愿诸位莫忘了今日舟上痛陈之辞、
鸿鹄之志，站直了身子，做大夏的脊梁啊。

翌日，她找到了夏侯澹。"我要拿那几个考生做一个实验。"

夏侯澹问："……什么？"

"是这样，现在关于端王有两种假设，他有可能比我们更高一层，也有可能还在最底层。所以我想试他一试。"庾晚音花了一晚上想出这个计划，此刻正在兴头上，没注意到夏侯澹探询的眼神，风风火火道，"谢永儿报出的那几个考生，你能联系上吗？"

夏侯澹望着她。

她夜会端王，不是去投诚的吗？

夏侯澹道："已经在找了，应该没问题。我打算近日微服出去与他们见一见，看看能不能打动他们。"

"好，那我们事先放出消息，让端王以为这场会面在 A 地，然后到了当日，再偷偷去 B 地碰头。现在有了暗卫和北舟，这点秘密应该能够保住。"

夏侯澹隐约明白了她的思路。"所以你想看看端王会去哪里查探？"

"对，如果他得了 A 地的情报，就去 A 地守着，那就是纸片人。如果他朝两边都派了人，那他还是纸片人——我们的行踪被发现了，但端王多疑谨慎，两地都不会放过。"

庾晚音缓缓道："只有在一种情况下，他才会舍弃 A 地，直奔 B 地——他在更高层，预判了这一切，所以确知 A 地可以忽略。"

夏侯澹鼓起掌来："不愧是庾姐。"

庾晚音道："嘿嘿嘿，一般一般。"

"但你有没有想过，万一他预判了一切，包括我们现在的对话，所以故意朝两边都派人呢？"

"他不会装纸片人的。"庾晚音咬咬牙说了出来，"他私下联系过我，想让我相信他在更高层，然后效忠于他。有这个机会证明自己，他巴不得呢。"

夏侯澹微微挑眉道："这种事，你就这么告诉我了？"

庾晚音被他看得有些心虚，不自觉地提高了声音："我这不是不信他吗？能选的话我肯定跟你混啊。"

"庾晚音。"

"嗯？"

夏侯澹揉了揉额头。"如果实验结果证明，他在更高层呢？"

庾晚音："……"

夏侯澹道："如果是那样的话，你可以去投靠他。这是真心话。"

类似的台词他之前也说过，但庾晚音只当是怀柔之策，没往心里去过。

夏侯澹语声平淡："我不会拦你，但你离开之后，就失去了我的庇护，这点你应该也懂。"

这……是在威胁吗？

庾晚音小心道："然后你要做什么？"

"我？"夏侯澹仿佛认真考虑了一下，"我多半会在力所能及的范围内杀一些人，然后坐等自己的结局吧。"

庾晚音心凉了一下。"……你听上去有点跟暴君重合了。"

夏侯澹没精打采道："没办法啊，你天天头疼欲裂试试看。"

庾晚音无法真正害怕夏侯澹，哪怕他说着最危险的台词。

她也思索过为什么。或许是因为他的表情和语气——三分抱怨，三分低落，像一个吃火锅时聊着跳槽冲动的同事。不仅与他在外扮演暴君时判若两人，也不太像个高高在上的总裁。

他浑身都释放着"这是同类，可以相信"的气息。

　　她甚至无法报之以谎言，随口哄他"就算是那样，我也不会跑路"。因为大家都一样，大家都明白，公司破产了，员工都是会走的。

　　跟她看的文里那些女主角比起来，她的恋爱脑只有三分之一，胆子则只有二十分之一。那点虚无缥缈的温情，在死亡面前不堪一击。

　　庾晚音早就知道自己是这个德行，但面对着夏侯澹，心中还是有些不好受。

　　她转移了话题："北叔在替你四处验毒呢，他连我都查过了。以后会好的。"

· · · · ·

　　接下来的几天，夏侯澹一方面朝考生寄出了密函，另一方面朝端王放出了假消息。

　　几日后。

　　夏侯澹道："考生们到 B 地了。端王的人目前只去了 A 地。"

　　庾晚音神情松弛下来。"那就八九不离十了，这孙子是装的。总之先去赴约，静观其变吧。"

· · · · ·

　　所谓的 B 地是一处游湖。

　　今日天阴，游人并不多，湖中稀稀拉拉漂着二三艘船。

　　夏侯澹和庾晚音这回扮作通身贵气的公子哥儿，在"家丁"们的簇拥下包了一艘富丽的画舫，朝湖中心缓缓荡去。

　　画舫远离湖岸之后，又有一艘小渔船朝它靠过来。

　　暗卫在双船之间放下踏板，须臾接上来了六个人。

　　盘丝洞二人组今天又是慈眉善目二人组，双双摇着折扇站起身来，文质彬彬地迎接来客。

　　六个学子大多是单薄的文人身形，只有当先一人较为健硕。见过礼后，他们才卸下了脸上的人皮面具，露出六张年轻或沧桑的脸。

　　当先那个健硕学子瞧上去年过三十，神情倨傲中隐隐带了些不满，口中道："我等前来赴约，是有感于阁下的来信，愿与知音一叙。不过今日一看，阁下对我等并不似信中那般相见恨晚。"

他这暴躁老哥似的一开口，庾晚音就对上号了。李云锡，所有考生中最穷苦的一个。胸有大才而屡试不第，生性刚正不阿，在《东风夜放花千树》里因为揭发某关系户作弊，最终横死街头；在《穿书之恶魔宠妃》里则被夏侯泊笼络，成了其一大助力。

夏侯澹忙拱手道："劳烦各位舟车劳顿，又受了这遮头盖面的委屈，在下心中实在过意不去。个中情由，容后解释。如信中所言，在下确实仰慕诸位才名已久，诸位的锦绣文章，尤其是其中的赋税徭役之论，在下常常口诵心惟，掩卷而思。"

他仿佛生怕姿态摆得不够低，说完当场对着原作者背了几段，背得声情并茂、摇头晃脑、啧啧感慨。

学子们："……"

有点羞耻。

读书人毕竟面皮薄，被这么一捧，总也要摆出个笑脸回赠两句。

夏侯澹顺势请他们落了座，换上一脸忧国忧民。"诸位无疑有经国之才，只是如今世道混乱，科举犹如一潭死水，徇私舞弊大行其道，寒门学子几乎没有出头的机会。在下见诸位一年年苦读，心有不忍啊。"

李云锡道："谁人不知所谓选贤举能早已成了笑话？只是我一心未死，承仰乡亲荫泽，不甘百无一用罢了。"

他这话戳中了考生共同的痛点，余人纷纷附和。

有人说朝中能臣凋零，大夏要完，自己恨不能以头抢地唤醒那暴君；有人提出端王文韬武略，尚可称贤王，又有人冷笑道端王一心自保，不敢出头；有人辩驳端王无罪，罪在暴君，陷民生于水火；甚至有人指责庾晚音妖妃祸国。

最后有人喝茶上头了，振臂一呼："王侯将相！"

夏侯澹道："宁有种乎？"

学子道："正是！"

庾晚音呛咳出声，拿胳膊肘捅夏侯澹。

学子们冷静下来一想，也有些胆寒。"……阁下可真敢说。"

　　唯有李云锡嗤笑道："有何不敢？在座诸位皓首穷经，能救大夏几何？"

　　夏侯澹道："没错，读书救不了大夏人。"

　　李云锡道："你们且抬眼看看，不见青天，唯见烂泥！硕鼠硕鼠，无食我黍！既为苍生，无有不可！"

　　夏侯澹激情鼓掌："说得太好了，有李兄这般胸襟抱负，大夏才有望啊！"

　　学子们都感动地看着他。"阁下果然信如其人。话已说到这个份儿上，不知阁下能否告知大名？"

　　夏侯澹摇了摇折扇，儒雅道："敝姓夏侯。"

　　船舱里寂静了一下。

　　学子们纷纷站起身来望着他。"端……端……"

　　夏侯澹道："单名一个'澹'字。"

　　庾晚音脚趾抠地。

　　她应该在船底，不应该在船里。

　　夏侯澹又指了指她，说："这是祸国妖妃庾晚音。"

　　暗卫积极地围了上来。

　　凝固在原地的学子们终于动了，七零八落地跪了下去，面如死灰。只有两个人还硬戳在原地不肯跪。其中一个自然是李云锡，另一个是刚才附和得最起劲儿的杜杉。

　　此时李云锡自知必死，反而不慌不忙，瞪着那对恶人夫妻满脸不忿；杜杉却双腿发抖，只因脸面比天大，愣是不肯输给李云锡。

　　夏侯澹摆摆手挥退了暗卫。"诸位都请起。"

　　他倒是没有丝毫不自在，就仿佛刚才放言要反了自己的人不是他。

　　"诸位只知暴君苛政、鱼肉百姓，殊不知朕这个皇帝早已被架空。如今的朝政，半数由太后把持，半数由端王左右。他们以朕的百姓为赌注，一场接一场地豪赌，朕心如刀割，却别无他法。今日一叙，只为朝诸位剖开这颗拳拳之心。"

　　他再次示意，学子们讪讪地重新落座了。

　　只有李云锡仍然梗着脖子站着。"陛下既有此心，何不整顿科举，广纳人才，却要我等形同做贼，蒙面来见？如此纳才，未免有失君仪。"

"适才说过，确有苦衷。"夏侯澹道，"太多双眼睛盯着朕，单是动一动科举，便会立即遇到多方阻挠。若非暗卫四处搜罗，诸位的锦绣文章根本到不了朕的案上。此时只能暗中联系，再徐徐图之，将诸位送去合适的位置上大展宏图。"

他叹了口气，道："诸位一入朝堂，定会被太后或端王党盯上，或吸纳，或利用，或针对，拖入他们的豪赌之中。到了那日，唯愿诸位莫忘了今日舟上痛陈之辞、鸿鹄之志，站直了身子，做大夏的脊梁啊。"

庾晚音服了。

听听，真是催人泪下。

这总裁到底是做什么生意的，这么有演员的自我修养？

学子中甚至已经有两人红了眼眶，庾晚音辨认了一下，一个是扮男装的大才女尔岚，还有一个是方才抖着腿不肯跪的杜杉。

杜杉一脸感动道："陛下竟寄如此厚望于我等，真是……"

李云锡道："真是成何体统！"

夏侯澹："？"

庾晚音："？"

李云锡暴躁道："天子此言，何其轻巧？一句苦衷，就要将寒门学子的血肉之躯塑成棋子，去为你抛头颅，洒热血，废太后，除端王。夹缝求存，所以你不能抒发己志？多方阻碍，所以你不能整肃朝纲？堂堂天子连这等担当都没有，又何必演什么千金买骨，推别人去做脊梁！"

夏侯澹："……"

挺押韵的。

角落里抱胸而站的北舟动了一下，似乎想去砍了他。夏侯澹几不可见地摇了摇头。

李云锡提高声音，说得咬牙切齿："草民的乡亲父老，每家每户，无一不是一年到头起早贪黑地耕织，存留的粮米却只够果腹。草民一对弟妹，出生不久赶上歉年，被父母含泪活活饿死……如此赋税，去了该去的地方吗？中军连年奋战对抗燕国，将士的军饷里竟掺了三成沙石！陛下，陛下，你睁眼看过吗？"

杜杉慌了："李兄，也不必如此……"

李云锡嘲讽道："适才是谁说若能面圣，定要以头抢地、以死相谏？圣上就在眼前，怎么一个个都哑巴了？"

杜杉涨红了脸，被堵得哑口无言。

庾晚音这会儿真的有些汗颜了。

她是小康家庭出身的普通社畜，学校里也没教过如何拯救一个国家。加上人在书里，始终有种虚幻感，没法对纸片人的处境感同身受。所以集结这些学子时，确实没想过会面对这一通拷问。

可是……她现在没法确定自己不是纸片人了。

所以其他纸片人的痛苦，真的那么虚假吗？

此时李云锡一通抢白，夏侯澹显然也招架不住了，沉默不语。庾晚音不由得帮着说了一句："陛下当时处置了户部尚书的，闹得很大，诸位应该听过。"

一旁的杜杉欲言又止，几番挣扎后开口道："月前消息传来，草民的家乡百姓无不欢欣鼓舞，为陛下烧香祈福。"

他没再说下去。

庾晚音仿佛脸上被人挥了一拳。

那户部尚书死后，太后党立即推上了另一个喽啰占位。

无须再说，她也能猜到民生没有丝毫改善。那家家户户的高香终究是白烧了。

李云锡失望地摇了摇头，似乎无意多谈，转身就走。

他刚一转身，暗卫就动了。

所有人都明白此人绝不能留——他怀着如此仇恨离开，却又已经知晓夏侯澹的密谋，等于一颗定时炸弹。

杜杉颤声道："李兄。"

暗卫直接亮剑，李云锡不为所动，大步向前，似乎打定了主意要血溅画舫。

"等等！"庾晚音喊道。

她小跑到李云锡面前，语无伦次道："李……李先生，陛下今日来此，绝不是为了将各位卷入朝党之争。说难听点，那尸位素餐之辈——也包括皇室——死也就死了，可百姓又有何辜？"

众学子震惊地看着她，你刚才说包括谁？

庾晚音道："但如今局势已经如此，赋役不均，胥吏舞弊，贪官横行，国库空虚，我等能力有限，实在是恶补也来不及了，需要诸位的帮助啊。"

她深深一礼，恳切道："晚音口拙，说不出什么大道理，唯有恳请各位，不为什么暴君妖妃……"

众学子震惊地看向夏侯澹。

夏侯澹毫无反应。

庾晚音继续道："也为家乡父老计议吧！"

她再度深深一礼，抬起身来时发现李云锡盯着自己，神情有异。

庾晚音抹了把眼泪，诧异于自己的演技。但另一方面，她又不确定自己还是不是在演。

"陛下，贵妃娘娘。"一个安静清瘦的学子开口了。

"草民生来患有恶疾，如今只剩两三年寿数。"

庾晚音想起来了，此人叫岑堇天，是个农业奇才，在原文里不能算是端王党，一腔赤子之心，为社稷呕心沥血了两年。

然后旱灾来了，他看着焦枯作物、遍地饿殍，怀着生不逢时的憾恨咽了气。

兄弟祭天，法力无边，端王当着众人的面向他祭酒，发誓为其报仇，然后反了。

岑堇天道："敢问陛下，草民有生之年，能否看见河清海晏，时和岁丰？"

夏侯澹与他对视片刻，郑重道："此为天子之诺。"

岑堇天浅淡一笑，跪地道："愿为天子效犬马之劳。"

· · ● · ·

所有学子最终心平气和地围坐在一起，与夏侯澹商议了两个时辰，最后众人弄来烈酒共饮了一杯。

夏侯澹与庾晚音亲自将他们送回渔船，望着他们戴回伪装，撑舟离去。

两人还没有转身回舱，便听喀啦一响，不远处的渔船就在他们眼前开始迅速下沉。

事发突然，所有人都愣住了。

夏侯澹猛地转头道："暗卫，掉头救人！"

有几个通水性的学子果断弃了渔船，朝着画舫游来，余下的还在徒劳地往外舀水，便见平静的水面骤然生变，游到半途的学子忽地呛水挣扎起来，身后凭空冒出了几道刺客的身影！

庾晚音一声尖叫，只见水中一片暗红漾开，杜杉已经被刺客从背后抹了脖子。

夏侯澹的暗卫纷纷跳入水中去与刺客缠斗，试图保护学子。

北舟站在船头，目光如电扫视了一圈，指了指湖岸某处，简短道："那里。"

话音刚落，也不见他如何动作，举起的袖中就"咻"地射出一物，闪电般直冲着湖岸而去！

紧跟着岸上传出"当"的一声巨响，有人挡下了这一物。

直到此时，庾晚音才看清他所指的地方，确实立着几道人影，其中一人被其他人挡在身后。

虽然看不清眉目，但用脑子一想也知是夏侯泊无疑。

北舟袖中"咻咻"连声，竟是攻势不断。夏侯泊的侍卫举剑抵挡，渐渐吃力起来，护着夏侯泊左躲右闪，很快就倒下一人。

水中的刺客发觉不妙，分了几个人来阻挠北舟。

夏侯澹的暗卫顿时占了上风，护着哭爹喊娘的学子游向画舫。

庾晚音左右一看，船上有两个救生用的木桶，一头连着绳子，连忙抱起来抛向众人。"抓住！"

李云锡体魄健壮，无须暗卫帮助，自己游得最快，一把抱住了一个木桶。庾晚音连忙往回拉绳。

松弛的绳子猛然紧绷！

一名刺客在混战中受了伤，又被打落武器，只能闭气入水伺机而动，此时突地冒出头来，拖住了李云锡。李云锡猛烈挣扎，刺客只是死死钳着他不放，要把他拖入水里。

李云锡口鼻呛水，终于呼道："救——喀喀喀……"

庾晚音使出了吃奶的劲儿拽绳子。"别放手！"

她吃不住那头的重量，整个人都朝船沿滑去。背后伸来另一双手，与她一道抓住了绳子。

夏侯澹咬牙道："我也拉不过。"

庾晚音道："闭嘴，拔河！"

"端王来了，你的实验结果如何？"

"我已经不在乎了。"

无论是因为预见了此处，还是追踪到了此处，夏侯泊终究还是来了。

他来了，就要在他们眼前杀死所有学子。

是控制，也是震慑。

他要吓破他们的胆，让他们再也生不出反抗之心。

按照她胆小如鼠的本性，此时也确实该被吓破胆。

但是物极必反。

庾晚音怒发冲冠。

她一直觉得站在端王的角度，从小遭受太后虐待、夏侯澹欺负，苟延残喘到了出宫建府，又有感于朝政腐败，想要取而代之，一切行为有他的道理。

然而，水中挣扎的这几个人，是未来的股肱之臣、社稷栋梁，是稳住大夏的最后希望。

如果他是纸片人，那就是在滥杀无辜。

如果他来自更高层，明知他们是谁，还轻易下令抹杀，那就是为了自己乱世枭雄的未来，提早宣判了旱灾中无数人的死刑！

"我恶不过他，这点他赢了。"庾晚音死死拽着粗糙的绳子，掌心皮开肉绽，"但哪怕他是神，我也绝不会投诚！"

夏侯澹的手心也磨出了血，听她咬着牙关说得含混。"你说什么？"

庾晚音青筋暴出，朝天怒吼："干他！！！"

这一声吼得几乎撕裂了嗓子，回音在空荡荡的湖面上传出老远。

庾晚音直直瞪向岸上之人。隔得那么远，彼此的五官都看不清，但玄而又玄地，她却怀疑对方露出了一个饶有兴味的笑。

庾晚音恶向胆边生，双手间陡然爆发出一股蛮力。水中的刺客与李云锡拉扯良久，已经力竭，没料到她突然发难，竟被她拽动了，身不由己地漂向了画舫。

庾晚音的血液被挤出指缝，顺着绳子一滴滴地往下淌。

与她对抗的那股力量忽然消失，她踉跄着倒退一步，撞到了夏侯澹身上。

刺客终于气力不济，放开了李云锡，独自沉了下去。李云锡抱着木桶浮出水面，呛咳不止。

几人这口气刚刚一松，就见水中冒出一双手，狠狠掐住了李云锡的脖子！

刺客诈死！

庾晚音与双目暴突的李云锡对视着，心中的恐惧瞬间没顶，绝望道："救——"

下一秒，一道身影如飞鸿般掠去，一脚蹬在刺客的天灵盖上，"喀啦"一声送他归了天。

北舟终于解决了面前的敌人，有余暇清扫战场了。

庾晚音发着抖四下扫视，除了开场就被抹脖子的杜杉，剩余的学子都被救下了。

那些刺客原本人多势众，几倍于夏侯澹的暗卫，结果来得壮烈，送得轻松。一场厮杀虎头蛇尾地结束，岸上那几人不知何时也撤退了。

水中余下几个刺客彻底失去斗志，转头朝岸上游去。

北舟看了看夏侯澹。

夏侯澹道："一个都别留。"

北舟点点头，结果了逃兵，又跳入水下搜查了一番，把一个闭着气的漏网之鱼捞上来宰了。

一具具尸首横七竖八地漂浮着，将这一方湖水染成血红色。

· · ● · ·

学子们重新上了画舫，或多或少都受了伤，湿淋淋地蜷缩在船舱里，只能由暗卫帮着临时处理伤口。

北舟从怀中摸出一瓶药粉，对夏侯澹和庾晚音道："伸手。"

四只手摊开，暗卫呼啦啦跪了一地。"属下该死。"

北舟撒着药粉眼圈一红。"刚才不该让那厮死得那么快。"

庾晚音摇了摇头，低头望着一旁那具蒙住脸的尸体——杜杉被打捞了上来。

就在一刻钟前，这个人还满腔壮志，与他们共饮着烈酒。在原文里，他虽然有些胆小怕事，但因为死要面子，不甘输给这些同期，最终也咬着牙接受磨砺，成长为泽被一方的良臣。

庾晚音强迫自己收回目光，走向船舱角落。

尔岚缩成一团坐在那里，拒绝了暗卫的包扎，面容紧绷地盯着地板。

庾晚音脱了自己的外衣，披到她肩上。"还好吗？"

尔岚骤然抬头，面露戒备。庾晚音安抚地笑笑，用最小的声音说："没事的，挡一挡。"

尔岚便也笑了笑。

夏侯澹一直背靠船壁站着，若有所思。

待学子们包扎了伤口，喝下热茶，神色镇定下来，他才开口道："方才潜伏在水中的刺客已经全死，即使偷听到了船里的对话，也传不出去。诸位又做过乔装，端王应该无从得知你们的身份——但朕也不敢作保。若他查出朕今日见了谁，恐怕诸位的名字已经上了他的暗杀榜。"

庾晚音与学子们一道抬头望着他。

夏侯澹道："经此一役，诸位还想冒险潜入朝堂吗？现在入朝为官，为免引起注意，必须改名换姓，抛却过往的才名，甚至很长时间不能再回乡。明年科举时，朕会另外找人顶用诸位曾经的名字，圆了这个谎。"

庾晚音心想：这倒是个聪明法子。端王和谢永儿都没见过这几个考

生的真容，只知道名字而已。如此一来，端王按照谢永儿给的名单去找
人时，就会找到几个赝品。

夏侯澹话锋一转："若是就此萌生退意，亦在情理之中。只是诸位
已经得涉机密，朕不能放尔等自行归乡，万望谅解。"

李云锡摸着脖子上紫黑的指印，整个人都萎靡了不少。"那陛下要
如何？像方才那样亮剑杀我吗？"

夏侯澹笑道："不会。朕会找个远离这片泥淖的地方安置你们，也
不强迫诸位出谋划策，行谋士之实。诸位只需安心读书，待都城局势稳
定，无论是谁坐稳那个皇位，你们仍会是清清白白的可用之才。"

几个学子面面相觑。

· · ● · ·

片刻后，回宫的马车上。

夏侯澹问："手还疼吗？"

庾晚音隔了两秒才摇头。"北叔的伤药很好。你呢？"

"我也还行。回去再用酒精冲一下吧。"夏侯澹没发现她的情绪异
常，还沉浸在自己的思路里，"你觉得端王是怎么回事？"

庾晚音道："是纸片人。"

"这回笃定了？"

"嗯。我刚才冷静下来，就想明白了。"庾晚音道，"他没有更高视
角，才会同时派人去了 A、B 两地，而且明显没预估到北叔的战斗力。
他选择在我们面前杀人，原本就是为了威慑吧？若说连败北都是算计好
的，我是不信。今天这一出铩羽而归，不仅长他人志气，还让我质疑他
的实力，对他没有任何好处……对你倒是挺有好处的。"

最后一句说得意有所指。

临别之时，夏侯澹那一席话说完之后，几个学子无一例外，全部选
择了入朝为官。

原文里就很激进的李云锡和杨铎捷带头，较为沉稳的汪昭和尔岚随
后。最后是岑堇天："草民时日无多，等不起了。"

就连庾晚音都没有预想到，今日的谈话会如此顺利。

虽然损失了一个学子，但夏侯澹得到了所有人的忠心。

望着他们眼中昂扬的斗志，庾晚音的激愤反而渐渐冷却了下去。

太顺利了。

顺利到不可思议。

夏侯澹道："确实，有了这几个帮手，燕黍就可以引进了，经济问题也有人出主意了，往后终于不是我俩对坐拍脑袋了……"

庾晚音坐在他对面挣扎几秒，还是开了口："澹总。"

"嗯？"

"端王作为纸片人，能掌握我们的行踪，只可能是有人泄密。但今日我们的行程只有北叔和暗卫知道，而他们在原文里都忠于你到最后一秒。学子们赴约前根本不知道你是谁，也不可能泄密。那么……"

夏侯澹沉思道："我也在想这件事。不过，原文里的端王也没这么不择手段吧？他作为男主顺风顺水的时候，并不需要当恶人，结果我们来了，境遇改了，他不也变了吗？"

庾晚音慢慢收回了目光。"你说得对，看来要慢慢排查了。"

会是夏侯澹自己引来端王的吗？

甚至还有另一个问题：岸上那人真的是端王吗？

有没有可能，端王自始至终都被蒙在鼓里，只去了 A 地，而 B 地湖中发生的一切，都是夏侯澹自导自演的呢？

牺牲一个纸片人，换来更大的利益……毕竟他在宫里的时候，似乎也没把纸片人的命看得多重。

可是，就算她庾晚音今日焚香沐浴原地升天当了圣母，纸片人也还是会死的，而且是成千上万地死。死在旱灾里，死在战火中，死在端王上位的道路上。

为了阻止那一切，现在死一个杜杉，或许……

庾晚音掌心一阵剧痛，才发现那只手无意识地攥紧了拳。

她心中生出一股无由的恼怒。自己还没找到正反证据呢，居然先为夏侯澹开脱起来。

说到底，她第一步就不该对夏侯澹怀有真善美的期许。社畜是不会要求同事真善美的，这种期许通常是谁对谁的，她不想知道。

· · ● · ·

　　北舟今天被端王看见了身手，为了混淆视听，又重启缩骨功，切换到了女人模样，成了贵妃殿里的新嬷嬷。

　　夏侯澹对外独宠谢妃的新人设不能崩，没有陪他们回贵妃殿。庾晚音独自重新处理了手上的伤，随便扯了个理由应付惊慌的小眉。

　　小眉道："小姐伤成这样，几日之后的花朝宴上还如何表演啊？"

　　庾晚音道："表演？我为啥要表演？"

　　"当然是因为陛下点了谢妃献舞，她最近出尽风头，咱们不能被她比下去啊！"小眉焦虑道，"不然唱首歌？"

　　庾晚音兴趣缺缺，只想趁机探问一点原主的技能点，试探道："你觉得我唱得如何？"

　　小眉面露难色："……还有几天时间呢，小姐努力学学？"

　　好的，没有技能点。

· · ● · ·

　　张三已经穿过来一段时间了，还活在地狱模式里。

　　每分每秒，他都在默默观察古人的言行举止，生怕说错一个字就露馅。小太子每天都有课业，他得从毛笔字开始恶补，更别提那些不知所云的古文内容了。

　　幸好这小太子的原身似乎就挺沉默寡言，以至他每天扮哑巴也没人觉得奇怪。至于课业，他写得再烂，也没有老师敢训斥太子——这大概是新生活的唯一美好之处。

　　然而，他的灵魂只是个初中生，如今肉体更是幼小，行走在这个气氛诡异的皇宫里，时刻觉得难以自保。

　　穿来之前他只匆匆看过一眼这篇文的文案，隐约记得主角是个穿来的妃子，却不记得那妃子叫什么。

　　他试图去寻找过这个世界的同类，偶尔遇到一个妃嫔，都要细细打量一番。但以太子的身份，并不方便接触皇帝的后宫，那几秒钟的审视也实在发现不了什么。

他冒险过一次，在群妃向太后请安的时候，觍着脸跟在太后身边，在她们宫斗中场休息时，当着所有人的面说道："皇祖母，最近天太热了，孙儿简直想活在冰室里不出来。"

这个暗示够不够明显？同为穿越者的人能听出端倪吗？

结果所有妃嫔都低眉顺眼，继续沉浸于宫斗戏码，甚至没人多给他一个眼神。

只有太后板着脸训了一句："身为储君，不该畏暑畏寒，贪图享乐。"

张三："……"

这样下去真的不行，他必须想办法留下一个显眼的标记——只有同类能发现的那种。

# 第七章

# 试探

在让她怀疑和让她死心之间，他选择怀疑。

花朝宴的主题还挺有创意，每个妃子都选了一种鲜花簪在发间，就连衣着配饰也与之呼应，这样一朵一朵娇花亭亭落座，宴席间衣香鬓影，赏心悦目。

或许是觉得这场景不适合未成年人观看，又或许是一贯避免夏侯澹与儿子接触，太后并没有带太子来。

海棠花姬谢永儿款款上阵，献出了一支独舞《寄明月》。

她准备充分，事先还跟乐师打了招呼，教他们学会了伴奏，只是由于自己也没记清，成品略有跑调。

夏侯澹这回居然忍住了没笑场，也可能是确实没听过这首，全程十分镇定，还有余裕摆出痴迷的神情。

谢永儿转着扇子跳完了，风情万种一拜。

夏侯澹道："好，好，坐到这里来。"

谢永儿越过庾晚音坐到了皇帝右侧，还要拿眼瞧着庾晚音，娇声道："庾贵妃，不知妹妹可有幸一睹姐姐的舞姿啊？"

庾晚音："……"

原文里她也说了这话，只不过当时身份倒换，是风头正劲的庾晚音故意点了谢永儿跳舞，想看她出丑，结果谢永儿用一曲《寄明月》艳惊四座，挫败了庾晚音的阴谋。

没想到命运的轨迹改变了，谢永儿还是做出了同样的选择。

得势也要斗，失势也要斗，你怎么就这么沉迷宫斗？

谢永儿那夜侍寝，醒来后竟然记忆全失，还听宫人说自己当时惊恐过度，状若疯癫。

她知道自己不可能那么脆弱，一定是那碗避子汤有问题。名为避子，说不定其实是别的毒药。

自己发疯的时候到底说了什么？

看那暴君事后没有生气，反而对自己展开了土味攻势，大概没说什么危险的话吧。

然而……庾晚音当时忽悠自己喝那碗药，肯定没安好心！

谢永儿想明白了这个问题，再也不愿心慈手软。她虽然不喜欢夏侯澹，但人在宫中，身不由己，她不抓住帝王心，来日就只有被斗倒的份儿。

庾晚音叹了口气，将手心的伤口藏了藏。"回陛下，回太后，臣妾不善舞艺，恐怕无法献舞。"

太后冷哼一声："贵妃好大的派头，是要哀家请你不成？"

谢永儿的新跟班纷纷挤眉弄眼。

落毛凤凰不如鸡，庾晚音凄婉地行礼道："臣妾，臣妾最近只学了一首小调，唱得不好……"

谢永儿愣了愣，如临大敌，《东风夜放花千树》原文里没提女主会唱歌啊？

庾晚音深呼吸数次，回忆了一下跟小眉现学的调子，摆了个姿势开口了："江南可采莲，莲叶何田田……"

直愣愣的大白嗓，雄壮如纤夫。

谢永儿："……"

太后："……"

庾晚音成心要恶心这几人，愣是把整首曲子都干号完了，这才柔弱道："臣妾受了风寒，气息不继，嘤，求陛下责罚！"

她看向夏侯澹。

夏侯澹愣愣望着她，面露"她好清纯，好不造作，跟别的妖艳贱货好不一样"的惊艳之色。

庾晚音的视线刚刚跟他接触半秒，就忙不迭地收了回去。她怕他和自己之间总有一个要先爆笑出声。

夏侯澹咳了一声，温柔道："既然贵妃身体不适，就不必陪坐了，先去休息吧。"

庾晚音落荒而逃。

· · ● · ·

夏侯澹在这种时候实在太好笑了，以至她很难想象，这样的人会去行那些阴险狡诈之事。

但她同时又知道，这样的判断完全是意气用事。

庾晚音心中第一百零八次对自己念着"保持清醒"，并没留意脚下走到了哪儿，忽听不远处传来熟悉的声音："晚音。"

庾晚音瞬间真的清醒了。

该来的总是要来的。

· · ● · ·

夏侯泊将她带到了一间似曾相识的旧屋——正是他上次私会谢永儿的那间。看来这儿还是他在宫中的大本营。

庾晚音故作不知。"这里是哪儿？"

夏侯泊温声道："小时候，我尚未离宫，若是受了宫人殴打，便会跑到这里躲起来，独自熬到深夜再回去。"

开始了，反派独白环节。

庾晚音如今确知他不是全知全能的神，而且还需要自己，底气便足了许多，反而能好整以暇地陪他演戏了。她闻言面露触动，良久才道："上次见面时，殿下所言之事……"

夏侯泊道："嗯，你考虑清楚了吗？"

庾晚音试了他一句："我的考虑结果，殿下也能清楚看见吗？"

夏侯泊装神弄鬼道："你觉得呢？"

庾晚音低头摸出一个香囊。"我……我那时惊慌之下，言语间对殿下有些冒犯，这是赔礼……我自己绣的。"

这是她这两天赶工出来的，绣工奇烂无比，红艳艳的底色上，乌漆墨黑地绣了一男一女。男人独臂，但由于手艺太烂，看不出是失误还是故意为之。他们共骑在一只硕大无朋的鸟上，大约是雕。

虽然知道了端王不在最高层，但她还需要更严谨些，确认一下他也不在中间层，只是最底层的纸片人。

但是，她又不想用问"how are you"这样简单粗暴的方式测试他。因为，端王自己还在故弄玄虚扮演着半神，以为把她瞒得很好。她问了"how are you"，他答不上来，便会明白自己已经被揭穿。

她需要更高明的测试题。

这个香囊就是她琢磨出来的题。任何一个穿越者看见它，都会脱口而出："神雕侠侣？"

夏侯泊道："燕燕于飞？确有几分巧思。"

庾晚音："……"

庾晚音立即笑道："殿下喜欢就好。"

行了，你小子底裤都掉了。

虽然她仍旧猜不出一个纸片人怎么能找出三个穿越者，虽然她面对这个手段明显高于自己的危险生物，依旧心怀恐惧，但经过这几日的见招拆招，她的胆气一寸寸生长，终于迈出了关键的一步：她，要忽悠他了。

她赌端王并没有"穿越者"这个概念。因为原文里谢永儿从未向他表明过来历，每次出主意时，都只是含糊道："我算出来的。"

那么谢永儿在他眼中，究竟是诸葛再世，还是妖魅精怪？

也许他自己也在琢磨这件事？也许自己那日脱口而出的"物种都不一样"，给他带去了更多想象空间？

还有一个问题。端王已经有了一个全心全意帮他的谢永儿，却并不全然信任她，还要跑来招安自己。他再智多近妖，也不可能凭空算出自己比谢永儿高一层。所以他为什么如此执着于自己？

庾晚音决定一探端王的内心世界。

她暗中吸了口气，缓缓问出了一个推敲多日的问题。

庾晚音问："你是什么时候开天眼的？"

夏侯泊："……"

在这半秒之间，庾晚音仿佛能看见端王那漂亮的脑袋瓜里，飞速转动的齿轮几乎擦出了火花。

夏侯泊镇定道："前不久。"

庾晚音道："我料想也是。殿下当时忽然点出我能预见一些未来，我吓了一跳，事后一想，才明白原来殿下也已得见大光明。只是殿下性情言行竟毫无变化，这一点与我等不同，所以我才有些不敢认。"

夏侯泊脑内的齿轮又飞速转了几圈。"为免多生事端，不得不稍做伪装，见笑了。"

"原来如此，那现在可以打开天窗说亮话了。不知殿下自己又预见了什么？"

夏侯泊面不改色道："晚音以为我今日是如何找到你的？"

庾晚音狐疑道："除此之外呢？"

"……"夏侯泊显然害怕多说多错，一时没有接茬。

庾晚音的思路很简单：按照原作，端王应该一心瓦解太后党，并不会将疯皇帝放在眼里。此时起疑，是因为他意外发现夏侯澹和庾谢二妃都与往日不同，而谢永儿那些未卜先知的建议，又让他进一步怀疑三个人都非同寻常。

她想继续韬光养晦，就必须消除他的戒心。

但此时一味强调"我很普通"，或者"我这能力不足为虑"，只会显得此地无银三百两。

不如虚虚实实忽悠一番，让他自己得出"所谓天眼也没啥大不了"的结论。

庾晚音再接再厉，循循善诱："殿下才刚刚开天眼，还不太适应吧？是不是梦里有时能看见些奇异的景象，却又不知是何意？"

夏侯泊顺坡下驴："是的，瞧着甚是模糊。"

庾晚音笑道："解梦是门大学问，谁也说不清楚。据说境界最高者，六道众生诸物无不能照，一闭眼便勘破迷障。但实际上每个人根骨殊异，能看见的东西也不尽相同。"

她装作很在意的样子，打探道："殿下既是皇子，能看见更长远之事吗？"

夏侯泊懂了，自己看见的，她看不见，所以可以随便说。

夏侯泊道："说来怕你伤心。"

庾晚音："！"

庾晚音紧张道："但讲无妨。"

夏侯泊缓缓负手。"我看见了战火燎原，死伤无数，国祚断绝。晚音，我还看见夏侯澹匆匆逃出皇宫，身边没有你。"

乖乖，果然眼界不同，连扯谎的气势都不同，一张口就是大场面。

庾晚音用上了毕生演技，酝酿出一脸惊疑不定。

夏侯泊还挺入戏。"你没看见吗？"

"我……"庾晚音欲言又止，"我只能看见一些最近的小事。"

"比如？"

庾晚音想了想，说："有一次，我在梦里看见过谢永儿一针一线地绣一个香囊——似乎就是殿下腰上这个。"

谢永儿这香囊是躲起来绣的，连贴身侍女都不知情。庾晚音会知道，纯粹是因为原文就是这么写的。

庾晚音带着醋味儿加了一句："殿下先前似乎说过，谢永儿也开了天眼？可她怎会认识你，又怎会绣香囊向你示好？"

夏侯泊顿了顿。谢永儿在送香囊时说过："永儿略通占卜，曾算出殿下才是天命之人，真龙天子。"

夏侯泊心中对庾晚音的说法又信了几分，面上却温柔道："应当是看错了吧。"

庾晚音道："不可能，那香囊的绣线我看得分明！"

"哦？你梦中的画面都很清楚吗？"夏侯泊继续评估。

"嗯……"庾晚音的大脑也开始超速运转，"清楚的，还有一次，我清楚地看见殿下遭人下手暗算。"

夏侯泊："？"

庾晚音道："那时我刚入宫，殿下应该还在戍边，我看到一个魁梧的人从背后偷袭，幸好殿下反应快，回身挡了一下……之后我就惊醒了，一直担得不行，幸而后来殿下平安归来了。"

夏侯泊想起她说的是哪一节了。

她看见的人是洛将军，与自己混得很熟，时常互相试试身手。那所谓的"偷袭"也只是一次玩笑。

所以，她确实开了天眼，但其实只能看见零碎的画面，至于画面是何意，则未必能准确猜测。

夏侯泊心中分析着，不动声色道："晚音，陛下可曾告诉过你，他看见了什么吗？"

这个问题庾晚音已经准备好了答案。"他有一次惊醒，说他看见我当了他的皇后，并立世间，国运昌盛。"

夏侯泊不以为然。"晚音是聪明人，即使不用天眼，想必也能看出大夏如今内忧外患，不似中兴之兆。陛下既然是惊醒的，当时神色如何？"

庾晚音忧郁地低头。

夏侯泊用一种"你司快倒闭了，跳槽到我司吧"的口吻说："你在宫中几度沉浮，仍视陛下为良主明君吗？"

"……晚音不过是个侥幸窥见一线天机的可怜之人，那么远的未来对我而言，如同一团迷雾。殿下想从我这里得到什么呢？"

夏侯泊眯了眯眼，望着她低垂下去的苍白脸蛋。

她今天为了花朝宴扮作了牡丹花仙，一身的金红贵气逼人，神情却像霜打的茄子，一副唯唯诺诺没有主意的样子。

跟那天湖心的女子判若两人。

那一日他站在岸上，远远听见她那声撕心裂肺的"干他"，至今疑心自己听错了具体字眼。但那份无畏的气势还是破空而来，她仿佛由内而外打破了一层枷锁，整个人都在发光。

让人无端地……想要掠夺那光。

· · · ● · ·

片刻之后，庾晚音铁青着脸回到了贵妃殿。

夏侯泊刚才说："前几日，我在梦中见到陛下与你在湖中泛舟，与几个布衣相谈。我有些担心你出宫后的安危，便派人跟去看了看，没想到陛下身边多出了一个高手，二话不说，杀了我手下许多暗卫。"

庾晚音："……"

她竟从未见过如此厚颜无耻之人。

夏侯泊甚至还理所当然地问她："你们见的是什么人？那高手是谁，晚音见到过吗？"

庾晚音还想多苟一阵，不能直接撕破脸，只得忍气吞声道："只是我想学小曲儿，陛下随手点了几个平头百姓来教我罢了。至于那高手，我在宫里从未见过他。"

夏侯泊道："是吗？那你能不能用天眼算一算他在何处？"

庾晚音忙道："殿下难道不知梦中的画面光怪陆离，都是天意所赐，不是我等能指定的？"

夏侯泊被堵住了。

他沉默了一下，缓缓伸手，怜惜地摸了摸她的脸。"为我试试，好吗？或许不久之后你会想明白，谁才是你的良人。"

庾晚音拿出全部的自制力，才没让自己后退。

他的话翻译过来就是：我的耐心是有限的。

．·．●·．·

庾晚音一回贵妃殿，便唤来信得过的暗卫，吩咐道："去谢妃的必经之路上多放些辟邪镇妖的玩意儿。"

暗卫诧异道："娘娘，难道谢妃是妖？"

庾晚音高深莫测道："她自己知道。"

暗卫又问："镇邪法器可有讲究？"

庾晚音道："没啥讲究，长得越瘆人越好。再放点那种道士高人斩妖除魔的话本，妖魔的结局越惨越好。"

端王心思缜密，谁都不信，连谢永儿都不完全信任，否则也不会来找自己当备胎。

自己那通忽悠，他肯定不至于照单全收，转头就会找谢永儿比对。

自己得事先吓一吓谢永儿，把人吓到草木皆兵，这样到时候端王套话，谢永儿才不至于大喇喇全交代了。

至于她会扯什么谎、能否与自己的说辞完全对上，这个就不强求了。反正端王也不信任她，虚虚实实，谁真谁假，就让他自己脑补去吧。

　　他要是对谢永儿的预言彻底失去信任，那反倒是天大的好消息。

　　·　·　·　·　·

　　这一整天，谢永儿每到一处，都有诡状异形的可怕东西入目。那些凭空出现的话本更是不断恐吓着她：你这妖物被盯上了，要被贴上符纸烧死了。

　　是谁？究竟是谁想害她？

　　是皇帝怀疑她的歌舞来路不明吗？不，以皇帝的脾气，疑心一起，直接就把她埋了，不会如此费心暗示。

　　是哪个嫉妒她的妃嫔吗？不，妃嫔也只会偷偷去找皇帝告密，何必引她警觉？

　　直到晚间端王来找她密会，正在浓情蜜意指月谈诗，冷不防问了一句："永儿曾经说过，自己时常未卜先知？"

　　谢永儿整个人都僵住了。

　　是的，这话她只告诉过他。

　　难道古人到底还是接受不了这种说法，直接将她打为妖孽了吗？之前那些镇邪之物，是用来试着镇她的？！

　　谢永儿道："……也……也不是时常……而且也未必都准……"

　　夏侯泊道："占卜之时，是什么感觉？有天音传入耳中吗？"

　　谢永儿哪儿还敢说真话，含糊道："没有那么玄乎，只是模糊的感觉罢了。"

　　"感觉？"

　　"嗯……"

　　夏侯泊瞥了她一眼，目光在她攥紧发白的指节上停留了一下，伸手握住了她的手，温声道："别害怕，我会为你保密的。"

　　那你又何必试我？谢永儿恐慌之余，生出了几分委屈。自己全心全意为他打算，到头来却换不来一句坦言。这个人的心思，实在太深了。

　　夏侯泊道："永儿能不能算一算，陛下在计划着什么？"

　　皇帝？谢永儿愣了愣。"似乎没什么特别的。"

原文里的皇帝基本啥都没干，就是吃喝玩乐等着被推翻罢了。

难道说他最近做了什么事，但自己看完原文忘了？

谢永儿怕端王觉得自己划水，补充道："有些东西是算不出来的，能算到什么要看天意……其实，准不准也要看天意。"

· · · ● · ·

庾晚音哄走了端王，低调了几日。

藏书阁还在修缮中，她无书可看，只能躲着练练字。夏侯澹有时会陪她一起练，但也不是每天。

为了方便监视谢永儿，他现在的戏份是"在白玫瑰庾贵妃和红玫瑰谢永儿之间来回摇摆"，今天给你赐点首饰，明天推她荡个秋千。宫人都知道，暴君的春天来了，连脾气都好了些许。

然而事实上，在私下共处时，庾晚音很久没找回当初吃小火锅的那种闹哄哄的温馨了。

端王找她打听北舟，摆明了要逼她当间谍。

她越是拒绝，端王就会越忌惮夏侯澹。等他意识到庾晚音不可能为己所用时，就会痛下杀手，如同对胥尧那样。

所以现在……她要当双面间谍了？

她区区一个社畜，哪儿来的本事干这个？而且，两个夏侯，一边是铁恶人，另一边她现在也摸不准了。

那天湖里的刺客确实是端王派的，但他又不是真的开了天眼，到底是如何找去湖边的？会是夏侯澹有意引他过去的吗？

庾晚音倍感孤独和心累。

夏侯澹明显感觉到了她的回避，却没说过什么。

· · · ● · ·

这日他带庾晚音进了御书房，将看守的侍卫都换成了暗卫，这才低声道："那五个学子都顺利入朝了，在各部混了几个小官职。今天叫来两人，开个小会。"

李云锡等人或通吏治，或善财政，但个个出身低微，既找不到门荫的路子，也通不过形同虚设的科举。所以只能由夏侯澹出手，替他们改了姓名，假托一个身份，再送他们一笔钱，让他们拿去纳粟买官。

放在以前，学子们听说要用这种方式当官，一定会嗤之以鼻，啐一口再走，但经历了那场湖中事件，他们显然成长了。

来的人是李云锡和岑堇天。换了朝服，戴了官帽，瞧去与当日布衣飘飘的样子判若两人，已经有社畜那味儿了。

夏侯澹迅速免了他们的礼。"爱卿请坐。"

庾晚音对小组会议很熟悉，自行在下首找了个位子坐，还摆好了笔墨，准备做笔记。

却没想到李云锡抬起头来瞥见了她，难以置信地瞪大眼道："贵妃娘娘也在？"

夏侯澹问："怎么？"

李云锡轴劲儿又上来了，积极找死道："微臣恳请娘娘回避。"

夏侯澹："？"

岑堇天看不下去了，扯了扯他的袖子。

李云锡理也不理。"当日舟内娘娘旁听，已属僭越，今日竟入了御书房，后宫参政，成何体统！"

夏侯澹顺手就将茶盏摔碎在他脚边。"滚出去。"

李云锡好像很期待这个彰显傲骨的机会似的，眼含热泪跪地磕头道："陛下，臣愿死谏！"

夏侯澹："……"

他堂堂戏霸今天居然遇上对手了。

庾晚音哭笑不得。

她看过原文，知道李云锡就是这么个狗脾气，坚信天下就数自己最正义，理想是一头撞死在大殿上芳名永存。

于是她慢条斯理地翻出手心，抚摸了一下还未完全脱落的结痂。"刚才忘了问了，李大人那日落水之后，伤势如何？而今已大好了吗？"

李云锡："……"

庾晚音伸手给他倒茶。"李大人消消火气，再谏不迟——哎呀，"她手一抖，将半壶茶水泼到桌上，一声长叹，"这只手算是废咯。"

李云锡："……"

庾晚音泼泼洒洒倒了半杯茶，起身亲自递到他面前。"李大人先喝着，那本宫就先回避了。"

李云锡："……"

"晚音！"夏侯澹痛心疾首道，"你为国为民，鞠躬尽瘁，朕全看在眼中，何必理会这忘恩负义的小人？"

庾晚音凄然一笑。"臣妾是女子，这家国之内，怕是没有容身之处；大恩大义，也与臣妾无关吧。"

夏侯澹道："你坐，坐到朕身边来，连这点道理都捋不明白的家伙，想撞就让他撞死吧。"

李云锡整张脸涨成了猪肝色，半晌憋不出一个字来。

庾晚音想着此人还有用，可别脑出血气死了，正想说句好话把人哄起来。

"砰"的一声，他又结结实实磕了个响头。"娘娘高义，微臣愿以死谢罪！"

庾晚音："？"

合着你就是想死呗？

最后大家还是端着茶坐下来开会。

庾晚音先提了最重要的问题："岑大人，听闻你……嗯，很擅长种田？"

按照原文描述，这个病恹恹的书生志趣不常，大约是因为早就知道自己活不久，并不把时间浪费在吟诗作赋上，也不喜欢慷慨论政。

他从少年开始周游各地，不游山不玩水，每到一处就扛着锄头下地务农——但庾晚音很怀疑他这单薄的身板，究竟要怎么种田。

岑堇天忙道："微臣不善耕作。这些年遍访田间，是为了这个。"

他将一本厚厚的册子呈给夏侯澹。

夏侯澹翻了翻，面现惊叹："爱卿这册子记了多久？"

岑堇天道："约莫十年。"

"户部都没做到的事，岑爱卿做到了，朕真是汗颜哪。"

庾晚音其实大致知道岑堇天的研究方法，简单来说，就是在大夏各地留一小块试验田，种下各种主流作物，然后控制变量，依次研究土壤、气候、种植时间、灌溉方式等因素对收成的影响。

十年之后的今天，他对各地应该种什么、怎么种，已经有了一套理论。

庾晚音看书的时候，根本没把岑堇天这号人物放在心上，直到他抱憾而死的那部分才留下一点印象。

现在她捧着他的册子，像捧着救命稻草，手都在抖。"岑大人，这其中的作物可包含燕黍？"

"燕黍？应该只有零星记录。此物在大夏不太常见，多是当作喂牲畜的杂草……"

庾晚音急了："那其他抗旱的作物呢？"

岑堇天的脸色微微一变。"娘娘为何问起这个？"

庾晚音看向夏侯澹。

夏侯澹一手撑着脑袋，揉了揉太阳穴。"钦天监算出来的，天象不祥，近两年有大旱之兆。"

两个臣子瞬间白了脸。

夏侯澹淡淡瞥了两人一眼。"此事乃绝密。"

古来天降灾祸，都是为了惩罚君主无道，通常伴随着政局动荡甚至江山易主。此时这君主本人却亲口将这灾祸说了出来，仿佛在预言自己的死期似的。

庾晚音却还要帮他补个设定。"陛下，钦天监算得准吗？"

夏侯澹道："许多年未出错了。"

连李云锡都不敢再谏什么了。"臣绝不泄露一字。"

夏侯澹嗤笑一声："怕什么，这不是还没来吗？现在开始准备对策，到时候就饿不死人。岑爱卿？"

岑堇天定定望了夏侯澹一眼，仿佛受到了什么激励，微笑道："臣回去就整理。燕黍虽然口感不佳，但一年两到三熟，若广为播种，旱时确实可以救命。"

庾晚音听他语气平静，并不像是全无头绪，心下稍安。

李云锡却又道："大夏没有燕黍，想从现在开始播种，得先采集种子。"

庾晚音道："那就只能去燕国拿了？"

李云锡眉头一跳。"陛下，此时不宜起战事！"

燕国不断来犯，渐渐积弱的大夏应付起来其实很吃力。中军好不容易退敌了一次，大家都指望着边境能安生两三年。

更何况，现在兵权几乎全捏在端王手上，夏侯澹想调也调不动啊。

夏侯澹挥挥手道："不需要打仗。"他知道庾晚音说"拿"的时候，脑子里想的肯定是外交。

八成又要演一场大戏了。

但这事不需要跟这两人商量，夏侯澹当下搪塞道："种子的事先放一放。李爱卿，就假设我们已拿到了足够多的种子，下一步呢？"

"下一步？"

"不能让任何人知道旱灾将至，到那时候，要用什么理由说服百姓种燕黍？"

李云锡说出了当初庾晚音说过的话："或许可由朝廷购入……"

"国库已空，朝廷没钱了。"夏侯澹再度面无表情地甩出一个爆炸性新闻。

李云锡："……"

岑堇天默默回头看了一眼御书房紧闭的大门。

他俩今天说完事，还能活着走出去吗？

这王朝还能撑几年，够他种地吗？

李云锡凝眉苦思起来，半晌没说话。

庾晚音费了好大力气寻来这几个专家，眼见着专家都没辙，不禁心凉。"李大人……"

李云锡抬起头。"开中法如何？"

夏侯澹："……"

夏侯澹问："开什么？"

· · ● · ·

李云锡最终花了两个时辰，解释细节和回答问题。

等他与岑堇天告退之后，夏侯澹整个人都从座位上滑了下去。"我的头……"

庾晚音神情有些沉寂，顿了几秒才道："很疼？"

夏侯澹半挂在座椅上，略带期待地看了她一眼。"有点。"

庾晚音又顿了几秒，默默坐到他身边，伸手抵住他的太阳穴轻轻按揉。

夏侯澹闭上眼，脸色缓和了些许，嘴角微翘。"多谢爱妃。"

"都是臣妾分内的事。"

夏侯澹"扑哧"一笑。

庾晚音边揉边说："我觉得这几个臣子还挺靠谱的，就按他们说的一步步去做，说不定真能阻止旱灾。"

"和端王。"

"和端王。"庾晚音附和。

夏侯澹困倦地歪着头闭着眼，低声道："我最近在想，既然已经有了胥尧那本书，眼下又有了帮手，咱们能不能挨个儿挫败端王的行动？"

"不行，最多只能挫败一次。"庾晚音将那段"开天眼"的笑话大致讲了一遍，"端王已经盯着我了，但还不清楚我的能力高低，也不清楚我能不能为他所用。只要失败一次，他就会彻底把我拉进黑名单。那之后，他所有的计划都会再度改变，增加一堆障眼法，就为了防我。"

夏侯澹道："所以，只能任由他干他的。"

"问题不大，他目前的大部分计划都是针对太后的。就先让他们斗着，我们藏起来猥琐发育[1]。那一次挫败的机会，得用在刀刃上。"

夏侯澹没吭声。

庾晚音盯着桌上的笔记出神，隔了片刻才觉得过于安静，低头看去。

夏侯澹已经掀起了眼帘，墨黑的眼瞳正静静对着她。

庾晚音僵了一下，问："怎么了？"

"今天进展很大，你却好像不太高兴？"

庾晚音强笑道："没有啊，要恭喜你，终于得到了左膀右臂，以后

---

[1]游戏用语。己方装备不如敌方时会产生一个共识，就是偏向防御，去猎取野怪，从而获得金币购买装备。现有不冲动硬拼、慢慢积蓄力量的意思。

不是孤军奋战了。"

夏侯澹笑了笑，慢慢直起身。"晚音，你觉得我们湖中会面的消息，是谁泄露给端王的？"

庾晚音心头一跳。"我也一直没想明白。"

"你觉得是我，对吗？"

庾晚音："……"

夏侯澹了然道："你觉得我为了跟端王比谁心黑，不惜牺牲一个股肱之臣，乃至他原本可以造福的一方百姓。哦，对了，你会不会觉得藏书阁的火也是我放的？毕竟从结果来看，胥尧被逼到绝境，果然交出了那本书。"

庾晚音震惊道："这个绝对没有。"

夏侯澹此刻的神情令她十分陌生。他的眼睛似乎变得特别黑，黑到失去了一切反光，原本就浓墨重彩的眉眼，艳丽得像一张狰狞恶的画皮。

"你的心思都写在脸上了，晚音。"

庾晚音背后的汗毛竖了起来。这个应激反应通常是端王专属。

她想打个哈哈，问他"怎么对着我也演起来了"，唇齿却仿佛突然遭了冰封。

夏侯澹看了她许久，才轻声道："那你有没有想过，也许你的这份怀疑，也是端王的目的呢？他不知道我们在湖中见的是什么人，他想杀了他们，威慑我们。但当听见你悲愤的怒吼时，他突然意识到，那是挑拨我们的绝妙机会。"

庾晚音道："什么……"

"他故意撤走，使结果对我有利。因为他判断，比起几个草民，你的效忠对他来说更为重要。当你发现我从杜杉之死获益良多，你还会心无芥蒂地与我合作吗？"

庾晚音无言以对。

夏侯澹摊了摊手："人可以证明自己做过一件事，却证明不了自己没做过一件事。我说我没有泄露地点，你信吗？"

庾晚音知道自己现在应该怎么做。

她应该摆出一副恍然大悟、痛改前非的表情，在夏侯澹面前大骂端王险恶，然后与他冰释前嫌。

这一套她在端王面前演了几次，已经很熟练了。

但她不想。

即使是对着这个明显不正常的夏侯澹，她也不想。

或许是因为两边演戏的精神压力终于累积到了临界点，她几乎无法控制冲出自己唇齿的语句："不是因为杜杉——不仅仅是因为杜杉。"

夏侯澹道："嗯？"

庾晚音道："那天在船上，我们与学子谈了整整两个时辰。今天在御书房，又是两个时辰，而且主题是税赋。你说了很多话，显示出了丰富的学识，但你的经济学知识少得几乎跟我一样可怜。"

夏侯澹："……"

"你是哪家公司的总裁？那家公司做什么业务？什么时候上市的？你穿来之前，股票市值如何？"

夏侯澹："……"

不能再问下去了，庾晚音心想。他会杀了你的。

但她分明听见自己的声音问出了口："你到底是谁？"

在漫长的五秒钟里，有一个念头在夏侯澹心头盘旋而过：干脆全告诉她吧。

但他不能。

即使庾晚音别无选择，只能与他合作，他也不能。

全盘相告，就意味着她那小小的、脆弱的信任与亲近，从此都将荡然无存。

在让她怀疑和让她死心之间，他选择怀疑。

头疼已经剧烈到了不可忍受的地步。夏侯澹眼前都泛起了黑雾，他硬扯出一个颇为无赖的笑："我不记得了。"

庾晚音转身就走。

夏侯澹只记得听见了她开门离去的声音，以及门外暗卫的询问声。再之后，就只剩黑暗了。

# 第八章

# 他的真实身份

这是在以退为进吧，庾晚音想，是为了让我感受良心的谴责吧。

"太子。"

张三听见声音，连忙回头，规规矩矩道："皇祖母。"

远处被他指挥着干活的宫人也纷纷停下动作见礼。

威严的女人朝他身后望了望。"这是在做什么？"

"回皇祖母的话，前些日子是花朝节，孙儿看见御花园里的布置，便生出一个念头，想为皇祖母也栽种些花苗。"

张三天天偷听古人说话，现在发挥多少自然了些。"待到皇祖母寿辰时，这些花也该开了，正好为皇祖母献寿。"

太后表情缓和了些许。"哀家看这花苗的排列分布，似有些讲究。"

张三抿嘴笑道："皇祖母明察，这是一幅双龙戏珠图，寓意吉祥。"

他许久都没听到回答。

张三有些惶恐地抬头望去。

太后神色冰冷。"这大夏的江山，只需要一条真龙。"

张三："……"

这话叫我怎么回？！

太后望着他不知所措的样子，良久露出一个近似怜悯的眼神。"你母后早逝，皇帝已经另结新欢，很快就会册封新的皇后，再之后就会有新的太子。这偌大的宫中，只有哀家疼你。"

张三心里只有一个念头：他今天必须在这里把这太后哄高兴了。因为那些花苗是他与同类相认的唯一希望。

他福至心灵般投诚道："皇祖母误会了，孙儿种的那两条龙呀，一条是皇祖母，一条是孙儿。"

太后："……"

张三紧张地等待着。

太后笑了。"这才是哀家的乖孙。你放心，宫中不会有新皇子诞生的。"

· · · · ·

按照夏侯澹最近两边徘徊的规律，今夜应该轮到谢永儿侍寝。

谢永儿花枝招展地来到寝殿，却被拦在了大门外。

侍卫道："陛下已经睡下了。"

这才几点？

谢永儿心下疑惑，又猜测是庾晚音在搞事，咬了咬牙，从袖中翻出一块碎银递过去。"这位大哥……"

侍卫的长剑"噌"地出鞘三寸。

谢永儿大吃一惊，连忙后退。

"哎呀，谢妃娘娘。"大太监安贤推门而出，笑眯眯道，"今儿不巧，陛下头疼心烦，吩咐了谁也不见，娘娘请回吧。"

"安公公，说到这个，永儿倒是学过些推拿手势呢。"谢永儿谄媚一笑，又去翻袖子，却见安贤眼望着自己，皱着眉摇了摇头。

她不由得定住了。

· · · · ·

寝殿内。

北舟终于忍不住了，抹了些药油到掌心，搓热双手，伸向了床上双目紧闭之人。

还没触到他的太阳穴，就被一只冰冷的手钳住了腕间。

紧闭的双眸倏然睁开，浓黑眼瞳里翻涌着戾气，在看清来人之后才痛苦地压了回去。"别碰我，北叔。"

北舟心疼道："你痛成这样，让叔揉揉，会好些的。"

夏侯澹只是紧紧抓着他的手腕。

北舟道："唉，怎么突然发病……"他入宫之后已经查过了角角落落，验过夏侯澹的所有膳食，始终没发现什么毒药。

夏侯澹勾了勾失去血色的嘴唇。"或许是脑中有瘤子吧。"

"瞎说，叔不是诊过脉了吗？没有的。"

夏侯澹嘀咕道："CT才行。"

"什么？"

"没什么。叔，我想喝甜粥。"

北舟立即起身。"叔去给你做。"

待他走远之后，一道身影悄然靠近，跪伏在了床榻边。

夏侯澹眼望着床幔发了半晌呆，叹了口气。"去请白先生。"

· · ● · ·

谢永儿走出老远，都不敢相信自己被赶了出来。

皇帝明明正痴迷于她，任她在后宫中呼风唤雨，刚刚清理了一拨眼中钉，怎么一夜间情势就变了？就连那百般逢迎的安贤，居然也敢对自己使脸色！

按照宫斗剧情标配，此时天上开始下雨。

谢永儿没带伞，独自走在凄风苦雨中，脑内播放起了二胡配乐。

此时她必须弄清楚，皇帝寝宫那扇紧闭的大门后，是不是藏着一个千娇百媚的庾晚音。

谢永儿绕到了贵妃殿外。

万万没想到，庾晚音不仅在贵妃殿，而且就孤身坐在回廊里，提着一盏宫灯仰头看雨，湿淋淋的发丝贴在颊上，明艳的脸蛋顿显苍白。

谢永儿："……"

这种场景里，你比我还凄惨算什么事?!

谢永儿脚步一顿，正想战术性撤退，庾晚音却已经看了过来，惊讶道："是永儿妹妹吗？"

她将谢永儿唤到廊下躲雨。"妹妹今晚不是该去侍寝吗，怎会在此？"

谢永儿低下头。"陛下身体不适，已经歇下了。"

夏侯澹病了？庾晚音一愣。

下午在御书房里，他的确说过头疼。她走之后，更严重了吗？

又或许……只是装病吧。

自己对他的身份起疑了，所以他通过示弱来逃避问题。

庾晚音离开御书房就后悔了。拆穿他对自己有什么好处呢？一直以来她努力忽略他身上的违和感，又何尝不是在逃避呢——逃避这一刻举目无亲的惶惑与无措。

谢永儿观察着庾晚音的神情。她没想到这庾贵妃是真的不知情。

这么说来，皇帝确实病了？

谢永儿心念一转，突然面露关切。"贵妃姐姐，你去看看陛下吧。他方才很是难受，似乎说了一句想要找你。"

方才那被侍卫驱逐的待遇，她可不愿独享。

庾晚音的反应有些出乎她意料，脸上既无得色也无期待，反倒皱起了眉，像在经历一番内心挣扎。

谢永儿唯恐她打退堂鼓，正待再怂恿两句，庾晚音却已经上钩了。"既然如此，我去看看。"

谢永儿带着快意目送她转身离去。

庾晚音撑起纸伞走入雨中，忽然又回过头来。"妹妹先在此稍歇，我让小眉带你去换身干净衣服，等雨停了再将你送回去。谢谢你特意来告诉我此事。"

谢永儿笑得更明媚了些，缓缓道："姐姐告诫我别喝避子汤，那份恩情，永儿一直记在心里。"

庾晚音："……"

不会是真心的吧？

如今看来，跟那两个夏侯相比，谢永儿的段位低得甚至有点可爱了。

庾晚音生出一丝愧疚，黯然道："想不到，还能盼来与妹妹交心的一日。"

谢永儿："……"

不会是真心的吧？

难道她上次真的只是善意提醒？

从她一个古人的角度，确实预料不到有谁会存心拒绝龙种。所以自己那次中毒，纯粹是自作自受？

可是……如果原文里的心机女主彻底不当恶人了，自己这些未雨绸缪的争斗，岂不就变成了单方面的迫害？

庾晚音已经朝皇帝寝殿走去。谢永儿迷茫地冲着雨幕张了张嘴，但终究没有发出声音。

· · ● · ·

雷声滚滚，一道闪电划破天际，在侍卫的剑上映出惨白的光。

侍卫道："娘娘请回吧，陛下谁也不见。"

庾晚音原本还在踌躇着不愿面对夏侯澹，一见这阵势，心中一慌。"陛下怎么了？"

侍卫三缄其口。

庾晚音的宫灯早已被浇熄，那把纸伞挡不住四面八方泼来的大雨，整个人成了落汤鸡，缩着身子瑟瑟发抖。"能否烦请大哥通报一声，告诉北……北嬷嬷……"

"庾贵妃？"

庾晚音回头。嬷嬷打扮的北舟正要进殿，手中端着一碗甜粥。

她连忙拉住他，小声道："北叔，让我进去看看他吧。"

北舟暗含审视地看了她一眼，大约是记起她那日在舟上那句气壮山河的"干他"，面色略微缓和。"跟着我。"

夏侯澹整个人都缩进了被窝里，团成一个球。北舟喊了两声，掀开被子将他的脑袋露出来。"晚音来了。"

庾晚音被吓到了。

夏侯澹长发凌乱，面白如纸。他吃力地扫了庾晚音一眼，哑声说："谢谢叔，粥先放着吧。"

北舟识趣地走了。

庾晚音坐到床沿上，小心翼翼道："我喂你？"

夏侯澹做了个类似点头的动作，紧接着就咬牙定住了，额上青筋突起，仿佛这点幅度的移动都带来了剧痛。

庾晚音手足无措地扶住他，又不敢用力。过了好一会儿，夏侯澹自己下定决心支起了身。庾晚音连忙拉过两个软枕垫在他身后。

她又伸手想去端那碗粥，被夏侯澹拦住了。

夏侯澹做了个悠长的深呼吸，语气低柔："我们谈谈。"

"不急这一时，先好好休息……"

"你猜得没错。"他打断道，"我确实不是什么总裁。"

夏侯澹道："穿来之前，我是个不入流的演员，跑了很多年龙套都没混出头。"

庾晚音错愕地看着他。

这倒是可以解释他扮演暴君时的以假乱真。

"但只是这样的话，你何必特意骗我？"

"不是故意骗你。当时你自己猜我是总裁，我就顺势认下来了。"

"为什么？"

夏侯澹笑了笑，双唇毫无血色。"我这个人，运气一向不佳，所以一穿进来，第一反应就是要死在这个鬼地方了。然后你就出现了，像天降救星一样，手握剧本，志在必得，一来就热火朝天地计划着绝地翻盘……看着你的时候，我才觉得我还有希望。"

他闭了闭眼，喉结困难地滚动了一下："我害怕失去你。一旦发现我是这样无能的失败者，你就会离我而去吧。你一走，我就完了。"

庾晚音不知所措地沉默了一会儿。"……跟我想象中不太一样。"

"嗯？"

"我还以为，你会背负着什么深沉的秘密。"

夏侯澹没有让自己停顿半秒，轻柔地笑了。"看来这破演技终究还是有点用。"他叹了口气，坦然看着她，"但你现在知道了，我没什么胜算。那端王就算是纸片人，手腕也胜过我百倍。所以那句承诺依然有效：如果你选择离开，我完全理解，不会阻拦。"

他歪在枕上，眼神像一只无害的大狗。

这是在以退为进吧，庾晚音想，是为了让我感受良心的谴责吧，但不知为何，她心里一点也不抵触，甚至连呼吸都轻松起来。

"就算你不装可怜，我也不会走的。"她拍了拍夏侯澹的手，"快点好起来，我们下一步计划还需要你的演技呢。"

夏侯澹默默看着她。

她坐在那里，眼珠子已经开始缓慢打转，像一只酝酿着狩猎的小动物。

庾晚音想得出神，突然鼻头一痒，打了个喷嚏。

夏侯澹摸了一下她的袖口。"全淋湿了？"

"不打紧……"

夏侯澹抓起手边的摇铃唤来宫人。"带贵妃去洗澡。"

庾晚音泡了个热水澡，心中阴霾尽散，只觉得好长时间没有如此惬意平静了。

她烤干头发，想去跟夏侯澹打声招呼就走，夏侯澹却自然而然道："下着雨呢，别折腾了，睡吧。"

庾晚音犹豫了一下，欣然躺到了他身边。被窝里暖洋洋的，窗外的雷雨声令人昏昏欲睡。

"还疼得厉害吗？给你揉揉？"

"嗯。"

夏侯澹闭目躺着，感觉到她贴近过来。小动物毫无防备，只想互相取暖。

· · ● · ·

夏侯澹称病辍了两天朝，第三天面色如常地坐到了龙椅上，懒洋洋道："太后想建陵寝好多年了，如今她生辰将近，朕想聊表孝心。户部，税收够吗？"

户部尚书蒙了。"臣立刻去核验。"

夏侯澹先前当庭杀了个户部尚书，现在任上这位是那家伙的弟弟。堂堂尚书换了个人，没有引起任何波澜，连手下政务都一切照旧，仿佛无事发生。

这就是大夏的朝堂。

十几年来，朝中两党相争，权力倾轧，拱起了无数不做实事的冗官。官来得快，去得更快，早上拟旨，下午上任，晚上兴许就入棺了。

在这种环境里，所有人脑子里都是苟且偷生，或者趁着在任多捞些油水。无数政策令而不行，干实事的早就被搞死了。

户部尚书焦虑了。

别的圣旨，他或许还能阳奉阴违糊弄过去，但太后陵寝却是万万不能糊弄的。他是太后提上来的人，新官上任，这正是立功的大好机会。

但有一个现实的问题：国库是真的没钱了。

陵寝这么大的工程，让他从哪里变钱？

户部尚书想到了唯一解：继续去搜刮民脂民膏。

翌日早朝，夏侯澹又懒洋洋道："户部提出今年继续增税，众爱卿怎么看啊？"

众臣哪儿敢说什么。皇帝脑子一抽要彰显仁孝，哪怕每个人都知道百姓已经被榨得连渣都不剩了，再增税怕是要造反了，也没人敢站出来反对。

夏侯澹挥挥手。"那就这么办吧。"

· · · · ·

增税的消息不知为何不胫而走，几日内就传遍了都城。百姓怨声载道，但横竖传不进皇帝耳中。

这天夏侯澹出宫去探望一个抱病的老臣，出发之前，叫来驱车的侍卫耳提面命了一番。

回宫路上，马车忽然急停。

夏侯澹稳稳坐在车中，听见外头侍卫怒道："何人敢拦圣驾！"

这一声喊得声若洪钟，半条街外的百姓都张望了过来。

夏侯澹知道演员已就位，慢悠悠地撩开车帘走了下去，问道："何事？"

远处跪了个衣衫褴褛的群演，一见他下车，立即杀猪般地开嗓号道："圣人啊！苍天啊！求您开开眼啊！草民的乡亲父老，每家每户，无一不是一年到头起早贪黑地耕织，存留的粮米却只够果腹。草民一对弟妹，出生不久赶上歉年，被父母含泪活活饿死……"

混在人群中的李云锡："？"

这段慷慨陈词怎么听起来有点耳熟？

那群演直接把李云锡当日在舟中的整段台词复读了一遍，末了哭号道："草民一家是活不下去了，若是再增税，唯有割去脑袋，以这一碗热血供养圣人了！"

"哐哐哐"磕头。

李云锡："……"

周围的百姓个个听得热泪盈眶，加入了哭喊的队伍，远处还不断有人赶来，将夏侯澹回宫的路堵得水泄不通。

夏侯澹狼狈不堪，一双拳头攥得咔咔作响，忽然扇了侍卫一巴掌，嘶声道："废物！快把户部尚书捉过来！"

户部尚书在全城百姓的围观下跪到了夏侯澹面前。

夏侯澹问："为何要增税？"

户部尚书："……"

那不是你自己批的奏折吗？

户部尚书哆哆嗦嗦地将奏折内容复述了一遍，幸而有些脑子，没敢提皇帝尽孝的事，只说是自己的意思。

夏侯澹理直气壮道："所以增税是为了造陵寝？那国库里原本用来修皇陵的税收呢？"

户部尚书噤若寒蝉。

夏侯澹道："带朕去看，今日必须给……给百姓一个交代！"

· · · · ·

片刻之后，户部尚书冷汗淋漓，哆嗦着手打开了一间钱库的大门。

夏侯澹直直立在门口，僵硬良久，突然间仰天大笑，癫狂道："钱呢？朕的钱呢？！"

周围宫人呼啦啦跪了一地。

夏侯澹目露凶光，左右一看，又劈手夺过侍卫的剑，朝着户部尚书大步走去。

户部尚书当场尿了一摊。"陛下！！！"

"陛下——"安贤迈着小碎步跑来，"右军章将军急奏，说是……"

他凑到夏侯澹耳边，夏侯澹却不耐烦道："大声讲。"

安贤道："说是军饷发霉了。"

夏侯澹扔了剑，接过他手中的奏折，展开扫了两眼，将它一把摔在户部尚书脸上。"他们威胁朕，说是今年的军饷再不加量，恐怕军马将无余力护卫边疆。"

所有人都知道，那几个将军基本上都是端王党，在这个节骨眼儿上来找皇帝施压，自然是因为听说了户部要加税，要求分一杯羹。

夏侯澹踉跄了一步。"好，好啊。所有人都来找朕要钱，国库却是空的。这江山差不多也该改姓了！"

户部尚书终于尿完了，整个人很平静。"臣该死。"

夏侯澹却没再去捡剑，喘息片刻，疲惫道："此事朕要找母后商议。"

另一边，太后也听说了今日的闹剧。

她多少有些心惊。"国库这样空下去，确实不是办法。"

没带过兵的人，终究还是怕那些兵痞子的。一边忌惮着他们，一边却又依赖着他们的保护。

"那些武人想法简单，为今之计，还得先喂饱他们。"太后扶了扶镶金嵌玉的簪子，笑道，"让户部想想法子，拨些补给过去吧。"

心腹道："那陵寝的事……"

太后望着自己红艳艳的指甲。"难得皇帝有孝心，陵寝自然也是要建的。"

· · · · ·

御花园里，张三那个所谓"双龙戏珠"形状的花阵已经种好了，不日便会开花。

挥退宫人之后，他又自己提起铲子，往那"珠"的下方泥土里埋了一个盒子。

他在盒子里藏了张字条：如果你是同类，留言给我，我想与你见面。

——用的是简体字，从左往右书写的。只要是穿越者，看一眼就会明白。

花期未至，张三已经开始每天找由头去附近徘徊了。

当然，泥土始终没有被翻弄的痕迹。

· · ● · ·

夏侯澹回头对庾晚音复述了那场大戏，庾晚音笑得前仰后合。"你也太会演了吧！"

夏侯澹道："毕竟只剩这个优点了。"

庾晚音道："挺好的，特别管用。这样一来，尔岚他们也该出场了，户部推行开中法是迟早的事。"

"但种子问题还是没解决……"

"是时候研究一下燕国的事情了。"庾晚音深思熟虑道，"我先去藏书阁做点功课。"

藏书阁已经重建完毕，还收集了一批新书替换被烧毁的藏品。

庾晚音在里面泡了一天，找出了几本与燕国有关的通志，与宫人说了几句好话，想将书抱回去慢慢看。

在二楼经过自己原本的工位时，她不经意地朝窗外看了一眼，突然间定在了原地。

御花园里面新开了一批花。

站在二楼俯瞰，花丛之中，一个巨大的"SOS"形状赫然在目。

庾晚音的鸡皮疙瘩都起来了，她转头问宫人："那些花是什么时候栽种的？"

宫人道："奴婢不知。"

庾晚音再也顾不上借书，下楼跑到了那片花丛前。

"SOS"的形状是由一株株铁线莲拼成的，花色粉紫，与周围其他花草截然不同。

会是自己想的那样吗？这真的是穿越者种下的吗？

《穿书之恶魔宠妃》里绝对没有这情节。

难道又是一个意外穿来的新同伴？如果这"SOS"是一句留言，周围应该还会有别的线索才对。

庾晚音四下打量了一圈，先把附近的树洞挨个儿搜寻了一遍，一无所获。她还不死心，又弯下身去查看花丛下的泥土。

身后突然传来脚步声。

庾晚音有所预感般一回头，那个沉闷的小太子正静静望着自己。

四目相对了几秒钟，小太子见礼道："贵妃娘娘。"

"……太子殿下，你在这里做什么？"

小太子望着她，眼中似是戒备，又似是茫然。"只是无意间路过。"

庾晚音朝他靠近了两步，心中浮现出一个不可思议的猜想。

她抿了抿嘴唇，试探道："我家门前有两棵树，你知道是什么树吗？"

小太子毫无反应地望着她。

庾晚音又走近一步。"其中一棵是枣树，另一棵是什么？"

小太子缓缓蹙起眉。"贵妃娘娘？"

远处，一个小太监匆匆奔来，朝庾晚音一礼，又对小太子道："殿下，太后在等你呢。"

庾晚音失望地看着他们离去。

· · ● · ·

"殿下，请速速随奴婢来。"小太监惊慌失措地压着嗓子，"太后不太好了。"

张三梦游似的被推进了太后寝殿。

有那么片刻，他没有认出床上那个半脸歪斜、双目暴突的女人。

她中风了，一夜之间老了二十岁，耷拉下去的嘴角口涎横流，对他颤抖着伸出一只手。

张三握住了太后的手。

她的五指像鹰爪般紧紧扣着他，像是要抓住一缕执念一般，眼神中的不甘几乎要化为凶煞将他吞噬。

殿外传来唱名声："皇上驾到——"

张三顿了顿，回过头去。

一抹高大的身影走到床前，跪地叫了一声"母后"。不等太后回应，他又抬起头来，对着张三冷淡地笑了笑。"澹儿。"

张三没有回应。

床上的太后死死瞪着皇帝。皇帝却显得游刃有余，贴心地为她抹去口水，微笑道："母后好生养病，不日便能康复的。"

张三默默地立在原地，嗅着空气中冰冷的、带着铁锈味儿的、权力交替的气息，脑中突然间传来一阵锐痛。他没有声张，默默地忍耐着。

那是他生命中第一次头痛发作。


太后的病情恶化得很快，一个月后就薨了。

而皇帝也如愿以偿地封了新的皇后。

继后年轻美艳，通身珠光宝气，染了蔻丹的指甲轻轻掐了掐张三的脸。"澹儿，以后本宫就是你的母亲。"

张三不动声色地偏了偏头，避开了她的手，温顺道："母后。"

他已经在这宫中待了很长的时间，长到足以弄清许多事情。

比如，眼前这位继后在上位之前，已经被太后下了毒，终生无法受孕。

比如，太后的中风与死亡，这位继后大抵脱不开干系。

又比如，继后当然恨他。另一方面，她又需要驯服他。等到熬死了皇帝，她就是吕武。

他不是真正的幼童。但作为一个普通的初中生，他的心术或许还比不上宫里长大的幼童。

以前是太后掌控他，现在是继后掌控他。他斗不过任何一个。

可是那个妃子，那个理应是全文主角的恶魔宠妃，他唯一的同类，究竟在哪儿呢？

张三试过把继后带去那一片"SOS"花丛附近，观察她的反应。但继后的目光毫无波澜地穿过了花丛。

她正忙着扶植自己的外戚，要牢牢把持前朝与后宫。

张三知道，自己作为未来皇帝的势力正被一步步地蚕食。但他无能为力——他在书中的生母早已离世，而皇帝对他并没有额外的垂怜。

他的头疼越来越频繁了。

那个人在哪儿呢？什么时候出现呢？

他还能等到她吗？

· · · · ·

晚上，庾晚音兴冲冲地找到夏侯澹，说了花丛的事。

夏侯澹顿了顿，道："会不会是谢永儿种的？"

"我一开始也这样猜。"庾晚音道，"但谢永儿的一言一行都写在了书里，她肯定没干过这事。而且，她一直觉得自己是唯一穿越者，不会想着寻找同类的。我觉得这应该是另外的人，像我俩一样，意外穿进来的。"

夏侯澹道："但我们在这里待了这么久，如果有奇怪的人，早就该发现了。"

"也许那个人在竭力隐藏自己？他，或者她，不知道该信任谁，只好用这种方式求救……不行，我得去查查那片花丛是谁种的。"

夏侯澹不以为意地笑了笑。"大概率是巧合。你觉得是 SOS，人家种的说不定只是双龙戏珠。"

"我知道。但万一呢？万一还有人等着我们相救呢？一个人在这个世界，该多害怕啊。"

夏侯澹静静地望着她。

庾晚音笑道："别这样，发挥一下想象力嘛，凑齐三个人就能斗地主啦。你说那个人是男是女？会喜欢吃小火锅吗？"

· · · · ·

继后受封一年后，张三也到了要去尚书房念书的年纪。

这个世界的尚书房通常是所有皇子一同听课的。但张三入学之后，却发现前后左右空荡荡的，偌大的书房里只有他一个人坐在中央，所有夫子滑稽地围着他打转。

他知道这是继后的意思，那野心勃勃的女人正在从根源上孤立太子。

张三不信命。

哪怕没什么实际本事，他心里还藏着现代人的优越感，不愿就此轻易屈服。他要尽己所能改善处境，直到找到那个同伴。

张三乖乖上了几天学，待到帝后来检查课业，才腼腆道："儿臣日日孤坐，实在寂寞无趣。求父皇、母后开恩，哪怕多一个伴儿也是好的呀。"

他想试着交朋友，培养自己的势力。

皇帝看了继后一眼。继后摸了摸张三的头，微笑道："那便让泊儿来陪你吧。"

· · · ·

夏侯泊长他几岁，虽是出身卑贱的庶子，却生得俊秀文雅，芝兰玉树。唯有在朝他见礼的时候，眼中冰冷的厌恶几乎藏不住。

夫子让夏侯泊与太子对坐。

冗长的讲经声中，张三的眼帘越来越沉，正自昏昏欲睡，耳边忽然落下"啪"的一声脆响。

他仿佛回到了初中数学课上，惊恐地抬起脑袋。

"啪"，又是一声。夫子的戒尺高高扬起，重重抽在夏侯泊的手心。"不得走神！"

夏侯泊没有走神。

夫子只是让他替太子受过罢了。

讲经声再次响起，夏侯泊蜷起红肿的手，死死盯着张三，薄唇抿成了一条缝。

下课之后，张三立即去问跟随自己的那个小太监："安贤，夏侯泊是怎么回事？别想着瞒我，我总能查出来的。"

安贤战战兢兢、语焉不详，但他大抵听懂了：在漫长的宫斗历史中，自己已故的母后害死了夏侯泊的母亲。

然而，当事人都已死去，这深宫之内，假戏真做，虚实莫辨，又有谁说得清楚呢？

张三唯一可以确知的是：夏侯泊恨他。

而继后非常乐于加深这份恨意。

从那天开始，所有夫子对夏侯泊的惩戒一次比一次加重了。很快，他们不再满足于戒尺，尚书房里出现了柳条。

就连太监、宫人，都在膳食茶水上争相发挥创意，变出了许多折辱人的戏法。每当夏侯泊面无表情地咽下污水，他们总会喜滋滋地望向张三，仿佛在期待他赏赐似的。

据说，继后是这么嘱咐他们的："太子若是头痛发作，旁边必须有人比他更痛。"

张三软语相求了数次，但这时皇帝已经渐渐不管事了，一切交由继后做主。

继后没有开恩调走夏侯泊，却调来了更多庶出不得宠的皇子。

可想而知，每个同窗都成了"继后哄太子高兴"的道具。在所有人眼中，张三都与继后牢牢绑定，情同亲生母子。

张三有时会想，孤立太子有许多种方式，继后选择了最激进的一种，或许是因为当年堕胎之后，早就恨上了所有皇子吧。

那女人当时还没料到，这五毒俱全的尚书房里，最终会养出一只超越自己的蛊。

夏侯泊身上的血痕淤青一天比一天多，望向张三的目光却一天比一天收敛。现在他的脸上已经彻底没有仇恨的影子了，眉眼温文尔雅，微笑谦恭有礼。他是那么讨人喜欢，所有被虐待的皇子都团结到了他的身周。

张三不信命。

他试过在夫子训诫同窗时挺身而出，据理力争。老迈的夫子一脸惶恐地对他行礼，请他息怒，隔日却变本加厉地抽人。他的抗议成了拙劣的做戏，在众皇子嘲讽的注视下唱着红脸。

他试过自己给所有同窗带饭，以图缓和关系。他亲自挑选了丰盛的膳食与点心，亲眼望着宫人装入食盒，带进尚书房。然而同窗们打开食盒，入目的却俨然是糟糠。

有暴躁的皇子忍无可忍，当场摔碎了食盒。"太子殿下真是深情厚谊啊！"

"三弟。"夏侯泊一拍那皇子的肩，示意他冷静，随即彬彬有礼道，"多谢太子赏赐。"

张三道："我没有——这不是——来人！"

端食盒的小太监跪在地上哭得肝肠寸断。张三怒骂他时，众皇子又露出了观看自导自演戏码的嘲弄目光。

张三百口莫辩，脑袋疼得像要裂开，一脚踹翻那太监。"到底是谁指使的你，说啊！"

"殿下饶命，殿下饶命……"

夏侯泊恰在此时温声道："这阉人罪不至死，还请殿下宽仁。"说着积极地把糠吃了。

张三站在原地，只觉得浑身发冷。

刚才短短一瞬间，他捕捉到了小太监与夏侯泊交换的眼神。

在他过家家一般琢磨着"缓和关系"的时候，夏侯泊已经学会栽赃陷害、收买人心了。

他还试过连续半月称病不出，索性不去尚书房。

这时候，对他不闻不问的继后却又出现了，一脸关切地坐在他床边。"澹儿，陛下听说你不仅懒于读书，还想尽办法折辱同窗，正在发怒呢，你快去给他磕头认错吧。"

张三气得肝疼，实在维持不住那张乖觉懵懂的面具了，瞪着她冷冷道："折辱他们的究竟是谁，相信母后比儿臣清楚。"

继后讶然道："是谁？说出来，母后为你做主。"

张三："……"

张三写了一封长信，亲手塞到了皇帝手里。

他用上了全部智商，先是吹捧了一通父皇仁厚，又述说了一番自己与兄弟们的遭遇，闭口不称委屈，只说自己为父皇忧心，怕他被奸人蒙蔽。

他没有等来皇帝的回音，出现在他面前的依旧是似笑非笑的继后。"太子啊太子，本宫将你视若己出，未想到你对本宫误解甚深，实在叫人寒心哪。"

张三道："父皇他——"

继后嗤笑道："你以为如今的前朝后宫，还由你父皇做主吗？告诉你也无妨，我这一生恨过许多人，但最恨的非他莫属。"

张三的心脏停跳了一拍。

这女人连这话都说了，自己是要被灭口了吗？

继后长长的指甲划过他的脸，一个用力，刺出了一滴血珠。"你若不愿与本宫母子同心，自有别的皇子愿意。"

那一刻，张三初次明白了一件事。

这个故事里，他是谁，他是怎样的人，并没有那么重要。

张三"扑通"一声跪倒在继后面前，磕头道："是儿臣不孝，儿臣愿面壁思过。"

· · ● · ·

在他面壁思过的日子里，御花园那片摆成"SOS"形的铁线莲又到了花期。

张三一次次地跑去观察泥土，一次次地失望而归。直到某一日，他突然远远地停下了脚步——花丛下的泥土有了被翻弄过的痕迹。

张三连铲子都顾不上拿了，跪在地上徒手刨土，刨出了埋在深处的那个盒子。

他用脏污的指甲撬开盒子。自己留在里面的字条消失了，取而代之的是一片形状奇异的叶子。

此后数日，张三一棵树一棵树地找过去，终于在深宫某个角落发现了同样的叶子。

他又一寸寸地摸过树干，最后摸到一个细细的刻字：丑。

· · ● · ·

深夜丑时，张三绕过熟睡的宫人溜了出来，独自走向那棵树。

一个瘦弱的小宫女正提灯站在树下，苍白着脸望着他。

张三连呼吸都屏住了。

他小跑到她面前，问："……你拿到了我的字条吗？"

小宫女手一抖丢掉了宫灯，猛然跪地道："殿下饶命，奴婢不知那是殿下之物！"

张三看着她的反应，心渐渐地凉了一截。

他犹不死心，试探着对她说："Hello?"

小宫女茫然而恐惧。

张三浑身的血液都在冷却。"你如果没有认出那片花丛，又怎么会想到去挖土？"

"奴婢……奴婢在那附近的偏殿里服侍，时常从远处看见一道人影徘徊，又见那花丛形状奇异，心生好奇，就挖了挖……"

小宫女带了哭腔："那字条上的字形状诡异，句意不通，奴婢以为……以为是哪个不太识字的侍卫……奴婢该死！"

张三嘶哑地笑了一声。

"别演了，你是怕我害你吗？相信我啊，我们是同类啊。"

小宫女茫然而恐惧。

"我——我在这个世界只有你了。"张三朝她一步步走近，她却步步后退。

张三站定了。"你真的不是？"

"不是……什么？"

张三突然温柔地笑了，他伸手轻轻摸了摸她的脸。"没什么。这下你知道我的秘密啦。"

小宫女茫然而娇羞。

张三的手缓缓下移到了她纤弱的脖颈。

日出之前，他将她沉入了池中。

那是他杀的第一个人。

· · ● · ·

庾晚音找信得过的宫人打听了一圈，没人知道那丛铁线莲是谁种的。

"他们说，近年没人动过那一块御花园。"庾晚音失望道。

夏侯澹耸耸肩说："你看，我就说吧，是你想多了。"

"但从上往下看，真就是个鬼斧神工的'SOS'……"

夏侯澹道:"这就有一个新问题了。这花才刚到花期,还会开很久呢。哪天谢永儿路过,跟你一样把双龙戏珠看成'SOS',你猜她会怎么想?"

庾晚音恍然大悟地捂住嘴:"她也会怀疑身边有同类。"

"然后,保不齐哪天她灵光一闪,就会怀疑上我们俩。"夏侯澹循循善诱。

庾晚音果然焦虑了。"那片花丛不能留了,能想个由头拔掉吗?"

"笑话,朕想翻新御花园,哪儿还需要由头。"

当天下午,在确认谢永儿没出门之后,夏侯澹命人翻新了花丛。

铁线莲被一株株地连根拔起,夏侯澹坐在亭中远远地望着,目光无悲无喜。

他一转头,身旁的庾晚音倒是一脸闷闷不乐。

夏侯澹失笑道:"怎么了?"

庾晚音有点不好意思。"你就当我异想天开吧,我还在想万一有个同类,千辛万苦种了花求救,结果非但没等到回应,连花都被拔了……不然我们在原地埋张字条什么的?"

夏侯澹:"……"

夏侯澹温柔地看着她。"有被谢永儿发现的风险。"

"好吧。"庾晚音放弃了。

# 第九章

# 你永远都不需要改变

"你以后如果必须除掉什么人，告诉我，让我去
处理。"

户部尚书接了太后扔过来的烂摊子，急得连夜长出了一嘴疱疹。

又要给三军送粮饷，又要给太后造陵寝，还要往国库里变出点钱来
应付那疯皇帝——同时还不能增税。

户部尚书觉得自己的好日子快到头了。

他在府中对下属发着脾气，却不知府邸后门外的街角处，两个新入
职的小主事也正在小声争吵。

李云锡怒道："既然是我想出来的法子，自然应该由我去提。"

尔岚依旧女扮男装，一脸平静。"李兄打算怎么提？拿出你的文人
风骨，骂他个狗血淋头吗？"

李云锡冷笑着瞥了一眼她手中精巧的礼盒。"那么尔兄又待如何说
服尚书大人？以进言之名，行贿赂之实吗？"

他看不惯尔岚。

这书生长得眉清目秀，貌如好女，说起话来不疾不徐，令人如沐
春风。

李云锡这种直肠子，见此人乍入官场就适应良好，堪称如鱼得水，
心里就存了鄙夷。

尔岚淡然道："陛下重托之事，只要能办成，手段并不重要。李兄
难道忘了你我的官职是如何讨来的？这礼盒送进去，陛下会介意吗？"

拿皇帝来压我？李云锡根本不吃这套。"他若不介意，就是他为君

者的错处！"

尔岚："……"

尔岚对他笑了笑。"也对。"

李云锡道："所以……"

话音未落，只见尔岚猛一转身，拔腿冲向了府邸后门。

李云锡这辈子专注唇枪舌剑，从来没遇上过这等"说不过就跑"的无耻行径，一时竟然愣在了原地，眼睁睁地看着她将礼盒和一封信笺一起递了进去。

片刻之后，有侍从出来迎客。

尔岚一脚踏入门里，回头看了一眼七窍生烟的李云锡，笑着做了个口型：等我消息。

· · ● · ·

户部尚书正坐在堂上读着她那封信笺，礼盒则已不见踪影。

户部尚书赞不绝口："良策，确实是良策。"

信中所写的，正是李云锡计划的开中法：由朝廷出面招募商人，输纳军马粮饷。朝廷支付给商人的不是钱财，而是盐引。凭借盐引，商人日后可以分销官盐，从市易中获利。

如此一来，朝廷不必透支国库，就能借商人之手承担成本，支援三军。

尔岚笑道："能为大人分忧，下官三生有幸。"

户部尚书又研究了一会儿细节，迟疑道："只是盐政改革事关重大，太后那边……"

"大人，看陛下的意思，整改已是势在必行。咱们自己不提，也会有别人上奏。"尔岚朝他凑近了些，谄媚道，"日后盐引给谁、不给谁，还需从长计议呢。"

户部尚书当然懂她的暗示：个中油水肥厚。盐引在手，商人争相来抢，最终会演变成又一门生意，端看如何操作了。

尔岚眨眨眼道："以太后的慧眼，定能识出大人这颗明珠。"

户部尚书哈哈大笑，拍着她的肩道："后生可畏啊。"

· · ● · ·

几日后，户部上奏，奏章呈了厚厚一沓，请求颁布开中法。

夏侯澹跳过大段的马屁和解释，直接翻到最后一页。

在尔岚的建议下，户部尚书列出了建议运输的粮食清单。若干种主流作物里，默默地夹了一个燕黍——理由是不易腐烂，便于存储，又可以喂军马。

这改革由太后党提出，又因为对三军将士有利，所以端王也不会过多阻挠。

正因如此，这本奏折经过无数轮修改，那不起眼的"燕黍"二字却奇迹般地保留到了最后，原封不动地送到了夏侯澹手中。

夏侯澹龙飞凤舞地批了个"准"字。

至此，开中法正式实行。

各地仓廪开始照着清单收缴粮食，再由闻风而来的商人运向边境。

气候干燥之地，百姓听说那干巴巴杂草般的燕黍居然也能充当捐税，笑了几声"为官的怕不是傻子"，便去野地里找寻起来。行动力强的甚至已经种下一茬，施起了肥。

不仅如此，商人为了省下运粮的成本，很快就开始雇人直接去边境开荒，专门种清单上的作物。而靠近燕国的西北处环境恶劣，只有燕黍能成活，最终发展出了第一片燕黍田。

大家都很满意：军队得到了粮食，太后得到了陵寝。

此时此刻，世上只有几个人，在为那笑话般的燕黍田热泪盈眶。

虽然他们找到的种子还远远不够，但至少在大夏的土地里，已经埋下了最初的希望。

· · ● · ·

隔日，这君臣几人聚集在某处隐蔽的私宅，不敢大肆庆祝，只能举杯致意。

私宅是给岑堇天用的，在后院开了一片小小的试验田，种了几样抗旱的作物，目前长势喜人。

庚晚音心中一块巨石落地，一不小心喝多了一点，站在田边哼起了小曲儿："哎——开心的锣——鼓，敲出年年的喜庆——"

恰好站在旁边的汪昭："……"

汪昭是几个臣子中最沉稳的一个，胡子一把，像个小老头儿。

他捋着胡须想了半天，最终困难地憋出一句："……娘娘唱出了民生多艰。"

田地另一边，李云锡与杨铎捷这两个刺儿头凑在一起低声交谈。

李云锡脸色铁青。

因为立了大功的户部尚书春风得意，顺手就提拔了尔岚。

尔岚当时神情一动，看了李云锡一眼，但最终什么也没说。事后才对他解释：本想为他美言几句，但在太后党面前，不敢抱团太明显，怕引起怀疑。

李云锡道："说得好像我稀罕似的。"

杨铎捷不平道："那他不就是抢了你的功……"

"李兄，"尔岚面色如常地走向他们，"可否借一步说话？"

"不必了。"李云锡早已看穿了这人的汲汲营营，不齿道，"尔兄不必多费口舌，人各有志，升官发财对李某来说有如浮云。"

尔岚微笑道："咱们在太后手下做到多大的官，确实都是浮云。这江山毕竟是陛下的江山，日后陛下论功行赏时，自然会记得李兄的功劳。"

李云锡气到窒息。"无论是在太后面前还是陛下面前，我都志不在此！"

这一声说得响亮，对面的夏侯澹都看了过来。

尔岚也不耐烦了。"是啊是啊，李兄志存高远，恨不得今日入朝明日撞死。兄弟我却还盼着李兄多活几日，再出几篇策论供我上位呢。"

李云锡："……"

李云锡道："你真的这么想？"

尔岚翻着白眼走开了。

李云锡转头看杨铎捷。"他……他……他……成何体统！"

"陛下，娘娘。"

微风和煦，岑堇天抓着一把作物走来，摊开手给他们看。"目前看来，确实是燕黍最耐旱，长势也最好。不过要到秋收时才能看出收成了。"

庾晚音道："岑大人能不能像之前那样，测出燕黍最适合什么土壤、如何灌溉施肥之类的？"

岑堇天想了想。"臣自当尽力，但兼权尚计，或需两三年。"

说到时间，几个人都有些沉寂。

庾晚音猜不到旱灾何时来，岑堇天则不知道自己能不能活到那时。

庾晚音看着他年轻而憔悴的脸，突然心生愧疚。"岑大人保重身体。"

岑堇天笑道："臣会努力活得久一点。"

"不，真的，保重身体。为了提高一点收成，岑大人已经隐姓埋名、背井离乡，你的双亲家人……"

夏侯澹插言道："余生如此，值得吗？"

庾晚音拿胳膊肘捅了他一下。太直白了。

岑堇天却笑着摆摆手。"臣以为预知死期，是件幸事。臣少年时便反复思量，这一生要做些什么才不算虚度。双亲自有兄弟孝敬，故乡自会在死后荣归。他日臣离去时，唯愿埋骨之处，有五谷丰登。"

．．●．．

回宫的马车上，庾晚音情绪明显低落了下去。

自从穿来之后，她觉得自己每天都在迅速成长，早已不是最初那个无头苍蝇般乱撞的小白了。

但总有些人的存在提醒着她：你的境界还差得远呢。

夏侯澹道："在想岑堇天？"

"嗯。"庾晚音叹息。

她以前看文的时候，专喜欢看刺激的大场面，群雄逐鹿、金戈铁马……岑堇天种田的片段全被跳过去了。

"等到自己来了这个世界，才发现他才是真的救万民于水火。有那样的一生，的确不算虚度了吧。"

马车摇摇晃晃，夏侯澹半开玩笑道："不必妄自菲薄，你也在救万民于水火。"

"我？"

"客观来说，如果能帮大夏挺过那场旱灾，你应该名垂青史才是。"

庾晚音失笑着低下头。

片刻后她又吸了口气，猛地抬头道："好，我也不想虚度此生了。"

夏侯澹一愣。"什么？"

"按照原文，端王用最大的代价登上了皇位，那我就要用最小的代价挫败他。预防旱灾只是第一步。他还要跟燕国殊死一战，一将功成万骨枯——咱们战都别让他战。"

她目光炯炯地盯着夏侯澹，胸腔里鼓动着新的斗志。"我好像还记得一点燕国的设定，这一仗不是非打不可，外交吧。"

夏侯澹道："好。"

"还有，他勤王的时候还要跟太后打一仗。但如果咱们抢在那之前成长到足够强大，震慑住他们，就能不战而屈人之兵。"

"好。"

"还有……"庾晚音顿了顿，"你是不是在笑？"

夏侯澹摇头。"只是一想到我们做的一切都发生在一本书里，就觉得有些荒诞。"

这个问题庾晚音也想过了。"但就像庄周梦蝶，你又怎么知道外面那个'真实世界'不是另一本书呢？"

"那确实不知道。"

"对吧，谁能保证自己的存在是真实的？我懒得为此纠结了。"庾晚音挥挥手，像要把这个问题打散成烟，"哪怕注定是死亡结局，我也要在死前多做点事。"

夏侯澹道："好。"

"你干吗一直说'好'？"

"好，那我就舍命陪君子。"他笑道。

· · ● · ·

张三一年年地长大了。

铁线莲还在一年年地定期绽放，他却已经很久没想起那丛花了。

因为，随着皇帝逐渐老迈，而自己年纪渐长，他意识到了一个新的可能性：那个作为女主角的"恶魔宠妃"，也许并不是他父皇的妃子，而是他的。

等到他当上皇帝，她才会登场。

这个发现并没有带来多少安慰。因为他穿来前虽然只瞥了一眼文案，却清楚地记得，女主是妃子，男主却不是皇帝。

那么，按照一般小说的套路，他这个皇帝就应该是反派——注定惨死的那种。

不仅如此，他还开始怀疑这篇文的男主是他的皇兄。

夏侯泊活着熬到了出宫建府，被封为端王。

这年轻王爷在朝中毫无根基，于是经常主动请去戍边。他在边塞之地混了几年，从备受欺凌的小白脸混成了文韬武略的将领，跟武人们打成一片，归来时总带着大大小小的军功，还被老皇帝赐了仪仗。

夏侯泊走的完全是男主路线。

而张三，正被来自整个世界的恶意推向一条反派之路。

按理来说，端王明显比张三更适合当太子。但继后当然不会让这种事发生，她需要的是容易控制的傀偏。

两股势力明争暗斗之下，张三在一年之内遭了四次暗杀。睡梦中遇刺，用膳后呕血，不断地重伤，又被抢救回来。端王要他死，太后要他活。

他开始彻夜难眠，偏头痛愈演愈烈。有时幻听，有时以为是幻听，结果是真刺客。

等到老皇帝驾崩，张三即位，坐在龙椅上往下一看，朝堂中除了继后党——现在该叫他们太后党了——还多了一批与之分庭抗礼的端王党。

唯独没有几个拥皇党。连他的帝师们都是太后安排的。

在这个世界，他现代人的背景不是优势，而是劣势。论心机，论权谋，他的九年义务教育帮不上任何忙。

满朝文武，他找不到一个可堪信任之人。

大厦将倾，独木难支。

但张三不信命，就算是死，他也要挣扎过再死。

凭着直觉，他找到了胥阁老——因为这老臣不像其他臣子那样巧言令色地哄他，反而时常拉下脸，搬出一番大道理来教育他。

同时也因为胥阁老在朝中混得不如意，处处受人排挤。

张三认定这人是真的向着自己，于是对他恭恭敬敬，请教了许多问题。胥阁老建议他施行的政策总是遇到重重阻碍，而越是如此，他就越放心。因为如果那些建议是错的，太后与端王便不会来拦。

直到有一次，胥阁老劝他除掉某个大官。

胥阁老言辞恳切："此人一直欺上瞒下监守自盗，而且与端王狼狈为奸，势力发展得盘根错节，必须尽早拔除。"

他信了，费了许多功夫收集罪证，在早朝时突然发难，将那贪官押入了大理寺，不日便处斩了。

那是他杀的第八个人。

那次行动出乎意料地顺利，甚至有些顺利过头了。他没有受到任何阻挠。

下朝之后，有个留着八字胡的小官员跑来找他，声泪俱下地称他受了蒙骗。

这八字胡一直是太后党的人，此时却大表忠心，说自己其实早已不堪太后折辱，想要效忠陛下；而那胥阁老才是真正的太后心腹，性本奸回，一直以来将陛下哄得团团转。

"他借陛下之手除去那贪官，其实是剪掉端王的羽翼，为太后除去一患呀！"

八字胡呈上了无数证据。有太后的笔迹，也有胥阁老的笔迹。

张三不敢相信，偷偷去太后处查看，恰好看见胥阁老与太后走在一起，言谈甚欢。

两个月后，八字胡出面弹劾胥阁老。

张三没杀胥阁老。他下令将胥阁老抄家流放。

胥阁老一言未发，对他重重磕了几个头，就让人拖走了。

这次行动也出乎意料地顺利。

· · · · ·

张三隐隐觉得不对，却又捋不清到底是哪一步出了错。

隐忍几年之后，他才一点一点地拼凑出当年的真相。

八字胡是太后的人。而弹劾胥阁老，却是与端王合谋的。

八字胡凭此一功在太后党中站稳了脚跟，一步步爬到了权力中心，后来还加封太傅——他姓魏。

那个时候，张三已经动不了他分毫了。

张三信不信命，其实也无关紧要。

世界需要一个反派，太后需要一个傀儡，而端王需要百姓记住一个罪人，为天灾、为人祸、为他们连年的歉收负责。

他来了，他就成了这个人。

· · **·** · ·

马车猛然一停，接着又猛然加速，将夏侯澹从浅眠中惊醒了。

庾晚音也吓了一跳，掀帘问道："怎么了？"

驾车的侍卫道："暗卫发现有人跟踪。来的只有一个人，但武功甚高，暗卫拿不住他，北大人去对付他了——属下先护送陛下与娘娘回宫。"

"慢着。"夏侯澹皱眉道，"只派一个刺客？不像是端王的作风。让北舟生擒他来问话。"

侍卫回头眯着眼望了望。"北大人尚未与他分出胜负。"

庾晚音惊了："怎么可能？"

北舟可是全书武力值天花板，单挑未逢敌手。

"似乎已过了三十多招了。"侍卫实况转播中，"奇怪的是两人都未出杀招。"

庾晚音忍不住了，从车窗里探出脑袋朝后望去，瞬间被一阵劲风吹乱了头发。

为了隐蔽行事，他们一直在绕路，此时正穿过一条宽度只能容下一辆马车的暗巷。

巷子尽头，飞沙走石，剑风狂乱，两道飘逸的剪影正斗得天昏地暗。

庾晚音肩头探出另一颗脑袋。夏侯澹问："原文里有这么个人吗？"

"反正我不记得了……"

"喝！"一声清叱传来，跟着是"嗖嗖"的破空之声。

实况转播的侍卫道："可恶，刺客投了暗器！"

暗巷狭窄，避无可避，只见北舟忽然一脚蹬在墙上，如大鹏展翅般腾空而起，半空团身翻了个跟斗。刺客的暗器纷纷颓然落地。

北舟一个跟斗翻完，人尚未落地，对着刺客长袖一甩，破空之声又起。

他的暗器显然密集得多，"咻咻咻"不绝于耳，听声音俨然已经将人射成了筛子。

夏侯澹道："留人——"

那刺客也同时大叫道："好了！我不是刺客，你看不出来吗?！饶命啊！"

听声音是个年轻人。

北舟悠然道："你若是刺客，哪里还有命在。"

侍卫停下了马车，护着夏侯澹和庚晚音走近了些许，警惕地看着来人。

北舟的暗器没有射中他，而是围着他的脑袋、四肢，在墙上钉出了一幅人体描边。

他僵在原地动弹不得，只能颓然道："认输，我认输。"

北舟道："你是何人？"

年轻人似乎是扭头瞥了夏侯澹一眼，笑道："我姓白，你可以叫我阿白。"

离得近了，庚晚音逆着光看清了这人的形容。身材高大，黑巾蒙面，只露出眼睛。那双眼瞳望过来时出奇地清亮，即使在暗巷里也如淬过火的琉璃一般。她记得这好像是内功深厚的表现。

"不要动。你这身功夫是从何处学来的？"北舟并未放松，仍旧抬起一臂对着他，五指将钩未钩，似掌似爪，也不知道是哪门子起手式。刚才人体描边用的暗器全部深深嵌入了墙壁中，砖灰扑簌簌地往下掉。

阿白僵立着，忽然问："你是北舟？"

北舟一愣。

阿白道："我俩不认识，但你应该记得无名客吧？他是我师父。"

无名客虽然没有名字，却声震江湖，是个仙风道骨的绝世高人。北舟早年四处游历时另有奇遇，曾得他指点一二，与之结成了忘年交。

某次喝酒时，无名客问他为何一直漫无目的地游荡。北舟心情郁郁，说起宫中早逝的慈贞皇后："故人已逝，我也不知何去何从。"

无名客当场以手蘸酒，在地上算了一卦，末了劝他道："回都城看看吧，或许会见到故人之子。"

阿白道："我师父前段时间夜观天象，不知发什么神经，非要让我立即出师，到都城来跟着你混。"

他从怀中摸出一张皱巴巴、脏兮兮的信纸，递给北舟。

北舟读了一遍，面露疑惑："确实是他的笔迹。但我看不懂他在写什么。"

阿白道："哦，他说这封信不是给你的，是给皇帝的。"

默默站在一旁的夏侯澹开口了："给朕看看。"

阿白猛地扭头，浮夸道："皇帝？活的皇帝！"

夏侯澹："……"

夏侯澹暗中递了个警告的眼神给他。

阿白却变本加厉："好俊哟。"

夏侯澹："？"

夏侯澹读了一遍信，面色凝重，转手递给庚晚音。

只见信纸上笔走龙蛇地写了两行字：皇命易位，帝星复明。荧惑守心，吉凶一线。五星并聚，否极泰来。

庚晚音刚看见头四个字就惊了。

皇命易位？这绝对不是什么相术占卜的通用说法。只有穿越者能看懂，这就是明明白白地告诉你：我知道你换芯子了。

整段话翻译过来就是：我知道你换芯子了，而且换来的人当皇帝可以改变国运。但你命途凶险，只有一线生机，要置之死地而后生，才能化险为夷。

庚晚音与夏侯澹对视一眼，心道：这才是真的开了天眼吧。

阿白道："师父说你天纵奇才，算是半个大师兄，让我向你多学学。

我心想着有多奇才啊，有我奇才吗，就……"

北舟道："就先找我打了一架？"

阿白哼哼了一声。

北舟瞧着这便宜师弟，心中有些惜才，面上却调笑道："服了吗？"

阿白顾左右而言他："所以你在都城就是给皇帝当护卫吗？能带我一个吗？"

北舟看向夏侯澹。

夏侯澹道："朕有北叔已经够了。"

"别啊，难得我师父一番好意，送我来供你差遣。"阿白在皇帝面前丝毫不怵，甚至有点嬉皮笑脸，"多收我一个也不打紧吧？我的功夫也很好的，可以保护这位——哇，大美人！"

他看着庾晚音。

庾晚音道："……谢谢。"

夏侯澹又瞪了他一眼。

庾晚音心里也在权衡。原文里没有阿白这号人物，但如今多了两个穿越者，惊动了原本世界里的高人，倒也说得通。

夏侯澹恰在这时低声问道："北叔，那个无名客……"

北舟作保道："无名客退隐已久，不理俗事。他会送来这封信，大约是算出澹儿你能保社稷安稳。这小子用的确实是他教的功夫，应该可信。"

夏侯澹便点点头，对阿白道："跟我们回去吧。"

· · · · ·

一行人在夕照中回了宫。

夏侯澹说要给阿白安排个职位，带着他走了。

北舟又用缩骨功换回了嬷嬷扮相，陪着庾晚音回了贵妃殿。"那叔先回房了。"

"北叔，"庾晚音却跟着他进了房中，"我有点事问你。"

"什么？"

庾晚音笑道："今天你用暗器打穿墙壁，不完全是靠手头功夫吧？

别那样看着我，我只是瞎猜的。"

北舟仍旧惊疑不定："你是如何……"

"第一次见面的时候，你的匕首穿透了一扇木门，仍旧来势不减，让那刺客当场毙命。后来在舟上，你袖中发出的暗器不仅能平飞上岸，而且还能连环发射，完全不带停歇。"

庾晚音探究地看了看他的袖子，赞叹道："北叔真是心灵手巧，我对机关术也有些兴趣，却死活想不出，何等精妙绝伦的机栝才能做到那样的效果。"

她的分析过程完全是瞎编的。

她知道北舟是个机关术天才，是因为原文就是这么写的。

当初她带着夏侯澹去找这人，心里就存了一个念头。只是北舟视自己的机关发明为绝密，需要共处一段时间，培养一下信任感，才方便对他提起。

果然，北舟一愣之后大笑道："晚音竟如此聪明。不过也难怪你琢磨不出来，这机关只有我能驱使。"

他抬起手臂，五指一屈一张，袖中"咔嗒"一响。"机栝部件贴合我周身，需要强大的内力催动。真气一转，可以源源不断发出暗器，而且射程极远，无坚不摧。"

庾晚音配合地惊叹了一番，接着面露难色。

北舟以为她会要求一探究竟，正想婉拒，却听她道："北叔有没有想过造出更强大的机栝？比如，不是用内力催动，而是用火药？"

"火药？"北舟来了兴趣。

"嗯，我觉得以陛下如今的处境，需要一点防身的设备。"

· · ● · ·

与此同时，阿白将一大把药丸塞给夏侯澹。"都试试，我走南闯北的时候四处搜罗的，全是什么偏方，什么秘药。"

夏侯澹无奈道："差不多也该放弃了吧。"

"不行，这是我师父当初交代的任务之一。他算出我能帮到你，我就一定能帮到你。"

夏侯澹道："行吧。"

阿白在他对面坐下，十分娴熟地给自己倒了杯茶。"朝中如何？"

"有点变化，说来话长。你先说说你那边如何。"

"那也说来话长……最近干掉了两个关键人物，为了低调行事很是费了些功夫……"

夏侯澹摆弄着那张皱巴巴、脏兮兮的信纸。

无名客算出夏侯澹换了芯子、写信给他、送徒上门，这一系列都是真事。只不过，这封信是五年前写的，他们的初识也发生在五年前。

阿白汇报了片刻，留意到他的动作，笑道："花那么大力气跟我演那场戏，是为了骗过我那师兄吗？"

"北舟好骗。不是为了他。"

阿白恍然大悟："那就是为了骗过那大美人。"

"放尊重点，那是贵妃娘娘。你在她面前要装作刚认识我的样子，别露出马脚。"

阿白心念一转，兴奋道："她就是你一直在等的那个人吧？"

"不是，是另一个。"

"啊？"

夏侯澹面无表情道："我等错了，但她来对了。要是她没来，我早已经死了。"

阿白皱眉道："是我太笨还是你没说清楚？"

"是你太笨。"

阿白："……"

他突然露出一个恶劣的笑容："你喜欢她，对不对？"

夏侯澹："？"

夏侯澹道："说喜欢就狭隘了。"

"那就是不喜欢？"

夏侯澹："……"

阿白居然没有听到反驳，稀奇地看着他："真不喜欢？"

夏侯澹仍是沉默。

喜欢、憧憬、倾慕——他觉得自己胸腔里涌动的东西配不上这些花好月圆的名号。它是一片深不见底的剧毒的海，其中只生长着黑色的海藻。

阿白一跃而起，夺门而出。"那我就不客气了。"

夏侯澹："？"

· · ● · ·

阿白重新戴好黑巾，一路摸到了贵妃殿，本想直接溜进去，结果却惊动了暗卫，召唤出了庾晚音。

他大喇喇地道："贵妃娘娘，我来找师兄切磋。"

"嘘——"庾晚音将他拉进去，悄声道，"北叔在这里是北嬷嬷，不显露身手的。我可以带你去见他，你俩另找地方打吧。"

"……北什么？"

庾晚音将他带进偏院，敲开北舟的房门。"北嬷嬷。"

北嬷嬷疑惑地看着阿白。

阿白对着他浑身直抖，终于绷不住了："哈哈哈哈，什么玩意儿？"

北嬷嬷"啧"了一声，摇摇头。"还没被揍够是不是？来吧，让嬷嬷疼爱你。"

房门一关，里头乒乒乓乓响了一阵，阿白灰头土脸地出来了。

庾晚音忍俊不禁："你说你图个啥。"

阿白挠着头，虽然遮了脸，但也能看出是在冲她傻笑。

人在深宫待久了，见到这些不拘一格的江湖人，自然觉得有趣。庾晚音转身道："喝杯茶歇歇吧。"

阿白看着她窈窕的背影。"娘娘。"

"嗯？"

阿白左右一看，有一片花圃，姹紫嫣红开得正好。

他原地摆开阵势，云手一舞，掌风催动，卷起一阵清风。

庾晚音刚走出两步，忽见无数花瓣从身后飘到眼前，在最后一抹金红色的夕照中翻飞起舞。

她整个人被笼罩进了一团香雾里，惊讶地回头。

夏侯澹正站在她身后。

两个人在如梦似幻的场景里对视着。

庾晚音忽然有些脸热。"你怎么来了？"

夏侯濬微笑道："找你用晚膳啊。"

不远处，毫无预兆地沦为人形鼓风机的阿白："……"

· · · ● · ·

夏侯濬拉着庾晚音回屋用膳，阿白则展现了锲而不舍的精神，死缠烂打地跟了过去。"加一副碗筷呗？"

庾晚音惊到了。江湖人胆都这么肥吗？

夏侯濬看了他一眼，面无表情道："去把那一地花瓣处理了。"

阿白回头看了看。"有宫人在扫了。"

"那去把花圃重新种了。"

"别这么小气，就让我蹭一顿呗……"

夏侯濬咳了一声，用眼神警告他：别蹬鼻子上脸，说好的装作不熟呢。

阿白顿了顿，收敛了一下语气。"我不会白蹭饭的。听说陛下对燕国的消息有兴趣？"

庾晚音一愣，道："你知道燕国的事？"

她脑中的燕国就是一团模糊的马赛克，只是隐约记得有个内乱设定，细节全没认真看。如今想要引进燕萩、消弭战祸，便琢磨着先从他们内部分出派别，再借力打力。

"知道知道，我知道好多东西呢，我还杀过……"

夏侯濬重重一拍阿白的肩，打断了他的话头，气压很低地说："坐下。"

夏侯濬挥退了布菜的宫人，只剩三人围坐于桌前，阿白如愿以偿地坐到了庾晚音旁边。

他左右看看，抬手揭下蒙面巾，吃了起来。

庾晚音好奇地看着他的脸，是个相当清俊的年轻人，气质上完全是夏侯濬的反义词。肤色略深，似乎经常在外；一口白牙，专拣肉吃，塞得腮帮子鼓鼓的。

阿白灌了口酒，突然扭头对着庾晚音闷笑，那眼神似乎在说：看我呢？好看吗？

庚晚音："……"

江湖人都这么不怕死吗？

她忍不住瞥向夏侯澹。夏侯澹也不知有没有留意到这里的戏码，淡然道："说正事。"

"哦，对对，燕国。燕国就是个落后小国，穷，粮食、布匹都少，所以总想抢我们的。"阿白嗤笑，"都是些未开化的蛮人，但一个个挺能打，跑得又快，每次攻进来烧杀掳掠，抢光了又走了。"

庚晚音道："那不就是强盗吗？"

"你说他们是强盗，他们还恨我们呢，盼着夏人全死光了，把地儿让给他们。"

夏侯澹道："燕国王室如何？"

"叔侄争权。现在的燕王叫扎椤瓦罕，他侄子叫图尔，是燕国第一高手。叔侄俩哪儿哪儿都不对付，只有一点志同道合，就是都恨大夏。有个秘闻，说他们在争相往大夏送刺客，比谁杀掉的王公贵族多——不为什么计谋布局，只是为了恨。"

庚晚音扶额道："哪儿来这么大仇啊？那这俩人中有谁可能被策反吗？"

阿白大摇其头："都不太可能。燕王在阵前被夏人弄瞎了一只眼睛，图尔呢，跟咱们陛下有点恩怨。"

"恩怨？"

夏侯澹在桌下踹了阿白一脚。

阿白反而猛然加快了语速："娘娘没听说过珊侬美人吗？珊侬是图尔青梅竹马的老相好，当年被送入大夏宫中献舞，出尽风头。然而陛下无情哪，只给封了个美人。结果没过多久，她行刺陛下未遂，被诛杀了。燕国也是以此为由宣战的。"

夏侯澹："……"

庚晚音道："……哦，我一时忘了。"

这种宫闱秘史，她就算是原主也不一定能打听到。

话又说回来，这个阿白是怎么打听到的？

庚晚音的念头刚转到这里，夏侯澹就伸筷替她夹了块鱼。"无论能不能成功，先派人去与他们分别谈谈吧。和谈止战是国之大计，他们中若有贤明的君主，应当懂得把私事放到一边。晚音，你觉得派谁去合适？"

庾晚音被转移了注意力。"哦……之前招安的那几个学子里，汪昭是个外交人才，又会燕语。"

"行，就他吧。"

"但为防端王起疑，我们的一切动作都要隐蔽，不能在明面上派使臣，只能把他偷偷送出去。西北边塞有中军看守，他一介书生，能平安溜出去吗？"

阿白插言："那干脆别从西北出去呢？"

"大夏只在西北与燕国接壤呀。"

阿白搓搓手，解释道："是这样，中军洛将军与端王有过命的交情，相比之下呢，左右两军跟端王的联系就松散一些。右军坐镇南境，领军的尤将军近日正好回朝述职。"

夏侯澹微微皱眉。

阿白看了夏侯澹一眼，带着征询的意思："依我看，不如为这个汪昭谋个一官半职，塞进右军，让他跟着尤将军一道回南境？你们若是不放心，我陪他一道从军，到时候由我护送他，一起寻机从西南边溜出去，取道羌国，绕去燕国。"

庾晚音问："羌国是什么样的地方？"

阿白不以为意地挥挥手。"比燕国更小、更封闭，有时会帮着燕国当强盗，战局一坏就自己跑了，不足为虑。"

夏侯澹仍然皱着眉，摇头道："从军不安全。毕竟是在尤将军眼皮子底下，更容易暴露。让他混进商队吧。"

阿白张了张嘴。

夏侯澹没给他开口的机会。"你不能跟出国，有其他用你之处。"

· · · ·

夏侯澹派了几个暗卫护送汪昭。

汪昭启程时，不带诏命，没有名号，也无人钱行。一辆商车，轻装简行，踏着未晞的朝露默默上了官道。

他将分别接触燕国那对叔侄，向他们提议止战通商。

大夏当前最急需的商品是燕黍，但为避人耳目，也为了让这份提议更诱人，汪昭主张列出一份长长的清单，让燕人用当地特产换取大夏的粮食与布匹。至于燕黍，仍然低调地藏在附带的列表里。

• • • •

夏侯澹去上朝了，派了阿白偷偷去送汪昭。

阿白回来时，带给庾晚音一条最新八卦："昨晚那禁军统领喝醉酒，掉进池塘溺毙了。"

庾晚音想起了什么。"那个什么赵副统领取而代之了吗？"

"应该是这么任命的吧。你怎么知道？"

庾晚音摇摇头。

端王在照着胥尧记录的那些计划，一点点地蚕食太后党的势力。

这是好事，说明他目前的主要精力还是用来对付太后。己方还可以韬光养晦很久，直到……

庾晚音突然一个激灵。她忘了一个大问题，谢永儿也知道旱灾的事。

胥尧留下的书里没有提及旱灾，说明谢永儿目前还没告诉过端王。或许她觉得那个未来十分遥远，自己突然放出预言，反而不好解释。又或许，她相信那是板上钉钉的事，说与不说没什么区别。

但是，她看见一步步推行的开中法、即将发生的边境交易，迟早会推测出己方的计划。

只要她在燕黍播种入地前一开口，一切就都泡汤了。

必须堵住她的嘴啊！

可是拿什么去说服她？如果将事实全盘相告，能打动她吗？

谢永儿一心走着千古一后之路，一旦发现还有两个穿越者威胁到自己的地位，她会不会索性破釜沉舟，让端王将他们弄死？

他们敢做这样的豪赌吗？

• • • •

她还没来得及去找谢永儿，却又收到了端王派人递进来的字条。

夏侯泊在密会专用破屋里等着她。

"晚音，最近用天眼看见了什么吗？"

庾晚音胡编乱造了一堆无用的线索，从某地花开，到某大臣阳痿。

夏侯泊微笑着听她胡扯，末了道："我听说，皇帝身边的那个高手又出现了，这回是在宫里。"

庾晚音心中"咯噔"一声。

怎么可能？他怎会发现北舟？北舟自从在湖上暴露了一次之后，就切换到了北嬷嬷的装扮，在宫里再未显露过身手……

端王凝眉道："此人不除，十分危险。你能不能预言一番，我们要如何除掉他？"

庾晚音："……"

她试探着问："消息可靠吗？殿下是听谁讲的？"

夏侯泊看着她轻笑一声，像是在笑她的道行之浅。"我在梦中用天眼看见的。"

庾晚音："……"

你自己刚刚还说是听说的，混账玩意儿！

庾晚音拖延时间，原地盘腿坐下，结了个莲花印，装神弄鬼道："那我试试。"

夏侯泊饶有兴趣地望着她。"请便。"

庾晚音闭眼装作小憩，心中一片混乱。

是谁告的密？谁有机会识破北嬷嬷天衣无缝的伪装？

紧接着她灵光一闪——北舟没有显露过身手，但有一个人显露了。

那掌风中漫天乱舞的花瓣。

那萎靡一地、留待宫人清扫的落红。

庾晚音打了个粗糙的腹稿，睁开眼睛，缓缓道："我似乎看见一个高大的男子，在走过一道回廊。"

她瞥向夏侯泊。

夏侯泊没有异议。"何处的回廊？"

好，告密的人看见的是阿白。

庾晚音心中飞快地算计着，嘴上磕磕绊绊道："好像是御花园旁边……又好像不是……他身边还有别人……唉，仓促之间实在看不清了。谢妃为殿下算过吗？"

夏侯泊温柔道："我先找你。晚音若是三日之后还未算出，我再去问问永儿。"

庾晚音拖着步子回了贵妃殿。

夏侯泊那句话说得柔情似水，但她知道那是最后通牒：给你最后一次机会表忠心，你若还是不能为我所用，就该消失了。

她仍然想不通告密的叛徒是谁。北舟、暗卫，都是原作中忠于夏侯澹到生命尽头的人。

如果是暗卫不忠，早在北舟初入宫来秘密训练他们时，端王就该得到消息了，也不会在湖上一战中毫无准备。

这个叛徒只知道一个高手的存在，而不是两个……

庾晚音走向卧房的脚步一顿，半途转向，走到后院寻到了一名值岗的暗卫。"你有没有看见，那日在院中清扫落红的宫人是谁？"

· · ● · ·

"小姐，别光吃点心，喝些茶。"小眉笑眯眯地端着茶水送到庾晚音面前。

庾晚音不动声色地打量着这个随嫁丫鬟。

原作里的小眉没有活过半本书。在宫斗中，她被谢永儿整死了。

庾晚音之所以从未怀疑过她，是因为她在原作中就只是个老实本分的工具人，并未作过妖。

庾晚音叹了口气。

小眉好奇道："小姐为何愁眉不展啊？"

"唉，刚才在外面看见了端王，他似乎冲撞了陛下，在被杖责呢。"

小眉的手一抖，滚烫的热茶泼了一手。

她不敢声张，哆哆嗦嗦地放下茶壶，将通红的手背到身后。

庾晚音只当没看见。"也不知打得狠不狠，伤势如何。"

小眉咬了咬唇。"奴婢去为小姐看看？"

"你疯了吗？要是被陛下拿住了，我该如何解释？"

小眉顿了顿，低眉顺眼道："回头再打听也是一样的。"

她退下了。

庾晚音冲角落里的暗卫点点头。

暗卫悄无声息地跟了出去，片刻之后，提溜着后领将小眉拖了回来，押着她跪到庾晚音面前。"娘娘明察秋毫，这宫女偷跑了出去，正在四处寻找，被属下拿住了。"

小眉惊慌失措道："小姐，这是怎么了？"

庾晚音道："你是何时勾搭上端王的？"

小眉："……"

"不必狡辩，我都查过了。"庾晚音诓她。

小眉咬着牙不认。"奴婢不认识端王呀……啊！！！"

暗卫捏碎了她一根指节。

小眉涕泗横流道："小姐入宫之前的元夜，奴婢跟在你身边，在花市街道上初遇了端王殿下，心折于他的姿容气度……后来他偶尔也会来找奴婢闲谈两句。在这世上，第一次有人把奴婢当人看……"

庾晚音冷笑道："所以他问什么，你就答什么？所以你一直把我的消息传给他？"

小眉喘着粗气不言语。

"我没有把你当人看吗？"

小眉眼中闪过一丝怨毒。"小姐对奴婢很和善。所以奴婢见你与殿下两情相悦，便将这份情愫深藏于心，未敢显露分毫。"

"既然如此，你又为何——"

小眉不忿道："可你明明早已移情于陛下，为何还要吊着端王，任他为你日渐憔悴！"

庾晚音差点气笑了。

这时她突然想到了另一件事。"我一直想不明白，那天端王为何能找到湖边。如今回想起来，出宫之前帮我换装易容的，正是你嘛。可我并未告诉你我要去哪里，你是如何猜到的？"

小眉已经放弃了抵抗。"殿下问起，我便说了你是从哪道门出的宫，他马上派人跟了出去。"她面有得色，"殿下聪慧过人，早就不信你了。"

庾晚音真实地气笑了。"好，好啊。你还告诉过他什么？"

"怎么，现在知道怕了……"

小眉杀猪般地尖叫起来。暗卫捏碎了她第二根指节。

庾晚音耳膜里嗡嗡作响。她集中注意力仔细回想一番，略微放下心来——她跟夏侯澹商量事情时习惯于挥退所有人，宫人探听不到什么核心秘密。

暗卫问："娘娘，杀吗？"

庾晚音下意识地想要摇头，动作到一半，又顿住了。

留下这个隐患，即使是将她逐出宫去，端王也会立即明了自己的立场。他还一定会救下小眉，物尽其用，让她把自己每一天的起居录细细道来。

庾晚音想象不出他能从中推敲出多少东西。

暗卫问："娘娘？"

庾晚音又要点头，却发现脑袋重若千钧。

小眉蜷缩于地，瑟瑟发抖。

良久，庾晚音深吸一口气。"不想死的话，去替我办一件事。那淑妃自我当上贵妃之日起，就处处为难于我。你去为我毒死她，只要不被发现，我就饶过你一命。"

小眉连滚带爬地出去了。

暗卫望着庾晚音。

庾晚音的指甲深深嵌入了掌心，努力抑制着声音的颤抖，对他说："跟着她，让淑妃抓她的现行。"

她不能留活口。不仅如此，为了蒙蔽端王，她还要借刀杀人。

庾晚音独自枯坐在室内，只觉得浑身如坠冰窟。

不知过了多久，暗卫回来禀告道："淑妃娘娘发现小眉在厨房里下毒，命人杖毙了她，此刻正赶去找陛下主持公道。"

庾晚音道："我知道了，你下去吧。"

庾晚音吐了一地。

她唤来宫人取水，漱了口，又吐了第二次，只觉得连胆汁都要呕出来了。

这是她杀的第一个人。

· · ● · ·

夏侯澹来了。"那什么淑妃说你派人毒她，被我打发走了。咋了这是？"

他仔细望着庾晚音的脸色，语气凝重了许多。"发生什么事了？"

庾晚音强迫自己冷静下来，复述了一遍经过，又说："做戏做全套，你得处罚我，降为嫔位、关关禁闭什么的。"

夏侯澹沉默着点头。

庾晚音道："对不起。"

夏侯澹一哂："这有什么好对不起的……"

"对不起，湖上那日，我不该怀疑你自导自演。"

庾晚音低着头，看见夏侯澹的胳膊古怪地动了一下。他似乎想要张开一个拥抱，又克制住了。

"没关系，我知道你害怕。"

庾晚音悲从中来，呜咽着抱住了他。

"没事了，"夏侯澹缓缓拍着她的背，"被人背叛很难受吧？虽然是纸片人，但毕竟认识那么久了。杀人也很难受吧？之前没想到会有这么难受，对不对？"

庾晚音道："我太菜了，我怎么这么菜啊！"

夏侯澹失笑。"你只是正常人。"

他有一下没一下地拍抚着她。"你以后如果必须除掉什么人，告诉我，让我去处理。"

庾晚音不安地动了动，想要抬起头。"为什么呀？"

夏侯澹将她按回自己肩上。"可能是因为我穿来之前演过古装片吧，比你适应一些。让我来做也是一样的，你……就不用适应了。"

在她看不见的地方，他的神情远比声音严肃。"你永远都不需要改变。"

庾晚音心绪稍平，才猛然想起端王那句赤裸裸的威胁。

她深吸一口气，支起身子切换成了敬业社畜模式。"这事棘手得很。

他不允许你得到任何助力，已经决意除去阿白，而且还要我三天之内递消息。"

夏侯澹看了看自己被洇湿一片的肩头，不知在想什么。

庚晚音道："我跟你走得太近，全被小眉这二五仔传出去了，现在想取信于他，难如登天。但在你闷声办成大事之前，我不能上他的黑名单。"

夏侯澹随口问："你的意思是，将计就计？"

庚晚音心知此事艰难，迟疑道："但又不能真的送阿白去死。"

"阿白一直蒙面嘛，我们可以找个身形相仿的替死鬼。"

"端王可没那么好糊弄。就算外形可以模仿，身手呢？武力上能模仿阿白的恐怕只有北叔了……"庚晚音突然眼睛一亮，"我有个想法。"

第十章

# 冷宫计

"你只当她是小雀，需要放飞，却不见她平正高洁，皎皎如月，能照彻千里碧空。"

庾贵妃派人去毒淑妃，竟然还被抓了现行，这可是不可多得的戏码。

后宫看似平静的水面下早已暗流汹涌，贵妃殿附近的草间树后藏满了太监、宫女，全是各方派来打探消息的。

这些一线吃瓜群众目送着皇帝走入贵妃殿，关起门来，说了一阵子话。然后又顶着骄阳守了半晌，愣是没听见动静，正自汗流浃背、抓耳挠腮，忽然听见模糊的瓷器碎裂声。

来了！

吃瓜群众抻长了脖子去听。贵妃殿内不断传出刺耳的噪声，仿佛所有器具物件都被毁了一遍。

踹门声响。

只见一人披头散发，大步流星地疾行而出，嘶声道："来人！"

偷听的慌忙缩回脑袋，冷汗涔涔而下。

皇帝一身黑色的龙袍半褪，松松垮垮挂在一边肩上，露出了中衣来，状若疯癫。"将庾嫔拖去冷宫关起来！"

庾嫔？吃瓜群众暗记于心。

侍卫领命而去，贵妃殿中一道尖厉的女声响起："我看谁敢！"

庾晚音被侍卫一路拖曳出来，一双鞋子都掉了，脸上泪痕斑驳，冲花了新妆。

夏侯澹似笑非笑。"谁敢？你在质疑朕吗？"

庾晚音没有丝毫退让，一改平日娇痴无邪的做派，凤目圆瞪，竟显得咄咄逼人。"陛下，你会后悔的。"

吃瓜群众胆都要吓破了。这也玩太大了吧？

可惜这一回，她再也换不来君王的青眼。

夏侯澹摇晃着走过去，一脚踹翻了侍卫。"谁才是这里的主子？"

夏侯澹道："谁！"

侍卫跪地道："陛下是主子。"

"那朕说拖她去冷宫，听不见吗？！"

夏侯澹亲自监工，看着庾晚音被打入冷宫，又吩咐道："将门窗全部钉死，留一队侍卫看守。朕不发话，都不许送食。"

· · · · ·

连续几天，无人送饭。

庾嫔失宠已成了板上钉钉的事实，前来围观的太监、宫女都日渐稀少。余下两三个持之以恒的，后来又得见一出好戏。

冷宫年久失修，大门有一处透风的破洞，外头有侍卫值岗。

这一天，那破洞里冒出了个人影。

只见平日杏眼桃腮、美艳无方的庾嫔，愣是饿成了面如死灰的人干，牵线木偶般僵硬地拖着身子挪将到洞口，跪地磕头道："几位大哥行行好，给点吃的吧。"

侍卫充耳不闻。

庾嫔又道："烦请大哥递个话，就说我错了，晚音真的错了……"

侍卫仍是不理。庾嫔跪着跪着，似乎没有力气再爬起来，就此一头栽倒，躺在了门后。

过了许久，皇帝身边的安贤公公来了，递给守门的侍卫一只破碗。

侍卫转手将碗送进洞里，道："吃吧。"

地上那具不知生死的人干又动了动，挣扎着捧起碗来，喝了几口黏糊糊的冷粥，流着泪道了声谢，抱着碗挪了回去。

庾晚音端着那破碗走进室内，顺手便丢在了一旁，嫌弃地抹了把脸。

侍女已经端来热水等着了。"娘娘请净面。"

庾晚音洗掉了脸上的死人妆，露出底下红润的脸色，百无聊赖道："唉，咱们今天干点什么呢？"

侍女笑道："北嬷嬷送了些水果零嘴来，还有几本书。北嬷嬷请娘娘少安毋躁，挖通地道还需三五日，到时陛下就来看娘娘。在那之前，只有北嬷嬷的身手能潜入此间而不被发现。"

侍女道："哦，还有，方才有人从后院递进来这个，想是买通了后门的侍卫。那人还说，娘娘若是有什么消息要递出，可以写在字条上交于他。"

她亮出一个小包裹。

庾晚音打开一看，是一些干粮，还有一只玉雕王八。

端王终于出手了。

· · · · ·

夏侯泊前脚让庾晚音去查那高手，后脚就听闻留作眼线的小眉死了。

世上没有如此巧合的事，一定是庾晚音干的。

他对她的期待值已经降至冰点。

后来又听说，庾贵妃因为后宫争宠被降为庾嫔，还关了禁闭——怎么听都是演的。夏侯泊知道庾晚音的特异之处，夏侯澹也知道。将心比心，那皇帝再如何草包，也不至于为了情爱之事放弃一个先知。

但他还想看看她打算怎么演下去。

庾晚音被打入冷宫后，他在宫中的眼线传来了一线吃瓜情报：当日皇帝跟庾嫔大吵一架，内容是庾嫔劝皇帝除掉淑妃，而皇帝不肯。庾嫔声称，她梦见淑妃害死了自己一家。而皇帝怒斥她说谎不打草稿，为了争宠竟信口雌黄。最后，庾嫔说了句"没有我的能力你什么都不是"之类的话（眼线表示没听懂），导致皇帝勃然大怒，决定废了她。

这倒是有些出乎夏侯泊的意料。

因为他知道，淑妃娘家跟庾家祖上交好过，但现在庾少卿遭了贬谪，淑妃娘家也逐渐败落，两相厌弃，生了些龃龉。最近两家的子侄在抢一个官位，矛盾闹到了明面上。

夏侯泊让人去查了，淑妃家确实在暗中做局，打算除去庾家。

但有一点：这些局做得很隐蔽，连他都费了些力气才查到，庾家根本毫无觉察，深宫中的庾晚音更不可能听说。

所以，她真是用天眼看见的？

夏侯泊等了几日，遣人送了点吃食进去，换来了她一封密信。

他只读了几句就笑了出来。"真敢说啊。"

庾晚音大大方方承认了：没错，我送小眉去下毒，就是因为算出了她是你的眼线。她成功下毒也就罢了，却不慎被淑妃发现，如今横死，都是她背着我勾搭你的报应。

夏侯泊想起了她在湖心那声怒吼，笑道："这个小姑娘，恐不是池中物啊。有趣，十分有趣。"

端王的谋士们不敢出声。

通常一个男人说一个女人"有趣"的时候，多少带着遐思。但端王说"有趣"，那意思可就复杂了。全句有可能是"有趣，我得弄过来"，也有可能是"有趣，必须弄死了"。

他心中似乎没有柔情，甚至也没有仇恨。世事对他来说，都是一场又一场的博弈。先声后实，彼竭我盈，兵不厌诈，决胜千里。他是最理想的操盘者：冷静、残忍、永不动摇。

有时这让他们大感安稳，有时却也让他们心生恐惧。

夏侯泊接着读信。

庾晚音表示夏侯澹不再重用自己，但又怕别人得到她的助力，所以要将她囚禁到死。

她问夏侯泊：你跟他不一样吗？你如何证明？如果我的预言偶尔出错，你也会因为多疑而将我处决吗？

夏侯泊当然会。

但他回了封情真意切的信，画饼画得足以让各大企业 HR 汗颜，又送了更多的吃食进去。

他没有急着问起皇帝身边那个高手。他在等着她递投名状。

· · ● · ·

庾晚音又拖了两天，演了两天跪领冷粥的戏码，终于递出了新的密信："我已梦见那高大男子，孤身一人，走马章台，去那风月之所。面前有一高台（她还配了幼儿园画工的插图），似在听戏。"

夏侯泊并不完全相信。

但赌一赌对他来说也没有损失。至少她说的地点不在宫里，而是青楼，那地儿想除去一个人并不费力。

夏侯泊于是派了一些探子，去城中几处柳陌花巷守着。

· · ● · ·

地道终于挖通了。

夏侯澹从地洞里灰头土脸地钻出来，先去看庾晚音。"瘦了。"

庾晚音咳了一声。"没有，是妆没卸干净。"其实她闷在里面没处活动，天天躺着嗑瓜子吃水果，长了一圈肉。

夏侯澹掸了掸身上的灰，左右看看。"今晚吃火锅？"

"大热天的吃火锅？"

"配冰镇绿豆汤嘛。"

"不错。"庾晚音笑道。笑完了又觉得这对话活像是共处了多年的老夫老妻，有些脸热。

人说患难见真情，她现在算是懂了。共同经历了那么多事，她看见这个人的身影时，开始不由自主地生出一种安心的感觉。

直到地底传出乒乒乓乓一阵乱响，又一颗沾灰的脑袋冒了出来。"咳咳……扛着锅爬地道可太费劲儿了！"

夏侯澹道："辛苦了，把锅放下，你可以走了。"

阿白："？？？"

· · ● · ·

阿白没有走。

不仅没走，他还把北舟也拉来了。双人小火锅变成了四人小火锅。

"娘娘，吃这个。"阿白殷勤地涮好羊肉，夹到庾晚音碗里。

庾晚音阻之不及，正要道谢，斜刺里又有一双筷子伸来，将毛肚盖在了那块羊肉之上。

夏侯澹盯着她。

庾晚音："……"

她对夏侯澹的印象分是持续走高的。但她不知道夏侯澹是怎么想自己的。

她猜测其中多少有些好感，但他又总是正人君子得很，似乎怀抱着一腔纯粹的同盟战友情。

直到阿白这不怕死的开始搅局，他仿佛受了几分刺激。

庾晚音咽下那块毛肚，缓缓夹起阿白的羊肉。

夏侯澹仍旧盯着她。

阿白的眼珠子也转了过来。

庾晚音顿了顿，缓缓将阿白的羊肉送到了夏侯澹碗中。

夏侯澹："？"

阿白："？"

庾晚音道："对了，北叔，阿白，计划你们已经听过了吧？"

专心吃饭的北舟这才抬起脑袋。"放心吧，这几日我都在特训这小子。"

阿白从怀中掏出一张人皮面具戴上，又系上黑面巾，笑道："如何？"

· · ● · ·

饭后，北舟又把阿白拉去角落里，嘀嘀咕咕商量了一会儿，拉开架势开始套招。

北舟道："你刚才挡了。这些地方不能挡，再练练，得练得烂熟于心才行。"

阿白道："挡了吗？"

北舟点头，比画了一下。"胳膊收了。"

"本能，本能。"阿白大言不惭道，"人太强了真是麻烦啊，高处不胜寒。"

北舟："？"

北舟抬掌："再比一场？"

阿白迅速转移话题："说起来，那疤脸什么时候去抓？"

夏侯澹坐在一旁，把他们当武侠片欣赏。"不着急，等他自己出宫时。"

北舟收了势。"澹儿，吃饱了吗？叔去给你们切个瓜吧。"

"我去吧。"庾晚音转入冷宫后头简陋的小厨房，抱起一个湃在冰水里的西瓜。

夏夜暑气未消，草木横生的小院里蝉鸣阵阵，偶尔还有流萤划过。庾晚音将西瓜切块装盘时，阿白溜了进来。"娘娘。"

"我现在不是娘娘啦。"

阿白眼睛一亮。"晚音？"

"……"

庾晚音知道江湖人作风放恣，始终没把他这略带轻佻、嬉闹一般的调情太放在心上，随手塞了一盘西瓜给他。"多谢帮忙。"

阿白："……"

庾晚音开始切第二盘。"你们练得可还顺利？"

"三天应该能大成。"阿白托着盘子望着她，"晚音，这件事办成之后，我就该走了。"

庾晚音愣了愣："这么快？你不是奉师命来保护陛下的吗？"

"端王盯着，我不能再出现在你们身边。"

庾晚音仔细一想，确实如此。

原来这家伙是来告别的。庾晚音停下动作，端正了一下态度。"嗯，那你想好了要去哪儿吗？"

"陛下有别的任务给我。"

"任务？"

阿白挤挤眼。"现在还不能说，时候到了你自然会知道。"

那就是秘密任务了。

这才共处多久，夏侯澹居然信任此人到如此地步了？庾晚音觉得有些不可思议。

她心中想着回头得去问问夏侯澹，忽听阿白问："或者，你要不要跟我一起走？"

庾晚音不确定道："……什么？"

"我问你要不要跟我一起走。"阿白收敛了跳脱的劲头，一字一顿，说得无比认真。

昏暗的陋室里，他的双眼亮如星辰。"第一次看见你，我就知道你是天上的云雀，不该被困死在这四面宫墙之内。能想出这一个个计划的人，该是何等性情灵动，自由不羁？这样的人只要离开这里，江湖路远，何处不可高飞？"

庾晚音猛然扭头看了门口一眼，压低声音道："你知道自己在哪儿吗？你在皇宫里，拉皇帝的女人跑路？"

"不用跑路。只要你点头，陛下那边自有我去说服。"

庾晚音简直惊呆了。"你还想说服他？"

"我有他必须接受的理由。"

庾晚音："……"

这人别是疯了吧。

尽管觉得无稽，她还是有几分感动。"无论如何，谢谢你说这些。"

阿白听出了其中的拒绝之意，瞬间蔫了。"别急着回答，求你了。"

庾晚音哭笑不得。"阿白，你这样的英武少侠，总会遇到佳人相伴的。"

阿白垂头丧气。"是我不够好吗？"

"不是……"

"如果不是跟我一起呢，你会想出去看看吗？"

庾晚音张着嘴顿住了。

她想起自己刚来时做过的逃离这一切的美梦。

阿白握住她的肩。"晚音，我来这城的路上，见过千山落日，繁花铺锦。为自己思量一番吧，你在这天地间走一遭，到底要什么。"

他一握即放，端起两盘西瓜，径自走出去了。

庾晚音被留在原地，恍惚了一阵子。

那大漠孤烟、戈壁驼铃，那三秋桂子、十里荷花，她上辈子挤在格子间里错过的人间，这辈子也依旧无缘得见了吧。

庾晚音深吸一口气，洗净了手，想着得快些回去，却没料到一脚踏进院中，就瞧见两道并立的背影。

阿白拉着夏侯澹站在院子中央，仰头指着什么，道："瞧见没？"

夏侯澹也仰着头。"月亮的左边吗？"

阿白道："快连成一条线了。"

庾晚音下意识地跟着抬头，只看见满天繁星，缭乱无序，并没瞧出什么线条。

阿白道："好好想想我师父的信。他老人家还有一句话托我带到：你们的相遇或许并非幸事。"

夏侯澹嗤笑一声道："你现编的吧。"

阿白怒道："我可不敢拿师父开玩笑。"

夏侯澹道："觊觎晚音你就直说。"

庾晚音："……"

她琢磨着是不是该退回厨房。

阿白是习武之人，耳力极佳，听见了身后微弱的气息，却故作不觉。"就算不是为了你自己，你也为她想想呢？"

夏侯澹沉默。

阿白开始举例："你贵为天子又如何，能保护她不受欺负吗？"

夏侯澹道："这倒是能。"

阿白："？"

阿白重整旗鼓："你能为她三千弱水只取一瓢吗？"

夏侯澹道："这也容易。"

阿白："？"

在他们身后，庾晚音屏住呼吸，一动都不敢动。她的心跳声太响，她甚至疑心它已经盖过了蝉鸣。

阿白本想让庾晚音看清男人的丑恶面目，万万没想到这厮居然如此回答，气急败坏道："就算这些都有了，她也只是笼中之鸟，永远不得游戏人间，潇洒快活！"

"阿白，人间并不全然是拿来游戏的，她有她的抱负。"

阿白怔了怔。

夏侯澹仍旧负手望着夜空。"你只当她是小雀,需要放飞,却不见她平正高洁,皎皎如月,能照彻千里碧空。"

阿白:"……"

阿白无力地扯扯他道:"咱回屋里吧。"

"不过你说得对,她在这里,确实很难快活。"夏侯澹道,"有一天她实现了抱负,想要离去,那时我若不在了,你就带她走吧。"

阿白欲哭无泪。"求你别说了。"

庾晚音一直站在院中,等到夜风吹凉了面颊,才若无其事地回到屋里。

阿白正发了狠地跟北舟对打。

夏侯澹看看庾晚音,问:"怎么去了那么久?"

庾晚音不敢跟他对视。"哎,人有三急。"

· · · · ·

端王朝城中各处柳陌花巷派了探子,一连蹲守数日,这天傍晚终于有了情报:皇帝身边那个高大的蒙面高手出现在了怡红院,没去找姑娘,却在那蓬莱台下听起了戏。

这情报倒是与庾晚音的密信对上了。

于是端王手下的刺客们迅速聚集,混入了衣香鬓影中。

所谓的蓬莱台就是个戏台,只是因为设在楚馆内,与寻常勾栏瓦肆不同,布置得粉帘纱幕、香烟袅袅,台上演的也不是什么正经戏。

一群色眯眯的看客正冲那扭着水蛇腰的花旦叫好,一个长着媒婆痣的老鸨穿行在人群间,赔着笑收赏银。

刺客们转头四顾,很快搜寻到了高大的目标。

为首的悄然一比手势,众人散开,隐去了鬼门道。

这鬼门道便是通向戏台的门,以绣金屏风隔开。刺客们藏在此间按计划行事,迅速换上了唱戏的行头。

为首的刺客却偷偷潜到那老鸨身后,作势与她勾肩搭背,冷不防亮出袖中短匕,悄无声息地抵住了她的脖子。

老鸨吓白了脸，颤声道："这位爷，有话好说。"

刺客头子道："借一步说话。"

他拖着老鸨走到角落无人处，收起匕首，威逼完了又利诱，塞给她一个钱袋。"下一场，换我们的人上去唱戏，别惊动台下看客。"

老鸨掂了掂钱袋，夸张地拍拍胸脯，一惊一乍道："噢哟，可吓死我了，这点小事爷说一声就成嘛，何必拿刀吓人……"

刺客头子不耐烦道："少废话，去办吧。"

老鸨却还在喋喋不休："只是我们怡红院也有怡红院的规矩啊，胡来是不行的，有些细处还得请爷原谅则个……"

刺客头子干的就是刀口舔血的活计，哪儿有那么多耐心给这老鸨，只当是威逼没到位，一拳便砸向她的肚子。

拳至半空，忽然无法再进半寸！

老鸨一手捏住了他的手腕，便如捏着一枚绣花针，甚至还翘起了兰花指。"客官好凶哟。"

刺客头子："！！！"

数招之后，刺客头子被反剪了双手按在地上，动弹不得。

媒婆痣老鸨轻轻松松卸了他的下巴，将一枚药丸塞进他口中，又将他脱臼的下巴装了回去，贴在他耳边道："这是毒药，我有解药。你得照我说的行事，事后才能来取。"

刺客头子问："你是谁？"

老鸨笑道："少废话，去办吧。"

· · · · ·

鬼门道后的众刺客已经换好了戏子行头，正在检查随身短匕，刺客头子阴着脸来了。

刺客头子一伸手，将一捧短匕分给众人。"换上这些。"

有刺客不解道："为何？"

刺客头子冷冷道："上头的指令，别问，换完就上台了。"

众人只见这些短匕的尖端绿莹莹的，不知是什么厉害毒物，只当端王要拿它对付这次的刺杀目标。情急之下也无暇思索，出于惯性听令换上了。

绣金屏风一开，换了新戏，是一出《鱼篮记》。

阿白坐在台下跟着叫好，手执一把折扇缓缓摇着，一副假红倚翠的大爷做派。只是蒙了面，看不出本来面目。

这种莺歌燕舞之处，就连戏也唱得狎昵。化身美女的鲤鱼精柳眉杏眼，咿咿呀呀声如莺啭，东边摇两步，西边摇两步，作势躲避着天兵追捕。

急管繁弦，天兵上场，鲤鱼精摇曳到了戏台边缘，竟纵身一跃，稳稳落到了蓬莱台下。

看客沸腾了。

鲤鱼精在人群间提着身段跑，天兵在后面张牙舞爪地追，不知不觉间，接近了阿白。

阿白仿佛毫无觉察，仍在乐呵呵地叫好。

说时迟，那时快，那鲤鱼精纤纤玉手一翻，不知从何处翻出一把短匕，骤然间刺向了阿白！

阿白折扇一张，几乎下意识地抬手招架。匕首从扇面穿破，裂帛之声惊退了四下的看客。

折扇又猛然一收，扇骨牢牢卡住那把匕首，竟撞出了金铁之声。

阿白一手持扇，一手并指，闪电般刺向鲤鱼精的要穴。鲤鱼精拼着受他一击，竟然不退。与此同时，追兵已至，众刺客从四面八方冲向阿白，手中匕首闪着森然的光。

阿白大喝一声，一掌拍飞了鲤鱼精，却再也退不出包围圈！

血染扇面，泼溅得花红似锦。

· · ● · ·

一个时辰后，双腿发抖的探子朝端王汇报："派去的所有刺客，全灭！"

夏侯泊举起茶杯的动作微不可见地顿了顿，仍是优雅地呷了一口。"说说。"

探子道："当时一打起来，所有人四散奔逃，属下躲在不远处的廊柱后头偷看，见到那厮被刺客围攻，血溅三尺啊！"

探子说着说着，慷慨激昂起来："匕首白进红出，刀刀入肉，他不知挨了多少下，竟然就是不倒！简直是一夫当关，万夫莫开——人都跪到地上了，还是没倒，愣是杀死了最后一个刺客，这才长笑数声，躺下不动了——"

夏侯泊道："让你来报，没让你说书。"

探子磕头道："属下所言，绝无半字夸大！"

夏侯泊轻轻放下茶杯，蹙眉道："尸体呢？"

"人死之后，龟公上来，把所有尸体全拖走了，血迹也清扫了。属下知道这种地方都有个后巷，是用来运死人的，就绕去那后巷拦住了人，花了些钱，把尸体藏到了隐秘之所。殿下可要去看看？"

· · · · ·

那蒙面高手的尸体惨不忍睹，要害处几乎被捅成了肉泥。

夏侯泊面不改色地查看一番，伸手揭开了他的面巾，对着这张脸皱了皱眉。

此人嘴角有疤痕，是生疮之后留下的，瞧去有一丝眼熟。

夏侯泊转头问探子："你在怡红院见到的，确是此人吗？"

探子连连点头："属下认脸很有一套，他当时虽然蒙面，但眉眼还是露出来的，确实就是这个人。"

夏侯泊吩咐手下："查明此人身份。"

他正要转身离开，又顿了顿。"还有，刺客的尸体和随身之物，也要仔细查看，不可有任何遗漏。"

尸体和随身之物没查出异常。

那高手的身份倒是很快揭晓：太后身边功力最强、手段最狠的暗卫，专门替她杀一些不好杀的人。原本就在端王党的黑名单上。

这疤脸平素确实喜欢听戏，当日出宫替太后办事，回程中拐去了怡红院，最终将命葬送在戏台下。

夏侯泊听完汇报，略带兴味地微笑起来。"太后娘娘的得力干将，在皇帝身边保护他？"

谋士道："太后竟向皇帝示好了？"

夏侯泊道："或许是示好，或许是监视，总之，她确实藏了些本王没发现的心思呢。"

· · • · ·

与此同时，太后正在暴怒摔碗："无缘无故，端王居然杀了哀家的亲卫？！我看他是活够了！"

心腹道："要不要治他的罪？"

太后又摔一个碗。"全是废物！若能早些治他的罪，又怎会容他嚣张到此时！"

· · • · ·

端王与太后的斗法渐趋白热化。

跟原文相比，情节走向没有太大变化。太后虽然气焰盛，谋略布局却比不过端王，已然节节败退，露出颓势。

换句话说，鹬蚌相争接近尾声，留给夏侯澹韬光养晦的时间也不多了。

庚晚音回房时，发现枕边多了一个东西。她捧起细看，是个粗糙的木雕，双翅张开，引颈而鸣。她猜测是阿白雕了一只云雀。

庚晚音用指尖轻轻摩挲着木纹，扭头望向冷宫狭窄的窗户。

夏侯澹跟了进来。"那是什么？"

庚晚音："……"

庚晚音迅速放下云雀。"你听我解释。"

夏侯澹瞧了一眼。"阿白留给你的？难得他有心，收着吧。"

庚晚音："？"

庚晚音不满意了："就这样？"

"……什么就这样？"

装什么宽宏大度，你不是挺会吃醋的吗？庚晚音稀奇地盯着夏侯澹。

她已经偷听到了他的心思，还想装作不知，就变得异常困难。

那晚在院中，她迟迟不肯回避，的确是怀了些小心思，想从他口中听到点什么。

她希望他至少与自己一样，有那么几分悸动和好感。为什么不呢？大家并肩战斗了这么久，她顶着现在这张脸，多少得有点魅力吧……

她没想到夏侯澹会说那些。

那些……几乎匪夷所思的语句。

尽管只是只言片语，她却仿佛窥见了一片无垠深海。她迷惑不解，受宠若惊，甚至感到一丝悚然，但又无法掩饰地开心着。

你居然这样想我。

我想听你亲口对我说。

夏侯澹被她盯得莫名其妙，岔开话题道："今日太后又找由头对端王发难了。看来咱们的计划相当成功，多亏了你的妙计啊。"

· · ● · ·

与此同时，都城城门之下，一男一女正排在出城的队伍中，接受护卫盘查。

那男人身材高大，但含胸驼背，面庞黝黑，单看五官似乎就泛着一股子面朝黄土背朝天的泥味儿。旁边的妇人上了年纪，同样满面风霜，身上负着几只花布包袱。

守城的护卫问："做什么去的？"

男人操着乡音憨厚道："跟俺娘进城来走亲戚，现在回家了。"

出了城门，这两人仍是默默无语，混在人流中顺着官道前行。

及至走出数里，四下再无他人，那男人方才直起身体伸了个懒腰。"娘啊，就送到此处吧。"

妇人笑道："儿啊，孤身在外，记得添衣。"

说的是殷殷嘱托，语气里却满是戏谑，而且这一开口，竟是低沉的男声。

这俩人自然就是北舟和阿白。

阿白从北舟手中接过行李，随手甩到肩上，动作洒脱，愣是顶着那张庄稼汉的面具器宇轩昂起来。"多谢相助。"

北舟却担心道："伤势如何了？"

"不碍事，穿着护甲呢，小伤口而已。"

·　·　●　·　·

这一日的行动，说白了就是一场血腥的魔术。

他们做的第一件事，其实是暗杀了太后手下那个疤脸暗卫。

疤脸平日狡诈多疑，他们暗中跟踪了此人数日，终于等到他独自出宫，为太后杀人。螳螂捕蝉，北舟在后，将之截杀在了暗巷里。

接着北舟迅速换上老鸨的装扮，轻车熟路地从暗门进了怡红院。他先前在此处当了许久老鸨，本色出演，毫无压力，加之与龟公等人都相熟，打起配合也得心应手。

与此同时，阿白先戴上疤脸的面具，再以黑巾蒙面，大摇大摆地进了怡红院正门，以身做饵，成功引来了端王的刺客。

暗处的北舟擒贼先擒王，拿住刺客头子，逼迫他将所有武器换为了己方准备好的匕首。

这匕首自然是特制的。

庾晚音知道北舟是机关天才，大致给他讲了讲自己曾看过的魔术效果，北舟便触类旁通，将道具造了出来。这些匕首内有弹簧，锋刃一触及硬物就会回缩，看似是捅进了人肉里，实则却缩回了剑柄中。

剑格处还藏有血袋，一受挤压就会从接口处噗噗往外飙血。

激战之中，兔起鹘落，刺客即使发现有异，也来不及思索反应。

阿白这几日一直在接受特训，甚至有意留出几处破绽不去格挡，为的就是在作战中能演得以假乱真，让端王的探子即使近距离观察，也只能看见他左支右绌、身负重伤，最终与刺客同归于尽。

当然，那么多刺客一拥而上，他在极短时间内将之料理干净，还是不可避免地受了点轻伤。

阿白假死后，龟公上前拖走一地尸体，又在通往后巷的路上偷天换日，放走阿白，收起道具匕首。

最终被端王探子讨回去的，已经成了真正的疤脸。那疤脸身上的伤口都是北舟趁他没死时，仿照着端王刺客的手法用匕首捅出来的，仵作也验不出异常。

如此一来，端王手下折了一批得力的刺客，还得面对太后的怒火与报复。

庚晚音道："不过还是你厉害，我只是想到让阿白和北叔打配合、演魔术，你却直接想到祸水东引，顺带干掉那个疤脸……"她说着说着觉得奇怪，"你怎么知道太后手下刚好就有个疤脸，身形与阿白相仿？我这个看过原文的，都不记得有这号人物。"

那自然是因为待得久了，总能知道一些秘密。

夏侯澹镇定道："我那些暗卫不能吃白食啊，也得监视一下太后的。"

"啥时候派去的？"

"可能忘了告诉你了。"

"嗯？"庚晚音忽然朝他凑去，眯起眼打量他，"澹总，你不告诉我的事还挺多。"

夏侯澹比她高一个头，庚晚音凑得近了，就得仰头去看他。

他听出她语气亲昵，故作狐疑，只是为了开个玩笑。

有温热的气息拂过夏侯澹的脖颈。

夏侯澹的喉结滚动了一下。

庚晚音忍不住加深了笑意，还想调戏两句，却见他略微低下头，面色很平静。"此话怎讲？"

庚晚音有一丝失望，退了一步。"譬如说，阿白被派去做什么了？"

夏侯澹："……"

夏侯澹的面色又淡了几分。"你不想他走吗？"

· · · ● · ·

官道旁景致荒凉，只有野地长草，任风吹拂。

北舟道："你这没马没车，要去哪儿？"

魔术结束了，但端王心思缜密，说不定还没完全放下疑虑。阿白要诈死到底，就得离开都城。否则以他高大显眼的身形，再被探子瞧见，就前功尽弃了。

禁军统领已归了端王党，把守城门的护卫没准也得了指令，在搜寻阿白。此时他孤身出城太过显眼，这才拉了北舟来打掩护。

阿白笑道："我寻个农户借住几日，等与同伴会合了再一起出发。"

北舟道："……同伴？我怎么没听说你还有同伴？"

阿白但笑不语。

北舟不轻不重地拍了他一下。"臭小子，这才几天，居然得了陛下青睐。什么密令，连我都不能告诉？"

"你问陛下去呗。"阿白将球踢给夏侯澹。

"罢了，反正我也帮不上忙。"北舟正色道，"陛下如今处境凶险，你初出茅庐，诸事要多加小心，谋定而后动，莫辜负了他的信任。照顾好自己，别让你师父担心。"

阿白愣了愣，有些感动。"师兄。"

他其实已经出师五年，也与夏侯澹相识了五年，自五年前起，就一直在执行一个长线任务，步步为营，谋划至今，才小有所成。此番来都城，也是为了与夏侯澹敲定后续的计划。

但这些不能告诉任何人，包括这个便宜师兄。

北舟笑了："哎，再叫一声。"

阿白却不肯了。"我怎么觉得这么别扭……等你换回男装吧。"

北舟挑眉。"怎么，我的女装有什么问题吗？"

"啊？"阿白露出一言难尽的表情，"怎么讲呢。你原本的模样也挺潇洒疏阔，这一涂脂抹粉……咯。"

北舟心中暗吐了一升老血，面上浑不在意地挥挥手。"滚吧。"

· · · ● · ·

夏侯澹淡淡道："只是让他替我找药治头疼而已。"

庚晚音奇道："找药？"

弄得神神秘秘的，只是找药而已吗？

"他那身手，仅仅被派去找药，会不会有点浪费啊？"

夏侯澹面不改色。"他是江湖中人，或许有门路讨到什么偏方。"

他的目光朝旁边掠了一眼，庚晚音无须回头看，也知道他瞥的是床头那只云雀。"不必过于伤别，以后有机会，还会遇见的。"

庾晚音："……"

闻到了，这股子熟悉的酸溜溜的味道。

小醋怡情，挺好的。

没等她酝酿好台词，夏侯澹却忽然偏过头道："刚才收到了汪昭传来的密信，他们预计一个月后可越过边境，再取道羌国进入燕国。"

庾晚音："？"

你倒是别切换话题啊？

"羌国很小，再有一个月也就横穿了。所以如果一切顺利，入秋时就该收到燕国的消息了。只是但愿那旱灾不是今年，否则拿到燕黍也来不及播种。"夏侯澹眉头深锁，一脸忧国忧民。

让她继续细究阿白的去向，容易露出破绽。

所以必须转移话题，他对自己说。

庾晚音沉默了数秒才接口："……岑董天说看今年的雨水情况，应该不至于有旱灾。"

"那就好。"夏侯澹根本不留气口给她，朝密道入口走去，"说到岑董天，我叫了他们来开小组会议，差不多快开始了，你要不要一起来？"

庾晚音迷惑地看着他的背影。

之前好像没觉得他如此不解风情啊。

· · · · ·

"等一下。"北舟叫住阿白，"你怎么看晚音？"

阿白面露尴尬。"必须聊这个吗？"

北舟道："那天你与陛下在冷宫院落中说话，我无可避免地听到了几句。你劝晚音跟你走，恐怕不仅是出于爱慕之情吧。"

阿白叹了口气："你还记得我师父那封信吗？"

北舟面色微变，喃喃道："荧惑守心、五星并聚……真是此意？"

阿白凝重地看着他。

北舟只觉背脊生寒，下意识地抬头看了一眼天空。"那后面还跟了'否极泰来'四字，又是何意？"

"不甚明了，所以说吉凶一线。"

"还有你师父不明了的事情？"

"师父为陛下卜过生死卦，没有告诉我结果。只说他们两人身上有许多因果缠绕，似雾里看花，无从勘破。但我猜那一卦极其凶险，他自那之后就常怀忧思，最终命我出师下山。"

· · ● · ·

无名客的话语，阿白吞下了半句没有说：因果缠绕，前尘不在此方天地间。

那两个人原本不属于这个世界，所以自然算不出。

阿白眼前浮现出五年之前，自己与夏侯澹初见的景象。

当时他年少轻狂，自视甚高，虽然奉师命去辅助皇帝，心里却并未把天子之位看得多重。

待到溜进宫里看见皇帝本尊，更觉不过尔耳：只是个与自己年纪相仿的少年，缩在榻上闭眼小憩，美则美矣，却像被抽去灵魂的苍白人偶，透着一股任人宰割的死气。

阿白见他睡得毫无防备，忍不住小声哂笑道："我听师父说得神乎其神，还当你是什么孤魂野鬼呢。"

少年闭着眼翘了翘唇角。"你最好别动。"

一刹那间，阿白后颈一寒。因为他听见了身后某处传来的弓弦收紧声。

少年心平气和道："你一动，机关就动，我又得花上月余重做一个。"

阿白大气都不敢出。少年终于睁开眼睛朝他望来，这一睁眼，人偶娃娃碎成了齑粉，冰凉的毒蛇吐出了芯子。

他的双目黑到几乎不反光，嵌在那苍白冶艳的脸上，像是从桃花春景间豁开了两道炼狱的入口。"令师说得没错。"

后来他渐渐了解夏侯澹，也知晓了对方更多的故事。初遇那一刹那的惊惧已经逐渐淡去，他钦佩其隐忍，感念其不易，心甘情愿为其奔波。

但此刻回想，却又依稀能记起当时不舒服的感受——那是遇到异类的本能反应。

奇怪的是，庾晚音却完全没激起他类似的感觉。她虽然也来自另一个世界，却温暖无害，仿佛此生从未筑起过心防。

他能理解夏侯澹为何会对她另眼相看，但也是因为心头那一丝抹不去的阴影，他才更不愿将庾晚音留在宫中。

阿白心里这番计较，没有一个字能对北舟说。

想到北舟对夏侯澹的关爱回护、视若己出，阿白忽然有些心酸。"我听师父说起过你的一些事。你觉得陛下如何？"

北舟道："南儿的孩子，自然很好。"

可是……他不是你的故人之子，只是异世来的一缕孤魂。

日后你知晓此事，会难过吗？

阿白终究要为夏侯澹考虑，不能引起北舟的疑心，轻描淡写将这话题带了过去，又道了几声珍重，便与之分别了。

# 第十一章

# 吾道不孤

有那么一刻，眼前之人似乎无限接近书中暴君的形象。

庚晚音人进了冷宫，如同社畜放了长假，再也不用早起去给太后请安，也不用应付没完没了的宫斗和神出鬼没的端王，一时过得心宽体胖。

但社畜没有真正的假期，小组会议还是要开的。

庚晚音不想缺席，但总不能让臣子们进冷宫来开会，于是只好自己爬地道过去加入。

这地道才刚刚挖通，暗卫还在努力修葺出个模样，此时却只能容人猫着腰跪行而过，每次爬这一段都得吃灰。

地道另一端的出口，在夏侯澹寝殿的龙床下面。

· · · · ·

李云锡先前突然听说庚贵妃被打入了冷宫，还饱受折磨，心中万分错愕。

他还记得庚晚音的救命之恩，入宫的路上眉头深锁，既想谏言劝皇帝几句，又觉得身为臣子不该议论后宫。

正在道义与规矩间左右互搏，一进寝殿，却赫然看见那传闻中快被囚禁至死的女人正坐在夏侯澹身边。

庚晚音一身冷宫专用荆钗布裙，未施粉黛，脸上还沾了土，落魄得催人泪下。偏偏她一脸平静，一边掸灰一边道："不用管我，你们聊你们的。"

李云锡："？"

李云锡望向夏侯澹。

夏侯澹将手边的果盘向她推了推，然后真就没再管她，淡然道："都说说吧。"

李云锡："？"

李云锡又看向身旁的同僚。

岑堇天和尔岚各自笑了笑，既不问她为何在此，也没对她的模样发表任何意见，仿佛这一幕很寻常似的。

岑堇天已经开始汇报了："上次回去后，臣根据各地的作物品种，整理了旱时应有的产量。陛下再看看各州仓廪储量，便可推断旱灾来时如何调剂赈灾……"

庾晚音塞了块桃子进嘴里，熟练地提笔做会议摘要。"岑大人辛苦了。"

岑堇天躬身道："都是分内之事。"

李云锡："……"

要不然他也装没事人吧。

燕国一事，夏侯澹没打算把所有希望都押在外交上。

燕人身在蛮荒之地，始终觊觎着金粉楼台的大夏。他们生性骄横，在大夏强盛时勉强靠和亲维持了一段和平，等大夏朝野一陷入内斗，立即纵马来犯。

原作中夏侯澹死后，燕王还趁着旱灾进犯中原，跟端王打了一场大仗。

如果外交失败，这一仗终不可避，他们也要早做准备，移民垦荒，存储粮食，开中实边，充盈军备，免得到时毫无还手之力。

岑堇天温声道："自从陛下下旨，降赋减租与开中法并行，民生大有改善。如尤将军前日所言，边境之地也已开了不少燕黍田，等再种几季，即使不从燕国购入种子，或许也能应付旱灾。"

提到尤将军，李云锡忍不住从鼻子里哼了一声："天高皇帝远，那家伙的话不可尽信。"

这尤将军统领右军，镇守南境，按理应该与中军洛将军齐名。但与杀神般的洛将军不同，此人的位子却不是沙场征伐出来的，而是凭门荫捞到的。

南境和平已久，把这将军养得一身痴肥，近来他回朝述职，还遭了夏侯澹几句讥嘲。

夏侯澹当时在朝堂上演着疯子，怪笑道："看爱卿的脸，就知道右军如今不缺军饷呢。"

太后党的文臣们忙不迭地大笑起来。

尤将军完全没有洛将军那样的煞气，整个人獐眉鼠眼，被讽刺至此，居然也不敢动怒，唯唯诺诺了几句"勤加练兵报效朝廷"之类的废话。

他在都城这段时间，没少与端王接触。"端水之王"的橄榄枝对三军平等批发，尤将军收礼收得偷偷摸摸，办事办得抠抠搜搜，哪头都不得罪。

李云锡忍不住劝道："陛下，尤将军看着不像是能成大事的人，由他坐镇南境，恐成祸患。"

其实不用他说，庾晚音都知道这人在原作中的下场。

燕国来犯，尤将军奉旨策应中军，没几个回合就趴下了，投降时甚至还对燕军上缴了所有武器辎重。

夏侯澹懒洋洋道："没指望他成什么大事。只是由他占着那个位置，朕使唤不动他，端王也使唤不动他，不算坏情况。"

李云锡道："可是南境……"

夏侯澹打断了他："李爱卿先别操心别人，说说户部近况吧。"

李云锡顿了顿，有些怏怏。

他这么个刺儿头进入户部，显而易见只有被边缘化的份儿。如今他干的是稽核版籍的苦力。

所谓稽核版籍，就是统计人口和土地的增减变化，编成册籍上报朝廷。

李云锡接管此事后，第一次打开户部的库房，只见各地历年递交的册子乱七八糟地堆在一起，落了尺厚的灰。

管事的同僚甚至劝他："快走吧，味儿重。"

李云锡怒不可遏，独自埋头苦干，一册册地规整、校对，果不其然发现了巨大的纰漏。

做得最绝的几个县，这几年来递交的报告几乎一模一样，人口无增无减，土地也毫无变化。

李云锡自己就是穷乡僻壤出来的，一下子就知道是怎么回事了。

许多地方表面上是一户一田，其实农户的土地早已经被当地的土豪乡绅私自吞并了。

夏侯澹先前下令减租，然而这些土豪将吞并来的田又反租给农户去种，收取的租金竟然几倍于朝廷。

李云锡入朝时早已发过宏愿，要做最脏最累的活，回报于乡亲父老。

为了厘清土地所有权，他不眠不休地多方查证，劳碌数日，终于理出了第一个州的新册籍。

册籍递交上去，第二日便又打了回来，让他重做。

李云锡重新筛查校对了一遍，加上洋洋洒洒一篇长文，再交上去，又被打回。

李云锡正在改第三次，他的顶头上司皮笑肉不笑地找了过来，说看他实在劳碌，寻思着将他调去地方。

李云锡彻夜无眠，最后藏起自己的工作成果，试着交了一份与去年几乎一致的册子。

这回上司满意了，拍着他的肩道："孺子可教也。"

于是李云锡明白了，同僚这些年尸位素餐，是因为根本没人敢管此事。

各州各县，没有一本册籍不是纰漏百出。土豪乡绅的背后是一层层的父母官，父母官的背后是皇亲国戚。

如果彻查，户部内部都没有几个人是干净的。再往上查，就是太后——谁能查？谁敢查？

李云锡说到此处就说不下去了，胸口憋闷得像是含了一口老血。

偏偏这时，尔岚还温和道："李兄，做事还是要变通。"

尔岚自从得了户部尚书的赏识，近日蹿升飞快，堪称青云直上。最近开中法的推行中，有很多活是由她实际监督的。

李云锡正沉浸在国将不国的悲愤情绪中，闻言像吃了火药，冷眼去乜她。"尔兄又有何高见？不如演示一番，让下官开开眼？"

记笔记的庾晚音开始憋笑。

尔岚道："譬如说先让被侵吞田地的农户来告个御状，再托个宫人去太后面前吹吹风……"

她清清嗓子，还真演示起来："'大人，听说上次查看国库之后，太后对户部盯得很紧。依下官之见，她老人家想让众臣都吐一吐私房钱，这整改令下来是迟早的事啊！一想到到时少不了要有人遭罪，下官睡都睡不着了。'"

李云锡："……"

尔岚继续道："'倒不如咱们主动清查，还能把握着尺度，给大家都留个体面。这事您放心交给下官，如何？'——意思是这么个意思，李兄出口成章，肯定比我说得漂亮。"

庾晚音笑出了声。

她越来越欣赏尔岚了。

李云锡却并不觉得好笑。"如果步步走得迂回曲折，事事办得藏污纳垢，天下何时才能风清气正？毒妇当权，生不逢明主，我辈再多的心血都只是无用功罢了！"

言辞间的锋芒直指夏侯澹，仍是不满于他的弱势，不嘴几句就难解心头愤懑。

夏侯澹冷漠地看着他，没有丝毫反应。

庾晚音突然间打了个喷嚏。

她过地道时吸入了一点尘土，一直觉得痒痒，酝酿到此刻，终于打了出来。

"抱歉。"她揉揉鼻子。

夏侯澹偏头看看她，伸出手去，轻轻拍掉了她发间的一点灰。

李云锡："……"

这个女人刚才到底经历了什么？

这个喷嚏吹走了室内剑拔弩张的气氛，李云锡恍然间回过神来，忽然有些疑惑——他差点忘了，这女人对外的形象似乎是个妖妃。

而夏侯澹呢？传说中一言不合就埋人的暴君，听自己直言极谏这么多次，别说是动怒，甚至连眉头都没皱过一下。

尔岚早已习惯了李云锡的脾气，没再理会他，自行开始汇报工作。

她担心经过层层上报，最后呈给皇帝的折子被篡改得面目全非，所以将开中法推行的进度一五一十讲了一遍。

李云锡憋着口气，听她说到商人争相运粮换盐引，张口刺了一句："陛下，贩盐之利巨大，商人趋之若鹜是自然的。"

"没错，而且日后为了抢占垄断的权力，定会官商勾结，滋生腐败。"尔岚点头道。

李云锡顿了顿。他没想到尔岚会接这句。

夏侯澹奇道："开中法不是李爱卿提的吗？"

尔岚道："历代之政，久皆有弊，世上没有完美的政令。今时今日，开中法有利于民生，但等到它显露弊端，就该有新的政令取而代之了。"

李云锡道："到那时，尔兄已位高权重了吧。"

尔岚笑了笑。"不，到那时，我应当已不在朝堂了。"

李云锡愣了一下。

尔岚眼中闪过一丝淡淡的落寞。"那时，位高权重者就该是像李兄这样的人了。而那时的朝堂，也定能让李兄这样的人有一番作为。"

李云锡不明白她为何蹦出这样的话。

反倒是庚晚音听明白了。尔岚的女儿身不可能瞒天过海到永远，总有一日会被政敌扣上罪名。

尔岚并不知道夏侯澹这个皇帝早已知情。她入朝为官，恐怕只是想在被揭穿之前多做些事。

庚晚音看了看面带病容的岑堇天，再想起孤身远赴燕国的汪昭、被暗杀在湖中的杜杉，心下有些感慨。"此生得见诸位，当浮一大白。"

岑堇天道："娘娘？"

庚晚音叹息道："世道如长夜，谁人能振臂一呼就改换日月呢？但与诸位惨淡经营，即使折在半路，吾道不孤。"

这话原本是说给臣子听的，话音落下，却是夏侯澹深深瞧了她一眼。

·　·　·　·　·

李云锡告退前，夏侯澹叫住了他。"册籍你接着整理，不必告诉任何人，直接交给朕。"

李云锡一震道："陛下？"

夏侯澹点点头，平淡道："会有用得着的时候。"

李云锡热泪盈眶。

庾晚音目送他们离开，郁闷道："唉，就是因为有这些人，让人觉得甩手走人的话，就挺卑劣似的。"

夏侯澹："……"

有这句话，就代表她多少被阿白说动过，但权衡过后，还是被牵绊着留了下来。

夏侯澹安静了一下，笑道："看来我得谢谢这些臣子。"

"为什么？"

"让吾道不孤。"

他话里的意思藏得太深，庾晚音只当他在谈工作，不以为意地伸了个懒腰。"好了，我该回去了……"

夏侯澹拉住她。"吃个饭再走？"

便在此时，安贤低头走了进来。"陛下——"他一眼瞧见了庾晚音，怔了怔，遇到夏侯澹的目光，又慌忙垂下头，"谢妃在外头求见。"

夏侯澹最近明面上冷落庾晚音，还要与谢永儿郎情妾意地演一演戏，因此不能不见。

于是庾晚音又回了地道。

她猫着腰向冷宫爬，一边爬一边感觉怪怪的，像是偷情还被原配发现，不得不遁走一般。

这想法立即恶心到了她。

夏侯澹是怎么应付谢永儿的呢？跟自己应付端王一样吗？

庾晚音又想到己方最近这么多小动作，也不知宫斗达人谢永儿会不会发现了端倪，会不会去给端王打小报告。

她越想越烦躁，终于脚下一顿，在甬道里艰难地掉了个头，又原路爬了回去。

龙床底下的出口被地砖遮掩，要转动机关才会露出。

庾晚音从洞底悄悄将地砖挪开一条缝，侧耳倾听外头的动静。

·　·　●　·　·

谢永儿正在漫声闲聊。

不知是不是错觉，她今天的声音好像比平时更甜腻，仿佛在捏着嗓子说话："陛下，尝尝臣妾下厨做的小菜……"

庾晚音听见碗筷碰撞声，愣了愣，才发现已经到了晚膳的饭点了。

谢永儿一会儿布菜，一会儿劝酒。菜香与酒香飘入缝隙，庾晚音腹中传出了悲鸣声。

趴在这里好没意思。

这会儿冷宫中的侍女说不定也做好晚膳了……

她这样想着，身体却不受控制，依旧趴在原地。

不知为何，谢永儿一直在殷勤劝酒，不仅灌夏侯澹，还用力灌自己。

几杯下肚，她面若桃花，眼中波光粼粼，瞧着倒比平日多了几分妩媚之意，一只手柔若无骨地贴上了夏侯澹的手腕，轻轻地摩挲。

夏侯澹不动声色地收回手。"时候不早了，爱妃今日喝了酒，早些休息吧。"

谢永儿娇笑出声，又去搭他的肩。"陛下，一日不见，如隔三秋，臣妾心中十分想念圣颜，就让臣妾多看几眼吧。"

夏侯澹的声音透着虚情假意。"这么说来，朕也许久没见爱妃了。"

谢永儿咯咯轻笑，语声渐低，只偶尔传出几个露骨的字词。

夏侯澹的声音冷了下去："爱妃，我已经说过，比起你的人，我更想得到你的心。"

谢永儿突然开始低低地啜泣。

谢永儿道："陛下真是太好了，一直由着臣妾使小性子，臣妾……臣妾真不知如何喜欢你才好……"

床榻吱呀一声。

庾晚音屏住呼吸。在她头顶，谢永儿像条蛇一般从背后缠住夏侯澹，一只手环过他的腰，朝着某处禁地伸去。

那只手被扣住了。

谢永儿喝得半醉，只当是调情，笑着想要挣脱。却没想到越是挣扎，腕上冰凉的五指扣得越紧。

"陛下，你弄痛臣妾了……啊！"谢永儿痛呼出声。

她抽着凉气僵住不动，只觉得腕骨几乎被捏碎了。

醉意一下子散去了大半，她疑惑道："陛下？"

夏侯澹转过身望着她。

看清他表情的那一刻，谢永儿心中突然生出了一股寒意。

一直以来，她知道夏侯澹的人设是暴君，但这男人面对她的时候，却始终表现得色令智昏，甚至还有点卑微——自己不愿让他碰，他就真的一直没有碰，以至她逐渐淡忘了此人的凶名。

此时此刻，她却猛然想起来了。

连带着想起的还有宫中那不知真假的流言：皇帝多年以来对妃嫔如此凶残，是因为在房事上有难言之隐。

夏侯澹的语气平静无波，她却莫名听出了森森的杀意。"爱妃，你该回去了。"

谢永儿却有必须留下的理由。

她咬咬牙，露出泫然的眼神。"陛下，你这是嫌弃臣妾了吗？"

夏侯澹道："是的。"

谢永儿："……"

· · ● · ·

谢永儿的啜泣声远去了，黑暗地道里的庾晚音陷入了沉思。

在她的印象中，原文里谢永儿直到最后都对端王死心塌地。

难道最近夏侯澹对谢永儿做了什么事吗？

为什么她突然之间变了心？

但听她语气，却又透着一股做戏的成分……是端王派她来演戏的吗？

庾晚音正在胡思乱想，头顶传来轻微的动静。

她猛然间回过神来，转身就撤。

结果没爬出几步，就听见机关"喀啦啦"一阵转动，背后有烛光投射过来。

夏侯澹盯着前方的屁股看了几秒。"你怎么在这儿？"

庾晚音："……"

她只觉得这辈子的老脸都丢在了这一刻，掩耳盗铃般又往黑暗中爬了几步。

庾晚音虚弱道："饭后消食。"

夏侯澹沉默了一下，问："爬地道消食？"

庾晚音已经自暴自弃。"对啊，有助于燃烧全身卡路里。"

身后传来夏侯澹低低的笑声。很轻，笑了两声又止住了，回音却在漆黑的甬道里连绵不绝。庾晚音愣是从中听出了一句潜台词：你那点偷听的小心思暴露了。

窘迫之下，她心中无端蹿起一股邪火。

自己此刻像个真正的炮灰女——宫斗文里争风吃醋、脑子还不好使的那种。

夏侯澹咳了一声，一本正经道："人走了，你出来吧。"庾晚音却总觉得那语声里还带着笑。

"算了，"她硬邦邦地回了一句，"人多眼杂，被瞧见了不好办，我还是走吧。"

"我不放人进来。"

"还是不安全，安贤不就撞见我了吗？你快回去吧，万一被他发现了地道呢。"庾晚音继续往前爬。

身后投来的烛光微弱地摇曳，拖着她的影子蜿蜒向黑暗。夏侯澹没跟过来，也没再出声。她拐了个弯，光线也消失了。

· · · ·

庾晚音直到回到冷宫，晚膳吃到一半，才回过味来。

夏侯澹刚打发走谢永儿就下地道了——他原本是想过来找自己的。

她手中的筷子一顿，羞耻感顿时散了大半，有几分心软，但这个时候再大费周章地爬回去也太奇怪了，要知道反复无常是恋爱脑的最显著表现。

自己最近真的有点飘了。这脑子一共就那么点容量，要是还胡乱占用 CPU（中央处理器），不出三天就被搞死了。

庾晚音在深刻的反思中独自过了个夜。

· · · · ·

第二天，夏侯澹没出现。

暗卫倒是冒出来了几次，一车一车地往她的院子里倒土——他们在兢兢业业地拓宽地道，现在里头已经有半段可以供人直立行走了。

庾晚音围观了一会儿施工现场，给暗卫送了几片瓜。

暗卫道："多谢娘娘。"

庾晚音状似不经意地问："陛下今日在忙吗？"

"今日早朝上好像吵成了一片，许是有什么急事在等陛下处理。"

庾晚音一愣。"为何吵成一片？"

"属下不知。"

算算日子，难道是燕国传来消息了？

庾晚音坐立不安，等到日落，夏侯澹依旧不见踪影。

被绊住了吗？总不会在闹别扭吧……庾晚音又回忆了一遍昨晚的对话，有一丝心虚。

眼见着饭点都过了，她终于坐不住了，爬下地道看了看。

暗卫已经离开了，夜里施工动静太大，会被人发现。

空旷的甬道阒然无声。庾晚音举着灯走到半路，腰越弯越低，最后又只能爬行。

她脚下有些迟疑。

不知道另一头有没有什么突发情况。如果自己这一冒头，又被宫人撞见了呢？

她进冷宫原本就是为了做戏做全套，做出与夏侯澹决裂的假象，以便取信于端王。万一暴露了这个地道的存在，那就前功尽弃了。

正在踌躇间，黑暗尽头传来声响，有个小光点亮了起来。

庾晚音吹熄了手中的宫灯，屏住呼吸一动不动。

对方却目力惊人。"晚音？快过来，澹儿病了。"

· · · ·

夏侯澹睡得很不安稳，鼻息急促，紧蹙着眉。

他的脸原本就苍白，现在更是连双唇都毫无血色，衬得眼下的青影越发浓重。

庾晚音一回想，他这两次发病都在自己使性子之后。她有些疑心这头疼与情绪有关联，又觉得昨夜那点事，应当不至于。

北舟忧虑道："回来就倒下了，还没吃饭呢。"

庾晚音悄声问："我听说早朝上吵起来了？"

北舟道："燕国送来文书，说是陛下千秋节将至，燕王扎椤瓦罕愿派出使臣团来为陛下贺岁。"

庾晚音心跳猛然加快。

听起来，汪昭好像成功了。

他不仅说服了燕王和谈，而且还设法让燕国主动提出此事，自己完全隐身于暗处。消息传入大夏，没人知道其中有夏侯澹的手笔。

"那是谁与谁吵呢？"

北舟烦躁地皱皱眉，显然对这些党派倾轧不感兴趣。"澹儿提了两句，好像是端王支持和谈，因为两国不打仗了，他的兵力就不用被牵制在西北，有更多筹码对付太后。那端王支持的，太后肯定不支持。今儿一整天，御书房的门槛都要被踏破了。"

"太后的人来劝陛下？"

"端王的人也来。都想把他当蠢货使唤。他还得装成蠢货的样子一个个应付……"

庾晚音叹了口气。

是她自我意识过剩了，夏侯澹这明显是被工作拖垮了。

北舟端了碗粥过来，对着人事不省的夏侯澹发愁。庾晚音从他手里接过碗。"北叔去休息吧，我来。"

北舟拍拍她的肩，走了。

庾晚音坐在床沿看了一会儿，意识到自己几乎没见过这人睡着的样子。每次她入睡的时候，夏侯澹都还醒着；等她醒来，他已经去上早朝了。

他的睡相一直这么……痛苦吗？

庾晚音轻轻拍一拍他。"澹总，吃点东西再睡吧。"

夏侯澹没反应。

"澹总？陛下？"庾晚音凑得近了些，做了个自己都没有预料到的动作，她的掌心贴上了夏侯澹的脸。

下一个瞬间，紧闭的双眼张开了。

庾晚音不由自主地瑟缩了一下，将手撤了回去，像食草动物凭着本能嗅到了危险。

一只冰凉的手抓住了她的手腕。

那双眼瞳里黑气翻滚，底色是混沌的，其中没有任何情绪留存，除了一股疯劲儿。

漆黑的眼珠转了转，杀气腾腾地瞥向庾晚音。

庾晚音大气都不敢出。

仿佛过去了很久，又似乎只是一刹那，那双眼睛对上了焦，茫然地眨了眨，再睁开时已经恢复了几分清明。

夏侯澹卸了力道，那只手仍旧松松地挂在她的腕上，哑声问："我睡了多久？"

"……没有很久。起来吃点东西？"

夏侯澹无力地动了动。庾晚音犹豫了一下，弯腰去扶他。

夏侯澹忽然浮起一丝笑意。"你自己吃了吗？"

庾晚音的心跳还没恢复正常。她低头舀了一勺粥递过去，夏侯澹眼望着她，张口接住了。

庾晚音道："不用管我，我回头再吃。你……"

"嗯？"

庾晚音想问：你不想被我碰到吗？

这人清醒的时候，似乎挺喜欢与自己亲近，占自己的枕头，让自己帮他按太阳穴。然而刚才那条件反射般的反应，让她忽然想起了昨夜他对谢永儿说的话。

他不仅仅是在排斥谢永儿吧？一个演员出身的人，怎么会对肢体接触那么排斥呢？

有那么一刻，眼前之人似乎无限接近书中暴君的形象，但暴君也不是天生的暴君，而是被偏头痛逐步逼疯的。

……偏头痛。

但这注定不会是个愉快的话题。对方还病着，她最终只是温声说："你今天辛苦了。"

夏侯澹病恹恹地喝着粥，随口道："还行吧，除了演戏我也没做什么。哦，对了，"他笑了一下，"我还让杨铎捷拉着钦天监的老头子出去夜观天象，写了道奏疏。"

当初那批学子中，杨铎捷与李云锡才学相当，脾气也相投，都是火暴脾气的刺儿头。但夏侯澹读过他俩的文章，发觉他有一点远胜李云锡，就是辩才。

李云锡这直肠子只会有啥说啥，直抒胸臆，杨铎捷却能旁征博引，舌灿莲花，豪引天上地下无数例证来说服你。只要是他认定的事，黑的也能说成白的。

所以他被派去了钦天监。

杨铎捷当时对这个安排很是不服气。他入朝是为了参政做事，不是为了编什么鬼历法。

夏侯澹用一句话说服了他："我等现在势单力薄，只好借力于鬼神啊。"

"事实证明他确实能写，什么木星与土合，什么西北岁星赤而有角，总之就是一句话，该和谈了，再打下去要惨败。非常唬人，连太后党里都有人被吓住了。"

庾晚音笑了。"听起来很顺利嘛，接下来只要坐等使臣团就行了。"

夏侯澹道："……没那么简单。"

他在枕边摸索了一下，递给庾晚音一封信。"汪昭寄来的，跟燕国的来书前后脚到达，内容有些蹊跷。"

汪昭的字迹密集而潦草，似乎是匆忙写就。

他进入燕国之后调查了一番，情势与传闻中差不多，燕王扎椤瓦罕和他的侄子图尔关系紧张，谁也不服谁。图尔年轻力壮，更得人心；独眼的燕王不甘让权，跟旁边羌国的女王打得火热。羌国虽然弱小，但善于用毒，耍起阴的来，让只会用蛮力的燕人很是头痛，燕王便借此巩固自己的地位。

先前大夏一举将他们打退三百里，逐出了玉门关，燕王逐渐上了年纪，这一战败，便觉力不从心，开始退而求。反倒是图尔野心勃勃，是不折不扣的主战派。

夏侯澹并没有把所有希望都放在和谈上，先前给汪昭的指示是：如果不能促成和谈，就搅乱一池浑水，设法挑起燕国内乱。这样等到旱年，燕国自顾不暇，就没有余力来大夏趁火打劫了。

结果却比他预料的更为理想，燕王竟然同意了出使。但汪昭却觉得莫名不安。

他在信中指出，燕王与图尔的矛盾已经白热化到了一山难容二虎的程度。但是这一次出使，图尔竟然没有大张旗鼓地提出反对。以此人凶悍的脾性，此时保持安静很是反常。

他此番随燕国使臣团一道出发，担心半路会遭遇堵截，所以先行来信提醒，让夏侯澹注意接应。

夏侯澹道："你怎么看？"

庾晚音摇摇头。"这剧情已经不在剧本里了，我给不出什么主意。"

"没事，那就走一步看一步吧。"

庾晚音吁了口气。脱离了原作剧本之后，她心中空荡荡的了无凭依，总觉得会有事发生。但走到这一步，各人凭真本事斗智斗勇，她又能发挥多大价值呢？

"别聊了，澹儿你今天不许再用脑子了。"北舟用木盘端来几样小菜，又递给夏侯澹一杯温水。庾晚音被他赶去一边吃饭，余光看见夏侯澹服下了两枚药丸。

她诧异地问："阿白这么快就找到药了？有用吗？"连病理都没查出来，怎么治疗？

夏侯澹顿了顿，含混道："没什么用，死马当活马医罢了。"

"别乱吃啊，万一恶化了……"

北舟道："没事，我验过的。"

已经恶化了，夏侯澹想。

其实不管他吃不吃药、吃什么药，都不影响这头疼逐年加重。从偶尔的、微微让人心烦的钝痛，一点点地演变成了持之以恒凿钉入脑的酷刑。

大多数时候，他都面不改色地忍耐着。

但总有忍耐不住的时候。幸好他的人设是个暴君，突然发个脾气摔个碗，谁也不会觉得诧异。

后来，那样的时刻越来越多。

再后来……他也渐渐分不清自己还是不是在演了。

直到那一天。

· · ● · ·

谢永儿锲而不舍，又努力地勾引了夏侯澹几次，都没有成功。

她打扮得一天比一天妖娆，神情却一天比一天萎靡。

转眼又到了本月初一，众妃嫔去给太后请安时，一个个低眉顺眼不敢抬头——都知道太后最近心情不佳，谁也不愿触这个霉头。

结果太后一看这如丧考妣的气氛，更是气不打一处来。

她干不过端王，阻止不了燕人出使和谈。

钦天监的奏疏刚写出来，她就收到了信儿，当即将那群老头子召来，威逼利诱一番，想将这道奏疏压下去。

老头子唯唯诺诺地去了，结果翌日早朝，那奏疏被一字未改地宣读了出来。

她勃然大怒，这回直接召了夏侯澹，骂他目光短浅与虎谋皮，还不仁不孝，竟忤逆她的意思，屈服于端王。

夏侯澹诧异道："所以母后的意思是，为了不让端王如愿，应当再起战事，将中军活活拖死？"

太后柳眉倒竖："皇帝真是长本事了啊！"

夏侯澹一脸死猪不怕开水烫。"多谢母后夸奖。"

太后恨得咬碎了银牙。

她甚至开始想念庾晚音了。庾晚音独得圣宠那会儿，是个多么好用的软肋啊，她只要拿那小姑娘稍做威胁，夏侯澹便言听计从了。

现在庾晚音入了冷宫，她还能找谁？

太后眯了眯眼，轻声道："那个谢妃最近很是招摇，太过惹眼，哀家倒想管教管教。"

夏侯澹："？"

夏侯澹道："请便。"

太后一想起这事，蔻丹指甲就在掌心掐出了印子。

她瞥了谢永儿一眼，横挑鼻子竖挑眼："谢妃见到哀家，怎么一副忍气吞声的样子？"

谢永儿一个激灵，慌忙道："母后息怒，永儿……永儿适才身体有些不舒服。"

太后道："哦？哪儿不舒服，说来听听。"

谢永儿嗫嚅了几个字。

太后还没听清，她却忽然面色一变，猛然起身冲到一边，弯腰"哇"的一声呕了出来。

太后眉峰一动，隐隐露出诧异之色。

谢永儿把所有能吐的都吐了，还在干呕连连，半天止不住，只能眼泛泪光，用跪地的动作讨饶。

太后看得伤眼，皱着眉头挥挥手。"扶她下去休息。"

等到众妃都告退了，太后仍在原地端坐不动，慢条斯理地拈起果盘中的龙眼吃了。

她轻声问："当初不是送了避子汤吗？"

· · · **·** · ·

后宫里没有秘密可言，谢永儿早上吐了那一场，到晌午时已经尽人皆知。入夜之后，连冷宫中的庾晚音都听说了——还是夏侯澹给她八卦的。

庾晚音眼皮一跳。"你知道这通常意味着什么吗？"

"怀孕？"夏侯澹摇摇头，"现在都这么传，但我没碰过她啊。"

庾晚音表情复杂。

夏侯澹反应了过来："……啊。"

庾晚音拍了拍他。

"所以她最近见到我就跟饿虎扑食似的，原来是为了让我'喜当爹'？"

这用词成功地戳到了庾晚音的笑点。她忍了又忍，同情道："八成是这样了。"

夏侯澹困惑道："可她喝过避子汤了，当着我的面喝的，一大杯。"

"那杯茶里除了避子药，还有迷魂药，或许药性冲突，抵消了一部分。而且谢永儿是天选之女，天赋异禀的，在原作里顶着太后和各方宫斗势力的压迫，也顽强地怀了孕——顺便一提，孩子也不是你的。"

"是谁的？"

庾晚音又拍了拍他。

夏侯澹无语。"端王居然如此鲁莽，我真是高看了他。"

"喝过避子汤了嘛，双方都觉得很安全。他或许还想着即使真有了孩子，也可以蒙混过关，毕竟谁能想到你居然……守身如玉，碰都不让碰呢。"

回想起夏侯澹惊醒时那一脸"吾好梦中杀人"的样子，庾晚音笑容里忍不住带上了一丝揶揄。但再想起他对谢永儿敬谢不敏，便又有一丝窃喜。

她是现代社会成年人，长得不差，穿来前也是处过对象的。而夏侯澹以前既然是演员，在那种狂蜂浪蝶特别多的行业，一直单身的可能性就更低了。

她不介意前任这种存在。但有过前任是一回事，穿成皇帝后顺水推舟地坐拥后宫，那是另一回事。

前者还在感情范畴，后者就差不多在道德层面了。

以前她没有沦为恋爱脑，也就没有特别留意。现在她降级了。她唾弃自己。

夏侯澹淡淡道："我又不喜欢她。"

"看不出来，你还挺正人君子的，实在是这吃人的皇宫中的一股清流。"庾晚音半开玩笑地夸奖道，却没有得到预想中的回音。

她意外地抬头望去，恰好捕捉到夏侯澹垂下眼帘的动作。他似乎延迟了半拍，才微笑道："多谢夸奖，我也这么觉得。"

庾晚音愣了愣。

夏侯澹在她面前，似乎很少露出如此虚假的笑意。

· · ● · ·

各方博弈了大半个月，太后或许是不想落下一个不顾大局的名声，最终松口，同意了放燕国使臣入朝贺岁。

秋色渐深，礼部已经开始着手为冬日的千秋节做准备了。

千秋节是皇帝的寿辰，按理应是举国同庆的大事。但上回在国库门前闹了那么一场之后，夏侯澹便顺势提出俭政节用，今年为太后修陵寝耗资巨大，自己的千秋宴便一切从简。

消息传入民间，加上今年的几道政令，夏侯澹的名声大有改善——至于被他顺带暗损了一把的太后如何反应，就不为人知了。

但无论如何从简，祝寿的酒宴还是免不了的。今年除了群臣之外，还安排了周边几个小国的使臣来朝献礼。

礼部忙得热火朝天，连带着钦天监也多出许多活计。

杨铎捷焦头烂额。

他作为刚进钦天监的底层文员，顺理成章地被安排了最累的活——每天两头奔波，与礼部对接，敲定各种良辰吉时、器物方位和仪式顺序。

最让他不满的是，这工作不创造任何实际价值，全是面子工程。

杨铎捷和李云锡一样，讲求实干，对这些流于形式的繁文缛节非常鄙夷。他一边巧舌如簧，为一个开饭时间找出八种说法，一边心中苦不堪言，甚至开始怀疑自己入朝是否值得。

就在这种情况下，夏侯澹还在小组会议上下令："杨爱卿争取一下，礼部安排接待燕国使臣的流程时，你也尽量参与。"

杨铎捷彻底尥蹶子了。

他炮蹶子的方式比李云锡艺术得多。“陛下，这燕国如果来者不善，咱们再如何精心接待，恐怕也不能使他们回心转意啊。”

夏侯澹面无表情地将一封信放到桌上。“汪昭在使臣团出发不久前寄出的，前几日才收到。”

众人阅后大惊。

汪昭表示自己临时改变行程，不再与使臣团一道回大夏。原因是燕王热情好客，一再挽留，请他多留些时日，共叙两国情谊。

尔岚道：“汪兄他……”

夏侯澹道：“没有别的消息了。”

君臣几人面面相觑，一时间无人说话。

任何有脑子的人都能感觉到其中的蹊跷。

杨铎捷挣扎道：“两国交兵，尚且不斩来使，燕国竟然不把汪兄送回，该不会已经……”

夏侯澹却很淡定。“原本也没指望他们安好心。兵来将挡，水来土掩，咱们这边也不是全无准备。所以你必须参与接待他们，到时才好便宜行事。”

· • ● • ·

太后身旁的大宫女密切观察了谢永儿一阵子，复命道：“谢妃一切如常，并未再在人前呕吐。但她很是警觉，奴婢几次设法送去滑胎药，或许是气味不对，都被她直接倒掉了。”

太后冷哼一声。

大宫女连忙跪地道：“当初那杯避子汤，是奴婢亲自送过去的，据说谢永儿喝下之后反应还很大。既然喝了，理应没有差池。其实谢妃也未必是受孕……”

“哦？”

大宫女压低声音：“陛下的房事一向……否则当年，小太子也不会如此难得。”

太后不知道想到了什么，嗤笑了一声：“没用的东西。”

大宫女陪着一起笑，跪行过去为她剥起了龙眼。“唉，陛下被那个行刺的美人吓破了胆，想是从那之后就……呵呵，有些艰难。"

太后拈起圆润的果肉。"你懂什么？他知道自己只是个傀儡。他不听话，所以哀家想要更小更听话的傀儡。有了小太子，他就失去了价值。"

大宫女讶然道："主子是说，陛下从一开始就是演的？"

太后冷冷道："演又如何，不演又如何，还不是要听凭哀家摆布？哼，当了这么多年弃子，临了却以为自己翅膀终于硬了，敢与哀家对着干？"

她一口咬破龙眼，汁水四溅。"和谈，哀家让你谈出个天崩地裂。"

第十二章

# 追妻火葬场

---

"听说有人嫁祸给你，我来捞你啊。"

　　庾晚音正在给端王写字条。

　　这冷宫最大的好处就是让她不必与端王见面。外头的侍卫看似是在监禁她，其实却也是在保护她，无形中阻断了所有窥伺的目光。大门之内还设了一重暗卫，就像从前的贵妃殿一样固若金汤。

　　在那个血腥魔术之后，端王似乎认定了她是个可用的工具人，三不五时便要给她递字条进来。

　　他的字条风雅得很，笔迹秀逸，用词也考究，总是一番缱绻情话。庾晚音从字缝里看出字来，整张纸写的都是"干活"。

　　庾晚音这只天眼，有时开得十分积极，尽力帮他与太后斗法。参考着胥尧留下的书，她对他的行动总能给出精准的预言，还附带几句"我看到你大获全胜"的吉利话。

　　有时则开向奇怪的地方。"昨夜梦见谢永儿独自垂泪，小腹隆起，不知是何预兆。"

　　可能是她试探得太明显，对方没有回应。

　　还有些时候，她也必须帮着端王打压一下夏侯澹。

　　按照胥尧留下的书，端王继续按计划行事的话，很快便要斗垮太后党，将注意力转向皇位了。但庾晚音还不能妄动。

　　就像他们之前商量的，她其实只有一次反水的机会。一次之后，无论成败，她都再也无法对端王施加影响。

　　每一次字条交换，都是一步钩心斗角的棋，落子无悔。她的反应远比不上端王迅速，往往需要考虑很久才落下一子。以前面对面、话赶话地打机锋，她每次都紧张得汗毛直竖。如今隔着厚厚一层宫墙，她的压力一下子减轻不少。

冷宫还有另一个好处，就是挡住了外头的三宫六院。

自从谢永儿那惊天一吐，后宫里最近风云涌动，而且宫斗剧情早已如脱缰的野马般挣脱了剧本一去不返。

庾晚音躲着吃瓜，自知不是那块料，为免遭受池鱼之殃，还是一步都别出去为好。

结果，越怕什么就越来什么。

她不宫斗，宫却要斗她。

庾晚音刚写好字条，只听门外传来一道尖锐的声音："本宫要进去，区区废嫔，有什么资格拦下本宫？"

庾晚音："……"

这声音有点耳熟，是谁来着……

每篇宫斗文里都有那么一个或几个真心实意倾慕皇帝、爱而不得的苦命妃子。

在这个故事里，这个角色叫"淑妃"。

淑妃已经快活了一段时日。

自从那独得圣宠、不可一世的庾晚音派人毒她不成，自己却被贬入了冷宫，淑妃便每天傅粉施朱，环佩叮当，莲步轻移，以主母的姿态从所有妃嫔面前踱过。

然而左等右等，仍旧等不来夏侯澹的召见。

淑妃迷惑了，淑妃焦虑了。

夏侯澹甚至都为她惩罚了庾晚音，为何却独独不肯见她一面？

淑妃使出浑身解数，贿赂了安贤，趁着夏侯澹经过御花园，制造了一场邂逅。当那道朝思暮想的修长身影出现在回廊，她讶然扭头，眼波流转，仪态万方地朝他行礼。

夏侯澹道："让开。"

夏侯澹走了。

淑妃失魂落魄。

　　她终于意识到，这个故事从头到尾都与她无关。夏侯澹惩罚庾晚音，是因为他恼恨庾晚音——而她淑妃连怒火都不配得到。

　　她不好过，庾晚音也别想好过。

　　随着时日推移，这庾嫔依旧被困在冷宫里，眼见着已经失去了复宠的可能。

　　淑妃今日就是来找场子的。

　　冷宫封闭多时的大门发出令人牙酸的吱呀声，淑妃带着数名宫人跨进了院中。

　　庾晚音迎了上去，将手背在身后摇了摇，示意暗卫少安毋躁。总不能为了这么个宫斗戏码就暴露了暗卫的存在。

　　淑妃上下打量她一眼，似乎有些意外，吊着眼睛道："哟嗬，在这鬼地方待了这么久，妹妹这张狐媚脸蛋倒是越见娇嫩了。"

　　庾晚音道："多谢姐姐夸奖。"

　　淑妃怒道："见到本宫，为何不行礼？"

　　庾晚音规规矩矩一礼。"是妹妹逾矩了，万望姐姐恕罪。"

　　淑妃朝旁侧使了个眼色，小太监上前两步，尖声道："请罪就该有请罪的样子，还不跪下？"

　　庾晚音静止了两秒。

　　在这两秒间，她做了些计算：这要是起了肢体冲突，暗卫肯定会现身于人前。一旦让淑妃知道了此处的秘密，此人就成了祸患。活人是不会闭嘴的，但杀人的滋味儿，她也不想再体会了。

　　"怎么，不愿跪吗？"小太监高高举起手掌，气势汹汹走来。

　　庾晚音"扑通"一声跪下了。

　　小太监却一秒没有迟疑，仍旧一掌抽向她的脸！

　　暗卫的刀已经出鞘了。

　　庾晚音突然举起胳膊，勉强挡下了那一巴掌，起身拔腿就跑。

　　她这一跑超出了所有人的意料，连暗卫都愣住了——宫斗里好像从来没有这个选项。

　　淑妃大喝道："给我站住！"

　　太监、宫女一哄而上，追着她打。

庾晚音"狗急跳墙"，被逼出了极限速度，一道风一般刮进室内，反手"砰"的一声甩上了木门，悄声招呼暗卫："快快快，来加固！"

门外，淑妃气到七窍生烟，吩咐身后的宫人："还不去推！"

宫人一拥而上，奋力推门，继而手足并用，又踹又砸，那木门却仿佛装了什么钢筋铁骨，愣是不倒。

淑妃像一头暴怒的母狮般兜了几圈，道："拿斧子来，把门劈开。"

庾晚音："……"

太拼了吧，这是奔着索命来的啊。

暗卫道："请娘娘进地道暂避。"

庾晚音道："那你们记得遮掩好入口，可别把地道暴露了。"

暗卫道："陛下吩咐过，若有人发现地道，当场格杀。"

庾晚音苦笑道："这就是传说中的送人头吧……"

木门上一声巨响，宫人劈下了一斧子。

恰在此时，外头传来阴阳怪气的一声："淑妃娘娘，这是在寻什么乐子呢？"

淑妃回头一看，是安贤。

这大太监的出现仿佛让她遭受了什么重创，她原地摇晃了一下，气焰顿消。"安公公？"

安贤道："陛下吩咐过，这冷宫不可放人探望，还请淑妃娘娘去别处散步。"

· · ● · ·

淑妃回去之后招来姐妹团，又哭又骂。

"小浪蹄子，失宠了还有如此手段，竟能哄得安公公照拂她！"

谢永儿坐在最角落里，面带病容，安静地听着。

谢永儿以往最得淑妃信任，然而自从疑似有孕，便引燃了淑妃的妒火，如今在姐妹团里被排挤得厉害。

她听着众人你一言一语地骂了半晌，方才开口道："姐姐，此事有些奇怪。"

淑妃瞥她一眼："怎么？"

"安贤一向见风使舵，若是失势的妃子，他看都不会多看一眼，又怎会特地赶到冷宫？他为庾晚音出头，就说明他觉得庾晚音还有价值。"

淑妃大惊："莫非那贱嫔还能复宠？"

谢永儿低头："我不知道，但为今之计，还是别再去招惹她为妙。"

· · · ● · ·

与此同时，庾晚音正在苦劝夏侯澹："淑妃不能拖下去啊。"

"能。"

"你拖了她，端王就会知道我没失宠，那之前演那么多戏不就全白费了！"

"这次不拖，以后别人也举着斧子来找你呢？"

"……我的人缘也没那么差。"

夏侯澹正色道："晚音，这冷宫存在的目的是保护你。它失效了，你就必须搬出去了。"

庾晚音心中一暖，随即坚定摇头。"好不容易忽悠到端工……"

"这个我已经想好了。"夏侯澹笑道，"接下来咱们这么演：我转念一想，还是需要你的天眼的，所以恢复了你的妃位，放下身段苦苦求你回心转意；你却已经受尽苦难，与我离心离德，从此心扉只对端王敞开。"

"追妻火葬场？"阅文无数的庾晚音精准概括。

夏侯澹："？"

夏侯澹道："啊对。"

庾晚音后知后觉地意识到自己说了什么，脸热了一下，忙道："也可以考虑，毕竟以端王的脑子，应该不相信你会放着我不加利用。这情节在他看来会比较合理。"

夏侯澹舒了口气，起身便走。

庾晚音冲着他的背影愣神。"去哪儿？"

"拖人。"

庾晚音对那淑妃实在没什么好印象，只嘱咐了一句："别杀人啊——"

"不会。"夏侯澹语气轻松,遮掩住了眼中闪过的血气。

· · · · ·

庾晚音又变成了庾妃,搬回了刚穿过来时住的那个宫殿。

她搬出冷宫的时候,淑妃已经被关进了另一座更狭窄破败的冷宫。因此,她也没见到淑妃进去的时候是个什么形貌。

她只知道别的妃嫔望向自己时,隐隐带了几分惊惧之色。

夏侯澹开始表演追妻火葬场,三天两头往她的宫里送些衣裳首饰。庾晚音则冷若冰霜,整日里素面朝天不加打扮,一副哀莫大于心死的样子。

· · · · ·

过了几日,千秋节到了。

千秋宴上,庾晚音与其他女眷聚集在偏殿用膳。

她现在只是普通妃子,又因为太后不喜,位置被安排到了后排,恰好在窗边。

为了表现对夏侯澹的冷淡,她穿了一身浅浅的青,发间也只用了一枚素银簪子装饰,放在这种场合,煞风景到了叛逆的程度。偏偏配上她这张脸,也有种气势夺人的冷艳。

明里暗里有无数目光投来,全部被她无视了。

反正看不到正殿那边的情况,她索性专注对付面前的食物。在冷宫里虽然也有小灶,但这么丰盛的宴席却是久违了。

远远地传来一声唱名:"燕国使臣到——"

庾晚音扭头朝窗外望去。

来者有三十多人,有男有女,高鼻深目,一看就不是中原人的长相。男人个个身材强壮,穿着裘衣;女人容颜姣好,身形曼妙,全身佩戴着繁复的首饰,一步步叮咚作响,似是舞姬。

为首一人是个中年男子,脸庞有些发福,笑得还挺和气。但庾晚音的目光却被他身旁的人吸引了。

那人穿着打扮与其他从者并无不同,只是身材最为魁梧,留了一大把络腮胡，遮住了大半张脸，只露出一双深深陷在眼窝里的眸子。

庾晚音在窗边探头探脑时，那男人突然微抬起头，阴鸷的目光朝她直直射来。

隔了那么远，她却浑身一麻，仿佛野兽被捕猎者盯上，心头一片寒意。

庾晚音慌忙缩回了脑袋。

等她再去看的时候，使臣团已经进了正殿。

那发福中年人正对夏侯澹呈上贺礼，说话叽里咕噜的，带着很重的口音："燕国使臣哈齐纳，恭祝大夏皇帝陛下寿与天齐。"

夏侯澹客客气气地收下了，抬手请他们落座。

哈齐纳又道："我等此番还带来了燕国舞姬，愿为陛下献上歌舞。"

夏侯澹道："甚好。"

便有几个燕人去借了殿中教坊乐师的乐器，轻轻拨了几下弦，充满异域风情的音乐流淌而出。

鼓点响起，乐声一扬，美艳的舞姬款款入场。

便在此时，忽然有人尖声道："这美人献舞自然是妙事一桩，只是为陛下计，恐怕应当先仔细搜身，才比较稳妥吧？毕竟距离上一回燕姬入宫，也还未过去太久呢！"

音乐骤停，殿中落针可闻。

谁都能听出这话在影射当年行刺未遂的珊依美人。

满殿臣子暗暗交换眼神，有人偷眼望向了端坐在皇帝旁侧的太后——这出言发难的臣子是太后党的人。

哈齐纳脸上的横肉一阵古怪地抖动，显然在强忍怒火。

夏侯澹道："放肆！"

那大臣熟练地跪下。"臣冒死谏言，是为陛下安危着想呀！"

哈齐纳却在这时摆了摆手。"无妨，我等本为祝寿而来，无意挑起争端。既然这是大夏皇宫的规矩，那么搜身便是了。"

· · · ·

偏殿中全是女眷，气氛比较悠闲。让人害怕的太后和皇帝今天都不在，众人举止都比往常随意了不少。一群年轻女子边吃边聊，像是普通聚餐。

正殿那头传来隐约的乐声。妃嫔们饶有兴致地侧头去听，那乐声却又戛然而止。

众人面面相觑。

在千秋宴上出这种岔子，委实有些古怪。当下就有几人离席凑到窗边去探头张望，余下的也议论纷纷。

只有两个人纹丝不动地坐在原位。

一个是谢永儿。谢永儿蔫得像霜打的茄子，似乎往正殿的方向瞥了一眼，却又默默收回了目光。

另一个是庾晚音。她却是在观察谢永儿。

感觉到有人在看自己，谢永儿倏然抬头，发现是庾晚音后却没再移开目光，就那样愣愣地与她对视着。

几息之后，她站起身，端着酒杯走了过来。"姐姐，我敬你一杯。"

庾晚音道："啊……应该是我敬你。听说你当时劝过淑妃别再找我，我很感激。"

谢永儿沉默着，苦笑了一下。"我现在明白你说的了。大家都是可怜人罢了。"

她满腹心事，举杯欲饮，庾晚音拦了一下。"酒对身子不好，喝茶吧。"

谢永儿听出了她的暗示，动作一顿，像只警觉的母猫般弓起了身子。

庾晚音努力打消她的戒心。"没事的，你可以相信我……"

谢永儿却无意再谈，将杯中酒一饮而尽，匆匆回到了自己的位子。

没过一会儿，她突然失手打翻了酒杯。

庾晚音诧异地转头去看，谢永儿却已经带着侍女离了席，躬身朝偏殿的侧门走去。

不知她找了什么理由，越过侍卫，转眼消失在了夜色里。

庾晚音用力眨了眨眼。

她应该没有眼花，方才谢永儿的衣裙上渗出了一点血迹。

庾晚音后知后觉地站了起来。

我去，真滑胎了？

那她这是要跑去哪儿？

庾晚音自然知道古代滑胎有多危险，搞不好要出人命的。天选之女死了不是玩儿完了？这本书该不会要腰斩了吧？

顾不得多想，她忙撇下侍女，跟着跑了出去。门外侍卫狐疑地看着她。"娘娘可有要事？"

庾晚音哂笑道："……人有三急。"

她转头四顾，已经不见谢永儿的人影。

正殿的方向倒是又传出了乐声。

· · · · ·

音乐声起，将窃窃私语盖了下去。舞姬们通过了搜身，开始翩翩起舞。

夏侯澹端起酒杯喝了一口，目光从杯沿上方投向殿中诸人。有人嗤笑，有人疑惑，还有人满脸紧张。

紧张的那个人似乎感觉到了什么，战战兢兢地抬头瞥了一眼。

这一眼正正对上天子的双目，他吓得一个激灵，突然起身，隔了两秒才惊呼道："哎……哎呀！我腰间的玉佩怎么没有了？"

左右应声道："王大人不要急，再找找。"

"已经找过了，附近都没有，我入席时明明还佩戴着的……"那王大人说着，望向了坐在自己旁边的燕国人。

这一眼的影射之意已经昭然若揭。

那燕国人一脸阴沉，叽里咕噜说了句什么。

哈齐纳也走了过去，冷冷道："既然怀疑，那么搜身就是了。"

那王大人面对着高大的燕人，手指都有些发抖，硬撑着伸向了对方的衣襟。

等他收回手来，指间却捏着一枚玉佩。

王大人道："怎会在这位使者身上？"

那燕人大吃一惊，紧接着勃然大怒，一把摔了手中的酒杯。

摔杯这动作可是极其危险的信号，附近的大内侍卫瞬间呼啦啦冒了出来，将他们团团围住，手中的兵刃直指那群燕人。

哈齐纳气到手抖，转身去看夏侯澹。"你……你们……"

有人按了一下他的肩。

按他的正是那个格外魁梧的从者。哈齐纳转过头去，俩人飞快交换了一个眼神。

哈齐纳深吸一口气，咬牙躬身道："我们是荒蛮的人，没有见过这样的繁华，他或许一时起了贪念，还请见谅。"

他话音刚落，魁梧从者反手一拳，挥向那个被指为小偷的汉子，直接将人掀翻在地。

哈齐纳道："随你们处置。"

太后看戏到现在，慢悠悠地开口了："嗯，既然使者喜欢玉佩，送你们就是了，不要为了这一点小事坏了两国情谊。"

王大人笑着将玉佩丢到地上那汉子的身上。

燕人纷纷变色，气得脸都青了。

那汉子一眼没看玉佩，缓缓站了起来，任由玉佩随着他的动作滑落，伴着一声清响碎成了两半。

殿内气氛剑拔弩张，有一根弦已经绷到了行将断裂的程度。

夏侯澹开口了："王爱卿，这玉佩是你从哪里搜出来的？"

王大人一愣，躬身道："回陛下，是他的……衣襟之内。"

夏侯澹道："是吗？具体是哪里？"

王大人刚才那一番搜身的动作被所有人看在眼中，此时只能硬着头皮说："似是胸口处。"

夏侯澹道："朕看这些燕人的衣服，似乎无法像我们一样贴身，这么小的东西塞入衣襟，竟能被固定在胸口处？真有趣，快重新演示一遍。"

王大人："……"

哈齐纳叽里咕噜地吩咐了两句，被指控的汉子行了一礼，捡起半枚玉佩，放入自己衣襟。

又是一声清响，玉佩直接掉到地上，摔得更碎了。

那王大人早已吓得面如土色。"这……或许有什么误会……"

夏侯澹道："看爱卿的袖口，倒像是能固定住玉佩的样子。不如你塞进去让我们瞧瞧？"

王大人哪儿还敢动，只是磕头。

夏侯澹兴味索然道："行，那拖下去吧。"

王大人被拖下去了。

当下哈齐纳一脸感动，连赞君主圣明；夏侯澹则一脸歉意，亲自赐了一杯酒给那被冤枉的汉子。

音乐又起。

席间再无人说话。

在场的人都接收到同一个信号：皇帝这是彻底与太后翻脸了。

如果目光能化为实体，太后已经把夏侯澹射成了筛子。

夏侯澹恍如未觉，恭敬道："母后，儿臣敬你？"

便在此时，有个太监匆匆跑来，贴在太后耳边说了几句话。

太后顿了顿，怒容一收，唇边忽然浮起一丝笑意，对夏侯澹道："哀家听说方才有两个妃子突然离席，出了偏殿，看方向似乎是跑入了御花园的林子里。是谁来着？"

太监躬身道："是庾妃和谢妃。"

夏侯澹眉间微微一动。

"好像还有个妃子衣上见血了……"太后无奈道，"哀家这就去看看，皇儿在此主持寿宴吧。"

太后直接甩袖走人。

满堂文武都在偷看天家的闹剧，只有一个人仍旧望着燕国使臣团。

燕人陆续重新归位时，端王也站起了身。他似乎要去向皇帝祝酒，与燕人擦肩而过时却不慎失手，酒杯坠落了下去。

——落向了一个人的脚尖。

那人足尖条件反射地一掂一偏，将酒杯稳稳接住，滴酒未洒。

但只是一个瞬间。

这个瞬间过后，那杯酒却又循着原有的路线，从他脚上滚落下去，泼溅了一地。

"实在抱歉。"端王温文尔雅地抬头，看向那魁梧从者。

从者道："……无妨。"

端王有些惊讶似的睁大了眼。"你的官话说得真好。"

从者一个躬身，走开了。

端王却扭头望着殿上叮叮咚咚起舞的美女，自言自语般轻声说："真是人间绝色，可惜，还是比不上当年的珊侬美人。"

他没去看那些燕人的反应，做出一副自悔失言的样子，摇头不说话了。

回到席间，他轻轻使了一个眼色给身旁的心腹，比了个优雅的手势。

只有心腹知道这手势的意思：派人跟踪。

· · · · ·

此时此刻，所有要人都聚集千秋宴上，御花园附近看守很松。

庾晚音在黑灯瞎火的林子里转悠了半天，耳朵终于捕捉到一道粗重的喘息声。

"妹妹？谢永儿？"她循声走去。

谢永儿瘫在一棵树旁，倚着树干喘着粗气。借着月光和远处微弱的灯火，庾晚音看见了她裙上的斑驳血迹。

庾晚音道："你这是……"

她心惊胆战地检视了一圈，没在地上看见什么恐怖的肉团，不禁松了口气。

远处传来了脚步声，数盏宫灯摇晃，似乎有一群人在朝此处走来。

庾晚音情急之下也不及细想。"你还能站起来吗？你先跑回去换身衣服，我来挡他们一下。"

谢永儿瞪着她，那眼神很迷茫。

庾晚音瞧出她已经是强弩之末。"有什么事回头再说，先走。"

谢永儿没动，她苦笑道："我站不起来了。"

来人已经到了眼前。

太后道："你们这是干什么呢？呀，怎会有血在那种地方。"她举袖挡住脸，别开了眼去，像是见不得这种污秽。

庾晚音硬着头皮解释："臣妾也不知,许是受了伤?"

地上的谢永儿却仿佛神志不清,喃喃了一句:"是方才那杯酒……"

她短暂地吸了口气,脑袋一歪,晕死了过去。

. . . . .

谢永儿刚发现自己怀孕时,简直难以置信。

事情的起因无非是一些情到浓时,一些争风吃醋,以及一场蓄意醉酒。她想拴住端王的心。她以为自己喝过避子汤,应当万无一失。

谁能想到那鬼东西对她没用?!

端王知晓之后倒是气定神闲,还温柔安慰她道:"没事的,我与皇帝长相差得不远,孩子生下来也不会有人发现异常。"

谢永儿惊恐道:"可皇帝并未……"

"并未什么?"

谢永儿住口了。那一瞬间,她觉得夏侯泊的目光里有某种可怕的东西蠢蠢欲动。

她不能让端王知道皇帝没碰过自己,因为他肯定会逼迫自己堕胎。

作为一个现代人,她知道古代堕胎的手段有多危险。

但她还有办法,可以趁着没有显怀,赶紧把夏侯澹办了,给孩子上个户口。

这原本应该是个挺简单的任务——如果夏侯澹不是那样的怪胎的话。

谢永儿死活想不明白,自己都主动送到了嘴边,夏侯澹怎么就能八风不动地当柳下惠。

难道他真的不行?原文里没这么写啊!

随着时间推移,事态渐渐滑向了绝望的深渊。

一场呕吐误事,引来了太后横插一脚。

太后开始想方设法给她下药。

起初她以为太后此举是因为发现了她与端王私通。后来仔细一想,若是那样,她早就被直接赐死了。太后并不知晓实情,却依旧出手了。

后宫这些年没有任何皇子诞生是有原因的，太后只允许有一个小太子。

也就是说，无论孩子上没上户口，都只有死路一条。

谢永儿终于死心，转而想办法科学堕胎。

她是天选之女，总有些特别的机缘，比如太医院中就有个天才学徒与她投缘。她正一步步获取他的好感，想让他瞒天过海帮自己配个安全的药。

与此同时，她还得时刻警惕着所有食物和水，以免被太后得逞。她看过原作，知道太后手里全是虎狼之方，她吃下去，九死一生。

眼见着安全的药方就要配成，却没想到在千秋宴上功亏一篑。

喝下那杯酒后，她就腹中绞痛，眼前发黑，勉力支撑着逃出偏殿，却只来得及躲进树林就跌倒在地。

那噩梦般的过程发生时，只有一个侍女陪伴着她。

她庆幸当时一片黑暗，看不清楚胎儿的样子。她让侍女独自逃走，换个地方将那块肉掩埋。

再之后，庾晚音就来了。

· · · · ·

谢永儿再醒来的时候，已经在自己的床上了。

一个太医正在给她把脉。

床边站着太后和一脸憋屈的庾晚音——庾晚音纯属躺枪，因为身在事发现场而不得脱身，被押来接受审问。

太后问："怎么样？"

太医道："这……出血很多，脉象虚浮，似是滑胎，但又不见胎儿……"

太后立即道："若是滑胎，那可是大事，快去通知陛下。"

谢永儿猛然抬眼。

不能让夏侯澹知道！夏侯澹知道了，自己就死定了！

她挣扎着支起身来。"母后容禀，臣妾原就没有身孕！只……只是当日因为肠胃不适，在人前呕吐过，想是有人误以为我怀了龙种，竟在酒中下毒……"

太后道："你的意思是，有人下毒想让你滑胎，所以你虽然腹中无子，却还是出血晕厥？"

谢永儿道："是。"

太后眨了眨眼。"那是谁下的毒呢？"

谢永儿慢慢抬头，不敢与她对视，只盯着她的下巴。

太后殷红的嘴唇一张一合。"谢妃若是知道什么，务必指认出来。"

谢永儿的思维回路迟缓地接上了。

她不能指认太后，除非嫌命太长。

但她出血又是事实，所以必须有一个人背锅。

床边的庾晚音眼睁睁地看着谢永儿慢慢转向自己。

庾晚音："？"

太后大喜。"看来庾妃与此事脱不开干系啊。"

庾晚音猛然跪地道："当时是谢妃主动向臣妾敬酒，臣妾绝对没有碰过她手中的酒杯！"

太后道："那你为何追着她跑出来？"

庾晚音道："……臣妾只是担心……"

太后根本不想听解释。"来人，将这两个妃子关在此处，没有哀家的吩咐，不得离开。"

她扬长而去，房门"吱呀"一声合上了。

如果目光可以化为实体，庾晚音已经把谢永儿的整张床付之一炬了。

是故意的，这女人绝对是故意的。

她知道此胎非堕不可，那杯毒酒不喝不行，所以临了也要拖自己下水。她来敬酒，那就是明晃晃的钓鱼行为！

夏侯澹那边也不知道怎么样了，自己却被绊在这儿不去，回头还不知道要被太后扣上什么罪名。

谢永儿躲避着她的目光，破天荒地露出了一丝愧疚的神色。

庾晚音却已经对这个人彻底失望。

虽然是个纸片人，好歹也是现代设定，格局怎会如此之小？

疲惫与怒意交织之下，她冲动地做了一个决定。

是时候放弃怀柔策略了。

端王已经快干倒太后，很快就会拿出全力对付夏侯澹，留给他们的时间不多了。

一个宫女端着药碗走来。"娘娘请服药。"

谢永儿已经对宫人递来的液体产生了心理阴影。"不用了，我没事……"

庾晚音阴阳怪气道："妹妹身子有恙，还是该好好喝药，可不能舍本逐末。"

谢永儿低头不语。

庾晚音道："这就仿佛有一天你骑着马，在深山里迷了路，身上没有食物，你找啊找啊，最后找到了一条河，河里有鱼，你想钓鱼。"

谢永儿："……"

庾晚音道："但你没有鱼饵，于是你看向了你的马。"

谢永儿一脸空白地望向她。

庾晚音道："你把马杀了，剁碎了马肉当鱼饵。鱼钓到了，但你马也没了。这一切，真的值得吗？"

谢永儿整个人都凝固了。

她不知道宫女是何时退下的，自己又和庾晚音四目相对了多久。

仿佛过了一个世纪，她终于张了张嘴："你……你是……"

"这还有别的可能吗？"庾晚音走到床边望着她，轻声说，"我累了，我们打开天窗说亮话吧。"

谢永儿的眼睛都失去了焦距，视野一片模糊。

她努力对了对焦，却瞧见庾晚音身后，房门上映出一道修长的人影。

谢永儿一下子汗毛倒竖，试图阻止庾晚音："别说了。"

庾晚音却无视了她的眼神示意。"逃避是没有用的，你已经清楚我是谁了。"

谢永儿冷汗直下。"什么你是谁，我怎么不明白……"

"我觉得你非常明白我的意思。"

庾晚音见谢永儿还是一味闪躲，渐渐暴躁起来，原想直接说句"how are you"，临时想起门外还站着侍卫，便转而走到桌边抄起一支笔，在宣纸上龙飞凤舞地写下了这句话。

她举着纸张走回床边，半路脚步一顿，也望向房门。"陛下？"

那抹影子动了动，夏侯澹推门走了进来。

谢永儿今夜情绪几番大起大落，已经到了精神失常的边缘，没等庾晚音说什么，她凭着求生的本能抢白道："陛下，庾妃方才一直在说奇怪的话，还在纸上写些鬼画符，臣妾有些害怕！"

庾晚音："……"

夏侯澹一手搭在庾晚音肩上，问谢永儿："你早已发现朕在门外，还故意引她说话写字？"

谢永儿："？"

夏侯澹道："鱼钓到了，但你马也没了，这一切，真的值得吗？"

谢永儿："……"

谢永儿凝为雕塑的时间里，庾晚音耐心等着她回魂，顺带低声问："你怎么来了？"

夏侯澹道："听说有人嫁祸给你，我来捞你啊。"

"那太后……"

"她让人验了谢永儿离席之前喝的那杯酒，其中被下了滑胎药。然后她又说谢永儿亲口说了是你下的毒，带了人要来抓你入狱，我拦住了。"

"然后呢？"

"然后我说要亲自来审一审谢妃。她指责我是想屈打成招，逼人改口。我就说，既然要彻查，那干脆好好清算清算。"

夏侯澹眉头一皱，当场演了起来："'母后，治标不如治本哪。宫中一切进出皆须造册记录，妃嫔无故不能出宫，这种毒药却能混进来，防守之疏忽简直令人发指！'"

庾晚音配合道："'皇儿的意思是……？'"

"'依儿臣看，就先将今日侍奉宴席的所有太监、宫女严刑审问一遍，若是无人招供，再逐一扩大范围，守门侍卫也要一一排查，务必查出是谁弄来的药材。来人！'——然后我指了指太后身边那大宫女，"夏侯澹自带旁白，"'若朕没有记错，你也在千秋宴上吧？'"

庾晚音柳眉一竖，尽得太后真传："'哼，皇儿莫不是在暗示什么？'"

夏侯澹忧虑道："'母后息怒，儿臣唯恐母后身边有歹人藏头露尾，危及母后啊。'——然后这事就黄了。反正太后记我的仇都记了三千本了，也不差这一桩。"

他说得轻描淡写，庾晚音却听得惊魂不定。

"真有你的，夏侯澹。"她有些后怕，"你是一点也不怯场啊。"

"必须的，她自己做了亏心事，较真儿起来也该是她先慌。"夏侯澹瞥见庾晚音手中那张写着英文的纸，顺手接过去，凑到灯烛上烧成了一缕青烟。

见他对英文视若无睹，凝固在旁的谢永儿终于死了最后一点心。"所以，你们两个与我一样，都是穿来的？"

庾晚音心想着那与你还是有微妙差异的，口中却没有点破。"是的。既然大家都是同类——"

谢永儿脸色灰败，打断道："我在明你们在暗，你们一直盯着我，从一开始我就是没有胜算的，对吗？"

庾晚音还没说话，夏侯澹抢答道："没错。全程看着你绿我，可刺激了。"

庾晚音被呛得咳嗽起来，忙使眼色：点到为止，别刺激她。

谢永儿沉默了一下，惨笑道："既然如此，为什么现在又摊牌了？直接把我弄死，对外就说我难产而亡，又不至于引起端王怀疑，岂不更好？"

夏侯澹又抢答道："确实，我也觉得奇怪，晚音你为什么告诉她？弄死得了。"

庾晚音："？"

大哥你是来拆我台的吗？庾晚音更用力地瞪他一眼，转头对谢永儿尽量友善地说："都走到堕胎加嫁祸这种剧情了，再不摊牌，就是你死我活的局面了。大家都是同类，你有没有考虑过另一种可能性？"

谢永儿拥着被子冷笑一声。"我愿赌服输，你也不必惺惺作态。一开始不告诉我，却要看着我一步步陷入泥淖。如今我落魄至此，你倒来自称同类了，不觉得可笑吗？"

她此时面无血色，拥被而坐，看上去姿若蒲柳、弱不禁风，全身上下只剩一双眼睛还活着，涌动着不甘的怒意。庾晚音瞧见她这不屈不挠的眼神，心中生出无限的无奈。"如果我们一穿来就去通知你，你的第一反应会是合作吗？"

谢永儿："……"

谢永儿被问住了。

那时，她满心觉得上天给了自己一次重来的机会，舍弃了过往平庸无趣的人生，要在这一方新天地间大展拳脚。

她预知夏侯澹必死无疑，所以毫不犹豫地投靠了端王，而端王也顺理成章地接纳了她。她踌躇满志，每一步都走在必胜之路上。

如果当时突然发现夏侯澹成了变数，她的第一反应大概是惊慌失措，怕他报复自己，继而就去通知端王，趁着这变数尚且弱小时将之抹除吧。

庾晚音这一问戳到了她的痛处。"你什么意思？我只是想活到最后，有错吗？难道你不想？"

庾晚音道："我想的。"她放缓语气，"其实我不觉得都是你的错，错的是这个鬼环境。可以的话，我希望你也能活到最后，我们几个一起，吃个小火锅，来几盘斗地主……"

她意在安抚，谢永儿却像是横遭羞辱，怒目看着这对狗男女。"成王败寇，别演圣母了，如果易地而处，你们的选择不会与我有区别！"

夏侯澹嗤笑了一声。"那区别可大了。"

他今天似乎打定主意要拆台到底。"晚音要是跟你一样，你怎么还活着？"

庾晚音道："不不，不是这样，其实永儿没她自己想象中那么狠，真的。刚才你进门之前，她不是在引我说话，她想警示我的。"

谢永儿一噎，神色晦暗不明。

夏侯澹却摇摇头，伸手拉住庾晚音。"我看跟她没什么好说的了，走吧。"

庾晚音匪夷所思地看着他，夏侯澹却暗中加了一把力，强行将她带出了门，还回头补上一句："再加一批侍卫来，谢妃养病期间，将这道门看死，禁止进出。"

· · ● · ·

走到无人处，庾晚音放慢脚步。"你干吗呢？谢永儿还有用，她这会儿正是情绪脆弱的时候，我想威逼利诱策反她来着。"

夏侯澹很淡定。"我知道，我在跟你打配合啊。"

"那叫打配合？"

"对啊，我来威逼，你来利诱。我都被绿了，对她用点私刑也是顺理成章的吧？你回头再摸进去送个饭、上个药什么的，攻破她的心理防线。"

庾晚音道："……私刑？"

夏侯澹点头："相信我，单靠嘴炮是没用的。"

"你先别急，好歹让我试试呗。"

夏侯澹耸耸肩。"就知道你会这么说。随便试试，能拿下就拿下，拿不下就算了。那是个真恶人，就算策反了，你还得防着她演戏，鸡肋得很。"

庾晚音踌躇了一下。

"其实吧，我刚才说的多少也是真心话。现在想想，她今晚的举动或许并不是蓄意而为，只是应激反应。而我希望她活着，也是怕这本书腰斩，说到底是为了自保……"

夏侯澹停下了脚步。

庾晚音没发现，还在往前走。"我与她没有那么大的区别。"

"有的。"夏侯澹斩钉截铁道。

庾晚音回头："？"

夏侯澹站在原地望着她，那眼神很奇怪。"你是不是从来没想过，让一个人活着有很多种方式？砍了她的腿，将她终生囚禁，只要她不死，目的是不是也达到了？"

"……"庾晚音后颈的汗毛突然竖了起来。

"这都想不到，你还好意思自称恶人。"夏侯澹似乎觉得好笑，"换作谢永儿就一定想得到。再提醒你一遍，她可是纸片人，剧情需要她有多坏，她就有多坏。"

庾晚音怔怔地望着夏侯澹。

他还穿着宴席上的正服，只是摘了冠冕，发髻歪在一侧。刚才不知被敬了多少杯酒，身上还残留着淡淡的酒气。或许正是因此，他今晚说得比平时多一些，也随性一些。

随性到令人有一丝不安。

庾晚音道："你——"

"嗯？"

你可要保持警觉，别被这个角色给同化了啊。

"你——"庾晚音抿了抿嘴，"你刚才在宴席上，看出那群燕国人有什么不对劲了吗？"

夏侯澹漫不经心道："肯定有问题啊，太后那么挑衅，他们居然忍下来了，一点脾气都没发，看来是酝酿着更大的事。"

庾晚音心不在焉地点点头。

"不过，千秋宴是守卫最森严的时候，他们要搞事也不会挑今天，多半是等着与我私下谈条件时再发难吧。先别想这个了，外面冷，快回去吧。"

但在她转身之时，夏侯澹拉住了她的手。

庾晚音心脏猛然一跳，回头看他。

肌肤相触，夏侯澹的指节突兀地动了一下，似乎下意识地想要松开，最终却没动。

修长而苍白的手，本就泛凉，被这夜风一吹，冷得像蛇。

庾晚音打了个寒噤。

夏侯澹这回松开了。"刚才你走得匆忙，吃饱了吗？"

"……啊？没事，我回去让宫人随便热点什么当夜宵。"

夏侯澹从衣襟中取出几个巾帕包着的点心。"还是热的，先垫垫。"

庾晚音愣愣地接住点心。确实是热的，因为一直贴身保存，至少还带着体温。

这人一边与太后针锋相对，一边与燕国人斗智斗勇，还想着自己会饿。

"不会吧，这也太容易感动了，大恶人。"夏侯澹笑着看她。

庾晚音吸了口气。"陪我走一段吧，我怕太后堵我。"

"行。"夏侯澹催她，"快吃，不然我白带了。"

庾晚音食不知味地咬了一口点心。"说起来，你原本长什么样？看久了暴君这张脸，我都很难想象你原本的模样。"

在她身后半步之外，夏侯澹眯起眼努力地回想了一下。

"就……普通吧，不难看。"

"普通？"庾晚音笑道，"你不是演员吗？"

"所以不得志嘛。"他接得十分流畅，"你呢？"

"我啊，普通社畜，化完妆勉强能被夸一句可爱，卸了妆就不好说了。"

"不必妄自菲薄，肯定也是好看的。"

· · · ● · ·

夏侯澹一路将庾晚音送回住处，才自己回寝殿。他们对外还在演追妻火葬场的戏码，进入宫人视线范围之后，庾晚音就冷下脸来，不咸不淡道："陛下请回吧。"

夏侯澹也不知是不是在演，温柔道："那你早些休息。"

庾晚音低头进了大门。

"北叔？"她惊讶道。

"澹儿方才派我过来，这段时间由我近身保护你。"北舟低声道，"今晚你这边发生什么事了？"

"说来话长，简直一波三折……"

"看出来了。"北舟点点头，"你脸都急红了。"

· · · ● · ·

此时此刻，太后党正在开小会。

众人全都一脸沉重，肃穆不语。太后低头自顾自地撇着茶叶。

她不开口，臣子只好站出来主动检讨："是微臣无能，没料到陛下会在千秋宴上当众发难，一时不知如何解围，害了王大人……"

"王兄当时手慌脚乱，也是难堪大任，入狱遭殃并不冤枉。"这是素来与王大人不对付，趁机穿小鞋的。

"看来陛下是年纪渐长，生出自己的主意来了。臣等无能，还得请太后为江山社稷计，多加管教，启沃圣心啊。"这是煽风点火撺掇人的。

太后终于抬起头。"管教？"她笑了笑，"他是摆明了再也不会听管教咯。"

"依臣之见，这虽是父子，太子殿下却聪慧宽厚，颇有明君之风呢。"这是暗示太后换一个傀儡的。

小太子低眉顺眼地坐在一旁。

太后今夜却不发火了，语带苍凉。"时机过了。"

他们错过了最佳时机，端王势头太猛，如今稳稳压他们一头。此时杀了皇帝，无异于为端王做嫁衣裳。

臣子们还在你一言我一语地争论先对付皇帝还是先对付端王，太后"啪"地放下茶盏，打断了他们："看皇帝的表现，是铁了心要和谈了。要是跟燕国修好，从此边境无虞，端王就彻底坐大了。"

必须牵制住边境的兵力。

她下了决心，轻飘飘道："那群燕人官话都说不利索，在都城行走，少不得要与夏人起些摩擦。一群蛮人，一言不合就该动手了吧？到时刀剑无眼，没准会见血呢。"

臣子们寂静了。

穿小鞋的、煽风点火的、打小算盘的，全部止住了话头，呆滞地望着座上的女人。

太后要的不仅仅是和谈失败，那对她来说还不够。

她要干就干最大的场面，直接将燕国使臣团消灭在此地。两国相争斩杀来使，无异于最大的羞辱，她想引来燕军复仇，挑起一场新的战事。

恶人，这是真恶人。

内斗是一码事，若是将燕国牵扯进来，性质可就上升了。

一个臣子抹了把冷汗，道："这，国土安危……"

另一人忙不迭站队道："怎么，诸位还怕真打起来了，中军会战败不成？即使中军败了，还能调右军过去呢，到时燕人与端王两败俱伤，我们正好坐收渔翁之利。"

一句笑谈，将万千将士的性命摆成了桌上的筹码。

抹冷汗的臣子偷偷望向一旁的小太子，似乎指望他能开口说句什么。太后察觉到了，索性问了出来："太子以为如何？"

小太子想了想，道："皇祖母说打，就该打。"

太后大笑道："真是我的乖孙，比现在龙椅上的那个强多了。"

即使是最野心勃勃的臣子，此刻也有些犯怵。

想到大夏的江山终有一日会落到这样一个孩子手上，难免心中一寒。

第十三章

# 全是纸片人

异类就是异类，没有人会对异类产生情愫的。

　　张三已经即位几年了。

　　排布成"SOS"形的铁线莲一年年地绽开，新的秀女一拨拨地入宫。

　　张三知道自己不能留下子嗣。这几年间，他装疯卖傻，明里暗里与太后作对太多，太后对他的耐心已经消耗殆尽。一旦有皇子诞生，他作为傀儡的职业生涯也就到头了，第二天就会意外摔死在井里。

　　然而，他也不能拒绝选秀纳妃，因为他不知道这其中哪一个妃子，就会是那个同类。

　　他要从太后派来要孩子的、端王派来下毒药的、各方势力派来操控他的佳人中，分辨出一个她来。

　　那个人在哪儿呢？什么时候出现呢？这个执念就像垂死之人吊着的一口气，逼迫他踉跄前行。

　　他学会了不动声色地观察她们的一言一行，隐晦地暗示和套话，兵来将挡地逃避房事，水来土掩地阻挡刺杀。

　　就连御前侍卫中都混进过奸细。那之后他就不再信任他人的保护，花费了几个月自食其力，在寝宫造出了滑轮控制的机关，只消按下藏在各处墙壁的特定砖头，就会有暗箭射出。

　　有时候他也会突然停下来想，即使真的找到了她，又能怎么样呢？他帮助不了她，也配不上她的帮助。

　　女主是要去找男主的，而他只是个反派。

　　刚刚穿来时，他还怀抱着逆天改命的天真梦想。如今他都快忘记自己的名字与长相了。他是张三还是夏侯澹？那所谓的现代人生，只是他幼时在御书房做过的一场梦吗？

女主看见这样的他，恐怕也会转身而逃。

珊依也是在那时入宫的。那一年，燕国将她与一箱箱的珠宝、狐裘一道送来，她的名字被写在礼单上，先是献舞，再是侍寝。

不同于后来越传越神的倾城倾国，珊依当时被称为美人，只是因为被封为美人。她年纪很小，几乎还没长开，唯有一双眼睛极大，眨动眸子时显得茫然而可怜。

她的长相有些像张三手下的第一条人命，那个小宫女。

珊依不怎么会说官话，也听不太懂。张三照例试探了两句，她听不懂他的现代梗，还以为是自己官话不好，泫然泣下地谢罪，求他别赶自己走，否则燕国的大人们会打她的。

张三道：“他们打不到你了。”

珊依只是哀求，比画着说：“我必须，跟你睡。”

张三：“……”

他哭笑不得。“那你躺下睡觉吧。”

珊依懵懂地点点头，真就安静躺下了。

张三遇到的上一个脑子这么简单的人，还是他的初中同学。

他自顾自地翻了个身。

因为头疼，也因为枕畔有人，他通常很难入睡。但那一天，她身上的胭脂味儿仿佛上等的安神香，他不知为何昏昏沉沉，很快陷入了浅眠。

——后来他才知道，那还真是特意为他调配的。

· · · · ·

接下来的事，其实他的记忆也很模糊了。因为在意识清醒之前，他的身体已经先一步动了。

等他挣扎着睁开眼，胭脂味儿里混入了浓重的铁锈味儿。珊依伏倒在他身上，死不瞑目，手中举着一把匕首，背上则插着机关中射出的暗箭。

月光从雕窗倾泻进来，泼洒了她一身。她空洞的双目仍旧显出几分迷茫，仿佛不明白世上怎么会真有梦中杀人的怪物。

张三与她对视了很久，笑了。

他将她的尸体抛下床，枕着满床铁锈味儿的月光，重新合上眼。

那是他杀的第二十七个人。他决定不再计数了。

没什么大不了的，全是纸片人，全是纸片人，全是纸片人。

· · · ·

千秋宴后的清晨，都城的街道格外热闹。

往来的商贩与行人脚步不停，却都偷眼望向人群中几道格外高大的身影，眼中隐隐带着戒备。

燕国人。

虽然听说他们是来和谈的，但数年交战的阴影尚未消失。或许也正因此，怎么看都觉得这些使者身上散发着不好惹的气息。

哈齐纳低头走路，耳中飘入某座楼里传出的唱曲声，哼了一声，用燕语说："太柔弱了，远不如我们的歌声悠扬……"

在他身边，那魁梧的络腮胡从者突然举起一只手臂，拦住了他的脚步。"等等。"

哈齐纳抬头，不远处有一伙人迎面而来。都是贩夫走卒的打扮，地痞流氓的神情，手里抄着破铜烂铁当家伙。

为首的道："我兄弟说摊上丢了东西，是你们偷的吧？"

燕国人刚刚经历昨夜那王大人的诋毁，闻言登时眼中冒火。"证据呢？"

"证据？你们站直了让我们搜身啊。"来人面露凶光，伸手就来拉扯他们的衣服。

燕国人哪里忍得下这口气，当即怒喝一声，出手打了起来。

却没想到来人一出招，竟然个个训练有素，根本不似寻常走卒。

哈齐纳入城时被卸了武器，空手与之过了几招，臂上竟被砍中了一下，血流如注。

他面色一沉。

这是一次有预谋的行动，对方分明是玩命来的！

哈齐纳下意识地转头喊了一声："王……"

络腮胡用手势制止了他。

哈齐纳道："你先走，我们来对付他们！"

络腮胡道："一起撤。"

燕国的汉子没有不战而逃之说，哈齐纳以为自己听错了。"什么？"

络腮胡道："跑！"

他不由分说地拖着哈齐纳猛然倒退。对面数把暗器飞来，络腮胡闪步挡在哈齐纳身前，举起手臂——格挡，袖中传出金铁之音，是穿了护铠。

哈齐纳转头一看，背后不知何时也被一群人堵住了。

络腮胡拖着他冲进了旁侧的窄巷中。余下的燕国人万分屈辱地跟上，对方却还穷追不舍，大有赶尽杀绝之势。

络腮胡边跑边沉声道："不能应战，我们杀一个人，就会被扣个罪名抓起来。"

哈齐纳回过味来，怒骂道："阴险的夏人！"

燕国人吃了地形不熟的亏，片刻后被对方驱赶进了一条死胡同。

哈齐纳背靠墙壁，望着乌泱泱一大群追兵，悲愤道："同归于尽了，把他们全干掉，也不吃亏！"

络腮胡却叹了口气。"亏了，计划没完成。"

他们身后忽然传来一声清亮的呼哨。

络腮胡猛地回头，瞪着背后那面墙壁。"墙后似乎有路，翻过去。"

当下燕人一边借着窄巷阻挡追兵，一边互相借力翻过了高墙。墙后果然是路，哈齐纳来不及多想，护着络腮胡狂奔了一段，追兵却没再跟来。

墙对面隐约传来怒吼："都拿下，押去官府！"

哈齐纳喘息未定。"官兵来了。"

络腮胡道："来杀我们的那一伙，想必是太后的人。官兵就是皇帝的人。"

"那刚才打呼哨的呢？也是皇帝的人吗？"

络腮胡眯了眯眼。"也许不是。如果是皇帝的人，为何不光明正大出来相见？"

・・・・・

端王府正在开小会。

方才打呼哨的人正跪地复命："使臣团里那个哈齐纳，似乎不是真正的领头人。属下听得懂一些燕语，方才哈齐纳叫了那魁梧从者一声'王子'。"

夏侯泊道："燕国有很多个王子。不过，他那把络腮胡瞧着诡异，多半是为了掩盖面目。寻常的燕人一辈子都没被大夏人见过，没必要藏头遮面。既然伪装了，想必是个老熟人。"

探子道："殿下是说……"

夏侯泊似笑非笑。"应该是在沙场上与夏人打过照面吧。他那个身手，倒也当得起'燕国第一高手'之称了。"

探了一惊道："那人是图尔？！图尔不是与燕王水火不容吗，怎会替燕王出使？不对啊，他改名易容，难道是瞒着燕王偷偷来的？"

夏侯泊沉吟："应该是偷天换日，冒名顶替了真正的使臣团吧。燕王是想要和谈，至于图尔嘛……"

他的心腹纷纷展开分析："听说他与数年前死去的珊依美人是青梅竹马。珊依死在宫里，燕人却不认行刺的罪名，反而指责大夏害死了她，以此为由宣战。"

"所以图尔是真心恨上了皇帝，决定效法荆轲？"

"不对吧，荆轲刺秦后，自己也必死无疑，图尔大好前程，何必赌命呢。"

夏侯泊想了想。"你们说，燕国内部是不是出了什么事？"

"殿下是指，图尔不敌燕王，在燕国待不下去了，所以孤注一掷跑来大夏，想要坏他叔叔的大计？"

夏侯泊慢悠悠道："无论真相如何，总之这次和谈八成是要黄了。皇帝本就势单力薄，身边的高手已经死了，图尔带了一群'荆轲'来，骤然发难的话，他逃不脱的。"

心腹迟疑道："要不要……向皇帝透露些什么？"

话音刚落，夏侯泊就微笑着看向了他。"你这么好心？"

心腹吓得立即跪倒。"属下是为殿下考虑啊！若是真让图尔杀了皇帝，两国又要起战事……"

夏侯泊温和地扶起他。"这倒不假，原本我也是这样想的。但我方才突然又想到，以图尔的身手，当荆轲的时候一不小心将太后也杀了，似乎也非难事吧？"

心腹傻了。

"到时群龙无首，强敌在外，太子年幼，必须有一人摄政主持大局。"端王眨眨眼，"至于战事上，我既已知情，可以早做准备，也不至于被燕国突袭，措手不及。"

心腹们寂静了。

恶人，这是真恶人。

心腹道："不愧是殿下，高瞻远瞩。"

夏侯泊笑道："所以，不必通知皇帝，必要时还可以助图尔一臂之力。接下来，只需要确保他们动手时，太后也在场。"

· · ● · ·

"来，喝。"杨铎捷晃了晃酒壶。

李云锡猛干一杯。"杨兄家这藏酒是不错，那我就不客气啦。"

杨铎捷没说什么，坐在一旁的岑堇天笑道："难得见李兄如此开怀畅饮。"

李云锡："……"

李云锡如今虽然混了个官职，但苦日子过惯了，为人比较抠门，自己根本不舍得买酒，上杨铎捷这儿做客才开了戒。

被岑堇天揶揄了一句，他也不生气，反而劝道："咱哥儿三个好久没聚了，岑兄也来一杯？"

岑堇天挥了挥苍白的手。"不了不了，我还想留着命多种几日田。"

他倒是并不避讳自己的病，但李云锡不擅长说漂亮话，微醺之下更是迟钝，舌头打结了半天才憋出一句："你……你最近气色不错啊。"

岑堇天哪里不知道他的脾气，闻言笑出了声。"李兄有心了。"

杨铎捷道："确实。"

李云锡皱眉瞪着他。

杨铎捷道："怎么？"

李云锡道："你今天见面以来说的话，尚未超过十个字。我就奇怪了，你小子不是最会说话了吗，怎么突然惜字如金起来了？"

岑堇天也问："杨兄似乎清减了些，莫不是遇上了什么事？"

杨铎捷自己一口闷了一杯酒，苦笑道："别提了，我这辈子都不想说话了。"

半壶酒后。

杨铎捷道："你俩在户部倒是得偿所愿了，可知我进了钦天监，每天负责什么？卜筮！星命吉凶，祸福兴衰，天天编故事给人看。你们以为瞎编就成吗？不行！大人物要这一卦算成坏的，它就得是坏的，还必须算得步罡踏斗、穷神知化，坏得扬葩振藻、斐然成章。我的文采是干这破事用的吗？"

李云锡："……"

岑堇天："……"

杨铎捷打了个酒嗝。"这才哪儿到哪儿，还有更离谱的呢！有时太后要它坏，可陛下要它好，钦天监里分成两派，同僚之间辩经似的来回打机锋。我日易千稿，笔都磨秃，就为了证明那破龟甲往左裂是裂得好！嗟乎，天底下竟有如此凄惨之事，我杨铎捷十年寒窗，修出这八斗之才，最后终于当上了算命先生？！"

李云锡："……"

岑堇天没忍住，笑了一声："你别说，倒是形神兼备。"

杨铎捷长得颀长白皙，两道长长的细须随风一飘，颇有些仙风道骨。

李云锡搭住他的肩。"道长，你看我这手相……"

杨铎捷有气无力地骂道："滚。"

李云锡笑够了，安慰道："陛下不是说了嘛，眼下需要你写的那些装神弄鬼的东西唬人，再过一阵，他会把你调走的。"

杨铎捷以手撑额，低声道："我问一句大逆不道的，你们信他吗？"

岑堇天当初就是第一个向夏侯澹表示效忠的，闻言干脆地点了点头。

李云锡沉默了一下。"他说让我继续整理各地的土地册籍，终有一日会用上，也算是天子之诺吧。"

杨铎捷惊了。"你刚进户部时可不是这么说的！那尔岚长袖善舞，混得平步青云，你也不介怀了？"

李云锡露出些微不自在的神色。"我现在不那样看他了。"

杨铎捷怔了怔，苦笑一声，颓然道："原来只有我一个人还在彷徨。"

"杨兄……"

杨铎捷将声音压得更低。"自从湖上初遇以来，我们已经见过数次圣颜了。你们注意过没，那圣人望过来的眼神，有时候……倒也不愧圣人之名。"

如大风掠过草木，无悲无喜，天地不仁。

另外两人一时无话。

· · • • · ·

杨铎捷将客人送到门口，在道别前补上了一则消息："礼部那张主事，你们知道吧？我俩一起准备千秋宴，混得很熟。昨儿他悄悄告诉我，燕国使团在大街上遭到匪徒追杀，侥幸逃脱。"

李云锡回头看他。"是太后假匪徒之名想除去他们吧？"

杨铎捷道："八九不离十。结果，陛下命礼部去他们的馆驿登门道歉，阵仗摆得很大，对着他们的冷脸还软语安慰了半天。"

岑堇天感叹："那真是给足他们脸面。陛下是真心想促成和谈。"

杨铎捷道："所以我就更不解了。当初派汪兄孤身去燕国的时候，我就心里打鼓。现在汪兄有去无回，凶多吉少，陛下自己都猜测这群燕人来者不善，却还要放下身段去讨他们的好，他到底在想什么？他心里真的有计划，还是仅仅以此为由头，在从太后手上夺权？"

最后一句心里话，他终究没有说出口：我们难道只是夏侯澹争权的棋子与喉舌吗？

· · · ●　·

夜里，图尔喘着粗气惊醒过来。

大夏馆驿中的床铺很柔软。太柔软了，简直让人的四肢都深深陷入，移动困难。或许正是因此，他才会做噩梦。

图尔翻身坐起，扫了一眼床边席地而坐的几个侍卫。"几时了？"

"三更了。"哈齐纳点起一盏灯，"王子，你没事吧？"

图尔起身去洗了把冷水脸，在回来的路上瞥了一眼窗外。

夜色之中，馆驿大门外还有不少禁军值岗。据说是大夏的皇帝为了保护他们，防止匪徒再度作祟，特意加派的人手。

至于到底是守卫还是监视，那就不好说了。

哈齐纳皱眉道："多出这些人，咱们的计划……"

图尔倒是很平静。"静观其变吧，这次和谈本就是夏侯澹私下促成，他总会亲自见我们的。到时候再动手。"

但是从哈齐纳担忧的眼神中，他能推断自己此刻的脸色不太好看。

是因为梦见了珊依吧。

图尔烦躁地晃晃脑袋，甩掉了脸上的水珠。暗淡烛光中，他没粘胡子的脸庞有着深刻俊美的轮廓。

图尔重新吹灭了灯烛，躺在黑暗中望着天花板。"你们说，扎椤瓦罕发现了吗？"

离开燕国的时候，他名义上还被困在家中不得离开，也无人探望。他留下了与自己形貌相近的替身，只要燕王扎椤瓦罕不召见自己，就不会察觉异样。

哈齐纳道："一直没有消息传来。大王本就不常见你，应该不会发现。"

图尔嗤笑一声："他此刻还在翘首期待和谈的结果吧？"

他的手下们发出一阵压低的嘲笑声，像一群呼哧带喘的野兽。

哈齐纳笑得尤其开心。"他是一匹断了牙的老狼，只能等死。"

图尔知道哈齐纳的父亲是被燕王杀死的。这些跟他来到大夏的男男女女，有些是与夏人有血债，有些则是与燕王有深仇，所以甘愿踏上这条有去无回之路。

而他自己呢？

有选择的话，他其实并不想当卑劣的刺客。他一生所求，是立马横刀，率军杀入夏国都城，砍下皇帝的头颅。

但燕王老了，软弱了，打不动了。被夏国派来的说客一怂恿，就想亲手将战火熄灭，还要将为他出生入死过的战士一一除去。

兔死狗烹——这是图尔从夏人那里听过的说法。

但那时，他并未意识到自己也是一条狗。

曾经的扎椤瓦罕并不是这样的。他恨极了大夏，以虐杀夏人为乐。

图尔听到过传言，夏人当年在射瞎他一只眼睛的时候，其实还射伤了另一个地方。所以他没有自己的子嗣，只有图尔这么个侄子。

扎椤瓦罕待图尔算不上亲厚，但也尽职尽责地教过他骑马狩猎。

年少的图尔在姑娘们热切的眼神中纵马归来，将狩猎成果一件件地呈在叔叔脚边：无数的鸟雀、四只兔子、两头鹿，还有一匹年老的狼。

有人吹捧道："王子的身手越来越好了，很快就会成为燕国第一高手了吧！"

图尔笑着望向叔叔，却捕捉到了他脸上稍纵即逝的不悦。

当时图尔并不知道那个微妙表情的含义。即使他知道，他也说不出谄媚阿谀的话语。

所以他一无所觉地行礼离开，小跑到等待自己的珊依面前，变戏法般亮出一朵新鲜带露的花，别到了她的发间。

在一无所觉中，那条无形的罅隙逐日扩大。直到燕王声称，要在贵族中选出一名圣女，将她作为和平的礼物献给夏国。

图尔砸开叔叔的大门。"为什么是珊依？你明知道我跟她……"

燕王只回了一句："她的身份最合适。"

图尔在黑暗中翻了个身，轻声道："再忍几天，别出纰漏。"

哈齐纳道："是。"

· · ● · ·

端王党连夜开小会，熬掉了不知多少根头发，推翻了不知多少种方案，只为确保图尔不仅能成功行刺，还能顺手带走太后。

想在此时让皇帝、太后和燕人这三方聚集到一处，其实难如登天。

太后跟皇帝势同水火，还在找机会杀使臣。她都如此撕破脸了，皇帝就是个傻子也不会让她接近使臣团。

端王已经步步为营地忍了这么多年，所求无非正统，要名正言顺地坐上那皇位。所以此番借燕人之手，一次除去两大劲敌，对他来说至关重要。

心腹们又薅下无数把头发，最后想出了一个惊天奇招。

他们找夏侯泊如此这般地汇报了一番，夏侯泊也不禁扬眉。"富贵险中求啊。"

心腹道："此招确实危险，变数极大，属下也并无把握一定成功。或许……谢妃娘娘能算一算？"

谢永儿在端王党中其实是个名人。

不仅因为她跟端王那点剪不断理还乱的绯闻，也因为她出的主意，常常如神来之笔，匪夷所思，却又每每如窥破了天机一般，能未卜先知，所言必中。

听到这个名字，夏侯泊顿了一下。

谢妃在千秋宴当晚滑胎，经太后与皇帝一闹，滑得无人不知。心腹们对她腹中孩子的生父多少有些猜测，此时不禁八卦地偷瞄端王，试图打探他对此事的感想。

夏侯泊召来一名探子。"谢妃在宫中如何？"

探子道："滑胎之后，发热不起。皇帝大怒，说要彻查此事，整顿后宫，还派了侍卫保护她养病。"

说是整顿后宫，但后宫这些年没有任何孩子出生，大家都明白这锅是谁的。

心腹们八卦的眼神更加热切，似乎想瞧瞧自己侍奉之主究竟有没有人类的七情六欲、喜怒哀乐。

夏侯泊停顿的时间比平时略长一些，眉间也隐隐染上了忧色。

心腹们莫名松了口气，却听他道："胎都滑了，应该无人会再害她，此时还派人手保护，似有些蹊跷。"

心腹们："……"

这就是你的感想？

这真的还是人类吗？

夏侯泊道："总之想办法递张字条进去，说我想与她一见吧。"

·　·　·　·　·

此时此刻，谢永儿丝毫不知道自己正处于怎样的风云中心。

她睡得昏昏沉沉，惊醒时还神志混沌，蓄在眼眶中的泪水一下子滚落下去，渗入了枕头。

"你梦见谁了？"有人在床边问。

谢永儿迷迷糊糊地扭过头，夏侯澹正俯视着她。

"你一直在道歉。"夏侯澹唇角一挑，语带讽刺，"梦见端王了？孩子没了，你对不起他？"

谢永儿直愣愣地望着他。"不是。"

夏侯澹道："那是谁？总不会是我吧？"

谢永儿回过神来，闭口不答了。

夏侯澹"啧"了一声："说说呗，反正现在大家都不用演了，你也死定了——"

"行了行了，我来吧。"庾晚音从他身后探出头，伸手摸了摸谢永儿的额头，欣慰道，"可算退烧了，这古代医疗环境真是吓死个人。你感觉怎么样？要喝水吗？"

谢永儿还是不说话。

庾晚音转身去推夏侯澹。"你先出去，我跟她谈谈。"

夏侯澹错愕道："为什么赶我？"

庾晚音对他一个劲儿使眼色。"没事的，交给我。"

她关上门，重新回到谢永儿身边。"还难受吗？"

谢永儿费力地支起上身，靠坐到床头，强打精神问："你们也不必唱红脸白脸，直说吧，找我有什么事？"

庾晚音笑了。"行，那我就直说。端王送了张字条进来，约你今晚在冷宫那破房子里私会。"

谢永儿闭了闭眼，深吸一口气。"所以你们今晚就得放我出去见他。"

"怎么，不放你的话，你还指望他打进来救你？"

"不。若是让他发现异常，我就失去了他的信任，对你们也就失去了价值吧？你想拉拢我，不就是为了套他的情报吗？"

庾晚音顿了顿，嘀咕道："这会儿倒挺聪明。"

谢永儿怒道："我本来就很聪明！我输给你是输在了信息不对称，你不要搞错！"

"你输给我？不对吧，我俩本来就没什么可争的。"

"事到如今说这种漂亮话——"

庾晚音认真道："非要说的话，你难道不是输给了端王吗？"

谢永儿："……"

庾晚音对着她苍白的脸蛋看了半晌，突然跑去搬来妆奁，道："转过去。"

谢永儿问："做什么？"

"今晚不是要约会嘛，给你做个妆造。"庾晚音扶着她的肩膀转了转，让她背对着自己，举起梳子开始给她梳头，"女生寝室八卦时间，你没经历过吗？"

谢永儿道："没用的，别对我打感情牌。"

庾晚音不为所动，径自八卦了起来："所以你刚才真的梦到夏侯泊了？"

谢永儿紧紧抿着嘴，摆明了非暴力不合作。

"这么卑微吗？"庾晚音连连摇头，"你还记得自己是现代女性吗？他明知道你会被太后逼着堕胎，还让你怀上了，这种无情无义的狗男人你还道歉……"

谢永儿抿不住了。"都说了不是他。"

"那是谁？肯定也不是夏侯澹啊。"庾晚音皱眉想了半天，一惊，"难道是我？你终于良心发现，明白我对你的好了吗？"

谢永儿："……"

庾晚音一脸感动。"姐妹，恭喜你终于悟了，不过道歉就不必了，我这人心胸比较……"

谢永儿忍无可忍道："是我妈。"

"？"

谢永儿背对着她低下头。"可能是因为得知了你俩的身份吧，我梦见了一点穿进来之前的事。我穿来之前还在为了无聊的事跟她吵架，都没来得及道个歉。"

庾晚音本来是抱着做攻略任务的心态来聊天的，此时却不禁顿住了动作。

谢永儿之前说话一直拿捏着古人腔调，如今这样坦率直言，倒让她头一次有了"同类"的实感。

庾晚音想了想，道："我穿来之前倒是跟我妈通了电话，她问我什么时候回家，我说周末就回去。听她语气神神秘秘的，也许是又学了道什么小吃，想做给我吃吧。"

谢永儿的头略微抬起了一点。

庾晚音却不说话了，周身气氛消沉。

谢永儿问："你是哪里人？"

庾晚音的心突地一跳。《穿书之恶魔宠妃》里的城市名，跟现实世界一致吗？

她继续梳头，试探着说了个最大众的："北京。你呢？"

谢永儿道："A城。北京在哪儿？"

庾晚音道："……小县城，没听说过也正常，离你那儿还挺远的。"

谢永儿道："哦？你们那儿小吃很发达吗？"

庾晚音根本不是北京人，仗着《穿书之恶魔宠妃》肯定没写过，顺口忽悠她："还行吧，豆汁儿听说过没，可好喝了。"

谢永儿果然遗憾道："没喝过。"

"那你可错过太多了。"

庾晚音给谢永儿打理发型的当口，一盘大棋正缓缓成形。

大棋落成之前，每一颗棋子都以为自己不在局中。

比如太后。

· · · · ·

太后正用剪子打理她心爱的盆栽，大宫女低声通报道："木云大人求见。"

这木云是太后党中一个敬陪末座的臣子，说话略有些结巴，显得老实巴交，常被同僚嘲笑。

三日后就是签订和谈书的日子了，太后正为杀不了那燕国使臣而心烦，不耐道："他能有什么事？"

大宫女道："他说他有一计。"

太后："？"

木云进来了，战战兢兢道："微臣以为，陛下如今对……对那群燕人，如母……母鸡护崽，不宜直接冲……冲撞……"

太后"咔嚓"一声剪下一根杂枝。"木大人有何提议，不妨直言。"

木云更紧张了："邙……邙……邙……"

他"邙"了半天没下文，太后自己都已经想明白了，眼睛一亮。

邙山。

邙山上有一座正在修建的陵寝，是夏侯澹为太后所筑，近日就该竣工了。

这是大事，皇帝理应陪同太后去验看一番。

那邙山远在都城之外，木云是给她递了个正当由头，让她将夏侯澹引出城去。皇帝走远了，他们再突然发难弄死使臣。

等到皇帝反应过来，早已万事休矣。使臣一死，两国交恶不可避免，这场仗端王就是不想打也得打。

木云还在结巴："邙……邙山……山……"

太后道："妙啊。"

木云："？"

太后眼睁睁看着皇帝一天比一天强硬，该撕破的脸皮已经撕破了，对他的容忍也到了尽头。

她殷红的指甲掐下一朵花来，在指间把玩了一下。"就这么办吧，明日一早哀家便与他上山。"

木云赔笑道："这……这个理由，陛下没……没法推辞。"

太后五指一收，揉碎了花瓣，顺手抛进土中。"平日里看不出来，你还挺机灵。"

木云的笑容僵硬了一下。

太后笑道："也罢，待我们一走，城中之事就交给你了。此事若是成了，记你一功。"

木云狂喜道："谢……谢太后！"

他点头哈腰地退下了，出门之前，用看死人的眼神瞥了她最后一眼。

太后正吩咐宫人去通知夏侯澹，没有注意。

就这样，一场大风起于青蘋之末。

· · · · ·

庾晚音已经给谢永儿做完发型了，正在托着她的脸化妆。

庾晚音道："眉形不错啊。"

谢永儿道："放在这年代就太粗了，得剃掉一些。这些古人审美不行。"

庾晚音："……"

庾晚音道："确实。"

女生寝室八卦活动进行到现在，谢永儿的语气已经彻底现代化了，眉眼间的愤懑郁卒也淡去了不少。

庾晚音拉着她聊吃喝玩乐，聊学生时代，聊难缠上司和极品甲方。这些遥远的词在半空中交织，创造出了一方幻境，谢永儿置身其中，仿佛暂时忘却了处境，做回了一个白领。

谢永儿突然吁了口气。"想想才觉得，穿来之后的日子过得好不真实。"

庾晚音的目的达到了，胸口却有些发闷。

谢永儿并不知道，即使是作为白领，她也没有真实过。

· · · · ·

每一颗棋子都以为自己不在局中。

比如图尔。

一支暗箭穿破了馆驿的窗纸，裹挟着劲风射向图尔。

图尔身形微微一晃，旁人根本看不清他如何动作，那支箭矢已经被他抄在了手中。

箭上穿着一张字条。

哈齐纳深深皱眉。"王子，快放手，小心箭上有毒。"

图尔依言丢了箭矢，扭头看了一眼窗纸上的破洞。"是从街对面射过来的。"

哈齐纳抢上两步，以巾帕包住手指捡起了字条，展开一看，诧异道："是燕语。"

纸上用燕语写着：明日皇帝上邺山。有人要杀你们，小心。

署名不是文字，而是一朵花。

哈齐纳道："这人是在暗示什么？我们的身份被识破了？他知道我们要杀皇帝？"

图尔沉思。

若是身份暴露，他们还能好端端地待在馆驿，说明对方尚未告发他们。

难道城中还藏着他们的同胞，在默默襄助他们这最后一战？

哈齐纳道："王子，那些夏人一个比一个阴险，能相信吗？"

图尔还在盯着那朵墨笔勾勒、形如铃铛的小花。

这是珊依最喜欢的花，他曾将它别在她的发间。他们称之为驼铃花。不知为何，它总能让他依稀听见珊依起舞时佩饰的声响，叮叮当当，细碎空灵。

她嫁入大夏之时，族中的女人将这朵花绣在了她的衣上。

几个月后，死讯传入了燕国。

夏人称她意图行刺，燕王则反骂夏国栽赃无辜，杀害圣女。脆弱的和平只持续了几个月，战火重新燃起。

珊依是世上最美好的人。

如果她继续增长年岁，或许也会沾染凡尘，黯然失色，不再当得起"最美好"这样的称号。但她没有那样的机会了。

· · · · ·

庾晚音道："所以说，你到底喜欢端王什么呢？图他薄情寡义，还是图他郎心似铁？"

谢永儿没回答。

庾晚音拱她。"说说嘛。"

"你也知道他薄情寡义。"谢永儿半晌才开口，"我不怎么漂亮，智商放在这儿也不够用，还被他发现了是个异类，但他还是接纳了我。"

庾晚音："……"

谢永儿道："我觉得自己是特殊的那个。可惜，我陷得越深，他却越是若即若离。他越是若即若离，我就越是不甘心。"

"不甘心？"

谢永儿咬了咬唇。"你也是穿来的，应该知道，原作里你这个角色可是跟他缠缠绵绵，情海恨天的。"

对谢永儿来说，这本原作是《东风夜放花千树》。

庾晚音："……"

谢永儿道："为什么换作我就不行？"

庾晚音听得心中有些发凉。

谢永儿的这些小自卑、小纠结，听上去像是出于自由意志，但其实基本都被写在了《穿书之恶魔宠妃》中。

难道……她对端王的痴情，只是人物设定的一部分？

庾晚音不愿朝那个方向分析，这种无能为力的宿命感太让人窒息了。

而且，如果人物设定不可动摇，为什么身为男主的端王却没有爱上谢永儿？庾晚音更愿意相信，所谓自由意志是存在的，只是谢永儿的不够强。

"其实我觉得你对夏侯泊有些误解。"她像诱惑高僧入魔的妖怪般轻吐谗言，"怎么说呢，他其实好像没有那种世俗的欲望。"

谢永儿顿了顿，语气冷淡了几分："他对你就有。即使我改变了剧情，我还是能感觉出来，他看你的眼神不一样。"

"没有。"庾晚音恨不得摇醒这个恋爱脑，"他对谁都没有，他是那种一心搞事业的优秀反派！"

谢永儿："？"

· · · ·

每一颗棋子都以为自己不在局中。

比如夏侯澹。

太后搬出验看陵寝这样的名头，夏侯澹果然没法推辞。即使知道她摆明了是要调虎离山，他也不能忤逆不孝，拒绝陪同。

消息传来，他只能吩咐暗卫："今夜偷偷去接触使臣，将他们转移去别处藏身，多辗转几个地方，务必甩脱太后的探子。馆驿外加派一些护卫，作为障眼法。"

暗卫领命，正要离去，夏侯澹又加了一句："保护的同时，也看好他们，别让他们趁机乱跑。"

理论上，他无须特别担心使臣团的安危，因为这一回端王也理应积极促成和谈。太后若是下手，端王不会坐视不管。

但隐隐地，他总觉得哪里不对。

因为至今没有收到汪昭的消息。从一开始，他们就对使臣团的来意心存疑虑。

因为端王已经很久没有动静了，对他和太后的斗法隔岸观火，安静到了异常的程度。

又或许只是因为，以这世界对他的恶意，和谈是不会顺风顺水的。事出反常必有妖。

夏侯澹道："庾妃呢？"

宫人道："还在谢妃处。"

这红脸还没唱完？是想唱八十一集吗？

夏侯澹脸色不善，起身朝谢永儿的住处走去。

· · · ·

与此同时，下棋之人稳坐端王府。

夏侯泊在闭目养神。行棋越到险处，他就越平静。

探子正在复命："图尔已收到字条了。"

同时复命的还有一人，正是刚刚还在太后处献计的木云。"太后说明日便上山，让我负责杀使臣团。"

夏侯泊睁开眼睛，笑道："都辛苦了。明日就是收网之时。"

· · ● · ·

日已西斜，端王约见谢永儿的时辰快要到了。

夏侯澹走入房中时，庾晚音与谢永儿的对话已经进入了死胡同。

夏侯澹没管她们，径直走到谢永儿面前。"太后让我明天一早陪她去邙山。这其中有端王的手笔吗？"

谢永儿道："……我不知道。"

夏侯澹道："他约你今夜相见，是想说什么？"

谢永儿道："我不知道，我真不知道。"

夏侯澹嗤笑了一声，对庾晚音说："我就说吧，白费功夫。"

谢永儿像吃了一记闷棍，偏偏没法辩驳。换作她是这俩人，她也不会相信自己。

庾晚音深吸一口气。

"永儿，有些东西，我本来不想给你看的。"

她从怀中掏出一本书。

夏侯澹眼角一挑，手抬了一下，似乎下意识想拦住她，但半途又控制住了自己。

庾晚音给他一个安抚的眼神。"胥尧，你记得吧？这是他生前所记，上面都是端王的绝密计划，你应该知道这东西我们伪造不来。"

谢永儿脸色变了。"这东西你们是怎么弄到的？"

庾晚音道："这话说的，大家都是穿的，瞧不起谁呢？"

谢永儿："……"

庾晚音迟迟没拿出这个撒手锏，原本是在犹豫，因为上面还有最后两个针对夏侯澹的关键行动没有进行，似乎是想等扳倒了太后再动手的。

而庾晚音一直隐忍不发，正是想将计就计。

一旦让谢永儿知晓己方拥有这本书，她转头就可以告诉端王，这本书也就失去了最后的价值。

但庾晚音刚才听见夏侯澹要上邙山，眼皮突然跳了起来。虽然说不出所以然，但她有种近乎直觉的紧迫感：今天晚上，他们必须探一探端王的虚实。而为此，她现在就必须说服谢永儿。

庚晚音咬了咬牙，将书递了过去。"你自己翻吧。"

· · · · ·

端王府。

木云此时腰挺直了，说话也不结巴了。"殿下，图尔会相信那张字条上的内容吗？"

夏侯泊道："此时不信也没关系，明天你去捉他们时，不妨将动静闹到最大，由不得他们不信。然后再放个水，让他们逃脱。到时候……"

木云道："到时候，图尔就该想到，邙山地势开阔，是他们最好的机会。"

无论是太后还是皇帝，此时都还被蒙在鼓里，不知道来的是燕国第一高手，冲着的是皇帝的项上人头。

也就是说，他们都不可能做好相应的防范部署。

若是在宫中，层层禁卫尚可一战。但上了邙山，荒郊野岭，侍卫能看守神道，却看不住四面八方的树林啊。

图尔在沙场上是以一敌百的角色，此番又是有备而来，夏侯泊并不怀疑他的实力。

以有心算无心，山上那点人手，他可以全灭。

即使燕国人遇上困难，还有帮手。这一路上，端王的人会为他们保驾护航。

木云道："我先去打点一下城门处。还有，咱们是否先派些人去树林中埋伏着？"

夏侯泊点头允了。"如此一来，四方人马也该齐聚了。"

端王党薅秃了头想出来的，便是这个计划。

· · · · ·

宫内。

谢永儿翻着翻着，整个人缓缓凝固。

胥尧的书上有不少计划，看上去相当眼熟，都是出自她的建议。早期剧情线没有脱离原作，她能预知很多后事，为端王出的点子详细到了"某月某日去某地偶遇某人"的程度。

但是胥尧记下的这些计划，没有一条是与她的建议完全吻合的。

或是日期时辰，或是具体地点，总有些微小处，刻意地变更了。

谢永儿身在深宫，与端王的联络全靠传信与私会，不可能知晓端王的所有行动。

曾经有那么一次，她建议端王策反禁军副统领，引其轻薄统领的小妾。结果却偷听到端王与谋士商谈，将计划改为了给马下药，为副统领扣上个罪名，再以此要挟他。

当时她心中有些委屈，按捺着没问夏侯泊，反倒默默说服自己，确实是改善过的计划更为稳妥。

可是今天一看，绝大多数改动根本与"稳妥"没有关系。

"他从来就没接纳过你。"夏侯澹补上了最后一刀，"不仅不接纳，而且还防着你。"

谢永儿面白如纸。

夏侯澹凉凉道："夏侯泊比你现实得多。从你第一次为他做出预言，你在他眼中就成了一颗尚可一用的定时炸弹。异类就是异类，没有人会对异类产生情愫的。"

他说到"异类"二字时，咬字分外冷硬。庾晚音听着有些刺耳，轻轻戳了他一下。

夏侯澹还是说完了："若是他坐上了皇位，第一个死的就是你。"

寂静之中，庾晚音重新提起笔，在她唇上涂了最后一笔。"妆化好了，去见他吧。"

见她久久不说话，庾晚音将镜子举到她面前。"看看，还满意吗？"

谢永儿魂不守舍地看了一眼，瞳孔一缩。

这妆面丝毫没有向古人审美妥协，从修容到眼影，气势凌厉，现代到让她几乎看见了从前的自己。

简直把"异类"二字写在了脸上。

庚晚音笑了。"我自个儿也早就想化这个妆了，以前怕你看出来，以后大家坦诚相见，没什么需要瞒着了。你怕他看见这样的你吗？"

· · · ·

端王府。

夏侯泊对木云道："这段时间，辛苦你了。"

木云是端王手下最得力的谋士。他被派去太后党内当卧底，几年来行事低调，比当年的魏太傅还会混。但端王心思缜密，见他左右逢源，便存了些审视之意。

为表忠心，他为端王献过不少妙计，隐隐接替了胥尧的位子。这次的计划也是他牵头的。

即使如此，仓促之间毕竟有一些变数。

比如那群燕人会不会依他们的想法行事、夏侯澹或太后会不会提前听见风声。

如果这一战告捷，天下大势落入端土之手，他就是第一功臣。而一旦出了什么纰漏……

想到这儿，木云的掌心都在冒汗。"为保万无一失，殿下今夜可以再问问谢妃娘娘。"

第十四章

# 卸下伪装

"回来之后，有点事要告诉你。"

　　谢永儿踏着最后一抹斜晖，孤身走向了冷宫。

　　她一离开，夏侯澹就派了个暗卫过去。"远远看着她，别离得太近，引起端王警觉。"

　　庾晚音望着谢永儿的背影，若有所思道："也不知道能不能顺利。"

　　谢永儿的反应跟她设想的不太一样，过于平淡了。庾晚音对这姐妹的内心世界，实在是没把握。

　　夏侯澹道："你现在不安也晚了，胥尧的书都给她看了。"

　　庾晚音："……"

　　她偷瞄了夏侯澹一眼。

　　生气了？

　　回到自己的寝殿，夏侯澹依旧面色不虞。

　　庾晚音低头吃着晚膳，又偷瞄了他五六七八眼。

　　夏侯澹沉着脸给她夹了块鱼。

　　气氛太尴尬了，庾晚音决定打破沉默。"我知道你不相信谢永儿。"

　　夏侯澹道："知道就好。"

　　庾晚音道："但你不相信她的理由，仔细想想，就有点奇怪。这个世界里除了我俩，全都是纸片人，包括那些被劝服的臣子，难道你对他们也不抱希望吗？"

　　"他们的设定就是鞠躬尽瘁的好人，谢永儿呢？"

　　"但胥尧的设定原本是端王党。夏侯泊的设定原本是对谢永儿神魂颠倒。"

夏侯澹噎了一下，不吭声了。

庾晚音觉得自己抓住了症结："你好像特别歧视纸片人。"

夏侯澹被戳中了某处陈年的隐痛，忍不住嘲讽地笑了一下。"那咱们拭目以待吧，看看谢永儿对不对得起你这一腔真心。"

庾晚音愣了愣，稀奇地看着他。

夏侯澹没好气道："怎么？"

"我对她有什么一腔真心？上次我就有点那感觉，没好意思问你……"庾晚音慢吞吞道，"你这是吃醋了吗？"

她说这个原本就是插科打诨，想哄夏侯澹笑一下。

结果夏侯澹手中伸到一半的筷子突然停住了。

庾晚音："？"

夏侯澹略微抬眼看了看她，如她所愿地笑了。"是啊。"

庾晚音："……"

不明白这人的脑回路。

但老脸有点热。

· · · ·

冷宫那间破屋里。

天已经完全黑了，今夜无星无月，此地远离宫中灯火，几乎伸手不见五指。

谢永儿的身体还很虚，被夜风一吹，禁不住打了个寒噤。她不敢点灯，摸着黑磕磕绊绊地踏入大门，忽然撞入了一个怀抱。

她下意识地后退，对方却解开外衣，将她环抱了进去。"永儿。"

谢永儿抬头去看，只能看见一个模糊的轮廓。她不知道对此刻是何表情，只能听见熟悉的温和声音："你受苦了。"

谢永儿将脸埋进了他的胸口，柔弱地蹭了蹭。"殿下，你可算来看我了。"

黑暗中，夏侯泊在她唇上蜻蜓点水地吻了一下。"身体怎么样了，好些了吗？"

他的声音一向偏冷，在静夜中听来更像击玉般冰凉。唯有在对她说话时，他才会放缓语速，仿佛捧着珍视的宝物，要将仅存的温度传递给她。

谢永儿几乎是条件反射地被勾起了心中所有委屈。"殿下……"

夏侯泊道："听说你滑胎之后，皇帝派人围在你的门外，名曰保护，却禁止出入，可是另有隐情？"

谢永儿剩下的话语戛然而止。

他语声中的担心是如此真诚熨帖，放在以前，她定会红了眼眶。但今天有人逼迫着她换了一个视角。这回她终于听懂了，每一个字里都是审问之意。

谢永儿以为自己心头的血液已经冷却到了极点，原来还可以更冷。

幸好此刻没有人能看清她的表情。

谢永儿缓缓道："我声称没有怀孕，皇帝却起了疑心，算了算日子，怀疑孩子不是他的。但那胎儿被我拼死找机会埋了，皇帝没能找到证据，又怕此事传出去丢脸，只能将我困在房中看守着。"

夏侯泊冷笑了一声："还是那么无能。"

他又关切地问："可若是这样，你今天是怎么出来见我的？"

谢永儿："……"

一瞬间，只是一瞬间。

她知道这一瞬间的停顿已经出卖了自己，即使立即奉上完美的解释，夏侯泊也不会再信。

一瞬的犹豫后，她颤抖着道："是皇帝逼我来的。"

· · · · ·

用过晚膳，夏侯澹照例送庾晚音回她的住处。

乌云遮月，回廊上挂着的一排六角宫灯在冷风里飘摇不定，拽着他们的影子短了又长。

夏侯澹朝冷宫的方向望了一眼，自然是什么也望不见。"也不知道那边怎么样了。"

庾晚音没搭腔。

她面上仍旧有些发烫，经风一吹才消退了些。

她这会儿暂时把所有危机都抛到了一边，耳边一遍遍地回荡着刚才的对话。

她问："你这是吃醋了吗？"

夏侯澹回："是啊。"

几个意思？为什么要吃谢永儿的醋？

庾晚音心里悸动了一下。刚跟一个恋爱脑的谢永儿聊了一整天的儿女情长，她似乎也被洗脑了，明知时机不对，却还是忍不住半真半假地追问了一句："因为我给她梳头化妆啊？明儿也给你……"

夏侯澹道："不是。"

庾晚音心跳得更快了。

结果，夏侯澹这两个字说得如此坦荡、如此理直气壮，说完就一脸淡然地继续吃饭，仿佛这个话题已经圆满结束了。

以至庾晚音凝固在原地，愣是问不下去了。

几个意思啊？？？

这算什么呢？是承认了吗？是捅破了那层窗户纸吗？

从她察觉他待自己的心思，已经过去了八百年。只是他似乎真的对身体接触有什么不可言说的阴影，她只能耐住性子，等他自行捅破那层纸。

结果他老人家真就不急不躁，似有还无，竟让她开始怀疑自己是不是自作多情了。

又是一阵冷风，回廊灯影一阵凌乱晃动，挑灯走在他们身前的两个引路宫女惊呼一声——她们手中的宫灯被吹灭了。

光影交叠，庾晚音一时看不清脚下的路，步履慢了下来。

肩上忽然一暖。

夏侯澹解了外袍披到她肩上。"穿这么少，小心感冒。"

庾晚音静了静，转头看去。夏侯澹的面容在一片暗淡昏黄中模糊不清，只有眼神是清晰的，安定地回望着她。

前面那两个宫女还在一边告罪，一边手忙脚乱地打火点灯。

庾晚音用她们听不见的音量说："你这可是龙袍。传出去我又成祸国妖妃了。"

夏侯澹被逗笑了。"你不是吗？"

庾晚音："……"

庾晚音甚至有一丝火气了。

这若即若离的是在玩你姐姐我吗？

夏侯澹，你是不是真的不行？

忍不下去了。

她冲动地朝他那两瓣薄唇靠过去，想当场坐实妖妃之名。

宫灯重新亮起。

夏侯澹转头看了看，道："走吧。"

· · ● · ·

余下的路途，庾晚音都没说话，低头藏着表情，所以也没发现夏侯澹不知不觉落后了半步，目光始终落在她的背影上。

再给她一千个恋爱脑，她也猜不到此时夏侯澹在想什么。

他正在反思，不该说那些的。

不该靠近她，不该用一张伪装出的"同类"的皮囊，骗取她的亲近与善意。

他能瞒她多久呢？等到真相大白的那一天，此时此刻浮动着的温暖情愫，会出现在她的噩梦里吗？

可是明知道不应该，他却还是放任了自己。

这股冲动是从何而来的呢？是因为冥冥中他已经知道，明天之后就未必再有机会了吗？

· · ● · ·

冷宫。

黑暗中的对话已经进行到了尾声。

一阵大风吹开了厚重的云絮，月光倾泻而下，无量慈悲，对冷宫的破屋烂瓦也均等布施。

谢永儿的发丝间折出朦胧的荧光。

夏侯泊忽然笑道："永儿今天似乎格外漂亮。"

谢永儿的妆容经过月光一洗，并不显得特别突兀，但仍能看出不是普通的宫妆。

谢永儿转眸望着他。"我现在还有些病容，不想被你看见难看的样子，所以多抹了些脂粉。殿下喜欢吗？"

夏侯泊道："喜欢。与众不同，正如你一般。"

谢永儿："……"

视角一旦切换过来，她才发现端王哄人的话术其实也并不如何高明，甚至透着浓浓的敷衍。

谢永儿的眼睛已经完全适应了黑暗，也看清了夏侯泊的表情。无瑕的微笑，专注的目光，可那双眼中并没有她的倒影。

说来奇怪，最初让她沉迷的，就是那双倒映不出自己的眼睛。他的目光仿佛一直在看着很远的地方，从不落在任何凡人身上。只是那时她笃信那些"凡人"中并不包括自己。

如果庾晚音在这里，大概会说他整个人站成了一张"没有那种世俗的欲望"的图吧。

谢永儿突然觉得有些好笑。

如果庾晚音是跟她一样的人，或许她也不会显得如此可悲吧？

夏侯泊道："怎么？"

谢永儿摇摇头。"那就按照殿下说的，我回去之后便递话给皇帝。"

"嗯。"夏侯泊摸了摸她的头，"辛苦你了。"

· · ● · ·

夏侯澹将庾晚音送到了寝殿门口，兢兢业业地演绎追妻火葬场。"朕走了，好好休息。"

他没能走成。

庾晚音牵住了他的衣角，也不知几分是演戏给宫人看，几分是真心实意，神情别扭中透着羞赧。"陛下，今夜留下吧。"

她左右看看，凑到他耳边，软软的气息吹进他的耳朵。"真别走了，我给你看个东西。"

夏侯澹："……"

别玩我了，这是报应吗？

庾晚音确实有点报复的意思，故意牵住他的手不放，一路将他引进室内，合上卧房的门，遣散了宫人，还意味深长道："好美的月色。"

夏侯澹道："……是啊。"

突然出现在他们身后的北舟道："是挺美的。"

夏侯澹："？"

庾晚音笑道："北叔，给他看东西。"

夏侯澹："？？？"

·　·　●　·　·

翌日清晨，庾晚音比平时醒得更早一些。

窗外依旧是阴天，沉闷的空气似乎酝酿着一场大雨。她下意识地扭头一看，发现枕畔无人，惊得一坐而起。

"我在这儿，"夏侯澹坐在床沿看着她，"还没走。"

庾晚音松了口气。"怎么不叫醒我？"

夏侯澹没有回答，顺手递给她一张字条。"谢永儿早上递进来的。"

庾晚音展开一看，寥寥几个字：诸事如常，端王主和。

她皱起眉。"好敷衍的答案。"

"还打算相信她吗？"夏侯澹问。

"……不好说。如果端王真的没有阴谋，当然是最好……"庾晚音望着他戴上旒冕，一个没忍住，"要不然我还是跟你一起上山吧。像之前那样，扮成侍卫，行吗？"

夏侯澹笑了。"不行。你留着，万一有个突发情况，至少……"他顿了顿，"至少你还可以随机应变，策应一下。"

但庾晚音听懂了他咽回去的后半句，大约是"至少你不会有危险"。

她跳下床。"我跟你一起去。不要劝了，我不听。"

"晚音。"

"不听。"

夏侯澹又笑。"现在太后和端王的小动作都是未知数，你怎么知道突发情况会是在山上还是山下？我们都去了陵寝，万一城中出事呢？"

她确实否认不了这个万一。

夏侯澹道："我这边有北叔这个不为人知的底牌，暗卫这段时间被北叔特训，身手也提高不少，不用太担心。倒是你，要是遇上事，记住保护自己才是第一位。"

庾晚音不吭声。

"晚音。"夏侯澹又唤了一声。

庾晚音心烦意乱，也不知在生谁的气。"走吧走吧，早去早回。"

床边静默的时间略有些长。她疑惑地抬头。

夏侯澹道："回来之后，有点事要告诉你。"

庾晚音："……"

庾晚音道："呸呸呸呸呸！你乱插什么旗？快收回！"

"不收。"夏侯澹起身，"走了。"

"收啊！！！"

· · · ·

皇帝与太后的车驾浩浩荡荡地启程，骅骝开道，缓缓朝着邙山行去。

一个时辰后，木云收到了消息："他们全部出城了。"

木云道："那咱们也开始吧。"

· · · ·

太后留下的口谕是：低调行事，找出使臣团，编个罪名逮入狱中再动手。

木云显然不会遵从这个旨意。

车驾刚一去远，城中巷陌就乱了套。大批人马先是直扑馆驿，似乎扑了个空，紧接着便兵分数路，满城乱窜，挨家搜查。仿佛生怕不能打草惊蛇。

就连图尔一行人藏身的别院里，都能听见外头的嘈杂声。

嘈杂声越来越近。室内，使臣团围坐在一张桌旁，哈齐纳侧耳听了片刻，用眼神询问图尔。

图尔比了一个少安毋躁的手势。

院子里站着一批保护他们的侍卫。昨天深夜，正是这些人从馆驿里带走了他们。从侍卫凝重的眼神中，图尔推断那张诡异的字条所写内容，至少有一部分是真的：确实有人要杀他们。

是谁呢？太后吗？

图尔不甚在意这个。他更在意的是，字条上的另一句话，也是真的吗？

这时，院中的侍卫走了进来，低声说："还请诸位跟着我们，从后门暂避。"

看来搜查的人要闯进来了。图尔沉默着起身，配合地跟随着侍卫溜出后门，走进了一条窄巷中。

侍卫闷头带路，似乎要引他们去另一个藏身点。图尔忽然开口了："这位大哥，可否派个人去邙山通知皇帝陛下，让他来保护我们？"

侍卫随口回道："陛下已然知情……"话音未落，陡然察觉不对——这群燕人一直没离开过监视，也不会有人将天家的行踪泄露给他们，他们怎么会知道皇帝去了邙山？

侍卫的反应不可谓不快，转身的同时，手已经握住了刀柄。

可惜他永远没有机会出刀了。

未及回身，一双大手握住了他的脑袋，运力一扭，他依稀听见一声不祥的闷响，就觉得头颅忽然被转到了背后。

那双眼中最后映出的，是一张阴鸷的脸庞。

图尔骤然发难，手下也迅速跟上。那群侍卫刚刚反应过来，一把毒粉已经兜头撒来。

无声无息，后巷中倒了一片侍卫的尸体。

图尔用燕语指示："换上他们的衣服，取走他们的武器和令牌。"

哈齐纳问："王子，接下来怎么办？"

图尔道："出城，上邙山。"

珊依死后，他发誓要让夏国人血债血偿。他身先士卒，冲锋陷阵，功绩越来越高，声望越来越盛，燕国人都视他为天之神子。

燕王对他露出的笑容日渐虚伪，图尔不是不知道，只是不在乎。从叔叔送走珊依的那一天起，他们之间就没有情分可言了。

最终，连这表面上的合作都走到了尽头。

燕王早已不再亲自出征。他一天天地躲在新建的宫殿里，与羌国的女王卿卿我我，一副老房子着火、终于遇上了真爱的样子。都说羌国人善毒，图尔怀疑那女人有什么古怪方子让他枯木逢春。

后来那个名叫汪昭的夏国人跑来讲和。燕王动了心，图尔却坚决反对，他的部下也群情鼎沸。眼见着已经有人嚷嚷拥图尔上位，燕王坐不住了。

· · · ● · ·

图尔至今也不知道自己是怎么中毒的。他只知道自己一头栽倒在营帐中，再次醒来时已经被拴上铁链，囚禁在家里。

羌国的女王来探望过他一次。红衣红唇、风情万种的女人朝他微笑。"比起你叔叔，我当然更愿意选择你。我给过你机会，你拒绝了。"

图尔问："你什么时候与我说过话？"

"初见的酒宴上，我一直对你笑呢。"她的笑容渐渐冷了下去，"没注意到吗？"

图尔莫名其妙地看着她。"我为什么要注意你？你以为自己很美？"

望着她甩袖离去的背影，他生出了一丝廉价的快意。

女王离开后，地上遗落了一个香囊。

他打开一看，里面是数枚药丸，颜色不一。他不小心闻了一下，只觉一阵晕眩，丢开香囊调息了许久才平复过来。

是毒，五花八门的毒。

那个香囊，她始终没有回头来寻。

他的心腹哈齐纳冒死混了进来，带来的全是坏消息：在他昏迷期间，兵权旁落，大势已去，曾经的手下也被燕王以各种理由办了，而且，燕王派出的使臣团即将启程前往夏国和谈。

就在这时，图尔意识到这是自己最后的机会。

如果把握住了，他不费一兵一卒便可长驱直入，直奔大夏都城，手刃了那皇帝，顺带还可以毁了燕王的如意算盘，让他在战火中"安"度晚年。

自然，他自己也不可能活着逃回来。

但他并没有想逃。

图尔晃了晃那个香囊。"我们把使臣团截杀了吧。"

· · ● · ·

宫中。

皇帝走了，太后也走了，一群妃嫔如同放了大假，趁着天还未落雨，纷纷走出门来，散步聊天，不亦乐乎。

只有庾晚音关起门来独自转圈。

她的眼皮一直在跳，胸膛中也在擂鼓。但无论怎样用逻辑推断，端王都没有理由搅黄这次和谈。

直觉告诉她漏掉了什么关键信息，就像拼图缺失了最关键的一块。

夏侯澹留了几个暗卫保护她。此时见她如此，暗卫劝道："娘娘别太担忧了，陛下说了若有急事，由娘娘决断，会有人来通报的。"

庾晚音充耳不闻，又转了两圈，突然道："我出门去散个步。"

暗卫："？"

庾晚音刚刚走到御花园，迎面就遇上了谢永儿。

谢永儿今天居然也化着现代妆容，瞧着高贵冷艳，目下无尘。俩人一打照面，谢永儿冷着脸瞥了她一眼，只轻哼了一声，径自与她擦肩而过。

庾晚音没有叫住她，也没有回头。

等到各自走远，庾晚音绕回了自家，一进大门就狂奔回床边，拈起夏侯澹早上递来的那张字条，又仔仔细细看了一遍。

依旧是白纸黑字，没有别的花样。

庾晚音不死心，又点起灯烛，将字条凑到火上熏烤。

她忘了，她竟然忘了——原作里的谢永儿就用过这一招。

随着火烛跳跃，更多的字迹从空白处慢慢显形。与那几个大字不同，这些字是简体，挤在一处写得密密麻麻：端王的人在监视我。他说皇帝不会活着下邺山。

· · · · ·

昨夜。

谢永儿道："是皇帝逼我来的。殿下约我相见的字条被他截获了，他暴跳如雷，说要将我活活溺死。可他又畏惧殿下，所以让我来照常赴约，再回去告诉他，你是不是有什么阴谋。"

夏侯泊道："阴谋？"

谢永儿道："他说他梦见了不好的事情，却不确定那是噩梦还是什么征兆。似乎是与使臣团有关，但他没有明说……"

夏侯泊想起来了，庾晚音之前说过夏侯澹也开了天眼，但是没有那么好用，只能看见遥远的未来。

若是好用，他也不至于被太后死死压制到现在。

至于为什么突然梦见了不好的事……难道是预知死期了？夏侯泊充满兴味地想。

当然，也有可能全部是谎言。但谢永儿毕竟刚刚为他失去一个孩子。

讽刺的是，她一直以来痴情的姿态没能换取他的垂怜，却换取了他有限的信任。

谢永儿泫然泣下道："殿下，带我走吧，我一定会被他杀了的！"

"我会带你走的，但不是现在。"夏侯泊哄道，"永儿，就当为了我，你得回去告诉他一切如常。"

"可是，我说完之后，就没有活着的价值了，他……"

"放心吧，他明天会去邺山，然后就不会再下来了。说到这个，永儿也帮我出出主意？"

· · · · ·

烛火上方，又一行字迹浮现：燕人行刺。

拼图补上了最后一块。

庾晚音面无表情，连手指都停止了颤抖。她稳稳拈着字条凑近烛火，将它烧成了青灰。

恰在此时，暗卫也冲了进来。"城中传信，燕国人杀了护卫，不知所终。"

庾晚音并不惊讶，起身轮番打量那几个暗卫，只觉得脑子从未转得如此快过。"你们调得动禁军吗？"

暗卫面面相觑。"没有陛下信物，禁军恐怕不会买账。"

庾晚音道："我猜也是。禁军被端王买通了，贸然去通报，反而会惊动他……"她闭了闭眼，"都换上便服，我易个容，我们出城。"

暗卫惊道："娘娘？！"

庾晚音简略道："燕人是去行刺的，端王的人在暗中相助。"她已经冲向妆奁了，"还傻站着干吗，换衣服啊！"

暗卫也慌了。"属下奉陛下之命保护娘娘，陛下说若有危险，决不能让娘娘上山，否则让我们拿命相抵。况且娘娘不会武功，就算上了山……"

庾晚音什么也没说，从袖中抽出一物，指向一旁的木桌。

在他们头顶上方的高空，铅灰色的云层中，落下了第一滴雨水。一线银光坠向一无所觉的大地。"砰"的一声巨响，在深宫中炸开。

· · **·** · ·

秋季里不常见的闷雷一阵阵传来。

哈齐纳挤在出城的人流中，额上忽然一凉，一滴秋雨溅开。

走在他前面的妇女抬头看了一眼天，撑起了一把伞。

图尔一行穿着从大内侍卫身上扒下来的衣服，男人尚能凑合，女人却明显穿得不太合身。但仓促之下，也只能如此，至少好过他们原本的裘衣和画裙。所幸因为这身制服，沿途的百姓也不敢多朝他们看。

眼见着队伍越来越短，即将走出城门，守城的侍卫朝他们望了过来。

图尔已经扯掉了那把假胡子，但身高无法作伪，通身的煞气也不能完全收住，站在他面前如同山岳压顶。

守卫："……"

图尔低头对他晃了晃令牌，冷冷道："有要务在身。"

那守卫的目光掠过他身后的众人。

哈齐纳等人半低着头，默默攥紧了武器。

却不料那守卫只是扫了一眼，便行礼道："请。"

众人屏着一口气，仍不敢放松，规行矩步地出了城门，错过了守卫目送他们的眼神。

等他们走远，那守卫转身便去求见禁军统领。"大人，那些人已经放出城了。"

赵统领深吸一口气。"你说什么人？"

守卫不解道："大人？"

赵统领的鼻尖渗出些冷汗。"我可不曾吩咐过你。今天什么事也没发生，听见没？"

守卫一凛，忙道："是。"

这个赵统领大名赵五成，正是当初被端王"扶正"的那个赵副统领。端王抓住了他的把柄，逼着他与自己合作，之后设计暗杀了统领，由他取而代之。之后他借着职务之便，常为端王搞些小动作。

赵五成本质是个草包，平生从未真正打过一场仗，见风使舵、浑水摸鱼倒是一把好手。也正因此，禁军在他手下一天比一天懒散，内部早已被蛀空了。

端王在酝酿些什么，他心里多少清楚，却不敢点破。睁一只眼闭一只眼，让心腹放几个人出城，便是他能做到的极限了。如果端王逼得再狠些，拉他共谋大计，即使他迫于淫威答应了，也使唤不动手下的禁军。

赵五成回身点了一炷香，暗自祈愿端王不要失手，即使失手了，也别把自己牵扯进去。

他算盘倒是打得很好，邙山之事，成则皆大欢喜，败则明哲保身。

赵五成找来几个心腹。"看紧了风向，随时通报。"

心腹道："通报什么？"

赵五成怒道："……有什么风吹草动，都得通报！"

他得及时决定，自己是要救驾，还是救驾来迟。

· · · ·

雷声滚滚，头顶的雨点由小渐大，越来越密集。

杨铎捷坐在轿中摇摇晃晃。轿子是人抬的，沿着神道拾级而上，一路登上邙山。

这原本只是座荒山，如今山上立了座享殿，又围着享殿建了斋戒驻跸用的下宫。本是气象巍峨的建筑，然而被冷雨一浇，掩映在森森林木间，倒透出了几分鬼气来。

杨铎捷被晃得头晕，东倒西歪地下了轿。虽有侍从站在一旁为他撑伞遮雨，但雨脚乱飘，还是很快溅湿了鞋袜。

杨铎捷打了个寒噤，狼狈不堪地抬头望去。前面那两位不愧是天家，走在这样的雨中，愣是步履端庄，神色从容。

太后眼皮都不眨地道："果然是好地方。"

夏侯澹面不改色。"母后喜欢就好。"

负责督建的官员在一旁点头哈腰："好雨知时节，正是圣人的恩泽到了。"

杨铎捷："？"

太后心里早已骂了无数句晦气，然而此时说什么也要把夏侯澹留在城外，硬着头皮道："那就陪母后走走，也让钦天监的人看看风水。"

天家认证算命先生杨铎捷："……"

他被打发过来时，上司是这么解释的："千秋宴筹备得好，陛下和太后都很满意，你能说会道，又通五行八卦，以后这种场合交给你最是合适不过。"

翻译过来就是：组织上决定以后都让你负责忽悠。

杨铎捷心里很是崩溃。

他很想问问夏侯澹还记不记得当初在那画舫上画的大饼，百姓的希望、大夏的脊梁。

干完这票就辞官回老家吧，他想。

杨铎捷强颜欢笑凑上前去应付太后:"微臣见此处依山傍水,气贯隆盛……"

他说着瞥了夏侯澹一眼,意外地发现皇帝也正垂眸望着他,表情漠然,眼神却似有思虑。

杨铎捷口中的话语停顿了一下,下意识地反思自己哪里忽悠得不对,夏侯澹却已经移开了目光。

一行人绕着陵园走了一圈,夏侯澹不觉间与太后拉开了几步距离。嬷嬷装束的北舟为他撑着伞,伸出手挽住他问:"还好吗?"

夏侯澹头疼得厉害,每动一下都觉得神经在痉挛,连嘴都不想张开,只"嗯"了一声。

北舟从伞底瞥了一眼四周的树林。"林中有人藏着,我们上山时就在了。"

那么,这阴谋就是在山上了。

夏侯澹居然心下略松。

北舟一语道破他心中所想:"还好没让晚音跟来。东西带在袖中了?"

"澹儿,"太后不知道他在与人嘀咕什么,生怕他起疑离去,主动朝他靠近道,"外面冷,进享殿看看吧。"

夏侯澹畏寒似的袖起手来,轻声道:"母后请。"

· · ● · ·

然而恢宏的享殿内也泛着一股冷冷的潮气。

风雨如晦,宫人点起灯烛也照不亮昏暗的大殿。太后一进门就吩咐侍卫四散去享殿周围。她带来的人比夏侯澹的侍卫走得更远些,名曰巡逻,其实是为了拦下有可能从城里传上来的急报。

太后心里有鬼,边走边对夏侯澹示好:"陵寝修得确实气派,皇儿有心了。"

夏侯澹忍着头痛陪她演。"儿臣应做的。"

太后对他笑了笑,似有感慨:"皇儿近来学会自己拿主意了,是好事。母后年纪大了,也该享享清福了。"

这话连杨铎捷听了都腹诽：可以了，再演就过了。

夏侯澹惜字如金："母后春秋鼎盛。"

但太后显然对夏侯澹的智商有成见，慈爱道："昨儿太子还对哀家提起你，说很是想念父皇。"

夏侯澹忍无可忍地闭了闭眼，眉间几乎有黑气蹿起。

太后道："你闲来无事，可以考考他的功课，多与他说话——"

"母后，"夏侯澹就在这一刹那放弃了所有伪装，轻柔地说，"母后这些年不敢放太子出来，今日忽然说这话，是觉得他现在死不了了吗？"

太后噎住了，她不可思议地看着他，心想的是：这人终于彻底疯了？

殿中一片死寂。

四周的官员、宫人、侍卫努力将自己缩小，恨不得当场缩成个球原地滚远。

杨铎捷："……"

他刚才是不是听见了什么活人不能听的内容？

太后终于反应过来，柳眉一竖。"这话是何意？"

夏侯澹的眼前闪过一些凌乱的画面。一群宫人，有男有女，像给牲口配种的农户般围着他。为首的大宫女将一枚药丸捧到他面前，见他不动，道了声失礼，便径自塞进了他口中……

越是头痛欲裂，他面上越是不显，甚至还对她温柔地笑了笑。"母后该不会以为我会对他生出什么父子之情吧？"

四目相对的一瞬间，太后脖颈后的汗毛忽然竖了起来，仿佛听见一条毒蛇"咝咝"地吐出了芯子。

杨铎捷："……"

他开始思考自己今天还能不能活着下山。他们该不会把所有人灭口吧？

夏侯澹偏要在此时点他："钦天监那个。"

杨铎捷无声地打了个寒战。"臣在。"

夏侯澹随口道："附近的下宫、神道、碑亭，都去勘查一下风水。瞧仔细些，不可有任何纰漏。"

　　杨铎捷一愣，虽然不明所以，脚下却动得飞快，仿佛生怕皇帝改变主意，逃也似的告退了。

　　他一头扎进雨帘中，直奔最远的偏殿而去。只要没人找他，他能勘查到明年。

**图书在版编目（CIP）数据**

成何体统：全 2 册 / 七英俊著 . -- 长沙：湖南文艺出版社，2022.4（2025.6 重印）
ISBN 978-7-5726-0471-3

Ⅰ.①成… Ⅱ.①七… Ⅲ.①长篇小说—中国—当代 Ⅳ.①I247.5

中国版本图书馆 CIP 数据核字（2021）第 238173 号

上架建议：畅销·小说

CHENGHETITONG：QUAN 2 CE
**成何体统：全 2 册**

著　　　者：七英俊
出 版 人：陈新文
责任编辑：刘雪琳
监　　制：毛闽峰
策 划 人：陆俊文
策划编辑：张园园　张若琳
特约策划：婷　子
文案编辑：史振嫒
营销编辑：刘　珣　焦亚楠
封面设计：镇　朱
版式设计：李　洁
插图绘制：RedMatcha　離　城　罐一一　七英俊　凌家阿空
特约营销：刘　洋　霍　静
出　　版：湖南文艺出版社
　　　　　（长沙市雨花区东二环一段 508 号　邮编：410014）
网　　址：www.hnwy.net
印　　刷：三河市兴博印务有限公司
经　　销：新华书店
开　　本：640mm × 915mm　1/16
字　　数：544 千字
印　　张：35.5
版　　次：2022 年 4 月第 1 版
印　　次：2025 年 6 月第 6 次印刷
书　　号：ISBN 978-7-5726-0471-3
定　　价：79.80 元（全 2 册）

若有质量问题，请致电质量监督电话：010-59096394
团购电话：010-59320018

下

我辈行藏君岂知 ○

七英俊 著

我的体统

湖南文艺出版社
HUNAN LITERATURE AND ART PUBLISHING HOUSE

博集天卷
CS·BOOKY

# 第十五章

# 燕人行刺

漆黑的雨幕中，一道人影逐渐浮现，一步一步地踏上支离破碎的享殿。

林中。

正在巡逻的侍卫忽然听见林木深处传来一声异响，混在雨声中并不分明，似是树枝折断的声音。

他走去探看，没瞧见人影，心想着可能是听错了，正要回身，眼角余光猛然瞥见泥泞的土地上，一排深深的脚印。

侍卫张口便要预警，那一声呼喊却被永远掐断了。

图尔将他的尸身拖到树后藏了，抬头看了一眼不远处的殿宇，比了个无声的手势。

· · ● · ·

殿内。

太后仍死死盯着夏侯澹，仿佛听见了什么大逆不道的话，正等着他谢罪。

夏侯澹的确是不想演了。

虽然不知道她费尽心机将自己弄到这里，即将亮出什么招来，但走到这一步，已经没有必要虚与委蛇了。

此刻庾晚音不在身边，他连最后一层伪装都不必披了，似笑非笑地瞥了太后一眼。"还不开始吗？"

太后道："……什么？"

话音刚落，一道闪电划破天幕，昏暗的室内霎时间明光烁亮。就在这一闪之间，四面的窗扇同时破碎！十数道黑影一跃而入，如鬼影般扑向他们！

太后肝胆俱裂，尖叫一声："护……护驾！"

殿中的侍卫匆忙奔去，却连来人的动作都未及看清，就见一把粉末兜头撒来。

跑在最前面的侍卫倒地之前还在勉力招架，被来人三两下结果了性命。

十人。

延迟的雷声如在耳边炸开。

夏侯澹的暗卫们慌忙现出身形迎敌，没想到对方武功奇高，而且路数诡谲，竟然一上来就打溃了他们的阵形。

十四人。

又一道闪电。乍明乍暗，余下众人视野昏花一片，已经来不及思量对敌之策，只是凭着本能缩小圈子，以肉身为墙挡在皇帝面前，要拖住他们一时半刻。

"陛下快逃——"

太后早已瘫坐在地。

二十人。

第二道雷声传来时，地上已经倒了二十具尸体，其中只有两个是来敌。

此时夏侯澹终于看清了这群人的面容。并不陌生，千秋宴上还见过。

燕国人。

图尔冲在最前面，抓着一把从侍卫身上扒下来的刀，舞得大开大合、虎虎生风。天生巨力如洪流澎湃，灌注周身，普通的长刀愣是被他使出了风雷奔腾之象。

刀光如电，将又一名暗卫齐腰砍断，下一秒已经指向了堂上的天子，那沙场征伐的气势，就仿佛这一刀劈下，直能葬送千军万马——

然后被一把短剑架住了。

握剑的手腕上还戴着镯子。

图尔惊愕地抬头一看，是个浓妆艳抹的嬷嬷。

便在他的注视下，那嬷嬷周身的骨骼传出"喀啦啦"一阵闷响，整个人的身形蓦然拔高，现出了男人的体貌。趁他一时震惊，那男人一记铁掌裹挟着劲风，结结实实拍中他胸口，图尔跟跄退出两步，吐出一口血来！

图尔道："你是什么怪物？"

北舟道："你老母。"

图尔："？？？"

北舟也在暗暗心惊。剑短刀长，方才他强行一架，已经受了内伤，出掌的那只手也在隐隐作痛。这人身上的肉怎么长的，莫非是钢筋铁骨不成？

北舟面色凛然，缓缓道："看这身手，你是那什么燕国第一高手图尔吧？"

图尔道："不错。你又是什么来头？"

北舟瞥了一眼满地的死伤，跨前一步，从地上捡起一把长剑，抖落刃上血水，淡然道："我是大夏宫中一个普通的端水嬷嬷。"

图尔："……"

图尔后知后觉被人讽刺了，不怒反笑。"你们夏人只会耍嘴皮子吗？来打啊！"

他拉开架势，持刀又上，北舟毫无怯意，正要迎敌——

突然听见身后某处传来几不可闻的"咔嗒"一声。

电光石火之间，北舟动了。

不是迎着图尔，而是抽身撤向一旁。

下一秒，仿佛有一道天雷直直落在了享殿中央，轰然炸开。

· · · ·

昨夜。

庾晚音笑道："北叔，给他看东西。"

北舟笑眯眯地将藏在身后的两只手举了起来。

夏侯澹："……"

夏侯澹一脸空白地看向庾晚音。"你在逗我？"

北舟道："咦，澹儿你怎么一副已经看出这是什么东西的样子？这可是晚音当初提的点子，不用内力，而是用火药催动机关，发出暗器。叔研究了无数个夜晚才做出来的，古往今来唯一一对……"

夏侯澹道："枪。"

北舟道："你这眼神不好，这怎会是枪？我给取了个名字，叫九天玄火连发袖中弩。"

夏侯澹："……"

夏侯澹道："叔你开心就好。"

北舟道："来，一人一个拿好，关键时候保命。不过你们未经练习，恐怕会欠些准头，轻易不要乱用。我？我不需要这玩意儿也能防身。"

· · · · ·

殿中一时又陷入了死寂。

就连乘胜追击的燕国人也不禁动作一滞，目瞪口呆地看向大殿中央。

木柱上凭空冒出一个巨大的窟窿，烧焦的味道伴着青烟飘了出来。

夏侯澹自己不知为何跟跄后退了半步才站稳，手中举着一个前所未见的古怪玩意儿，一头正对着图尔。

谁也没看清他刚才是怎么出手的，但那巨大的声势、恐怖的杀伤力，已经颠覆了众人的认知。

他应当是打偏了，刚才那一下如果打中图尔……

图尔仰头大笑。

"好！"他眼中泛着血光，"今天就看看是你死还是我亡！"

话音刚落，他却没有冲向夏侯澹，而是纵身扑向了北舟。

北舟眉头一拧，想与他拉开间距，方便夏侯澹下手。图尔却直觉惊人，一下子领悟了其中关窍，抓着北舟与之缠斗，口中还提声喝道："都这么做，他没有准头！"

他的手下恍然大悟，如法炮制，抓着剩余的侍卫近身打斗，更有甚者，直接扛起侍卫的尸首当作掩护，一步步朝着夏侯澹逼近。

北舟被图尔穷追不舍逼至墙边，面如霜寒。"你是不是太小瞧我了？"

他脚下一错，猛地运气周身，长发飞扬，剑光如虹。

图尔侧身避过，北舟这一剑却势头不减，径直破开窗扇，整个人顺势冲了出去。

图尔一愣，紧跟着了悟，却已经来不及了。

身后又是一声炸响，他的肩上一阵剧痛！

图尔大喝一声，跟着北舟破窗而出，右肩血流如注，焦煳味儿混着血味儿，令人作呕。

他就地一滚，远离了窗口，在大雨中站起身来，试了两次都无法再抬起右臂，恶狼般的眼神射向北舟，恨不得生啖其肉。

北舟却"啧"了一声，遗憾道："准头确实不行。"

图尔将刀换到左手。"再来！"

殿内，侍卫已经死得七零八落，余下四五人苦苦支撑。

太后瘫坐了半天，发现来人似乎对自己的性命并无兴趣，便缩着脑袋朝后门爬去，想要趁乱逃脱。

夏侯澹放枪杀了四个燕人，剩下的不好瞄准，反而失手打伤了一个暗卫。

不过有枪在手，倒让这群燕人也不敢轻易靠近。

还剩几发弹药？三发？四发？记不清了。

他深吸一口气，重新举起枪，忽听暗卫惊呼道："陛下，身后！"

夏侯澹猛地回身，只来得及避过要害。

偷袭他的哈齐纳一剑刺入了他的右胸。

或许是因为对疼痛已经习以为常，夏侯澹先是感觉到一阵刺骨凉意，接着才迟钝地觉出痛来。

他机械地抬手，扣动扳机。

哈齐纳倒下了。

夏侯澹跪倒在地，拿不准要不要拔出胸口的剑。伤口开始有些发麻，也许淬了毒。想到此处，他还是咬牙拔了剑，血液汩汩冒了出来。

殿门外，早有侍卫见势不妙，冲入雨帘中，打算跑下山去找禁军增援。

还没跑出多远，头顶忽有破空之声。他没来得及抬头，便被一箭穿心。

林中传出一声惊呼，紧接着是重物坠地声。

如此反复几次，北舟注意到了，一边应付图尔，一边提气从窗口喝道："林中有埋伏，不让我们下山！"

已经快要爬到门口的太后一个激灵，回头去看夏侯澹。跪在地上的夏侯澹也正抬头望向她。

视线撞上，他毫不犹豫地将黑洞洞的枪口对准了她。

太后眼前发黑，下意识地一声惨叫。

夏侯澹却将枪口下移，"砰"的一声打中了她的腿。

太后又是一声撕心裂肺的惨叫："夏侯澹，你这个死——"

夏侯澹道："母后这是打算与我同归于尽吗？"

"什么……"太后脑中一片混沌，痛得涕泗横流，"林中不是我的人！我的人在城里——"

方才的一切发生得太快，夏侯澹来不及梳理思路，这会儿听太后一号，他倒是想明白了。

端王。

太后还在哭号："真的不是我，你放我走啊……"

夏侯澹笑了。"母后，想不到你我母子一场，今日竟会一起交待于此。但不幸中的万幸是，你的陵寝可以派上用场了。"

他说完笑得更真心了点，似乎被自己给逗乐了。

太后的冷汗和鼻涕一起往下淌。"你……你是个疯子……"

夏侯澹却摇摇头。"可惜，我还不能死。"

还剩几发弹药？两发？一发？

他支起身，又结果一个冲上来的燕人。

"还有人在等我回去呢。"

· · · · ·

杨铎捷出了下宫一座偏殿的门，又朝下一座走去。

从刚才开始，外头雷声不断，一阵阵由远及近，仿佛九天之上有什么庞然大物正一步步地踏来，要以电为刃，劈碎这座邶山。

杨铎捷心头不知为何突突直跳，他缩紧了脖子。

又是一声炸雷，身旁的宫人惊得伞柄一偏，浇了杨铎捷半身的雨。

杨铎捷正要闷头走进室内，脚步却忽然一顿，偏头望向享殿的方向。

刚才那最后一声……是雷声吗？

邶山上的林木在晦暗不明的天色下簌簌颤抖。远处天际如同一团浓墨洇开，层层叠叠的云山倾倒，化为洪荒倒灌而下。

突然之间，眼角余光里闪过一道黑影！

杨铎捷定睛望去。不是错觉，真的有人在朝山下狂奔而去，是大内侍卫。

侍卫竟然弃皇帝于不顾？是仓皇逃命，还是去搬救兵？

享殿里出大事了。

杨铎捷内心挣扎了一下，最终责任心战胜了求生欲。一日为臣，就得尽臣子的本分。他从吓得腿软的宫人手中夺过雨伞，朝着享殿疾步走去。

迎面又是两人奔来，看装束是夏侯澹的暗卫。"杨大人且慢！"

杨铎捷问："里头怎么了？"

暗卫面色凝重，简短道："燕人是刺客。"

杨铎捷一下子明白过来，拔腿又要冲，暗卫一把拦住他。"属下去通知禁军，大人千万别去享殿，也别下山，寻个僻静之处躲起来，莫辜负了陛下一番好意。"

他俩匆匆交代完，撂下杨铎捷，奔向了黑黢黢的山林。

杨铎捷呆立在原地。

好意。

是了，方才皇帝支开他，是察觉情况有异，故意让他避险。

只有生死关头等臣子救驾的皇帝，哪儿有一把将臣子推开的怪胎？

他想起夏侯澹刚才望向自己的那个眼神。那其中没有笑意，也没有光彩，只有冷漠的权衡计算——正是一贯让他不适的，"圣人无情"的眼神。

今日之前，杨铎捷一直以为夏侯澹将自己当作一颗有用的棋子。

现在他明白了，他的确有用，但不是对皇帝而言。

皇帝临死也要保他，因为他对天下有用。

夏侯澹当初在画舫上那一番煽动人心的发言，他从未当过真。"站直了身子，做大夏的脊梁啊。"

然而天子一诺，重于九鼎。

杨铎捷一时说不清心中所思，只觉得四肢发麻，血脉偾张。他没头没脑地朝着享殿拔腿冲去，然而刚刚迈出几步，就听见身后林中传来异响。

刚才拦住自己的暗卫之一扑倒在地，背上插着一支箭。剩下一人正在与人苦战。

杨铎捷慌忙闪到最近的廊柱后头，探头望去。

仔细一瞧，他才发现林间各个方向的地上都有尸体。除了侍卫与暗卫之外，还有一些尸体身着布衣。

林间正在与暗卫厮杀的那人也是布衣。这群伏兵不显身份，但杨铎捷也不是傻子，稍加判断便知不是燕国人就是端王的死士。

端王想放任燕国人杀了夏侯澹和太后。

那仅存的暗卫身手不错，被偷袭受伤后，愣是咬牙干掉了那个伏兵，这才倒地不起。

杨铎捷呼吸急促。他能看出那两人交战期间没有别的伏兵来援，说明那个方向的伏兵暂时被清空了，包围圈出现了一个豁口。

那么，自己此时……

这个念头甚至没有完全成形，他的身体已经自作主张地冲出了藏身地。

杨铎捷只觉得自己这辈子都未曾如此狂奔过。他一头扎进山林，越过地上横斜的尸体，向下，向下，甩开枝叶，甩开砸下的雨水——

山形变得陡峭，他每一步都在打滑，逐渐无路可走。

"在那儿！"身后有人呼喝。

端王那王八蛋到底布置了多少人？！

杨铎捷脚一崴，摔了个狗啃泥，双手深陷在泥泞里，怎么也爬不起来。他挣扎着回头，身后的树上有人正在弯弓搭箭。

杨铎捷不再试图爬起，直接顺着陡坡翻滚而下。

一阵天旋地转，他仿佛一段折断的树枝，被泥水一路冲下，越来越快，直到撞上一棵倒伏的巨木才终于停下。

浑身都在剧痛，他弄不清自己断了几根骨头。衣服早已磨破，皮肉也在流血。杨铎捷喘息片刻，撑着巨木站起身，继续向下。

从树木的缝隙间，他终于望见了山脚。

杨铎捷尚未来得及热泪盈眶，背上的汗毛忽然竖起。头顶某处，再度传来了弓弦绷紧声。

这一刹那被无限延长，死去暗卫的声音回响在耳际："莫辜负了陛下一番好意……"

杨铎捷目眦欲裂。

他命不该绝，命不该绝！

他用尽全身的力气朝一旁扑去——

破空声。

重物落地声。

杨铎捷撑起身子，检查了一下自己完好的四肢，又扭头看去。刚才张弓的伏兵落在了地上，身上插了一支飞镖。

"杨大人？"有女声唤他。

一个农妇与几个庄稼汉子模样的男人朝他跑来。那农妇开口时，杨铎捷震惊地听出了庾晚音的声音："你怎么了？"

"庾妃娘娘！"杨铎捷顾不上其他，大喊一声，"树林里可能还有人！"

庾晚音猛然止住脚步，抬头望去。

雨幕之中，林木之间，无论如何都辨认不出人影。

忽然刀光一闪，不是从树上，而是从树后！

这一刀转瞬间已至眼前——

杨铎捷听到庾晚音深吸了一口气。

千钧一发之际，杨铎捷耳边一声炸响，差点将他炸聋。

这一声跟刚才享殿方向的那一声出奇地相似。

杨铎捷捂着耳朵惊慌失措。庾晚音自己倒退两步，跌坐在地。树后冒出的伏兵身上多了一个血洞，却还未死，举刀执着地砍向她。

又是一响。

这回杨铎捷看清了，庾晚音手中举着一个古怪的东西，正对着那人的脑门儿。

那人的脑浆和血液一并溅到了身后的树上，红红白白的一摊。他晃了晃，才跌倒在地，那把刀滚了几滚，碰到了庾晚音的脚。

庾晚音上次杀人的时候，是假借淑妃之手，没有亲眼见到小眉的尸体。当时她吐了一场。如今真人的尸体就在眼前，她却没有再次反胃，只觉得虚幻。

眼前的场景如梦境一般浮动，就连那个死去的家伙，看上去也像是道具假人。

说到底，这整个世界不都是假的吗？

"娘娘！"暗卫的声音唤回了她的意识，"娘娘可有受伤？"

庾晚音的胃后知后觉一阵抽疼，她咬牙忍住了。不对，就算是在这个世界，还有一个人是真的。

她转向杨铎捷，疾声道："说说情况。"

杨铎捷尽量简短地汇报了。

庾晚音的头脑飞速转动。她望向身后跟来的四个暗卫，点了其中两个。"你们两个，背着杨大人去求援。"

暗卫道："是！"

"杨大人，"庾晚音拍了拍他，"大夏的未来就寄托在你这张嘴上了。"

杨铎捷走了。

剩下两名暗卫面露迟疑。"娘娘……"

庾晚音脸色惨白，紧紧握住那把枪。"我没事，我们赶紧上山。"

她乱成一团的脑子里，忽然生出一个最不合时宜的念头：昨晚在回廊灯火下，自己为什么不亲上去呢？

· · ● · ·

暗卫脚程极快，负着杨铎捷一路狂奔，接近了城门。

杨铎捷身上血迹斑斑，守城的禁军急忙拦住了人。

杨铎捷哑着嗓子喝道："赵统领何在？带我见赵统领！"

赵五成早有吩咐，有什么风吹草动都得汇报。守城的不敢怠慢，着人将他请了过来。

赵五成一见杨铎捷这模样，心先放下了大半：看来端王快成功了。

杨铎捷还在疾呼救驾，赵五成打断了他："你是何人？"

"我……"杨铎捷自报家门。

赵五成摸了摸胡子。"你这般德行，带了几个庄稼汉，就敢自称钦天监的人，还妄想调动禁军？"

杨铎捷气得发抖，伸手在身上一通乱掏，所有能证明身份的物件都在方才那一阵乱滚间掉落了。

赵五成道："来人，将他关押受审。"

杨铎捷周身的血液都冷了下去。

他固然可以想办法自证，但等他这一通折腾完，邙山上还能剩下活人吗？

· · ● · ·

暴雨之中，北舟和图尔已经过了数百招，谁也脱不开身。

论武功，北舟远胜只剩左手能动的图尔。但图尔心存死志，一招招都是两败俱伤的路数，仿佛要与北舟就地同归于尽。北舟却还心系着享殿中的夏侯澹，一时之间竟被压制住了。

享殿里。

无论是入侵者还是护卫，几乎全躺在了地上，有死有伤，动弹不得。

整个大殿里站着的，只剩三个燕国人。

他们都是图尔手下的精英，闯过了无数的血与火才走到此处，而且越战越勇，到这最后关头也丝毫不松懈。他们将死去侍卫的残尸拎在胸前当作肉盾，摆出阵形，亦步亦趋地逼近最后的目标。

夏侯澹坐在享殿深处的地上，胸前冒着血，一只手举着枪，对着他们来回移动，似是在寻找破绽。

只有他自己心中清楚，这不过是虚张声势。枪膛里已经不存在任何弹药了。

对方还在缓缓地逼近。

今日是真的回不去了吧。

夏侯澹回头看了一眼半死不活的太后，只觉得万分遗憾。早知道活不过今天，刚才就不应该浪费那颗子弹打她的腿，而该直接拖她为自己陪葬。

他还有很多的遗憾。

没有看到端王跪在自己身前。没有看到两国止战，燕黍丰收。没有完成对岑董天和更多臣子的承诺，让他们看见河清海晏、时和岁丰。

无数遗憾如浮光掠影一般远去，留在脑中最鲜明的画面，竟是冷宫中冒着热气、咕嘟作响的小火锅。

如果还能见到她……

三声爆响。

挡在眼前的三人一个接一个地倒了下去，露出了身后洞开的大门。

漆黑的雨幕中，一道人影逐渐浮现，一步一步地踏上支离破碎的享殿。

她脸上的伪装已被雨水冲刷干净，湿淋淋的长发贴在苍白的脸上，眼中开枪杀人时的冷意还未及消散。

她没有等他回去。

她来找他了，就像很久很久之前的那夜一般。

· · ● · ·

那一天，安贤突然对他道："今日要来侍寝的那个庾嫔有些异样，妆容打扮都与往常迥异……"

他不明所以。"什么意思？"

安贤错愕道："陛下吩咐过奴婢，来侍寝的妃嫔若是有与往昔不同之处，都要禀报陛下的。"

他这才想起来，那是很久以前的指令了。当时他还没有放弃寻找那个穿来的同类。这么多年，他自己竟然都快要忘记了。

无论如何，他还是走了一遍流程。感觉到那个女人跪到床前，他便开口道："滚吧。"

接着又表现得像个刚穿来的人，问侍卫："她不留下侍寝就得死吗？"

如果对方是穿越者，听到此处就该有所反应了。

他挥退了侍卫。隔着一层床幔，那女人迟迟没有动静。

夏侯澹自嘲地笑了笑。

就在那时，一只白皙的小手撩开了床幔。

对方果然打扮得美艳无双，却长着一双十分干净的眼睛。

他已经不敢相信任何干净的东西了，但是他也不想轻易地抹杀这双眼睛，便淡淡地让对方打个地铺，凑合一晚。

寂静片刻，他听见一道颤抖的声音："How are you?"

· · ● · ·

夏侯澹对她笑了笑："你来了。"

庾晚音跪倒在他身前，双手发抖，撕开一块衣料包扎他胸前的伤口。"没事没事，小伤而已，止住血就好了……"

"晚音，"夏侯澹望着她，"我有事对你坦白。"

他的嘴唇都发白了，这话听着就像临终遗言的开场白，庾晚音的眼眶立即红了。"不许说！给我憋着，活着回去再说！"

夏侯澹笑了："怕我说完就死吗？"

"闭嘴！"

"放心吧。"他说，"在你答应之前，我都不会死。我还没有实现你的梦想呢……"

尾音戛然而止。

庾晚音劝不住他，就用另一种方式堵住了他的嘴。

夏侯澹不记得自己的感官是从何时开始麻木的。或许是穿来的第一天，或许是杀人的那一天，又或许是在日复一日的头疼之后，身体开启了自我保护机制。

但在此刻，他被这个莫名的世界再一次分娩。

雨声震耳欲聋，像是有人掀开了一层隔音的幕布。

体内所有疼痛清晰了千倍百倍，每一寸神经都在叫嚣着燃烧。

她的嘴唇仿佛由熔岩铸成。浓烈的铁锈味儿从喉头泛开，卷入纠缠的唇舌，不知是谁渡给谁一口血。

这具身体条件反射地退缩，像要躲开火焰。夏侯澹却绷紧了肌肉，反而探身向前，抬手扣住了她的后颈。

暴雨砸碎三千微尘，大地上有人在死亡，有人在接吻。

直到庾晚音喘不过气，小幅度地挣扎了一下。

夏侯澹松手放开她，笑道："甜的。"

庾晚音："……"

你还挺会的啊？

她魔怔了般凑上去，还想再战。

北舟道："打扰一下。"

北舟嘴角带血，受了点内伤。

庾晚音带上来的两个暗卫在关键时刻出了一把力，与他一道制服了图尔。北舟拖着被五花大绑的图尔，站在一旁耐心地看他们难舍难分，也不知等了多久才礼貌打断。

那两个暗卫正在检查殿中的伤亡。有几个侍卫还未死，被他们扶起来疗伤。他们还找到了两个没断气的燕国人，一并绑了起来，丢在图尔旁边。

庾晚音猛然回神，尴尬转身。北舟瞧见了夏侯澹胸口的伤，脸色一变。"澹儿！"

夏侯澹自己穿着玄色龙袍，血迹不显，但庾晚音给他包扎的布料已经被完全染红了。

夏侯澹低头看了一眼。"没事。"

北舟面色阴沉，一手悬于图尔的天灵盖上。"此人不用留吧？"

图尔没想到这占尽天时地利的行动竟会以落败告终，此时整个人都颓唐了下去，只有那双深陷的眼睛还死死盯着夏侯澹，眼中燃着两团鬼火。

他啐了一口道："果然，夏国人只有阴损的武器和不男不女的怪物。"

北舟极力抑制着一掌拍下的冲动。"澹儿，杀吗？"

"杀了他！"角落里忽然响起尖厉的女声。

庾晚音吓了一跳，这才瞧见坐在地上形容狼狈的太后。

太后道："留他做什么，等他与端王里应外合吗?!"

夏侯澹惊讶道："差点忘了你还活着。"

太后："……"

夏侯澹在这场行刺开始前就彻底和她撕破脸了，此时也不打算再粘回去。他看都不看太后一眼，盯着图尔陷入了短暂的思索。

庾晚音被这么一打岔，思维倒是回到了正轨。端王的人还在林中虎视眈眈，瞧不见享殿里的情况，暂时不会直接攻来。但再过片刻，此间还没有动静，他们就该来查探情况了。

一旦发现夏侯澹没死，他们会做何反应呢? 到了这一步，会不会一不做，二不休，干脆代行弑君之事，再栽赃到燕国人头上?

北舟显然也想到了这一节，朝外头望了一眼。"此时正面对抗，我没有胜算。"

庾晚音戒备地看看太后，压低声音道："杨铎捷去调禁军了。"

夏侯澹道："禁军不一定调得动。"

庾晚音道："我相信他的嘴。"

夏侯澹笑了。"那我们就等。"

图尔突然也笑了一声。"不用白费力气。"

他盯着夏侯澹的胸口，眼中流露出恶意的喜悦。"你很快就会死。我们在武器上抹了羌国的毒，你的伤口不会愈合，你的血会一直流，一直流，直到流干。"

庾晚音愀然变色。

北舟攥住他的领口。"解药呢?"

图尔放声大笑。

他知道死到临头，只想用他们的痛苦为自己饯行。"就跟那个汪昭一样! 你们这样看着我做什么? 他当然死了，跟真正的使臣团一道被我们截杀在了半路，哈哈哈，死得拖泥带水的，咽气之前趴在地上，还伸直了脖子对着夏国的方向张望呢!"

庾晚音浑身发抖。

一只冰冷的手握住了她的手腕。

夏侯澹借力站起身来，顺带着从地上捡了把剑，微微摇晃着走向图尔，一步一个血脚印。

他却又越过了图尔，朝着旁边那个燕人举剑。

燕人惨叫一声。

又一声。

夏侯澹机械地举剑又捅下，次次避过要害，那燕人的肠子都流了出来，叫得像是杀猪一般。

庾晚音捂住嘴别开头。

几滴热血溅到了图尔脸上。他瞳孔收缩，猛烈挣扎起来。"夏侯澹！你还是一国之君吗？放过他们，有种冲着我来啊！"

夏侯澹的剑卡到了对方肋间，拔不出来了。他俯身又捡了一把，换了另一个燕人，接着干体力活。

图尔无能狂怒，骂得语无伦次。

夏侯澹又一次举起剑，却没能落下去。庾晚音从背后抱住了他，声音打着战："别动了，你不能再流血了……"

夏侯澹顿了顿。就在这一顿之间，北舟出手如电，给了那俩人一个痛快。

夏侯澹喘了口气，松开五指，长剑"当啷"一声掉落在地。

他站立不稳，整个人直往下滑，却又不想倒在图尔面前。庾晚音感觉到了，努力撑住他的身体，对暗卫使了个眼色。

暗卫从堂上搬来一把椅子，扶着夏侯澹坐下。庾晚音放开他时，发现双手都沾满了暗色的血。

她咬紧了后槽牙，将手背到身后擦了擦。

夏侯澹垂眸看着双目通红的图尔，心平气和地开口："汪昭出使是个秘密，连父母也不知真相。朕告诉他此行凶险，他若是不愿，可以不去。"

图尔没想到他发完疯，一转头却开始说这些，莫名其妙地瞪着他。

"他说和谈乃国之大计，不可不往。如有不测，请朕着人告于他家中二老，给他立个衣冠冢，使他生魂得归故里。"夏侯澹望着图尔，"朕要让他死得其所，告慰其在天之灵。"

图尔："？"

夏侯澹说了句他做梦也没想到的话："现在，我们和谈。"

除了庾晚音，所有活着的人都怀疑自己耳朵出了问题。

满室沉默是被太后的骂声打碎的。女人的理智濒临崩溃，她拖着伤腿朝他们爬来，似乎打算亲手代劳，杀了图尔。

夏侯澹只对暗卫简短道："照顾好太后。"

太后被照顾了。

夏侯澹道："晚音，把枪给北叔，让他盯着大门外。"

庾晚音担忧地望了他一眼，夏侯澹回以一个安抚的笑：他知道自己在做什么。

图尔道："你在说什么鬼话？你是必死之人，我是亡命之徒，我们谈个鬼？"

夏侯澹很平静。"确实。你就当是人之将死，随便说说梦话吧。明日此时，朕的好皇兄和你的好叔叔，都该举杯庆祝了。"

· · ● · ·

不知不觉，都城里的街巷阡陌已经空无一人，犹如被大雨洗成了鬼城。活在天子脚下的百姓，对变故有着野兽般的嗅觉，全都闭紧门窗躲进了家中。

杨铎捷晃了晃手上的镣铐。"老哥，哪里人啊？"

坐在他面前的副统领嗑着瓜子，不理不睬。

这人是赵五成提拔上来的。赵五成命他将杨铎捷关押受审，他却明白，此人只需关押，根本不用审。拖着拖着，把山上的皇帝拖死就完事了。

杨铎捷笑道："老哥，相逢即是有缘，左右无事，兄弟给你讲个故事如何？"

副统领吐了瓜子壳，转头去看窗外的雨。

杨铎捷也不管他在不在听。"话说当初曹操去征袁术，遇上大旱，军中缺粮。粮官问曹操，大伙儿没饭吃了可怎生是好？曹操便道：'你将大斛换作小斛，发给他们。'粮官又问了，那将士们心生怨怼，又该如何？曹操说没关系，自有良策。"

嗑瓜子的动作慢了下去。

杨铎捷故作不觉。"口粮一减，将士们果然暴怒。曹操对粮官道："得找你借一样东西稳定军心——你的项上人头。'粮官大惊喊冤，曹操倒也很委屈：'知道你无罪，可若不杀你，难道杀我吗？'"

窗外电光一闪，一道炸雷恰在此时落在他们头上，如天柱摧折，压顶而来。

副统领："……"

副统领冷笑一声："弯弯绕绕的到底想说什么？"

杨铎捷啧啧摇头。"老哥，你就是吃亏在书读少了呀。赵五成明明可以只让你看着我，为何非要当众命你'审'我？"

副统领一愣。

杨铎捷道："救驾不力，总得有颗人头落地吧？即使皇帝驾崩了，端王为了摆姿态，也会来问这个罪。赵五成是端王的狗，他是不会有事的，有事的便只能是……审讯不出结果，耽误了出兵的那个人。"

他老神在在："赵五成下令的那一刻，老哥你的项上人头，便已经出借了。"

副统领哈哈大笑。"挑拨离间得如此明显，真当我会上当？"

杨铎捷耸耸肩。"不信便罢了，人各有命。"

副统领道："那便闭嘴！"

杨铎捷果然闭上了嘴，再也不说一个字。

副统领嗑完了半盘瓜子，朝他瞟了又瞟，终于忍不住问："若真如你所言，我如何应对？"

杨铎捷牢牢闭着嘴。

副统领猛一拍桌。"说话啊！"

杨铎捷哂笑。"天下竟有如此不守礼法之人，求人指点还不躬身讨教……"

副统领"唰"地拔出刀来架到他脖子上。"我还能更不守礼，你说不说？"

"说的说的。"杨铎捷缩了缩脖子，"听说赵五成并不实际管事，平时的杂项事宜，是谁在帮他打理？老哥弄得到兵符吗？"

· · ● · ·

享殿。

图尔道："什么意思？和谈失败，扎椤瓦罕为何会庆祝？"

夏侯澹笑了。"你真的不明白吗？你到此时还以为燕王被蒙在鼓里，不知道你要来行刺吗？"

"我们留了障眼——"

"那老狐狸坐了几十年王位，能被你一点障眼法骗这么久？"

图尔被噎住了。

他想起羌国女王"恰巧"留下的香囊，又想起自己一路出逃时，出奇松散的防卫。

夏侯澹道："连年战乱，民生凋敝，燕国人士气低落，节节败退。你没有察觉，扎椤瓦罕却发现了，是百姓不想打了。他痛恨夏国，出使和谈只是权宜之计。他需要时间休养生息，也需要一个新的契机，煽动起民众的战意。"

他的语声中带着淡淡的嘲弄："你说巧不巧，上一回这个契机是珊依，这一回就轮到了你。"

这句话精准点燃了火药桶。

图尔浑身都在蓄力。"你——怎么敢——提她？"

"有何不敢？她要杀朕，朕难道要站着任她杀不成？"

"放屁！"图尔怒吼一声，周身筋肉暴起，竟然挣断了绳索，朝夏侯澹扑来。奈何身负重伤，半途又被暗卫按下了。他被压在地上不断挣扎。"到现在还在信口雌黄，所谓行刺都是你们的谎言！"

夏侯澹微微挑眉。"她行刺的那把匕首很精巧，柄上还雕着鹿和花。"

图尔的挣扎骤停。

庾晚音诧异地半张开嘴。

这种尘封多年的宫闱秘闻的细节，夏侯澹是怎么知道的？原文里写到过吗？他不是没仔细看过文吗？

然而图尔的反应已经充分说明，这细节是真的。

夏侯澹道："珊依一个弱小少女，应当不会无缘无故行刺吧？你说，是谁给她下的令呢？下令之人又是怎么让她听话的，威逼利诱，还是拿她珍爱之人相要挟？"

他任由沉默持续了一会儿，才望着图尔的后脑勺，怜悯道："真是可悲，身为傀儡却不自知，救不了心爱的女人，连真正的仇人都找不到。你以为你是瞒天过海来行刺的？不，你是被燕王送来的，就像珊依一样。你们死在大夏宫中，远比死在他手上有价值。消息传回燕国，他又可以老泪纵横，高喊让夏国血债血偿了。"

"……"

图尔嘶哑地笑了。"你说我是傀儡？"他用血色的眼睛盯着夏侯澹，"你自己不是吗？"

"朕当然是。"夏侯澹眼都不眨，"朕年少时也以为放手一搏，就可以摆脱他们的控制。后来才慢慢发现，自己下的每一个决定，做的每一次反抗，都如了他们的意。朕是他们的牵丝傀儡，是他们手中杀人的刀……"

他瞥了太后一眼。

太后瑟瑟发抖。

夏侯澹收回目光。"其实我们两个很像，但朕不甘心，不甘心装作一无所觉，不甘心浑浑噩噩地迎接宿命，还要自欺欺人，美其名曰别无选择——你甘心吗？"

这些台词……

像是每个字都被和血嚼碎了，再连牙吐出来，庾晚音想。

图尔听在耳中，更是如惊涛骇浪一般。

自欺欺人。

他不禁自问：我真的一无所觉吗？

多年以前，当叔父大言不惭地说出"她的身份最合适"时，自己是如何回答的？

多年之后，那香囊、那防卫、那种种异状，自己是不曾看见，还是刻意忽略了？搞这一出同归于尽，便可自认大仇已报，含笑九泉——却至死也不敢回头看一眼。

原来如此，他恍然间想。

原来我这燕国第一勇士，是畏惧着扎椤瓦罕的。

夏侯澹忽然话锋一转："可惜啊，可惜朕快死了。否则倒是可以派人助你一臂之力，杀了扎椤瓦罕呢。现在嘛，你犯下弑君之罪，怕是连活着走出大夏都无法可想了。"

图尔："……"

庾晚音仿佛能听见他大脑中齿轮疯狂转动的声音。

半晌，他含恨道："我真的没有解药。羌国那女人只给了毒。你能让太医想想办法吗？"

夏侯澹："……"

夏侯澹道："那你就努力为朕祈福吧。"

· · ● · ·

门边的北舟突然跪地，将脸贴在地上聆听。"有大队人马在上山，应该是禁军。"

众人尚不及松一口气，他又飞快起身朝外放了一枪。

"林中埋伏的人奔来了。"他语速飞快，"先逃，撑到禁军过来就行。"

逃，又能逃去哪里？

庾晚音猛地回头看向后门，当机立断："进地宫！"

从享殿后门望出去，尚未封土的地宫入口就在百米之外。

北舟又放了两枪，眼见着林中冒出的黑影不断拥来，援军还不见踪影，枪中弹药却所剩无几，当下低喝道："走。"

北舟背起夏侯澹，两个暗卫一人负起太后，一人拖着图尔，带着几个伤员出了后门。

四面八方都有人追来，端王安排的埋伏似乎是见任务即将失败，索性破罐破摔，全员出动了。

雨水瓢泼，庾晚音百米冲刺。

墓道还在修建，入口处没有铺满地砖，泥地已经化作了水洼。一步踩进水里，整只脚深深陷入了烂泥，只能再奋力拔出来。

跑得最快的追兵已经将他们拉进了射程，五花八门的暗器投来，落在后头的伤员几声惨叫，当了肉盾。

　　北舟负着一人还是一马当先，整个人几乎是飘过水面，踏上了墓道石阶，头也不回地奔了下去。庾晚音蹚着水紧随其后，身后又是一声撕心裂肺的惨呼，太后也中招了。

　　她在下班路上熟读盗墓小说，知道为防盗墓贼，所有地宫里都有个地方设有石门，门后还有卡死机关，从外面一时半刻绝无办法打开。但一旦进去，也就再无退路，石门一破就只能任人瓮中捉鳖。

　　情势不由人，她三级三级地往下跨，口中指挥道："主墓室！"

· · ● · ·

　　视野一暗，众人终于进了地宫。

　　北舟运足目力，在黑暗中直奔最大的墓室，回身一脚踹向顶门石。

　　顶门石缓缓倾倒，像是宏观版多米诺骨牌，推动着巨大的石门逐渐合上。

　　余人纷纷抢入，从越缩越窄的门缝间挤了进去。大门轰然合死，顶门石归入凹槽，与石门和地面形成三角。

　　最后一缕光线消失，墓室内陷入一片漆黑。

　　紧接着，外头传来了砸门声。

　　庾晚音屏息聆听了一会儿，厚重的石门岿然不动。她仿佛一下子被抽空了力气，就近贴着墙坐下了。

　　室内伸手不见五指，一时间只能听见太后的呻吟声。

　　一群各怀鬼胎的阴谋家，在黑暗与坟墓里相依为命。

# 第十六章

# 和谈书

太后刚才在享殿里听到了夏侯澹嘴炮图尔的全过程，才恍然意识到，这场和谈从一开始就是由夏侯澹暗中主导的。

庾晚音后知后觉地发现肩上剧痛。她抬手一摸，摸到了暗器划出的血口子。

她吸了一口凉气。

夏侯澹问："你受伤了？"

他的声音很近，似乎就坐在旁边。庾晚音试着伸手摸索，摸到他的手，轻轻握住了。

她不想让他在这时分神担心自己，语气轻松："没有。"

夏侯澹的五指很凉，顺着她的手腕一路向上摸，最终停在了那个血口子边缘。

"图尔，"他低声问，"伏兵的暗器上也抹了毒吗？"

图尔："？"

图尔道："你是不是误解了？我根本不知道伏兵是谁派的。难道是你说的那个皇兄？"

夏侯澹："……"

这个人回去之后，真能成功翻盘弄死燕王吗？

角落里传来暗卫的声音："回陛下，属下也中了暗器轻伤，没感觉到有毒。"他还以为夏侯澹在关心太后，虽然略感蹊跷，还是尽责汇报道，"但太后伤势有些重，需要尽早包扎。"

夏侯澹不接茬了。

砸门声还在狂响，石门却只是微微震颤，毫无移位的动静。

庾晚音心下略松，贴着夏侯澹耳语道："三角形的稳定性。"

夏侯澹在这种关头居然笑了出来。"古人的智慧结晶。"

他们十指紧扣，静静听着外面的声响。

又过片刻，砸门声突然一弱，接着传来兵刃相接的锐响。

禁军终于来了。

来人在数量上呈压倒性优势，端王的人被困在地宫里逃无可逃，负隅顽抗片刻，打斗声弱了下去。

有人冲着石门呼道："陛下？太后娘娘？"

北舟气沉丹田，将声音送出去："都在里面。"

那人喜道："请陛下稍候，我等去寻工具来将门锤碎！"

黑暗里，太后忽然带着泣音叫骂了一声，紧接着北舟冷冷道："老实点。"

庾晚音问："怎么了？"

北舟道："这女人想偷袭澹儿，被我拿住了。"

庾晚音目瞪口呆。能与端王斗上这么多年的，果然是狠角色，都山穷水尽到这一步了，还没忘了"初心"。

太后刚才在享殿里听到了夏侯澹嘴炮[1]图尔的全过程，才恍然意识到，这场和谈从一开始就是由夏侯澹暗中主导的。

皇帝在她眼皮子底下朝燕国派出了使者，而她甚至不知道他们口中的汪昭是谁——她疑心就连端王也不知道。

重伤之下，尚能镇定自若，生生凭一张嘴将敌军策反。他要送图尔回去与燕王斗，这是打算挑起燕国内乱，无形中消弭大夏的战祸啊！

这家伙到底扮猪吃老虎多久了？

这些年里，他悄然做了多少布置？

此时夏侯澹在太后心中已经超越了端王，成了头号危险人物。若是没有今日的变故，再过不久，他就该翻天了吧？

---

[1] 嘴炮，网络流行语，用讲道理的方式说服他人。

虽然他已经中毒，但谁又能保证他下山后找不到解药？他不死，死的就该是自己了！

然而夏侯澹也不知道是不是突然糊涂了，居然忘了杀她，还将她一并救了进来。

太后在黑暗中默默发抖，不是因为恐惧，而是因为紧张。

这是苍天赋予她最后的机会了——杀了夏侯澹，栽赃给图尔，再借开战之机送走端王！

她装死蛰伏到现在，终于等到北舟与外头喊话，注意力不在此间，立即朝夏侯澹爬了过去。

却没想到苍天的垂怜如此廉价，刚爬出一步，她就被北舟踩在了地上。

外头陷入一片忙乱，那领头的似乎在指挥人手去各处找工具。

太后道："大胆！你——你是哪里的奴才——"

北舟牢牢踩着她的背心，问出了今天的第二遍："澹儿，杀吗？"

他语气随意，无论是敌国王子，还是当朝太后，只要夏侯澹一句话，他都能当作蝼蚁一脚踩碎。

夏侯澹沉默了一下。

庾晚音不知道在这沉默中，他具体思索了些什么。等他开口，就是一句："今日之事，是有刁民作乱。"

众人："？"

夏侯澹意味深长地轻声道："幸好，你们这些侍卫拼死护住了朕。至于使臣团，从头到尾都在都城内，准备着和谈事宜。"

伴着门外落下的第一锤，他开始一句句地安排："图尔沾些泥水抹在脸上，等会儿记得低头。暗卫，脱下外衣给晚音罩上。晚音，把头发束起来，脸也抹花。"

众人心领神会，摸黑照办。

夏侯澹的声音越发虚弱："图尔，你那里还有毒药吗？有没有三五日内死不了的那种？"

图尔没明白他为何有此一问，迟疑道："这不好说，毒不是我炼的，我也只是拿鸡试过药。"他伸手入襟掏了两下，摸出一颗药丸嗅了嗅，"这一颗应该不致死吧，鸡吃下去倒是当场瘫了。"

夏侯澹道："北叔，喂太后服下。"

太后："！！！"

锤石声不断，还伴着隐隐裂响。

太后语声急促："皇帝，澹儿，你今日……你今日智勇双全，化干戈为玉帛，母后心中十分感念……母后这些年所作所为也都是怕你肩上担子太重，想为你分忧啊……等一下！！！"她徒然偏头躲避北舟塞来的药丸，"别忘了你已中毒！你我若是都死了，笑到最后的就是夏侯泊，你不恨他吗？！"

夏侯澹亲切道："不劳母后挂念，儿臣不会死的。"

北舟徒手撬开太后的嘴，在她杀鸡般的尖叫声中将药丸塞了进去。

夏侯澹道："母后大约忘了，拜你与端王所赐，儿臣这些年中过多少毒，又服过多少药吧。寻常的毒药，对儿臣可没那么管用了。"

北舟卡着她的脖子，将她整个人提溜起来抖了抖。

药丸入腹了。

夏侯澹道："母后且安心吧，儿臣会全须全尾地活到和谈成功，活到端王落败，活到天下太平。到时候，你抱着孙儿在地府业火里炙烤之余，别忘了为儿臣欢喜啊。"

太后的呻吟声和求饶声逐渐低弱，最后只剩"嗬嗬"喘气声。

寂静中，夏侯澹突兀地笑了起来。

他笑得上气不接下气。"诸位记得我们在哪儿吗？"

没人敢答，他便自问自答："在我为她修的坟里。"

一声巨响，石门终于被锤出了一个洞。又是几下，它四分五裂，崩落下去，溅起一地泥点。

禁军副统领跪地道："臣救驾来迟，请陛下恕罪！"

他低着脑袋，听见皇帝惊慌失措的声音："别管朕，先救母后。"

副统领一愣，举高灯烛朝墓室内望去，只见太后躺在地上不断抽搐，口眼歪斜，竟是中风的模样。

　　· · · · ·

当下禁军将满室伤员抬下山，护卫着圣驾回城。

回宫的路上，雨势渐收，云层散开后，众人才惊觉已是傍晚。天际夕光如熊熊烈火，要将残云焚为飞灰。

马车入宫，太后先被扛了进去。

副统领又要去扶夏侯澹下车，皇帝却置之不理，由变回嬷嬷身形的北舟搀着走了下来。

他不动声色地将大半体重交给北舟支撑，淡定地问："赵五成呢？"

副统领嗫嚅着不敢答。

夏侯澹不耐烦道："说实话。"

副统领道："赵统领他……不见了。"

早些时候，副统领被杨铎捷怂恿着支开了赵五成，偷取了兵符，假传军令，带着所有肯听命于自己的人去救驾了。

返程之前，他还担心赵五成会带着剩下的兵马来拦路，一不做，二不休，行了弑君之实。他特意着人先行查探了一番，却发现赵五成一见风头不对就消失不见了。赵五成胆小如鼠，见事情败露，多半是收拾细软跑路了。

夏侯澹嗤笑一声。"从现在开始，你就是禁军统领。"

副统领心头狂喜。

夏侯澹道："传朕旨意，刁民作乱，全城戒严。禁军护驾不力，赵五成渎职逃窜，捉住他斩立决。"

副统领慷慨激昂道："臣遵旨！"

他领命而去，庆幸着自己最后时刻押对了宝，没有留意到夏侯澹回身进宫的步履有些迟缓。

· · ● · ·

夏侯澹强撑着走进了寝殿，大门一合，原地倒了下去。

"澹儿！"北舟惊呼。

作为侍卫跟在后头的庾晚音冲过去，帮着一道扶住他，沾了满手的血。

同样跟在后头的图尔道："……快叫太医啊！"

夏侯澹冲他翻了个白眼，又望向庾晚音。

他有好多事要交代她。

比如，他并不像嘴上说的那样，自信一定能挺过这一劫。之所以放倒太后，是因为如果自己死了，最后赢家必然出在太后和端王之间，而这俩人中太后主战，端王主和。

他并不想将胜利拱手让给端王，但除去太后，至少可以保住和谈的成果。

比如，没有当场杀了太后，是为了留着迷惑端王，让他在局势不明的情况下不敢贸然造反。倘若自己未死，此举就能争取到宝贵的恢复时间。

比如，此时风云突变，端王必然虎视眈眈地盯着宫中。但她不必害怕，她也不能害怕。自己倒了，她就是唯一的定海神针。

好多话。

可他没有力气了。

他只能勉强说出一句："别怕……"

庾晚音点点头。"你也别怕，我可以的。"

夏侯澹放心地晕了过去。

北舟将夏侯澹抱去床上了。庾晚音回身面对着围过来的宫人。

精心培养过的暗卫已经所剩无几，大半交待在了邶山上。余下的还在接受北舟的训练，此时突然从替补变成了首发，一个个神情比她还紧张。

是啊，庾晚音想，不知不觉，她已经不再惶恐了。

如果现在回到原本的世界，她大概能晋升总裁了吧？

她沉声开口："以陛下的名义传令出去，太后有疾，今夜宫中宵禁，不得出入。去请太医……多找些太医去太后那边，这里只请一个。"他们得防着端王的眼线。

众人领命而去。

庾晚音望向床上的夏侯澹。他的脸上不剩一丝血色，瞧去灰败若死。按照这种书里的套路，太医一般是帮不上什么忙的。

她来回踱了两圈。"北叔，阿白呢？阿白到底在哪里？他不是在外面帮陛下找药吗？"

北舟无奈摇头，当初阿白什么也没透露给他，夏侯澹也没提过。

庾晚音深吸一口气。"我想起一个人……不好，我把她忘了。"

她招来暗卫："快去请谢妃。若是有危险，救她。若是无事，问问她在太医院中是否认识一个天才学徒，一并带过来。"

· · ● · ·

谢永儿来得很快。

谢永儿早上给庾晚音报完信，就飞快躲进了自己宫里，称病不敢见任何人。怕庾晚音领会不到意思，又怕她领会到了反应太大，引得端王警惕。端王今日的注意力应该都放在山上，但谁又敢保证他没有留个后手收拾自己呢？

夜幕降临时，谢永儿终于等到了暗卫来带她去面圣。

走进寝殿，她如释重负。"你们可算想到我了！我这一整天连宫人送来的食物和水都不敢碰，生怕夏侯泊杀了我……"

庾晚音倒了杯茶递过去。"辛苦了，这段时间你就住在这儿吧，别再出去了。"

谢永儿渴得不行，端起来就想喝，又疑神疑鬼地停住了。"你怎么这副鬼样子？皇帝还活着吗？不会是任务失败，你们想拉我陪葬吧？"

庾晚音："……"

她将谢永儿带进内室。

宫人已经脱去夏侯澹染血的龙袍，为他大致清理了一下伤口。谢永儿看见他胸口那还在不断渗血的口子，呼吸都吓停了。"怎么搞的？"

庾晚音疲惫地坐到床沿，将事情压缩在半分钟以内总结了。

谢永儿原地凝固。

半晌，她的思维缓缓开始流动。"……枪。"

庾晚音点头。

谢永儿道："牛 ×。"

庾晚音道："谢谢。"

谢永儿人都麻了，心想：事到如今，无论如何都要抱紧这一对狗男女的大腿，绝对不能站到他们的对立面。

放在三天以前，她都想象不到自己竟会为他们绞尽脑汁献策。"伤口消毒——"

"用酒精消过了。"

"能输血吗？"

"不知道血型啊。"

谢永儿道："我是 O 型，万能输血者！"

庾晚音道："你是说你穿来之前是 O 型吧？"

谢永儿沉默了。

庾晚音道："只能用古人的思路了，现在最紧迫的是解毒。你认识的那个天才学徒——"

"他叫萧添采。方才暗卫找来后，我已经给他传信了，让他跟随太医过来打下手，免得引人注目。"谢永儿皱了皱眉，"话又说回来，你怎么知道我认识他？"

庾晚音："……"

那自然是文里写的。

然而不等庾晚音编个解释，谢永儿自己又想通了。"你还挺厉害的，在太医院那里也有眼线？我去找他开堕胎药，你也全程知情？还好没跟你斗下去。"

庾晚音道："谢谢。"

真相是绝对不能告诉谢永儿的。

她策反谢永儿，最初利用的就是同为穿越者的认同感。一旦发现自己竟然是纸片人，巨大冲击之下，谢永儿的心态会如何变化，就不可预测了。

而且将心比心，庾晚音觉得如果自己是纸片人，自己也并不希望知晓这一点。

自由意志都被否定，还有什么是可以依托的？

·　·　●　·　·

老太医带着萧添采来了。

萧添采年方十八，气质宁和，是个文雅少年。他跪地行礼之后，眼睛就一直在往谢永儿那头瞟，欲言又止。

老太医流着冷汗诊脉时，谢永儿想起新的注意事项，正对庚晚音窃窃私语："图尔关起来没？签订和谈书之前都不能放他自由活动，就他那只会走直线的脑子，万一夏侯泊的人接触到他，承诺他同时弄死皇帝和燕王……"

"放心吧，已经关了。"

萧添采的目光从上到下掠过夏侯澹周身，见他昏迷不醒，旁边似乎也无人主事，便小心翼翼凑到谢永儿旁边。"谢妃娘娘，可否借一步说话？"

俩人走出一段，来到无人处，萧添采将声音压到最低，暗含期待地问："娘娘是想让他活还是死？"

在他头顶房梁上，暗卫的匕首已经出鞘了。

谢永儿："？"

谢永儿忙道："让他活，让他活。"

穿越以来，她还从未如此卖力地祈愿夏侯澹别死，其虔诚程度直逼图尔与禁军新统领。

大概夏侯澹本人也不知道，这一天会是史上为自己祈福的人数最多的一天。

萧添采面露狐疑，仿佛在判断她是不是被绑架了。"娘娘不是说，在这宫中活得如同困兽，只盼着端王——"

谢永儿一把捂住他的嘴。"此一时彼一时，端王在我心中已经死了！"她无法对他透露更多，短时间内又想不出什么令人信服的说辞，将心一横，"其实……陛下一直对我很好，是我一叶障目，未曾察觉自己的心意。"

他盯着她看了片刻，转身道："我明白了。"

背影似有几分落寞。

庚晚音看原文就知道这人是被谢永儿吸引的炮灰男配之一，连他们借一步说的悄悄话都能猜个八九不离十。见萧添采垂头丧气回来了，她忙露出和善的微笑。"萧先生，现在我们都只能靠你了。"

正在准备告罪说辞的老太医："？"

　　萧添采低声对老太医道："恕弟子失礼。"然后越过他去细细察看夏侯澹的伤口。

　　萧添采道："陛下似是中了气不摄血的不愈之毒，毒性至为霸道……"

　　庚晚音屏息凝神等他的生死判决。

　　萧添采道："……但似乎用量稀少，又或是陛下龙体强健，所以伤口已经初显愈合之象了。"

　　庚晚音猛然愣住，连忙凑过去。

　　她先前一直不敢直视那可怖的创口，如今经他一说，才发现渗血果然慢了很多。

　　她瞬间如起死回生，难以置信地问："真的？这真的不是血要流干了吗？"

　　萧添采嘴角一抽。"陛下吉人天相，不会有事的。微臣去开个止血的方子。"

· · · ·

　　此时此刻，理应宵禁的城中，无数消息正在黑暗里混乱地传递着。

　　太后党在急问今日发生了什么事，使臣团逃去了哪里，太后又是怎么了。

　　端王党在密议任务为何失败，皇帝究竟靠什么逃出生天，眼下的局势该如何改变计划。

　　杨铎捷在给李云锡写密信，吹夏侯澹。

　　孤月之下，一道身影仓皇逃窜，摸到一户户相熟的端王党宅邸，却叩不开一扇收留的后门，最后被飞来的乱箭射死在街上。

　　禁军新统领毫不犹豫地砍下了他的脑袋，喜悦道："去宫中复命，罪人赵五成已伏诛！"

· · · ·

　　按照最初的安排，后天就是钦天监定的和谈吉日。到时夏侯澹若是不能到场旁观，等于明明白白向端王透露：我罩门全开，你可以出手了。

庾晚音全身每一个细胞都叫嚷着疲惫，这一口气却不敢松，趁着宫人熬药的工夫，她又拉着谢永儿推敲了一遍宫中的防卫部署，往端王钻过空子的地方都加派了人手。

关押图尔的地点，庾晚音没有告诉谢永儿。

北舟正在他们脚下的地道里看守着图尔。地道另一端出口已经被封死，端王便是手眼通天也找不到人。

若是端王走到直接行刺那一步，地道就是他们最后的退路。

夏侯澹苍白如纸地陷在被窝里，人事不省，勺中的药液全部顺着他的唇角滑落到了枕上。

望着他紧闭的唇瓣，"读网文破万卷"的庾晚音明白了什么，转头看向谢永儿。

谢永儿也明白了，拉走了萧添采。"我们回避一下。"

她在偏殿安置了萧添采，想起庾晚音也到了强弩之末，夜里或许需要个人换班，又走了回去。正好看见庾晚音唇色红润，放下空了的药碗，又跃跃欲试地端起粥碗，听见脚步声才扭头望过来。

谢永儿后退一步。"打扰了。你继续。"

· · · · ·

夏侯澹是翌日下午醒来的。

睡得太沉太久，他一时忘了今夕何夕，以为还没去邙山，下意识地想要坐起，随即抽着凉气倒回了枕上。

胸口的伤处仍旧作痛，但似乎没在流血了。他试着小幅度地动了动胳膊、腿脚，除了乏力，没有别的问题。

看来这次也死不了了。意识到这件事，他的第一反应竟是有些疲惫。

眼角余光扫到床边，夏侯澹缓慢地转过头。

庾晚音趴在床沿，闭目枕着自己的手臂。她换了一身衣服，似乎匆匆洗过一个澡，长发未束。夏侯澹伸手过去，轻轻摸了摸她的头顶，指尖传来潮意。她连头发都来不及烤干就睡着了。

夏侯澹摇铃唤来宫人，想让人将她抱上床，庾晚音却惊醒过来，迷迷瞪瞪道："你怎么样？"

或许是因为虚弱，又或许是因为刚刚心意相通，夏侯澹看上去平和到像是没杀过生，望向她的目光温柔如水，简直能让她忘记山上那个疯子。

"比我预想中强一点。宫里如何了？"

"今日不上朝，对外说是你在太后处侍疾，宫门还是不让进出。但我想唬一唬端王，所以让人照常去布置明日的和谈席位了。他那边目前还没什么动静。"

"太后呢？"

庾晚音边往床上爬，边啧啧摇头。"据说在大吵大闹，但连话都说不清楚了。太后党那些臣子倒是葫芦娃救爷爷，一个一个往这里送，都被我打发走了。"

夏侯澹笑了。"庾姐威武。"

庾晚音往他身边重重一躺，除了困意已经感受不到其他。"你记得吃点东西再睡，我扛不住了，眯一会儿，有事叫我……"

"嗯。"夏侯澹握住她的手，"交给我吧。"

鼻端萦绕着夏侯澹身上的药味儿，紧绷的神经终于松弛下去，她几天以来头一次陷入了甜甜的沉眠。

· · · · ·

但等她再一次睁眼，身边却空了。

耳畔传来隐隐约约的交谈声："……各守分土，无相侵犯。还有互通贸易，先用丝绸、瓷器与你们换一批狐裘、香料……具体清单在这儿，你先回去看看，没问题就等明日仪式吧。"

已经入夜，烛火的光芒映在床幔上。庾晚音悄然起身，撩起床幔朝外看去，夏侯澹正与图尔对坐，身边站着北舟。

图尔捏着和谈书读了一会儿，又放下了。"我有个问题，我要以什么身份与夏国结盟？新的燕王吗？到时我再带着夏国的援军杀回燕国，去取扎椤瓦罕的首级？这在百姓眼中与叛国何异？"

夏侯澹不紧不慢道："当然不是，你不是扎椤瓦罕派来的使臣吗？"

图尔："？"

夏侯澹道："明日盟约一签订，我们就会将这个消息传遍大江南北，一路散播去燕国。就说扎椤瓦罕诚意十足，为了和谈竟派出了你图尔王子。夏国感念其诚心，将你奉为座上宾。如今两国终于止战，饱受战火折磨的燕国百姓也会欢欣鼓舞。到时候……"

"到时候，扎椤瓦罕若是为了开战，翻脸不认这盟约，那就是背信弃义，为君不仁？"

夏侯澹笑道："看不出你还能一点就通。"

图尔："？"

图尔道："我就当你是夸我吧。以我对燕国的了解，到了那一步，不等我回到燕国，拥护我的人就会先与扎椤瓦罕打起来。我不想看见故土陷入内乱，要杀扎椤瓦罕，就要速战速决。你能借我多少人？"

夏侯澹似乎比了个手势，从庾晚音的角度看不见。

夏侯澹道："前提是你一回去就履行契约，将货物运到边境与我们交换。"

图尔沉思半晌，郑重点头。"可以。"

他站起身来。"今晚我能睡在上头吗？"

"不能。"夏侯澹毫不犹豫，"地道里有床褥，北舟陪着你，去吧。"

庾晚音似乎听见了图尔咬牙的咯吱声。"士可杀不可辱！"

夏侯澹道："那你再杀我一次？"

图尔深吸一口气，趴到地上，往龙床底下的入口爬去。

庾晚音慌忙闭上眼装睡。

等图尔与北舟都下去了，夏侯澹又捂着伤口躺回她身边，短促地出了口气。

庾晚音凑过去贴着他咬耳朵。"你借给他的人手，是阿白吗？"

她的气息热乎乎地拂过他的耳际与脖颈。夏侯澹偏头看了看，莫名地记起了这两瓣嘴唇的质地，是柔软的，又很有弹性，像是久远记忆中的草莓软糖。

他突袭过去，在她唇上啄了一口。"答对了，加十分。"

庾晚音老脸一热，装作若无其事。"阿白一个人就行吗？"

夏侯澹又啄了一下。"扣十分，你要在我面前提多少次阿白？"

庾晚音："……"

别撩了，再撩你的伤口就该裂了。

庾晚音翻了个身背对着他。"睡吧，明早之前尽量多睡，有利于伤口恢复。"

夏侯澹却不肯闭嘴："你不饿吗？"

"我……睡眠不足没食欲，我让他们文火炖了粥，等夜里醒了再去吃。"

"嗯。"

庾晚音在昏暗中睁开眼，望着床幔。"说起来，我有件事问你。"

在她看不见的地方，夏侯澹的身体僵直了。他没有忘记，自己说过要对她坦白一件事。当时他还以为那会是自己的遗言。

庾晚音道："你怎么会知道珊依的匕首长什么样？"

夏侯澹："……"

他听见自己的声音，熟能生巧、全自动化地蹦出喉头："调查过。当年给她收尸的宫人说的。"

"那……"

夏侯澹的指甲嵌入了掌心。

"那你在享殿里认出图尔之后，应该立即与他对质呀，说不定还能免去山上那场恶战。"

似乎过了格外漫长的几秒，夏侯澹接话了："当时他杀红了眼，对我的性命势在必得，这种没有物证的一面之词，他听不进去的。"

"但是后来——"

"后来他功亏一篑，内心不愿接受落败。我给了他新的复仇对象、新的人生目标，他自然愿意相信了。"

静夜中，夏侯澹凉凉的语声里带了一丝嘲弄："你叫不醒一个装睡的人，但可以把他饿醒。"

庾晚音叹了口气。"他杀了汪昭，我不愿意同情他。但他跟珊依的故事也挺令人难过的。这世道，活着都是侥幸，能相守在一起更是奢求了。"

"我们不会的。"

庾晚音笑了笑，翻身回来钩住他的胳膊——本想熊抱的，却顾忌着他那莫名的接触恐惧症，只能循序渐进了。

夏侯澹这次没有应激反应。或许是太虚弱了，折腾不动。但庾晚音总觉得自己享受到了特殊待遇，满意了。"某种意义上，还得感谢这件事，否则我俩这弯子再绕下去，哪天一不小心死了，都没来得及好好谈一场恋爱。"

"恋爱……"夏侯澹无意识地重复。

她又有点不好意思。"罪过，我终究还是恋爱脑了。实在是见过生死无常，让人突然有了今朝有酒今朝醉的冲动。"

夏侯澹不吭声了。

庾晚音得不到回应，有点尴尬，碰了碰他。"你没有一点同感吗？哦，对了，你上山前好像立了个 flag[1]，是要告诉我什么事？"

"……你不是还困着吗？先睡吧，改天再说。"

· · • • · ·

这日清晨天光熹微时，大夏的朝臣们已经顶着秋凉站在正殿外，等待早朝了。他们似乎比平时到得更早一些，却无人开口寒暄。

沉默之中，一阵阴风吹过。

人群隐隐站成了两拨，两边还都在偷眼打量对方。

看神态，太后党是缩着脖子，人人自危；端王党则是满目戒备，如临大敌。

当然也有个别例外，比如木云。

木云在缩着脖子的同时满目戒备。

他是端王安插在太后党里的卧底，此时承受的是双份的焦虑。

从前天到昨天，全城戒严，宫里更是封闭得密不透风，无人进出。禁军临时换了新统领后，昨日在皇城内巡查了整整五遍，吓得商户早早

---

[1] flag，在这里有"不祥的信号"的意思。网络流行语，"立 flag"指说一句话或做一件事，为下面要发生的事做了铺垫。

收摊，百姓连出门都不敢。

就是头猪都能嗅闻到变天的节奏了。

木云知道事情办砸了——他把图尔放去了山上，图尔却没能干脆利落地除去夏侯澹和太后。

从探子口中，他听说邶山上运下来的死尸堆成了一座小山，又被连夜匆匆掩埋。侍卫、燕国人、端王增派的援手，几乎无人生还。

那场不祥的暴雨中究竟发生了什么事？

皇帝和太后活下来了吗？怎么活下来的？

木云不是没有努力将功补过。昨天一整天，他装作担心太后的样子，几次三番托人放行，想进宫求见，却都被拦下了。宫中对外宣称，太后突发疾病，需要静养。

不仅如此，皇帝自己也整整一日没有露面。

木云在端王面前绞尽脑汁分析："多半是两个人都受了重伤，性命垂危。殿下正可以趁此机会放手一搏，别让他们中任何一方缓过这口气啊！"

话音未落，探子报来了新消息："宫里照常在大殿上布置了席位，说是陛下有旨，明日早朝时跟燕国使臣签订和谈书。"

木云："……"

木云脑中一片空白。

夏侯澹放出这消息，就仿佛在昭告天下一句话：赢的是朕。

皇帝若是无碍，为何不见人？

还有，哪里来的燕国使臣？燕国人不是来行刺的吗？不是死绝了吗？夏侯澹打算从哪里变出个使臣团？就算找人假扮，燕国不认，这盟约又有何用处？

与苦大仇深的胥尧不同，木云是天生的谋士。他享受躲在暗处蜘蛛结网的过程，乐于欣赏猎物落网时还不明白发生了什么事的惊愕与绝望。

有生以来第一次，他觉得这回的猎物竟是他自己。

夏侯泊当时笑了笑，有商有量地问他："明天早朝，你说我该到场吗？"

木云头皮发麻。"这……皇帝也许只是在故布疑阵，装作无事，想拖住殿下。"

夏侯泊望着他。"万一他真的无事呢？"

木云："……"

能从邙山全身而退，这疯皇帝手上握着什么深不可测的底牌吗？

没人能确定他现在的状况。如果他伤情危重，端王大可以徐徐收网，送他宾天。但反过来说，如果他真的没事，那收拾完太后，他转手就该对付端王了。

木云额上渗出些冷汗。"殿下不必太过担忧，皇帝这些年装疯卖傻，不得人心，就算暗中培养过势力，在朝中也根基未稳。现在他名义上控制了禁军，可禁军内部各自为营，若是真走到短兵相接那一步……并没有太大胜算。"

端王麾下养了许多精锐私兵，又与武将们交好，就算没有实际兵权，登高一呼也应者云集。战斗力上，皇帝确实比不过。

夏侯泊点了点头。"所以如果夏侯澹有脑子，想对我下手就会速战速决，杀我一个猝不及防——而最好的机会，或许就是明日早朝了。你说对不对？"

那双淡定的眸子又朝他平平扫来，仿佛真的在征询他的意见。

我完了，木云心想。

以端王的缜密与多疑，自己办砸了邙山之事，怕是已经被视为叛徒了。而叛徒的下场，他已经从胥尧身上见识过了。

事到如今，要怎么做才能保命？

木云在太后党面前伪装了多年结巴，头一回真正地犯了口吃："那……那殿上或……或许有诈……又或许没有。"

他面红耳赤，险些当场跪下求饶。

夏侯泊却没发作，也没再为难他，甚至温声安慰了一句："别太自责，你尽力了。"他自行拿定了主意，"局势不明，我就先称病不出吧。"

· ● · ·

殿门外，大臣们很快发觉了端王缺席。

端王党脸色都不好看。夏侯泊本人不来，气势上就输了一截。

原以为干倒太后就大功告成，没想到这么多年，竟让皇帝在他们眼皮底下闷声发大财了。

端王党恨得牙痒痒，早已暗下决心，等下上朝要死死盯住皇帝的一举一动，就像群狼盯紧衰老的首领，只消对方露出一丝虚弱的迹象，便会一拥而上，咬断他的脖子。

远处传来净鞭三声。

殿门大开。

夏侯澹闲庭信步似的走到龙椅前坐下，神色跟平日上朝时没什么区别——百无聊赖。

直到俯视众臣行礼时，他突然露出了一丝讥笑。仿佛被他们脸上的表情娱乐到了，无声地放了个嘲讽。

众臣："……"

这笑容转瞬即逝，他随即忧心忡忡道："母后突发疾病，朕实在寝食难安。唯有尽快定下盟约，消弭战祸，才能将这喜事告于榻前，使她宽心。"

众臣："……"

你是怕她死得不够快啊。

夏侯澹抬了抬手指，侍立于一旁的安贤开口唱道："宣燕国使臣！"

燕国使臣缓步入殿。

木云回头一看，整个人都木了。

图尔已经扯了络腮胡，穿上了代表王子身份的华贵裘衣，高大英武，走路带风。他身后象征性地跟了一队从者，是夏侯澹临时找人假扮的，因为真从者都死绝了。

除去极少数知情者，大臣们一看他的装束就瞳孔地震，窃窃私语声四起："那不会是……"

图尔越过众人，朝夏侯澹躬身一礼。"燕国王子图尔，见过大夏皇帝陛下！"

大臣们疯了。

图尔顶着几十道颤抖的目光，大马金刀地坐到了和谈席上。

负责签盟书的礼部尚书也随之上前，浑身僵硬，半晌才嗫嚅道："没想到图尔王子会白龙鱼服，亲自前来。"

图尔偏过头，隔着层层玉阶与夏侯澹对视了一眼。

他此时是真正孤身一人，众叛亲离，身陷他国，四面楚歌。幸亏是个久经沙场的老狗，坐在那儿竟也稳如泰山，撑起了台面。"实不相瞒，我是奉燕王之令前来，但先前隐藏身份是我擅自做主。我与夏国打过许多仗，却从未真正踏上夏国的土地，看一看这里的礼教与民风。"

夏侯澹和颜悦色道："哦？那你此番观察结果如何？"

图尔道："皇帝陛下在千秋宴上秉公持正，还我等清白。想来上行下效，主圣臣直，两国的盟约定能长长久久。"

他睁眼说瞎话，满堂臣子无一人敢呛声。

一方面是尘埃落定，再出头也没用了；另一方面，此时人人都是泥菩萨过江，自身难保，哪儿还管得了燕国是战是和？

他们只从夏侯澹和图尔的一唱一和中听出一句潜台词：赢的是朕。

礼部尚书麻木道："燕王与图尔王子有此诚心，令人感佩。"

夏侯澹道："开始吧。"

安贤便举起和谈书，当堂朗诵了起来："上天有好生之德，一戎而倒载干戈……"

夏侯澹坐得很直。

他只能这样坐着——他的胸前还缠着厚厚的纱布，为防伤口重新开裂，紧紧地裹了一圈又一圈，让他的上半身几乎无法活动。

早上出发之前，庾晚音给他化了个裸妆，遮挡住了惨白的脸色。

然后她就匆匆离去了，要确认宫中的防卫、太后的情况、端王的异动。

庾晚音离开后，夏侯澹起身试着走了几步路，问："明显吗？"

北舟道："太明显了。你现在路都走不稳，而且这一开口，傻子都能听出来你气虚。听叔的，还是再缓几天……"

"缓不了了，夜长梦多。"

为了帮他争取到一天的恢复时间，庾晚音几乎在一夜间挑起了大梁。她像他预想中一样勇敢，一样果断，可他没有忘记，她也刚刚受了伤、杀了人，目睹了堪称人间炼狱的惨状。放到现代，她需要的是毛毯和心理医生。

可他给不了。

他能做的只是不让她的努力白费。

夏侯澹唤来萧添采。"有没有什么猛药，能在短时间内提神提气的那种？"

北舟怒道："不行！你知道你流了多少血吗？不静养也就罢了，再用虎狼之方，你还要不要命了！"

夏侯澹只望着萧添采。"有，还是没有？"

萧添采犹豫道："有是有，但正如北嬷嬷所言……"

夏侯澹道："呈上来。"

北舟直到他出门都没理过他。

· · ● · ·

安贤继续念："……各守分土，无相侵犯，谨守盟约，福泽万民。"

落针可闻的大殿上，双方按照流程按下了官印。

盟约达成。图尔抬起头来，一字一句道："愿两国之间，从此不再有生灵涂炭，家破人亡。"

就在这一刻，和谈成功的消息飞出了皇宫，借着文书、密信、民间歌谣，以最快的速度传出都城，遍及大江南北，最终传入了燕国百姓耳中。

一个月后，燕王扎椤瓦罕会勃然大怒，将图尔打为叛国贼子。至于和谈书，那是贼子图尔冒充使臣团，与夏国私自签订的，每一条盟约都置先祖的荣耀于不顾。他决然不认，还要割下图尔的脑袋祭天，平息先祖的怒火。

趁着图尔还未归来，他会抢先一步围剿一批图尔的心腹。

余下的图尔拥趸会在沉默中爆发，斥责扎椤瓦罕背信弃义，为君不仁，陷百姓于战乱。他们迅速集结兵马，要拥立图尔为新的燕王。

两个月后，图尔会带着夏侯澹借他的人手杀回燕国，与己方势力里应外合。混战持续数月，最后以扎椤瓦罕身死告终。

与此同时，图尔会遵照约定，与大夏互通贸易。边塞之地商贾云集，渐渐有了物阜民安的繁华风貌。

即将随着大批狐裘、香料一道运入大夏的，还有一车车燕黍。

· · • · ·

此时的朝堂上，夏侯澹垂眸望去，透过图尔，望见了含恨而亡的珊依，也望见了客死他乡的汪昭。

目之所及，死去的人与活着的人，每一个都仰视着自己。他们在等待他开口。

他开口了："朕年少时，尚未认清这个世界那会儿，做过一些扶危济世的美梦。以为自己批批奏折、下下决策，就能让这国祚绵延，每一块田地都丰收，每一户人家都兴旺。"

他迎着众人的目光笑了笑。"后来那些年里发生的事，诸位也都看见了。"

众臣从未听过他如此冷静的声音，他们从话音里听出字来：不演了，摊牌了。

这个开场白，是打算秋后算账了啊！太后党中那几个热衷于忽悠皇帝的文臣，此刻已经双腿发软，眼神飘向了四周门窗，估算跑路的可能性。

夏侯澹能感觉到药效在退去，胸口那股暖流逐渐消失，四肢百骸重又变得僵冷乏力。脑袋里熟悉的疼痛也回来了，拉着他的神志沉沉下坠。

他提了口气。"有人说杀人安人，杀之可也；以战止战，虽战可也。但坐在这张龙椅上，每一个罪人都是朕的子民。八荒之间，四海之半，所有的苦难都是朕的责任。还要用多少尸骨来安邦，多少杀孽来兴国，朕不知晓，却不可不知晓。这张龙椅于朕而言，便如荆棘做成。"

所有人都听蒙了。

夏侯澹道："朕本不该在此。但既然坐上来了，想是天地间自有浩然之道。天生民而立之君，年少时发过的宏愿，朕至今不曾稍忘。"

他的目光从一个个太后党脸上扫过，又坦然望向端王党。有一瞬间，木云与他的视线相撞，双眸仿佛被火炙烤，仓促地躲开了。

这皇帝的眼神还跟从前一样阴鸷，却又有什么变了。说这席话时，他眼中的孤绝之意倒似是金刚怒目，自有天意加持，令人惶然生畏。

在这玄妙的一刻，有几个敏感的臣子心中闪过一个天人感应般的念头——或许世上是有真龙天子的。

夏侯澹收回目光，最后一笑。"幸而有众位爱卿，吾道不孤。"

人群埋首下去，山呼万岁。

皇帝这段话里隐约藏着句潜台词：既往不咎，此后顺我者昌，逆我者亡。

# 第十七章

# 风波初定

庚晚音穿来的时间太短，还没见过足够的生离
与死别，不明白他人的善，最终都是灼身的火。

这天晚些时候，木云混在一群同僚间，终于见到了太后。

他们几乎不敢相认。

几天前还正当盛年、雍容华贵的女人，此时口眼歪斜地倚在榻
上，见到木云，她整张脸都涨紫了，口齿不清地喊了起来，依稀是个
"死"字。

木云哭丧着脸跪下去，啪啪地掌自己的嘴。"臣该……该……该死！
臣没……没料到那图尔如……如此狡猾，竟与端王狼……狼狈为奸，
躲……躲开了追捕……"

太后哪儿会让他自扇几个巴掌就混过去，恨得双目暴突，还在嚷嚷
着"死"。

跪了一地的臣子全部假装听不懂，喃喃地劝她凤体要紧，宽心息
怒。就连平日最得她信任的大宫女都一脸木然地立在一边。

大宫女见到太后"中风"后口涎横流的模样，就知道大势已去。

说来也巧，多年以前，那个威严的老太后就是中风后没过多久就离
世了。再往前，夏侯澹的生母慈贞皇后也是这样早逝的。

这一次与那几次的中风，因由是否一样，大宫女不敢细想，也没心
思再猜，她此时只想着太后一倒，自己要做什么才能保住这条小命。

太后扯着嗓子嚷嚷了半天，最后带上了哭腔，喊的内容也变了，似
乎是"救命"。空气中泛起一股异味，她失禁了。

几个臣子挤出几句宽慰之言，劝她好生将养，便逃也似的仓皇告退。

• • • •

走出宫门，几人面面相觑，都是苦不堪言。

有人压低声音，暗含希望道："听陛下今日早朝说的话，似乎没有清算的意思。他还有端王这么个劲敌，想在朝中站稳脚跟，便需要培养自己的势力……"

"你的意思是，他会拉拢我们？"

木云半边脸还高高肿着，闻言在心中冷笑一声，摆出一脸夸张的畏惧表情。"赶……赶紧辞官吧。皇帝连……连弑母都不怕！"

另一个臣子愣了愣。"你说的也对，那一位远非仁主，现在不清算是因为我们还有用，等他灭了端王之后呢？与其等他兔死狗烹，不如趁早告老辞官，才是真的保命之道啊。"

于是众人各存心思，分道扬镳。至于有几人跑路、几人找夏侯澹投诚，便只有天知道。

• • • •

木云不知道自己这番表现有没有被端王的探子查到。他希望探子能如实汇报给端王，好让自己洗清叛徒的嫌疑。

事情发展似乎如他所愿，端王重新召见了他，还透露给他一条新情报："我派人上邙山查看过了。享殿里留下了几个碗大的坑洞，不知是什么武器打出来的。皇帝能逃出生天，应该是留了一手。"

木云忙不迭出主意："既然如此，不宜正面交战，只能攻其不备，让他来不及反击。殿下还记得先前商量过的那个计划吗？"

夏侯泊沉默。

沉默就代表他记得，但还在犹豫。

木云道："殿下，此事宜早不宜迟，万万不能放任他坐大啊。"

端王为了名正言顺，筹谋了这么多年，想要借图尔之刀杀人却又失败，现在已经被逼到了不得不亲自动手的境地。即使成功夺权，也落了个千古罪名。

木云知道他在担心什么。"当然，咱们必须师出有名。我近日先派人在民间散播流言，说那场雷雨是因为皇帝弑母，苍天降下警示。过些时日再照那个计划行动，正好还有个呼应，百姓只会觉得暴君死有余辜。"

良久，夏侯泊轻轻点了点头。

. . ● . .

满朝文武惶惶不可终日的同时，被他们视作魔王出世的夏侯澹正在床上躺尸。

萧添采开的猛药只够他撑到下朝，药性一消就被打回了原形。

这一天冷得出奇，连日秋雨过后，寒风从北方带来了入冬的气息。北舟忙进忙出，指挥着宫人烧起地龙、更换罗衾，就是不搭理夏侯澹本人。

等余人退下，他又自顾自地整顿起了暗卫。

夏侯澹陷在被窝里半死不活。"北叔。"

"……"

"北叔，给点水。"

"啪"的一声，北舟冷着脸将一杯热水搁到床边，动作过大，还溅出了几滴。

夏侯澹："……"

庚晚音对外还得做戏做全套，表现得对情况一无所知。

出门之后，她被其他惊恐的妃嫔拉到一起，窃窃私语八卦了一番。又跟着她们到太后的寝殿外兜了一圈，请安未遂；到皇帝的寝殿外探头探脑，被侍卫劝退。

一整套过场走完，她已经冷到感觉不到自己的脚趾了，搓着手念出最后一句台词："看来是打探不出什么消息了，咱们先散了吧。"

结果被一个小美人挽住了胳膊。

小美人巧笑倩兮。"庚妃姐姐不用急，最晚今夜就该听到了。"

庚晚音道："啊？"

一群人心照不宣地笑起来。又有人挽住她另一边胳膊，悄声道：

"姐姐，太后病倒，现在没人送避子汤了，正好加把劲儿留个龙种呀。"

"对对，我前日学了个时兴的牡丹妆，可以为姐姐化上。"

"说什么呢，庾妃妹妹容颜极盛，再去浓妆艳抹反而折损美貌！上次花朝宴上，那谢妃处心积虑涂脂抹粉，在妹妹面前不也像个笑话一般？倒是我这蔷薇露不错，妹妹你闻……"

庾晚音："……"

她想起来了，邙山之变发生前，这边的宫斗戏码应该是刚演到自己复宠。

呼风唤雨的太后倒了，不仅前朝在地震，连带着后宫也得抖三抖。

于是庾晚音摇身一变，成了重点巴结对象。

挽着她的小美人，父兄都是太后党，自己从前又依附于淑妃，跟着踩过庾晚音。如今急得花容憔悴，生怕庾晚音一朝得势，吹枕边风报复自己，甚而累及娘家，所以忙不迭过来示好。

却也有头铁的，觉得庾晚音小人得志，阴阳怪气地劝了句："那圣心一向易变，依我看，妹妹还是悠着点为好呢。"

庾晚音又想起来了，这原本似乎是一篇宫斗文。

可她到现在也没记全她们的名字。

祸国妖妃庾晚音面对着神态各异的众人，酝酿了半天，憋出一句："我觉得吧，这宫里历来比相貌、比家世，氛围不太友好。"

众妃："？"

庾晚音道："而且古来后宫平均寿命太短了，这种局面对大家都不利啊。我倒有个提案，以后可以引进一下乒乓什么的，把竞技精神发挥在有意义的地方，友谊第一，比赛第二，提高身体素质，关照精神健康。"

死寂。

半晌，挽着她的小美人问："'乒乓'是什么？"

· · · · ·

等众人散去，庾晚音又从地道折回夏侯澹的床底下。

刚一探头就被扑面而来的暖意撞得一激灵。

地龙烧得内室温暖如春，头顶传来夏侯澹低低的说话声："……太医不行的话你顶上，最好让太后撑满一个月。"

萧添采道："臣尽力而为。"

谢永儿的声音响起："我能问问为什么吗？"她语带恨意，还记着太后的打胎之仇。

夏侯澹道："不能。"

庾晚音趴在床底陷入沉思。

太后党这两天递上来的折子能把御书房埋了，讨饶投诚的、告老辞官的、趁机告状铲除异己的，堪称群魔乱舞。夏侯澹全都仔仔细细地读了，还预定了分批召见他们。

现在回头分析，她才想明白夏侯澹当时没杀太后，还有另一层目的：留一个缓冲期，将太后的势力平稳接手过来。

有端王这个大敌当前，己方势单力薄，当务之急是在短时间内壮大队伍。而此时最容易拉拢的盟友，正是那些即将失去利益的既得利益者——兵败如山倒的太后党。

此时妄动他们，是杀敌一千自损八百，平白给端王做嫁衣裳。那理想中的肃清朝野，只能留到日后徐徐图之。

庾晚音虽然没有亲自跟那些臣子打过交道，但看过文中的描写。那群人对着夏侯澹连哄带骗、阳奉阴违，对外却又打着皇帝的名号层层剥削、中饱私囊，种种阴招从未收敛过。仅仅作为旁观者，她都恨不得快进到秋后算账。

但夏侯澹忍下来了。

无论是在邨山上命悬一线之际，还是现在声威大震之时，他做出的所有选择，仔细一想竟然都是最优解。

论心性，论眼界，都可以算是个优秀的帝王了。

——或许优秀得有点过头了。

谁能相信这只是个刚穿来一年的演员？

谢永儿沉默了一阵，后知后觉地品出了其中门道，嘀咕了一句："狠人。"

对别人狠，对自己更狠。

夏侯澹道："太后党里哪几个是端王的卧底？"

谢永儿："……"

夏侯澹道："别犹豫了，回头列个清单，老实交上来。你已经跟我们在一根绳上了，这一波端王不死，死的就是你，有什么情报都主动点。"

谢永儿忍气吞声道："知道了。"

．．●．．

萧添采跟在谢永儿身后告退，走到无人处，脚步渐渐慢了下来，盯着谢永儿的背影。

"娘娘。"

谢永儿回头。

半大少年欲言又止了半天。"你不是说，被陛下的真情打动？"

夏侯澹刚才的表现，就差把"工具人"的标签钉她脑门儿上了。

谢永儿望着萧添采那不识人间疾苦的天真表情，苦笑一声，道："哪儿有那么多人间真情。我只是临阵倒戈，以图苟且偷生，活到他们决出胜负罢了。"

这话说完，她自己听着都惨淡到了难堪的地步。萧添采愣在原地，明显不知该如何反应了。

谢永儿捡起碎了一地的尊严，吸了口气。"走了。"

身后追来一句："等他们决出胜负……然后呢？"

谢永儿听出了他语声中暗藏的期待。然而她这会儿已经意气不再，也没心思与任何男人周旋了。

她耸了耸肩，道："大概是想办法逃出去吧。"

萧添采不吭声了。

谢永儿茫然抬头，望了望被殿檐切割出形状的天空。"你说好不好笑，我一心想拥有这个天下，却连这天下长什么样都还不知道呢。"

．．●．．

内室。

庾晚音从床底下爬了出来。"小会开完了？"

"开完了。"夏侯澹倚坐在床上。

庾晚音四肢回暖，整个人都活了过来。她坐到床沿喝了口茶，皱眉望着夏侯澹。"是我的错觉吗，你的脸色怎么比早上更差了？"

夏侯澹尚未回答，靠墙站着的北舟突然冷哼了一声。

夏侯澹飞快地瞥了北舟一眼。这一眼的意思是：别告诉她我吃药的事。

北舟更重地哼了一声，走了。

庾晚音："？"

夏侯澹道："没事，只是伤口愈合得比较慢。羌国的毒太厉害，能活下来都是奇迹了。"

庾晚音眯眼打量着他，拖长了声音："澹总，你怎么总有事瞒着我？"

这句话有没有一语双关，只有庾晚音自己知道。

夏侯澹僵硬地笑了笑。"哪儿有。"

不知不觉，庾晚音发现自己已经能从他的表情甚至眼神中看出许多门道来了。

昨日他刚从鬼门关回来，精神状态却出奇地平和。但现在，他那双浓墨绘就的眼瞳又晦暗了下去，似乎在无声地忍耐着什么。

庾晚音道："你头又疼了？"

夏侯澹："……"

夏侯澹问："你怎么知道？"

"我知道的可比你想象中多。"

庾晚音没能等到预想中的反应。夏侯澹根本不接招，装傻充愣地一笑。"不愧是你。"

庾晚音钓鱼失败，只得放弃这个话题。"躺下，给你揉一揉。"

其实按摩并不能缓解他的头痛，但他喜欢这个提议，欣然将脑袋凑了过去。庾晚音搓热掌指，熟练地按上他的太阳穴。"闭眼。"

夏侯澹依言合上眼假寐。

窗外风声呼啸，衬得室内越发静谧。

不知过了多久，夏侯澹轻声开口："你还好吗？"

"我？"

"山上死的那些人——"他闭着眼，似乎在斟酌措辞，"他们无论如何都会死的。就算完成了任务，也会被端王灭口。所以，他们的死不是你的错。"

庚晚音的动作慢了下来。

她有点啼笑皆非。"你在给我做心理疏导？"

夏侯澹睁眼望着她，那眼神说不出是什么意思。

"咱明明经历了一样的事啊，要疏导也该互相疏导。"她轻轻拍了拍他的额头，"也不是你的错。"

夏侯澹仍旧不错眼地盯着她，久到庚晚音开始觉得莫名其妙。

她摸了摸自己的脸。"有东西？"

"没有。"夏侯澹终于移开了目光，"身上有点香。"

"香？"庚晚音低头嗅了嗅，笑了，"你那些好妃子给我洒的蔷薇露。"

"为什么要给你洒？"

庚晚音想起那句"加把劲儿留个龙种"，老脸一热。"不为什么。"

"说啊。"

"头不疼了？那我先走了。"

夏侯澹连忙扯住她的裙摆。"别别别，我不问了……"

暗卫捧着密信赶到门口时，看到的就是这样一幕：重伤在床的皇帝，在用生命跟妖妃玩一些拉拉扯扯的游戏。

暗卫脚下一顿，正要原路退下，夏侯澹却瞥见了人影。"何事？"

庚晚音连忙站直了。

暗卫道："白先生有信。"

庚晚音道："阿白？"

暗卫呈上信件，诧异地看了庚晚音一眼，见她毫无回避之意，而夏侯澹竟也没赶她，不禁腹诽。他专门负责为夏侯澹传信，每次时隔月余回宫一趟，都发现这妃子的地位又有显著提升。

她究竟有何过人之处，能让多年不近女色的陛下迷了心窍？

夏侯澹已经拆开了信封，抽出信纸扫了一眼。

暗卫听见他居然向庚晚音解释："我让阿白派人去帮图尔，他回信说照办了。"

"派人？"

"……他的江湖兄弟。"

庾晚音恍然大悟。"这就是你给阿白的任务？你许诺给图尔的援军，就是一群江湖中人？等等，阿白不是今年刚出师吗，他是怎么号召到那么多人的？"

夏侯澹："……"

夏侯澹语焉不详。"他有他的法子吧。"

庾晚音道："阿白还挺厉害。"

夏侯澹抿了抿嘴，没接茬，又将信封开口朝下抖了抖。里面先是照例掉落下几枚药丸，接着是一个意料之外的东西。

一枚银簪，雕成飞鸟振翅的样子，末端垂落下来的却不是穗子，而是两根长长的羽毛。

这明显不是送给皇帝的。

夏侯澹的嘴角沉了下去。"云雀。"

他将簪子递给庾晚音。"给你的，他说你生日快到了，这是贺礼。"

暗卫的眼都直了。这么刺激的场面真的是他能看的吗？当着皇帝的面，给皇帝的女人送礼？

暗卫心惊胆战地偷看庾晚音。

庾晚音哭笑不得。"他可真不怕死。"

不是啊这位妃子，你怎么还有闲心管人家怕不怕死，你自己不怕死吗？

庾晚音将簪子拿在手里掂了掂，见夏侯澹一脸"你敢簪上我就杀了阿白"的表情，忙搁到一边，劝道："莫生气，他对我没那个意思，江湖人不懂规矩，拿我当朋友呢……"

夏侯澹阴沉道："一共只相处过几天，这就交上朋友了。"

庾晚音闻着醋味儿居然乐了，心想：你当初还装什么大气，可算装不下去了。

暗卫窥见她嘴边的笑意，心梗都要发作了。

庾晚音俯下身去凑到夏侯澹耳边道："陛下。"

夏侯澹被她吹得耳朵发痒，将头偏到一边。庾晚音跟个千年狐狸精似的，穷追不舍缠着他，幽幽道："陛下……他只是我的妹妹。"

夏侯澹："……"

暗卫："？"

你刚才说什么？

庾晚音魔音贯耳："他说紫色很有韵味。"

夏侯澹："……"

夏侯澹没憋住："噗。"

暗卫麻木地心想：这或许就是下蛊吧。

· · ● · ·

夏侯澹躺尸了一天，字面意义上回了点血，第二天终于能勉强起床，立即人模狗样地出去跟太后党打机锋了。

庾晚音睡了个久违的懒觉，起床后熟能生巧地换了男装，带着暗卫低调出宫，确认无人盯梢后，默默出了城门。

都城郊外的墓地上新增了一座石碑，碑前的土坑还未填上，旁边停着一口空荡荡的棺椁。

庾晚音卜车时，眼前已有数人等候：李云锡、杨铎捷、尔岚，还有一对素未谋面的老夫妇。

寒风比昨日更凛冽，吹得众人袍袖飘荡。那对老夫妇身形佝偻，互相搀扶着，望向众人的双目浮肿无神，似乎虽然张着眼，却并未注意到身处何处。直到庾晚音上前，那老妇人才略微抬起头来，嗫嚅道："诸位……都是我儿的同僚？"

为避开端王的眼线，所有人出城前都乔装打扮过，也不能自报真名。就连这座碑上刻的，都只是汪昭入朝时用的化名。

杨铎捷上前道："伯父、伯母，我们都是汪兄的至交好友，来送他一程。"

其实要说好友也算不上。

汪昭这人像个小老头儿，平时说话字斟句酌，沉稳到了沉闷的地步，没见他与谁交过心。何况他入朝不久后，就只身远赴燕国了。

老夫妇闻言却很欣慰。"好，好，至少有这么多朋友送他。"

老夫妇颤颤巍巍地打开随身的包袱，将一摞衣物放入棺椁，摆成人形。

侍卫开始填土的时候，庾晚音鼻尖一凉，她抬头望去，天空中飘下了今年的第一场雪。

李云锡今早咬牙掏钱买了壶好酒，此时取出来斟满了一杯，唱道："湛湛江水兮上有枫，目极千里兮伤春心。魂兮归来，魂兮归来！哀江南……"

老夫妇在他沙哑而苍凉的吟唱中悲号起来。

庾晚音站在一旁默默听着，突然想起很久以前的某一天，自己用大白嗓哼小曲儿，被汪昭听见了。汪昭当时纠结了半天，点评了一句："娘娘唱出了民生多艰。"

那就是他们唯一的交集了。

汪昭是怎样的人、生平抱负是什么、有没有过心上人、临死望着夏国的方向想些什么，她一概不知。

只知道天涯路远，青冢无名。

李云锡唱完，将杯中酒倾洒到冢前，道："汪兄，霄汉为帐，山川为堂，日月为炬，草木为梁，你已回家了。"

余人也接过酒壶，依次相酬。

李云锡最后又倒了一杯。"这是岑兄托我敬你的。"

庾晚音将地方留给老夫妇哀悼，示意几个臣子走到一边。

她低声问："岑堇天怎么了？"

李云锡道："不太好。"他叹了口气，"昨日听说燕黍有着落了，他还很高兴，约了今天来送汪兄的。今天却起不了身了。"

· · ● · · ●

庾晚音回宫时，夏侯澹已经见完了两拨人，还带回一条新闻："庾少卿在想方设法给你递话。"

庾晚音神思不属。"庾少卿是谁？"

"……你爹。"

"啊，差点忘了。"

"估计是在端王手下混得不好，看我这里有戏，想抱你的大腿求个新出路。这人在原作里就是个路人甲吧？要不然给他个……"夏侯澹语声一顿。

庾晚音望向他。

夏侯澹问："你哭过？"

"没有。"庾晚音的眼眶确实是干燥的。她忘了自己多久没哭过了。

她说了岑堇天的事。

夏侯澹提醒道："他原本就是要病死的。"

"但原作里他至少活到了夏天，旱灾来了才死。"

"那是因为他以为能看见丰收，吊着一口气呢。现在他知道有旱灾，也知道百姓能挺过旱灾，不就没挂念了。"夏侯澹语声平静，"对他来说是 HE[1] 了。"

庾晚音有些气闷。

她想说这怎么能算 HE 呢，他们当初明明许诺，要让岑堇天活着看见河清海晏、时和岁丰。然而在用这句话换取他的效忠时，他们就心知肚明，时间多半是来不及的，这愿景注定只能是个愿景。

但她还没出口，夏侯澹却像是预料到了她的台词，用一种教导孩子般的口气说："晚音，千万不能忘了他们是纸片人，记住这一点，否则你会被压垮的。"

当那苍凉的歌声和悲号还萦绕在耳际时，"纸片人"这个词就显得格外刺耳了。

庾晚音脱口而出："你在邙山上听见汪昭的死讯时，不是这个反应啊。"

夏侯澹的眼神有刹那的沉寂。"所以我也得提醒自己。"

庾晚音哑口无言。

夏侯澹似乎认为话题自动结束了。"最近外头很危险，不要再出宫了。想探望岑堇天，可以派人去。哦，对了，要召你爹进宫来见吗？"

"不见。"庾晚音深吸一口气，"我不见他，他就永远是个纸片人。"

夏侯澹："……"

夏侯澹忽然记起，自己曾经向她保证过，她永远都不需要改变。

是他食言了。

---

[1] HE，Happy Ending 的缩写，大团圆结局。

他不想看她痛苦，所以试图剥夺她感知痛苦的权利。

过了好几秒，夏侯澹轻声问："晚上吃小火锅吗？"

"……啊？"

夏侯澹笑了笑。"你不是一直想凑齐三个人，吃小火锅、打斗地主吗？现在有谢永儿了，我把北叔也拉来，咱们可以教他打牌。"

庾晚音强迫自己从情绪中走出来。"你伤口还没好呢，不能吃辣吧？"

"可以做鸳鸯锅。"夏侯澹对小火锅有种她不能理解的执念。

·　·　·　·　·

天黑得很快，宫灯暗淡的暖光照出纷纷扬扬的白雪。

庾晚音去偏殿找谢永儿了。为防端王灭口，谢永儿现在对外称病不出，其实一直独自躲在夏侯澹的偏殿里，整日里连个说话的人都没有。

夏侯澹跟着走到庭中，挥退了撑伞的宫人，转头望向北舟所在的房门，脚步却迟迟没动。

不知过了多久，他拂去肩上的落雪，上前敲了敲门。"叔，吃火锅吗？"

门开了，北舟面无表情地看着他。

当朝暴君低眉顺眼。"别生气了，当时吃药也是别无他法。"

北舟无声地叹了口气。

夏侯澹道："……叔。"

头顶一重，北舟在他脑袋上按了一下。"我说过，你是南儿的孩子，就是我的孩子。叔在这世上无亲无故，费尽力气护你周全，可不是为了什么家国天下。你再为这劳什子皇位多折一次寿，叔就把你绑着带走，丢去天涯海角度过余生，听懂了吗？走吧。"

北舟没等他回答，自行走了。

夏侯澹还低着头站在门边。

庾晚音穿来的时间太短，还没见过足够的生离与死别，不明白他人的善，最终都是灼身的火。

·　·　·　·　·

小火锅咕嘟作响，北舟吃得直抽气。

庾晚音招呼谢永儿："站着干吗？帮忙下锅。"

谢永儿整个人还是蒙的。她没想到自己穿来之后第一次吃上火锅，竟是在这种情况下。

她面前的狗男女已经自顾自地聊了起来，似乎在交流今天的新情报。

夏侯澹道："民间已经有传言了，说太后是我害的，那场雷雨是对我为君无道的天罚。"

庾晚音道："好家伙，端王党散播的流言吧？这是要打舆论战的节奏啊。不要葱，谢谢。"

夏侯澹道："也可能是残余的太后党。虾滑要下红锅吗？"

北舟抬头插言："谁在传这些，我去抓一个宰了，杀一儆百如何？"

"不行。"庾晚音和谢永儿异口同声。

庾晚音："？"

资深追星女谢永儿道："舆论战我懂啊，封口只会适得其反。要用魔法打败魔法，你也找些人去街头巷尾，说端王不仁不义，派人去邙山暗杀你和太后，幸而你是真龙天子，洪福齐天，天降九九八十一道闪电，劈死了所有刺客。"

夏侯澹沉默了一下道："有点浮夸。"

庾晚音赞同道："确实。"

"百姓不怕浮夸，鱼腹藏书他们都信，越浮夸传得越广。"谢永儿侃侃而谈，"夏侯泊一直不反，你们知道为什么吗？他这人其实一直坚信自己是天降正义、大夏救星，所以执着于师出有名。现在这些流言，听上去是他逼不得已要亲自动手了，其实是在做铺垫呢。"

"啪啪啪"，庾晚音鼓起了掌。

"永儿，端王能折腾这么多回合，原来都是因为有你撑着。"

谢永儿不太自在地笑了笑。"他段位比我高多了。"

"那是因为你心中有情，你比他像个人！"

夏侯澹沉吟："既然如此，我们也不能无缘无故突袭他，否则弑母加弑兄的罪名扣下来，日后朝中人心不稳。"

庾晚音道："按照胥尧书中所记，有两种刺杀你的方案，都是在太后死后的。一个在灵堂里，一个在出殡时。但如今局势变了这么多，端王会选哪种，又或是都不选，我也说不好。我觉得应该先针对这两个方案做好防备，端王那边也派人盯紧了，一旦他有异动，咱们就能抓个现行，名正言顺地把他办了。"

提到胥尧的书，谢永儿的耳朵动了动，抬头望向庚晚音。"说起来——"

"怎么？"

"你上次告诉我，胥尧记录的计划，跟我最初的提议都有些出入。"谢永儿越说越慢，"但你是怎么知道……"

你是怎么知道我最初的提议的呢？我明明只告诉了夏侯泊一个人，难道以他那完美反派的做派，竟会转头说给你听？

当时她被突如其来的冲击搅乱了思绪，没想到这一节。这几天情绪逐渐平复后，这个问题一次次地浮上心头，又被她一次次地压下去。

她不确定自己是不是真想知道答案。

庚晚音飞快地与夏侯澹对视了一眼，神情如常，拍了拍她。"也是胥尧倒戈后告诉我的。你那些提议，端王都找胥尧商量过。"

"啊。"

内心深处，谢永儿觉得这个解释也有牵强之处。但如果不是端王，也不是胥尧，难道庚晚音还真开了天眼吗？

——天眼。

谢永儿忽然有种奇怪的感觉：不该再顺着这个思路寻觅下去了，否则最终找到的，也不会是自己喜欢的真相。

肩上一紧，庚晚音揽住了她。"妹妹，男人这种东西，天涯何处无芳草，回头咱去别处找。"

夏侯澹莫名其妙地看了庚晚音一眼。

夏侯澹问："这也是你的妹妹？"

· · · ● · ·

在某人的有意控制下，太后的病情反反复复，吊着不少人的心上上下下。直到整个太医院轮番请罪了一遍，事实终于逐渐明朗：她是真的好不起来了。

就在这数日之间，太后党树倒猢狲散。几个出头的被褫了，一批辞官的获准了，剩下的囫囵并入了皇帝麾下，连官职都基本没什么变动。

那些空出来的位子，被一些新人填补了。

尔岚和李云锡都升了职。

杨铎捷终于挥泪告别钦天监，转头敲锣打鼓入了吏部。

许多平日里被各部压在底层闷头干活的小官吏，此番都被悄然提了上去。

一切发生得无声无息，甚至因为过于平静，让人少了几分风暴过境的实感。

为此，浑水摸鱼的炮灰们还在感慨皇帝走了狗屎运，那些入局最深的聪明人却已经生出几分胆寒。

他们感受不到风暴，是因为风暴都被扼杀在了青蘋之末。

先前只知道端王是个人物，现在才惊觉，原来还有更狠的在上头。

单看谁升官、谁丢命，就能发现皇帝装了这么多年瞎，其实看得比谁都清楚。他像一条最剧毒、最狡诈的蛇，在有十足把握前可以彻底僵死，任人踢打踩踏都绝不动弹。但等你瞧见他露出獠牙，你就已经是个死人了。

于是恐惧的更恐惧，胆大的却生出了别的心思。

朝中不乏恃才之辈，只是在这乌烟瘴气中熬到今天，基本都心灰意冷了。此时太后一倒，风向随之一变，他们隐约嗅到了大展宏图的希望。

甚至连端王党中都有几个冒险跑来找皇帝投诚的。他们以前哀叹生不逢明主，只能将希望寄托在端王身上，等着他取而代之。如今一看，倒也不用费这个周章。

就这样，随着太后党的消失，朝中多出了一批拥皇党。

木云急了。

木云一心要保住在端王手下的地位，混在太后党中找皇帝磕了头、表了态，转头就忙不迭地吩咐手下，加大力度传播流言，务必让暴君无道的形象深入人心。

他为端王干了这么多年脏活，自认为熟能生巧，天衣无缝。结果忙完一天刚回家，等待他的却是一道圣旨。

夏侯澹随便找了个罪名，将他革职查办了。

木云大惊失色，想破脑袋也没明白自己在何处露出了马脚。直到听说端王手下的其他卧底也被一锅端得干干净净，他才恍然大悟——有人把整个名单列给夏侯澹了。

"谢——永——儿！"木云将这几个字咀嚼出了血味儿。

· · ● · ·

与此同时，端王党正在进行这个月的第十八次紧急会议。

臣子们着急上火，千方百计暗示端王该动手了，皇帝在飞速成长，晚一天动手就少一分胜算。

夏侯泊面上一派庄严，优雅的眉目间隐现忧愁。"陛下虽然为君有过，毕竟仍是本王的亲生兄弟。他不仁，我却不可不义。正所谓得道多助，失道寡助，我若与他一样不择手段，又怎么对得起诸位的拳拳之心？"

臣子们热泪盈眶："殿下！"

夏侯泊温声劝慰："诸位务必少安毋躁，多行不义必自毙，要相信他的因果报应很快就来了。"

夏侯泊送走臣子们，大门一关，唤来死士："按照计划去布置。"

死士道："殿下，听说谢妃已经倒戈，她又常能未卜先知，会不会将我们的计划也报给皇帝？"

夏侯泊微笑道："以前她出的主意，我在实行时都会改变一些小小的细节，她并不能察觉。这次也一样，我会在计划当日，临时让你们去多办一件小事。"

他挥退众人，低头拉开床头的暗格，取出一个绣工粗糙的香囊，捏在修长的手指间晃荡了两下。

如果谢永儿真有天眼，就会发现他手中把玩的香囊，并不是自己所绣。

· · ● · ·

庚晚音打了个喷嚏。

她正在翻奏折。

夏侯澹最近拖着尚未痊愈的伤口，成日撑出生龙活虎的样子与人周旋，往往一回寝殿就直接躺下了。庾晚音为了减少他的工作量，坐在床边一封封地翻奏折，一目十行地扫过去，总结道："章太傅歌功颂德了三百字，重点是吹了句自己的侄子。"

夏侯澹道："呸，他侄子是个智障，晾着吧。"

庾晚音将它丢到"不重要"的那一堆，又翻到下一封，笑了。"李云锡的。"

自从朝中开始变动，她就没见过李云锡等人了。

夏侯澹不再与他们私下接触，还特别告诫几人，眼下正值多事之秋，少与人议论皇帝，更别让自己成为拥皇党里的出头鸟。

李云锡已经在朝堂中摸爬滚打了一些时候，也懂了些好歹。收到夏侯澹的告诫，他奇迹般地领会了用意：皇帝对胜利并无绝对把握。万一最后赢的是端王，皇帝也要尽量保住这一批臣子，确保端王得势后不因记恨而毁了他们。

李云锡感动得潸然泪下，却又不能进宫谢恩，最后洋洋洒洒写了张陈情表，恨不得磕出点血来涂上去。

庾晚音看得直乐。"有几个字都糊了，不会是边哭边写的吧哈哈哈……"

笑声戛然而止。

夏侯澹转头望向她："怎么了？"

庾晚音盯着奏折。"他说岑堇天快不行了，想再见你一面。"

耳边传来窸窸窣窣的声音，夏侯澹坐了起来，正视着她。"我现在不能出宫。"

"我知道，那我——"

"你也不能去。我那天就说了，外面不太平。"

庾晚音急了。"我刚想起来，我可以带萧添采去看他啊，就算治不好他，哪怕让他走得舒服点呢？当初是我们忽悠他入朝的！"

"那让萧添采自己去，你别去。"

"萧添采这人只跟谢永儿一条心，对你我可是挺有意见的，万一他糊弄我们……"

"晚音，"夏侯澹打断了她，语气是从未有过的强硬，"别去。岑堇天有什么遗言，可以让人转达。"

庾晚音不认识般愣愣地看着他，半晌才轻声问："你想让他也在死前望着皇宫的方向吗？"

有床幔遮挡，夏侯澹的脸庞隐在阴影中，苍白而模糊，让她突然回忆起了初见之时，自己得知他身份之前的恐惧。

他的语气也像那时一样疲惫。"等我下了地狱再还他的债。"

· · ● · ·

庾晚音还是出了宫。

傍晚，趁着夏侯澹召见别人，她带上萧添采与暗卫，熟门熟路地溜了出去。暗卫早已习惯她在宫中为所欲为，根本没想过她这次竟是抗旨。

他们照常确认了无人尾随，庾晚音担心夏侯澹发现后派人来追，催着马车直奔岑堇天的私宅。

那片熟悉的试验田已经被积雪掩埋，看不出作物的模样。

出来迎客的是一个出乎她意料的人——尔岚。

尔岚见过庾晚音男装，一眼认出了她。"娘娘，岑兄病重，又无亲友在身边，我来帮忙。"

庾晚音顾不上寒暄，忙把萧添采推了进去。"让他给岑大人看看。"

萧添采不情不愿地搭上了病人的脉。

岑堇天费力地撑开眼帘，望见了庾晚音。他面现急切，略去所有虚礼，用仅存的力气道："娘娘，燕黍在各种田地的耕种之法，我已写入册中……"

尔岚帮着将册子递给她。

岑堇天曾说过这玩意儿需要两三年才能试验出来，不知他用了什么法子，竟赶出来了。

庾晚音郑重道："放心吧，图尔答应了一到燕国就将货物运来，开中法也在照常实行，开春时全国的农户都会种上燕黍。"

岑堇天道："仓廪……"

庾晚音道："户部检查过各地仓廪储备了，旱灾一来，怎么调剂赈灾都已有数。等到旱灾过去，还会让各地照着你的册子调整作物种类。"

"陛下……"

"陛下一切安好。他很挂念你，无奈身不能至，让我代劳。"庾晚音张口就来，"他让你好好养病，等明年田里的燕黍成熟时，咱们一起去看。"

岑堇天面露微笑，慢慢颔首。

萧添采诊完了脉，回身将庾晚音拉出了屋，低声道："沉疴难愈，应该是出生就带了恶疾，拖到现在，已经无力回天了。"

庾晚音心中一紧，还不肯放弃希望，疑心他没有使出全力，又不知该如何求他，只能深深躬身。"萧先生。"

萧添采大惊："娘娘使不得！"

庾晚音道："屋中那位，是所有大夏百姓的恩人，求萧先生让他多活一些时日，哪怕看到一次丰收也好。"

萧添采沉思了片刻，道："只是多活几个月的话，或许有法子。"

庾晚音正要高兴，又听他道："但我有个条件。"

"什么？"

"我见陛下对娘娘甚是信任，等他解决了端王，娘娘能不能在陛下面前美言几句，让他放谢妃自由离开？"

庾晚音："……"

她肃然起敬。"萧先生真是情深似海。"

斯文少年被这用词噎了一下，尴尬得手脚都不知往哪儿摆。"不是那个意思！我只是见她郁郁寡欢，心中……算了，娘娘就说行不行吧。"

"行，当然行，别说放走谢永儿，就是把你一起放走也行，你们可以红尘做伴活得潇潇洒洒，策马奔腾共享人世繁华。"

萧添采道："……我并不……"

萧添采道："谢娘娘。"

萧添采去开药方了。

庾晚音望着那片积雪的田地，听见身后靠近的脚步声，微微偏了偏头。"萧先生很厉害，应该能让他多活几个月。"

尔岚道："嗯。"

她们同时陷入沉默，并肩望着空旷的雪地。

庾晚音小声问："岑大人知道你是女儿身吗？"

这是她第一次说破这个事实。

尔岚平静地摇摇头。"他只当我是好友。"她自嘲一笑，"他都这样了，何必再让他平添烦恼呢。"

庾晚音听出来了什么，有些震惊。"你对他——"

尔岚没有否认。"我的心思是我自己的事。"

她似乎察觉了庾晚音的难处，笑着摸了摸后者的头。

尔岚生得高挑，眉目间暗含英气，扮作疏阔男儿也毫不违和。此时低低说话，才显出女儿音色："我生于商贾人家，幼时有神童之名，过目不忘。父母家境殷实，也就随我跟着兄弟一道念书。长到十五岁，我才发现身为女子，读再多圣贤书都没用，我还是得嫁给一个木讷男人……"

庾晚音愣了愣，没想到她还结过婚。

但转念一想，尔岚看上去有二十五六，放在这个时代，再过几年都能当奶奶了。

尔岚道："后来男人死了，我在家中守寡，成了左邻右舍的谈资。他们这一天若是没别的可聊，就聊我是不是又穿得太俏、多看了哪个男人一眼。终于有一天深夜，我跳入了河中，想着如果不能游到对岸，我就死在河里。

"我游过去了。于是我继续往前走，再也没有回头。走啊走啊，到了都城，遇到了你们，入了户部，干了好多事……"

她深吸了一口冰凉的空气。"等到局势稳定，四海清平，也就到了我退隐之时吧。"

庾晚音明知故问："为什么？"

"你能看出我是女人，别人迟早也能看出。与其等到那时被人参本，不如急流勇退，再寻一处山清水秀的地方度过余生。有此一遭，我终于也算活过爱过，再无遗憾。"

　　尔岚转头看着庾晚音。"其实，汪兄、岑兄一定也不遗憾。所以不要伤怀了，晚音。"

第十八章

# 封后

晚音，今晚的事，是澹儿有错。你生死未卜那
会儿，他差点疯了。

萧添采要留下煎药，庾晚音却怕夏侯澹着急，便将他留在岑堇天
处，自己先回宫了。

——也幸好她如此决定。

马车行到半路，窗外传来暗卫的声音："娘娘，后头有人尾随上
来了。"

"是陛下派的人吗？"这是庾晚音的第一反应。

暗卫道："不是。来者不善，咱们得快点回去。"

马车骤然提速，疾驰一阵，又猛然急停。庾晚音整个人向前扑去，
撞上了车厢木壁。

窗外传来纷乱打斗声，暗卫低叱道："刺客！"

马嘶声。

来人在混战中砍断了车鞯，受惊的马匹绝尘而去，将庾晚音的马车
留在了包围圈中。

车厢一阵摇晃，庾晚音勉强稳住身形，摸了摸藏在袖中的枪，抬手
将车帘掀开一角朝外窥探。

天色已经昏暗下来，街上的百姓早就逃了个干净。来者有十余人，
蓬头垢面似是地痞，然而与训练有素的暗卫缠斗在一起，竟完全不落下
风，还堵住了她所有逃跑的路径。

是冲着她来的。

　　她失算了，带的人手也远远不够，没想到对方会嚣张到明目张胆当街杀人。

　　自己如果死在这里，夏侯澹会是什么反应？

　　暗卫寡不敌众，一时不防，让人越过防卫蹿上了马车。来人砍倒车夫，"唰"地撕扯下帘布，纵身跃上车厢，瞧见庾晚音，举刀便朝她砍来！

　　庾晚音脑中一片空白，条件反射地将手缩入袖中握住了枪——

　　对方的身形似乎凝滞了一瞬，眼珠子朝下一转，目光随着她的手部移动——

　　庾晚音已经抽出枪来，对准了他的脑门儿——

　　就在这千钧一发之际，她诡异地顿住了。

　　不对。

　　她这一顿，对方竟也随之一僵，甚至半途收刀横于胸前，那是个下意识的防卫动作。

　　不对！

　　这个念头尚未完全成形，她的身体反应却比脑子更快，像是从数次死里逃生中练就了玄妙的本能，肌肉死死绷紧，硬生生止住了扣动扳机的动作。

　　下一秒，破空之声传来，那人胸口透出一枚染血的箭头。

　　庾晚音的枪重新滑入袖中。

　　面前的刺客双目暴突地瞪着她，摇晃一下，倒了下去。

　　他这一倒，车厢门口再无遮挡。庾晚音喘息未定，看清了车外站着的人。

　　夏侯泊一身白衣，长发半束，玉树临风地立在街上，手中稳稳握着一张雕弓。显然刚才那一箭就是他射出的。

　　夏侯泊也看清了车厢里的人。

　　她做男装打扮，两手空空，吓得面色惨白。

　　四目相对，只一个眼神，庾晚音就知道端王已经透过这层伪装识出了她——或者不如说，他早在出手之前就知道车里是她。

　　夏侯泊声音安定："何方狂徒目无王法，竟敢当街伤人？"他吩咐手下，"全部抓起来，将车上那尸身也拖下去，莫让这位公子受惊。"

他的手下领命助战，帮着庾晚音的暗卫，三下五除二解决了那群"狂徒"。接着走到车前拖走了尸体，又恭恭敬敬将庾晚音扶了下来。

庾晚音道："……多谢端王殿下相救。"

夏侯泊故作不识，笑道："你认得本王？俗话说救人救到底，公子的马车坏了，眼下天色已晚，不若让本王载你一程。"

哦，原来如此。

庾晚音脑中那个闪电般冒出的念头，到此时终于转完了。

方才那个刺客的表现，似是一早料定了她藏有武器，而且还对这武器的威力有所提防。

但他怎么可能知道她有枪？她的子弹在这世上留下的仅有的痕迹，是在邙山上，而当时她明明乔装打扮了……

——邙山。

谁会去费心调查邙山上的痕迹？就算看见弹孔，常人顶多怀疑到夏侯澹头上，谁会想到那痕迹可能与她一介宫妃有关？

答案就站在她眼前，正对她微微含笑。

夏侯泊指了指自己的马车。"公子，请。"

这是一出自导自演的大戏。杀她的和救她的，都是端王安排的人。

他们显然不是想要她的命，否则也不用绕这么大弯子，直接砍死她就完事了。如果她没有猜错，整这一出戏都是为了逼她出招自保，以便摸清她带没带武器、这武器有何秘密。

端王在试探她，也是在试探夏侯澹的底牌。

但到目前为止，他没能试出来。

庾晚音笑了笑。"那就有劳殿下了。"

她飞快地与暗卫交换了一个眼神，用眼色示意他们不要妄动，便从容登上了端王的车。

· · ● · ·

马车徐徐起步，夏侯泊坐在庾晚音身旁，笑问："公子家在何处？"

"殿下说笑了。"庾晚音直接摊牌，"请送晚音回宫吧。"

　　夏侯泊便也不装了。"晚音没受伤真是万幸，还好我恰巧在附近，听见动静及时赶到。"他关切地看着她，"最近城里乱得很，你怎会在这时跑出宫来？"

　　庾晚音道："……有个臣子生了病，正巧我家中有个未出阁的幼妹心系于他，托我去相看。我便以探病为由，对陛下说想要出宫。他最近不知为何对我甚好，便答应了。"

　　隐瞒是没有用的，对方能跟踪她至此，就能查出她到过何处。她只能在言语间将岑董天说得轻描淡写。

　　夏侯泊捕捉到了关键词。"你对他这么说……其实却不然吗？"

　　从刚才开始，庾晚音心里一直有个疑点：夏侯泊完全可以迅速杀了她，再从她的尸身上寻找他要的答案。但他宁愿背刺几个手下，也没动她。

　　刚才那一幕发生在大街上，还拖了这么久时间，夏侯澹肯定已经听说了，说不定已经派人追来。这辆马车如此显眼，想悄然将她绑去别处也不太可能。这么说来，夏侯泊居然是真的打算将她毫发无损地送回宫中。

　　为什么？

　　庾晚音若是不了解夏侯泊的本性，对着他温情脉脉的眼神，很难不想歪。但她太清楚此人是个什么货色了。

　　首先排除他对自己动了真心的选项。

　　她在心中迅速分析：她和夏侯澹只要出了寝殿大门，就一直持之以恒地演着追妻火葬场的戏码，夏侯澹多有忍让，而她若即若离。也就是说，在普通宫人眼里，他们的关系并没有那么密切。

　　寝殿内部不知经过了多少轮血洗，剩下的都是不会泄密的人。

　　如果夏侯泊真的知道她的"天眼"帮了夏侯澹多少，还会多此一举来试探吗？

　　所以，他不知道。他说不定甚至还没放弃拉拢自己。

　　思及此，庾晚音缓缓露出忧愁的神色。"其实，我只是在宫里待不下去了，想出来勘察路线，准备日后找机会逃出城去。"

　　夏侯泊微微抬眉。"陛下不是你的良人吗？"

庾晚音苦笑道："他喜欢的是我，还是我那时灵时不灵的天眼，想必殿下心中也明白。你们神仙打架，我等小鬼遭殃。事到如今，我对良人已经没了念想，只想跳出这处龙潭虎穴，安度余生罢了。"

夏侯泊诧异地望着她，"我心中明白？"他的眼中闪过一丝怒意，"我与他并不相同。晚音，你这么害怕，为什么从不找我呢？"

庾晚音："……"

那个错误选项蠢蠢欲动地冒出一个头，被她再度重重划去。

这演技，搁现代也能拿个影帝了。就是不知道夏侯澹跟他对戏的话谁会赢。

夏侯澹……夏侯澹现在在做什么？他会不会沉不住气，派人拦下端王的马车？如今局势危如累卵，任何一点火星都可能提前点燃战火，而他们还没做好布置……

庾晚音用指尖掐了一下自己的掌心。她要稳住夏侯泊。

她闭了闭眼，在影帝面前兢兢业业地祭出了毕生演技，愁肠百结道："晚音在殿下面前，自知比不过谢妃。"

也不知演得怎么样，有没有表现出那种对汹涌暗流一无所知、满脑子只有恋爱的傻缺感。

夏侯泊："……"

夏侯泊笑了。"晚音没有用天眼看到吗？"

庾晚音问："看到什么？"

她等着对方说"谢永儿背叛了我"，却听到了一句预想之外的台词："看到我的未来。"

庾晚音："？"

"谢永儿曾说，她预见我挽狂澜于既倒，开创盛世，功标青史。"夏侯泊直视着她的眼睛，"她说的是真话吗？"

庾晚音心中"咯噔"一声。

死亡二选一。

她若说"是"，等于给夏侯泊白送一波士气，还会让自己显得更可疑——明知道对方会赢，为何迟迟不投奔他？

她若说"不是"或者"没看见"，夏侯泊信不信另说，她自己能不能平安下这辆车都是个问题。

夏侯泊追问："嗯？"

庾晚音来不及细想，脱口而出："以前确实没有预见，只是私心向着殿下，所以才会用密信为殿下出谋划策。近日，我倒是梦到了殿下受万民朝拜的画面。但在那个画面中，殿下身旁之人并不是我。"

"哦？不是你，难道是谢永儿？"夏侯泊似乎觉得无稽。

说谢永儿就更不对了，他现在已经视谢永儿为叛徒，一听这话就知道是谎言。庾晚音心中为谢永儿觉得可悲，面上却微露困惑之色。"似乎也不是谢妃。那女子长得有些像谢妃，却更年轻。又有些像小眉，却更端庄貌美。殿下注视那女子的眼神，是我从未肖想过的。"

这话一出口，夏侯泊不出声了。

庾晚音回味了一下，惊觉自己竟然歪打正着交了满分答卷。这个答案直接堵死了夏侯泊的所有下文，还合理地解释了她先前的所作所为。

为何不接受皇帝，反而一心想逃？因为预见到了皇帝会倒。

为何明明喜欢端土，却迟迟不找他寻求庇护？因为他的未来里没有她的位置。

她有武器吗？她会帮助皇帝吗？当然不会，她只是一条被殃及的池鱼、一个可怜兮兮的炮灰。

庾晚音，行！

夏侯泊望着她，饶有兴味地笑了笑。

夏侯泊道："答得好。"

庾晚音做贼心虚。"是实话。"

"实话吗？那只能说明你梦错了。"夏侯泊神色淡淡，显出几分倨傲，"我今生不会与哪个女子并肩。真要有一个，也只能是你。"

庾晚音："？"

那阴魂不散的错误选项第三次冒头。

不会吧不会吧，这孙子不会真走心了吧？

此事跟他的画风格格不入，但细想之下，却并非无迹可寻。在《穿书之恶魔宠妃》里，他作为男主跟谢永儿爱恨纠缠那么多章，根本看不出原本的德行。在《东风夜放花千树》里，他又对庾晚音一见钟情，爱得跟真的似的。

难道这人的角色设定里还真有"情种"这一项？但若真有情，他又怎会对谢永儿如此残忍？

庾晚音内心左右互搏的关头，夏侯泊忽然执起了她的手。

庾晚音触电般挣了一下，他的五指却骤然缩紧，习武之人的手如铁钳一般，让她再无法移动分毫。

庾晚音抽了口凉气，道："殿下！"

"你在发抖。"夏侯泊朝她欺近过来，声音温柔，"晚音，不要这样怕我。"

"我……"庾晚音拼命稳住呼吸，"晚音只是不懂，我身上有哪一点值得殿下青眼相看。论品貌，我不及梦中那女子；论才情，我不及谢妃；至于天眼，殿下自己不也开了吗，何况谢妃也……"

马车行到哪里了？按这个速度，该接近皇宫了吧？她袖中的枪会掉出来吗？真到那一步，她有本事秒杀他吗？

夏侯泊抬起一根手指点在她的唇上，封住了她的话语。"你是最好的，我从一开始就知道。"

庾晚音不由自主地朝后缩。"我真的不是。"

夏侯泊穷追不舍，越来越近，与她发丝相缠。"那陛下找的为何是你？"

庾晚音一瞬间陷入了彻底的茫然。

这句话是什么意思？她怎么突然跟不上了？

她的迷惘从未如此货真价实，夏侯泊却低低笑了起来。"别装了，我一直等着你，从很久很久以前……"

· · · ·

更准确地说，是从多年前的那个深夜，丑时。

夏侯泊静静隐身于树丛阴影中，听着不远处的小宫女颤抖的声音："奴婢……奴婢在那附近的偏殿里服侍，时常从远处看见一道人影徘徊，又见那花丛形状奇异，心生好奇，就挖了挖……"

她说的每一个字，都是夏侯泊教她的。

那时他是个半大少年，太子夏侯澹只是孩童。他知道夏侯澹的母后害死了自己的母亲，也知道自己之所以会去御书房日日挨打受辱，是因为喜怒无常的小太子点名要一个伴儿。

换作寻常庶子，或许会忘记尊严，摇尾乞怜，只求对方放过自己。但夏侯泊生来不同。

他每天都在想着如何杀了夏侯澹。

有意观察之下，他逐渐发现这个小太子举止怪异，有时会如同被什么附体了一般，认不出这世上的寻常物件，却冒出些神神道道的怪话。但此人反应很快，刚露出一点马脚，又会若无其事地掩盖过去。

夏侯泊开始跟踪小太子，发现他每天都会去一丛铁线莲旁边徘徊探看。

太子走后，夏侯泊掘开泥土，挖出了一张字条。

小宫女道："那字条上的字形状诡异，句意不通，奴婢以为……以为是哪个不太识字的侍卫……奴婢该死！"

静夜中，夏侯泊听见小太子语带绝望。"别演了，你是怕我害你吗？相信我啊，我们是同类啊。"

同类。

什么同类？

夏侯泊沉思着，不远处的对话还在继续。

"我——我在这个世界只有你了。你真的不是？"

"不是……什么？"

"没什么。这下你知道我的秘密啦。"

夏侯泊从树叶缝隙中安静地望出去，看着那小宫女猛烈挣扎，逐渐力竭，最后一动不动。

即使在成年出宫建府后，夏侯泊也从未忘记那夜的神秘对话。

皇帝身上藏着巨大的秘密。但若说他天赋异禀，却又看不出来。他这些年始终如同困兽，被太后当作傀儡任意摆布，还被折磨得越来越疯。

夏侯泊推断，他一直在找一个关键的"同类"。而一旦找到那个同类，皇帝会干出些什么事呢？

夏侯泊闲时想起这个问题，会自嘲地笑笑，觉得自己疑心太重。皇帝八成只是脑子有病而已。

直到那一天，他在宫宴上发现夏侯澹身边多了一个宠妃，艳若桃李，顾盼生辉。

庾家小姐入宫之前，他见过，逗弄过，转头就忘了。

但宫宴上那个目光锐利的女人，莫名让他觉得陌生。就像是脱胎换骨，又像……被什么附体了一般。

冥冥之中他有种感觉，她跟夏侯澹，确实是同类。

有那么一时半刻，夏侯泊感受到了消沉。他自幼多智，几经磋磨而越战越勇，始终坚信自己终将站上顶端，坐拥万里河山、日月星辰。庾晚音的出现就像一个不祥的信号，他尚未破解其意，却本能地心下一沉。

接着谢永儿接近了他，坚定不移地告诉他，自己能未卜先知，而他才是天选之子，问鼎天下只是迟早的事。

夏侯泊对这个预言很满意，因为他本就是这样想的。但听着她的话，他脑中浮现出了一个猜想。间接找到一些证据后，他私下约见了庾晚音，拿话诈她："你究竟是谁? 陛下是谁、谢永儿是谁?"

庾晚音的反应证实了他的猜想：他们三个还真是同类。

从那之后，他心中就多了一个结。

同是开了天眼的人，谢永儿对他死心塌地，庾晚音却迟迟没有离开皇帝。这两个女人看似旗鼓相当，但夏侯泊没有忘记，皇帝一开始选择的是庾晚音。

从七岁那年被宫人拽着耳朵骂"命贱"开始，任何廉价的次品都只会让他作呕。

她才是最好的。

他要的都是最好的。

· · ● · ·

此刻，庾晚音的纤纤细颈就在他鼻端咫尺之距，看上去如此脆弱，他几乎能瞧见血管跳动。她咬紧了牙关，就像先前数次见面时一样，眼中满是恐惧和防备。

"晚音，"夏侯泊用耳语的音量说，"给你最后一次机会。站到我的身边来，一切都是你的。"

庾晚音像冻僵了般纹丝不动。

夏侯泊低下头，在她的颈项上轻啄了一记。"如何？"

下一秒，马车停了下来。

他的手下在窗外道："殿下，前路被数十名禁军堵了。但他们并未亮出武器。"

夏侯泊轻嘲道："陛下来讨人了。"

庾晚音道："……我被当街突袭，他派人来也是情理之中。"她瞥了一眼他抓着自己的手，用上了息事宁人的语气，"殿下，今日的对话，我下车后便会忘记，不会与人提及的。"

夏侯泊被她用眼神提醒，却故作不知，仍旧不松手。"哦？这么说来，是不考虑我了？"

车外，远处有人朗声道："见过端王殿下。殿下可是救下了庾妃娘娘？"似是禁军的声音，在催他把人送下车。

庾晚音楚楚可怜地望着他。"晚音身如飘萍，能得殿下真心相待，怎会不感动？但眼下禁军在外，实在不是说这些的好时机，殿下若是不嫌弃，回头咱们继续用密信交流，可好？"

夏侯泊一根根地松开了手指，温柔道："好。你多加小心。"

他当先下车，又回身撩开车帘，彬彬有礼地将她请下，对那领头的禁军道："刁民行刺，幸而本王路过，倒是有惊无险。"

对方也不撕破脸，说了一番场面话，便带着庾晚音回宫了。

夏侯泊站在原地，望着他们的背影湮没于黑暗，目光渐渐冷了下来。

他的手下凑过去低声汇报："方才殿下射中的那人救回来了。"

夏侯泊问："他看到什么了吗？"

手下道："庾妃袖中藏有机关，前所未见，观其形态似能发出暗器。"

夏侯泊站在夜风中沉默了一会儿。

良久，他自言自语般道："既然这是她的选择，那也只能成全她。"

手下道："殿下？"

夏侯泊回身走向马车，留下一句吩咐："派人给几位将军送信吧，咱们准备开始了。"

· · ● · ·

庾晚音在走进宫门的前一刻，脑中转着的还是夏侯泊的奇怪话语。

"'那陛下找的为何是你'……"她低声重复了一遍，还是没咂摸出其中真意。夏侯澹何时找过她，还被端王看了去？

宫门一开，她的思绪随之一空。

夏侯澹面无表情地盯着她。昏暗灯火中，他的眉目完全藏进了阴影，只能看清紧抿的嘴唇。

庾晚音的心虚愧疚一下子浮了上来，忙小跑过去。"我错了，我不该……"

距离拉近，她看清了他的眼神，语声随之一滞，背上的汗毛都竖了起来。

夏侯澹一把攥住她的手腕，扯着她朝宫里走。

他握住的正是刚才被端王捏过的地方。庾晚音吃痛，条件反射地一挣。

夏侯澹停了下来。

他慢慢回头，先是看向她，足足过了几秒，才似乎很艰难地扯开自己的目光，投向她身后负伤归来的暗卫。

鸦雀无声的寂静中，他的嗓音如锋刃破冰："都埋了吧。"

庾晚音在走下端王马车后，已经自动进入了劫后余生模式，连超负荷运转的大脑都暂时待机了，她这会儿怔在原地，甚至没反应过来他指的是谁。

接着就见禁军应声上前，拿住那几个暗卫，粗暴地按着他们跪到地上。

那是几个受了伤都一声不吭的汉子，此时也不高呼求饶，只是沉默着磕头谢罪。

庾晚音："！！！"

她大惊失色："等等！不关他们的事——"

夏侯澹听也不听，猛然一扯，庾晚音趔趄着被他扯向寝殿的方向，惶急道："陛下……陛下！"她压低声音，语速飞快，"是我一定要跑出去的，他们不知道你的禁令，错的是我，不要滥杀无辜……"

夏侯澹怪笑一声。

庾晚音挣扎着回头去看，暗卫已经被拖走了。

庾晚音浑身发冷，扭头去看他的侧脸。

他大步流星走得太快，挑灯的宫人都被甩在了后面。黑暗中只见他发丝散乱，状若癫狂。

这不是她认识的夏侯澹。

有那么一瞬，她几乎疑心自己熟悉的那个人又穿走了。他的灵魂离开了这具躯体，留在她面前的是原装的暴君，生杀予夺，狠戾无情。

她不由自主地发起抖来。"……澹总？"

夏侯澹没有反应。

还是他吗？庾晚音顾不上其他，只想救人。"我们只有那么多暗卫，已经失去了大半，他们可是原作里为你而死的人啊！"

夏侯澹道："端王怎么找到你的？"

这句话问得没头没尾，混乱之中，庾晚音过了两秒才明白他言下之意。"肯定是他的探子在满城搜寻，不可能是暗卫泄露的。暗卫里如果有内奸，端王一早就会知道我们有枪，还有更多更大的秘密，你我早就不战而败了！"

夏侯澹不为所动。"这种情势下带你出宫，与内奸何异？"

庾晚音："……"

庾晚音后知后觉地明白了。夏侯澹这怒火所指，并非那些暗卫，而是她自己。自己忤逆了他，背着他跑出宫去，还险些让端王打探到己方机密，毁了人事。

但他不想杀她。

她不受过，就必须有人替她受过。

不知道从何时开始，对方连思维模式都如此契合上位者的身份了。又或者她不是没有察觉他的转变，只是在一次次自我安慰中视而不见罢了。

夏侯澹是她熟悉的那个世界的最后一块碎片、最后一缕牵念。但世界早已面目全非，没有人可以一如既往。

庾晚音深吸一口气，跪了下去。

夏侯澹原本在拖着她走路，此时她突然一跪，终于让他放了手。

冬夜的地砖早已冻透了，刚一接触膝盖，寒气就凶残地侵进了皮肉。但庾晚音已经感觉不到冷了。她垂着脑袋，低声下气道："此事因我一人而起，求陛下饶过暗卫，责罚臣妾。"

她只能看见夏侯澹站立不稳似的倒退了半步。

漫长的几息之后，头顶传来他的声音："可以。"

他吩咐宫人："将庾妃关进寝殿，落锁。从今日起，直到朕死的那一天，都不得放她外出一步。"

庾晚音没有抬头，听着他的脚步声渐渐远去。

宫人俯身搀起她。"娘娘，请吧。"

她如同行在云端，茫茫然被搀进了殿门。落锁声在身后响起，宫人惧于夏侯澹的雷霆之怒，无人敢跟进来，锁上门就远远避开了。

· · ● · ·

偌大的寝殿从未显得如此空旷。庾晚音背靠着门扇，呆呆站着。

她脑中千头万绪搅成一团乱麻，一时觉出手腕钝痛，一时担心暗卫没有获救，一时又想起岑堇天等人，不知道端王会不会回头去找他们麻烦。

夏侯澹听说此事后，派人去保护他们了吗？他会不会认为岑堇天左右都要死，会不会觉得一个失去价值的纸片人，死了也就死了？

以前的她不会这样揣测他，但现在……

庾晚音回身敲门："有人吗？我有要事！"

喊了半天，毫无回应。

寝殿里燃着地龙，庾晚音却还是越站越冷。她走到床边，一头栽倒下去，鸵鸟般将脸埋进了被子底下。

就在今天早些时候，他们两个还在这里，你一言我一语地吐槽奏折。

胸口仿佛破开了一个空洞，所有情绪都漏了出去，以致她能感觉到的只有麻木。

不知过了多久，忽然传来了开门声。

她一惊而起，望向门边。"北叔。"

北舟手中端着木盘。"我来给你送饭。"

庚晚音连忙跑过去揪住他，生怕他放下晚膳就走。"北叔，岑堇……"她半途改口，"萧添采和尔岚对陛下还有大用，端王或许会找他们麻烦……"

她的重音放在"有大用"上。

北舟听出了她对夏侯澹的看法转变，叹息一声。"禁军办事周全，去救你的同时也转移了岑堇天等人。晚音，今晚的事，是澹儿有错。你生死未卜那会儿，他差点疯了。"

庚晚音愣了愣。

北舟道："他当时下令，无论端王的马车行到哪里，只要你没有平安下车，就当场诛杀端王。那端王每次行动，暗中都不知带了多少人手，禁军却是仓促集结，若真打起来了，胜负都难测。禁军领头的劝了一句，险些也被他埋了。"

庚晚音沉默片刻，问："北叔，他刚才的样子，你以前见过吗？"

北舟想了想，道："他那头痛之疾你也知道，发病时痛得狠了，就会有点控制不住。不过他怕吓着你，这种时候都尽量不见你的……所以他这会儿也没来。"

庚晚音问："那他这种情况，是不是越来越频繁了？"

· · ● · ·

晚膳最终一口都没动。庚晚音缩在床上，起初只是闭眼沉思，不知何时陷入了不安的浅眠。

她做了一个怪梦。梦中的夏侯澹被开膛破肚，倒在血泊里。凶手就站在他的尸体旁边，面带微笑。

那凶手明明有着与他一模一样的面容，梦中的她却清楚地知道，那是原作中的暴君。

暴君笑着走向她。"晚音，不认得朕了吗？"

他说着伸出手来，将一颗血淋淋的心脏捧到她面前。

耳边传来细微的动静，庾晚音猛然惊醒过来，却忍住了睁眼的动作。刚才梦中的画面太过清晰，就连那份恐惧都原封不动地侵袭进了现实。

除了恐惧，还有一份同等浓烈的情绪，她一时来不及分辨。

脚步声渐近。

摇曳的烛光透过薄薄的眼帘，照出一片绯红。

绯红又被人影遮蔽。夏侯澹坐到床边，低头看着她。

庾晚音双目紧闭，越是试图平复心跳，这颗心就越是挣动得震耳欲聋，似乎打定了主意要出卖她。

她猜不出对方现在是什么姿势、什么表情。他的疯劲儿过了没？离得这样近，如果他再做出什么惊人之举，她毫无逃脱的余地——尽管他至今没有真的伤害过她，但刚才那狂乱的杀气足以隔空撕碎一个人。

庾晚音暗暗咬牙。

她不愿醒来，不愿与他四目相对。她怕在那张熟悉的脸上看见一抹妖异而残暴的笑，怕他眼中投映出梦中的鬼火。

时间一分一秒地过去，床边没有丝毫声响传来。

庾晚音僵持不下去了。就在她妥协睁眼之前，腕上一冷，激得她眼睫一颤。

一只泛凉的手托起了她的手腕。灯影移近，夏侯澹似乎在查看她的皮肤。

他的指尖拂过她腕间某处。那地方已经钝痛很久了，庾晚音反应过来，是端王钳制她时留下了淤青。

夏侯澹可能错以为是自己伤到了她。因为他指尖的动作很轻，太轻了，甚至带来了些许刺痒。

接着那指尖离去，又落到了她的颈侧。

那是端王啄过的地方。

庾晚音心中一紧。那王八羔子居然刻意留下了印记！

夏侯澹的手指慢了下来，仍是若即若离地与她相触，凉意侵入了颈上的肌肤。

庾晚音连呼吸都屏住了，完全预料不到对方会是什么反应。

黑暗笼罩下来，遮蔽了透过眼帘的微光。夏侯澹捂住了她的眼睛。

他的手是冷的，嘴唇却还温热。

庾晚音在他的掌心下睁开眼。

这回她不用刻意回避，也看不见他的脸了。但这一吻中的留恋之意几乎满溢出来，是故人的气息。

仿佛一场幻戏落幕，白垩制成的假面迸裂出蛛网纹，从他脸上一片片地崩落，坠下，碎成齑粉，露出其下活人的皮肉。

夏侯澹吻了片刻，没得到回应，慢慢朝后退去。

庾晚音一把扣住他的手，用力按着它，压在自己眼前。

她指节发白，指甲都嵌进了他的手背。

夏侯澹垂眸望着她，想从露出来的半张面庞判断她的表情，手心却感到了潮意。

"……别哭了。"

庾晚音的泪水无声无息地涌出，狠狠从牙缝里挤出一句："我也——不想——"

恍惚间她想起了方才从梦中带出的另一份情绪，原来是愤怒。

明明下了抗争到最后的决心，却只能眼睁睁地看着这一片天地扯开他的胸膛，刨出他的心肝。

恨他变得太快，也恨自己力不能及。

还恨泪腺不听使唤。

她拼命想将软弱的泪水憋回去，憋得脸都涨红了。

夏侯澹抽不回手，声音带上了一丝无措。"别哭了，是我处理得不对。暗卫没事，谁都没事。不会关你的，刚才气急说了浑话，我转身就后悔了……晚音？"

庾晚音摇摇头。"不是，是我不该出宫。"

她终于松开了他的手，坐起来面对着他。"我错估了形势，险些酿成大祸，还牵连了别人。"

"也没有……"

"还害了你。"庾晚音悲从中来，"你刚才好像要撕碎什么人，又像是自己要被撕碎了。那时候你到底到哪儿去了？我是不是把你又往暴君的方向推了一步？"

夏侯澹："……"

他的三魂七魄都被这个问题摇撼得晃了几晃。

是了，看在她眼中，原来是这么回事。

她在苦苦阻止一桩早在十年前就发生了的事，如水中捞月，伤心欲绝地挽留着一抹幻影。

所有妄念如迷障般破除，转而又织就新的妄念。

夏侯澹毫不犹豫，结结实实地拥抱住她。"没有。我又回来了。"

庾晚音道："你能别再走了吗？我不怕失败，也不怕死，可我怕你在那之前就消失。你消失了，我好像也会很快消失，磨灭在这具壳子里……"

"不会的，我们都在这里。"

夏侯澹在这一刻做了最终的决定。

"无论生死，你都有同伴，我决不会让你孤单一人。"

明明紧贴着彼此，这咫尺之间却似有万丈沟壑。一句誓言落下去，都荡起空洞的回声。

庾晚音不敢再想，一口咬住他的嘴唇，齿尖刺出了血珠来。夏侯澹闷闷地笑了一声，成全她，劝诱她，连血带泪一并吞下，像妖怪品尝一抹鲜润丰盈的灵魂。

裂帛散落，长发铺展，蜿蜒过交叠的手臂。

宫灯熄灭后，月下雪光更盛。

· · ● · ·

庾晚音顶着妖妃的名头当了这么久尼姑，终于干了一件妖妃该干的事。她让夏侯澹愈合中的伤口又渗出了一点血。

萧添采看着夏侯澹褪去龙袍露出胸口，满脸写着没脾气。

夏侯澹道："看伤口，别看不该看的地方。"

萧添采还指着庾晚音兑现承诺,不敢得罪这对狗男女。"微臣这就重新包扎。"

他拆开原本的包扎,为了控制自己不去看那些斑斑印痕,恨不得把眼睛眯成一条缝,摸索着敷了药,又取来新的绷带。

缠了半圈,夏侯澹一转身,亮出了背。

萧添采:"⋯⋯"

别说,还挺有美感。

他麻木地想着,终于忍不住瞟了一眼庾晚音。

庾晚音做贼心虚地别开脑袋。

萧添采像是被人拿刀架住了脖子,手上猛然加速,三下五除二缠紧了绷带,这才重新开始呼吸。

他一刻都不想多待,临走却又想起这伤口万一再裂,自己还得来。一时间五官纠成一团,挣扎着劝了一句:"陛下有伤在身,眼下还是⋯⋯这个,静养为主,嗯⋯⋯注意节制。"

他一缩脑袋,拎着药箱飞也似的退下了。

庾晚音:"⋯⋯"

庾晚音人都快臊没了,夏侯澹却若无其事地起身,将中衣拢回肩上,慢条斯理地系衣带。

宫人都被屏退了,庾晚音低着头走到他背后,帮他穿外袍。"那个⋯⋯我当时有点紧张,一时没收住。"

夏侯澹道:"问题不大。"

庾晚音正想赶紧把话题岔开,就见他肩膀微微耸动。"爱妃不必担忧,这只是一次早朝迟到而已,距离从此君王不早朝还有很长的路要走。"

庾晚音:"?"

她老脸热得快要起火,将外袍往他头上一罩。"你的意思是让我再接再厉?"

夏侯澹的笑声闷在衣服里,不去掀外袍,却转过身来摸索着牵住她。"听爱妃声音中气十足,看来需要再接再厉的却是朕了。"

庾晚音僵了一下,脑中掠过夜色里凌乱的画面,忙道:"不了不了,咱还是遵医嘱吧。"

昨夜过于失控，她到此刻腿还是软的。这要是再擦枪走火一回，就算对方伤口撑得住，她自己也撑不住了。

夏侯澹闻言笑得更厉害了。

这家伙到底在得意什么？

庾晚音感到又好气又好笑，隔着衣服拍了拍他的脸。"以后不怕肌肤相亲了？"

夏侯澹的笑声低了些，停顿几秒，轻声道："不怕了。"

"那就好。"庾晚音一晒，想要抽回手，为这突然娇羞的小媳妇掀开盖头。夏侯澹却仍旧虚握着她的手腕不放，指腹轻轻摩挲。

庾晚音低头一看，是那块淤青。

她想起这茬，忙解释道："这里不是你伤的，是端王。"

她大致复述了马车上发生的对话。

夏侯澹自己扯了扯外袍，笑容逐渐消失。"遮掩了那么久，还是没能把你移出他的注意范围。"

"这没办法，从他知道我'开天眼'的那一刻起，我在他那里就只剩两个结局了，要么为他所用，要么去死。我一直想让他相信我是向着他的，但昨天那情景太吓人了，不知道有没有露出破绽……"

庾晚音皱起眉。"他如果怀疑上我，说不定会临时更改刺杀你的计划，以免被我用天眼预知。那我们的压力就更大了。"

夏侯澹望着她若有所思。

庾晚音道："算了，杞人忧天也没用，尽人事听天命吧。你赶紧去早朝……"

"晚音，"夏侯澹说，"既然他无论如何都会怀疑你，不如干脆破罐破摔吧。"

"怎么摔？"

"我想封你为后，择日不如撞日，你觉得今天如何？"

庾晚音愣了愣。

"是这样，"夏侯澹掰着手指算给她听，"太后党收编得差不多了，太后也该升天了，大丧期间总不能封后吧。再之后，我跟端王必有一战。到时若是他赢，他就需要稳固民心。你若贵为皇后，他想动你会多一分顾忌。"

庾晚音道："……端王对背叛者深恶痛绝，你真相信多一个皇后之名，就能拦住他杀我吗？"

夏侯澹一时没有回答。

庾晚音在他的沉默中回过味来：他说的"动你"并不是指"杀了你"。

谁也摸不清端王的心思。但从他在马车里的表现来看，他若是除去了夏侯澹，也许并不会对庾晚音动杀心，而会想将她据为己有。

一介前朝宫妃，随便找个理由换个身份，就能任他左右。

到时夏侯澹身死魂销，能给她留下的最后一重保护，也只剩皇后这层身份了。

夏侯澹道："不知道能有多大用处，你就当让我求个心安吧。行吗？"

明明说着丧气话，他的眼睛却比以往任何时候都亮几分，像从夜雾中透出了一团光来。

· · · · ·

庾妃头天晚上还被皇帝下令软禁，一夜过去，突然就封了后。

夏侯澹在早朝时毫无预兆地下了这道旨，满朝文武差点一口气没上来——还真有一个厥过去的，是庾晚音她爹。

夏侯澹一脸大义凛然。"母后病情危重，朕心如刀割，恨不得剜肉入药。忆及这些年中宫空悬，常使母后忧思不解。而今之计，唯有立后，使乾坤定位，滋养生息，或可助母后转危为安。"

一言以蔽之：冲喜。

"当然，"他又补充道，"眼下朕寝食难安，庾妃更是衣不解带，在母后榻前日夜侍疾。所以这封后大典，礼部可延后准备。"

庾少卿被抬出大殿的同时，这则爆炸性新闻火速传遍了后宫。

庾晚音刚一出门就被淹没了。

来人的阵势更胜从前，溜须的拍马的、告饶的求情的，人人都有话说。

庾晚音默念了几遍平心静气。"嗯嗯，蔷薇露不错，但不要送了，心领了……妹妹小嘴真甜，你也好看……没有册封大典，太后病体未愈，不宜操办……"

"太后一向最疼姐姐了，听说这好消息，马上就会好起来的！"妃嫔们眉眼弯弯，笑得跟真的似的。

庾晚音："……"

"哦，对了，姐姐上次说的那什么乒乓球，我们几个试着学了些皮毛呢。"一个小美女变戏法似的亮出两块木拍子，又掏出一个花花绿绿的空心绣球，觑着庾晚音的脸色，"姐姐喜欢吗？"

说着在她面前娴熟地颠了七八下球。

庾晚音："？？？"

这就是楚王好细腰的滋味儿吗？

庾晚音缓缓露出平和的微笑。"好，好，很有精神。"

在这个世界混到现在，庾晚音的演技大有进步，此刻淡定自若地调用着宫斗文台词库里的句子，心头居然毫无违和感。

"皇后"之名像一身新衣，她穿了也就穿了，谈不上痛快，却也不至于惶恐。

也许她很快也会像夏侯澹那样，与这具壳子融为一体，再也分不清何时在演……

庾晚音猛地一晃脑袋，把挽着她的小美女吓了一跳。

她吸了口气，道："来吧，陪我打两局。"

# 第十九章

# 无解

---

与其说是某个人害他……不如说是彼苍者天，
要让他一步步走向疯狂。

林玄英坐在马上瞥了一眼日头，抬起一只手。"停。"

跟在他后头的黑衣人训练有素，纷纷勒马，庞大的队伍骤然急停，除去草木簌簌，竟未发出一丝多余的声响。

林玄英手搭凉棚朝前望去，四下林木渐疏，山势低平下去，再往前就要进入村镇了。

身后一人越众而出，朝他道："副将军。"

林玄英跳下马来，随手将马拴在树上。"原地驻扎吧，等夜间再分批行进。"

"是。"

在他们身后，浩浩荡荡的黑色军队一眼望不见尽头，沉默地隐入了深林中。

林玄英问："照这个速度，多久能到都城？"

手下道："若无阻挡，十五日可至。"说着欲言又止地看了他一眼。

林玄英出发得挺早。

甚至在端王的手信寄来之前，他就已经找上了尤将军。"端王要反，单凭他那点私兵不够，必然会从三军借人，合围都城。按理说中军与他蜜里调油，但眼下燕国在内乱，中军要为边防留人，没法全部出动。所以他很快就会找上右军。"

尤将军脸上的肥肉都在打战。"我们南境也不太平啊！"

羌国女王原本正与燕王打得火热，都已经要联姻了。如今图尔气势汹汹一朝杀回，杀得燕王丢盔弃甲，节节败退，竟逃进了羌国境内。

羌国本就是菟丝子一般依附于燕国的弱小国家，这回遭了池鱼之殃。兵荒马乱中，大量难民无路可逃，朝大夏拥来。

这群羌人本身没什么武力，耍起阴招来却一个赛一个地狠。偷点钱粮只能算入门的，甚至有人先是装作行乞，进入好心的农户家中，冷不防在井水中下毒，屠了全村老幼，再挨家挨户搜刮细软，扬长而去。

尤将军这草包在南境过惯了舒坦日子，何曾遇上过这等阵仗？正自焦头烂额地搜捕难民，一听林玄英的话，只觉眼前发黑。"那咱们要是出不了人……端王会不会发怒啊？"

听这楚楚可怜的问法，不知道的还以为端王的人正飞在天上，拿弓箭指着他脑袋呢。

林玄英自然听得出，他真正问的是："端王会不会收回许给我的好处啊？"

林玄英一哂："你守着这头，我带点人出去。"

尤将军骇然："玄英你不能走！你怎么能在这时撂挑子？"

"……那我留下，你去干禁军？"

尤将军不吭气了。

所有人都知道，连他自己也知道，右军实际上是靠谁在撑着。

林玄英站在他面前，足足比他高出一个头，皮笑肉不笑地行了个礼。"将军放心吧，我不会带走很多人。"

他带的人手的确不多，却尽是精锐。

林玄英接过水壶喝了一口。"另外两军出了多少人，探到了吗？"

"中军约莫五万人。"

"嚯，五万……洛将军这是豁出去，誓要与端王同生共死了。"

"左军行踪更隐蔽，但派出的人数应当在我们之上。"

林玄英顿了顿，语气平板道："都城的禁军加起来也才堪堪过万。"

即使周围的州府驰援，论其兵力，在身经百战的边军面前也不堪一击。除非皇帝藏了什么天降奇兵，否则一旦三军形成合围，他在都城里插翅难飞。

只不过对参战的将士们而言，这注定会是一场耻辱的胜利。从此之后千代万代，他们将永远背负叛军之名。

前来汇报的手下年纪很轻，几乎还是个少年。林玄英在余光里看见他忍了又忍，还是开了口："副将军……属下从军时，原以为纵使埋骨，也该是在沙场。"

林玄英目不斜视，扣上了水壶。"找个地儿歇息吧。"

· · · ● · · ·

练了球的小美女们以为终于摸准了庾晚音的喜好，当即在御花园中支起了球桌，以不畏严寒的奋斗精神打起球来。

幸而天气晴冷，无风无雪，打着打着也就热乎了。

庾晚音当时只是随口一说，其实她根本不会乒乓球，更何况这绣球基本可算是一项新运动。但大家菜得半斤八两，加上拍马屁的有意放她水，倒也有来有回。

场面一时虚假繁荣。

几轮下来，或许是大脑开始分泌多巴胺了，又或许是宫斗场景成功进化到了单位团建，庾晚音久违地浑身松快，渐入佳境，甚至连旁人的叫好声突然弱了下去都没察觉。

直到漏接一球，她笑着转身去捡，才发现绣球滚落到了不远处的一双脚边。

那双脚上穿着朝靴。

庾晚音："……"

夏侯澹俯身拈起那绣球。"这是什么？"

众妃嫔行过礼后低头站在一旁，大气不敢出，全在偷看庾晚音的反应。

皇帝昨夜发疯、庾妃今早封后——这两则新闻之间，到底是个什么逻辑关系？无数颗脑袋绞尽了脑汁都没想明白。

其实能在这样一本水深火热的宫斗文里存活到今日的人，多多少少都领悟了一个道理：在这儿活下去的最佳方式，就是不要作死。无数个惨烈的先例证明，斗得越起劲儿，死得越早。

但这条规则对庾晚音不适用。

庾晚音入宫以来，扮过盘丝洞，也演过白莲花，藏书阁里的大才女，不会唱歌的傻白甜，不谙世事吃货挂，怒怼皇帝清流挂，凄风苦雨冷宫挂……恨不得把每一种活不过三章的形象挨个儿扮演一遍，各种大死作个全套。

以至其他人有心学一学，都不得其法，因为她们至今分析不出皇帝吃的是其中哪一套。

或许其精髓就在于这种包罗万象的混沌吧——有人这样想。

可如今她当了皇后，正值春风得意时，总该流露出一点真性情了吧？

这帝后二人如何相处，直接关系到前朝、后宫日后的生存之道，必须立即搞清楚。

庾晚音想不出更好的答案。"乒乓吧。"

"乒……"夏侯澹狐疑地看了那绣球一眼，眼中写满了拒绝。

庾晚音摆了摆手，示意他别挑刺了。"能打的能打的。"说着接过球去，示范着发了一球，对面小美女没敢接。

夏侯澹抽了口气。"你这拍都……"没拿对。

庾晚音："？"好家伙，还是个行家？

她用眼神问：你要加入吗？

夏侯澹摇摇头，温声道："皇后累了吗？"

庾晚音听出他是有事找自己，忙道："确实有些累了，今日就到此为止吧，改日再来。"

对面小美女这才回过神来，嗫嚅着应了："娘娘保重凤体。"

等庾晚音坐上龙辇去远了，众人茫然地面面相觑。

别说如何相处，她们甚至都没看懂那俩人是如何交流的。

用神识吗？

· · · · ·

龙辇上，庾晚音贴在夏侯澹耳边呼出一口白雾。"怎么了？"

夏侯澹道："边军有人偷偷动了。"

"哪一边？"

"三边都有，具体人数还未查明。看来夏侯泊等不住了。"

庾晚音在他开口之前已经隐隐猜到了。

此事他们早就商讨过，也想到了一旦夏侯澹稳固住中央势力，端王只能去借边军。如今三军皆被他买通，只是应了最坏的一种设想。

所以她平淡地接了一句："那我们也抓紧吧，趁着他的援军还没到。"

"嗯，我跟萧添采说了，太后的吊命方子可以停了。"

庾晚音问："那她还能苟活几天？"

夏侯澹委婉道："萧添采会停得比较艺术。"

庾晚音："……"

她转头望了一眼。

夏侯澹握住她的手。"在看什么？"

"没什么。"冬日的阳光总是格外珍贵，庾晚音忍不住对着御花园的花草多望了一会儿，隐隐预感到那"改日再约"的下一次乒乓球赛，怕是遥遥无期了。

"浮生半日闲，果然是偷来的。"

· · ● · ·

萧添采办事十分利索。

翌日深夜，庾晚音被一阵急促的敲门声惊醒。安贤在门外颤声道："陛下，太后不好了。"

这声通传如同发令枪响，庾晚音倏然清醒过来，转头看向身边的人。

夏侯澹也正望着她，轻声问："准备好了吗？"

庾晚音点点头，道："走吧。"

· · ● · ·

为了表达悲痛，安贤今日的唱名声格外鬼哭狼嚎一些："皇上驾到——"

夏侯澹携着庾晚音的手走下了龙辇。三更半夜，冷风刺骨，冻得庾晚音一个激灵。

有侍卫跟了上来，在他们身后低声道："尚未发现端王的人。"

暗卫已经在太后寝宫周围蹲伏多时了。只要太后一断气，端王随时可能行动。所以从现在开始，他们就进入了一级戒备状态。

夏侯澹不着痕迹地微一点头，走进了大门。

正屋里已经跪了一地宫人，动作快的妃嫔也火速赶来跪好了，一个个面色惨白，端出一脸如丧考妣的神态。但眼泪尚未酝酿出来，说明太后还剩一口气。

庾晚音跟在夏侯澹身旁越过人群，走向里屋，不经意地瞥了众人一眼，微微一愣——好些人都在偷看她。

更确切地说，是在偷看她的肚子。

那探究的目光近乎露骨，庾晚音本能地感到不适，举起袖子挡了一下。

于是更多的目光直勾勾地射了过来。

庾晚音："？"

几个老太医从里屋迎了出来，后面跟着作为学徒的萧添采，众太医照着流程往夏侯澹跟前一跪，老泪纵横道："老臣无能，老臣罪该万死啊……"

夏侯澹也严格遵照流程，一脚踹开为首的老太医，急火攻心地冲了进去，人未到声先至："母后！母后啊！"

里间空气混浊，弥漫着一股不妙的味道，由排泄物的臭味儿与死亡的阴冷气息混合而成。

床上的太后已经换上了寿衣，形容枯槁，四肢被人摆放端正了，双手交叠于胸前，僵尸般直挺挺地躺着，一双眼珠子几乎暴突出来。

小太子跪在一旁角落里，缩成一团，几乎像个断了线的傀儡，走近了才会发现他在瑟瑟发抖。

夏侯澹道："啊！"他声音大得离谱，似乎是为了确保外面的人都能听见，"母后且安心，儿子来了！"

庾晚音："……"

她今日算是见识到了演技的巅峰。

夏侯澹居然能一边语带哭腔，一边对床上之人露出一抹饱含恶意的微笑。

太后被他激得整个人抽搐起来，却只能发出"呃啊啊"的声音。

夏侯澹一屁股坐到床沿上，贴心地伸手帮她掖了掖被角。"儿子都明白，都明白。"

四目相对，夏侯澹的眼前浮现出初见之时，那雍容华贵、不可一世的继后。她殷红的指甲划过他的面颊，刺得他眼皮直跳，却不敢躲闪。

当时的他如同一只待宰羔羊，唯一能等待的只有他人的垂怜。

若说她在这十余年里真正教会过他什么，那或许就是：不要等。

太后指甲上的蔻丹早已剥落得一片斑驳。她瞪着夏侯澹抽了半天，每抽一下，出气就更多，入气则更少。

夏侯澹问："什么？小太子？"他朗声道，"母后不必担心，朕必然会好——生——照料他。"

借着床帐遮挡，他对着太后比画了一个抹脖子的手势，笑得更喜庆了。

太后："……"

夏侯澹以为她这一下就该气死了，她却仍旧万分艰难地喘着气，无神的眼睛直对着他，嘴唇微微嗫动。

奇怪的是到这境地，她的眼中反而不剩仇恨了，残存的只有不甘。

夏侯澹揣摩了一下此时她的走马灯里能闪过什么画面，愣是没想出答案。

她没有爱人——她亲口告诉过他，她今生最恨的就是先帝。

她没有情人——这么多年她连个裙下臣都没养过。

她也没有子嗣——早在她爬上后位之前，老太后就夺去了她这辈子受孕的可能。

或许从那时开始，她一生所求就只剩权柄了。

弄死老太后、熬死先帝、控制夏侯澹、操纵小太子……何必爱世人？何必索求爱？与人斗，其乐无穷。夏侯澹毫不怀疑，她即使成功弄死了自己与端王，也会不知疲倦地继续斗下去，直到生命尽头。

可惜，她输得太早了。

太后如同垂死的鱼一般猛烈挣扎起来，口型接连变换，发出含混的声音。

夏侯澹不愿俯身去听，就偏了偏耳朵，不耐道："什么？"

太后突兀地笑了一下，她慢吞吞地说了几个字。

夏侯澹顿了顿。

太后搁在胸前的手颤颤巍巍地抬起一寸，又猛然跌落下去，头也偏到一旁，再也不动了。

死寂。

太医在一旁听着不对，跪行过来撩开床帐，象征性地把了把脉，又翻了翻她的眼皮，颤声道："陛下……陛下……"

夏侯澹维持着坐姿一动不动。

跪在床尾的庾晚音等了十几秒，莫名其妙，只得起身走过去，拉他站了起来。

夏侯澹这才像是被拨动了某个开关，气沉丹田，哭出了第一声："母——后——"

外头收到信号，立即跟上，此起彼伏地号起丧来。庾晚音从里屋听见，只觉声势浩大，有男有女，似乎是大臣们也赶到了。

不知道端王来了没有。

她一边敷衍了事地跟着干号，一边在脑中又过了一遍暗卫藏身的位置。

夏侯澹自然不能哭一声就算完事，还在替太后合上眼睛、整理寿衣，做戏做全套。

一旁趴着的小太子也开始抽噎起来。他或许是整间屋子里唯一一个真哭的人，很快哭得涕泗横流、伤心欲绝，浑身抖得像是打起了摆子，边抖边朝床边爬来，似乎还想看太后一眼。

庾晚音低声问夏侯澹："她刚才留了什么遗言？"

夏侯澹转头看向她，神色有些木然。"她说她在地下等我。"

庾晚音心里"咯噔"一声，从足底泛起一股阴寒之气。"什么玩意儿，死到临头了还只顾着咒人……"

她在余光里瞧见小太子爬到了近前，下意识地瞥了他一眼。小太子正望向夏侯澹，一张小脸绷得太紧，五官都变了形，整个人连呼吸都止住了，仿佛一只行将爆炸的气球。

就在这一刹那，庾晚音忽然心头一紧。似乎是凭着生死间练出的直觉，她的身体动了。

她猛地扑向夏侯澹，一把将他撞开——

与此同时，小太子扬起手臂，袖中腾起一阵红雾，兜头洒向夏侯澹，却被庾晚音挡去了大半——

庾晚音预期的是匕首、暗器，万万没想到会是这样的东西，一时不防吸入了一口，猛地呛咳起来。

夏侯澹被她推出两步，呆了一瞬，立即掩住口鼻，冲回来将她拉走，回身狠狠一脚，正中小太子心口。

小太子整个人都被踹飞了，跌到地上吐出一口血来。

庾晚音跌跪在地，咳得上气不接下气。夏侯澹伸手在她衣发上一抹，指尖沾满了红色的粉末。

暗卫已经控制了室内所有宫人与太医，又将地上的小太子也制住了。"陛下，此地不宜久留，请先暂避……"

夏侯澹大步上前，一把掐住小太子的脖子。"解药。"

小太子放声尖叫。

动静传出里屋，外头敬业的哭声一停。

夏侯澹的五指渐渐收紧，将那尖叫声硬生生掐断。"解药。"

小太子挣扎起来，一张脸涨成了紫红色。暗卫见势不妙，试图阻拦。"陛下息怒！"

夏侯澹理也不理，掐人的手上青筋暴突，眉间蹿起一股黑气。

庾晚音终于缓过气来，居然没有其他不适之感。她转头一看，见小太子眼睛都翻白了，连忙去掰夏侯澹的手。"快停下，我没事……"这一掰竟未掰动，她慌了起来，凑到他耳边提醒，"所有人都在外面，你想当场坐实暴君之名吗？"

夏侯澹充耳不闻。

庾晚音定睛一看，吓得呼吸一窒——夏侯澹的眼球都充血了，面目狰狞，宛如修罗。

他从前发疯的时候都没有露出过这副面貌。

庾晚音忽然想起那红色粉末。那玩意儿，夏侯澹刚才也吸入了一点吧？

她强压着恐惧指挥暗卫："帮忙救太子！"

暗卫犹豫着不敢动。

庾晚音哑声催促："快点，我们还要问解药！"她自己吸入的红粉比夏侯澹多得多，此时就像往体内埋了颗定时炸弹，不知何时就会出现症状，只能趁着神志清醒，尽一切可能稳住局面。

暗卫一咬牙，并指一戳夏侯澹臂上某处，戳得他手臂酸麻，被迫松开了手。

暗卫刚刚拉开太子，夏侯澹就嘶声道："杀了他。"

暗卫道："陛下……"

"杀了他！"夏侯澹口中发出一声野兽般的怒吼，一拳挥了过去。暗卫不敢挡他，狼狈不堪地避过了。

夏侯澹扑过去夺他的剑。

暗卫绕柱走。

夏侯澹伸手入怀，掏出了枪。

所有知道那是何物的人都瞳孔骤缩——

对准那暗卫的枪口被一只手握住了。

庾晚音浑身发抖。"夏侯澹。"

夏侯澹下意识地望向她，在看到她眼眶里的泪水时几不可察地凝滞了一下，那双黑暗混沌的眸中，一团风暴止歇了几秒。

庾晚音其实理智都快崩溃了，五指顺着枪身慢慢攀去，摸到他手背的皮肤，说不清谁更冷。"晚上吃小火锅吗？"

夏侯澹顿在原地。

就在这一顿之间，庾晚音轻声道："敲晕他。"

暗卫这回没有犹豫，一记手刀劈倒了皇帝。

庾晚音举目四顾，太后已死，皇帝中毒，太子半死不活。

她又转头看了看正屋的方向。臣子与宫人还在低低哭着，但声音很轻，显然在侧耳倾听里面的诡异动静。

室内的人全望着她。

庾晚音强行勾起嘴角。"陛下伤心过度倒下了，快扶他回去休息。

太子情绪不稳，也需好生安抚。"

　　暗卫会意，架着夏侯澹和太子从后门走了。

　　庾晚音抬手从肩上扫落一把红色粉末，攥在手心。

　　这玩意儿到现在都没对她产生任何作用。她心中隐约有了个猜测，当下便对那些太医与宫人笑了笑。"不必惊慌，一切照常吧。"

　　说着安抚的台词，那笑意却是冷的。

　　她自己或许没有察觉，但看在他人眼中，这新上任的皇后周身的气势已经不同以往。

　　那些人打了个寒战，慌忙动了起来，有人搬来梓宫上前入殓，有人打扫一地狼藉。

　　庾晚音给萧添采使了个眼色，将目光指向太后的尸首。

　　萧添采若有所悟，躬身走到那硕大的梓宫边，与宫人一道整理起了太后的遗容。

　　· · · ● · ·

　　庾晚音径自走出了里屋。

　　正屋里果然乌泱泱跪了一大片人，队伍一直排出了大门，延伸进外头的漆黑夜色中。见她出来，那已经停下的哭声又强行续上了。

　　庾晚音示意安贤上前，照着流程安排众人留宿或回家斋戒。她自己象征性地扶起几个妃子，安抚了几句。

　　突然有一道黑影朝她疾速奔来，口中呼着"娘娘"。

　　庾晚音如同惊弓之鸟，连退数步。来者是个中年男子，尴尬地停在原地，半晌才期期艾艾地见礼道："娘娘……可好？"

　　庾晚音："……"

　　她用逻辑推断了一下，这人可能是她亲爹。但她又不能百分之百确定，这一声"爹"要是叫错了，那乐子可就大了。所以她只能举起袖子，揩起了那不存在的泪水，口中含糊道："承蒙……关心，我……晚音一切都好。"

　　对方道："哎呀，娘娘切莫忧心过度，伤了身子……"

　　"庾少卿。"清朗温和的声音插了进来。

端王不知何时也走了过来，搀住了那男子，轻声劝他："眼下不是叙旧的好时机。"

果然是她爹。

但庾晚音的注意力已经完全不在她爹身上了。端王站得离她太近了，这个距离，暗卫都来不及救。

庾少卿涨红了脸，忙行礼道："是老臣失礼了，老臣这便退下了。"临走还瞟了庾晚音的肚子一眼。

庾晚音此时脑中乱成一团，也顾不上分析他那眼神。她与端王四目相对，一边随时准备跑路，一边还要努力不让这防备流露出来。

夏侯泊伤感一笑。"尚未恭喜娘娘荣登凤位。"

庾晚音也伤感一笑。"殿下，眼下不是时候。"

直接拿他刚才的台词回敬了他。

夏侯泊闻言，深深看了她一眼。"娘娘还要主持大局，我便也不多叨扰了。"

庾晚音原本以为他是来问夏侯澹情况的，见他这么容易就被打发走，不禁有些意外。

她将台词压在舌底过了几遍，这才苦笑道："确实有些焦头烂额，多谢殿下体谅。我们……来日再叙。"

夏侯泊笑了笑，转身走开了。

刚一背过身，他眼中的眷恋与失意一瞬间收了个干净，取而代之的全是冷嘲之意。

有人的命中不需要温情。

也有人的温情，吝啬到转瞬即逝，甚至连自己都不曾察觉，就已经消逝无迹了。

·　·　●　·　·

夏侯澹不知道自己身在何处。眼前一片昏黑，看不见任何画面。耳中嗡嗡作响，听不见任何声音。

如果说此前的头痛像一波盖过一波的海浪，这一回就是山崩海啸，直接把地壳都掀了。

　　似乎有人按住他的肩，在冲他喊着什么，但落在他耳中，只是增加了无意义的噪声。

　　太痛了。

　　仿佛颅腔里挤进了两条巨龙，在这弹丸之地殊死搏斗，撞得他的头盖骨进开了一道道裂缝，从中喷溅出苦水与火焰。

　　太痛了。

　　要是立即死掉就好了。

　　即使身堕炼狱，被业火灼烧，也不会比这更痛苦了。

　　庾晚音三下五除二打发走众人，留下几个暗卫监视那边的宫人，自己匆匆赶了回来，身后跟着谢永儿和萧添采。

　　"粉末。"她将刚才悄悄收在手心、被汗水浸湿的一团红粉交给萧添采，"去验。"

　　萧添采什么也没说，额上见汗，面色凝重地走了。

　　庾晚音拔腿就朝里间跑，半路被北舟抬手拦住。

　　她诧异地抬眼。"北叔，什么意思？"

　　北舟只是沉默地平举着手臂，不让她过。

　　庾晚音知道一千个自己也打不过他，颓然道："是他不让我看吗？那你呢，你也觉得我应该在这时躲远点吗？"

　　北舟："……"

　　庾晚音越说越惨淡。"我在你们眼中到底是什么？只是个欢喜时锦上添花的小玩意儿吗？"

　　北舟的胳膊放下了。"举得有点酸。"

　　庾晚音："？"

　　北舟连身子都背过去了。"唉，年纪大了，这老胳膊老腿的遭不住啊。"

　　庾晚音后知后觉地反应过来，连忙跑进去了。

　　即使做好了心理准备，她还是被眼前的画面震住了。

　　床上的夏侯澹被北舟用被褥裹着，连人带被捆成了一个粽子。如果不看他额上和嘴角的血迹，这造型还有些滑稽。

　　北舟似乎是在他咬伤自己之后才打了补丁，又往他嘴里塞了团布。

于是他喉中发出的号叫就都被闷在了嗓子眼儿里，杀伤力大打折扣。

庾晚音像个木头人似的立在原地，茫然地问："他每次发作都这样吗？"

身后传来北舟的声音："以前没这次严重。大概三个月前开始需要绑着，他不敢让你知道，就下了禁令。但没想到这次他还会拿头去撞床柱，还想咬舌……"

庾晚音脸上一片冰凉，伸手一摸才发现是自己的眼泪。

夏侯澹又叫了一声，声音完全撕裂了。不能自残，他就只能用这种方式转移疼痛。

庾晚音走了过去，将他口中的布取了出来。夏侯澹立即要咬自己，牙齿却被别的东西挡住了。

庾晚音将手指伸进了他嘴里。

有人拽她的手。"你疯了吗？他发疯你也陪着发疯？"

庾晚音这才意识到谢永儿也跟了进来。

夏侯澹的齿尖已经扎入了她的肉里。庾晚音吸了口气，道："没事，比他咬伤自己好。"

夏侯澹的眼帘突然颤了一下，缓缓撑开。

他万分艰难地一点点松开了牙关，喉结滚动两下，用气声问："晚音？"

他的眼睛明明望着她，却对不上焦。"晚音？"

庾晚音的眼泪一滴滴砸在他的脸上。

夏侯澹似乎傻了，过了一会儿才喃喃道："走开。"

庾晚音俯身去抱他，他却一径挣扎。"走开，你不该来……"他焦躁不堪，满心只想让她少看一眼。

有她在场，他连嘶喊都得忍住，压抑得额上青筋直跳。

谢永儿站在一边，见他们一个疯了，一个突然变成了只会哭的废物，不禁翻了个白眼，果断上前，一把将布团塞回夏侯澹嘴里，回头问北舟："为什么不打晕他？"

北舟道："……暗卫已经打晕过一次，我怕控制不好力道，伤了他。"

谢永儿道："等着，我去叫萧添采。"

萧添采闷头行了一遍针，长舒一口气。"能让他睡上半日吧。"

此时天光已经微亮，庾晚音像是整个人被掏空了，疲惫地坐在床边不吭声。

萧添采想了想，还是开始汇报："臣刚才去拿耗子试了药，耗子并无反应。"

庾晚音略微抬眼。

萧添采道："先前娘娘让臣验尸，臣发现太后指甲上残存的蔻丹里，似乎也掺了这种粉末。但这粉末本身应该并非毒药，否则娘娘吸入那么多，不会至今无恙。"

"那陛下是怎么回事？"

"臣依稀记得在古书里读到过，有些特殊的毒，分为毒种和毒引。毒种会潜伏在人体内，遇到毒引才会发作。"

萧添采的头埋得更低了些，不再往下说了，但他的猜测已经摆到了明面上：夏侯澹体内有毒种，太后以前把毒引藏在指甲里，这么多年来，一点点地加重他的头疼，从而保证他一直是个无能的暴君。

毒引本身药性微弱，这也解释了为何北舟他们先前查来查去，都查不到夏侯澹身边哪里有毒。

但太后没想到自己会先被夏侯澹搞死。死之前，她决定复仇，便命小太子用大量毒引偷袭夏侯澹。

夏侯澹防备了所有人，唯独没料到懦弱的小太子会下这个手。

小太子也知道父皇待自己冷漠，如今又封了新皇后，自己的太子之位很快就会不保。倒不如铤而走险一次，万一成了，他就直接登基了。

庾晚音一时不知该佩服谁。

也许能在这宫里活下来的，都成了怪物吧。

"那就去找人撬开小太子的嘴，他应该知道解药吧。"

萧添采摇头。"小太子多半不知道，就连太后都不一定知道。这类毒药在大夏早已失传，只有古籍中提过只言片语，具体如何炼制根本无人知晓。"

庾晚音道："你的意思是，这毒是从别处传到她手中的？"

萧添采似乎想起了什么，喃喃道："羌国……羌人善毒，他们的药与毒都自成一体，外人难以一探究竟。"他起身便走，"臣去查查看。"

庾晚音与谢永儿面面相觑。

庾晚音问："太后难道有羌国血统？"

谢永儿道："原文里好像没提她的血统，倒是写到她毒死了老太后和先帝的原配皇后——夏侯澹的奶奶和妈妈。如果她当时用的就是这种毒，那可太久远了，根本查不到她是怎么得到的。"

庾晚音皱眉思索起来。

好消息是，夏侯澹的头疼病因终于有眉目了。等萧添采分析出这种毒的成分，或许图尔能在羌国找到解药。

坏消息是……以夏侯澹如今的状态，这一切不知道还来不来得及。

· · ● · ·

夏侯澹是晌午醒来的。

庾晚音观察着他的神色，面露惊喜。"头不疼了吗？"

"基本不疼了。"夏侯澹对发病时的事情还有模糊的记忆，叹了口气，"让你受惊了。"

庾晚音："……"

有点生气。

气他瞒了自己这么久，宁愿被捆成粽子也不让自己陪伴。但转念一想，她即使在场，也帮不上任何忙。于是那点愤怒又化作了深深的无力感。

夏侯澹似乎能察觉她的心情，他换了个语气："幸好来得快去得也快，睡一觉就好多了。"

庾晚音丝毫没有被安慰到。

他发病原本就是一阵一阵的，下一次还不知什么时候就要来。

她将萧添采的推测说给他听："你自己有什么线索吗？"

夏侯澹的脑子其实还在被钉子凿，虽然恶龙暂退了，疼痛仍然比平时剧烈。他思绪有些凌乱，努力回忆了一下，自己记忆中第一次头痛，是在老太后临终时，但当时，那未来的继后并不在场。

至于老太后的衣发上、病床上，是否残余了红色的粉末，他却是完全记不起来了。

夏侯澹道："就算当时就有毒引……那毒种又是什么时候……"

老太后死前，那女人只是一介宫妃，从未接触过他。何况他深知宫廷险恶，从穿来的那一天起就一直处处小心提防着。

庾晚音问："什么？"

夏侯澹回过神来。"没有，我是在想太后是怎么埋下毒种的。"

庾晚音道："那就不可考啦。谢永儿说她毒死了你的奶奶和生母，你想想那都是多少年前了。"

哦，原来如此。

夏侯澹忽然福至心灵地领悟了。

据说他的生母慈贞皇后诞下他时便极为艰难，之后又一直多病，只过了两年就过世了。

那么，太后是什么时候给慈贞皇后下的毒呢？

她下毒的时候……会好心避过孕期吗？

夏侯澹忍不住笑了起来。

庾晚音惊了。"笑什么？"

"没什么。"夏侯澹笑意里盛满了悲凉，却没有泄露到声音中，"这个暴君，真是倒霉啊。"

原来自己的小心谨慎从一开始就是没有意义的。在更早更早之前，甚至早在降生之前，这个角色的命运便已经谱写完毕了。

与其说是某个人害他……不如说是彼苍者天，要让他一步步走向疯狂。

夏侯澹这一口浊气在胸腔内冲撞，五脏六腑都在余音中震荡，呼出口来却只是轻而又轻的一声："倒霉鬼啊！"

庾晚音神情有些异样，握住他的手。"不会倒霉到底的。他遇到了我们。"

夏侯澹一时间甚至没搞懂这"我们"指的是谁。

他的疑问一定是流露到了脸上，所以庾晚音又解释了一句："我和你啊。"

· · ● · ·

从小太子口中果然什么都问不出来。

他自知此生已毁，见人只会阴恻恻地笑，那笑容有时竟与太后如出一辙。

夏侯澹下旨废了他的太子之位，责他面壁思过，却没有像对太后宣称的那样杀了他，反而以关押为名，派了些人将他保护了起来。

这主要还是为了膈应端王。

有这么个废太子活着，端王即使成功弑君，也不能名正言顺继承大统。朝中自然会冒出一批太子党，再与他斗上几回合。

而如果他们灭了端王，再回头来算太子的账也不迟。

庾晚音心中的另一个疑问也很快得到了解答，这答案还是谢永儿带回来的。

"是的，他们都以为你怀孕了。这个猜测是在你封后当天开始流传的。要说有什么佐证，就是你那天稍微运动了一下，皇帝就忙不迭地要把你拉走。本来信的人还不多，结果他就突然废掉了唯一的太子，都说是为了给你腹中的孩子让道……"

庾晚音："……"

庾晚音简直槽多无口。"废太子不是因为太子失德吗？"

"人只会相信自己愿意相信的东西。古人的惯性思维就是'母凭子贵'。"谢永儿分析得头头是道，"但我怀疑有人在利用这种惯性思维传播谣言，这也是舆论战的一部分。"

"端王？"庾晚音不解，"图啥？"

"暂时猜不出。反正你自己小心吧。"

话虽如此，庾晚音总不能自己跳出去宣布"我没怀孕"吧。一时找不到澄清的机会，便只能随它去。

· · ● · ·

他们已经知道端王的援军在赶来的路上，就不可能坐等着人家准备万全。

于是钦天监猛然算出来一个千年难遇的安葬吉日，就在三日之后。夏侯澹对着满朝文武眉头深锁，左右为难，半晌后道："按理说应是停灵七日，但母后洪福齐天，赶上这么个千年吉日，那就破例停灵三日，提前下葬吧。"

曾经的太后党半字反驳都没有，还得争相夸他孝顺。

所有吊唁被压缩到了三日之内。夏侯澹披麻戴孝，亲自守灵。

太后宾天那日，有皇帝病倒的传言，可如今百官一见他端端正正跪在灵堂，一切流言也就不攻自破了。

送走一拨皇亲国戚，庾晚音披着一身风雪回到室内，立即跺起脚来。"太冷了，怎么能这么冷，这降温莫非也是端王的阴谋？"

夏侯澹敲着膝盖站起来。"有道理，他应该是发明了局部制冷。"

"也有可能是太后怨气太深，你觉不觉得这里阴风阵阵的……我刚才突然反应过来，这家伙停灵的最后一夜还刚好是大年夜啊！她这一死，非得拉着全国人民都没法过年，这得是多大的怨气……"庾晚音念念叨叨。

夏侯澹道："过来，给你个东西。"

"什么？"

夏侯澹从宽大的孝衣下摸出一物，塞进她手中。"抱着吧。"

是个暖手炉。

庾晚音笑了。"真有你的，怪不得你跪得住。"

夏侯澹放低声音道："外面有动静吗？"

庾晚音摇摇头。

看似空荡荡的灵堂周围，其实藏了无数暗卫。

按照胥尧所记，端王的计划有两种。

一是在夏侯澹守灵时派刺客暗杀他，不留伤口，伪造出一个灵异现场。

二是在出殡时，按照大夏礼俗，进入陵寝前的最后一段路由皇帝扶柩。这段路正好经过邙山脚下的峡谷，如果派人藏在山上推下巨石，伪装成山崩，则峡谷中人无路可逃。

两个计划有个共同点，就是都可以推锅给太后的冤魂，正好呼应了先前散播的"暴君无德遭天谴"的舆论。

而夏侯澹的计划，是事先在灵堂与邙山两处留下埋伏，如果能在对方动手前抓个现行，名正言顺地除去端王，那是上上策；万一对方诡计多端逃过了抓捕，又或是虽然抓来了，却查不到端王头上，他们也依旧会除去端王。至于舆论与民心，留住性命再慢慢修复。

所以这几天里，有任何风吹草动，暗卫都会第一时间前来汇报。

然而，或许正是因为周围埋伏太严密，引起了端王警觉，他们在灵堂里等了足足两日，连个鬼影都没见到。

在包围圈外，倒是有几个太监、宫女探头探脑过。如果这也是端王派来的人，那就显得过于小儿科了，比起"准备搞事"，倒更像是"装作准备搞事"。暗卫怕他们明修栈道，暗度陈仓，一边盯着灵堂，一边反而加派了更多人手去邙山附近查探。

这是庾晚音有生以来度过的最压抑的春节。丧期禁乐，宫中一片死气沉沉，自上而下闭门不出。大祸将至的气息如泰山压顶，连雪花都落得迟缓了几分。

唯一的安慰是，夏侯澹的情况似乎好转了。

萧添采每天溜进来给他面诊一回，望闻问切仔细体检，还要做一沓厚厚的笔记，试图推断出他体内那毒种的成分。夏侯澹表情轻松，只说头疼没再加重。稀奇的是他胸口那道伤口倒是恢复迅速，如今转身举臂都已无大碍。

庾晚音道："我有一个大胆的想法。"

夏侯澹问："什么？"

"你想啊，当时图尔明明声称这伤口无法愈合，但放在你身上，莫名其妙就愈合了。"庾晚音沉声分析，"而且你这次头痛发作之后，伤口却好得更快，不觉得奇怪吗？"

萧添采在一旁插言："这么说来，确实有些反常。"

资深网文读者庾晚音道："你所学的医书里，有'以毒攻毒'这概念吗？"

萧添采道："啊。"他思索片刻，点头道，"如果两种毒都是羌人的，确实有可能彼此之间药性相克。"

庾晚音大受鼓舞。"去查查看吧，直觉告诉我这是正解。"

萧添采应了，却迟疑着没有告退。"娘娘，可否借一步说话？"

庾晚音愣了愣，心中一沉。一个医生要"借一步"说的，通常不是什么好话。

夏侯澹却笑着拍拍她，道："去吧。"

庾晚音只得往外走。她背后没长眼睛，也就看不见自己身后，夏侯澹投向萧添采的威胁的眼神。

· · ● · ·

两人走到偏殿，萧添采转过身来，单刀直入道："娘娘还记得先前的许诺吗？"

庾晚音正等着他通知夏侯澹的病情，闻言一顿，霎时间起死回生。"哦哦，放走谢妃是吧？嘻，我当是什么事呢。没问题没问题，等跟端王决出胜负，我做主，送她安全离开都城。"

萧添采却欲言又止。

庾晚音："？"

萧添采似乎在绞尽脑汁斟酌措辞。"陛下自然是吉星高照……但端王狡诈……"

庾晚音懂了。

对方想说的台词是：万一端王赢了，谢永儿岂不是走不了了？

庾晚音先前没仔细考虑过这一节。如果是从前的她，或许会当场点头，提前放人。但今时不同往日，她已见识过世间险恶，便无法阻止自己想到：万一谢永儿出去之后又投奔端王呢？即使谢永儿是真的一心归隐，端王又怎会轻易放过这个情报来源？

"这样吧，"她缓缓说，"等太后出殡当日，端王跟着发引的队伍出城之后，我派人送谢妃从相反的方向离开都城。"到那个时候，端王再找她也来不及了。

她原以为萧添采还要争论两句，没想到这少年相当明事理，当即跪下行了个大礼。"娘娘大恩，臣当谨记。"

庾晚音忙将他搀起来。"别这样，我受之有愧。之前答应过放你跟她一起走，但眼下陛下这毒尚未找到解药，实在还得依靠你。"

萧添采沉默了一下，温声道："臣从未想过离开。谢妃娘娘余生安好，臣便别无所求了。"

庾晚音忍不住露出了仰视情圣的眼神。"其实你也可以别有所求的，大家不介意。"

萧添采僵住了，不自在地低下头。"臣……臣自知入不了她的眼，也入不了她的心。与其弄得相看生厌，不如送她离开。日后天大地大，她每见一处山水，或许也会忆及故人。"

情圣，这是真的情圣。

庾晚音肃然起敬。"放心吧，我会去安排的。"

萧添采得了她的保证，千恩万谢地走了。离去时还弓着腰，不敢让她瞧见自己脸上的愧色。

他急于送走谢永儿，并不全是怕端王。也是怕庾晚音发现，其实自己即使留下，也没有多少价值。

皇帝刚才那个威胁的眼神，是在提醒自己别说不该说的。

比如，他体内的毒素从出生之前埋到今日，已经积重难返了。小太子偷袭的那一大把毒引，就是压垮骆驼的最后一根稻草。

又比如，太后临死的那句遗言其实是四个字："此毒无解。"

．　•　●　•　．

灵堂里，夏侯澹目送两人走远，立即寻了张椅子坐下，双手抵住额头，那力道活像要将它挤爆。

持续不断的疼痛中，已经模糊的记忆忽然又浮上了眼前。他重新瞧见了若干年前，病榻上喘着气等死的皇祖母。在彻底咽气之前的一个月，那可怜的女人每天都在神志不清地号叫。当时没人知道她在号什么。

如果等待自己的也是同样的下场……

夏侯澹嗤笑了一声。

那种鬼画面，他可不想被她看见。

第二十章

# 决战

---

这对天家兄弟这是要上演决战了，就在此刻，
在他们眼前。

停灵最后一天，终于有消息传来：邙山有人深夜出没，搬动几块巨
石，埋在了雪下。

"看来是选了 Plan B。"庾晚音说，"咱们的人就位了吗？"

夏侯澹道："在山里埋伏多日了。出殡当日，禁军也会将邙山围起
来，不会给他们动手的机会。"

他们与暗卫敲定了行动细节，庾晚音又提起谢永儿的事。夏侯澹没
有异议，当下安排了送她的马车。

虽然万事俱备，庾晚音却总觉得越发不安，仿佛漏掉了什么关键的
细节。她在脑中将计划过了一遍又一遍，越想越险。

夏侯澹道："别光顾着别人，你自己呢？要不然你也跟着谢永儿一
道躲开先……"

庾晚音打断了他："我跟你一起去邙山。"

夏侯澹："？"

夏侯澹皱眉道："不行。"

"我可以乔装成侍卫，像之前那样——"

"你来也帮不上忙。"

"帮得上啊，否则造枪何用？别忘了我枪法比你准。"

"那也不缺你一个！"夏侯澹换了口气，放缓声调，"听话，这一次
是真的危险，我以为这事根本不需要讨论的，之前封后的时候不都说好

了吗？"

"说好了什么？"

夏侯澹沉默不语。

庾晚音逼他："说好了什么？"

"说好了让我安心。"夏侯澹平淡地说，"你想让我生死之际都多一份挂念吗？"

庾晚音转身大步走开了。

她不知道刺痛她的是夏侯澹那留遗言似的语气，还是自己心中挥之不去的不祥预感。

暗卫觑着夏侯澹的眼色。

夏侯澹面色平静，挥退了他们，独自跪回灵牌前，等待新一批吊唁的臣子上门。

· · ● · ·

脚步声由远及近，庾晚音又风风火火地回来了，没好气道："走吧，还跪个屁，人家都打算在邺山动手了，你打算陪太后过年？"

她沉着脸拉起夏侯澹，提高声音唤来宫人："陛下龙体有恙，快扶他回寝殿休息。"

夏侯澹仓促入戏，悲戚道："可是母后……"

庾晚音恳切劝道："陛下，龙体为重，莫误了明日出殡。"

夏侯澹道："那，那也有理。"

于是他们回了寝宫，大门一关，赶走了所有宫人。

庾晚音问："包饺子吗？"

夏侯澹有些诧异地看她的表情。庾晚音强压下心中的焦躁，偏过头去。"包吧，大过年的。我去喊北叔。"

一想到今日过去，不知道明日会如何，便觉时间从未如此宝贵，她连气都舍不得生了。

夏侯澹笑了笑："好。"

北舟欣然应邀，当场搬来全套厨具，展示了一手和面绝技。

夏侯澹脱掉孝衣，在一旁帮着剁馅，一刀与一刀之间的距离像人类的命运一般不可捉摸。庾晚音看了一会儿，忍无可忍地夺过菜刀。"边儿去。"

夏侯澹不肯走，还非要发言点评："你这也就五十步笑百步吧。"

"那还是比你好一点……换个岗位吧，会包饺子吗？"

北舟道："他怎么可能会？我来我来，你俩都去玩吧。"

北舟动作麻利，双手上下翻飞，一人顶十人。庾晚音没找到帮忙的机会，决定去干点别的。

宫里原本备好了过年的布置，只是太后死得不巧，只好全收了起来。庾晚音找了一会儿，翻出两盏龙凤呈祥的宫灯，没法往外边挂，便挂到了床头自娱自乐。

她又去偏殿喊谢永儿："吃不吃饺子？"

谢永儿道："……吃。"

夏侯澹居然提笔写了副春联。

庾晚音诧异道："你这字？"

"怎么样？"

"你之前的字有这么好吗？"

夏侯澹头也不抬，一笔勾完，嘴角也轻轻抬起。"练过了嘛。"

庾晚音歪头细看，还在琢磨。明明是一起练的字，对方这进步速度也太飞跃了，突然就甩了她十万八千里。

夏侯澹道："别琢磨了，我开窍了，而你，只能望尘莫及，无可奈何。"

庾晚音："？"

庾晚音拳头硬了。"你是初中生吗？"

夏侯澹笑了起来。

谢永儿道："咳。"她干咳一声，礼貌提醒他们还有个电灯泡在场，"有什么我能做的吗？"

"要说也是有的。"夏侯澹说，"你那吉他呢？抱过来弹一首《恭喜发财》？"

谢永儿傻了。

时隔几个世纪，谢永儿终于意识到自己经历了什么。

"你……你们两个……"她手指发颤，"我弹吉他的时候……"

夏侯澹点点头。"《卡农》弹得不错。"

庚晚音补充道："还有《爱的罗曼史》。"

夏侯澹道："就是错了些音，不过我忍住了没有笑。"

谢永儿："……"

"别这样，"庚晚音绷着脸捅他，"其实也没什么错。"

"是的是的。"

谢永儿："……"

· · ● · ·

饺子出锅了。几个人围桌坐好，还倒了些小酒。

窗外天色已晚，大雪纷纷扬扬。

夏侯澹"咦"了一声，道："什么东西硌我牙……"他吐出来一看，愣住了。

是一枚铜钱。

北舟笑着举杯。"澹儿，万事如意，岁岁平安。"这顿年饭吃得无比随意，所以他也没在意宫廷规矩，这一声只是长辈对晚辈的祝福。

夏侯澹顿了顿，忽然站起身来。

北舟还没反应过来，愣是坐在原地，看着夏侯澹抬起双臂，将酒杯平举于眉前，对自己一礼。

是子辈之礼。

北舟吓了一跳，手忙脚乱地站起来。"澹儿，使不得！"

庚晚音笑眯眯地拉他。"使得使得，叔你就受着吧。"她心想夏侯澹这举手投足，那神韵抓得还真到位，又不知是怎么练的，极具观赏性。

北舟讷讷地回了礼，眼眶有些发红。

夏侯澹又斟满了一杯，接着就转向庚晚音。

庚晚音若有所感，自觉地站起身来与他相对。

夏侯澹目不转睛地望着她，深邃的眉目映着酒光，眼中也有了潋滟之色。他缓缓举杯齐眉，这才庄重地垂下眼帘。

庚晚音模仿着他的动作，与他对鞠了一躬。

这是夫妻之礼。

她的耳根开始发热，手中普通的酒杯忽而变得烫手，仿佛有了合卺酒的意味。

谢永儿和北舟默默加快了吃饺子的速度。

· · · ·

雪势已收，都城之上云层渐散，露出了清朗的夜空。

李云锡去探望岑董天，顺带陪他吃了顿年饭，回来的路上一直沉吟不语。跟他同车的杨铎捷稀奇地问："你怎么了？"

"你说……"李云锡一脸难以启齿，"那尔岚对岑兄，是不是太过关怀备至？"

杨铎捷朝后一靠。"嘻，我道是何事，原来你才发现啊。"

李云锡："？"

杨铎捷轻嗤一声。"我早看出尔岚有龙阳之好了，我还以为你也心知肚明呢，否则起初为何看他不顺眼？但是这个人吧，相处久了却也不差……"

李云锡呆若木鸡。

杨铎捷伸手在他眼前晃了晃，问："你怎么不说'成何体统'了？"

· · · ·

千里之外，大雪如席。

林玄英站在河岸边的高地上，垂眸望着兵士砸碎河冰取水。

"副将军。"他的手下匆匆奔来，呈上一封密信。

林玄英拆开扫了两眼，道："端王明天就动手，到时天下大乱，咱们也不用隐匿行踪了。其他两军出发更早，说不定都快到了。"

"那咱们……"

林玄英抬头看了看远处风雪中若隐若现的城郭灯火。"做好准备，直接杀过去吧。"

· · · ·

宫中。

一顿饭吃饱喝足，谢永儿告辞回房去收拾行李。

临走时她将庾晚音叫到门外，从怀中取出一封信。"我明天走后，你能把这个转交给萧添采吗？"

"行。别是好人卡吧？"

谢永儿："……"

谢永儿能如愿抽身离去，是萧添采用业务水平换来的。萧添采这情圣原本还想对她保密，但她也不是傻子，稍加推断就想到了。

庾晚音道："真是好人卡？那语气是委婉的吧？你可别把人伤到消极罢工啊。"

谢永儿哭笑不得。"这你放心。"

她看着庾晚音将信封贴身收好，似乎有些感慨。"没想到，到最后托付的人会是你。"

人生如戏，剧情如野马般脱缰狂奔到现在，她俩之间斗智斗勇，至今也称不上是彻底交了心。但谢永儿有此举，庾晚音竟也并不意外。

或许她们都能和宫里别的美女言笑晏晏，但出身与境遇相差太远，有些心事终究不能用言语传达。有时候，庾晚音莫名地觉得连夏侯澹都不懂她的想法。

但那些惶惶不安，那些豪情壮志，甚至那些剪不断理还乱的恋爱脑，谢永儿无须一字就能懂。在这方特殊天地里，她们是彼此唯一的镜子。

有一个如此了解自己的人存在于世，是威胁，却也是慰藉。

庾晚音拍了拍她的肩。"出城之后想去做什么？"

"先游山玩水一阵子，把这个世界好好逛一遍，然后……"

"隐居？"

谢永儿笑了。"怎么可能？等你们安定了天下，我还想来拉点皇室投资，开创个商业帝国呢。"

庾晚音服了。不愧是天选之女，越挫越勇。

"有具体创业方向了吗？"

"就先以城市为单位，发展一下外卖业吧。"

庾晚音眼睛一亮。"非常好，我入股了。"

　　谢永儿道："快递也可以搞起来。哦，不对，那得先改善交通……我造汽车你入股吗？"

　　庾晚音笑道："干脆一步到位，造管道磁悬浮吧。"

　　"啊？那是什么？"

　　庾晚音僵了僵。《穿书之恶魔宠妃》是哪一年的文？她忘了看发表日期。这该不会是一篇老文吧？这篇文写出来的时候，有"管道磁悬浮"这个概念吗？

　　她这停顿太过突兀，谢永儿诧异地看了过来。庾晚音慌了两秒，临时扯了个幌子。"没啥，科幻文里看到过，我也解释不清楚。"

　　"你建议我去造科幻文里的东西？"

　　"只是开个玩笑……"

　　谢永儿却仍旧盯着她，双眼中仿佛有明悟的光芒在缓缓亮起。"对了，你上次说，你在原本的世界是哪里人？"

　　庾晚音："……"自己咋就生了这张嘴。

　　"北……小县城，你没听过的。"

　　她心中叫苦不迭。明明已经分别在即，谢永儿这次要是刨根问底，继而陷入存在危机，那完全是她在造孽。

　　却没想到，谢永儿突然眨了眨眼，那一星光芒转瞬就熄灭了。"好吧。"

　　有一刹那，庾晚音奇异地感到熟悉。

　　谢永儿方才的面色变化微妙极了，由踌躇，至压抑，再至洒然，一切只发生在几秒之内。但冥冥之中，庾晚音却看懂了。

　　对方就像是站在一扇无形的巨门前，已经伸手良久，却在最终一刻转身离去。

　　进一步是万丈深渊，退一步是人间如梦。谢永儿神情有些恍惚，微笑道："等我搞起外卖，记得教我几道你家那边的特色小吃。"

　　庾晚音回过神来："好。"

　　刚才，为何她会觉得似曾相识？

　　谢永儿回去了。庾晚音仍站在门外，抬头呼出一口白雾。

　　夜空中孤月暂晦，群星显现了出来。庾晚音原本只是随意一瞥，抬头时却忽然定住不动了。

片刻后，身后传来脚步声，夏侯澹走到了她身旁。"你不冷吗，这么久都不回来？"

"我终于看出来了。"庾晚音激动地抬手一指，"那几颗星星，是不是几乎在一条直线上？"

夏日里，阿白也曾拉着夏侯澹看过天，还说过什么东西快要连成一条线了。

庾晚音道："我后来去查过阿白师父的预言，'五星并聚'指的就是这种星象，古书里说，这是君主遇刺之兆。"

夏侯澹道："那倒是挺准的。"

庾晚音大摇其头。"不是，你再仔细看，那尾巴已经开始拐弯了，不再是一条直线了。这说明什么？说明这一劫过去了呀。打败图尔后，你已经成功改命了！"

她振奋道："否极泰来了，明天肯定没事。"

夏侯澹失笑。"现代人开始相信天象了？"

"信则有，不信则无，反正我信。明天，让我一起去。"庾晚音冷不防杀了个回马枪。

夏侯澹几不可闻地叹了口气。"晚音。"

"我知道，该说的你都说了。但……这两天你一直怪怪的。说士气低落都是轻的，你好像一直在准备后事！"

夏侯澹剩下的话语都被顶了回去。

他表现得这么明显吗？

庾晚音看见他的表情变化，更加揪紧了心。"我也只是想求一份安心啊。你去犯险，却叫我干看着，你想想我的感受……"

"那非要一起赴险，你才会安心？"

庾晚音将心一横。"对。"

"皇后呢？不当了？"

"万一干不掉端王，这皇后也只是个摆设，我不想玩一辈子角色扮演。"

夏侯澹定住了。

良久，他轻声问："所以你是说，你宁愿跟我死在一起？"

庾晚音吸了口气。对方这个问题是认真的。

她不明白他为何如此悲观，却莫名知道，这个答案对他很重要。

所以她也慎重地思索了一会儿。"我穿过来，就等于已经死过一回了。原以为死后会上天堂，没想到来了这么个地狱副本。其实中途有几次都身心俱疲不想玩了，但是因为有你一起组队，不知不觉，也坚持到了现在。"

夏侯澹悄然转头，目不转睛地看着她。

庾晚音道："我们做了好多事啊，预防旱灾、打败太后、结盟燕国……就算终止在这里，我也要夸自己一句好样的。当然，还有很多未解决的问题，还想做许多事，谢永儿说的商业帝国我也很有兴趣……可是这条路真的太累了，太累了。"

嗓子有些发紧，她才意识到自己哽咽了。

她伸手牵住他。"你答应过的，无论生死，都不会让我孤单一人。你想食言吗？"

夏侯澹笑了。"好。"他将她拥入怀里，"那就一起吧。"

真好啊，这就是书里说的"死生契阔，与子成说"吧。可怜这一腔如海深情，错付给了一张厚重的假面。

但如果只剩今夜……

夏侯澹低头吻住她。雪后的宫中万籁俱静，这一吻只有满天星辰见证，沉寂而温柔。

他伸手一勾，领着她朝温暖的室内走去。

就将这张假面戴到天明吧，他卑劣地想。

灯火摇曳，肢体交缠。庾晚音放纵自己沉溺其中，思绪归于空白之前，她忽然灵光一现，找到了答案。

她刚才如观镜般看懂了谢永儿，只因为她自己面前，也有一道不敢推开的门。

为了不再思考下去，她用力攀住夏侯澹的脖子，与他一道纵身没入欢愉的洪流。

· · · · ·

端王府。

夏侯泊跪在地上为亡母烧完一沓纸钱，起身平静道："去各就各位吧。"

他的亲信们闻言散去，只剩一道身影还跪在原地。

夏侯泊垂眼看着他。"我说过，为了避免被他们用天眼预知，我会在最后关头增加一个小小的计划。现在就是时候了。"

死士道："请殿下吩咐。"

夏侯泊将一个香囊和几张信笺递给他。"我说，你记。"

满城冰冻三尺的寂静中，传来孤零零的一声敲更声。

新的一年来临了。

· · ● · ·

翌日，旭日高升，吉时已至，身着丧服的皇帝行过祭礼，又听大臣念过哀册，率文武百官护送着太后的三重梓宫，浩浩荡荡地朝着城外行去。

夏侯泊驱马跟在队伍里，微微抬眸望向前方。

今日跟随圣驾的侍卫比平时多了不少，簇拥在龙辇周围，硬生生将皇帝与臣子们隔开了一段距离。众臣之后，又有禁军数百人压阵。

看来皇帝还是做了防备的。不过己方的计划妙就妙在，除非皇帝未卜先知，否则无论多少护卫都形同虚设。

——除非他未卜先知。

· · ● · ·

接近山脚处，安贤走到龙辇旁躬身道："请陛下扶柩上山。"

按照礼俗，这最后一段路需要皇帝步行扶柩，以彰纯孝。

哀乐一时大作，夏侯澹下了龙辇，走到运送梓宫的车驾旁，伴着车驾继续朝前步行。前方有一段山形崩断入地，形成了一面高十余丈的陡直石壁。再往上，积雪覆盖，悄无声息。石壁对面，则是一片黑森森的茂密山林。

夏侯澹步履庄严，目不斜视，一步步接近了石壁的范围。

还差十五步——

夏侯泊悄然勒住了马，引得身后队伍一乱。

十步——

山上数声惨叫，跟着是一声厉喝："有刺客！！"

众臣哗然，下意识地争相朝后退去，同时仰头张望，试图看个究竟。

队伍中的夏侯泊眼睁睁地看着皇帝悠然停步，转过身来。

视线对上的一瞬间，皇帝几不可察地勾了勾嘴角。

石壁上方的金铁之声响作一片，却看不到人影，只见林木抖动，大块大块的积雪与土石簌簌落下。接着一阵惊呼，有人嘶声吼道："陛下快躲！"

黑沉沉的巨物从天而降。

众人再度慌忙后退，一个绊倒下一个，横七竖八地躺了一片。

那物直直坠下，一声巨响，在他们眼前砸出一个深坑。众人方才看清，那岩石有一人多高，从那么高的山上掉下来，足以将人砸成肉饼。

而这巨石落地处，距离夏侯澹不过十步距离。

他方才要再往前走一小段，今日的殡葬就又要多出一个主角了。

侍卫一拥而上，护着皇帝撤退。夏侯澹仿佛也被吓破了胆，匆匆往回跑了一段，这才暴怒道："何人行刺？速速擒来！"

石壁上方，数十道人影出现。为首的正是禁军新统领。"陛下受惊了，属下已诛灭刺客，活捉头目一人，这便下山。"

话音刚落，雪后寂静的山林中，有人影开始移动。

夏侯泊运足目力望过去，黑压压一片全是禁军，朝着山下围拢过来。更远的官道上也传来了兵马行进声。

今日来到这邙山附近的禁军，绝不止队伍后面那几百人。而那石壁上准备的其余几块巨石纹丝不动，显然巨石附近的埋伏已被全灭。

未卜先知？这项技能在夏侯澹的阵营里，属于储备过剩。

夏侯泊知道皇帝在看着自己，他也知道禁军将此地围成一圈后，即将上演的全套戏码。

他的脸色丝毫未变，还友好地俯身扶起了几个绊倒的臣子。

夏侯澹的嘴角沉了沉。

高统领很快将人押了下来。夏侯澹身边的侍卫上前去一通例行逼供，又一通拳打脚踢地搜身，末了大声道："属下在这刺客身上搜出了端王府的令牌。"

全场落针可闻。

文武百官齐刷刷地望向夏侯泊。

刺客应该不会愚蠢到随身携带端王信物的地步，但他带没带其实无关紧要——夏侯澹需要侍卫搜出令牌，侍卫就搜出了令牌，仅此而已。

在场的没有傻子，见此情形哪儿还有不明白的：这对天家兄弟这是要上演决战了，就在此刻，在他们眼前。

"端王！"一声暴喝，李云锡激情擂起战鼓，"你竟敢——"

却见夏侯泊难以置信地瞪大眼，冲着那侍卫悲愤道："你……你胡说！"

李云锡："……"

这老狐狸搁这儿画什么皮呢？

夏侯泊"扑通"一声跪下了。"定是有奸人陷害，求陛下明察，还臣清白啊！"

夏侯澹跟他各演各的，闻言左右为难地看看侍卫，再看看刺客，受气包似的哑声道："母后的棺木都险些被砸碎，这些刺客究竟受谁指使，朕定要彻查到底。皇兄也受惊了，不如先回城里去歇息吧。来人，护送皇兄回府。"

一声令下，四下的禁军立即朝端王拥去。

夏侯泊相当配合，优雅地行了一礼，转身主动迎向禁军，垂在身侧的手指抬了抬。

便在此时，人群中忽然有人"咦"了一声，道："启禀陛下，臣见过这个刺客。他是庾少卿府中的家丁啊。"

出声的臣子是个端王党，说完还要大声问道："庾少卿，你见了自己家丁，怎么不相认？"

人群炸了。

继端王之后，庾少卿也体验了一番万众瞩目的待遇。他远不似夏侯泊那般淡定，当场双腿发软。"一………一派胡言，我从未见过此人。"

李云锡道："怎么可能是庾少卿的人！谁不知道庾少卿德义有闻，

清慎明着……"

"奇怪啊，"一道清越的声音加入进来，"庾少卿刚刚当上国丈，放着荣华富贵不享受，却转而去与端王合谋弑君，他疯了吗？"

李云锡噎了一下。

帮腔的是尔岚。她这阴阳怪气的一句可顶他十句，顺带还扣死了端王的罪名不放。

李云锡道："就……就是。"

端王党见状不干了，又有一人站了出来。"陛下，老臣上次去庾兄府上祝寿时，确实见过这名家丁。庾兄，你的家丁是怎么弄到端王府的令牌的？这中间必有蹊跷。"

庾少卿已经被吓破了胆，跟趿跪地道："这……这……这……"

在场的拥皇党见他这做贼心虚的表现，心下发寒。

那几个端王党未必真能记住区区一个家丁的长相，但他们敢在这关头开口说话，就说明他们早已知道，这刺客确实和庾府脱不开干系，只需彻查下去，这口锅就能扣到庾少卿头上。

难道这新任国丈真的疯了？

庾少卿方才一眼看见那刺客的脸，整个人就如坠冰窟。家丁确实是他的家丁，但此人什么时候成了端王的刺客，他竟全然不知。

然而，这话怎么能说出来呢？说出来了，又有谁会听那后半句？

说白了，今日这场面里，最不重要的东西就是真相了。庾少卿在朝中本就根基极浅，混得左右不逢源，如今女儿飞上枝头变了凤凰，眼红他的倒比巴结他的更多。看眼前这势头，这群人是一早商量好了要将他推出来做替死鬼的！

端王啊端王，到底从多久之前就开始算计他了？

帮腔的端王党越来越多，庾少卿汗如雨下，怆然磕头道："陛下，老臣冤啊！这人……这人是端王派来的奸细！"

"哈哈哈。"那嘴角带血的刺客头目忽然笑了，"我就奇怪了，你们为何都觉得我是受人指使？庾大人，咱们两个究竟是谁指使谁，你能不能说明白？"

庾少卿险些厥过去。"你在说什么鬼话，我根本不曾——"

夏侯泊在心中冷笑了一声。被拱上了戏台还想逃，也得问问老爷让不让。

那刺客桀桀怪笑，伸手从怀中掏出一个染血的香囊。"你们方才搜身，怎么没搜出这个？"

暗卫："……"

他们只会搜到需要搜到的东西。

那香囊工艺粗糙，红艳艳的底色上，乌漆墨黑地绣了一男一女，共骑着一只展翅的雕。

夏侯澹瞳孔微缩，下意识地看向身侧。他的贴身侍卫中，站着一道略显瘦小的身影。

夏侯泊捕捉到了他的目光一动，眼睛微微一眯。

刺客道："这香囊是谁绣的，想必皇帝陛下一定能看出来吧？"他得意扬扬地大笑起来，"老子今天横竖逃不过一死，临死也要说个痛快，免得被你们当作宫闱秘史压下去了！"

· · ● · ·

昨夜。

夏侯泊将一个香囊和几张信笺递给他。"我说，你记。"

死士接过一看，信上是女子字迹，谈不上娟秀，写了些似是而非的情话——都是庾晚音在冷宫中忽悠端王用的。

夏侯泊道："香囊你随身带着，信件你藏到庾府，等人去搜查。如今所有人都猜测庾后怀孕，皇帝废了太子，是为了给她腹中的孩子让道。但你被捕后要当众招供，庾后腹中是你的种。

"她在入宫前就与你眉来眼去，入宫之后还总是找你，与你珠胎暗结。没想到事情被庾少卿撞破，你们便拉庾少卿一起商量，纸是包不住火的，不如趁着端王与皇帝反目，一不做，二不休，宰了那暴君。庾少卿借了你一些人，你们埋伏在邙山，想着万一失败，就栽赃给端王。

"没想到被人认出，阴谋告破，你想着自己是活不成了，临死也要嘲笑一番暴君。"

死士一一记下，却又不解道："殿下，皇帝真的会相信这番话吗？"

夏侯泊道："他信不信并不重要，重要的是，在场的文武百官都会听见。"

如此一来，庾晚音永世洗不脱妖女之名，而夏侯澹若是悍然祖护她，也就成了色令智昏的昏君。

死士道："万一皇帝根本没做防备，咱们一击即中，直接送他去了西天呢？"

夏侯泊道："那你就不招供了。就让庾后腹中之子，成为夏侯澹的遗腹子吧。"

"……庾后并未真的怀孕。"死士提醒道。

夏侯泊笑了笑。

于是死士脑中转过弯来：没关系，夏侯泊掌权后，她自然会怀上的。将来孩子是幼帝，而夏侯泊是摄政王。

他们筹谋的一切，所求无非四个字：名正言顺。

端王要的不仅仅是权力，他还要万民称颂，德被八方，功盖寰宇。他还要君臣一心，励精图治，开创一代盛世。

所以他绝对不能背负着弑君之名上位。

他要当圣主，而圣主，总是值得很多人前赴后继地为之而死。

· · ● · ·

死士在心中飞快地复习了一遍台词，从容开口："庾——"

他也只说出这一个字。

一声炸响，他眼中最后的画面，是皇帝对他举起一个古怪的东西，黑洞洞的口子冒着青烟。

死士倒地，整个人痉挛数下，口吐鲜血，彻底不动了。

夏侯澹一枪崩了他，转身就去瞄准端王。

名正言顺，谁不需要呢？他们隐忍到今天，也正是为了师出有名地收拾端王。但这一切有一个大前提：事态必须按照己方的剧本发展。

显而易见，今天手握剧本的不止一人。

夏侯澹刚一转身，心中就是一沉，短短数息之间，他就瞄准不到夏侯泊了。

夏侯泊已经消失在了禁军组成的人墙之后，距离卡得刚刚好，隔着无数臣子与兵士，恰好站到了他的射程之外。简直就像是……提前知道他手中有什么武器一般。

而那些刚刚还围着端王的兵士，不知何时已经以保护的姿态将他挡住了。

上任不久的高统领面色一变，连声喝止不成，气急败坏道："你们想要反了吗?!"

没有一人回答他。无形之中，在场的数千禁军分成了两拨，各自集结，互相对峙。

两边阵营中间，是手无寸铁瑟瑟发抖的百官。

北舟耳朵一动，低声道："不止这些人。林中还有伏兵，应该是他囤的私兵，或是边军已经赶到了。澹儿，他根本没指望用几块石头砸死你，他的后手比我预想中多。"

到了此时，夏侯泊还在兢兢业业地大声疾呼："陛下！那刺客死前说了个'庚'字，陛下为何急着杀他? 他手中那香囊是谁绣的，陛下难道不查吗?"

大臣们早就缩成鹌鹑不敢吱声。人群中，李云锡梗着脖子想回敬一句，被杨铎捷一把捂住嘴。杨铎捷贴在他耳边急道："别说话，文斗已经结束了。"

箭在弦上不得不发，一场恶战终是无可避免。

夏侯泊道："陛下为一女子，竟要不辨黑白，对手足兄弟下手吗? 那庚后究竟有何手段惑人心志，先前冲撞了母后也能全身而退，反倒是母后忽然横死……"他突然望向那名矮小侍卫，"庚后，你无话可说了吗?"

那矮小侍卫浑身一震。

夏侯澹目不斜视。"让他闭嘴。"

高统领一声怒吼，直接定性："拿下叛军!"

与此同时，夏侯泊也喊出了名号："除妖女，清君侧!"

两边横刀立马对冲而去，一时大地摇颤。

困在中间的百官忽然就被前后夹击，一旁又是山壁，四面只剩一面出口，就是那片黑黢黢的山林。

李云锡等人被人群推搡着奔向那山林，刚刚跑进几步，又被逼退了出来。

林中的伏兵出动了。

这些人方才隐在树丛间，连气息都掩盖得几不可闻，只有北舟这样的绝世高手才能发现端倪。此时浩浩荡荡地杀出来，庞大的队伍竟望不到尽头。

为首一人一声号令，将士齐齐拔剑，人还未至，那凌厉的煞气已如黑云压顶，与一盘散沙的禁军判若云泥。

李云锡骂了一声："边军……"

这般气势，只可能是沙场上刀口舐血练出来的。

这么多边军，怎会出现在此？无论是从北境还是南境，他们一路奔赴此地，都城不可能连个警报都收不到。

唯一的可能是，中军洛将军或是右军尤将军回朝述职时，就留了人手没带回去。他们从那时起就隐在附近，只等着端王振臂一呼。

这一变故显然不在夏侯澹的预判之内。冲在他前面的那一半禁军措手不及，一对上这群阎王，几乎是瞬间就被冲破了防线，登时节节溃败。

群臣鬼哭狼嚎，四散奔逃。

虽然两边都在乎名声，有意绕开了臣子，但刀剑无眼，仍旧吓得他们连滚带爬。

李云锡在文臣中算是体魄健壮的，边跑还边拉起了几个绊倒的臣子。四下杀声震天，远处还有几声炸响，似乎是从皇帝那方向传来的，他不知是何物，只知道听上去甚为不祥。

忽然一声马嘶，一匹惊马脱离了路线，朝着他们直直撞来。李云锡眼明手快，一把推开一个蹒跚的老臣，自己就地一滚，险险避开了马蹄。

"李兄！"杨铎捷躬着身靠过来扶起他，"没事吧？"

李云锡呛着灰道："不用管我，你们朝没人的地方躲——尔兄呢？"

"没看到！"

李云锡急切抬头，在人群中搜寻着尔岚，目光扫过某个方向，瞳孔一缩。

杨铎捷问："李兄？李兄你去哪儿？！"

李云锡拔腿就跑，从刀剑丛中飞奔而过。

远处被遗忘的山间小道上，有一道瘦弱的身影正在拼命朝上爬。就在他的注视下，对方闪身躲到了树后。

尔岚要摸到石壁上去做什么？李云锡想起那巨大的落石，再一看两边人马进退的方向，立即知晓了答案。

但这一节他们能想到，别人自然也能想到！

禁军乍遇强敌，士气顿消，本就是一群各自为营的墙头草，如今斗志一失，连阵形都开始溃散。

夏侯泊没有上马，他冷静地隐在人墙之后，远远望着皇帝那头，听着不断传来的古怪炸响。但开火的却不是皇帝。开战之后，皇帝手上的武器就消失了。

或许是为了掩人耳目，那矮小侍卫并没有躲在皇帝身后，而是与其他侍卫一道冲出来作战。但"他"底盘不稳，脚步虚浮，明显不是练家子。

打斗片刻，"他"很快就左支右绌，不得不从怀中掏出那古怪武器自保。

夏侯泊看到此处，遥遥一指。"去将那侍卫拿下。"

此时那侍卫正弹无虚发，枪口下倒了一片，逼得余人无法近前。

——如果夏侯泊没有调查过邙山享殿里的弹坑，没有派死士观察过庾晚音的武器形状，他此时或许还真会束手无策。

夏侯泊一举臂，六七个死士合围而上，以身为饵，直冲着枪口而去。

那侍卫果然手忙脚乱，仓皇开枪，刚刚击毙两个，冷不防一张大网从天而降，兜头将"他"罩了进去。

那侍卫猛烈地挣扎起来，然而死士们扑过去拽住网绳，合力一扯，那大网猛然收紧，将其手脚牢牢困住，再也移动不了分毫。

侍卫倒在地上徒然扭动着身躯，被死士以刀抵住脖子才僵住不动。

确认"他"再也举不起手臂后，夏侯泊才下令："夺了她的武器，撕了她的人皮面具，把她吊到树上给所有人看清楚。"

然后以她为质，让皇帝鸣金收兵，乖乖回宫接受看守。

皇帝不能死在今天、死在这里。他必须被妖后庾晚音迷惑心志，在宫中疯魔而亡。

· · · · ·

李云锡气喘吁吁道："停下！"

尔岚道："别管我。"

"上面不可能没人，你去也只是送死。"李云锡咬牙追去，却总落她几步，只能伸直了手臂试图扯住她，"我去，我去总行了吧！"

尔岚笑了一声。"说什么呢，李兄不想当股肱之臣了吗？"

"我入朝就是为了死得名垂青史，别抢——我的——机会！"李云锡飞扑一步，终于拉住了尔岚的手腕，用力一扯，将她甩到了身后，"看你这细胳膊，至少我肉厚力气大——"

"我是女子。"

"——推得动那石……"李云锡的声音戛然而止。

趁他如遭雷劈脚步一滞，尔岚再度超过了他。"回去吧，李兄。我在朝中本就不成体统。"

石壁上的场面极其惨烈。

端王的叛军步步紧逼，很快将夏侯澹的禁军逼退到了石壁下方。此时落石下去，就算砸不死皇帝，也能砸死一片禁军。

端王的死士自然也想到了这一点，一开战就冲了上来，想抢占巨石。

夏侯澹的暗卫留在此地看守，想放箭将其拦在半山腰。对面立即以牙还牙，乱箭如蝗。

战到此时，巨石边尸横遍野，已经只剩三四个幸存的暗卫，还都受了重伤，靠着巨石的遮挡勉力支撑。

尔岚刚一冒头就中了一箭，肩上剧痛，痛得她险些叫喊出声。

她立即趴伏在地，死死咬着牙关，从近旁的尸身上扯下一副铠甲，披到背上，朝着那几块巨石慢慢爬去。

暗卫忽然看见一个手无寸铁的文臣独自跑来，吃惊道："你是何人？"

尔岚道："往下看看，端王的人到哪儿了？"

暗卫一愣。

尔岚道："我若是陛下，就会故意退得快些，引他们到石下。"

一个背上中箭、面白如纸的暗卫冒死探出身子，朝下望了一眼，又飞快缩了回来。"真的，现在底下都是端王的人，难怪他们这么着急……"

他又朝来敌放了两箭，但重伤无力，箭矢半途就已坠落。

暗卫语带绝望道："他们要上来了。"

他看了看仍在苦撑的同伴，深吸一口气，转身抵住了巨石。

尔岚爬到他身边，与他一道用力。"一、二——"

· · · · ·

山下，几个死士上前，一人去掰那侍卫持枪的手指，另一人去撕人皮面具。

面具被撕开一角，露出了底下的眉眼。

死士的动作蓦地一顿，张口欲呼，那网中之人却猛然暴起，骨骼闷响几下，身形暴长，刹那间扯碎了捆住自己的网！

兔起鹘落，几息之间，死士全部倒下，露出本来面目的男人腾空而起，便如大鹏展翅，飞到了不可思议的高度，对着人墙后的端王举起枪。

他身周空门大开，地面上无数暗器朝他射去，他却挡也不挡，径自扣动了扳机——

"砰！"

夏侯泊不得不躲。

他躲得快，对方的枪更快，仿佛预判了他的去向，"砰砰"两声连响几乎没有间歇！

夏侯泊刚刚踏地，就觉得什么东西飞了出去。

半张脸上忽感潮湿，是他自己淋漓的血。

飞出去的是他的耳朵。

· · ● · ·

尔岚与暗卫都负了伤，各自拼尽全力，竟只能将那巨石推动几寸。

她豁出去大喊一声，用身体朝着巨石撞去。

巨石动了。

尔岚心中一喜，这才发现身边多了一个人。

李云锡道："一起。"

尔岚道："你会死的！"

李云锡望了她一眼，眼瞳中燃烧着前所未有的豪情，重复了一遍："一起。"

千钧一发之际，容不得犹豫，尔岚再次喊道："一、二——"

第四个人撞了过来。

杨铎捷道："一起。"

李云锡："……"

· · ● · ·

北舟身在半空逃无可逃，中了数枚暗器。他身躯开始下落，电光石火间，又连开两枪。

夏侯泊狗一般逃窜。他这回是真的拼了老命，冲出一段路，忽然心中"咯噔"一声，下意识地抬头一望——

"轰！"

一声巨响，所有交战的将士都不由得停了一瞬。

夏侯泊只剩上半身还露在巨石外面。他顽强地试图往外爬，却被牢牢压住了腿，情急之下十指都抠进了泥里。

北舟落地，晃了一晃，再度举枪。

没弹药了。

人群中传来一道厉喝："接着上，拿下皇帝！"

出声的是边军伏兵的头领。端王一倒，他们本该群龙无首，但这头领显然积威甚重，当下一不做，二不休，接过了指挥权。"左翼，救端王！你们几队，去追庚后！"

　　叛军知道开弓没有回头箭，今日不是胜利就是死路一条，当下越发不要命地朝夏侯澹扑去。又有一批人朝相反方向纵马疾驰，要去另一边城门找庾晚音。

　　北舟半身浴血地杀回夏侯澹身边，只说了一个字："撤。"

　　言罢不管不顾，背起夏侯澹就跑。

　　夏侯澹猝不及防，挣扎道："叔，等等，我不能就这么——"

　　"我不管！"北舟强硬道，"这边顶不住了，你还想不想活？走，皇帝不当了。"

第二十一章

# 吾妻晚音

---

我已经没有故乡了，你就是我的故乡。

尔岚等人争相上山的同时，庾晚音蓦然惊醒。

她立即发现自己身在颠簸的马车上，而夏侯澹并不在身边。

昨夜夏侯澹答应了与她共赴邘山，然后他们亲热了起来。后来自己是怎么睡过去的，她竟毫无记忆了。

"夏侯澹……"庾晚音咬牙切齿，掀开车帘朝外看去。马车明显已经出了城，外面却不是官道，而是一条林间小路。一队暗卫护送在侧。

庾晚音道："停车！"

无人理会。

庾晚音道："快停下，陛下呢？"

暗卫开口了："属下有令在身，拼死护送娘娘，无论发生什么都不能回头。"

"别白费功夫了。"对面有人凉凉道。

谢永儿坐在她对面，无奈地看着她。"都出城半个时辰了你才醒过来，看来萧添采的迷药还挺有用。"

庾晚音问："夏侯澹把我弄进来的？你也知情？"

谢永儿举起手。"我可不知情，今天清晨我都要走了，他临时把你塞了进来。他故意瞒到最后一刻，就是为了确保无人泄密吧。唉，别生气了，人还不是为了你？"

庾晚音从怀中摸出了手枪。

她心里全是糟糕的预感。"邘山那边如何了？"

"这会儿不可能知道啊，总要等逃到别的城里，乔装打扮安定下来，才能找人打听吧。"谢永儿听上去居然心情不错，"你说我们会先去哪座城？"

庾晚音："……"

"不好意思，我刚呼吸到自由的空气，有点醉氧——"

谢永儿的语声戛然而止。

下一秒，庾晚音只觉天旋地转，整个人离座而起，耳边传来马匹的悲嘶声。

"绊马索！"暗卫喊道。

庾晚音重重落地，眼前一黑。

箭矢破空声。

打斗声。

暗卫倒地声。

庾晚音揉着额头坐起，身下居然变成了车壁，马车整个儿翻了。谢永儿在她身侧半趴着，紧紧捂着自己的胳膊，面色痛苦。

庾晚音悄声道："怎么样？"

"好像骨折了……"

一支箭破窗而入，擦着庾晚音的耳朵飞过，钉到了车座上。

"庾后，要不劳烦你自己爬出来？"远处有人阴阳怪气地喊道。

谢永儿猛地抬头。"是木云的声音。"

木云站得远远的，望着手下与暗卫搏斗。"端王要你，活的最好，死的也行。"

车内庾晚音再度伸手入怀，摸了个空。

木云道："自己出来吧，别逼我放火烧车。到时候你烧焦了认不出脸，端王那边我也不好交差。"

火光渐近。木云还真不是说笑。

庾晚音慌忙四下摸索，越着急越是找不到那把枪。

一只手按了按她的肩。"别急，慢慢找。"

谢永儿提高声音："真是遗憾，你堵错人了。"

庾晚音吃惊地抬头，谢永儿已经往窗口爬去。她伸手一拉，没拉住。

谢永儿道："想不到吧，车里是我呢。"

她一爬出车厢就被人擒住，拖到了木云面前。

木云愣了愣，不怒反笑。"我道是谁，这不是谢妃娘娘吗？"

谢永儿双手被反剪，还扯动着骨折处的伤，忍得冷汗直下，断断续续道："你……反正也被罢免了，倒不如……跟我一道反了，反正端王……也不是良主。"

木云阴恻恻道："的确，我蹲守在这儿也只是孤注一掷，赌一把皇帝会送走庾后，再赌一把他们会选一条偏僻小路。我自诩洞察人心，日后也该是端王麾下第一人。如今却要机关算尽，只为了换回他一丝垂怜，你说，这是拜谁所赐呢？"

谢永儿极力调整语气，安抚道："你不明白……"

"当然是拜你所赐啊！"木云目露凶光。

谢永儿身后之人突然施力，按着她跪了下去。谢永儿痛呼一声，紧跟着脸上就被连抽数掌。

木云抽完了，欣赏了一会儿她忍气吞声的表情，忽然大笑道："你真以为这点雕虫小技，就能保住车里的人？"

"你在……说什么？"

"放心，你们都不会被落下的。"木云抽出匕首，一边刺下，一边漫不经心道，"把车烧了。"

这是他留在世上的最后一句话。

接着是一连串的炸响。

他停下手中动作，仓皇抬头，只能看见由远及近，自己的手下一个接一个地倒下了。

他的脑中回响起被罢免之前听过的话语："享殿里留下了几个碗大的坑洞，不知是什么武器打出来的……"

接着他就无法再思考下去了，因为那坑洞出现在了他的脑中。

领头的一死，余人树倒猢狲散，被几个活下来的暗卫追上去解决了。

庾晚音飞奔向谢永儿。

木云办事很有效率，倒地之前，已经在她身上捅出了几个洞。

"没事没事，止血就好。"庾晚音双手发抖，徒然地试图堵住那几个血窟窿，声音都变了调，"萧添采人呢?!"

谢永儿笑了。"你忘了吗? 他留在宫里，换我自由。"

"我们回去，我们回去找他，你再坚持一下……"

"听我说，"谢永儿抓住她的手，"不要告诉萧添采。他知道我死了，说不定会罢工。"

庾晚音急红了眼。"闭嘴!"

· · ● · ·

北舟背着夏侯澹一逃，禁军斗志全无，兵败如山倒。

端王党哪里会任他逃走? 此时也顾不上留活口了，暗器、箭矢如雨般落下，却始终沾不上他们的衣角。

然而北舟浑身都在流血，飞奔片刻，步履渐渐迟缓。

夏侯澹看出他坚持不了多久了，开口道："北叔，把我放下，你自己逃吧。"

北舟短促地嗤笑一声，像是听了个巨大的笑话。"天塌了我也不会抛下你。"

"我本就命不久矣。"

"胡说! 只要不当这狗屁皇帝，你肯定能长命百岁，叔去给你找药……"

夏侯澹伏在他的背上安静了一下，道："我不是你的故人之子。"

北舟脚下未停，嘴上却突然没声了，不知听懂了没有。

夏侯澹道："我不是夏侯澹，我只是借用这具躯壳的一缕孤魂。先前种种，都是我骗你的。"

"……"

"叔?"夏侯澹见他还不放下自己，语声迫切了些许，"你明白了吗? 我不是——"

"我听懂了，你不是她的孩子。"北舟的声音忽然嘶哑，仿佛整个人都在瞬息之间变得苍老，"但她也不会想看到你受苦的。"

他猛提一口气，仰天长啸，声震山林。

·　·　●　·　·

"端王的人上来了。"尔岚躲在剩下的一块巨石后，望着身边几人，"能与诸君同日赴死，是我生平幸事。"

李云锡满脸纠结，最后仿佛痛下决心，握拳道："尔兄，其实我——"

"哈哈哈，不如我们在此结义，来生再做兄弟！"杨铎捷慷慨道。

尔岚道："妙啊。"

李云锡："……"

·　·　●　·　·

"好好活下去……把商业帝国搞起来。"谢永儿目光开始涣散，"别难过，我要回到……书外面的世界了。"

庾晚音的眼泪终于夺眶而出。

对于纸片人，哪儿有什么书外的世界？

谢永儿道："等回到现代，我就去你的家乡，尝尝你说的……豆什么……"

"豆汁儿。"庾晚音的眼泪一颗颗地砸在她脸上，"还有炒肝、炸酱面、烤鸭、烧花鸭、蒸羊羔……"

谢永儿在她的报菜名声中缓缓合上了眼。

大地在这一秒开始震动。

天选之女意外离世，这一方天地发出嗡鸣，山石震荡，摇摇欲坠，仿佛行将轰然崩塌。

庾晚音紧紧抱住谢永儿的尸体，想为她挡去尘土与落木。

她脑中一片空白，只剩一个念头：刚才自己为什么没能早点找到那把枪？

地震持续了整整一刻钟，天地方才堪堪息怒。

庾晚音仍旧茫然地坐在原地，直到暗卫将她拉起。"娘娘，咱们必须继续前行了。谢妃的尸身，可否就地安葬？"

"……"

"娘娘？"

庾晚音深吸一口气。眼前活着的暗卫只剩五人，还都负了轻伤。

她拍了拍自己的脸颊，强迫思维重新开始运转。"葬了吧。尽量把咱们的痕迹都抹掉，或者去别处也留下些痕迹，迷惑追兵。"

于是留下一人善后，剩下四人护着她继续赶路。马被杀了，他们只能步行，循着一条避开人烟的路径越走越远。

· · ● · ·

这一日夕阳西下时，庾晚音体力告罄。他们寻了处山洞过夜，不敢生火，就翻出干粮来分食了。

庾晚音只啃了几口就没胃口了，退到角落里抱膝坐着，眼神发直。

今天发生了这么多事，她脑中翻来覆去，却只有两个问题。为什么昨夜没看出夏侯澹在骗自己？为什么没能早点找到那把枪？

或许是因为她的状态实在太糟糕，暗卫几次三番偷看她，末了交头接耳几句，其中一人从怀中取出一封信。"娘娘。"

庾晚音慢慢抬眼。

"临别时陛下留给属下这封信，说要等平安脱险后再交给娘娘。属下擅作主张，提前取出来了……或许娘娘会想读。"

庾晚音一把夺过信，粗暴拆开，借着最后一缕夕照急急地读了起来。

信上全是简体字，但写得秀逸潇洒，不是夏侯澹惯常给她看的字体，一笔一画倒有些像是他昨夜写的春联。

第一行写着"吾妻晚音"。

第二行是"我叫张三"。

吾妻晚音：

我叫张三。

想笑你就笑吧，以前也常有人问我是不是充话费送的，才会叫这么个名字。其实恰好相反，我爸妈对这名字极其满意，觉得它如此不走寻常路，一定会让我成为人群中最抢眼的仔。

　　事实也的确如此，我从小到大，没遇到过一个撞名的。从小学到初中，我都是第一个被老师记住的学生。不过嘛，除了这个酷炫的名字，我倒是挺乏善可陈的。成绩不好不坏，只有物理拿过两次第一。至于英语，选择题基本靠骰子吧。

　　哦，对了，我体育还不错，校运会上老是被班里逼去报名长跑。

　　读到这里你可能会奇怪，我为啥要拿初中的事说个没完。

　　因为在咱们那个世界，我没有更后面的记忆了。

　　初三那年，我上课开小差玩手机，被一个弹窗小广告吸引进了这本书里（这个故事告诉我们，上课要专心听讲）。刚成为夏侯澹的时候，这厮的身体才发育到六岁。

　　尔来十六年又八个月矣。

　　这么算来，我成为夏侯澹的时间，竟已经比当张三的日子还长了。

　　最近两年我有时会突然心生怀疑，"书外面"的世界是真的存在，还是我脑子生病而产生的妄想。毕竟，一个同时存在空调、互联网、医保和阿司匹林的天地，听上去确实越来越不现实了。

　　说来好笑，当初来到此地，我感觉自己陷入了一场无法结束的噩梦里。可如今回头去看，却连初中的校名都险些想不起来了。前尘种种，反倒犹如华胥一梦。

　　直到你问出那句"how are you"。

　　原来那一切是真的。原来我曾经有血有肉地活过，有过父母，有过朋友，有过未来。

　　我是一个卑劣的人。你在那一瞬间拯救了我，我却在下一秒就制定了欺骗你的方针。取得你的信任，成为你的同盟，让你手中掌握的剧本为我所用。只有这样，我才能用最稳妥的方式取得胜利，让太后和端王血债血偿。

　　在你面前，我不仅将过往尽数粉饰，连言行举止都会刻意控制，努力扮演一个你所熟悉的现代人。我不能让手上沾的人血吓走你。

直到真的开始演张三，我才被迫一点一点地想起，自己离他已经多远了。这些年来夜夜梦到魑魅魍魉将我拖下无间地狱，次数多了，也就习以为常。你来一个月后，我忽然有一次梦到同学传字条来，喊我下课一起冲去食堂。醒来时摔了几副杯盖，只想让四面宫墙内多些声响。那一刻真恨不得一把火烧了一切，一了百了。

你来得太迟了，晚音。这里已经没有等待你的同类了。你只能摊上一个疯得时日无多的我。生而不为人，我很抱歉。

——你刚才是不是看笑了？多笑一笑，你最近太不开心了。

我说不清是何时爱上你的。作为张三，喜欢你似乎天经地义；作为夏侯澹，却又近乎魔障。我只知道从那以后，我就更害怕露馅了。

溺水之人都祈求能抓住一段浮木。可当他们离岸太远，注定无救，再死死扣住浮木，就只会将浮木也带入水中。

我希望，至少可以不让你沾上血迹。我希望在这黑风孽海，至少有一个地方能让你睡个安稳觉。我希望晚一点面对你惊惧防备的眼神。我最希望的，是看你永远灼灼似火，皎皎如月，永远是最初那个无所畏惧、大杀四方的小姑娘。

如果你暂时胆怯动摇，需要一个同类给你力量，那我就扮演这个同类，一直做到死去的那一天。

我已经没有故乡了，你就是我的故乡。

——当时是这样打算的。

可没有想到，这一天会来得如此之快。我原本指望着能为你带走端王。明天我自当尽力，万一我成功了，你的担子也能轻些。如果我失败，你就照着最后一张纸上写的去做，应该也能逃出生天。

再之后的路，就要你一个人走了。天涯路远，江湖险恶，多加小心。

虽然对你撒了许多谎，但这一句绝非虚言：你是我这两辈子见过的最厉害、最勇敢的人。你一定会笑到最后，杀出一片山河清明来。

到那时，如果原谅了我，逢年过节就吃一顿小火锅吧。就当我去陪你了。

张三

除此之外，信封里还有一页写满字的纸，以及一个小东西。

庾晚音读完最后一个字，天边的夕照正好彻底消失。暗卫扯来藤蔓遮住了山洞的入口，轻声劝她早些休息。

她将信揣进怀中贴在胸口，和衣躺了一夜。

山中夜冷，她整个人从足心开始渐渐发寒，最后冻成了僵冷的石头。她怕一睡不醒，睁眼默数着数，耳边传来暗卫换岗守夜的轻微动静，以及远处悲凉的狐鸣。

第二天清晨他们再次出发，寻了一处小溪，洗去了身上的血污。

庾晚音身上穿的本就是布衣男装，应当是夏侯澹为了方便她出逃给她换上的。包袱里还准备了她平时乔装惯用的工具、备用的衣服、火石、匕首等必需品。

庾晚音对着溪水化了个妆，粘上胡子，又站在岸边点燃了信笺，望着它在火焰中蜷曲起来，化为星星点点的灰烬落入水中，随波流远了。

她用余光发现几个暗卫望着自己欲言又止，才恍然意识到，自己从昨夜读完信一直到现在，一个字都还没有说过。

她清了清干涩的嗓子，道："你们伤势如何了？"

暗卫纷纷道："都是小伤，已经好了。"

"嗯。咱们得走到有人烟的地方，才能打听都城的情况。"

暗卫见她神情如常，也没再闹着要回都城，都如释重负，忙道："属下奉命保护娘娘，眼下情势难测，但凡端王未死，他安排的三方边军仍会向此合围，镇压禁军助他上位。这三方人马是从北、东、南三面过来的，属下以为，赶在他们接上头之前，可以寻一处豁口——"

"咱们向南。"庾晚音提起包袱，转身出发。

暗卫愣了，连忙追上去接过她的包袱。"娘娘，南边是右军要来的方向。"

庾晚音目不斜视。"向南，去沛阳。这是陛下的意思。"

那沛阳只是一座平平无奇的小城，地势上也没什么稀奇之处。为何要去那里，暗卫百思不得其解。

莫非夏侯澹在那里布置了援军？但若有援军，昨天就该用上了，又怎会等到现在？

庾晚音讳莫如深，步履却不停。"辛苦诸位，护送我前去吧。还有吃的吗？"

她接过干粮，边走边塞进嘴里，逼迫着自己咀嚼咽下。

暗卫在她身后有些担忧地对视一眼。他们不知道信的内容，也就不知道提前给她看信，会不会犯了个错误。

· · ● · ·

沉默地赶路半日，前方出现了稀稀拉拉的村落。

除了他们一行，路上没有几道人影，而且个个行色匆匆，神情如惊弓之鸟。

暗卫试图朝村民搭话，村民们瞧见陌生人，却反过来向他们询问消息。两边都是一脸茫然，交换半天情报，只知道都城昨日大乱，血流成河；今日却已封城，一片死寂。村民莫说是谁输谁赢，连谁跟谁打都摸不着头脑。

到了傍晚，庾晚音身上一阵阵发冷，渐渐头晕目眩走不动路。后知后觉地抬手一摸，烫的。

暗卫慌了，她却无甚表情。"没事，睡一觉就好。不能去客栈，会暴露行踪的。想办法找地借宿吧。"

又走半里地，天色昏暗了下去，前方一户院门里隐约有火光摇曳。

暗卫上前叩门，一个双目红肿的老妪出来应门："谁？"

暗卫赔笑道："大娘，我们是去都城探亲的，没想到路上被人偷了行李，又听说都城出了事，不能再向前走了。而今同伴又生了病，实在无法，只剩这点盘缠，想讨口饭吃。"

说着递进去一把铜钱。

老妪叹道："进来吧，都是苦命人。最近村里好多人家都被偷了，看来是有厉害的贼人……"

她念念叨叨地转身朝里走，暗卫扶着庾晚音跟了进去，才发现那火光来自院中一只瓦盆。老妪将他们引进屋，自己坐回盆边，又往里投了些纸钱。

暗卫道："大娘，这是……"

老妪背对着他们摇摇头，呜呜咽咽地哭了起来。里屋走出个老汉，低声道："她弟弟住在邶山边上，昨日赶上端王造反，兵荒马乱的，人不知怎的没了。"

庾晚音的心突地一跳，嘶声问："端王造反成了吗？"

老汉连连摇头。"报丧的只说死了好多人，死的大多是禁军，别的说不出来了。"

庾晚音眼前发黑，不由自主地晃了晃。

死的大多是禁军……

不是禁军内讧，就是端王藏了兵力。无论是哪种，夏侯澹都凶多吉少。

旁边的暗卫连忙搀住她。"大爷，此时叨扰实在不该，但我们……我们兄弟病得厉害，可否煮碗面给她吃？"

· · ● · ·

片刻后，几人端着碗狼吞虎咽，昏黄的油灯倒映在面汤里。

这农户家境还挺殷实，庾晚音那一碗里居然卧了颗鸡蛋。她捧着碗喝了几口热汤，手抖得没那么厉害了，迟钝的脑子勉强重新运转。

如果端王赢了，夏侯澹有可能已经死了，也有可能被关在宫里等死，以便端王平稳上位。他们只能祈祷是后一种。

老妪烧完了纸，回到屋里揩着泪骂道："端王这杀千刀的狗东西，老天都看不下去，要拿地动收了他。"

"你小声点。"老汉压低声音道，"那皇帝又是什么好东西？老人总说，君主无德才会地动！那暴君连太后都杀……"

庾晚音手中的筷子停了下来。

老妪道："太后一定是他杀的吗？皇家的事，我们哪里搞得清？"

老汉摆摆手。"老婆子，头发长见识短，不与你说了。"

"我没见识，我弟弟也没见识吗？"老妪怒道，"他可说过，皇帝让人均什么……均田、减税！还杀了好多狗官！"

庾晚音问："狗官？"

暗卫诧异地瞥了她一眼，似乎希望她不要出声。

老妪却一无所觉，掰着手指报了一串名字："我弟弟说，这都是些鱼肉百姓的大狗官，这些年，皇帝为民除了不少害啊。"

老汉拍了她一下。"名字都不知是真是假，别丢人现眼了。"

她的确说错了几个字，而且大官小官混在一处说了，这情报似乎来自都城街头巷尾半真半假的风传。天子脚下的百姓，都有这个爱好。

来了这么久，庾晚音知道这些臣子有些是太后党，有些是端王党。但她从未费心调查过他们的背景，也不记得他们的名字是否出现在了原作中。

说到底，她之前根本没有关心过那"原装暴君"杀了谁，只当是书中既定的名单。暴君嘛，肯定是要黑白不分错杀忠良的。

或许连夏侯澹自己都不清楚，在她来之前，他杀对了多少人，又杀错了多少人。

或许他也并不想面对确切的数字。

庾晚音蓦地想起很久很久以前，夏侯澹与她对台词时，十分浮夸地说过："我不过是个被蒙住双眼、捂住双耳的疯王罢了，是忠是奸，还不是一本奏折说了算？"

当时她只当他演得入戏，才能演出满目的自嘲与苍凉。

那老汉还在与老妪争论不休："你可记得胥阁老……"

是了，胥阁老。

庾晚音想起胥尧死后，夏侯澹问她："原文里的胥尧是什么结局？"

"好像一直跟着端王混，当了个文臣吧。"

夏侯澹当时沉默片刻，笑了笑："所以，我们害死了他。"

那之后，他就不再询问角色们原本的结局了。他毫不迟疑地推进计划，生杀予夺，面无表情。他说："你以后如果必须除掉什么人，告诉我，让我去处理。"

他又说："等我下了地狱再还他们的债。"

——他矢口否认纸片人有灵魂，却相信一个纸片世界里有地狱。

此时此刻，她倒宁愿他不相信。

老妪道："……反正皇帝若是换了，咱家过不了现在这日子，你信不信？哎，这小伙子怎么了？"

暗卫侧身挡住庾晚音，硬着头皮道："许是有些担心都城里的亲人。"

大娘念了句佛，起身又给她盛了碗汤。

· · ● · ·

吃完了面，暗卫帮着收拾碗筷。庾晚音不愿让人看出自己身份特殊，也跟着站起身来，脚下却是一软，撑着桌子才稳住身形。

那老妪抬手摸她的额头。"哎呀，烧这么厉害，得找个郎中看看啊。"

庾晚音连忙拦住她，只说是赶路累倒了，想借宿一晚。

老妪有些犹豫，那老汉却不乐意了。"不是咱不厚道，可你们这么多大小伙子，我家只有一张床，被褥更是不够啊。"

暗卫又摸出点铜钱。"大爷，只要一床被子给病人打地铺，我们剩下的可以打坐。"

老汉将老妪拉到一边。"谁知道他们从哪里来的？你忘了最近村里好多人家被偷吗？"

这一声并未压得很低，众人都听到了。

暗卫脸色变了变，瞥向庾晚音。

庾晚音苍白着脸笑了一下。"既然如此，我们就不叨扰了，多谢二老的面。"

她撑着一口气朝门口走去。

就在这时，厨房的方向忽然传出一声几不可闻的异响，似乎是窗扇被风吹得晃动了一下。

老夫妻一无所觉，暗卫却神色一凛，无声地比了个手势。几人之间无须言语，同时半途急转，直奔厨房而去。

老汉道："哎，你们想干什么——"

庾晚音也诧异回头，藏在袖中的手握住了枪。

厨房里一阵骚乱，夹杂着几声陌生的痛呼。暗卫又出来了，几人合力抓着一道不断挣扎的矮小身影。

暗卫道："这人方才翻窗爬进了厨房里，被我们抓了个现行。"

被抓的人身材矮小如猴，蓬头垢面，一双因为消瘦而凸出的眼睛恶狠狠地瞪着他们。庾晚音被其目光扫过，像是被针扎了一下，浑身泛起一股莫名的不适。

他手中还紧紧抓着一个包袱，被暗卫夺来一打开，钱袋、玉佩、腊肉等物五花八门摊了一桌。

老妪道："啊，那是我家过年的肉！"又凑去细看，"这玉佩瞧着似是老王家的？"

那小偷猛然撒泼似的号叫起来，声音嘶哑尖锐，却被暗卫死死压在地上动弹不得。

老汉："……"

前脚刚说客人是贼，后脚就看客人捉贼。老汉涨红了老脸，嗫嚅着对几人赔不是，被庾晚音温声劝住了。

老夫妻倒也淳朴，为表谢意，当即收拾出热水被褥，给庾晚音留宿用。又请暗卫帮忙捆了小偷，丢进了后院柴房，准备等天明再去报官。

庾晚音喝了碗姜汤，两日以来终于第一次躺进了被窝里，几乎是一沾枕头就昏沉睡去。

没睡多久，却感觉到有人在拍自己。

屋里已经熄了灯，老夫妻回房睡了，几个暗卫在她的地铺旁边靠墙打坐。

拍她的正是暗卫。"请娘娘恕罪，方才属下将那窃贼绑去柴房的时候，他挣扎的动静太大，引来了一些村民。那老汉还归还了邻居的失物，眼下五六户人家都知道了我们在此。"

陌生来客身手不凡，一来就捉住了小偷——这种新闻天一亮就会传遍村里。

他们不住客栈，本就是为了隐匿行踪。现在多了这一出，暴露的可能性会成倍增长。

暗卫将声音压得更低："娘娘，杀吗？"

庾晚音烧得脑子发昏，思维慢了半拍，愣愣地看着他。

暗卫道："趁着天黑杀了这几家人，还来得及嫁祸给窃贼，抹去我们来过的痕迹。"

庾晚音下意识道："不行。"

过了几秒她才理清思路。"我们现在就走，尽快去沛阳。"

她试图支起身来，只觉全身关节都生了锈般酸软无力。

暗卫按住她。"娘娘歇息一阵吧。"

庾晚音也知道自己这个状态，强行赶路也只会拖后腿。"两个时辰，两个时辰后叫醒我。"

但她没能睡足两个时辰。

深夜，马蹄声入梦，她在睡梦中陷入了一场无休无止的杀戮。仿佛回到了邙山脚下，眼睁睁地望着叛军将夏侯澹淹没。千刀万剑加身，转瞬间将他劈出森森白骨，他却犹如感觉不到痛，日光越过人群朝她望来，沉寂而温柔。

他遥遥做了一个口型：跑。

庾晚音一个激灵，强行将意识拽回现实。

马蹄声是从大地里传来的。几息之后，全村的狗都高高低低地吠了起来。

身旁的暗卫扶起她来，又抓起包袱，在昏暗中指了指房门。

村口的方向响起一道男声，似乎运足了内力，在静夜中传得老远："哪家有形迹可疑者上门借宿，速速上报，赏银十两——"

隔了几秒，又喊了一遍。

庾晚音在心中骂了一声。

外面喊到第三遍，庾晚音已经将院门推开一线，忽听附近几家的大门"吱呀吱呀"连声打开，数道细碎的脚步声直奔村口而去，显然都对那十两赏银志在必得。

她在心中骂了第二声，转身道："从后院逃！"

形势不容犹豫，几人迅速奔向后院，绕过屋舍时，只见老夫妻卧房的窗口已经透出了灯光。

暗卫脚步不停，当先飞身越过了后院的栅栏，又回身来接庚晚音。

上百人的脚步声逼近过来，熊熊火光已经照到了前门。

暗卫背负起庚晚音，拔腿狂奔。

老夫妻家在村子边缘，屋后不远处就是一片树林，黑暗中却看不清这林子有多大、延伸向何方。

寒风劈面，庚晚音眯起眼睛，正要指挥暗卫往林中躲，眼角余光里忽然闪过一道黑影。

她定睛望去，那身影也刚刚翻出后院，正朝另一个方向逃窜，背影矮小如猴，瞧着分外眼熟。

那小偷居然逃出了柴房。

小偷边跑边扯着身上的绳索，撞见他们也是一僵，随即"刺溜"一声就跑得没影了。黑暗中只能看见他消失在了邻居家后头的一条窄道。

庚晚音心念电转：这小偷能在村里行窃这么久，说明之前从未被抓住……

老夫妻的屋子里一阵喧闹，传出一声断喝："分头去搜！"

与此同时，庚晚音也下了决断："跟上那小偷！"

· · ● · ·

暗卫钻入那窄道，恰好看到小偷的背影再度消失在前方。他们加速追了上去，在同一处拐角急转。

小偷："？"

小偷亡命奔逃。

暗卫穷追不舍。

小偷选的路线果然极其刁钻，显然对全村地形了如指掌，翻围墙、爬狗洞，身形又滑溜如泥鳅，饶是暗卫目力过人，好几次也险些被甩脱。

小偷半路一个急停，转过身来气急败坏地瞪着他们，当场提起衣服一阵乱抖，似乎在示意身上已经没有赃物，完全不明白为什么要这样大张旗鼓地追拿自己。

庚晚音道："不是追你，别愣着，快带路！"

小偷："？？？"

身后大呼小叫声再度逼近过来，小偷条件反射地转了个方向，又跑出一段，忽然反应过来，后头那群追兵的目标根本不是自己。

敢情自己真是个带路的。

小偷险些气疯，背对着他们眼珠子一转，再度转向。

追兵这一通闹腾，将全村人都吵了起来，家家户户都亮起了灯火，不时有人推开门窗探看。

背着庚晚音的暗卫突然低喝："你在往哪儿跑？"

原来小偷带着他们兜兜转转，竟是绕了个圈子，迎头撞向了追兵！

见被识破，小偷猛地一矮身，就想开溜。

暗卫扑过去抓他。

身后火光闪烁，有人高呼："看到影子了，这边——"

暗卫道："分头。"

四名暗卫断然散开，两人护着庚晚音，剩下两人另择他路，故意往显眼的方向奔去。

暗卫抓住小偷，"喀啦"一声捏碎了他的手腕，又将他的痛呼捂了回去，狠狠道："敢耍花招，先死的一定是你，听懂了没？"

小偷浑身发抖，屈辱地点点头。

跑开的那两人引开了追兵，身后的人声逐渐稀疏。

小偷越逃越偏，最后翻进了一户人家的院落。庚晚音犹豫了一下，还是示意跟进去。

这家没有亮灯，后院一片荒芜，野草横生，不像是有人居住的样子。那小偷迅速俯身爬进半人高的野草丛里，竟然消失了身形。

暗卫放下庚晚音，跟过去看了看，转头低声道："地洞。"

三人不敢耽搁，全部爬了下去，又扯动野草遮住了入口。

这地洞极小，原本的用途未知，也有可能本就是小偷挖出来给自己藏身用的。眼下多了三个大活人，顿时拥挤得转身都困难。

那小偷一早被暗卫拿匕首架住了脖子，抵在最角落里，大气也不敢出。

过了片刻，有人声渐近。

一小队追兵搜寻到此处，胡乱翻弄起了后院。庾晚音将枪握在手中，屏住呼吸等着。

头顶有人交谈："应当不在这一块，他们都往树林追去了。"

"那村妇不是说是几个男人吗？我看又要抓错人了，这都第几个村了？"

"没准是乔装呢。"

"嘻，臭娘儿们真会逃啊。上头那位说只要抓住，死活都可以，要是落咱们手里了，不如先让兄弟们尝尝那皇……"余下几字隐去了没说，只留下一阵窃笑。

凌乱的脚步声落在他们几寸之外，又渐渐远去。

又过半晌，确认人都走远了，庾晚音绷紧的身体才一点一点松弛下来，打起了细小的摆子。

她高烧未退又折腾这一遭，只觉眼冒金星，贴着洞壁慢慢滑坐下去。

她原本还抱着最后一丝侥幸，希望来的不是端王的人。然而听完方才的对话，局势算是彻底明了了。

都城里如今是端王掌权。

夏侯澹呢？还有可能活着吗？

暗卫解了外袍披到她身上。

庾晚音道："多谢。"她抖着手裹紧外袍，"方才分开的那两位兄弟——"

"应该会借着林木遮掩，耗死一批追兵。"暗卫语声平静，"他们会在被俘之前自尽，不会给人留下线索的。"

出发时护送她的二十人，如今只剩两人。

庾晚音沉默片刻，道："是我的错。"

她留下了那五户村民，却葬送了两个暗卫的性命。

暗卫惊了一下，想找话劝慰她，庾晚音却突然问："你们都叫什么名字？"

从穿来那日开始，她一直在回避这个问题。因为按照原作，这些年轻人都是要死的。她不想知道他们的名字，仿佛只要他们保持面目模糊，她就可以少背负一份债。

暗卫道："属下是十二，他是四七。刚才走的是六五和……"

庾晚音道："真名。"

"属下没有真名。陛……"暗卫顾及小偷在一旁，临时改口，"主人说，我们领到编号的那天，他已将我们的真名刻在了墓碑上，从此前尘尽去，不得再提。"

庾晚音抱膝坐着，将脸埋入膝盖间。

这茫茫世间，有一个人能洞见她的所有痛苦。

当她踽踽独行，才发现每一步都踏在他的脚印上。那伸手不见五指的漫长前路，他已不知走出多远，以至连背影都寻不到了。

地洞里鸦雀无声，只有那碎了腕骨的小偷粗重的呼吸声。

庾晚音嗓子发紧，再次坚持道："真名。"

暗卫顿了顿，似乎是笑了一下。"属下是十二。"

一旁的四七在低声逼问那小偷逃出村庄的路线，半天问不出一句话来。他匕首一划，小偷吃痛，带着哭腔"啊啊"地叫了起来。

四七道："原来是个哑巴。"

庾晚音道："搜他的身，他刚才能逃出柴房，身上应该还藏了工具。"

窸窸窣窣一阵，四七搜出了一枚刀片，还有一条新情报："……是个女哑巴。"

# 第二十二章

# 故人重逢

她站在政权的终点与起点，在大风起处俯瞰洪
流。境随心转，因缘生灭，日升月降，江山翻
覆，全凭她一念。

林玄英率军一路杀向都城，头一日还遇到了些阻挠，被他们以摧枯
拉朽之势碾压了过去。

从第二日开始，所遇反抗消极到可以忽略不计，有些州府甚至未战
而降，大开城门任由他们过路，只求早些把这些凶神送走。

很快他们就得知了原因。都城大乱，皇帝"忽染重疾"，如今是端
王摄政。而端王宣称妖后庾晚音弑君未遂，正在四处张榜抓捕她。

与此同时，新的密信飞到了林玄英手中。

他匆匆扫完，顺手撕了。"端王又来催了，还让我们沿路盯着点，
帮他抓人。"

手下皱起眉。"奇了怪了，端王若是已经大胜，何必如此着急？"

莫非，他还遇到了什么未知的难题？

林玄英催马前行，眯了眯眼。"你们是盼着他赢，还是输？"

那年轻的手下一愣，忙道："属下只效忠于副将军一人，副将军要
杀谁，我等便杀谁。"

林玄英摇着头笑了一声，又问："都练好了？"

手下咽了口唾沫。"练好了。"

林玄英一夹马腹。"那就赶路吧。"

· · · ·

天边泛起鱼肚白时，村里已经没了追兵的动静。

十二爬出去查探了一番，回来汇报道："人都走了，但还有几个村民不死心，在四处徘徊，大约想抓我们去换悬赏吧。"

庾晚音清了清嗓子："喂，这位……姑娘。"

借着微弱的天光，她能看到那哑女小偷睁眼朝自己望了过来。

庾晚音道："沛阳离此地不远，你去过吗？"

她见此人居无定所，应当是到处流浪行窃为生，心下打起了主意。

哑女半天没动静，直到四七又举起匕首，才戒备地点了点头。

庾晚音尽量让声音显得和善。"我们要赶去那里，需得走小路避人耳目。你若能带路，自有丰厚报酬，让你从此不必再偷。怎么样？"

哑女还是没反应。

四七道："还是你想死在这里？"

庾晚音连忙唱红脸。"放下匕首，好好说话。"

两人一个威逼一个利诱，说了半天话，忽听"咕噜"一声，有人的肚子响了。

哑女："……"

她缓缓伸出手，做了个讨饭的动作。

庾晚音慈祥一笑。"咱们还有干粮吗？拿给她吃。"

· · · ·

片刻后，哑女带着他们无声无息地溜出了村庄，朝南行去。

哑女选的路线已经尽量避开了人烟，但仍有一座小镇挡在半路。庾晚音担心遇见昨夜的追兵，临时给自己和两个暗卫都变了装。她这回扮作了一个老妇。

结果镇里的阵仗比她想象中更惊人。

街道上贴满了一张张通缉令，她的画像迎风飞舞，上头还写着"狐妖转世""祸国殃民"等大字。还有几队兵马轮番巡视，为首的高呼着："见到形迹可疑的男子或女子，都来上报，重重有赏！"

哑女领着他们七弯八拐避过巡查，远远地听了几遍这高呼声，忽然回头，若有所思地瞥了庾晚音一眼。

跟在后头的十二低声道："娘娘小心此女。"

"嗯，她可能会出卖我们换赏金。"

庾晚音连续走了三天路，双脚已经磨出了水泡。身体一阵阵发冷，她自知到了强弩之末，咬牙没有声张，但步履仍是不可避免地越来越慢。

她眼望着前方。"盯紧一点，必要时杀了她。"

结果，或许是感觉到了身后的杀气，自认无法逃脱，那哑女变得异常老实，闷头乖乖带路。

即将离开镇子时，她突然从几人的眼皮子底下消失了。暗卫大惊，正要追寻，哑女竟然去而复返，却是坐在一架驴车上。

庾晚音问："……你偷的？给我用的？"

哑女翻了个白眼，打手势催促他们赶紧上车，赶紧跑路。

· · ● · ·

有暗卫盯着哑女，庾晚音终于在车厢里躺了下来，得以缓过一口气。

身体疲乏到了极点，神经却紧绷着，大脑仍在拼命运转。

端王这抓人的夸张架势，仔细一想倒有些可疑。

按理说，自己一介女流，又无兵马，又没有真的身怀龙种，短期内根本翻不了天。端王刚刚上位，理应把全副精力用于稳定都城的形势，为何反倒将这么多人马往外派，来搜捕一个微不足道的她？

除非……

那一丝行将消失的微末希望，又重新升起。

如果他在搜捕的不仅仅是自己呢？

镇中追兵喊的是"形迹可疑的男子或女子"，为何非要强调男子？是怕自己乔装打扮，还是——他们原本的目标就有男有女？

夏侯澹逃出来了吗？

这与其说是她的推测，不如说是她的祈祷。

如果还能再次站到他面前……自己第一句话会说什么呢？

想着这个问题，苦涩的平静如夜雪般缓缓飘落，将她覆盖。在这亡命路上，她奇迹般地沉睡了片刻。

· · **·** · ·

到了驴车无法通过的野地，一行人再度下车步行。

庚晚音真心实意地对哑女道了谢，又让暗卫处理了她手腕的伤。为表诚意，还提前掏了把碎银递给哑女，当作预付款。

哑女捧着钱，露出了相识以来的第一个笑。

她投桃报李，入夜又摸去沿路的农户家，偷了辆牛车。

庚晚音："……"

如此几番更换交通工具，终于在翌日傍晚有惊无险地赶到了沛阳城外。

不出所料，城门口也有守军拿着通缉令，细细盘查进城的百姓。而且这一批守军气势森然，一个个站得笔直，冷面带煞，宛如阎罗再世。

十二眼皮一跳。"那些人穿的是边军的甲衣。"

这沛阳城岂止是沦陷，俨然已经被边军全面接管了！

可是这边军占着沛阳城，为何还要开放城门，供百姓出入？难道指望用这种方式抓到通缉令上的皇后？

他正想着，就见庚晚音排入了进城的队伍。

十二："……"

他低声提醒道："娘娘，这要是进了城，被人瓮中捉鳖，咱们就真的无路可逃了。"

庚晚音道："放心吧。"

她从袖中取出一样物件。这便是夏侯澹信封中的那个小东西，被她藏了一路，此时才往头上插去。

十二问："这是……？"

"信物。"

庚晚音举步向前走去，嘱咐了一句："等下别动手。"

城门口的兵士将庚晚音从头打量到尾，挥挥手放行了。

庚晚音伛偻着身形，由十二搀着，刚走出几步，就听身后那兵士又道："站住。"

十二和四七下意识便要出手，庾晚音却沉声道："都别动。"

她缓缓转身，与那人对视。对方面带探究，庾晚音则岿然不动。

对方顿了顿，道："请随我来。"

· · · · ·

余人被留在原地，那兵士单独带走庾晚音，一路将她带到了知县府邸。

原本的知县不知躲去了何处，这富丽堂皇的府邸已经被鸠占鹊巢，由边军层层护卫起来。

书房内灯火通明。

林玄英歪坐在太师椅上读着军报，忽听门外一声通报："副将军，人找到了。"

他抬眼扫了庾晚音一眼，漫不经心道："人带进来，你们退下。"

房门合上。

林玄英丢开军报，起身走到庾晚音面前，定定地望着她做过伪装的脸。

庾晚音笑了笑，抬手取下了头上摇晃的东西，递给他看。

——一枚银簪，雕成飞鸟振翅的样子，末端垂落下来的却不是穗子，而是两根长长的云雀羽毛。

林玄英的眼眶瞬间红了。

庾晚音道："……阿白，别来无恙？"

眼前这个人与她记忆中的"阿白"有微妙的不同，虽然脸还是那张脸，却像是忽然卸去了少年的伪装，露出了青年的样貌。

他的眼瞳依旧如故，越是在暗处越是亮得惊人，像淬过火的琉璃。只是配上这一身装扮，那双清洌的眼睛就无端带上了几分凌厉。

庾晚音一时拿不准该用什么语气与对方说话。

夏侯澹在信中告诉她沛阳有援军，但或许是担心信件被截获，并未直言阿白的身份。她拿到发簪时就猜测阿白应该是混在军中，但没想到这家伙摇身一变，竟成了带队的老大。

　　说好的江湖少侠呢？初见时那一身肆意妄为、无法无天的气质，难道还能伪装出来不成？

　　夏侯澹完全清楚他的底细吗？自己能完全信任他吗？就算他是友非敌，这满满一城将士呢？

　　她刚想到此处，林玄英就一把握住了她的肩。"活着就好，活着就好……"

　　庾晚音穿越以来还从未如此狼狈过，身上都沤出味儿了。林玄英却像是浑然不觉，那熟稔的语气又与阿白一般无二了。

　　庾晚音愣愣地瞧着他，一瞬间回想起了冷宫后院里的流萤和西瓜。无数疑问同时涌向喉头，一时竟哽住了。

　　林玄英却根本不给她机会，按了按她的脉，眉头紧锁。"你病了？"

　　"不碍事。"

　　"不行，这样要落下病根的。"林玄英不由分说转身唤人。

　　军中没有侍女，来了几个兵士，被林玄英打发去烧水煮药。片刻后他们将庾晚音带到一间备了浴桶的客房，略行一礼便低头离开了，全程未曾朝她打量一眼。

　　这分明是一支纪律森严的队伍。

　　话又说回来，不管来者是谁，此时若想要她的命，根本无须费这么大周章。

　　庾晚音顾不得其他，转身锁上房门，默默泡了个药浴，洗去了一身的泥垢与血污。

　　浴桶边放着一套干净的男装。她换上衣服，正要四下勘察一番环境，就响起了敲门声。

　　林玄英只身站在门外，手中端着一碗药。"快去被窝里坐好。"

　　他自己坐到床沿，舀起一勺药汁吹了吹。"自己喝还是我喂你？"

　　庾晚音想了想，接过去仰头一口闷了。"多谢林将军。"

　　林玄英一顿，苦笑了一下。"我想着不搞清楚情况，你一定不肯睡。来吧，你问，我答。"

　　庾晚音："……"

　　既然他开门见山，庾晚音也就单刀直入了。"你是林将军，还是阿白？"

方才泡澡的时候，她心中忽然想到一个新的可能性：真正的林玄英已经被处理了，眼下是阿白在假扮他。这就可以解释他突兀转换的身份。

却听对方道："我是林玄英。"

见庾晚音满脸不解，他咧嘴笑出一口白牙。"玄英即墨黑，阿白是师父给我取的诨名。你看我的肤色，你觉得我爹娘跟我师父谁更缺德？"

庾晚音更迷惑了。"这么说来，你确实是江湖出身？但你刚刚出师，怎么就当上了副将军？"

林玄英咳了一声，眼神飘忽了一下。"这个嘛……"

就在这两秒间，庾晚音自己想明白了。"哦，因为你并不是刚刚出师。"

这一刻，庾晚音回忆起了很多事。

阿白第一次出现在她面前，正是尤将军回朝述职时。

阿白对燕国与羌国了如指掌。

阿白当时就对她说过："我知道好多东西呢，我还杀过……"却被夏侯澹打断了。

阿白曾经提议将汪昭塞进右军，由自己护送他出使燕国。但夏侯澹拒绝了，只让他留在岗位上。尽管如此，最后汪昭仍是取道西南离开的。

阿白陪他们演完一场戏，又在尤将军离开都城的同时匆匆消失，只说陛下布置了别的任务——当时她还疑惑过夏侯澹为何如此信任他。

她有种恍然大悟之感。"我们的初见，其实不是你与陛下的初见吧？你们认识多久了？"

林玄英挠挠头。"这就涉及一些不能说的隐情了。"

"如果你指的是陛下的过往的话，他留了一封信，都告诉我了。"

林玄英诧异地睁大眼。"他居然告诉你了？他一直千方百计瞒着你，就怕吓跑了你。"

提到夏侯澹，两个人神情都有些沉重。

　　林玄英眯着眼睛回想了一下。"五年前——现在是六年前了吧，家师无名客起了一个天卦，算出有异世之子到来，将改变国运。他本想亲自出山辅佐，但那一卦窥破天机，使他元气大伤，不得不闭关休养。于是他派我出师，找到了陛下。

　　"陛下当时说，他在宫中已经培养了一批忠于自己的暗卫，我护在他左右的意义不大。但他急需掌握兵力，否则手中没有底牌，无论如何周旋都弄不倒朝中的敌人。"

　　林玄英就此混入了右军。

　　之所以在三军中选择右军，一是因为右军与端王关系最远，二是因为领头的尤将军最为草包，根本无力管控军队。如此一来，他们的小动作也不容易引起端王的警觉。

　　想要真正掌控数万兵马，仅靠一枚兵符是做不到的，武力值与威望缺一不可。

　　这事急不来，只能花费数年徐徐图之。

　　好在林玄英原本就身手高强，经过一场又一场大大小小的战役，逐渐崭露头角，凭实力收服了人心。他与夏侯澹一明一暗，用尽手段，在各方势力的眼皮子底下架空了尤将军，成了右军实际上的领导者。

　　"到去年，我们准备得差不多了，打算将整个右军肃清一遍，然后就开战。虽然依旧没有必胜的把握，但出其不意，攻其不备，就算死了，至少也能一波带走太后和端王——这是陛下的原话。但就在那时，"林玄英笑了笑，"你出现了。"

　　· · ● · ·

　　林玄英第一次听说庾晚音，还是出师之前。无名客算出夏侯澹的同时，也算出还会有另一个异世之人即将到来，只是不知在何时何地。这两人之间有许多因果缠绕，至于是良缘还是孽缘，却似雾里看花，无从勘破。

　　后来他问过夏侯澹此事。夏侯澹仿佛突然想起似的，轻描淡写道："说起来是有这么个人。"

　　林玄英道："……这么大的事，你怎么一副差点忘了的样子？"

那少年君主低着头，似乎是嘀咕了一句："怕是不会来了吧。"

之后的几年间，他们再也没有提起这一茬。

就在林玄英自己都快要忘记时，夏侯澹的密信里忽然多了一个名字。

虽然同为异世之魂，这个神秘的庾妃却与夏侯澹截然不同。

他们原本的计划一言以蔽之，就是玉石俱焚。而她却一上来就要布很大的局、绕很多的弯子，只为精打细算，牺牲最少的人。贩夫走卒、布衣黔首的每一条性命，对她来说都金贵得很。

林玄英很是抵触。

这种不食人间烟火的善男信女，他可见多了。沙场上一将功成万骨枯，若都像这般婆婆妈妈，早就死八百回了。而且局势瞬息万变，如此拖下去，恐怕连最后的胜算都会成为泡影。

但夏侯澹对她的天真梦想照单全收，废掉了己方已有的计划，命林玄英退而蛰伏。

有那么几天，林玄英在认真考虑撂挑子。

后来林玄英回了一趟都城，终于见到了庾晚音本尊。

他理解了她，却也看轻了她。

她当时乔装成布衣，卸去了妖妃妆容，站在常年黑雾缭绕的夏侯澹旁边，那么轻盈，那么美。像一只小小的云雀，身陷在狂风暴雨里。

她明显不属于那座深宫，而应该泛舟天地之间，当一个了无牵挂的江湖儿女。

林玄英去劝说夏侯澹放她自由时，想过对方或许会暴怒，会拒绝。结果夏侯澹的回答超出了他的认知。

"她有她的抱负。"

再后来的发展更是颠覆了他的想象。

庾晚音那个发梦似的计划一步步地成功了。

都城里神仙打架，几轮翻覆；都城之外四海波静，天下太平。在边陲之地的传说中，皇帝是突然得了天道眷顾，不费吹灰之力地化解了战事与灾祸。

谁又能猜到这天道姓庾？

• • • • •

庾晚音听到此处，心底一个巨大的疑团终于解开了。

庾晚音道："跟图尔和谈前夕，陛下还说会借兵给他除去燕王。我一直没明白他哪儿来的兵出借！他说是阿白，我还傻不愣登地问他，阿白单枪匹马怎么能行。"

林玄英忍不住笑了。"那确实不行。我借了一批精锐兵马给图尔，为免引起注意，数量其实不多。好在图尔争气，一回燕国就接应上了自己的人。"

他百感交集地看着她，语声中有几分不为人知的伤怀。"我错看了你，陛下却没有。你刚来时他就说过，你当然是这样的人，因为在你们的来处，每条命都是命。"

庾晚音许久没出声。

她刚刚读完那封信时也曾想过，夏侯澹在那漫长而不见天日的岁月里，多半是已经放弃了吧。所以自己穿来时，才会见到这样一个百孔千疮的世界，以及一个与暴君无限接近的他。

原来不是的。

如果他没有惨淡经营出林玄英这张强大的底牌，自己即便手握剧本，也只能处处受制、举步维艰，最初的设想都会成为镜花水月。

她几乎无法想象，一个开局就身中剧毒的初中生是如何撑下来的。恐怕他自己并不想弄清楚，活下来的这个玩意儿究竟是人是鬼。恐怕在她到来之后，每一次关于过往、关于身份、关于纸片人的对话，都是万箭穿心。

尽管如此，他几乎是刚打一个照面，就将一切押给了她。

庾晚音一开口才发现自己的声音有些颤抖。"有他的消息吗？"

林玄英摇摇头。"我们约定过，如果他活着出来，就在沛阳会合。我一路赶来接管了此地，就是为了等你们，结果只等到了你。端王那厮倒是宣称皇帝忽染重疾，在宫内养病，但真假未知。都城里现在没有任何消息，我的探子还在找门路。"

他站起身，拍了拍庾晚音。"睡吧，我去安置你带来的那三个人。

明日一早，给你看个好东西。"

庾晚音不解道："……啥？"

林玄英已经关门走了。

．．●．．

也不知林玄英是不是故意留了个悬念，吊得庾晚音辗转反侧，却也使她的情绪不至于跌入深渊，最终迷迷糊糊睡去时，心里还对他口中的"好东西"留了一线希望。

天亮之前她又自动惊醒过来，一瞬间以为还在逃亡途中，猛地翻身坐起，对着客房华丽的挂画发呆。

门外有两个护卫在值岗，待她自己更衣梳洗后，才敲门送入了早膳。

庾晚音食不知味。"可否向林将军通报一声？"

"我来了。"林玄英一屁股坐到她对面。

庾晚音道："你要给我看的是……？"

林玄英乐在其中地摇摇头。"不着急，把粥喝完再走。你现在可不能病倒……"

庾晚音端起粥碗，一口闷了。

林玄英："……"

．．●．．

林玄英带着她走到知县府的书房，停步转身，先将她请进了门。

庾晚音一脚迈入，数道探究的目光登时从半空中投射下来。

里面已经站着四五名魁梧将士，一个个身长八尺，看着就是能一拳打穿城墙的苗子。

庾晚音："……"

林玄英跟在她身后，反手合上门，忽然神情一肃，单膝跪地行礼道："臣护驾来迟，请皇后娘娘恕罪！"

巨人们反应了半秒，忙跟着跪了一地，齐声复读："请娘娘恕罪！"

庾晚音："……"

她知道林玄英此举意在替自己确立地位，所以一脸淡然地受了这一跪，这才不疾不徐道："诸位快快请起，千里救驾，何罪之有？"

林玄英这才起身，仍是一本正经。"启禀娘娘，属下出兵前耽搁了一些时日，乃是因为奉陛下之命，秘密赶制了一批武器。"

庾晚音心头突地一跳。

林玄英挥挥手，指挥着两个将士抬来一口沉重的木箱，示意她查看。

是枪。

满满一箱的枪。

庾晚音在心中飞快评估着杀伤力。"这一批……那什么……"

"九天玄火连发袖中弩。"林玄英喜庆地提醒。

"九天玄火连发袖中弩，总共有多少支？"

抬箱的巨人道："禀娘娘，共计千支，此外还有弹药数十箱。"

庾晚音傻了。

林玄英在旁道："图纸是陛下送来的，为防被人半路截取，拆成了无数机关部件，分了十余次才全部送到。我们又找最好的工匠，几经失败才造出第一支。这袖中弩得来万分不易，但战力空前绝后，即使与其他两军数万兵马正面相抗，也必然摧枯拉朽，不俟血刃。"

后一句解说对庾晚音来说毫无必要。身为现代人，她怎会不知道热兵器在这个世界的杀伤力？更何况，敌方对此还一无所知，无论从装备上还是战术上都毫无防备——几乎等同于几万个站着任扫的靶子。

林玄英指了指桌上的沙盘，慷慨激昂道："大军今日开拔，可在都城外五百里的高地截下左、中两军。娘娘，臣奉陛下之命哑忍数载，枕戈饮胆，只待今日必胜之机。端王谋逆作乱，两军为虎作伥，只消娘娘一声令下，我等当为天下诛之！"

"当为天下诛之！"巨人复读。

庾晚音吸了口气，平复了一下剧烈的心跳。

前一天她还在狼狈奔命，即使遇到林玄英，也只当是暂缓一口气，还要进行一番艰苦卓绝的斗争。谁又能想到一夜过去，他们距离胜利就只有一步之遥了？

然而……

"林将军，借一步说话。"

她将林玄英拉到书房一角的书柜后面。"陛下如今还下落不明，如果贸然开战，他却真的落在端王手里，我们又当如何？"

林玄英沉默了一下，似乎早料到她有此一问，从袖中抽出一卷文书递给她。"这是我出发之前，他寄来的最后一道密旨。"

庾晚音飞快地扫了一遍，随即像被刺痛双目般闭了闭眼。

这与其说是密旨，不如说是一封遗诏。

写得非常简短，一共只有两段。第一段命太子克承大统，封庾晚音为太后，又点了几个信任的臣子佐理政务。

第二段更是只有一句话："逆贼夏侯泊，直诛勿虑，当以天下为先，勿论朕之生死。"

翻译过来就是：杀他就行，不用管我死活。

林玄英道："他自知命不久矣，不想在最后成为你的累赘，也不想在敌营受辱。但他也知道我们不可能真的弃他于不顾，所以一早说了，如果不幸被端王抓住，他会找机会同归于尽；如果连同归于尽都做不到，他会……自我了断。"

庾晚音难以置信地瞪着他，一时间血液上涌，像一只应激炸毛的动物。"所以，你就顺理成章地放弃他了？"

"当然不是！我还在派人四处找他！"

"那先找到他再动兵啊！"

林玄英沉默了一下。"你也知道时间来不及的。叛军都在夜以继日朝都城赶，看端王这架势是打算直接登基。他还在四处搜捕你，很快就会查到你在我这里。一旦提前暴露，我们就无法攻其不备了。"

"……"

林玄英道："陛下留下这道密旨，就是逼我们顾全大局，抓紧行动。"他语气冷静，"其实，为了在都城之外截停叛军，我们的先锋军刚才已经开拔出城了。"

庾晚音胸膛起伏，仍旧紧盯着林玄英。

她从未真正了解过他。昨日之前，她连他的真名都不知道。此人如今手握重兵，还有大规模杀伤性武器，甚至还有一道圣旨作保。只要他想，世上一切权力唾手可得。

——只要他想。

林玄英从眼神里猜出她心中转的念头，面色沉了下去。"不管你信不信，我对这一切根本不感兴趣。我之所以在此，是因为师父命我辅佐陛下，而陛下命我听令于你。"

他一字一句道："你还不明白吗？是他要为你扫除一切障碍，要保你荣登高位，百岁无忧。他自己没做到的事，他相信你都能做到。至于一切平定之后，是端开太子文治武功，还是拂衣而去游戏人间，都随你高兴。"

庾晚音问："最后一句是他说的还是你加的？"

林玄英："……"

林玄英道："是我加的。"

知县府里一片死寂。

无人出声时，隐隐的震动从脚下传来。城中的大部队出动了。

庾晚音与林玄英对峙的当口，一旁的将士等不住了，走来低声问："将军，是否先将这些袖中弩分发给大军，下令备战？"

林玄英站在书柜阴影中，没有答话，挑眉看着庾晚音。

于是书房内所有人都看向庾晚音。

无形的潮水席卷而来，将她推向高处。她张了张口，数万人的生死挂在她唇齿之间。这一次不是演习，也没有失败的机会。

她站在政权的终点与起点，在大风起处俯瞰洪流。境随心转，因缘生灭，日升月降，江山翻覆，全凭她一念。

而她的身前已无一人挡着。

此即至高，无上。

她无法自控地一阵战栗，忽然感到前所未有的敬畏，也感到前所未有的孤独。

庾晚音在这一刻忽然领会了"孤家寡人"的意思。或许每一个走到最高处的人，都曾路过这个拐点。或背离，或舍弃，撒开一双紧握的手，投身于一片浩瀚的虚无。

可为什么是自己？为什么偏偏是她这么一个又懒又弱、平生乐趣只是挤在地铁上看点小说的社畜，掉进了这个世界，站到了这个位置？

面前这道题，本该由圣贤垂问，由千古豪雄作答。现在老天爷却硬是把答题板塞到了她手中。

既然非要问她……

庾晚音突兀地笑了笑。

那她的答案是：她全都要。

"林将军，"庾晚音道，"陛下命你听令于本宫，对吗？"

林玄英和巨人们都是一顿。

庾晚音既然当众逼他表示效忠，就意味着她即将给出的命令，他们多半不爱听。

林玄英低头与她对视着。与初遇时那个养尊处优的宠妃相比，此刻的她苍白消瘦，眼下有淡淡的绀青色晕影。

匪夷所思的是，这却反衬得她的五官更明艳了。上扬的眉峰，猩红的眼角，唇边似有若无的弧度，既妩媚，又威严。

仿佛过了许久，他跪地道："愿为娘娘效犬马之劳。"

第二十三章

# 黎明前的至暗寒夜

他不介意死在黎明前的黑暗里，但若有机会走
入灿烂骄阳下，谁又会拒绝呢？

皇宫大殿。

满朝文武噤若寒蝉，只有胆子大的才敢惊异地抬眼瞟一下。

夏侯泊的轮椅停在空荡荡的龙椅旁边。他歪坐其上，垂眼看着众人。"陛下被妖后所害，沉疴难起，只得命本王代理朝政。诸位可有事要奏？"

他现在的样子实在可怖，半颗脑袋都缠着纱布——北舟那一枪不仅崩掉了他的一边耳朵，也毁了周围的皮肤，破相是肯定的了。

更严重的是那两条绑成了粽子的腿。那天在邺山脚下许多人都瞧见了，他的双腿被落下的巨石砸了个结结实实，拖出来的时候形状都变了，不知骨头碎成了多少节。

为了保住这两条腿，太医院的老头子已经换了三拨，目前看来希望仍是渺茫。而且，粗通医理的臣子心中都在犯嘀咕：这么严重的伤，是有可能引发脓毒血症而身亡的。

即便如此，他顶着惨白的脸色和盈额的冷汗，居然还要坚持上朝。

这男人的权欲简直大到了疯狂的程度。

也可能他本就是个隐藏的疯子，比夏侯澹还疯。

但即使是心中清楚他谋权篡位的臣子，也只敢低着脑袋不吭声——大殿之外，他那支叛军还在四处巡逻，镇压一切胆敢反抗的力量。更何况在都城之外，还有三支大军正在赶来。

这个人执掌大权是迟早的事，何必平白搭上自己一条命呢？

夏侯泊又催问了一遍，几个老臣战战兢兢地上前，报了些无关痛痒的地方小事。

未等他开口，忽然有人朗声道："臣有本要奏。"

李云锡昂首阔步走出了队列。

当日邙山脚下，边军刚刚撑起巨石，将双腿被砸烂的端王拖走，大地就突然开始震荡。

地动山摇，土石迸裂，即使是最训练有素的将士也摔得东倒西歪，全场几乎无人站立。

在那一片混乱中，山上的李云锡等人却奇迹般保住了性命。追杀他们的兵士被震了下去，他们几个却牢牢抓着树根躲过一劫。

待他们连滚带爬地逃下山，夏侯澹和夏侯泊都已经不见了。只能看到数驾马车在叛军护送下，朝着皇宫的方向匆匆远去。

也正因此，众臣心中始终有个疑问。

而李云锡将它问了出来："敢问端王殿下，臣等何时可以面圣？"

殿上的夏侯泊垂眸望向李云锡，眼中一片阴冷。

然而李云锡当初不怕夏侯澹，此时更不会怕他，甚至宛如站到了舞台中央，一脸英勇无畏地回望过去。

对视几秒，夏侯泊似乎是想露出一个微笑，结果只牵动了半边脸的肌肉，笑得分外狰狞。"本王刚刚说了，陛下重病，需要静养。而且妖后还流窜在外，谁也不知道她会使什么妖法祸乱朝纲，宫中近日还是防备周全些为好。因此，本王不敢让可疑人等面圣。"

他将"可疑"二字咬得很重，目光阴恻恻地扫过几名大臣。

当日邙山兵变，文武百官慌乱之中，都下意识地朝各自选择的阵营逃去。也正因此，不少隐藏的拥皇党都暴露在了端王眼中。

此时这些人被他一一扫过，顿时一阵战栗，将头埋得更低，心中叫苦不迭。

谁叫他们押错了宝呢？

夏侯泊收回目光，慢悠悠道："本王倒是有些好奇，李大人究竟有何要事，非要在此时打扰陛下？"

　　话都说到这份儿上了，显然李云锡若是再轴下去，一个"妖后党羽"的罪名便要扣下来了。

　　李云锡仰头直面着端王。"臣以为——"

　　"臣以为当日邙山之变甚为蹊跷，尚有许多疑点未明，需禀告陛下。"

　　杨铎捷缓缓走到李云锡身侧与之并列。"单凭区区一个刺客的一面之词，便要给一国之后定罪吗？"

　　"说得对呀，"尔岚紧随其后，"庾少卿贵为国丈，未经审理就关押入狱，不知循的是何律法？"

　　"放肆！"有端王党叫嚣开了，"殿下，这几人无事生非，居心叵测，应当拿下彻查！"

　　夏侯泊眯了眯眼，对着侍卫抬起手。

　　"金大人此言差矣！"

　　一个年轻官员突然大步走了出来，"李大人求见陛下，乃是因为此等机要之事，确需陛下亲自定夺。却不知金大人口中的无事生非是何意？"

　　这人正是邙山下暴露的拥皇党之一。

　　他这一牵头，余下的拥皇党面面相觑，都有些蠢蠢欲动。

　　方才他们瞧见端王眼中的凶光时就多少领悟了，现在想明哲保身已经晚了。就算当一时缩头乌龟，以端王缜密多疑的性子，自己此生断无出头之日。

　　与其坐以待毙，不如放手一搏。

　　到这关头，众人难免也被激起了一丝血性。一个篡位的如此嚣张，还有没有天理了！

　　一个接着一个，二十余人站了出来，与端王党针锋相对。还有一些虽未开口，却也终于抬起了脑袋，直视着端王。

　　无数目光同时射向他，一时竟气势迫人。

　　夏侯泊心中恨意滔天。

　　他可以杀一个，也可以杀两个，但在都城里的反抗势力尚未完全清缴时，他承受不起杀死数十名重臣的后果。

必须咬牙忍几天，等三军到了，就再无后顾之忧。

他深吸一口气，温声道："今日晚些时候，待陛下龙体恢复些许，自然会召见诸位。下朝。"

话音刚落，便抬手示意宫人将自己推走，背影很有些落荒而逃的意味。

· · · · ·

李云锡等人自然不会被这句模棱两可的说辞搪塞过去。

下朝之后，他们带着一群年轻官员，直接到夏侯澹的寝宫门前跪成了一片。

侍卫上前想要驱赶，他却一脸浩然之气。"我等只是跪在此地为陛下祈福，等待他召见。"

这些都是手无缚鸡之力的文臣，打的又是为皇帝祈福的名号。侍卫不敢擅自动粗，只好去请示端王。

也不知夏侯泊吩咐了什么，没人再来驱赶，任由他们在寒风中自行跪着。

到了下午，文臣们东倒西歪，就连身体最强健的李云锡都冻得打起了摆子。身旁的尔岚面色铁青，已是摇摇欲坠了。

李云锡勉强抬头瞧了瞧依旧紧闭的寝宫大门，开始思索是强闯一次试试看，还是先打道回府，明日早朝再以死相逼。

就在此时，寝宫的门突然打开，一名宫女飞奔出来，顺着回廊跑远了。

李云锡眯眼看着，心中涌起不妙的预感。

不一会儿，宫女带着蹒跚的老太医匆匆赶回。侍卫随即又关紧大门，挡去了他们窥探的目光。

又过片刻，夏侯泊亲自来了，他面色冷肃，由人推着进了门。

李云锡等人已经站起身来，追过去叫了一声，他充耳不闻。

李云锡转向侍卫道："让我们进去。"

侍卫道："属下有令在身，不得放行。"

杨铎捷哆哆嗦嗦拉开李云锡，上前与侍卫交涉。还没说两句话，门内传出一声尖锐的悲号。

李云锡等人越过一群哭哭啼啼的宫女，趁乱挤进里间摸到了榻前。

太医跪着，端王坐着。床榻上躺着的人面色青白，死不瞑目。

李云锡犹不死心，将他的脸仔细打量了三回，脑中"轰"的一声，只知道自己跪了下来，心中却一片茫然。

怎么可能真是夏侯澹呢？

夏侯澹怎么就……这么无声无息、孤苦伶仃地死了呢？

这不该是他，也不该是他的死法。

端王歪坐在轮椅上，吃力地倾身握住夏侯澹的手，满脸写着悲痛万分。"陛下放心，臣定会好好抚养小太子。"

李云锡口中泛起一股血腥味儿，是后槽牙咬出了血来。他猛然抬头，恶狠狠地瞪向端王。

夏侯泊犹如未觉，抬起袖子优雅地拭了拭眼眶，未毁的那半张脸仍是一派温文尔雅。"如今多事之秋，更不可一日无君，尽快准备太子的登基大典吧。来人——"

"是！"窗外有人齐声相应，气势惊人。

夏侯泊的目光掠过李云锡，又轻飘飘地投远了。"送各位大人回府暂歇，准备守丧。"

· · ● · ·

当——当——

低沉的丧钟声飘出了都城，在铅灰的天幕下回荡不绝。

林玄英是在马背上接到这个消息的。天子驾崩的消息不可能压得住，整个队伍里一片哗然。

他愣怔了数息，倏然回过神来，飞快地扭头去看身后——庾晚音正扮作他的贴身侍卫，跟在他身后行军。

她被盔甲遮住了大半张脸，看不出表情。

林玄英收了收缰绳，放缓速度与她并驾而行，却头一次踌躇着不知怎么开口。最后他只是干巴巴地低声问："你觉得如何？"

庾晚音道："是好消息。"

林玄英："？"

他颇有些胆战心惊地看向庾晚音。

庾晚音的声音毫无波澜。"如果尸体是真的，端王手上已经没有牵制我们的筹码了。如果尸体是假的，说明他并未找到陛下，那他的手里也没有筹码。无论哪种情况，我们都可以继续推进计划了。"

林玄英努力理清思绪。"那有没有可能，尸体是假的，但陛下还在端王手中，扣着当作底牌？"

"不可能。"庾晚音冷静摇头，"如今天下皆知陛下已崩，消息还是他放出的，到时候他再变出一个陛下，谁又会认？"

林玄英大骇。"你不会认吗？"

"我会。但端王不信我会。他自己天生冷情冷性，便坚信世人皆如此，他不会拿人性冒险的。这一点，我在制定计划时就想明白了。"

庾晚音的计划，说来其实简单粗暴：端王急于见到三方援军，迟早是要与三军首领密会的。林玄英只需隐忍到那时，再当场拔枪杀了所有人，首领集体暴毙，余下的自然会树倒猢狲散。

如果其余两军到那时还贼心不死，再由右军屠了他们也不迟。

林玄英原本想在端王起疑之前就大动干戈，无非是习惯了冷兵器时代的思维模式，没有考虑过压倒性的杀伤力，让他们在战术上有无限的自由。

端王起疑又如何？设下再多防备又如何？除非他研发出防弹衣，否则一切都是徒劳。

按照这个计划，如果能擒贼先擒王，便可将伤亡降到最低。同时将行动延后，也就有了更多时间搜寻夏侯澹的下落，确保不会将他置于险境。

只是，都城传来的这"好消息"……

林玄英担忧地瞥了身旁一眼。

庾晚音表现得过于冷静了，冷静到反常的程度。

他正想开口再仔细讨论一下尸体的真假，就听她道："既然陛下不在端王手上，还是要抓紧时间找到他。"

林玄英："……"

她这是彻底拒绝讨论尸体为真的可能性了。

庾晚音不仅拒绝讨论，也拒绝朝那个方向思考。

一旦开启那扇阀门，她的思绪就会立即停滞，手脚也瞬间不听使唤。

冥冥中仿佛有一道声音逼迫着她：别停下来，别想他，继续向前走。

她知道自己全凭一口气撑着。她不能让这口气断在这里，因为她还有必须完成的事情。

· · · · ·

行军一日后，大军安营扎寨。

林玄英为庾晚音指了一间单独的帐篷，仍旧由十二和四七负责守卫。她还多了一个小跟班——进沛阳城之后，她本想付清哑女的佣金就与之作别，却没想到哑女的眼珠转了几转，比比画画地表示自己想要留下干活。

偷东西太辛苦，她不想努力了。

庾晚音犹豫了一下，想到这一路上哑女本有无数次机会将自己交给追兵，却始终没有出卖自己，似乎本性并不恶劣。加上自己一个女子跟在军中，确实有诸多不便，于是权且将她收为了侍女。

哑女生性机灵，动作也麻利。两名暗卫刚支起帐篷，她就已经替庾晚音铺好了被褥，甚至弄来了一个汤婆子，灌上热水递给庾晚音，示意她抱着保暖。

庾晚音风寒未愈，将温暖的汤婆子抱在怀里舒了口气，决定暂时不追问她是从哪里弄来的。

· · · · ·

庾晚音原以为自己会彻夜难眠，结果多亏了身体的疲惫，昏昏沉沉地失去了意识。

睡到半夜，忽然被人推醒。

哑女蹲在她身前，点着一支火折子，面色警惕，打手势示意她仔细听。

庾晚音强迫自己清醒过来，只能听见帐篷外风雪呼啸。

庾晚音道："怎么了……"

话音未落，她微微一顿。风雪中似乎还有别的异动，是一阵嘈杂的人声。然而没等她仔细分辨，那嘈杂声却又戛然而止。

庾晚音推开被褥，从哑女手中接过火折子。

如果出了什么乱子，为何林玄英不派人通知她，就连十二和四七也没有示警？

她心中起疑，吹灭了火折子。

为了避嫌，帐篷中间被一道布帘隔开，两个暗卫在另一侧守夜。

庾晚音蹑手蹑脚地走去掀开布帘。果然，外面两个暗卫都不知所终。

她又掀开门帘，在扑面而来的风雪中眯眼朝外望去。

营地里此时一片安静，不像是遇袭的样子。不远处，林玄英的主帅帐篷里却透出摇曳的灯光。

庾晚音尚未摸到主帅帐篷门口，那门帘却被人一把掀开。林玄英大步走了出来，一边还回头冲着身后说话："你等着，我现在就去问——娘娘！"他险些撞到庾晚音，仗着身手灵活才及时避开，"……你怎么醒了？"

庾晚音道："我在寻我的暗卫。"

林玄英愣了愣。"他们不见了？别急，我派人去寻。外面冷，进来说话吧。"

林玄英给她寻了张毯子。"坐。怎么穿这么少就跑出来了？来喝点热茶……"

说是要派人去寻暗卫，却半天不见他有动作。

庾晚音探究地看了他一眼，没碰那杯热茶，目光却不动声色地在帐篷里转了一圈。主帅帐篷中也挂起了一道布帘，隔开了另外半边空间。不知道其后是那些枪支弹药，还是别的什么。

林玄英与她相对而坐，似乎有些出神，自顾自地喝了口茶。"晚音，我还想再问你一遍。"

这是重逢以来，他第一次对她直呼其名。

林玄英神情严肃。"咱们马上就要到都城了，到那时，就没有回头路了。如果你想离开，这就是最后的机会。我送你到安全的地方，你可以有自己的人生……你本不必担负这一切。"

他的眼睛远远亮过这一星烛火，目光灼灼地望着她。

然而这一问放在这一幕，实在有些不合时宜。庾晚音脑子里想的全是：他刚才在对谁说话？暗卫去哪儿了？

"我不担负……"她笑了笑，"谁来担负呢？你吗？"

林玄英的目光黯淡了几分。"我说过我毫无兴趣。"

"那是谁呢？"

林玄英："……"

庾晚音本是随口一问，看见他平静的面色，却忽然顿住了。

"那是谁呢？"她又问了一遍，"这里还有别的主事之人吗？"

林玄英眨眨眼，目光轻飘飘地转向另一侧。

庾晚音猛然起身，动作太快，险些带倒一旁的灯烛。

林玄英似乎想扶她一把，她却已经踉跄着走到那张帘布前，一把扯开了它。

夏侯澹对她笑了笑。"好久不见。"

昏暗烛光下，他围了狐裘，拥炉而坐，脸上却无半点血色，显出几分鬼似的青白。帘布掀起的风吹得灯影摇摇晃晃，他半身隐在浓重黑影中，长发披散，身周的戾气如墨水般洇开。

庾晚音问："……你去了哪里？"

夏侯澹平静道："正如刚才阿白所说，如果你想离开的话，现在就是最后的机会。"

庾晚音又上前一步，鼻端闻到了淡淡的血腥味儿。"路上发生了什么事？北叔呢？"

夏侯澹充耳不闻。"你读过信了吗？"

庾晚音陡然间心头一烫，竟是怒火中烧。"闭嘴，回答我的问题！"

"看来是读过了。既然全都知道了，你可以好好考虑一下再做选择……"

"啪"，庾晚音抽了他一耳光。

夏侯澹整个脑袋偏向一边，半天没动静。

庾晚音胸口起伏。"所以，你回来了，但是躲着不来找我，却派阿白去打发我。"

林玄英："……"

林玄英从帘布后探出半个脑袋。"那我回避一下。"

帐中两人谁也没理他。

林玄英默默走了。

庾晚音声音渐冷："你是真的觉得这种时候，我会甩袖子走人？"

夏侯澹终于动了动，缓缓回过头来望着她，眸光微闪，虚弱道："从……从来没有女人敢打朕。"

庾晚音："？"

庾晚音气不打一处来，又扬起手来。

夏侯澹脑袋一缩，锲而不舍地说完了："你引起了朕的注意。"

庾晚音一腔怒火正鼓胀着，忽然如同被针扎破的气球，半天不知道该摆出什么表情。

倒是夏侯澹眼中多了一丝笑意，伸手去拉她的袖摆。"消消气。"

庾晚音甩开了他的手。

夏侯澹望着她。

庾晚音双手抓住他的狐裘衣领，一把扯了下来，又去脱他的中衣。

夏侯澹躲了躲。"久别重逢这么热情吗……"

庾晚音根本不搭理他的插科打诨，三两下扯下他的衣襟，露出了底下的肌肤。同时她也明白了那淡淡血腥味儿的由来。

夏侯澹身上没有武器造成的伤口，只有一块块青紫的淤痕与纵横遍布全身的抓痕，一眼望去皮开肉绽，血痂连着血痂，还有尚未痊愈的口子还在缓缓渗着血水。

庾晚音又抓起他的手腕，撩开袖子看了看，不出所料看见了血迹斑斑的牙印。

她像被灼伤眼睛般偏了偏头，咬牙问："你在路上发病了？"

夏侯澹道："嗯。"

也正因此，他没能按照约定及时赶到沛阳。

· · · ● · ·

当时在邶山脚下，趁着地震大乱时，身负重伤的北舟背着他，与一群暗卫一道杀出了重围。

甩脱追兵后，北舟却半路停下脚步，将夏侯澹交给暗卫，又深深望了他一眼，就脱队独自走向了另一条岔道。

他没有留下一句话，所以夏侯澹也不知道他是担心拖慢众人的速度，还是得知自己真实身份后，选择了分道扬镳。

后来，靠着一群暗卫舍命相护，他们又几次虎口脱险。眼见着沛阳在望，夏侯澹却突然毒发。

这一次发作来势汹汹，更甚从前。夏侯澹只撑了一炷香的时间，就失去了神志。后来在剧痛与癫狂中做了些什么，他自己浑然不知。

暗卫起初不敢绑他，后来实在拦不住他伤害自己，又怕动静太大引来追兵，才不得不将他五花大绑，藏了起来。

等他从昏迷中醒来，已经过了两天两夜。而这时，林玄英已经率军开拔，离开沛阳了。

夏侯澹派人与林玄英联系，确认了庾晚音安好。但他自己的状态过于虚弱，此时亮相于右军面前，反而会动摇军心。因此一直等到入夜，才由林玄英的心腹接来军营。

"我本想先偷偷看你一眼……哑。"夏侯澹停下话头吸了口凉气，"轻点。"

庾晚音正为他重新上药，闻言下意识指尖一颤。"很疼？"

问完才蓦地反应过来——这厮头疼欲裂了十几年了，会为这点小伤吸凉气？

偏偏夏侯澹抿了抿嘴，大言不惭道："有点，要不你吹一下。"

庾晚音忍无可忍，安静几秒后直视着他问："你是故意的吧？"

"嗯？"

"故意惹我生气，又故意让我自行发觉你的伤？"

夏侯澹道："是的。"

庾晚音垂下眼帘为他上药，又取来炉火边烘暖的衣物，轻轻为他拢上了。她口中低声问："其实阿白去寻我，也是你故意要让我起疑，来帐中找你，对不对？"

夏侯澹低下头，道："是的。"

庾晚音心中忽然泛起一阵酸楚。"你要什么呢？你这样……千方百计瞒我这么久，却又送我独自逃命，还留下书信坦白一切……最后又这样出现在我面前，却问我想不想走……你到底想要什么呢？"

夏侯澹不答。

在她起身之际，夏侯澹的五指轻柔地攀上她的手腕。

烛光摇曳，映在他暗不见底的眼中，终于也有了一星光亮。

庾晚音被冰得打了个寒噤。

松松握着她的手指骤然收紧，力道之大，让她第一次觉出疼痛。

夏侯澹对她仰起头，脸上刻意拼成的轻松笑意不见踪影，就连面对她时雾气般氤氲的温柔之色也淡去了。

像毒蝎抬起尾刺，狼王亮出獠牙，一个靠着老谋深算笑到了最后的君主面无表情地望着她。他们之间再也不剩任何一层面具，只有赤裸裸的、血肉模糊的坦诚相对。

他一字未发，却又已经说明了一切：这一切当然都是计划之内的。以身为饵，环环相扣，步步为营，是他最精巧也最残忍的一计。

庾晚音本该觉得突兀不适，却像是已经为这一瞬间等待了一个世纪般，心中一片清明。她没有挣扎，反而抬起那只自由活动的手，抚上了他的嘴唇。

残忍的孤君闭上眼睛，在她手心亲了亲。

"我想要你爱我。"

· · ● · ·

林玄英度过了难熬的一夜。

本来还担心他俩见面吵架，守在营帐外听了一会儿墙根。到后来里头传出的动静逐渐不对劲，他呆愣了片刻，骂骂咧咧地走了。

走出几步又绕回来，还得打手势命令四周的亲信加强守卫。

夏侯澹把他的帐篷占了，他无处可待，最后憋着火气钻进手下的帐篷里，半夜三更将人闹起来开会，硬是拉着几个巨人陪自己熬了半宿。

清晨在大军醒来之前，林玄英钻回了主将帐篷，在布帘外侧重重咳嗽一声，阴阳怪气道："陛下、娘娘昨夜睡得可好？"

里头窸窣作响，片刻后庾晚音衣衫齐整地钻了出来，睡眼惺忪，疲惫道："有劳。"

林玄英心道：你都这样，那伤员不得折腾了半条命去。

结果夏侯澹跟在后面出来了，却是一脸松快，隐约还恢复了一点血色。比起昨夜刚来时半死不活的样子，这会儿活像是吸了精气的老妖，重新披上了画皮。

林玄英："……"

他并不想知道他们昨夜是怎么度过的。

林玄英憔悴道："接下来如何打算，劳烦二位给个指示。"

· · · · ·

拂晓前，大军出发之时，运送枪支火药的辎车上已经多了两个不起眼的护卫。

夏侯澹决定照着庾晚音的计划继续蛰伏，因此也只密会了林玄英的几名心腹干将。他需要尽快养好伤势，来日现出真身振臂一呼时，才能鼓舞士气，稳定人心。

庾晚音则理所当然地陪他一道。

暗卫在前方打马，辎车辘辘前行。车内尽可能布置过一番，让两人坐得舒适。

夏侯澹从窗缝瞧了瞧外面沉默行进的兵马，低声道："其实，你留在沛阳坐镇更为稳妥。待都城里风波平定后……"

"想得美。"庾晚音干脆拒绝，"我不可能让你得逞第二次。"

夏侯澹望着她，似叹似笑。"晚音……你不想周游世界了吗？"

"世界就在那里，晚点去也不打紧。"庾晚音轻描淡写，"以后我们生个孩子，养到可以独当一面，就卸下担子一起退休旅行吧。"

夏侯澹顿了顿，道："好。"

两个人都表情认真，尽管他们都心知肚明，这只是镜花水月的愿景——夏侯澹连挺过下一次毒发的希望都很渺茫。也正因此，他才要趁着神志清醒，争分夺秒地收拾局面，为未来铺路。

而庾晚音此时不走，就等于用行动许下了一个更为沉重的承诺：她将从他手上接过这副担子。

早在她到来之前，他就已经熬遍心血，耗尽年岁，将自己当作灯油烧到了尽头。如果她任由这簇火苗熄灭，等于抹杀了他存在的意义。

所以她哪里也不能去。她会护着四海升平，八方宁靖，长长久久。

一路上断断续续飘着小雪，林玄英生怕马车里两个不会武的病秧子再着凉，毛毯、手炉不要钱似的往里塞。

车厢里因此逼仄而温暖，两人像树洞里过冬的动物般挤在一起，无事可干，只能有一搭没一搭地说着话。

此时气氛温馨中又透着些许尴尬。

直到这时他们才真切体会到，彼此明明已经共历生死，某种意义上却才刚刚熟识。

刚才这话头是庾晚音起的："你还不知道我真名吧。"

夏侯澹道："嗯，以前我自己心里有鬼，不太敢跟你展开这个话题。你叫什么？"

庾晚音道："……王翠花。"

夏侯澹："？"

夏侯澹道："那你父母也不赖啊。"

"承让。"

静默了片刻，庾晚音又忍不住笑了。"不过我没想到你竟然是个初中生。这姐弟恋我有点难以接受……"

夏侯澹脸色阴了阴。"我们之间未必有年龄差。"

"此话怎讲？"

"我在书里待了十多年，现实中也未必跟你同时穿进来。实不相瞒，以前你聊到外头的世界时，有那么几个新潮词语我其实听不太懂。所以我一直有怀疑——"

庾晚音愣了愣，忽然想起谢永儿听见"管道磁悬浮"时的反应。自己穿来之前两年，管道磁悬浮的概念才流行开来。因此当时她就怀疑过，《穿书之恶魔宠妃》是一篇老文。

庾晚音问："你是哪年穿来的？"

"2016 年。"

庾晚音傻了。"我是 2026 年。"

夏侯澹一脸不可思议。"你之前说，这篇文是手机推送给你的？就这么篇烂文，凭什么火十年？"

无论如何，这个新闻终于让庾晚音放下了穿回去的企盼。

她原本指望着他们两个灵魂出窍后，真实的身体还作为植物人躺在医院里，等未来某一天苏醒了，还能在现实里再续前缘，但现在看来，张三都出窍十年了，还活着的可能性委实不大。

夏侯澹则根本没有往那方面打算，注意力还放在一个严肃的问题上。"如何？不是姐弟恋吧？"

"这个嘛——"庾晚音故意拖长腔。

"嗯？"

"不知道呀。"庾晚音摸他的下巴，"不如先叫声姐姐来听听。"

马车突然颠簸了一下，似乎是被什么石子硌到。与此同时，外头传来轻微的破空之声，紧接着暗卫长剑"唰"地出鞘。

夏侯澹眼神一冷，反应极快，将庾晚音护在怀里往下一倒，躲到装枪支的箱子后面，这才出声问："怎么了？"

暗卫忙道："无妨，是流民滋事。"

"流民？"

暗卫语气有些复杂。"沿路的百姓许是把咱们当成了叛军……躲在树后面朝咱们丢石子。已经被驱走了。"

右军这一路行来，各州百姓虽然不敢螳臂当车，但背地里翻个白眼、啐口唾沫的事情却没少干。

不少百姓还念着夏侯澹轻徭薄赋的好处，并不信端王散播的那一套妖后昏君的鬼话。如今听闻夏侯澹猝然驾崩，更是笃信了端王就是仗着手中有兵，公然夺权篡位。因此瞧见开向都城的大军，自然没有好脸色，胆子肥的直接丢起了石子。

庾晚音听明白了前因后果，神色也复杂起来。"怎么说呢，还有点感动。"

夏侯澹也笑了笑。"这都多亏了皇后啊。"

在她到来之前，他的力量只够与太后、端王拼个鱼死网破。

他不介意死在黎明前的黑暗里，但若有机会走入灿烂骄阳下，谁又会拒绝呢？

"我现在……"他说到一半觉得煞风景，语声低落了下去。

他现在有点不舍得死了。

庾晚音莫名其妙。"什么？"

"没什么。"夏侯澹笑着拉她坐回原位，"姐姐的头发好香。"

· · ● · ·

都城已经七日未晴，天色晦暗如长夜。

短短数日间，太后与皇帝先后宾天，禁军与禁军互相厮杀，吓得城中百姓紧闭门窗，惶惶不可终日。

后来杀戮似乎告一段落，城中宵禁却仍在持续。谁也不知道这变故是怎么开始的，又要到何时才能停止。但从最终赢家来看，这事跟端王脱不开干系。

而端王近来的行事作风，算是把他多年苦心经营的好名声毁了个干干净净——数十名大臣长跪不起也没能见到皇帝最后一面，如此惨烈之事，再厚的宫墙也挡不住，隔天便传到了大街小巷。八旬老妪听了也要问一句"是不是有什么阴谋"。

更何况皇帝尸骨未寒，端王就大张旗鼓地四处捉拿皇后，这架势但凡有点脑子都看得出来，就是要赶尽杀绝了。

民间一时议论四起。

接着便来了禁军，端王新封的温统领一声令下，散播流言蜚语的格杀勿论。

几户人家被拉出去杀鸡儆猴之后，都城陷入了一片死寂。行人道路以目，大街小巷除了禁军巡逻的脚步声，再也听不见任何人声，犹如鬼城。

李云锡等人坐在岑堇天的病榻边。

当初岑堇天在郊区的别院被端王发现之后，夏侯澹便将他转移到了新的藏身处，让他得以安静地度过所剩无几的余生。

夏侯澹驾崩当日，端王让臣子们回府暂歇。李云锡有种预感，这一回府怕是再也出不去了。于是与两个好友一合计，干脆半途转向，躲到了岑堇天处。

果不其然，没多久就传来消息，寝宫外下跪的那一批臣子，都被禁军围困在了自家府中，不得进出。而端王的人找到此处，也只是时间问题。

几人面面相觑，都是神情黯然。

病榻上拥被而坐的岑堇天先开了口，语声平和："事已至此，早做打算吧。"

经过萧添采这段时日的调理，他状态倒是好了不少，单看脸色，并不像是只剩几个月寿命的样子。久病之人早已看淡生死，因此他反而是几人中最冷静的一个。

岑堇天替他们分析："眼下想活命，只剩两条路。要么辞官，要么找端王投诚。我看你们也不像是能投诚的样子……"

"当然不投诚。"李云锡断然道。

杨铎捷叹了口气。"是啊，我准备辞官了。"那殿上已经没有值得效忠的人，这城里他也待不下去了，不如回去孝敬父母。

李云锡却顿了顿。辞官这种结局，听起来未免惨淡。他开始考虑血溅大殿、名垂青史的夙愿。

"我倒是想去投诚试试。"尔岚轻飘飘地道。

李云锡："……"

李云锡问："什么？"

尔岚并无说笑之意。"拥皇党此时多半辞官保命，朝中会有一大批空缺。端王需要人为他办事，短期内不会对剩下的人动手的。"

李云锡心中一急，还没开口，岑堇天却已经皱起眉。"尔兄如此聪慧，怎会不知端王定然秋后算账？"

"走一步看一步吧，真到那时再死不迟。"尔岚似乎并不忌讳在病人面前谈论生死，"想来比起一头撞死那种尽忠，陛下更想看到我们护一方百姓安好，别让他们为这动乱所累。"

李云锡："……"

他的夙愿有那么明显吗？

李云锡陷入纠结之中。他已经不是刚入朝时一根筋的愣头青了，自然听懂了尔岚的苦心。然而此时向端王低头，那是奇耻大辱啊！

岑堇天沉默片刻，缓缓开口："大厦将倾，一人之力何其微末。人生苦短，尔兄正值大好年华，不如为自己活一回。"

尔岚笑着摇摇头，一双秀丽的眼睛不闪不避地望着他。"岑兄有所不知，我留下是为大义，也是为私情。"

李云锡和杨铎捷同时呛咳起来。

李云锡心中苦涩难言，杨铎捷则在感慨不愧是他的结义兄弟，断袖断得坦坦荡荡。

仿佛过去良久，岑堇天茫然地笑了一下。"原来尔兄在此地已结了良缘？那确是喜事啊。"

"嗯，是喜事。"尔岚站了起来，"我去看看外面情况如何了。"

她离开了。

李云锡和杨铎捷如坐针毡地僵在原地。岑堇天垂下眼睛，也没再说话。

半晌，李云锡一言不发转身出门，踢了一脚柱子。

他抱着脚喘了几口气，又兜回来，恶狠狠道："那我也不走了！"

杨铎捷左右看看。"……都不走？那我走了。以后总得有个人为你们立坟。"

· · ● · ·

杨铎捷连夜写辞呈的同时，端王正铁青着脸色，望着梓宫中皇帝的尸身。

在他身侧，心腹跪了一地。

夏侯泊脸色衰败，额上的冷汗拭去又渗出。心腹看得胆战心惊，劝道："殿下养伤要紧，还是早些躺下休息……"

夏侯泊打断道："这个人，当初是中军送过来的？"

心腹道："回殿下，是中军押来的，还说洛将军亲自审问过。"

夏侯泊眼中闪过一丝狠厉的光，伸手将那尸体脸上紧贴着的面具揭开一角，自言自语般低声道："连中军也会叛变吗……"

直到这个"夏侯澹"咽气之时，他才发现人是假的。

当时他大发雷霆，本想将消息捂着，继续秘密追捕真皇帝。无奈那些作死的文臣逼得太紧，大有再不能面圣就以身殉道的架势。夏侯泊不敢在这种关头掀起民怨，只能一不做，二不休，让他们见了这冒牌货的尸体。

紧接着他便安排尽快出殡。如此一来，只要一口咬死夏侯澹已经入土，日后就算再冒出一个真的夏侯澹，他也能倒打一耙，声称对方是假冒的。

只是被这冒牌货蒙蔽了数日，后果有可能是致命的。真的夏侯澹到底逃去了哪里？是趁着他们搜查松懈时逃出了三军的包围圈，还是被某一方背叛他的势力窝藏了起来？

夏侯泊不愿怀疑中军。他跟洛将军曾经并肩作战，有过命的交情。他宁愿相信洛将军也只是没有看破此人的伪装。然而他心中清楚，自己绝无可能不存芥蒂地迎接中军进城了。另外两军，他也不能放心。

夏侯泊心底不禁生出一丝众叛亲离的悲凉。

心腹提醒道："殿下，明日三军就要在城外集结了。"

夏侯泊定了定神，冷静道："安排他们在城外驻扎。"他得防着夏侯澹杀回来。

"殿下可要召见三位将军？"

"让他们三个进城来见我，沿路布置好埋伏，一旦发现有人动静不对，当场诛杀。还有，城门处也设下防卫，派人去将三军人马和辎重挨个儿检查一遍。瞧见身形可疑的，都验一验真容。"

心腹一一记下。

夏侯泊又想到一事。"把太子请到我这里……还有庾少卿府中老小，全押过来。"

这是扣作人质的意思。或许夏侯澹不太在意这些人的死活，但为了面上好看，也不能弃之不顾——如果明天夏侯澹真的现身的话。

夏侯泊算是做了万全的准备。

然而，他心中却依旧隐隐不安。或许是因为那日在邙山脚下，他见识了夏侯澹手上的武器。

　　如今他已经知己知彼，决不会让自己暴露在那玩意儿的射程之内。但那武器横空出世，本身就像是一个不祥的征兆。在谢永儿的预言里，他才是天选之子。可为何坚持到今日，上天对他的眷顾却越来越吝啬？

　　他此时又是毁容，又是不良于行，腿伤还在不断恶化。看在一旁的心腹眼中，只觉得堂堂端王沦落至此，身上早已没了那份睥睨天下的气度，游移不定的眼神里暴露出的全是偏执多疑，竟比那疯皇帝还可怕。

　　心腹都在暗暗叫苦。

　　已经走到了这一步，总不可能再临阵变节，只好一条道走到黑了。只是这些人原本摩拳擦掌，只等着端王风光上位，现在却百般遮掩，不想流露心中的恐惧。

　　空气中弥漫着一股冰冷的味道。如果有久经沙场的将士在此，便会闻出这是败仗的气息。

# 第二十四章

# 重掌河山

"一条断脊之犬，还敢在我军阵前猖猖狂吠，我从未见过有如此厚颜无耻之人！"

都城外二十里处，右军营帐。

"袖中弩"已经秘密分发给了一千名将士。这些人都是林玄英亲自培养的精英，对他忠心耿耿。又经过紧急训练，耍起枪来以一敌百。他们很清楚手中武器的威力，却至今不知这武器要指向谁。

当然，一路上审时度势，他们也多少猜到了，这武器……怕是要用来谋反。

因此总体情绪比较紧绷。

直到这最后一夜，林玄英将他们召集到一处空地，冷冷道："不要出声。"

说着让出了身后的一男一女。

精英团："……"谁？

林玄英道："恭喜各位，要立从龙之功了。"

几秒后，一千人齐齐整整跪了一地，没发出一丝多余的声响，只用面部肌肉表达了激动之情。

林玄英很有面子，转身道："请陛下示下。"

夏侯澹点点头，不疾不徐道："明日的目标是活捉端王，余下的头领格杀勿论。除头领外，两军将士降者不杀。诸位手握利器，要尽快控制局面，减少伤亡。我大夏将士的热血，应该洒在边疆。"

武将文化水平有限，所以他说得特别简明直白。但这番话语显然句

句入了众人之心，几个纠结了一路的小将眼含热泪，一副终于遇到了明
主的样子，整个队伍的士气为之一振。

　　林玄英满意了，又过了一遍明天的计划，便让众人各自回营。

· · ● · ·

　　回到帐篷，庾晚音低声道："咱们现在就先易容吧，做好准备。"

　　夏侯澹自然没有意见，伸脸让她自由发挥。

　　庾晚音一边为他贴胡子，一边笑道："一切顺利的话，明天这个时
候就有床睡了。回头再派人去把北叔找回来，现在阿白也在，四人小火
锅可以重新开张了。"

　　她绝口不提北舟遇险的可能。夏侯澹明白她故作轻快，是想安慰自
己，于是也"嗯"了一声。

　　庾晚音又道："萧添采还在宫里呢。我离开之前给他指了个以毒攻
毒的思路，他说可行的，没准这段时间他的研究已经有突破了。"

　　夏侯澹道："嗯。"

　　庾晚音道："可惜端王杀不得，他死了世界可能会崩塌。不过我琢
磨了几个折磨他的创意思路，你听听看……"

　　夏侯澹若有所觉。"晚音，"他握住她的手，"别怕，会顺利的。"

　　他的掌心并不十分温暖，却干燥而稳定。

　　庾晚音做了个深呼吸，心中奇迹般地平静下来。黎明前至暗的寒夜
里，他们抱在一处小睡了一阵。

· · ● · ·

　　翌日早晨，三军在都城外列队齐整。

　　这座都城已经数百年没面临过兵临城下的阵仗了。单是中军就出动
了足足五万人，一路从边境杀来，虽然沿路折损了一些人马，如今与左
右两军会合，总数仍达八万之多。

　　庞大而沉默的队伍静立在城墙之外，从城门望出去，一眼瞧不见尽
头，犹如一道黑色的洪流。

　　等待片刻后，城门大开，一小支队伍迎了出来。

当先一人却并非夏侯泊，而是一个端坐马上的中年人，一出城门就翻身下马，朝着三方统领乐呵呵地行礼。

左右两军领头的都是副将军，中军却是洛将军亲自带来的，显然对端王拿出了最高诚意。也正因此，洛将军更显不满。"黄中郎，端王何故不现身？他现在何处？"

那黄中郎赔笑道："殿下在宫中等候各位已久，请几位将军随我入内。"

洛将军皱了皱眉，回身点了一小队护卫出列，跟着自己走向城门。林玄英冷眼看着，也有样学样。

那黄中郎却又伸手拦道："哎呀，这个，还请诸位卸下刀剑再进城。"

几个统领的脸色都阴沉了下来。洛将军嗤笑道："我带军千里迢迢赶来驰援，这便是端王的礼遇？"

黄中郎惊慌失措，连说好话，见洛将军不买账，这才左右看看，凑近过去对他低声道："将军有所不知，军中恐怕出了奸细……"他将声音压得更低，"似乎与陛下的遗体有关。"

他一边说一边觑着洛将军。

洛将军脸色一变，似是想到了什么，目露震惊。

林玄英极力控制着表情，做出听不懂哑谜的样子，心中却颇感稀奇。

他们一直以为，宫中那"夏侯澹"的假尸是端王自己准备的。然而现在看来，其中似乎还有文章，而且还跟中军有牵扯。

到底是怎么回事？

林玄英昂首道："反正老子光明正大，可不怕查。"说着随手卸下配刀，重重摔在黄中郎脚边，冷哼一声进了城门。他那队护卫寸步不离地跟过去，也都干脆地丢了刀剑。

洛将军却在动身之前偏过头去，对留在城外的心腹比画了一个手势。

他不明白端王为何会对自己态度大变。他不怀疑端王，却怀疑上了端王手下这批人，猜测他们在搬弄是非。那个手势的意思，便是让心腹见机行事，当战则战。

远处队伍末尾的辎车里，庾晚音透过车窗的缝隙，望着城门处的动静。

她吁出一口长气，回头望着夏侯澹。"等阿白的信号吧。"

· • • • ·

从城门到皇宫大殿，一路上全是伏兵。

以武将的敏锐，几位将领自然很快察觉了这一点。洛将军的脸色已经黑如锅底。

林玄英则在行走间默默确认了一下袖中藏着的武器，随时准备开火。

无论内情如何，既然端王已经起疑，对他们来说就不是好事——直捣黄龙的难度增加了一点。

· • • • ·

城外，队伍里突然起了一阵骚动。

庾晚音在车中感觉到了，将车帘撩起一角，问："怎么回事？"

赶车的暗卫目力极佳。"禁军统领来了，在让人挨个儿搜查三军，从队伍里拉了一些人出去，应该是在……找可疑人物。还有一队人马朝这边过来了，可能要搜辎车。"

庾晚音心一沉。端王还是那个端王，不信任何人。

车里的枪支已经分发完了，只剩下一些备用的火药，还藏在一层粮草底下。不过若有人打定主意来查，终究还是会发现的。

庾晚音心跳得飞快，索性从车窗探出头去，发现禁军将三军中拉出去的人都赶到了城墙脚下，集中到了一处，似乎想一并审问。

庾晚音道："他们肯定是在找我们两个。那他们会按照什么标准拉人呢？"

暗卫又运足目力看了一会儿。"似乎……都是些身材矮小或者瘦弱之人。"瘦的可能是夏侯澹，矮的可能是庾晚音。

庾晚音心念一动。带枪的那一千名精锐个个人高马大，反而不在这个范畴里，不会第一时间被查验。

暗卫猛然加快语速："娘娘，人来了！"

"算了，提早动手吧。"夏侯澹举起枪。

庾晚音缩回脑袋，深吸一口气。"等等，我有个主意。"

夏侯澹问："什么？"

庾晚音匆匆交代两句，夏侯澹只来得及摇头，来人就已经到了他们车前，扬声道："掀开看看。"

暗卫掀起车帘，庾晚音看了夏侯澹一眼，当先走了下去。

来人上下一瞧她的身高，毫不犹豫道："拉走。"

庾晚音低头被拉走了。

夏侯澹："……"

来人又盯着跟下来的夏侯澹。

庾晚音昨夜将他打扮成了一个虬髯大汉，为了搭配那一脸胡子，还往他的衣物里塞了些碎布，撑出一身横肉的模样。

来人打量了半晌，用下巴指了指辎车。"里面是什么？"

这人没认出夏侯澹，夏侯澹却认出了他。是个禁军小头目，邙山脚下临阵倒戈投奔了端王。他身边还站了两个虎视眈眈的跟班。

夏侯澹眨眨眼。"亮槽（粮草）嘛。"

小头目："……"

小头目愣是没听懂他这土到掉渣的口音。"什么？"

"亮槽嘛。"夏侯澹回身搬下来一箱粮草，打开给他看，"亮槽。"

"行了行了。"小头目不耐烦道，"你，把货物全搬下来摊开。"

夏侯澹慢吞吞地上车搬箱子，顺带递给暗卫一个少安毋躁的眼神。

庾晚音被押到城墙脚下，果不其然在那群被挑拣出来的"可疑人士"中瞧见了哑女。

前几日夏侯澹出现之后，为了严格保密，庾晚音没再让哑女贴身服侍。哑女不愿离开，就换了男装跟在军中蹭吃蹭喝。没想到今日却吃了身材矮小的亏，莫名其妙就被拉了出来，正惊疑不定地缩在人群中。

此时整个人群都在骚动，胆大的直接嚷嚷出声，问禁军凭什么抓自己。这些边军向来瞧不起没骨头的禁军，此时又一上来就受了冷遇，不满已经达到了极点。

禁军温统领踱了过来。"少废话，一个一个搜身！"

庾晚音趁乱不动声色地靠近哑女，低声道："是我。"

哑女听出她的声音，猛地转头。

"听我说，"庾晚音悄悄拉住她的手，将一物塞到她手心，"你会偷，应该也会反其道而行之吧？"

哑女："？"

庾晚音用眼神点了点站在她们前面的一名汉子。他身上穿的是中军的布甲。

夏侯澹搬了几趟，再钻入车厢后忽然没了动静。

小头目等得不耐烦。"怎么不出来了？"

夏侯澹道："好肿（重）。"

"什么？"小头目探头进去，见夏侯澹拿屁股对着他，不知在捣鼓什么。

夏侯澹道："忒肿了，搬不动。"

"不要玩什么花招，赶紧出来！"小头目拔出剑来往车厢里挤，"我告诉你，外头还有我的人——"

尾音戛然而止。

夏侯澹转过身来，手中枪口正对着他。

小头目险些当场尿裤子。"陛……陛……陛……"

"闭嘴。"夏侯澹偏了偏头，"看来你认得这是什么。那你应该也知晓它的威力吧？"

小头目颤抖着点点头，目光绝望地瞟向车帘。

"你呼救一声，朕就亲手送你归西，很隆重。"夏侯澹心平气和道。

小头目顿时摇头如拨浪鼓。"陛下尽……尽管吩咐，属下一定照办。"

片刻后，车厢里传出小头目的嚷嚷声："这箱子确实太沉了，你们两个上来搭把手！"

被他留在外面的两个跟班依言钻进了车厢。

又过片刻，夏侯澹和暗卫带着三套禁军的衣服走下车，交给了三名右军精英，如此这般地吩咐了一番。

与此同时，城墙脚下传出一声惊叫："找到了！"

只见禁军将一名中军汉子牢牢摁在地上，其中一人高举起一个形状古怪的东西，俨然与夏侯澹在邨山下亮出的武器一模一样。"从他身上搜出来的！"

知道这玩意儿厉害的禁军吓得纷纷后退几步。温统领接过枪看了看，颤声道："去……去报给端王。"说着拿剑指着地上那人，一步步靠过去，示意手下去撕他的脸皮。

那中军汉子恼怒道："什么东西？我根本不知那是何物！你们这是栽赃！"

禁军在他脸上撕了半天，没撕出什么名堂，发现这人不是夏侯澹，便要将他押走审问。

中军队伍一片哗然，洛将军留下的心腹越众而出。"温统领且慢。这是什么意思？"

温统领握紧长剑，冷声道："我等奉端王之命搜查军中奸细，还望各位协力相助，莫误了大事。"

那心腹却不吃这一套，又威胁地上前一步。"温统领手上的正是鄙人堂弟，鄙人对他知根知底，这其中是不是有什么误会？"

这心腹声望颇高，他一动，中军大队也跟着动了，齐齐上前一步，手中刀剑出鞘一寸。

温统领猛然抬眼，惊疑不定地瞪着他。

中军队伍里，三名正在搜查将士的禁军微微抬头。

其中一人蹑步到正在检查的那名将士身后，一只手缩入了袖中。

温统领心里摸不准中军的立场，将手背在身后打了几个手势，提醒众人警戒，面上呵呵笑了两声，正要说两句好话稳住对方。

一声炸响。

温统领的脑门儿上多了一个血窟窿，他原地摇晃一下，倒了。

空气凝滞了两秒。

左右禁军当场吓疯，四散奔逃。

有人嘶声喊道："是中军！是中军射来的！"

城墙上瞬息间冒出无数伏兵，弯弓搭箭对准了城下大军。

中军队伍立时也乱了。那心腹骇然退入队伍中，前排将士还未明白发生了什么，就下意识地竖起护盾，调整队形，进入了备战状态。后排众人则慌张四顾，却找不出那声炸响的来源——他们甚至不知道那是什么东西发出的声音。

心腹暴喝一声："我中军对端王忠心耿耿，尔等宵小怎敢设计陷害！"

禁军吓破了胆。

温统领已亡，那副统领站在城墙上双腿打战。

中军足足五万将士造反，手中还有那离谱的武器，他们有多少人可抵抗？这都城能守几天？端王那里要如何交代？

副统领道："放箭……放箭！让左右两军快快策应！"

中军则道："后撤！后撤！洛将军还在他们手里！"

左军："？"

右军几名头领早有准备，一声令下，积极地率军从侧翼攻向了中军。

· · · ● · ·

林玄英等人在宫门外又被拦了下来。

一群内侍赔着笑上前道："万望几位将军见谅，而今入宫还得搜一遍身。"

林玄英心知端王在害怕什么，暗暗冷笑了一声。另外两名将军却勃然大怒，洛将军咆哮出声："你让端王出来，让他对着我说！"

内侍笑容不变。"殿下让奴婢带一句话，说是若没有搜出什么，他会亲自对几位将军赔礼谢罪。"

洛将军在发火与不发火之间游移了几秒。

林玄英适时开口，火上浇油道："端王到现在都不露面，是不是被你们控制了？"

内侍却像是早有防备，眯了眯眼。"几位将军大人有大量，莫要为难奴婢。"说着挥了挥手，一群侍卫从暗处现身，将一行人团团包围。

边军当然也不是任人拿捏的软柿子，一见将军被为难，赤手空拳也摆开了肉搏的架势。

双方正在僵持，远处突然传来一声高呼："报——中军反了！"

· · · · ·

从刚才变故开始，城墙脚下那群"可疑人士"就已经散开了，趁着禁军防卫松懈，都朝着各自原本的队伍逃去。

一片混乱中，庾晚音紧紧拽着哑女的手，将她拉回右军的盾牌后头。城墙上禁军的箭矢全冲着中军飞去，倒给了他们喘息的余地。

事实上，这正是她这个临时计划的最终目的。

趁着禁军与中军内耗，右军中持枪的那一批精英已经悄然接近了城墙，借着队形调整，将枪口对准了墙上——而禁军还一无所觉。

"娘娘。"一个眼熟的巨人迎了过来，靠身形猜出了她是谁，护着她们朝队伍后方退去。

庾晚音问："陛下呢？"

"这儿。"夏侯澹铁青着脸挤过来，朝她伸出手，"别再乱跑了。"

庾晚音笑着握住他的手。

夏侯澹将她拉到自己身后，转向巨人点了点头。

巨人举起枪来，一声暴喝："杀！"

· · · · ·

此时的宫门外，洛将军的人正与端王派来的侍卫殊死搏斗。

他们也不是没留后手，或许是进城之前就起了疑心，一行人都贴身藏了暗器。加之武艺高强，一时间竟与端王的人打得有来有往，愣是逼出了四周不少伏兵。

不过毕竟人数太少，终于一个个倒下，只剩洛将军还在苦苦支撑。

林玄英躲在一旁冷眼旁观到此处，看清了所有伏兵所在，又判断了一下双方战力，终于动了。

他抬手一枪崩了那内侍，道："动手！"

· · · · ·

对当日在场的所有人而言，这都是永生难忘的一天，但他们中的绝大多数，到死都说不清当时发生了什么。非要用语言描述，大概也只有

"天罚"二字可言。

前一秒，中军还在遭受三面夹击。城墙上的禁军飞箭如蝗，右军积极参与围攻，不明所以的左军听见禁军的嚷嚷声，只得后知后觉地跟上。

但围攻的三方各自为战，互不相应，谁也使唤不动谁。而中军毕竟是百战之师，乍遇突袭慌乱了一阵，随即便布成阵势果断应战。他们的人数有压倒性优势，两翼铁骑又配合默契，横冲直撞一阵，竟真的冲乱了左右两军的队伍，又从辎重里搬来了飞梯朝城墙架去，大有一不做，二不休之势。

禁军被这腾腾煞气吓慌了，一波波箭矢不要命地朝中军射去，要阻住他们攻城。

直到右军的队伍里传出那一声"杀"之前，战况还在胶着——

下一秒，天翻地覆。

那究竟是什么声音？不是沙场上空回荡了千年的金鼓声，却像是无数道炸雷，裹挟着九霄之上的怒意，朝着城墙与中军同时劈去。

城外将士骇然抬眼，只见那雷声过处，腾起一片飞溅的血雾。

没有已知的武器能造成那样恐怖的破坏。

第一排禁军连带着副统领，在几息之间祭了天。

中军几名领头的副将，骁勇一生，直到栽下马去成了鬼，也没明白击中自己的是什么。

余人尚在惊恐中呆若木鸡，那天罚却毫无止歇之意，又朝他们袭来。

没有已知的防御能与之抗衡。

那些为挡住刀枪剑戟而设计的盾牌与盔甲，似乎突然成了卤水豆腐。天雷肆意地狂轰滥炸，粉碎了兵马的血肉，也将众人的战意践踏成了齑粉。

终于，有人颤声喊道："右军……是右军！"

他们百般戒备的"可疑人士"露出了真面目——不是一个，不是两个，而是一支军队。

能被洛将军带到都城来的中军将士都是精锐，多年征伐，所向披靡，百折不挠，但此刻，最前排的甲兵溃退了。

他们面对的不是战争，而是单方面的屠杀，是幽都门开，十殿阎罗座驾亲临。

这一退，便一发不可收拾，完整的阵形瞬间崩成了一盘散沙。众人争先恐后地向后奔逃，而后排却还有不明情况的兵马在向前拥挤，人群撞在一处跌倒叠压，犹如失控的蚁群。

中军都成了这样，更遑论禁军。

城墙上的攻势再也不成气候，吓破了胆的兵卒只想缩回墙后逃命。

倒也有不怕死的禁军，仗着地形优势，还想朝下射箭；也有终于理解发生了什么的左军，隔着中军没看清右军的武器，此时倒无畏地杀将过来。

然而，潮水一般顶上的人群，很快也如潮水一般被拍散了。

右军准备了多时，弹药充足，仿佛无穷无尽。林玄英留下的几名心腹巨人指挥有度，从拔枪开始就再未折过一兵一将。

巨人看准时机，大手一挥。"架飞梯！"

· · ● · ·

城中，林玄英一枪一个，三枪便崩了那内侍与两名将军，干脆利落地收割了几方人马的头领，又朝余人杀去。

他带来的小队都是绝世高手，行动间更是迅速，对上端王的伏兵，几乎弹无虚发。

宫中虽然还有人手源源不断地奔出来，但明显士气不足，甚至没勇气踏进射程，只敢远远地打转，时不时飞一些箭矢暗器过来。

林玄英寻了掩体避着，看出他们想耗尽己方的弹药，嗤笑一声。"想得倒美。"

他听着远方城门处的闷雷声，悠然道："你猜他们还有多久能破城？"

· · ● · ·

这一天，城内城外都经历了一场科技的洗礼。

事实上，右军在第一波无差别轰杀之后，便开始一心一意地攻城，反而不再对左、中两军开火。然而左、中两军缓过一口气来之后，却仍是踌躇不前。

城门轰然告破。

右军开始摧枯拉朽般清理城内的禁军。

中军队伍里，有人耻于当逃兵，挣扎着朝右军举起长戟，脚下几番发力，竟是重若千钧，迟迟迈不出一步。

"当啷"一声，长戟脱手坠地。

那小卒恍若未觉，喃喃道："这莫非是天要亡我？"

便在此时，城门楼上挂下了一面旗帜。玄黑的底色，以金线绣出蛟龙图案，九条织带在猎猎寒风中飘拂。

龙旗九旒，天子之旌。

夏侯澹携着庾晚音的手登上了城墙。他们脸上的伪装已经尽数卸去，站在高处静静俯视着城下叛军。

巨人在旁边声若洪钟，传出老远："吾皇在此，还不来降！"

叛军麻了。

今日之前，这些将士顶多猜到自己要来替端王干活，对付残存的拥皇党。没人告知过，他们在对付皇帝。

对付皇帝，那是什么罪？

左军还剩一个副将军未死，此时也在绝望中走向了疯狂，嘶声喝道："吾皇已崩，这一定是右军找人冒充的！右军……右军才是叛贼啊！"

巨人转头看了看夏侯澹。这种时候，就该由皇帝本尊出面来彰显天威了。

夏侯澹点点头，酝酿了一下。

夏侯澹道："一条断脊之犬，还敢在我军阵前猖猖狂吠，我从未见过有如此厚颜无耻之人！ [1]"

右军听见好骂，杀声震天。

庾晚音："……"

夏侯澹似乎感觉到她在瞳孔地震，小声笑了一下道："这句台词我

---

[1] 一条断脊之犬……如此厚颜无耻之人，出自电视剧《三国演义》中的经典台词，后成为网络流行语。

已经憋十年了。"

巨人："？"

夏侯澹又提声道："贼子夏侯泊矫诏，召外兵至京师，谋杀帝后，罪大恶极，而今事已彰露，人共诛之！"

他这通身的煞气，委实不是哪门子冒牌货能学出来的。

那副统领心里其实非常清楚这一点，双腿一软，当先跪了下去，面如死灰道："微臣……万死！"

夏侯澹掐着时间停顿了一下，才把话说完："但皇后开恩，念在尔等胁从不明真相，今日倒戈来降者不杀。"

叛军降了。

右军气势如虹杀进城中，与林玄英里应外合解决了顽抗的禁军，又火速奔着皇宫去了。

城中百姓缩在家中，只听到窗外大军地动山摇地踏了过去，还在瑟瑟发抖，不知这回又要躲几天，殊不知这天已经变完了。

夏侯澹坐镇城外，片刻后林玄英的心腹来报："端王躲在寝宫里不出来，还将太子和国丈府中老小扣作了人质，林将军不敢强闯，让属下来请示陛下……"他似乎有些疑惑，但还是照实转述道，"请示陛下，'能不能抄那条近道'。"

夏侯澹："……"

夏侯澹道："抄吧。"

· · ● · ·

林玄英熟门熟路地带人绕去冷宫，撬开门锁，掀起一堆掩人耳目的遮盖物，爬进了那条地道的入口。

他们从地道另一头爬出来的时候，寝宫里正在上演一出闹剧。

有个太监见外头情势急转直下，苦劝端王"留得青山在，不怕没柴烧"，作势要推着他的轮椅带他出逃，却在瞬间掏出匕首，想杀了端王做投名状，以期保住自己的小命。

瘦死的骆驼比马大，夏侯泊再狼狈，好歹还有几个死士躲在暗处保护。死士跳出来擒住了那太监，而夏侯泊暴怒之下，活活拧断了那太监的脖子。

夏侯泊此时已经在精神失常边缘，自己操纵着轮椅移动到那群人质跟前，伸手点了个女人，对死士道："杀了她，把头割下来丢出去，给夏侯澹看。"

林玄英便在这时带人从床底下跳出来，快准狠地射杀了所有死士。

夏侯泊转头望着他们，似乎是笑了一下，眼中闪着冷然的快意，对林玄英举起手中一物——正是被庾晚音嫁祸给中军、又被禁军查收后送进来的那把枪。

林玄英瞳孔骤缩，闪身朝一旁躲去——

夏侯泊却倒转枪口对准自己，摸索着扣动扳机——

无事发生。

庾晚音早在辎车里计划时，就卸掉了这支枪里的弹药。

林玄英的人随即扑上去制住端王，绑了他的四肢，又拿布团塞进他嘴里，防止他咬舌。

林玄英心跳尚未平复，拍着胸口走回他面前，报以一个恶意的微笑。"端王殿下竟想寻死？陛下若是得知了，该多——伤心啊。"

· · · · ·

当下林玄英带着人清剿城中的端王余党。

由于担心端王狡诈，留了死士作为后手，夏侯澹和庾晚音暂时没有入城，而是继续留在城墙上，对城外的大军发动人演说。

收缴叛军所有武器后，庾晚音指挥着人手救治伤员，夏侯澹则临时点了几个积极投诚的小头目，让他们帮着维持秩序。

残局收拾到一半，林玄英亲自出来了，面色有些难看，示意夏侯澹借一步说话。

"我们找到了端王拿来冒充你的那具尸体。"城墙内侧，林玄英将夏侯澹带到一口棺椁前，又示意手下推开棺盖，露出了里面的尸身。

夏侯澹走过去，垂眸看着这个面色青白、死不瞑目、以假乱真的自己。

太像了。

像到即使是最熟悉他的人，也很难看出端倪的地步。

能模仿到这种程度，不仅需要高超的技艺，还需要对他非常非常了解……

庾晚音跟过来的时候，就看见夏侯澹如同突然凝固了一般，站在棺椁边一动不动。

林玄英语声低沉："我原想着把尸体抬出去，当众揭开伪装给大家看看，免得日后再起什么真真假假的流言。但我见那层面具已经被人揭过了，就先看了一眼……"

他摸到那尸体脸上一层薄薄的面具，将之轻轻揭开一角。

北舟静静躺在他们面前。

庾晚音脚软了一下，踉跄着站住了。

夏侯澹则仍旧低着头，许久都没任何反应。

林玄英想起与这便宜师兄相处的那些时日，再见到北舟这般死状，心脏也是一阵揪紧。但他刀口舔血这么多年，见惯了各种尸体的惨状，深吸儿口气也就镇定了下来。"我让人去查，找来了一个太医院的，说是知道些内情，陛下可要见见？"

萧添采被带了过来。

他局促不安地行了礼，抬头瞧见庾晚音时，又偷偷对她点头致意。庾晚音愣了一下，想起他还不知道谢永儿的死讯，心头仿佛又被插了一刀，用尽全力才维持住表情。

萧添采道："启禀陛下，此人……北嬷嬷……北……北先生？"他自己被称呼绊住了，小心翼翼地觑着夏侯澹的脸色。

夏侯澹道："讲。"

萧添采只得自己选了个称呼。"北先生是被中军送进宫中给端王的。他当时扮作陛下的样子，不仅仅是外貌，连言行举止都学得惟妙惟肖，宫中没有任何人看出端倪，端王也并未起疑。

"端王当时应该是想要软禁陛下，所以找了太医给陛下……给北先生治伤。我作为弟子，也跟着去打下手。北先生伤得很重，气息奄奄，脉象微弱，已是不太好了。但意识还清醒，与人对话时，完全就是陛下的样子。师父给他把脉时虽觉得脉象和陛下有些出入，但并不十分确定，又因为畏惧端王，并未立即说出口。

"回到太医院后，师父左思右想，才告诉我脉象一事。我对端王……很是仇恨，便劝师父瞒下此事，任由端王继续被蒙在鼓里。

"直到几日之后，北先生伤情恶化，吐血昏迷了过去，宫女为他擦拭血迹时，无意中发现了他脸上的伪装。我当时送药过去，恰好撞见宫人慌慌张张奔去禀告端王。我心知不妙，就用迷药迷晕了门口侍卫，溜进去用针刺了北先生的大穴，将他弄醒过来，告诉他端王要发现了。

"也是直到那时，我才知道原来他就是陛下身边的北嬷嬷。

"他也认出了我来，面上不显惊慌，只问我端王有没有抓到真的陛下。我说没有。他又让我一定要治好陛下的毒症，我说……我自当尽力。他笑着称谢，又说自己这几日来一直在找机会杀了端王，无奈端王始终不露破绽，他又伤重无力。眼下只剩最后一次机会，想叫我帮忙。"

萧添采说到此处，似是想到了当时的画面，语声多了一丝哽咽。

"我知道他要拼死一搏了，便又给他行了一遍针，逼出了他身上仅存的内力。他让我躲远些别叫人发现，又躺回去装昏，等着端王过来。

"再后来，我躲得太远，只瞧见端王是带了一群手下一道进去的，没过一会儿，其中一个手下的尸体就被抬出来了。所以我猜测，是端王狡诈，自己不敢上前，却命手下去查探北先生的情况。北先生实在没有办法，最后只能带走一个喽啰……"

夏侯澹似乎打定主意要站成一具石像，站到天荒地老。

庾晚音等了片刻，轻声让林玄英带走了萧添采。她自己走到夏侯澹身边，拉住他的手。彼此都冷得像冰。

夏侯澹道："我明明已经告诉了他，我不是他的故人之子。"

庾晚音问："……什么时候？"

"最后一次分别前。"

庾晚音在心底长长地叹息一声。"北叔生命中的寄托太少了。也许在他心里，你已经是他的孩子了。所以……他是心甘情愿的。"

不知过去多久，林玄英又回来了，见他俩还站在棺椁边，摇了摇头，径自上前运力推上了棺盖。"别看了。算算日子，我师父这段时间也该出关了，我去给他送封信。他跟北师兄是至交好友，这棺椁在何处下葬，得听听他的主意。"

　　他拍了拍夏侯澹。"我师父很厉害，算准了很多事，或许他对你身上的毒也有良策。行了，别站着了，要不我给你找个没人的地儿，痛快哭一场？"

　　夏侯澹转了个身，眼眶却是干燥的。"看好夏侯泊，可千万别让他死了。我得好好计划一下，怎么款待他。"

　　　·　·　●　·　·

　　夏侯泊被关进了天牢最深处的一间暗室，享受了由皇家暗卫亲自看守的奢侈待遇。

　　这些暗卫在原作中也跟随夏侯澹到了最后一刻，直到被端王赶尽杀绝。这一次，乾坤扭转，他们倒是得以幸存。然而他们每个人都是北舟亲自训练出来的，见到夏侯泊，一个个恨得咬牙切齿，自然不会让他好过。

　　暗室既无窗户，也不点灯，黑得伸手不见五指，更无从判断时间的流逝。

　　空气中弥漫着一股恶臭。

　　夏侯泊的轮椅早就被收走了，双手也被缚住，只能躺在潮湿的草垛上。或许是因为高烧，他已经逐渐感觉不到双腿的剧痛了。

　　除去排泄物的臭味儿，他还能闻到某种挥之不去的腐烂味儿——自己的躯体正从内部开始腐败。

　　他汗出如浆，奄奄一息，在黑暗中徒然地瞪大双眼。冥冥中他总有一种错乱感，仿佛自己这一生不该是这个走向、这个结局。

　　不知何时，他坠入了幻梦之中。

　　那是一个逼真的梦。梦里他头角峥嵘，算无遗策地弄死了太后与皇帝。旱灾来时，举国饿殍无数，民不聊生；燕国乘虚而入，烧杀掳掠。但他，文治武功的摄政王，一举打退来敌，又凭着至高声望，带领大夏百姓熬过艰难岁月，最终由太子禅让皇位，成了一代明主。

　　他踌躇满志地睥睨天下，身边似乎还站着一道纤细的倩影。他以为那是庾晚音，然而转头过去时，却怎么也看不清对方的面容。

正自疑惑，一盆冰水兜头而下，他摔回了牢笼地面。

夏侯泊眯着眼睛转头望去。

庾晚音手执烛台，静静站在铁栏外。绯红的烛光自下而上映在她姣好的脸上，莫名透出一丝阴森。

沉默几秒，夏侯泊嘶哑道：“我梦见你预言过的画面了。我站在万山之巅，八方来拜。”

庾晚音近乎怜悯地望着他。

夏侯泊立即被这眼神激怒了，完好的半面上却只露出哀愁。“晚音，到最后了，你说一句实话，你的‘天眼’是真的存在，还是一个幌子？”

庾晚音笑了。“当然是真的。你刚才梦见的正是你原本的结局，很美好吧？早说你在做这个梦嘛，我这盆水可以晚点再浇的。”

夏侯泊：“？”

庾晚音道：“打断你的美梦了真不好意思，不如我来补充一些细节吧。”

她贴心地描述起来，他是如何旗开得胜，麾下的中军将士如何与他并肩作战，君臣相得……

夏侯泊勉强维持的平静终于绷不住了。“不用说了。成王败寇，我以一介凡夫之身与尔等抗衡，到最后落败了也无话可说。只是你们凭着天眼，暗中使奸计策反三军，实非君子所为。”

庾晚音听见夏侯泊居然要定义君子行径，差点乐了。“忘记告诉你了，中军并没有背叛你。中军千辛万苦为你抓来陛下的时候，自己也不知道那个陛下是假的。”

她已经和夏侯澹复盘过了，当时北舟带他逃出邶山后，因为重伤独自离队，选择的正是北方——那是中军赶来的方向。

如今站在北舟的视角，不难分析出他当时的计划。假扮夏侯澹，是为了替他分散火力；故意被抓捕送入宫中，是为了刺杀端王；而选择中军，是为了挑拨离间。他是中军抓来的，即使失败暴露，至少也能在端王心中种下一颗怀疑的种子。

而他所料不差，这颗种子果然汲取了端王心中的凉薄残忍，生根发芽，茁壮成长，最后结出了恶业之果。

北舟什么都明白。

但他做出这计划的时候，才刚刚得知夏侯澹的真实身份。那一刻他心中转过了什么念头，他们却永远不会知晓了。

正如她永远无从得知，谢永儿走出马车去为她拖住木云的那一刻，究竟知不知道自己在走向死亡。

庾晚音心中越痛，面上就笑得越开心。"你知道吗，洛将军直到咽气，都以为你是被禁军挟持了，而他在解救你。啧，中军将士若是在天有灵，得知你仅凭一点似是而非的怀疑，就恩将仇报，鸟尽弓藏……会做何反应？"

"我没有——"夏侯泊的五官扭曲起来，"那是你们从中作梗！"

庾晚音充耳不闻。"实话说，到了那一步，无论中军如何，胜负都已成定局。即使陛下与我双双身死，右军也会赶来送你一场烟花。"

夏侯泊想到他们手中那逆天的鬼东西，越发嫉恨得眼前发黑。

上苍怎能如此偏心，让他一生如蝼蚁般挣扎，却给夏侯澹如此厚爱？

庾晚音仿佛看穿了他的想法。"其实，你曾经有过一次翻盘的机会。老天爷为你送来过一个人，一个可能打败我们的人。而她对你情根深种，准备好了与你并立世间，琴瑟和鸣。"

夏侯泊的眼前蓦地闪现出梦里那道面目模糊的身影。有一个活泼的声音在他耳边说着："永儿会陪殿下走到最高处……"

"住口。"他嘶声道。

他要的是最好的，最好的——

所以，他甚至记不清她的长相了。

庾晚音漠然地望着他。"早在很久很久之前，你就亲手葬送了自己唯一的胜算。"

夏侯泊突然爆发。"住口！若不是你……若不是你……"

他说不下去了，因为庾晚音唇边浮现出一抹讽刺的冷笑。

夏侯泊深吸一口气。"我已一败涂地，还请娘娘自持，赐我一个痛快。"

"痛快？"庾晚音摇了摇头，"我可不是来杀你的，我是来救你的。"

她转头示意暗卫打开牢门，点起灯火。

一群宫人与太医苦着脸走进了铁栏，捏着鼻子开始冲洗地面，为他擦身消毒。

庾晚音道："你这两条腿是不能要了，趁早锯了，说不定反而能救你一命。"

庾晚音回忆着脑中那点现代医学知识，又对太医交代了几句消毒和止血事项，然后让宫人往夏侯泊嘴里塞了团布。"端王殿下，千万别死哦。只要活着，就还有翻身的希望，不是吗？"

她恶意地微笑了一下，转身朝外走去，穿过天牢长长的甬道时，身后传来了被布团闷住的尖锐哀号。

· · ● · ·

这个截肢手术的结果传到御前时，夏侯澹正在与李云锡等人开会。

这几人见了他自然是热泪盈眶，百感交集。

夏侯澹强行拦住了李云锡的过激举动，正对他们交代着要事，太医过来了，战战兢兢道："端……夏侯泊撑下来了，但还需退烧醒转，才算是性命无虞。"

夏侯澹扬起眉。"撑下来了？他还真是百折不摧啊。"

这句话说得仿佛在真心实意地夸奖他，甚至还透出一丝由衷的喜悦。老太医吓得跪在地上不敢抬头，开始反思自己救活夏侯泊究竟是对是错。

接着便听夏侯澹吩咐道："截下来的那两条腿，扔进锅里炖烂了，等他醒后端去他面前。除此之外，三日内别给他吃食。"

太医告退时连路都走不直了。

李云锡的脸色也白了，欲言又止了一会儿，似乎在斟酌要不要拿为君之道谏言一番。然而对上夏侯澹的眼神时，却被一股无由的恐惧攫住，那已经张开的嘴唇硬是闭了回去。

那一瞬间，他感觉眼前的皇帝……是真的要疯了。

# 第二十五章

## 凤栖于梧

凤栖于梧，清致高华。
最古老的礼赞，胜过万千风雅情话。

都城中百废待兴。

林玄英还在带人巡查，将流窜的叛军斩草除根。

最终赢家夏侯澹似乎并不打算慢中求稳，刚回到龙椅上，就迫不及待地开始了大清算。

端王党彻底退出历史舞台。

有些资深太后党，在太后倒台之时将宝押给了夏侯澹，此时还没来得及庆祝自己赌对了人，就等来了罢黜或贬谪。

盘根错节的势力被连根拔起，幸存了三朝的老臣被一褫到底。无数府邸被查封，无数私库被撬开。

而先前那些与端王作对的文臣，有些被关在牢里，有些躲在府中，还有些已经在回老家的路上，又被一个个地召回来官复原职。除此之外，皇帝还拔擢了一批多年来苦熬在底层的官员，填补朝野空缺。

李云锡等人以不可思议的速度空降到了高位。

皇帝刚刚神兵天降地除去了端王，而那邪门的"神兵"此时还在都城里巡逻，正是势不可当、威望最盛之时。所有人都被吓蒙了，这会儿别说是朝堂换血，就算夏侯澹要率军搬走邙山去填海，也没人敢质疑。

当然，这不是他如此心急的唯一原因。

如此粗暴的权力交接，确实有些操之过急。而以他处理端王余党的方式，少不得又要担上暴君之名。

但有些事，他不想留给庾晚音去做。

庾晚音在研究舆图。

他们尽力将伤亡控制在了最低，但此番三军叛乱，一路与各州守军交战，还是造成了一些破坏。那些损毁的城池道路正等着修补，新上任的工部尚书刚刚递来折子。

庾晚音想起谢永儿生前计划的快递和外卖事业，便要来了舆图，在主要道路上圈圈画画。趁此机会，正好可以规划一下交通运输。

她不知道凭自己有限的能力，能在有生之年将这个世界改变成什么样子。但如今原作中的内忧外患已经一一平靖，天下英才正朝麾下拥来，至少在肉眼可见的未来，一切都会朝好的方向发展。

身边传来动静，哑女端来了茶壶为她添茶。

人靠衣装，原本干瘦如柴、蓬头垢面的小偷，在拾掇清爽、换上宫女的衣裙后，居然也显出了几分少女的清秀。只是面色依旧蜡黄，一看就是长期营养不良所致。

庾晚音感念她一路上出的力，又怕她在宫中受人欺负，便将她收在了身边。哑女生性机灵，很快适应了这份新工作。

庾晚音见她若有所思地瞥着桌上的舆图，便招招手。"过来看看，找得到故乡在哪儿吗？"

哑女看了一会儿，摇了摇头，也不知是想说"找不到"还是"不记得"。

她又指了指庾晚音。

"你问我？"庾晚音想了想，自己的来处根本不在这个次元。她又在图上找了找庾少卿府，也指不出在哪儿。最后只说："我也不记得了。"

哑女："？"

"不过没事，现在我已经有了新家。以后，你也会找到的。"

庾晚音想起夏侯澹那句"你就是我的故乡"，笑意刚刚浮现，转瞬又变得黯然。

一切都在变好……只除了一件事。

· · ◆ · ·

都城里的混乱平息后，她第一时间召见了萧添采。

在他们离宫期间，萧添采一直没放弃过那个"以毒攻毒"的思路，成日扑在医书堆里翻找。

萧添采道："先前陛下身中的两种羌国奇毒，我都找到了残存的古方。但古方不全，而且其中几味药材名字极其古怪。再查下去，只查出是羌文，至于指的是何种药材、大夏境内有没有，就不得而知了。"他递上自己誊抄的方子，"娘娘可否派人去羌国查探？"

羌国因为收留了燕王扎椤瓦罕，此时正在被图尔率军征伐，杀得一片焦土。

即使她现在去信让图尔挨个儿拷问战俘；即使他们撞了大运，真能从俘虏口中问出点什么；即使图尔立刻搜齐药材寄回来——一来一去，至少也要三个月。

但距离夏侯澹上一次凶险的发作，已经过去了十日。庾晚音不知道他什么时候就会毒发身亡，但多半，等不了三个月。

庾晚音道："那你能不能猜测这几味药材的作用，在大夏找出替代品？"

萧添采道："……假以时日，或许可以。"

"假以时日？"

"至少三年。"萧添采跪下谢罪。

庾晚音还能说什么呢？她说："起来吧，这不怪你。"

如今只能送信给图尔，寄希望于一个奇迹了。

在她长久的沉默中，萧添采几番欲言又止，终于还是没忍住。"敢问娘娘，谢妃她……出行可还顺利？"

庾晚音："……"她没敢看他的眼睛，"离宫之后就失去了联系。"

萧添采愣了愣，面露忧色。"啊。"

"我会派人去找她的。"庾晚音说着，攥紧了手心。

该不该告诉他？

该怎么告诉他？

谢永儿死前特地让他们瞒着萧添采，当时说的是"他知道我死了，说不定会罢工"。但或许，她真实的心思是不想让他难过吧。

如果只当她断了音信，消失在了天涯，至少还留了一份念想……

庾晚音心中还在纠结，萧添采却已经道谢告退了。

"等等。"庾晚音从袖中取出一封信递给他。

这是谢永儿离宫前夜，托付她转交的信。这一路上颠沛流离，她一直贴身保管，终于完整地带了回来。

萧添采一刻也不愿多等，甚至当着她的面就拆开读了起来。

庾晚音不知道谢永儿会写些什么，忐忑地觑着他的脸色。

萧添采读着读着，居然烧红了面颊。他慌乱地收起信纸，告退时险些同手同脚，却掩藏不住眼神中的雀跃。

庾晚音一动不动地站在原地目送他离开。

一切都在变好……只是那个美好的未来里，没有他们的容身之所。

· · · **·** · ·

又过两日，林玄英突然禀告："家师来了，正在宫外等候传召。"

夏侯澹亲自去迎，庾晚音精神一振，也跟了过去。

无名客长得仙风道骨。一身布衣，须发皆白，偏偏从面容又看不出年龄来。一双吊梢狐狸眼，含笑的目光挨个儿掠过几人，却又像是径直穿过了他们的身躯，望进了虚无之所。

简而言之，长了一张指路 NPC（非玩家角色）的脸。

四目相对，却是夏侯澹先行了一礼。"久仰先生之名。"

眼前之人先后为他们送来了林玄英和北舟，确实当得起这一礼。

无名客并不像许多传说中性情古怪的高人，他温和地回了一礼，道："陛下，娘娘，辛苦了。"

庾晚音一怔，只觉得他这一声洞察一切的慰问，也很有指路仙人的风范。

几人身畔掠过一阵劲风，是林玄英越过他们，一个助跑飞扑了过去。"师父！"

无名客抬起一根手指，犹如竖起了一面气墙，愣是将他挡在半空不得寸进。"阿白，出师数年，怎么功力没什么长进？"

林玄英大呼冤枉。"我容易吗！要练兵，还要打仗，还要到处找解药……"

提到解药，庚晚音连忙望向无名客。对方却并无反应，只是微笑道："你做得很好。"

林玄英立即膨胀了。"确实。"

无名客："？"

· · · ·

片刻后，几人站在了北舟的棺椁前。

无名客端端正正上了一炷香，轻声道："数年前一个雷雨夜，我在山顶意外见得天地之变，阴阳之化。那一卦耗尽我半生修为，不得不闭关数年。异世之人远道而来，对此世来说，却是意外的转机。然而潜龙勿用，陛下初来乍到，命格重写，中有大凶之劫。"

他微微一叹。"欲涉大川，当有益道。北舟陪伴陛下渡过此劫，也是求仁得仁了。"

庚晚音似懂非懂，忍不住问："先生劝北叔来都城找陛下时，已经知道他会……挡灾而死了吗？"

无名客沉默不语，面现悲悯。

庚晚音有些不能接受。

勘破天机者，却不能救人，甚至还要从中推波助澜，引领他们走向既定的结局。既然如此，勘破又有何意义？

无名客转身望着夏侯澹。"北舟曾对我说过，他身死之后，希望能葬在故人身边，永远陪伴她。还望陛下成全。"

夏侯澹点头应了。

庚晚音心中涌现出无数疑问。

无名客能算出所有人的命运吗？那他知道夏侯澹的未来吗？这未来还有多长？能改变吗？

他勘破天机后送来了林玄英，而林玄英这么多年四处求解药，却依旧对夏侯澹的毒无能为力。这是不是意味着，无名客也束手无策？

又或者，夏侯澹存在的意义就是为这片天地带来新生，然后像流星一样消逝？

然而他们已经走投无路，仅存的希望就在眼前。

庾晚音张口欲问，却被夏侯澹抢了先。"依先生之见，夏侯泊该如何处置？"

无名客道："帝星复明之前，国之气运一直悬于武曲、贪狼。而今贪狼已陨，武曲暗淡。但气运仍未完全归拢，此时若让他死于非命，武曲寂灭，恐伤国祚。万望陛下三思。"

夏侯澹道："难道为了世界照常运转，必须养他到寿终正寝？"

"事无绝对，只消帝星归位后……"

夏侯澹举起一只手。"慢点死就行？"

无名客道："是这个意思。"

他眯起眼睛捋了一把雪白的长须。"人法地，地法天，天法道，道法自然。天地之间自有大势，犹如洪流，汤汤然而莫能遏。如果逆流而行，常如螳臂当车，无从破局。"

庾晚音总觉得他意有所指。

她那憋了一路的问题就在嘴边，此时却不敢问出口了。她害怕答案是"听之任之"。

无名客恰在此时道："顺天命之所指，此之谓闻道也。"

庾晚音的心一沉——说这句话时，他的眼睛直直望着自己，其中似乎有诡秘的笑意。

无名客轻声问："记得我当年寄来的那二十四字吗？"

皇命易位，帝星复明。荧惑守心，吉凶一线。五星并聚，否极泰来。

·　●　●　·

或许是因为听多了无名客神神道道的禅机，这天夜里，庾晚音做了一个梦。

她在穿行过一条狭窄的长廊，迎面遇到的宫人每一个都神情焦灼，一副大难将至的模样。他们如此惶急，以至对她行礼都很敷衍，更无人张口问她为何来此。

她的手在袖中打战，掌心被冷汗打湿，不得不更用力地捏紧手中的东西。

她要做什么？

——去杀一个人。

为何要杀他？

——想不起来，但必须去，马上去。

"庾妃娘娘，陛下正等着呢。"安贤推开门来，朝她行礼。

安贤？安贤不是被端王拧断了脖子吗？自己又何时变回了庾妃？

庾晚音隐约意识到这是梦境，然而梦中的四肢却脱离了自己的掌控，一步一步地朝着那张龙床迈去。

不能去，快停下！

她撩开床幔，颤声道："陛下。"

床上形如枯槁的人动了动，一双阴沉沉的眼睛朝她望来——

庾晚音喘着粗气弹坐而起。

"晚音？"睡在旁边的夏侯澹迷迷糊糊地睁开眼。

庾晚音仍然僵直着，发不出声音来。

夏侯澹支起身，让守夜的宫人点起灯烛，又把人挥退了，转头望着她。"怎么脸色这么难看？做噩梦了吗？"

"你还记不记得……"庾晚音发现自己声音嘶哑，"刚认识的时候我告诉你，《穿书之恶魔宠妃》里的暴君是在全书结尾处死于刺杀？"

"嗯，但你当时想不起来刺客是谁了。"

庾晚音艰难地张了张嘴，又闭上了。

她刚刚想起来是谁了。

· · ● · ·

原作中的她对端王一往情深，却处处被谢永儿压过一头，始终得不到心上人的青睐。她几次三番作死后，端王甚至对她心生厌恶，直言再也不愿见到她。

绝望之下，她送了端王一份终极大礼。

她用淬毒的匕首刺伤了夏侯澹，给了端王一个名正言顺入宫勤王的机会。

暴君伤重而亡，妖妃却也没能善终。端王不允许自己光辉的一生里留下谋逆的污点，赐了她三尺白绫给暴君陪葬。

是啊，一切都是毒妇作乱，伟大的救世主别无选择，只好含泪登基。

尽管知道这段剧情只属于原作，庾晚音还是被这个梦的内容和时机恶心到了。

夏侯澹问："梦见什么了，要不说给我听听？"

"……没什么。"庾晚音说不出口，低声咕哝，"就觉得很奇怪，为什么偏偏是在今天，见过无名客之后……"刚见过一个神棍，转眼就梦到早已遗忘的剧情，让人很难不视之为某种征兆。

她不肯说，夏侯澹也就不再追问。"没事，梦都是假的。你只是最近心情不好。"

他点评得客观极了，仿佛她"心情不好"只是因为晚饭不合口味，而不是因为自己快死了。

庾晚音吁了口气。"睡吧。"

正如他所说，这段剧情当然不可能发生。谢永儿已死，夏侯泊已残，原作中所有的天灾人祸都被扼杀在了摇篮里。他们已经改命了，甚至连天上那所谓的"五星并聚"都已经过去了……

庾晚音浑身一震，再次坐了起来。

不待夏侯澹问询，她跳下床径直飞奔到窗边，推开窗扇朝外望了出去。

夏侯澹道："你怎么连鞋都不穿？"

窗口视野受限，庾晚音看了半天没找到，又冲出了后门。

夏侯澹披头散发追了出来，为她罩上大氅。"祖宗，穿鞋。"

庾晚音站在院中冰冷的石砖地上，凝固成了一尊仰头望天的雕像。

夏侯澹跟着她向上望。"……啊。"

夜空中熟悉的方位上，五颗主星闪烁着冰冷的光，连成了一条完美的直线。

他们上一次确认的时候，这条线的尾巴还是拐弯的。当时她以为五星不再并聚，代表那一劫已经过去。却没想到，它是尚未来临。

夏侯澹眯了眯眼。"没记错的话，这是君王遇刺之兆吧。"

庾晚音打了个寒噤，脑中飞快检索着与无名客有关的一切记忆。

鬼使神差地，耳边回响起林玄英对夏侯澹说的话："我师父还有一句话托我带到：你们的相遇或许并非幸事。"

她的心脏直直朝下坠去，堕入不见底的深渊。

无名客让他们顺天命之所指，这"天命"难道指的是原作剧情？

那神棍特地指点她刺死夏侯澹？

庾晚音出离愤怒了。

她转头四顾，开始考虑半夜召见无名客的可行性。

夏侯澹看看天，再看看她，似乎已经明白了什么，笑了一声。

黑夜里，他苍白得像一缕游魂，神情却很平静。"五星并聚，否极泰来——对这世界来说，失去一个疯王，得到一个女帝，的确是否极泰来了。"

"不许瞎说！"庾晚音怒道，"你活下去才算否极泰来！"

夏侯澹息事宁人道："好，你说了算。把鞋穿上。"

庾晚音："……"

自从重逢以来，夏侯澹在她面前一直表现得……相当淡定。

他像是沉浸在热恋中的毛头小伙子，得空就与她腻在一起，该吃吃，该喝喝，岁月静好，及时行乐。

他似乎打定主意要对那近在眼前的死别视而不见。偶尔庾晚音情绪低落，他还要插科打诨将话题岔开。

庾晚音终于穿上了鞋。

"冷死了，回吧。"夏侯澹将她拉进屋，塞回被窝里，"实在睡不着，不如干点暖和的事？"

庾晚音："？"

庾晚音问："你不想谈谈这件事吗？"

"哪件事？刺杀？"夏侯澹舒舒服服地躺回她身边，"我倒想着真到了那时候，与其发着疯号叫个十天半月才死，倒不如求一个痛快。说不定是我求你动手呢。"

庾晚音被他轻描淡写的语气刺得心绞痛。"你觉得我会对你下手吗？"

夏侯澹思索了一下。"确实难为你了。没事，我怎样都行，随你乐意吧。"

庾晚音脑中那根弦断了。

"乐意。"她轻声重复。

夏侯澹愣了愣，试图找补："我不是那个意思……"

"你问我是乐意亲手杀了你，还是乐意眼看着你慢慢咽气？"

夏侯澹慌了，他僵硬着看了她片刻，才想起翻找帕子。

"真要随我乐意，你就该在第一天把我逐出宫去，或者等你死了我再来！我不乐意认识你，不乐意吃小火锅，不乐意上你的当，不乐意读你的信……"

夏侯澹终于找出一张绣帕，讪讪地递过去，庾晚音却不接。

她憋了太久，终于一朝爆发，哭得浑身发抖。"你怎么对我这么狠呀？"

夏侯澹沉默片刻，将她拥进怀里，温声道："万幸的是，皇后胸怀博大，定能以德报怨，应天从民，千秋万岁。"

"我不能！"

"你已经可以了。阿白汇报过，在我归队之前，你一个人也能独当一面。以后还会更好的。"他在她背上轻轻拍抚，"别哭了，我给你赔不是，成吗？如果这个世界有轮回，欠你的来生一定偿还。"

"我不要来生，我要今生今世。"庾晚音不知道在找谁讨要，也顾不得自己听上去蛮不讲理，像求人摘月亮的孩子，"我要你留下，陪我——"

夏侯澹："……"

夏侯澹低声道："我比任何人都更想留下。"

庾晚音抽噎了一下，依稀听出他声音的异样，挣脱他的怀抱看去。夏侯澹双目含泪，温柔而无奈地望着她。

"可是我也没有办法。"

庾晚音忽然意识到，她不应该辜负夏侯澹的苦心的。夏侯澹如此努力地要留下一段笑着的回忆，供她聊作慰藉，她却让他哭了。

她慢慢平复呼吸，接过绣帕擤了一下鼻涕。"算了，那你就好好补偿我吧。"

· · · **·** · ·

九尽寒尽之后，天气开始渐渐回暖。

寄给图尔的密信仍旧没有收到回音。羌国战局混乱，他们甚至无法确定图尔有没有收到信。

皇帝只要不在理朝，就抓紧一切机会与皇后约会。游湖赏月，踏雪寻梅，绣被薰笼，不亦乐乎。

夏侯澹的状态肉眼可见地恶化了。他的进食和睡眠一天天减少，熬得眼窝都深陷了下去，越发接近噩梦中的那个暴君形象。庾晚音清楚，他的头痛正在朝那个临界点加剧。

但他从不在庾晚音面前流露出一丝半点的痛苦，实在忍不住了，就消失一阵。庾晚音只当不知。

她已经哭过一场，此生都没有第二场了。

钦天监在皇帝的授意下，就近算了个封后嘉礼的吉日。

这场空前绝后的典礼，从准备阶段就震惊朝野。皇帝似乎要彰显天威，庆祝迟来的掌权，还要向天下昭示皇后的荣宠，彻底为她洗去妖后私通的污名。

这场嘉礼代表着新时代的开端，所以它要气象盛大，还要别出心裁。不求庄严古板，但求雍容烂漫。

刚刚换血的六部接下了职业生涯第一场考验，马不停蹄地紧急协调。

金玉礼器与锦绣仪仗一车车地运进宫门，一同出现的还有冬日里不常见的奇珍花草，从举国各地长途运来，将整座皇宫装点得斜红叠翠、香影摇曳。

大殿间从嘉礼前三日起就氤氲着清润的芬芳，皇帝亲率文武百官斋戒熏香，告祭天地。

到了典礼当日，八音迭奏，繁花铺路，织毯从宫门一路延伸到礼堂。盛装打扮的皇后款款行来，碎金宝光如天河之水，自她的凤冠上倾泻而下。

庾晚音微昂着矜贵的头颅，一路穿过匍匐的人群，祭服长长的裙摆曳地，像卷起了一场幻梦。

负责安保的林玄英神情复杂，目送着她昂首走向孤独。

冗杂仪式后，皇后拜于香案，行六肃三跪三拜之礼。皇帝将她扶起，与之携手并立，接受朝拜。

年方八岁的小太子低眉顺眼地上前行礼。

自从太后身死，他许是得了高人指点，一下子变得安分守己。不仅在夏侯澹面前哭着检讨，还置办了一堆贺礼送入庾晚音的寝宫，一口一个母后叫得恭顺，似乎要表明当好一个小傀儡的决心，让人暂时寻不到由头废了他。

众臣跟着山呼皇后千岁，埋下去的脸上神态各异，戒备者有之，尊崇者亦有之。死里逃生的庾少卿一家热泪盈眶，接触过皇后本人的年轻臣子们一脸欣慰。

按照传统，嘉礼到此就圆满结束了，但夏侯澹显然并不满足于此。他笑道："难得的好日子，朕与皇后设了宫宴，请众爱卿同庆。"

于是宫宴又从晌午一直持续到夜里，珍馐美馔、金浆玉醴，雪水中湃过的甘甜供果，如流水般呈上。

这不管不顾的奢靡作风，看得李云锡眉头紧锁，直呼成何体统。

夜幕一降，喝到半醉的夏侯澹忽然笑嘻嘻道："皇后，看朕给你变个魔法。"

他大手一挥，四面花影间忽而升起万束流光，当空团团绽开。

临时改良过的焰火花样奇巧，火树银花，重重叠叠，一波接着一波，映得满天星月暗淡无光。

众臣惊呼连连，有人乘醉大笑，有人即兴作诗。

李云锡被杨铎捷搭着肩膀高声劝酒，已经没脾气了。

罢了……让他们高兴一回，明日再劝吧。

庾晚音也被敬了不少杯酒，尽管只是果酿，喝了这么久，也已经歪着脑袋视线模糊了。

朦胧视野中，焰火光影在夏侯澹酡红的侧脸上流换，往来喧嚣都随之岑寂。邈远的高处，天心钩月澄澈无尘，垂怜着这一片绮丽的烟火人间。

"皇后可还满意？"夏侯澹凑近她耳边笑问。

是补偿，也是赠礼，日后风雪如刀，也可从余烬中取暖。

庾晚音只觉喝下去的温酒都灼热起来，将她的五脏六腑文火炙烤。

夏侯澹没等她回答，又牵起她的手。"让他们喝，我们先溜了。"

· · · · ·

离开那一片喧嚣后，耳朵不能适应突如其来的安静，还在嗡嗡作响。

帝后二人让宫人远远跟在后面，慢悠悠地踱过回廊，散步消食。烟花已散，碧沉沉的月光重掌大权，将御花园照成了一片净琉璃世界。

庾晚音知道此情此景，应该谈情说爱，再速速回屋滚上三百回合，但酒精放大了人心底的贪欲，更让唇舌变得不受控制，她一开口，却是一句："如果不是在这本书里……"

她还不满足，还想要更多。

无名客的预言、身不由己的噩梦，又唤醒了她那份存在的危机。如果一切都是注定的，那他们只是在角色扮演吗？这一份感情中又掺杂了几分"命定"？

庾晚音一来这个世界，就进入了地狱模式，被迫为了存活而斗争。夏侯澹是她唯一的同类、天然的战友，他们走到一起，仿佛是天经地义的事。

如今她终于有余暇恋爱脑了，可以纠结一些令人着恼的细节了。

比如他们的相知相恋对夏侯澹来说，是天经地义，还是别无选择。

如果他们不曾来到这个世界，如果这世上还有其他同类，他还会心无旁骛地爱上她吗？

事到如今再寻思这种问题，显然已经太晚了。她不知道自己为何突然如此渴求一个答案，也不知道谁能作答。

她还没组织好语言，夏侯澹却已经接过了话头："如果不是在这本书里，2026 年，我也工作几年了，我俩大概可以在地铁上相遇吧。"

庾晚音："？"

夏侯澹悠闲地看着庭中月色，语气神往。"那天地铁特别挤，我站着刷手机，忽然发现面前坐了个女孩，在拿着手机看小说。不知是读到什么内容，她边看边乐不可支，我忍不住多瞟了一眼，发现她长得很可爱。"

庾晚音笑了，顺着说道："她肯定不喜欢被人偷看，说不定会抬头瞪你一眼。结果发现是个帅哥，于是默默原谅了你。"

夏侯澹道："那我可就得寸进尺，开口要微信了。她会给我吗？"

"……不好说。"

"求你了，我不是奇怪的人。"

庚晚音忍俊不禁："行吧行吧。"

"太好了。我会跟她聊小说，请她看电影，带她吃遍全城十佳小火锅。每次见面，她都显得更有趣一点。每一天，我们都比前一天更合拍。然后，要是见她不讨厌我，我就开始给她送花，一束一束，很多很多的花。"

夏侯澹目不转睛地望着她，像在用话语描摹一个美好的幻境。"我最多能忍耐多久呢？三个月，还是四个月，又或者是半年？某天回家的路上，我会紧紧抓住口袋里的戒指盒，对她说：'我无法想象没有你的余生了。'我偷偷观察着她的反应，要是她不搭腔……我就再忍忍。"

庚晚音笑出声来："不可能，你是这么贱的人吗？"

"我怕她不答应。"

或许是酒精的作用，又或许是因为夜色太过旖旎，庚晚音的心跳得飞快，已经消退的绯红又攀上了她的面颊。

她忽然抵受不住身侧直勾勾的目光，略微偏过头去。"可惜这里没有地铁，也没有电影。"

"但戒指还是有的。"

夏侯澹缓缓单膝跪下，递上了一枚戒指。

庚晚音一眼瞧见其上长羽舒展、振翅欲飞的凤凰，细看之下，才发现凤羽间疏朗的梧桐枝叶。

凤栖于梧，清致高华。

最古老的礼赞，胜过万千风雅情话。

祭服未褪的君主认真地仰头看着她。"你愿意嫁给我吗？"

大风忽起，载着他们遥渡前尘。头顶星河摇坠，击出恢宏的钟磬之音。

说好了再也不哭的。

　　庾晚音抬手遮住眼睛。"我从一开始就是你的妃子呀。现在还是你的皇后……"

　　"那怎么够？"夏侯澹笑着为她套上戒指，"我还要你做我的新娘。"

# 第二十六章

# 以毒攻毒

如同噩梦照进现实，形如枯槁的疯王与他深爱的刺客对视。

无名客在都城小住了数日，一直等到北舟停灵结束，入土为安。

夏侯澹趁着这一届朝臣还不敢非议，直接拍板，以亲王之礼葬之。

北舟风风光光入了皇陵，但那个华丽的墓穴却只是衣冠冢。他的尸骨被悄然埋在了慈贞皇后旁边。

至此，都城之变画上句号。

林玄英重新整顿了投降的三军，带着新封的将军名号，回南境收拾残局了。他们都知道不久后这帝位还得换，为免生乱，需要早做准备。

无名客左右无事，决定陪弟子走一道，顺带指点他修行。

帝后二人将他们一路送出城外。

林玄英在长亭里与夏侯澹干了一杯，心中知晓这八成就是死别，嘴里却说不出什么煽情之语，憋了半天，只能说一句："放心去吧，我不会带走她的。"

夏侯澹道："……我谢谢你。"

与此同时，庾晚音也将无名客单独带到无人处说话。

庾晚音道："陛下已昭告天下，念在手足之情不杀夏侯泊，只将他终生囚禁。我们会尽量不用重刑，留他苟延残喘个几年。"

无名客躬身一礼。"在下替天下苍生谢过娘娘。"

风吹长草，他白衣飘飘，俨然一副事了拂衣去的姿态。

庾晚音面无表情地看着他，目光奇异，轻声问："先生做的所有事，并非为了某一人，而是为这方天地请命，对吗？"

无名客拂须道："天地自有缘法而不言，吾等肉体凡胎，能侥幸窥见一二，也是受天意所托，因此不敢不竭力而为。"

"我明白了。"庾晚音道，"先生至今不为陛下指明生路，想来也是这片苍天并不在乎他了。"

无名客眼皮一跳。"娘娘慎言。"

庾晚音笑了。"只是实话实说罢了。将人骗进来十年，吸干心血，用完就扔——"

天际响起几声闷雷。

庾晚音索性抬起头，直直朝上望去，红唇一抿，挑起一个讽刺的笑。"所谓天道，竟如此凉薄。"

无名客惊了。

他当了大半辈子世外高人，没见过如此胆大妄为的主儿。这是不要命了吗？

庾晚音却又朝他肃容道："先生可否为陛下算上一卦？"

"……固所愿也，实在是所求无果……娘娘，"无名客深思片刻，只能把话摊开些，"帝星归位，只需要一颗，娘娘心中难道不知？"

"我当然清楚。我来了，所以不必保全另一人了。"庾晚音点评道，"真是打得一手好算盘。"

闷雷声声犹如羯鼓，开始朝这个方向滚动。远处，右军队伍中的马匹不安地骚动起来。动物心智未开，反而更容易察觉冥冥中暴涨的洪荒之怒。

庾晚音镇定地站着，气息几乎停滞——

然后，她举起了一把枪。

无名客淡然以对。

直到她掉转枪头，抵住了自己的脑门儿。

无名客："？"

庾晚音道："陛下若是死了，我便随他而去，你们自去找下一个救世主吧。"

无名客惊愕几秒，又恢复了镇定，高深莫测道："娘娘不会下手的。"

庾晚音二话不说扣下了扳机。

无名客猛然色变——

庾晚音丢开那支没装弹的枪，笑道："原来先生也有看走眼的时候。"

没等无名客做出反应，她又举起了第二把枪。"先生不妨掐指一算，这一回有没有弹药。再仔细算算，我会不会下手。"

无名客："……"

无名客深呼吸。"娘娘不应如此。局势才刚刚稳定，这也是陛下呕心沥血换来的成果，娘娘若是撒手不管，这一切就毁于一旦了……"

庾晚音道："不应如此，但我乐意。"

无名客终于急了。"这是逆天而行！"

"你错了，这不是逆天而行，这是要天顺我的意。"庾晚音在大风中衣发俱扬，一字一句道，"我们社畜可以包容一切甲方，除了不付钱的。想让我坐这个位子，就得把我要的给我。"

这段发言的嚣张程度已经超出了无名客的认知，他一时间甚至不知该如何作答。对方此言仿佛并不是冲着自己，而是豪指云霄，与天杀价。至于他，只是个夹在中间的传话人。

阵雷不绝，如万面鼓声。四野长草如涛，在风中升沉。

庾晚音确实没有等他回答的意思，又行了一礼，心平气和道："请先生起卦。无论这一卦有没有结果，我都算是收到回复了。"

无名客考虑了很久，从了。

他定了定神，没去翻找法器，而是仰头望向伴着雷声贯穿天际的道道银蛇，屈指掐算。

闪电由远及近，在他们头顶狂舞，闪得视野忽明忽暗。无名客站得纹丝不动，口中念念有词。庾晚音观察了一会儿，猜到他在以数起卦。

她不打扰也不催促，只是站在一边静静等着，手中的枪始终没有放下。

不知过了多久，无名客收了手，脱力般摇晃了一下。

庾晚音问："先生？"

"雷水解。"

庾晚音呆了呆，不解其意。

无名客道："进退不决，当以进为先。"

话音未落，头顶一道炸雷劈下，砸在他们五尺开外，将那一片地变作焦土。

无名客当场跪下了。

"什么事进退不决？"庾晚音连忙追问。

又是一道炸雷。无名客一跃而起，转身便走，摆手道："不可说了！转机到了娘娘自会察觉！"

庾晚音还想追问，然而无名客身形如鬼魅，眨眼间已晃出了几丈远，再一眨眼连人影都快瞧不见了。

他也不知是在躲天罚还是躲庾晚音，连林玄英都不等了，自顾自地绝尘而去。

好不容易得来的一句指点，却依旧语焉不详。

庾晚音叹了口气，只得自行琢磨。

回宫路上，她一路沉思着自己究竟在哪件事上"进退不决"，甚至没有注意到夏侯澹异常的沉默。

· · · · ·

一下马车，夏侯澹就开口道："我去开个会。"

他一直到天黑都未归。庾晚音照例等他一道用晚膳，却只等来一句传话，让她自己先吃。

她知道夏侯澹的头疼又严重了。最近几日他消失得越来越频繁，人已经瘦到了臣子上奏都要加一句保重圣体的程度。即使与她共处时，也总在强颜欢笑。

庾晚音焦躁起来，晚膳没咽下几口，趴在床上一边等着夏侯澹，一边翻来覆去地找线索，连什么时候睡过去的都不知道。

再被唤醒时已是午夜，枕边依旧是空的。

唤醒她的暗卫声音颤抖："娘娘，陛下他……"

庾晚音一个激灵清醒过来，匆匆起身披上了外袍。"带路。"

夏侯澹在一间不住人的偏殿里。

这偏殿外头看着不起眼，走进去方知戒备森严。庾晚音一见这些侍卫的阵势，心脏就开始缩紧。

室内一片狼藉。摔碎的器皿、翻倒的屏风散乱一地，尚未收拾。皇帝被绑在床上，气息奄奄，已经陷入昏迷。

他的身上、额上又是一片血肉模糊，就连双手的指甲都磨损裂开了，惨不忍睹。萧添采正为他包扎，转头见到庾晚音的脸色，连忙跪下。

庾晚音深呼吸几次才能发出声音："为什么不行针让他睡去？"

萧添采道："陛下这回发作不比往日，行针已经不起作用了。微臣开了安神的药，加了几回剂量强灌下去，刚刚才见效……"

他小心翼翼道："娘娘，陛下体内毒素淤积，已入膏肓，这一次……"

这一次是真的不行了。

烛火拖长了庾晚音的影子，像要扯着她沉沉地朝下坠。

她听见自己声音冷静地问："还有多久？"

"……这毒在脑子里，或许这两日便会浑身瘫痪，接着便是神志不清，或许还会眼瞎耳聋，至多拖上十天半月……"萧添采咬紧后槽牙，神色中也有内疚与不甘，"微臣无能，愧对陛下与娘娘重托，请娘娘降罪。"

庾晚音从他手中接过药，坐到床边捧起夏侯澹的手。药粉撒在指甲翻开处的血肉上，连她都禁不住颤抖起来，夏侯澹却昏沉着毫无反应。

庾晚音细致地包扎了伤口，轻声道："继续加药，尽量让他一直睡着。"

萧添采以为她已经接受现实，只想减轻夏侯澹离去前的痛苦，只能沉重叩头道："是。"

庾晚音在偏殿一直陪到天亮才离开。

她又朝偏殿加派了暗卫，吩咐此处严禁出入。对外则宣称皇帝偶感不适，今日不朝。

国事刚刚步入正轨，早朝虽然取消，许多事务却依旧需要人拿主意。庚晚音回了趟寝宫梳洗更衣，准备去见人。

哑女服侍着她褪下外袍，愣了愣，忽然一把抓住她的胳膊上下察看。

"怎么了？哦，"庚晚音这才看到自己袖口的血迹，见哑女还在找伤口，安慰道，"不是我的伤。陛下……陛下不慎跌了一跤，蹭破了。"她几秒内拿定主意，将这句作为对外统一说辞。

哑女瞧了瞧庚晚音的表情，没再表示什么，只在她换完衣服打算离开时又拉住了她，端来一碗温热的甜粥并几道小菜。

庚晚音恍然间想起自己已经许久没有进食了。她揉了把哑女的脑袋，一口干了甜粥，心绪稍定。转头望着阴沉的天色，自言自语般喃喃道："再给你最后一天。别不识好歹，明日我就罢工。"

哑女："？"

· · · ● · ·

庚晚音代批了一沓急奏，又召人询问图尔的消息，结果依旧是没有回音。那所谓的转机，仿佛只是无名客为了脱身而编出来的说辞。

庚晚音挥退了旁人，忽然趴倒在御书房的桌案上，一动不动。

过了片刻，身后传来轻微的脚步声。

庚晚音警觉抬头。"谁？"

"娘娘。"一名暗卫也不知是从何处冒出来的，低头朝她行礼。

"十二？"庚晚音认出了他的脸，"今日不是你轮班吧？"

十二道："陛下早有吩咐，若他病倒，娘娘身边的暗岗也要立即增加。因为是密令，所以属下今日藏在暗中保护，请娘娘勿怪。"

"那你现在怎么出来了？"

"禀娘娘，那位哑女方才从寝宫消失了一刻钟。"

庚晚音的心突地一跳。

十二道："她一向滑溜，又似乎看准了其他暗卫所在，闪身极快，从他们看不到的死角里脱身了。只有属下是今日新增的人，她没有防备，让属下瞧见了她一闪而过，去了小药房的方向。"

所谓小药房是近日才改造出来的一间屋子，只为夏侯澹一人服务。夏侯澹病情渐重，要喝大量安神止痛的药。有心人若是翻看药渣，就能判断出他情况极差。所以为了保密，这小药房的位置极为隐蔽，普通宫人根本找不到。

庾晚音心中的疑窦越来越大。"陛下那边没事吧？"

十二道："娘娘放心，偏殿此刻如同铜墙铁壁，没人混得进去。"

庾晚音冷静下来，凝神思索。

其实到这一步，任何异状都不可怕，可怕的是毫无异状。如今线索已经出现，只是还需要顺藤摸瓜才能找到谜底。

时间紧迫，她吩咐十二："让偏殿把小药房今日送去的药全部倒掉，重新煎过。继续监视哑女，但是不要打草惊蛇，没我的命令不许出来。"

· · · · ·

结果这一日接下来的时间，哑女却又老实了。

入夜后夏侯澹在偏殿里醒过一次，睁眼的第一秒就拿头去撞床柱。

他身上的绑缚已经松了，此时骤然动作，四周宫人猝不及防，硬是让他结结实实撞了两下才扑过去按住他。

庾晚音试图喂他喝药，夏侯澹却不断挣扎，双眼对不上焦，口中发出野兽般的嘶吼。庾晚音唤了几声，他恍如未闻。最后还是被暗卫掰开牙关，用蛮力灌下去的药。

他重新昏迷后，身经百战的暗卫都红了眼眶，担忧地偷看庾晚音。

庾晚音呆立了片刻。"他不认得我了。"

暗卫喃喃找话安慰她。

庾晚音只觉得荒诞。"他对我说的最后一句话是……他去开个会。"

她麻木地转了个身，走了。

· · · · ·

庾晚音回到寝殿，神色如常地跟哑女打了声招呼："今日有些乏困，我先睡下了。"

她躺在床上一动不动，指望着哑女能放松警惕，再度溜出去行动——无论那行动是什么，情况都不会更糟了。

然而等了两个时辰，始终没有动静。

庾晚音身上渐渐发冷，在被窝里缩成一团。

转机快点出现吧。再迟一些，就没有意义了。

厚暖的被窝锁不住热气，渐渐变成了冰窟。庾晚音牙关打战，恼恨自己在这种关头撑不住，居然发起烧来。想叫人去请太医，又怕惊动了哑女……

突然间她呼吸一滞，乱成一团的脑海中浮现出一段模糊的记忆。今日早晨，自己是不是喝过一碗甜粥？

床帘外透入朦胧的亮光，有人点起了灯烛。一道瘦小的人影接近过来，掀开了帘布。

哑女站在床边，一脸关切地看着她。

庾晚音努力抑制着牙关的颤抖，缓缓从被窝里抽出手，将枪口对准她。

哑女视而不见，问："娘娘，不舒服？"

直到此时，庾晚音才知道哑女并不是哑女。同一时刻，她也明白了对方为何会扮作哑巴——这短短一句话说得支离破碎，带了明显的异域口音。

哑女也不管庾晚音做何反应，微笑道："你，中了毒，开始发抖后，一炷香，就会死。别担心，我有解药。"

庾晚音刚一张口，哑女抬起一根手指。"小声，你的人，别过来。"

庾晚音顿了顿，果然放下了枪，将声音压得极低："你想要什么？"

哑女满意地点点头。"你去杀了皇帝。他死了，你就能活。"

庾晚音思绪飞转，一些零碎的线索串了起来。

对方的口音、初见时那恨不得置人于死地的敌意、半路上发现自己身份之后突然转变的态度……

庾晚音道："你是羌国人。"

这不是一个问句，所以对方没有回答。

庾晚音摇晃着坐起，将被子裹紧，努力忽略那侵入骨髓的寒意，语声仍是不紧不慢。"你跟着我入宫，是为了行刺。你摸清了暗卫的方位，也摸清了小药房的位置。通过我今早的表现，你推断出那些药是给陛下用的，便决定趁他病，要他命。"

小药房里煎的药并不对症，因此对方无法判断夏侯澹究竟是什么病，也就不会知道即使什么手脚都不做，他自己也会死。

"结果，你去小药房下毒，却被发现了。你等到夜里，还是没听见丧钟，知道任务失败，只得借我之手再试一次……"

说到这里，庾晚音卡住了。"奇怪，你既然一早就通过甜粥给我下了毒，为何又多此一举跑去小药房，平白提前暴露了自己？"

哑女耸耸肩，只是催她："一炷香。"

庾晚音置若罔闻，继续轻声问："还有，你明知道我是谁，也知道夏侯澹是谁，为何不在流亡的路上早早下手，反而几次三番帮我们？"

哑女的脸色冷了下去，平日里滴溜溜乱转的一双灵巧眼珠，此时死死地盯着庾晚音，显出几分狠厉。

"——啊，我明白了。"庾晚音自问自答，"当时掌权的是端王，你干掉我们也没用。你想看我们与端王自相残杀，只是我们获胜之快超出了你的想象。眼见着端王败局已定，你才想出来做黄雀，对吗？"她笑了一下，"若真是这样，那你小小年纪，看得倒是挺远，想来在羌国时也不是个寻常百姓吧。"

哑女忍不住冷笑一声。"每一个羌国人，都知道。夏国和燕国，要打起来。你们不打了，我们就完了。"

羌国弱小，一直在大夏和燕国之间夹缝求存。他们没有强大的军队，又不肯低下头来当藩国求庇护，生存之计便是种种搬不上台面的手段——毒药、偷盗、色诱、挑拨离间。

和从前的燕国一样，羌国也喜欢往夏国输送死士。能杀死几个大人物，搅得大夏内乱一阵，便会被奉为勇士，家人也会得到奖赏。

在图尔与夏结盟、攻入羌国以后，那些千方百计逃入大夏的流民，多少也抱着相同的目的。他们一边挣扎求存，一边寻找一切机会制造灾祸，拖垮大夏，结束故乡的苦难。

哑女道："我父母，女王的勇士。我，也要当勇士。"

她的语气里有一种天真的狂热，听得人莫名胆寒，又莫名悲哀。

庾晚音轻声问："当勇士……然后呢？"

哑女眼神空洞了一瞬，又笑了起来。

庾晚音忽然想起太后蔻丹指甲里的毒引。萧添采说，这毒只有羌人才能研制出来。太后用它消灭了一代代的敌人，如今自己下了地狱，还要摆夏侯澹最后一道——但她最初是如何得到毒种与毒引的呢？那又是哪个羌国勇士的光辉战绩，竟成功乱了大夏整整三代？

青史留名的刺客都是二流刺客。那些佼佼者已经消失于时间的长河，犹如从未来过。

"我还有一事不解。"庾晚音道，"你连贴身衣物都在进宫时换掉了，这会儿又是从哪里变出的毒药？"

哑女看了一眼窗外。"天，要帮我。"

这用词让庾晚音心念一动，有灵光一闪而逝。

她跟着望向窗外，挑起眉。"那些花草？"

为了她的封后大典，从全国运来了不少奇花异草。

庾晚音追问："那些花草里，凑巧就有你需要的全部药材了？一样不差？"

哑女眨了眨眼，猛地反应过来，恶狠狠道："再不走，你就死！"

庾晚音面露遗憾。

她知道十二就在附近偷听，所以拖着哑女套话，想抿出点有用的信息。怎奈哑女不是蠢人，看穿她的意图后，再也不肯说一个字，伸手就拉她下床。

庾晚音的镇定是强撑出来的，其实五脏六腑都快要被冰冻上了，她浑身僵冷无力，被哑女强行扯到地上，扶着床柱才站稳。"我做不到……皇帝周围有重重防卫，我一掏出武器就会被射成筛子……"

"走。"哑女推着她往门口迈步。

庾晚音踉跄了一下，口中还在劝："……一切食物饮水都有人试毒，何况无数双眼睛盯着，即使是我也没机会投毒。别着急，此事需要从长计议啊……"

一炷香的时间确实很短，庾晚音能感觉到周身的力气正与体温一道飞速流逝。

如果现在活捉哑女，还来不来得及用刑逼她交出解药？又或者，她能救活夏侯澹吗？

然而，此人心性如此坚忍，又恨大夏入骨，绝不会屈从于威逼利诱。就连她口中许诺的解药，多半也是不存在的。

既然设了这个局，应该是想一箭双雕，同时灭了帝后吧？

可惜这算盘注定落空，因为贼老天是不会允许双杀的。自己与夏侯澹，最终总会活一个……

刹那间，庾晚音顿住了。

——活一个？

哑女道："他相信你。"

她将庾晚音逼到门边，从袖中取出一个小瓷瓶，似笑非笑道："他流血了。"

犹如闪电划过漆黑的天幕，在这玄而又玄的一瞬间，庾晚音看清了此间一切狡诈的因果。

五星并聚，否极泰来。

她的脑中山崩海啸，眼睁睁地望着哑女将小瓷瓶递过来。"撒在伤口上。"

庾晚音耗费了毕生演技，露出一脸恐惧与绝望，颤抖着藏起瓷瓶，走出了寝宫。

她一离开哑女视线，十二就带着几名暗卫冒了出来，紧张地搀住她。"娘娘。"

庾晚音加快脚步走向偏殿。"去制住哑女，留活口。让萧添采打开药箱等着。"

· · · ● · ·

偏殿。

萧添采从瓷瓶中倒出一点药粉，反复嗅闻验看，情急之下甚至送入口中尝了一点："像，很像。"

他又从药箱里取出一只试药用的耗子，以匕首划开一道口子，将药粉撒了上去。那耗子登时血流如注，汩汩不绝，再撒金疮药，也丝毫没有止血的迹象。

萧添采抹了把冷汗，宣布道："与上次燕国刺客剑上淬的毒非常相似，会让人血流不止，不愈而亡。臣能尝出其中几味药材，与残存的古方相符。"

图尔说过，那毒是羌国女王留下的。

正是因为夏侯澹上次被刺后不仅没死，还一度头痛减轻，才让他们有了以毒攻毒的主意。然而羌国女王一共只留了那么一点，图尔已经用尽，又复原不出药方，这才需要上天入地去寻。

岂知今日得来全不费工夫。

庾晚音坐在夏侯澹床边，已是摇摇欲坠，旁边跪了几个束手无策的太医。她没有理会太医，只问萧添采："能用吗？"

这么一瓶来路不明的玩意儿，能救回皇帝吗？万一差之毫厘，失之千里，直接让人暴毙了呢？

萧添采冷汗涔涔，不敢点头，转向跪在一旁的老太医。"师父以为如何？"

老太医颤颤巍巍道："这……需要一些时日查验……"

然而他们没有时间了。

庾晚音发着抖，视野开始昏黑下去。在她旁边，是面无血色、气息急促的夏侯澹。

萧添采绝望地收回视线。一旦皇后倒下，想必宫中更无一人敢拍板对皇帝用药，承担意图弑君的罪名。

他咬了咬牙，正要开口——

"拿来。"庾晚音道。

萧添采一愣，老太医已经开始劝阻："请娘娘三思啊！"

庾晚音只是对萧添采摊开手。"进退不决，当以进为先。"

萧添采递过了瓷瓶。

庾晚音已顾不得其他，全凭着本能去解夏侯澹的绷带，然而气力不济，摸索了半天都解不开。

萧添采既然开了头，也就不再瞻前顾后，索性上前帮着取下绷带，露出了夏侯澹纵横的伤口。

庾晚音深吸一口气，勉强举起瓷瓶。

床上的夏侯澹忽然睫毛一颤。

满室死寂中，他慢慢撑开眼帘，没有焦距的目光虚虚地投向床侧。

如同噩梦照进现实，形如枯槁的疯王与他深爱的刺客对视。又如初见的一幕重现，他皱起眉头，茫然地沉默着。

半晌，他张开口，声音是撕裂后的暗哑："……晚音？"

庾晚音手中一倾，瓷瓶中的药粉洒落下去，轻柔地覆在了他的伤口上。

殷红的血液开始涌出，将衾被染出大片喜色。

夏侯澹的肌肉绷紧，表情却无甚变化。这点痛楚与他脑中正在经历的相比，模糊到似有还无。

他又问了一遍，似是在找人："晚音？"

庾晚音笑了笑，道："How are you？"

"……"

夏侯澹也跟着慢慢扬起一个微笑。"I'm fine, and you？"

满室宫人垂着脑袋，谁也不敢露出疑色。

庾晚音倾倒了小半瓶，体力不支，歪倒了下去，躺在夏侯澹身侧。萧添采眼明手快，接过了她手中的瓷瓶。

庾晚音想要示意他观察效果再酌情加量，一开口，却只发出气音。

萧添采含泪道："娘娘放心。"

庾晚音点了点头，挣扎着握住夏侯澹的手。

远处，暗卫惊慌失措地奔来。"娘娘！哑女咬破藏在口中的蜡丸，自尽了……"

庾晚音反应平静。方才跟哑女对话时，她就猜到结局多半是一换一。只是开弓没有回头箭，能救一个也是好的。

她不再理会暗卫，转头专心致志地望着枕边人，试图牢牢记住他的眉眼。

夏侯澹的视力和神思都模糊了，弄不清她做了什么，只当自己此刻是回光返照，抓紧时间交代她："好好的。"

庾晚音微弱地笑道："嗯。"

"亲一个？"

"好……"

黑暗笼罩下来。

风吹不绝，带来第一缕早春的气息。

第二十七章

# 大好春光

正因不知还能相伴多少年，才更要珍惜眼前的
涓滴时光。

一年后。

天牢。

暗室依旧逼仄而潮湿，只有一线微弱的光从铁栏缝隙漏入，照出墙
角畸形的人影。

夏侯泊靠坐在墙边闭目养神——他也只能坐着——皲裂渗血的嘴唇
翕动，低声念叨着什么。若有人凑到极近处听，就会发现他不过是在不
断计数。

没有日夜，也不闻声响，只有沉默的守卫偶尔送来泔水般的食物。
夏侯泊只能靠着计数大致估算时间，使自己不至于陷落于虚无的旋涡，
失去最后的理智。

但今天注定是个特殊日子。

脚步声接近铁栏，有人放下了吃食，却没有马上离去。

几秒后，持续了一年的死寂忽然被打破了。"殿下。"

夏侯泊停滞了数秒才迟缓地偏过头去。

来人哽咽着又唤了一声，这回夏侯泊分辨出了他的声音，是个昔日
部下。

夏侯泊问："……你是如何进来的？"

"属下无能，属下该死！"那老部下二话不说先磕了个头，"这里的
守卫油盐不进，属下等了一整年，终于趁着外头大乱、人心动摇，才托

人打点，得以混进来见到殿下。但他们只让属下说两句话，就要来赶人了……"

夏侯泊只捕捉关键词。"外头大乱？"

老部下道："是。去年都城之乱前殿下留下的嘱咐，属下牢记在心，后来几番辗转，笼络到了太子，设计引庾后去弑君。"

"成了吗？"

"出了些岔子，夏侯澹虽然身死，可恨那庾后却侥幸留得一命，还效法吕武执掌了大权！不过苍天有眼啊，一介妇人哪儿会治国，去年旱灾一闹，举国大乱。"

"旱灾？"夏侯泊眼皮一跳，依稀想起了曾经的那个梦。

老部下道："田间颗粒无收，饿殍不计其数。都说是因为妖后弄权，引来天怒。如今四处有人起义造反，那庾后的好日子很快就到头啦。"

他老泪纵横道："属下正在联系殿下的旧部，想从中推波助澜，待庾后被推翻，便趁乱营救殿下。"

数道脚步声响起。守卫来赶人了。

那老部下压低声音，慌张地留下一句："还请殿下多加保重，至多再忍上一年半载，便是东山再起之日……"

他走了。

暗室内又恢复了死寂，连那似有若无的计数声都迟迟没有再响起。

不知过了多久，传出一声闷笑。

无人进来呵斥囚犯，他便自顾自地笑个不停，逐渐演变成癫狂的大笑。

在他看不见的地方，守卫们面无表情地听着动静，目中不约而同地露出了嘲讽之色。

· · ● · ·

都城郊外。

春光淡荡，万物生发。平日里空旷的郊原上，今日却车马喧阗，仕女游人盛装打扮行走在和煦阳光里，往来间卷起一路香尘。

正是清明踏青时。

人们祭扫了坟墓，又席地而坐，享用三牲与美酒，言笑晏晏，与逝者同乐。

端王耳中兵荒马乱的世界，此时一片平和安适。

近郊处几座气派的新坟边，却是人影稀少。一群侍卫远远拦下了闲人，只有几辆不显身份的马车停在附近。

尔岚清扫了岑堇天之墓，点起香烛，烧了金钱冥纸。

身后有人递来一捧新鲜带露的花朵。

庾晚音道："给，与祭品摆在一处吧。"

尔岚意外地接过，见花束里还有一把青翠的谷物，不禁微笑。"娘娘有心了。"

岑堇天一直挺到了去年秋日才病逝。

旱灾如期而至，但各地田间早已照着他给的法子，种下了大片燕黍与其他抗旱的作物。再加上所有粮仓提前一年便开始秘密囤粮，大夏有备无患，原作中的饥荒并未发生。秋收时，岑堇天在众人簇拥下满足地合上了眼。

尔岚将花束轻轻放在祭品间，神情平静。"岑兄，燕国战局已经平定，图尔当了燕王，又寄来了一道盟书。太平盛世已至，岑兄在这里，年年可见五谷丰登了。"

不远处，汪昭的墓碑上也终于刻了真名。李云锡和杨铎捷祭拜过后，拉了几个年轻同僚共饮，趁着酒劲儿向他们吹嘘着与汪昭的交情，假装与汪大人很熟。

他俩如今位高权重，一个在户部终于用上了当初稽核版籍的成果，忙着归田于民；一个在吏部主持恩科，遴选人才。年轻臣子满脸崇拜，听一句信一句，只差当场拿笔记下来。

东风有信，年年扫落胭脂香雪，哪管人间盛衰兴亡。

画舫上结识的六名学子半数长眠。余下半数，活进了当时描画的光辉图卷中。

一片花瓣被和风卷起，落在了尔岚的发间。

庾晚音垂手为她摘了，在她耳边悄声道："李云锡今日偷看你几回了。前两天他还找我打听来着。"

尔岚失笑道："娘娘莫非有撮合之意？"

"那倒不至于。"庾晚音拉她起身，示意她陪自己散一段步。

两人并肩走入花荫，离开了旁人的视线。庾晚音道："这事讲求一个情投意合，你若无心，我便替你挡了。"

尔岚有些出神。"他同我私下谈过。他说自知比不过岑兄，但如今岑兄已逝，这满朝的人也只有他知我一二。我若退隐，不如嫁与他，日后夫妻同心，也不至于枉费了胸中意气。"

世上没有不透风的墙，共事时间久了，渐渐有人从蛛丝马迹瞧出端倪，怀疑起了尔岚的性别。近日这传闻愈演愈烈，已经报到了庾晚音面前。

李云锡正是因为听闻此事，才找尔岚谈了这一席话，全程脸红如关公，根本不敢看她。

他这么个将规矩体统挂在嘴边的死脑筋，能做到这一步，也不知暗中下过多少决心了。

庾晚音道："但你……还是拒绝了？"

尔岚沉默半晌，叹了口气。她放慢脚步，道："如今重开恩科，朝中人才辈出，尔岚此去也算是功成身退了。只是……"她望着庾晚音，缓声道，"只是有些放心不下娘娘。"

庾晚音心中一热。

尔岚抬手理了理她的云鬓。"……毕竟帝后共治，总会引来悠悠口舌。娘娘如今声威正盛，尚无人敢以卵击石。可今后日理万机，千头万绪，一旦出错……"

"出错也无妨。"一旁有人道。

夏侯澹缓步朝她们走来，将侍卫宫人都留在了远处。他已摘了沉重的冕旒，长发半束，穿花而来的风仪好似误入此间的世家公子，一派清贵无害。

口中的话语却还在继续："文治武功是娘娘的，偶有小错是朕犯的。直臣相谏，娘娘会从善如流；如有奸佞借题发挥，朕的疯病可以不定期复发，一不小心就当堂杀人了。"

尔岚："……"

尔岚慌忙见礼。

庾晚音迎过去。"给北叔扫完墓了？"

"嗯，来接你回宫。"夏侯澹执起她的手，指尖在她掌心挠了两下，眼底笑意蕴藉。

解释春风无限恨。

"等我一下，我这儿还没谈完呢。"庾晚音捏了捏他的手指，"你先回马车上躲风吧。"

夏侯澹不肯。"我旁听。"

"别闹，快去……"

尔岚努力装瞎。

庾晚音终于推走了夏侯澹，转向尔岚。"实话说，我也不舍得放你走。李云锡和杨铎捷正混得风生水起，你就甘心输给他们吗？"

尔岚惊讶地抬起头。"可如今人人皆知我是女儿身。"

"巧了，我正缺人手去各地兴建女子学堂呢。"

庾晚音按住她的肩。"李云锡有句话说错了，世上知你的可不止他一个。胸中既有丘壑，青史一笔，何必假他人之名？"

片刻后，尔岚一脸恍惚地走了回去。

年轻臣子们还在原地野餐，见她独自回来，惊讶地问："娘娘呢？"

李云锡见到她还是有些不自在，偷看一眼，又闷闷地低下头去摆弄酒盏。

尔岚道："半路被陛下接走了。"

杨铎捷忍俊不禁。"真是一刻也分不开。"

"……"李云锡仰头一饮而尽，没好气道，"喝！"

· · · · ·

马车里。

夏侯澹问："她答应了？"

"说是回去想想。她会答应的。"

夏侯澹低笑起来，咳了一声。"娘娘圣明。"

"着凉了？"

夏侯澹顿了一下："没有。"

庾晚音皱眉望着他。

夏侯澹的笑容缓缓消失，心虚地去拉她的手。"早上墓地有点冷……我回去就喝姜汤。"

暖融融的春日里，他的手指仍是冰凉的。庾晚音轻吁一口气，别过头去撩起一角窗帘，望着行道两旁闲寂的青色。

"大好春光，别皱着眉了。"夏侯澹轻声道，"这一年不是好了很多，嗯？我还会陪你很多年的。"

庾晚音被他道破心事，舒展眉头笑了笑。

·　·　·　·　·

一年前。

庾晚音赶去偏殿后，暗卫奉命拿住了哑女。岂料她不慌不忙，只是坐在原地安静地等待着。片刻后，她突然歪倒下去，七窍流血。

暗卫大惊，掰开她的嘴，一颗已经咬破的蜡丸滚了出来。

哑女已经只剩一口气了。暗卫慌忙逼问她解药何在，她却笑道："没有解药……睡一觉，就好了。"

在暗卫迷惑不解的目光中，她默默咽了气。

庾晚音在一日后苏醒，果然不适尽去。

后来，萧添采仔细验了那瓷瓶里的毒粉，有几味药材确实取自宫中的花草，但还有几味遍寻不到。直到他们彻查库房，闻到一批礼盒气味奇异，才发觉礼盒所用的木材，取自各种毒树。

那一批礼盒正是小太子殷勤献给庾晚音的贺礼。

顺着这条线索，他们抓捕了太子及其身边的宫人，挨个儿审问，最终串出了真相始末。

太子眼见着地位不保，甚至性命都堪忧，决定不能坐以待毙，要先下手为强。

他正愁没有机会，混入宫中的哑女就主动送上了门。哑女直言自己会用毒，只是还缺几味药材，需要他帮着采买。

于是太子借着献礼之机为她凑齐了药材，还给了她一份更完美的计划：不是直接毒死皇帝，而是先放倒皇后，再以解药要挟她亲自动手。

他不仅要夏侯澹死，还要借庾晚音之手弑君。如此一来，即使夏侯澹侥幸被护住了，他至少能干掉一个庾晚音。运气再好一点的话，他甚至能同时除去压在头顶的两座大山。

太子小小年纪，没有这么好使的脑子。替他出谋划策的幕后高人，正是端王残部。

原来，端王在兵败之前留了一个计划，让老部下去找太子献策。那老部下作为最后一颗棋子，这么多年藏得很深，表面上与端王党从不往来，居然骗过了夏侯澹的眼睛。

奈何太子入狱后万念俱灰，为求保命，第一时间将他供了出来。老部下逃跑未遂，在半路上被暗卫捉住，受了数日严刑，终于痛哭着投降了。

整件事情里只有一个微小变数：哑女没有完全听令行事。

她不仅没对庾晚音动真格，还抢先去了小药房，想自己毒死夏侯澹。众人事后反复分析，此举没有别的解释，只可能是为了将皇后择出去。

一个恨大夏入骨的刺客，却将平生唯一一丝善念留给了庾晚音。

只是等庾晚音获知这一切时，她早已入了土。

小太子被贬为庶民，赐了所宅院圈禁终生。

至于端王，夏侯澹为他倾情设计了一份极具创意的回礼。

他们每隔数月便会让那老部下去天牢里演一场，让他在绝地翻盘的春秋大梦里不断等待。想来端王意志力过人，必能为了这点微末的希望含垢忍辱，吃着泔水坚持下去。

等过个三年五载，实在演不下去了，再将真相温柔地告诉他。

· · ● · ·

回宫之后，夏侯澹果然捏着鼻子灌了碗姜汤，又自觉加了件狐皮大氅，裹得如同回到了冬天。

他之前中的毒在体内埋了十几年，已经坏了底子。虽然用最粗暴的方式解了，但又留了新的后遗症。躺在床上半死不活了大半年，无数汤药灌下去，最近才恢复了几分血色。

也是在这一年间，朝中逐渐习惯了帝后共治。

如今皇帝回归岗位了，庾晚音却也没有释权的意思，每日仍是与他一同上朝。奏折上的朱批，全是皇后的字迹。

有臣子上疏劾之，倒是夏侯澹先发了火。"太医都说了朕不能操劳过重，你却要朕独自加班，是怕朕活太长吗？"

众臣诺诺不敢再言。或许要再过些年头他们才会明白过来，夏侯澹说的竟是心里话。

不过仅仅这一年，大部分人已经发现了，皇后虽然字丑了点，但确实是他们企盼了多年的明主——情绪稳定，思维敏捷，欣赏实干，讨厌是非。时不时冒出点一鸣惊人的提案，视角之离奇，仿佛超越了此世；但在实际执行上又乐于广开言路，不耻下问。

仿佛有丰富的一线工作经验。

· · · · ·

今日休沐，连带着宫人也放了半天假，都在御花园懒洋洋地晒着太阳，不时有欢声笑语传来。

午膳过后，帝后二人在窗前对坐，平静地喝茶。

正因不知还能相伴多少年，才更要珍惜眼前的涓滴时光。

庾晚音道："萧添采说他下个月回来一趟，给你把脉。"

太子一案尘埃落定后，庾晚音还是将谢永儿的死讯告诉了萧添采。

萧添采失魂落魄了几日。庾晚音以为他会就此离去，他却又照常出现，一直遵守约定，照顾岑堇天到了最后一刻。

直到送走岑堇天，萧添采才前来辞行。

庾晚音心中有愧，自觉亏欠他良多，萧添采却反过来安慰她："我为娘娘尽忠职守，是谢妃所愿。如今离去，也是为了看看她向往已久的山川美景。"

庾晚音忍不住问："她那封信里说了什么？"

萧添采耳朵又红起来了。"……她说待都城事了，她也有了新的安定之所，会等我去寻她。"

沉默几秒，他笑道："娘娘不必难过。只要这一片山河还安然存在，她的魂灵便仍有所依，终有一日会重逢的。"

那之后，他便独自上路了，偶尔还会寄信回来，聊几句自己所见的各地民生。

夏侯澹道："他倒是来去如风。"

"听说是做了游医，每到一处便救死扶伤呢。"庾晚音想起当时的对话，情绪还是有些低落。

夏侯澹看她一眼，状似不经意道："对了，阿白也寄了信来。"

"什么事？"

"没什么事，聊聊近况，顺带关心我们一下。"夏侯澹哼了一声，"附了首酸诗。"

庾晚音乐了。"给我看看。"

"没什么好看的。"

"看看嘛——"

夏侯澹推开茶盏站起身来。"难得清闲，去打一局乒乓吗？"

庾晚音被转移了注意力。"也行。"

· · · · ·

后宫自是遣散了——大部分妃嫔离开时一脸劫后余生的庆幸——但那张乒乓球桌留了下来。

皇帝赢了两局后，皇后丢拍子不干了，声言清明要荡秋千才应景。于是皇帝又遣人去寻彩带与踏板。

李云锡带着奏章走过回廊时，远远便瞧见御花园高高的杨柳树下，一抹盛装倩影来回飞荡，旁边依稀还传来皇帝的笑声。

李云锡正沉浸在孤家寡人的心境中，哪里看得了这个，忍了半天才调整好表情，请了宫人通传。

片刻后皇后落下去不飞了，皇帝独自走了过来。"有事？"

李云锡呈上奏章。"请陛下过目。"

虽然是休沐，臣子自愿加班，夏侯澹也不能不理。

他将人带进了御书房，一边听汇报一边翻看那奏章。李云锡兢兢业业说了一通，总觉得皇帝似听非听，时不时还微笑走神。偏偏每当他停顿下来，夏侯澹又能对答如流，害得他想死谏都找不到由头。

半个时辰后，一名太监敲门进来，躬身呈上一张字条。李云锡眼尖，一眼认出了那狗爬般的字体。

晚上吃烧烤？

夏侯澹看了看，托腮提笔，回了个"1"。

李云锡："？"

那太监似是司空见惯，收了字条便告退了。

夏侯澹望向李云锡，用赶人的语气问："还有问题吗？"

李云锡道："……没有了。"

他行礼告退，刚走出两步，又听夏侯澹道："爱卿留步。"

夏侯澹指着他的奏章说："爱卿文采斐然，不知诗才如何？"

"诗？"

"得空也可以写两首酸诗嘛。"夏侯澹认真提议，"反正你也无人可送，不如让朕拿来借花献佛。"

"……"

李云锡忍了一天的话语终于脱口而出："你们这样……成何体统！"

# 相逢何必曾相识

夏侯澹死时，庾晚音大病一场。

臣子都担心她会在悲恸之下一病不起，毕竟这二人的恩爱是已经载入史册的程度。但她只是休息了半个月，便返回了朝堂。

离别不至于心碎，是因为从天道手中强抢来的这段岁月里，他们几乎每日都腻在一起。春有繁花，秋有山月，夏有湖畔流萤，冬有围炉夜话。长长的心愿清单上打满了钩，决不留下一丝遗憾。

英明的帝后高效利用了每一寸光阴，为夏国打开了盛世图景，也一道培养出了引以为傲的孩子。

夏侯澹来到这个世界时，迎面只有阴谋与杀意。他走的时候，身边终于环绕着所爱之人。

他留给庾晚音的最后一句话是："你的故事还很长。"

· · · · ·

那之后，积威深重的庾晚音顺天应人，坐上了龙椅。朝中几个钉子户一般的老顽固拿"体统"叫嚷了两回，淹没在山呼的万岁声中，像鞭炮放了两声响。

女帝庾晚音俯视着满朝文武，平淡地说了一句："一切照旧即可。"

她像是心中有一张计划表，按部就班地上朝下朝，兢兢业业地主持大局，为自己牵头的几个项目做了收尾工作。这位声震八方的女帝几乎不游乐，不享受，除了偶尔去曾经与先帝幽会的地方喝杯闲茶，坐一下午。

数年之后，就在天下终于习惯了庾帝之时，她忽然又像当初登基时一般平静地传旨，将帝位传给孩子，轻装简行离开了都城。

这一天，她炒了老天的鱿鱼。

庾晚音问心无愧。她为这个世界付出的已经够多了，接下来的人生，也该为自己而活了。

· · · · ·

庾晚音四处云游，看遍了如今的大夏。

田间年年有金黄的谷物，工厂的流水线叮当作响，城市的建筑群初现雏形。尔岚手下的女子学堂不断扩建，谢永儿构想中的货运在四通八达的道路上往返。

曾经陌生冰冷的世界，在两代人才的通力合作下，模糊地显现出了一个遥远故乡的影子。

至于这个世界今后会如何演变，就不是她有生之年能够见证的了。

原本的男主夏侯泊已经死去多年，世界并未崩塌。根据无名客的理论，帝星归位后，气运已经转移了。庾晚音把这片天地理解为一个平行时空，它虽然以《穿书之恶魔宠妃》这本书为原点，但发展至今日，已经彻底脱离原作，膨胀成了一方独立运行的小宇宙。

即使她身死魂销，想来这里的故事仍会世代延续，生生不息。

庾晚音踏过了山河万里，拜访了许多故人。直到再也走不动了，她才回到都城，悠然度过了暮年。

正如夏侯澹预言的，她这一生的故事，也算是波澜壮阔，精彩万分了。

若说这一生中还有什么遗恨，或许就是没能在夏侯澹离去之前造出相机，以至记忆中他的面容已经彻底模糊了。

不过说到底，那张脸也只是属于书中的人物，是夏侯澹，而不是张三。她的爱人原本的样子，谁都无从得知。

能清晰浮现在眼前的，只剩他的眼睛。

或许是在无穷无尽的权术之争里习惯了掩藏，又或许是经年累月的病痛所致，他那双眼睛一直是不反光的。给人的印象不只瞳仁那一点墨色，而是一整片虚无的黑暗，仿佛溺毙猎物的沼泽。

但每当她望入其中，却只能触及一片深不见底的温柔。

若有来世，她还想再看见它们一次。

庾晚音苍老的眼眸望向虚空，轻轻叹出了最后一口气。

视野暗淡下去。

· • ● · ·

——然后又猛然亮起。

刺目的白色灯光。

地铁车厢微微摇晃。

手中的手机还亮着屏，显示出读到一半的小说界面，白底黑字，左上角显示着文名：《穿书之恶魔宠妃》。

王翠花猛然抬起头来，一瞬间只觉得天旋地转。手机摔落在地，她整个人也朝下栽去。

坐在她旁边的乘客吓了一跳，伸手拉住她问："你怎么了？"

王翠花倒回座椅靠背上，眼神发直，呆滞地摇了摇头。

又有好心人替她捡起手机，问："是不是低血糖？"

王翠花艰难地张开口："……没事，谢谢……"

啊——这女声，的确是她自己的嗓音。只是几十年没听过了，显得有些失真。

遥远的记忆慢慢回笼。

她居然回到了 2026 年，回到了当初穿进书里的那一瞬间。

庾晚音漫长的一生，投射到现实世界中，只过去了一微秒。悲欢离合、跌宕起伏，尽数没入这班地铁充足的冷气里，连一丝涟漪都未曾泛起。

人生寄一世，奄忽若飙尘。

王翠花接过手机，打开了前置摄像头。

屏幕上显示出一张似曾相识的脸。

社畜标配通勤装，懒得打理的黑长直，在一天的工作后已经快掉没了的淡妆。五官可以用"机灵""秀气"等词语形容，在好好打扮的日子里也会被夸一声美女，但若是跟书中倾城倾国的庾晚音相比，就顿显寡淡了。

这是她，又不完全是她。

但她依旧第一时间识别出了自己，不是靠这个年轻的影子，而是靠这一双苍老的眼睛。

王翠花木然呆坐在座位上，听着左右传来的聊天声。

同学的八卦、老板的糗事、股市的动态、明星的绯闻。

听说明天有雨。

周末去哪里下馆子。

依稀都是她年轻时——上辈子年轻时——曾经在意过的话题。

王翠花偷听了三站路，脑中才开始将这些破碎的词语拼凑到一起。到第五站时，她想起了自己家在哪里，但此时已经坐过站了。

王翠花蹒跚着走出地铁站，打车回家。

霓虹灯与广告牌扑面而来，又被甩落身后。姹紫嫣红，近在咫尺，却又与她无关。

说来讽刺，她在书里那个世界的时候，无时无刻不在思念此世，即使高朋满座、儿孙绕膝，也始终像个异乡来客，心中总有一丝挥之不去的孤独。

她做了一辈子归乡的梦，待到终于挣脱出来，才发现自己已经格格不入了。

不再属于任何一边，成了一缕无依的游魂。

这种处境……除她之外，只有一个人曾经体会过。

她一直爱着夏侯澹，但直到此时此刻，她才真正地、刻骨地理解夏侯澹。

对了，夏侯澹……在这个世界，他应该叫张三。

他真的存在于此世吗？会是那黄粱一梦的一部分吗？他在那个世界死亡之时，也会像她一样回来吗？

这么说来，他们曾经聊过这个话题。

• • • •

某处过冬的行宫里，他们在泡温泉。雪后的黄昏，袅袅白雾在头顶上方缓缓泅入薄暮中。他们依偎着靠坐在池里，懒洋洋的，像一对冬眠的动物。

夏侯澹突然打破沉默。"你是 2026 年穿进书里的，而我却是 2016 年。如果咱俩穿回去的话，现实世界会是哪一年呢？"

她当时昏昏欲睡，掰着手指算了算。"保守估计，现在已经 2036 年了吧……我就算没入土，也作为植物人躺了十年了。"

"那我躺了二十年。能醒的话，应该会上新闻了。"

庾晚音笑了一下，没有提扫兴的事，比如十年二十年的植物人，肌肉会萎缩成什么样子、还能不能正常生活。说到底，"没入土"都已经是乐观的假设了。

夏侯澹却兴致勃勃。"我会去找你的。只要还有一口气，我一定会站到你面前。"

"你怎么不问问我要不要找你？"庾晚音逗他。

夏侯澹好像真的愣了一下，随即笑道："你肯定会想我，想到发疯。"

"别臭屁了你！"庾晚音泼他水花。

• • • •

结果她并没有作为植物人醒来。

这是不是意味着张三的情况也和她一样，会回到穿越的那一瞬间？对他来说，那可是 2016 年啊。

难道——

王翠花突然笑出了声。她心想：难道一代枭雄夏侯澹，穿回去之后，继续准备中考了？

从那之后又过了十年，今时今日的他会在哪儿呢？他在这十年间有没有试图找过她？

还可以重逢，还可以见到他。

这个想法像一剂强心针，让她终于有了一点"复活"的实感。是的，先安顿下来，然后做个计划……她连皇帝都当过了，找个人这种小事，应该不在话下。

· · · ·

王翠花从一团糨糊的大脑深处翻找出了自家地址，却被卡在了大门外。

电子锁密码这种细节，她是真的记不清了。

连续三次输入错误之后，电子锁发出了尖锐的报警声，自动卡死了。王翠花站在门口想了想，摸出手机打了个电话。"妈，我的门锁坏了，我可以去你们那儿睡一晚吗？"

王翠花父母家在城市另一头，当初她是为了通勤方便才搬出来租房的。

看到父母的一瞬间，她眼中的泪水活像喷泉特效，把两口子吓得够呛，慌乱地劝了半天："谁欺负咱闺女？那破工作干得不开心咱就辞职，爸妈养你。"

王翠花顿时哭得更厉害了。"我就是有点累……"她眼巴巴地看着妈妈，"你昨天是不是说过，研究了什么新菜式？"

昨日与今日之间，横亘百年。

出走半生，归来仍是闺女。

"等着啊，十分钟就好。"妈妈进了厨房。

· · · ·

寻常深夜里，温暖的食物填入胃中，天下开始太平。

王翠花将担忧的父母哄去睡觉，自己冲了个热水澡，初步理清了思绪。

凌晨时分，她趴在床上捧着手机，打开了搜索框。

已经是 2026 年了，全国仍然有六千余个张三。搜索结果里有一些照片，王翠花将那些人脸翻来覆去地看了片刻，叹了口气。

果然在不知道对方长相的情况下，仅靠"直觉"大海捞针，还是行不通的。何况她要找的那个张三，很可能根本不在其列。

她还记得一些基础信息，比如他的出生年月和户籍城市。夏侯澹好像还聊到过自己初中的校名，叫什么来着……

王翠花努力回忆着，将这些信息全部填到搜索框里，又试了一遍，心一沉。

还是没有结果。

· · · · ·

王翠花毫无睡意，机械地刷着手机。

唯一的好消息是，夏侯澹提到过的初中是真实存在的。这至少证明了他不全然是梦中幻影。

只是这所学校似乎对网上宣传不太上心，官网起码五年没更新过了，只有几条零散的新闻证明它还没倒闭。

王翠花买了清晨第一班去往那个城市的机票。

凌晨三点，她定好闹钟，准备睡几个小时养精蓄锐，合眼之前才猛然想起，自己忘了请假。

出走半生，归来仍是社畜。

· · · · ·

翌日，飞机落地时已是中午了。

上司对她的突然请假大为光火，要求她远程办公，手中的项目进度不能落下。

王翠花根本不记得自己手中是什么项目，却也镇定自若——经历了几十年的地狱级多线程高强度锤炼，如今再回望这点工作，逻辑就浅显得如同儿戏了。

她迅速回顾了一遍项目组里的文件，一边敲字与同事对接，一边上了出租车，报了张三的初中校名。

她打算去那所初中看看——这是最简单的突破口。只要他在那里上过学，就一定会留下存档。

她可以编个理由去翻阅存档，查到他家的地址，或者是他父母的联系方式，然后……

王翠花自嘲地笑了笑。

自己这样，像个变态狂似的。

张三如果成功回到了 2016 年，就有足足十年时间可以找她。她也曾在闲聊时一遍遍地讲述自己的过往，提到过不少关键信息。她能想到这些办法，他也能想到。只要他多花点力气，怕是连她家住址都能查出来。

那么为何在她作为王翠花的记忆里，近十年从未出现过一个叫张三的人？

从昨晚到现在，她假设出了几个原因，都不怎么美好。

出租车司机从后视镜里看了她好几眼，终于忍不住开口："小姑娘，没事吧？你脸色好差。"

王翠花一愣，也抬头看了看后视镜中的自己。昨夜哭过一场，之后又只睡了几小时，她的眼皮到现在还肿着，眼里全是红血丝。加上那张苍白的脸，活像遭受了什么大难。

她长舒一口气，扭头望向窗外。"没事没事，可能有点晕车。"

"哦，那我开慢点。要不要开窗？"司机怕她吐在车上。

王翠花没有回答。

"小姑娘？"司机慌了，"你倒是找个东西接着……"

"师傅，"王翠花死死盯着窗外某处，"你结束行程吧，我有点急事要下车。"

司机忙不迭地靠边停车，心想这乘客还挺贴心。

· · ● · ·

王翠花下了车，沿着马路往回小跑了一段，停步在了方才一闪而过的广告牌前。

广告牌上是一张电视剧海报。

《恶魔宠妃》。

很久很久以前，夏侯澹曾经对她吐槽过："2016 年的文，你 2026 年还会收到推送？就这么篇烂文，凭什么火十年？"

如今她终于知道原因了。

这篇文并没有火十年，它只是在十年后被影视化了。所以平台才会炒起冷饭，将原作推送到主页，最后被她在地铁上打开。

海报正中央，最显眼的一道身影，是原作女主谢永儿。

王翠花静静望着这个"谢永儿"的脸，眼眶微微发热。不知是怎样的巧合，剧组找的新人演员，竟与她记忆中的谢永儿颇有几分相似。尤其是眼中那一抹倔强，几乎如出一辙。

太像了，以至仅仅是如此对视着，那些泛黄的记忆都被点染出了鲜亮的颜色。

好多年未见了。

良久，王翠花才将视线挪向谢永儿旁边，想看看饰演端王的演员长啥样。

她吃了一惊。

谢永儿身旁，男主的位置上，那个背着医箱的角色，怎么看都是萧添采。而原作男主夏侯泊，居然被排挤到了角落里，跟夏侯澹和庾晚音排在一起。

更蹊跷的是，所有这些演员的外形与气质，居然都给她一种似曾相识的感觉。

他们站在一起，像是那黄粱一梦在现实里垂落的倒影。

王翠花脚下的大地开始缓慢旋转。

一个两个可以说是巧合，但眼前这情形，真的还能用巧合解释吗？

她站在原地拿出手机，搜起了这部电视剧。

网上风评褒贬不一，大多数人只当看个乐子，也有那么几个原作党，骂它魔改得太厉害，给反派夏侯澹和庾晚音疯狂加戏，甚至还拆散了原文中的男女主，让女主谢永儿莫名其妙地换了个真爱，跟炮灰萧添采走到了一起。

有评论吐槽道：

改成这样，原作者还不告他们？

原作者骂过编剧啊，骂了几天突然就偃旗息鼓了，理由也很离谱，说什么女主托梦告诉她，自己现在很幸福。

什么鬼？？？

作者肯定是被剧方公关了啦，又不好明说，只能这么阴阳怪气地解释一下。

不过你别说，反派这对恶人CP（情侣档），改得还挺好的……

· · · · ·

王翠花就近找了家便利店坐下，飞速点开了《恶魔宠妃》的剧组成员列表，从头浏览到尾。

没有。

她又去查制作公司和发行公司的企业信息，挨个儿搜索人名。

没有。

怎么可能还没有？

除了她所知的那个人，还有谁会将这十年前的烂文拍成剧，又有谁会将情节改编成这样？

如此手笔，简直像是花费巨款拉了一条遮天蔽日的横幅，上面写着：我回来了，我就在这里，你看见了吗？

王翠花焦躁起来，手指在屏幕上一通乱戳。

看见了，当然看见了，我又不瞎！

可你在哪儿？为什么就不能直接出现在我面前？！

——下一秒，乱戳的手指顿住了。

她刚才，好像是从制作公司的简介页面，戳进了其母公司的链接。

王翠花怀着突如其来的强烈预感，望向了母公司的法人一栏。

· · · · ·

母公司总部。

一楼前台的美女训练有素，望着王翠花梦游似的飘进来，依旧露出职业微笑。"中午好，有预约吗？"

王翠花说："……没有。"

"好的，请问要找哪位呢？"前台拿出登记表格。

王翠花说："张三。"

前台静止了半秒。

王翠花补充道："他认识我的，知道我会来。"

"好的，我来联系一下张总的秘书。您怎么称呼？"前台拿起手机。

"王翠花。"

前台又静止了半秒，似乎拿不准这是不是一个恶作剧，最终在王翠花诚恳的注视下，还是拨通了电话。

秘书很快小跑着来了，恭敬道："王小姐，张总让我带您去休息室坐一会儿，他马上来。"

往来员工都竖起了八卦的耳朵。

王翠花低头跟着秘书往电梯间走。"他在开会？"

"不是不是。"秘书连忙否认，"他在车里，还没到公司呢。张总昨天有点私事，出了一天城，今天上午才飞回来……"

出城？

对了。上辈子，她曾在闲聊时，一遍遍地讲述自己的过往，提到过不少关键信息。

那些关键信息里……会不会包括自己穿进书里的日期？

他会不会碰巧记住了？

王翠花放慢脚步，尽力维持着语声的平静，问："能透露一下张总昨天去了哪儿吗？"

秘书犹豫道："这……"

"去了你家门口。"身后有人答道。

万般喧嚣归于寂静。

犹如无声的飓风卷过，身旁的秘书、往来的员工，全部消失了身形。高楼与街道渐次蒸发，脚下铺展出无边无际的纯白。

空荡荡的宇宙里，有个人朝她走来，无奈地笑了笑。"坐在门外等了一个通宵，抱的花都蔫了。"

· · ● · ·

数小时后，张总家里。

"再来一次？"

"不成了，歇会儿……"

"好吧。"年轻健康血气方刚的张总翻了个身，躺到王翠花旁边，手中把玩着她的头发。

王翠花闭着眼睛拉住他的手。"我有好多问题想问的，让我捋捋……"

"巧了，我也有一些问题。"

"那你先。"

张三闷闷地笑了一声。"你昨晚怎么没回家？"

"回了的，不记得门锁密码了，就去了爸妈家。可能我走了你才到，就错过了。"王翠花皱着眉戳戳他的手背，"你为啥就傻等着呀，不打我电话？"

"想直接见面给你个惊喜啊。我还计划得特别好，碰面之后直接带你上飞机去度假，一展霸总风采。"

王翠花哭笑不得。"霸总，怎么网上都搜不到你资料？"

"闷声发大财，懂？我刚回到 2016 年，心里一琢磨，你都把未来十年的大事透露给我了，等于给我开了个挂啊。可是很多企业决策吧，又不好跟人解释，万一被人看出我未卜先知，岂不是很麻烦？只能低调再低调了。网上有点什么信息都被我删了。"

"你就不怕我找不到你？"

"本来就没打算让你来找……我说过的，只要还有一口气，我一定会站到你面前。"

王翠花侧头看向他，近乎贪婪地用视线描摹他的眼睛。

张三似乎感觉到了什么，笑意淡去了些许。"你有多久没见过我了？"

"我是寿终正寝的。"她语带苍凉。

"啊……"他点点头，"那真的很久了。比我的十年还要长很多。"

她没有说话。

张三的喉结滚动了一下。

忽然之间，他像是承受不住一般自行坦白了。"我想过的，想过提前跟你在一起。高中，或者大学，我可以考去你的学校，向你搭讪，缠着你跟我交往。我们可以做一对普通的小情侣，到 2026 年，我们肯定已经结婚了。"

"我不知道天道选人的方式，也许你的人生轨迹改变后，就不会被吸进那本书里，也就不必遭那一回罪，变成像我一样的异类。

"我甚至去过你的城市，远远地偷看过你几次。每次都只差一点点，我就忍不住对你说话了。

"但我回想了很久，我们从未谈过这个话题，晚音。我没有问过你，如果有选择的话，会不会舍弃那个世界，舍弃那些好友与亲人，那些风波险阻、丰功伟业、万丈豪情……"

他眼中映着暖色的灯光，温柔而伤感地望着她。

"想来想去，不敢替你做决定。因为你的故事，我也只参与了一半。但又很怕选错了，怕我出来之后，你在那个世界过得不好，而我却无从得知……

"真的纠结了好多年。每一年都会重读一回《穿书之恶魔宠妃》那本破书，跟个忠实读者似的。结果，我眼睁睁地看着它过气，在互联网上石沉大海，一年又一年，再也没人提起过。

"我就开始疑惑，既然它过气成那样，你怎么会在 2026 年收到推送呢？当时我已经大小算个总裁了，就托人去找平台的负责人打听了一下这本书。结果对方误会了，以为我要买版权，天花乱坠地吹了一通，还说什么如果影视上了，平台肯定配合宣传，给到最好的推送位。

"那时候，也不知怎的，我冥冥之中突然就明白了。

"原来让你进入那个世界的，还是我啊。"

· · · · ·

时空颠来倒去，裹挟着人间一切迷离的缘法，汇入一道因果的洪流。

当她在书中独自老去时，他正在书外孤独地长大。

仿佛所有等待都只是为了这一瞬间，两个苍老的灵魂在年轻的身体中默然对视。

在他们头顶上方八千米处，大风仍未停歇。

流云散去，明月完满。

王翠花抬手抹了抹眼角，笑了。"后来的故事，我慢慢讲给你听。"

"好。"

　　"从哪里说起呢……"

　　"窗边那株桃树后来开花了吗？"

　　"开了，第二年就开了，还结了果子呢。"

# 人物小传

## 北舟

北舟有时会想，如果易府中第一个撞破自己偷梳女子发髻的人不是易南，而是其他任何人，只怕自己当时就已经被逐出府去，能不能活着都是未知数。

但易南不是任何人。

年幼的大小姐望着瑟瑟发抖的小护卫，只呆怔了一瞬，便咧出一个笑来。"阿北哥哥这样也很好看。"

她正是爱玩爱闹的年纪，像是得到了新的布娃娃，兴致勃勃地拉着他坐到镜前，偷来母亲的胭脂水粉，朝他脸上抹去。

北舟低头压抑着起身逃跑的冲动。

那时即使是他本人，都解释不清自己胸中萌发的隐晦而失控的心思。他只隐约察觉自己与他人不同，却立即陷入了朝不保夕的惶恐中，以至连照镜子时都要错开眼去。

易南笑嘻嘻地抹完了，一语惊破迷障："以后就不是阿北哥哥，而是阿北姐姐啦。"

啊，完了。

小孩子守不住秘密，这事今晚就会传到老爷耳中，明天就是他的死期。

北舟战战兢兢地等了一天、两天、三天……

直到数月之后，又一次被拉到镜前充当职业布娃娃，他终于忍不住了，开口问道："小姐可曾将此事告知其他人？"

易南莫名其妙道："当然不会啊。我娘发觉胭脂少了，只当我自己爱美呢！"

这个秘密又被牢牢地守了很久。大小姐一年年地长大，渐渐放弃了儿时的化妆游戏。

已通世事的北舟陷入了新的漫长等待。等她回过味来，发觉自己的护卫是个怪人，就会将他远远赶走。

他等了一年、两年、三年……

他不再等了。

一个平常的午后，大小姐坐在窗边读着闲书，北舟沉默地守在她身后。许是读到了什么才子佳人的桥段，她忽然出声感慨："也不知我未来的夫婿会是何人。"

北舟想了想，道："小姐定会觅得佳婿，白头偕老，还要生一对伶俐可爱的儿女。"

易南回过头对他笑了笑，眼底有淡淡的轻愁。

"不说我啦。阿北你呢？"

"我？"北舟立即摇头，"我命中福浅，想来是遇不到有缘人了。以后，南儿的孩子就是我的孩子，我就做个侍卫，护你们一生一世。"

易南笑道："我却愿你终有一日，找到自己的孩子呢。"

## 萧添采

萧添采作为百年难遇的医术奇才，入太医院不过三年，就已经默默超过了全体上司。余下的大部分精力，都用来装傻和躲懒——众所周知，太医是个高危职业，爬太高了容易掉脑袋。

平日里若是师父布置了什么三天的任务，他就用半天完工，余下两天半都是假期。

萧添采在太医院附近有个偏好的躲懒处，草木繁茂，往绿荫下一躺就能避开所有视线。

但某一日，他尚未走到那地方，就远远听到了乐声。

萧添采用闲暇时光培养了不少风雅爱好，会抚琴，也能弹琵琶。但传入耳中的乐声闻所未闻，说不上好听或难听，只是古怪得很。

萧添采忍不住悄悄走过去，躲在树后一探究竟。这一探，就让他见到了谢永儿。

谢永儿正在抱着自制吉他练《爱的罗曼史》，可能是因为谱子没记全，弹得磕磕绊绊，在同一个地方手滑了八次。

萧添采听得龇牙咧嘴，直到她终于离开才长吁一口气，心中盼着她有点自知之明，或者至少有点求生欲，千万别去皇帝面前献艺。

结果第二天，她又来了。

谢永儿占着那地方练了整整一个月，萧添采没处可去，只好偷听了一个月。

一个月后，谢永儿终于完整地弹出了一曲，当场跳起来一拳打在树干上，怒吼道："牛不牛 × ！"

树干另一面的萧添采："……"

· · · · ·

后来发生了很多事。

他们逐渐熟识，然而萧添采眼睁睁地看着谢妃眼中那两团永不熄灭的火焰，一日日地暗淡下去。

　　起初他不知道发生了什么，也不明白自己为何在莫名地焦躁。毕竟再借他十个胆子，他也不敢觊觎那暴君的后宫。

　　直到有一日，谢永儿偷偷找来，求他为自己开一个打胎的方子。

　　萧添采吓了一跳，踌躇片刻后低声问："是因为太后吗？"

　　谢永儿垂首不语。

　　萧添采道："……我可以为娘娘安胎，决不将此事告于他人。待月份大了，娘娘再去寻陛下庇护，那毕竟是他亲生骨肉……"

　　谢永儿几不可见地摇了摇头，只是一径含泪相求。

　　萧添采不明内情，还在耐心向她解释此事危险。

　　最后谢永儿将牙一咬。"这个孩子不是龙种。"

　　她的眼泪落了下来，不知是伤怀于自己的境遇，还是害怕失去他这根救命稻草。为求他信任，她将一切和盘托出，从与端王初见，一直说到两情相悦、珠胎暗结。

　　萧添采默默地听着，忽然生出一丝恍然。

　　若她心里不曾有别人，他或许永远不会意识到自己的妄念。可她分明胆大妄为，肆意地、绝望地爱着某人——只是不是他。

　　原来这种感觉，就是妒心啊。

· · ● · ·

　　后来又发生了很多事。

　　萧添采再次见到谢永儿，已是东窗事发之后了。

　　她失去了孩子，被皇帝软禁，被端王放弃，一切骄傲都被碾入了泥里。

　　可她的神情却前所未有地放松，仿佛卸去了什么沉重的枷锁，又如大病初愈，有一种虚弱的平静。

　　她求他救治皇帝，又向他直言，哪儿有那么多人间真情，她如今的目标，只剩苟且偷生，然后想办法逃出去，远走高飞。

　　有一瞬间，萧添采很想问她："那我呢？"

　　我就在你面前，你曾经注意过吗？

　　他总觉得她对自己的心意一清二楚，可她似乎被端王伤透了心，再也不愿提一字风月。这多少有些不公。

　　但他终究没有开口。因为他想了起来，谢永儿在这深宫里，已经很久很久没有弹琴了。

　　· · · · ·

　　谢永儿离宫之前，两人见了最后一面。

　　那一天阳光很好，谢永儿的心情也很好。她似乎已经对一切释然，像老朋友一样与他分享自己的宏伟计划：建立起一个商业帝国，还要拉皇后入股。将来举国四通八达的大街上，全都会是她的产业。

　　萧添采听得似懂非懂，只是留意到她的眼中，又重新燃起了火光。

　　就像很久以前树下练琴的她，永远越挫越勇，永远斗志昂扬。

　　萧添采慢慢地笑了起来。"到时候，别忘了偶尔休息一下，弹弹你那把怪琴。"

　　谢永儿道："哈哈哈，好啊。"

　　谢永儿："……"

　　谢永儿道："你在哪里听到过？"

　　· · · · ·

　　萧添采原以为她的宏伟梦想中并无自己的容身之地，直到很久之后，他收到了庚晚音转交的信。

　　待诸事落定，若闻君至，当重理旧弦，再续佳音。

　　萧添采的脸"腾"地红了。他怕被面前的庚晚音看出心事，匆匆收好信笺，连忙告退了。

　　他的心中盈满了喜悦，连步履都轻快起来。

　　他要好好琢磨一篇回信。

### 哑女

哑女当然不叫哑女。但记得她本名的人，都已经死了。

羌国的小吏敲开陋室的门，瞧见面黄肌瘦的哑女，皱了皱眉。"你家还有别人吗？"

哑女道："都走了，没说何时回。"

小吏无奈，将一个布袋丢给她。"收着吧。"

哑女打开一看，寥寥几串铜板。

她问："为什么给我钱？"

"这是你父母留给你的。"

哑女想了想，问："他们死了吗？"

"他们成了勇士，这是奖励。"

哑女自然知道"勇士"的意思。她攥紧了那袋铜板。"他们死了，就为了换这个？"

小吏不耐烦道："当勇士是多少人求不到的荣耀，别不知感恩了。"

他走之后，哑女将那布袋倒转过来抖了抖，又抖出一张破破烂烂的契书，上面写着她父母的名字。

自愿为祖先的荣耀，化作女王的利剑。此去夏国，生死勿论，赏金若干，留给家人。

· · ● · ·

要入冬了，邻居家的阿婆听说这家的小孩成了孤儿，送了件旧棉袄过来。

哑女手足无措。羌国战火纷飞，人人朝不保夕，每一点多余的善意都是奢侈。

阿婆摸了摸她的头。"你叫什么名字？家中可还有人接济？"

哑女沉默许久，不答反问："阿爹、阿娘去当勇士，是自愿的吗？"

阿婆望着幼小干瘦的她，眼中闪过迟疑与不忍，最后坚定道："是啊。成为勇士是伟大的事，大家都会永远记住他们的。"

哑女攥紧了那纸契约。

过了半月，阿婆再去敲门时，陋室已经人去楼空。

· **●** · ·

数年之后，庾晚音身边多了一个不会说话的侍女。

庾晚音每回瞧见她，总觉得瘦小得像是没来得及发育，再不补充营养，就要错过蹿个儿的机会了。于是每天安排一杯牛奶，有事没事便塞些糕点零嘴给她。

哑女也不推拒，总是笑眯眯地收了。

· **●** · ·

再后来，哑女死后，暗卫彻查了她的一切用物，在床底下找到了一处暗格。

里面藏了一纸契约、一件破旧的棉袄，还有几块拿帕子包着的、已经发霉的糕点。

那都是她一生中最宝贝的东西。

### 岑堇天

岑堇天是整个朝堂中第一个看出尔岚是女子的人。

原因无他,尔岚对他瞒得不是很走心。

起初岑堇天并不知道这意味着什么。其实所有人有什么憋在心底的秘密想一吐为快时,都会优先找他。毕竟,他很快就会带进棺材。

他知道杨铎捷在很长时间里一直不服皇帝,担心没遇到明主。

他也知道李云锡对尔岚的感情几番变化,渐渐复杂。

所以让他多守住一个尔岚的秘密,也不是什么大不了的事。

可是后来,在他病情渐重后,尔岚一直忙前忙后,衣不解带地照顾他——这就脱离普通友人的范畴了。

更何况,尔岚整颗心都挂在他身上。他有一点点起色,她一整天的心情都是好的。他的病情反复,陷入昏睡时,她便靠坐在床边,长久地偷望着他。

久而久之,他也就明白了。

岑堇天心里清楚,自己不能回应。

他年幼时就被提前判了死刑,知道自己年寿难永,所以将一切精力都放在了研究上。除此之外,他连皇帝是谁都不在乎。

少年离家后,他与父母兄弟的联系都不甚紧密,怕自己离去后徒留伤心。

不祥之人,是不配结缘的。

可是那一天,尔岚许是刚忙完公务就过来找他,穿了一身青色的窄袖骑装,整个人被衬得腰细腿长,意气风发,像一株初发之柳。

岑堇天完美地克制住了,垂下眼睛没多朝她望一眼。

直到她背过身时,才放纵了自己的目光。

· · • · ·

岑堇天一直以为自己瞒得极好。

他们之间始终是君子之交,其淡如水,没有过界的接触,连一句暖昧的话语都未曾讲过。

这条缘线从未牵起，到她年老之时回忆起来，最多也只剩一点浅淡的惆怅吧。

这样便好了。

然而，到他临终那日，尔岚穿了一身青衣来送他。

岑堇天已经神志昏沉了，却还是本能地心慌了一瞬。

她是故意的，故意穿上他最心动的颜色。是挑明，是报复，还是追问？

同僚友人环绕在榻前，岑堇天独独与尔岚四目相对。彼此目光清明，却都一语未发。

能说什么呢？问她何时知道的？彼此都是聪明绝顶之人，他既早已察觉，又凭什么指望尔岚被蒙在鼓里呢？

事已至此，该道歉吗？该宽慰吗？该表明心迹吗？寥寥数语，又如何填平这生死之间的漫漫鸿沟？

他的气息渐弱，视野也被黑暗侵蚀，却迟迟不知留下哪句遗言。

模糊的视线中，尔岚背对着众人，冲他做了个口型：来世？

她的眼中没有泪水，只是盛满了期待。

岑堇天笑了起来，艰难地点了点头。

他的一生没有遗憾了。

# 小段子

**（一）**

夏侯澹第一次生出做戒指的念头，是在看到林玄英寄来的云雀发簪之后。

虽然庾晚音当时没往头上簪，但她那欣赏的眼神，还是让夏侯澹生出了严重的危机意识。

他决定打造一枚求婚戒指。

他的设计理念很清晰：林玄英当你是云雀，我就当你是凤凰。扶摇直上，翱翔九天，非梧桐（指我）不栖。

想法是好的。

但当他把那张"凤栖梧"的草图递给工匠的时候，工匠陷入了沉默。

夏侯澹问："怎么？"

工匠战战兢兢抹了把汗，道："陛下这张公鸡上树……真是神来之笔啊。"

**（二）**

尔岚决定离开都城一段时日，一是去各地考察一下女子学堂的落点，二是远离朝堂散散心。

出发前夕，几个好友为她设宴饯行。

李云锡全程闷闷不乐，很快灌醉了自己，一头栽倒在桌上睡死过去。

杨铎捷也喝高了，突然拍着桌子道："尔兄，人活一世，但求无愧于天地，何须畏惧人言！"

尔岚颇有些感动地看着他。

杨铎捷道："我知道朝中那些流言，嗝，都是讹传！我兄弟是男是女，嗝，我还会不知道吗！"

尔岚："？"

（三）

林玄英回到南境后，夜夜拉着无名客借酒消愁。

林玄英道："再过十天半月，都城就该传来陛下驾崩的消息了吧。"

无名客："……"

林玄英道："师父啊，当初你遣我去辅助他，我还不乐意。可这么多年过去，我早已当他是生死之交……如今却要一天天地等他的死讯，我这心里真是难受啊。"

无名客欲言又止。

林玄英又是几杯酒下肚。"皇后以后孤身在那龙潭虎穴，该怎么办？师父你能不能算一卦，我能带走她吗？"

无名客试着张了张嘴："也未必就——"

天上一道雷声。

无名客又闭上了嘴。

林玄英醉眼蒙眬道："可惜她不肯走，她不肯走啊。"

数月之后，死讯依旧没有传来。

传来的是夏侯澹的一封密信。

林玄英读罢，表情瞬息万变，半晌后去找无名客闹脾气。"师父为何不早说！看着我醉酒很有意思吗！"

无名客："……"

无名客高深莫测道："很有意思。"

（四）

夏侯澹和林玄英初识的时候。

林玄英道："你们那个世界的人的娱乐方式是什么？"

夏侯澹努力回忆。"翻墙去网吧，开黑打游戏。"

林玄英问："打游戏是什么？"

夏侯澹道："一般是你杀我，我杀你。"

林玄英："？"

夏侯澹道："但不是真杀。杀的是个——你就当是傀儡吧。可以反反复复地死哦。"

林玄英从那天起，就对当朝皇帝心存敬畏。

# 致谢

本书在出版过程中得到了广大读者的热情关注和大力支持，感谢以下字体权利方为本书的顺利推出和宣传推广提供书名原创字体授权！

授权名单按照授权方提供的署名方式列明如下：

| | |
|---|---|
| 7moririri | 丧蚊·1640 |
| chenpiaa | 山下有火 |
| CHRiiiiiiSSIE | 山野暗乾坤 |
| hyasen | 山枕江驰 |
| KeyQuiet | 闪光芝烨 |
| lo_ 楼尘 | 上辈子可能是个糖炒栗子 |
| Mandy | 深夜三文鱼蛋黄酱 |
| Mochizuki_ 月鏡 | 四阿少 |
| NANONO | 万鲸成月 |
| 爱齐畅嗷 | 我让思潮放空 |
| 北京爱奇艺科技有限公司 | 喜闻乐见啊哈哈 |
| 朝山谒月 | 限流大亨 |
| 辞清讼简 | 谢佳杰 |
| 风露清愁 | 行水看山秋不梦 |
| 咕咕 | 浔谙 |
| 顾巳 | 杳渺 Yobyo |
| 何似 | 一口甜晨 |
| 绘了个弦 | 一盆养乐多 |
| 江环瀛 | 游離狀態 |
| 景行克念 | 鱼香玫瑰丝 |
| 辣子鸡丁黄桃酸奶 | 雨说说说 |
| 六出驰月 | 再睡一堂英语课 |
| 路遥 | 止息兮 |
| 平行意面 | 子持年华 |
| 桑 sunnnn | |

**图书在版编目（CIP）数据**

成何体统：全 2 册 / 七英俊著 . -- 长沙：湖南文艺出版社，2022.4（2025.6 重印）
ISBN 978-7-5726-0471-3

Ⅰ. ①成… Ⅱ. ①七… Ⅲ. ①长篇小说—中国—当代 Ⅳ. ①I247.5

中国版本图书馆 CIP 数据核字（2021）第 238173 号

上架建议：畅销·小说

**CHENGHETITONG：QUAN 2 CE**
**成何体统：全 2 册**

著　　者：七英俊
出 版 人：陈新文
责任编辑：刘雪琳
监　　制：毛闽峰
策 划 人：陆俊文
策划编辑：张园园　张若琳
特约策划：婷　子
文案编辑：史振媛
营销编辑：刘　珣　焦亚楠
封面设计：镇　朱
版式设计：李　洁
插图绘制：RedMatcha　離　城　罐一一　七英俊　凌家阿空
特约营销：刘　洋　霍　静
出　　版：湖南文艺出版社
　　　　　（长沙市雨花区东二环一段 508 号　邮编：410014）
网　　址：www.hnwy.net
印　　刷：三河市兴博印务有限公司
经　　销：新华书店
开　　本：640mm×915mm　1/16
字　　数：544 千字
印　　张：35.5
版　　次：2022 年 4 月第 1 版
印　　次：2025 年 6 月第 6 次印刷
书　　号：ISBN 978-7-5726-0471-3
定　　价：79.80 元（全 2 册）

若有质量问题，请致电质量监督电话：010-59096394
团购电话：010-59320018

是非明察

吾妻晓音：

我叫张三。

想笑你就笑吧，以前也常有人问我是不是充话费送的，才会叫这么个名字。其实恰好相反，我爸妈对这名字相当满意，觉得它如此不落俗套，一定会让我成为人群中最抢眼的仔。

事实也的确如此，我从小到大，没遇到过一个撞名的。从小学到初中，我都是第一个被老师记住的学生。不过嘛，除了这个酷炫的名字，我倒是挺乏善可陈的。成绩不好不坏，只有物理拿过两次第一。至于英语，选择题基本靠蒙了吧。

哦，对了，我体育还不错，校运会上去是被班里逼去报名长跑。

读到这里你可能会奇怪，我为啥要拿初中的事讲个没完。

因为在咱俩那个世界，我没有更后面的记忆了。

初三那年，我上课开小差玩手机，被一个弹窗小广告吸引进了这本书里（这个故事告诉我们，上课要专心听讲）刚成为夏侯瑭的时候，这副的身体才发育到六岁。

你来十六年又八个月矣。

这么算来，我成为夏侯瑭的时间，竟已经比当张三的日子还长了。

最近两年我有时会突然心生怀疑，"书外面"的世界是真的存在，还是我睡了生病而产生的妄想。毕竟，一个同时存在空调、互联网、医保和阿司匹林的大地，听上去确实越来越不现实了。

说来好笑，当初来到此地，我感觉自己陷入了一场去话结束的噩梦里。可如今回头去看，却连初中的校名都险些想不起来了。前尘种种，已倒犹如华胥一梦。

直到你问出那句"how are you"。

原来那一切是真的。原来我曾经有血有肉地活过，有过父母，有过朋友，有过未来。

我是一个卑劣的人。你在那一瞬间挺救了我，我却在下一秒就制定了欺骗你的方针。取得你的信任，成为你的同盟，让你手中掌握的剧本为我所用。只有这样，我才能用最稳妥的方式取得胜利，让太后和端王血债血偿。

在你面前，我不仅将过往尽数粉饰，连言行举止都会刻意控制，努力扮演一个你所熟悉的现代人。我不能让手上沾血吓走你。